mtb

Umwelthinweis:
Dieses Buch wurde auf chlor- und säurefreiem Papier gedruckt.

Nora Roberts

Sweet Rains

MIRA® TASCHENBUCH
Band 25863
1. Auflage: August 2015

MIRA® TASCHENBÜCHER
erscheinen in der HarperCollins Germany GmbH,
Valentinskamp 24, 20354 Hamburg
Geschäftsführer: Thomas Beckmann

Titel der nordamerikanischen Originalausgaben:

Second Nature
Copyright © 1985 by Nora Roberts
erschienen bei: Silhouette Books, Toronto

Lessons Learned
Copyright © 1986 by Nora Roberts
erschienen bei: Silhouette Books, Toronto

Published by arrangement with
Harlequin Enterprises II B.V./S.àr.l

Leseproben:
Titel: Nora Roberts Land
Copyright: © 2013 by Ava Miles
Übersetzer: Anke Brockmeyer
erscheint bei: MIRA Taschenbuch
in der HarperCollins Germany GmbH, Hamburg

Konzeption/Reihengestaltung: fredebold&partner GmbH, Köln
Umschlaggestaltung: pecher und soiron, Köln
Redaktion: Mareike Müller
Titelabbildung: Harlequin Enterprises S.A., Schweiz
Autorenfoto: © Bruce Wilder
Satz: GGP Media GmbH, Pößneck
Druck und Bindearbeiten: CPI books GmbH, Leck - Germany
Printed in Germany
Dieses Buch wurde auf FSC®-zertifiziertem Papier gedruckt.
ISBN 978-3-95649-213-6

www.mira-taschenbuch.de

Nora Roberts

Nur für einen Sommer

Roman

Aus dem Amerikanischen von
Anne Pohlmann

mtb

PROLOG

… und dem vollen und weißen und kalten Mond. Er sah die Schatten, die sich über dem eisverkrusteten Schnee verschoben und zitterten. Schwarz auf weiß. Schwarzer Himmel, weißer Mond, schwarze Schatten, weißer Schnee. So weit das Auge reichte. Leere Weite, ohne Farben. Das einzige Geräusch war das pfeifende Stöhnen des Windes durch die nackten Bäume. Aber er wusste, er war nicht allein. Für ihn gab es kein Entkommen, keine Sicherheit, weder im Schwarzen noch im Weißen. Durch sein erfrorenes Herz brach sich ein dünner Strom heißer Angst. Sein Atem, schwer, erschöpft, kam in Stößen kleiner, weißer Wölkchen. Über den vereisten Boden fiel ein schwarzer Schatten. Es gab keinen Ort mehr, an den er flüchten konnte.

Hunter zog an seiner Zigarette und starrte durch die Rauchwolke auf die Worte auf dem Monitor. Michael Trent war tot. Hunter hatte ihn erschaffen, hatte ihn ausschließlich für diesen kalten mitleidslosen Tod unter dem Vollmond gestaltet. Hunter bedauerte es nicht, diesen Mann zu zerstören, den er gründlicher kannte als sich selbst.

Er ließ das Kapitel hier enden. Die Einzelheiten von Michaels Mord überließ er der Vorstellungsgabe des Lesers. Die Atmosphäre war geschaffen, Geheimnisse angedeutet, das Verhängnis greifbar, aber nicht erklärt.

Hunter wusste, diese Eigentümlichkeit seines Stils faszinierte und erregte seine Leser. Das genau war seine Absicht. Es stellte ihn zufrieden, was nicht häufig der Fall war.

Schreibend schuf er das furchterregende, atemnehmende Grauen, das Unaussprechliche. Hunter holte die schwärzesten Albträume der Menschen ans Licht und machte sie mit kühler Genauigkeit greifbar. Er machte das Unmögliche möglich, das Unheimliche alltäglich. Das Alltägliche wiederum kehrte er häufig zum fröstelnd Beängstigenden um.

Wie ein Maler mit seiner Farbpalette, so ging er mit Worten

um und gestaltete daraus Geschichten voller Farbe und Klarheit, die den Leser von der ersten Seite an fesselten. Er schrieb Horrorgeschichten, und er war außergewöhnlich erfolgreich.

Seit fünf Jahren galt er als Meister seines Fachs. Ihm waren sechs Top-Bestseller gelungen, vier davon hatte er zu Drehbüchern für Spielfilme umgearbeitet. Die Kritiker schwärmten, die Verkaufszahlen stiegen, Fanpost aus der ganzen Welt überschüttete ihn. Hunter kümmerte es wenig. In erster Linie schrieb er für sich selbst, denn Geschichten erzählen, das konnte er am besten. Wenn er mit seinen Geschichten zusätzlich noch Leser unterhielt, war er zufrieden. Doch wäre er von den Lesern und Kritikern nicht so begeistert aufgenommen worden, er hätte trotzdem geschrieben.

Er hatte seine Arbeit, er hatte sein Privatleben. Das waren die zwei entscheidenden Dinge in seinem Leben.

Er selbst hielt sich nicht für einen Einsiedler, auch nicht für ungesellig. Er lebte ganz einfach das von ihm gewählte Leben. Vor sechs Jahren hatte er auch nicht anders gelebt, vor dem Ruhm, dem Erfolg, dem Geld.

Hätte ihn jemand gefragt, ob die Folge von Bestsellern sein Leben geändert habe, hätte er geantwortet: Warum sollte es? Er war Schriftsteller gewesen, bevor „Was dem Teufel gebührt" auf Platz eins der Bestsellerliste in *The New York Times* geraten war. Er war immer noch Schriftsteller.

Manche behaupteten, sein Lebensstil sei berechnend – er schaffe sich aus Kalkulation das Bild eines Sonderlings. Eine gute Werbung. Manche überlegten sogar öffentlich, ob er gar nicht existiere, nur das kluge Produkt der Fantasie eines Verlegers sei. Doch Hunter Brown besaß eine ausgeprägte Gleichgültigkeit allem Gerede gegenüber. Er hörte ausschließlich das, was er hören wollte, sah nur, was er sehen wollte, und erinnerte sich an alles.

Er begann mit dem nächsten Kapitel. Das nächste Kapitel, das nächste Wort, das nächste Buch, das war für ihn von viel größerer Bedeutung als jeder auf Mutmaßungen aufgebaute Zeitungsartikel.

An diesem Tag arbeitete er sechs Stunden und hätte sicher noch zwei weitere schreiben können. Die Geschichte floss wie Eiswasser aus ihm, klar und kalt.

Seine Finger, die jetzt auf der Tastatur des Computers lagen, waren auffallend schön – gebräunt, langgliedrig und mit breiten Handflächen. Einem Betrachter könnte sich der Eindruck aufdrängen, mit diesen Händen würden Konzerte oder Gedichte erschaffen. Doch sie hielten schwarze Träume und Monster fest – nicht die mit den tropfenden Giftzähnen und der Schuppenhaut, sondern Monster, die real genug waren, um die Haut prickeln zu lassen. Er fügte immer genügend Wirklichkeit hinzu, um den Horror alltäglich und nur zu glaubhaft zu machen. Aus den dunklen Winkeln seiner Arbeit lugte eine Kreatur, und diese Kreatur war die tief verborgene Angst eines jeden Menschen. Hunter fand sie immer. Und dann, Millimeter um Millimeter, führte er den Leser in diesen Winkel hinein.

Halb vergessen schwelte die Zigarette in dem überquellenden Aschenbecher neben seinem Ellbogen. Er rauchte zu viel. Dies war vielleicht das einzige äußere Zeichen des Drucks, den er sich selbst auferlegte und den er sich von sonst niemandem hätte aufbürden lassen. Er wollte sein Buch bis zum Ende des Monats fertig haben, einem von ihm selbst gesetzten Termin. Er hatte einem sehr seltenen Impuls nachgegeben und zugesagt, auf einer Schriftstellertagung in Flagstaff in der ersten Juniwoche zu reden.

Es geschah nicht häufig, dass er Auftritten zustimmte, und wenn, dann handelte es sich nie um große, von der Öffentlichkeit beachtete Gelegenheiten. Diese Konferenz versammelte nicht mehr als zweihundert publizierende und angehende Schriftsteller. Er würde seine Rede halten, Fragen beantworten und wieder nach Hause fahren. Ein Honorar gab es nicht.

Allein in diesem Jahr hatte Hunter ohne Begründung Angebote von einem der angesehensten Organisatoren im Verlagswesen abgelehnt. Ansehen interessierte ihn nicht. Andererseits hielt er es für seine Pflicht, Beiträge an die Schriftstellervereinigung von Arizona abzuführen. Hunter hatte schon immer verstanden, dass nichts umsonst war.

Es war später Nachmittag, als der Hund, der zu seinen Füßen lag, den Kopf hob. Das Tier war schlank, mit schimmerndem grauen Fell und den schmalen, klugen Augen eines Wolfs.

„Ist es Zeit, Santanas?“ Hunter streichelte den Kopf des Hundes. Zufrieden und entschlossen, abends noch weiterzuarbeiten, schaltete er den Computer aus.

Hunter trat aus dem Chaos seines Arbeitszimmers in das aufgeräumte Wohnzimmer mit seinen großen Butzenscheibenfenstern und der hohen Decke. Es roch nach Vanille und Blumen.

Er stieß die Tür zur gepflasterten Terrasse auf und blickte hinüber zum dichten, das Haus umschließenden Wald. Der Wald schloss ihn ein und andere aus. Hunter hatte nie überlegt, was für ihn wichtiger war. Er brauchte die Abgeschiedenheit. Er brauchte den Frieden, das Geheimnis und die Schönheit, wie er auch die tief roten Wände des Canyons brauchte, die sich jenseits der Bäume majestätisch erhoben. Durch die Stille hörte er das Plätschern des Bachs und roch die schwere Frische der Luft. Das nahm er nie für selbstverständlich, denn er hatte es nicht immer gehabt.

Dann sah er sie, sie tänzelte den sich windenden Pfad entlang, der zum Haus führte. Der Schwanz des Hundes begann, wild hin und her zu schlagen.

Manchmal, wenn er sie so beobachtete, dachte Hunter, es sei unmöglich, dass ein so reizendes Wesen zu ihm gehörte. Sie war dunkel und zierlich und bewegte sich mit einer unbekümmerten Grazie. Es war Sarah. Seine Arbeit und sein Privatleben, das waren die zwei entscheidenden Dinge in seinem Leben. Sarah war sein Leben.

Als sie ihn sah, strahlte ein Lächeln auf ihrem Gesicht und ließ die Zahnspange aufblitzen. „Hi, Dad!“

1. KAPITEL

Die Woche, bevor ein Magazin wie *Celebrity* in Druck ging, herrschte äußerstes Chaos. Die Führungsetagen aller Redaktionen waren in wilder Aufregung. Schreibtische waren überhäuft, Telefonleitungen besetzt, die Mittagspausen wurden ausgelassen. Eine Spur von Panik lag in der Luft, und dies steigerte sich von Stunde zu Stunde. Die Stimmung war gereizt, und in manchen Befehlen schwang die Nervosität mit. Bis spätabends brannten in den Büros die Lichter. Das reiche Aroma von Kaffee und beißender Tabakrauch lagen immer in der Luft. Röhrchen von Magentabletten wurden geleert, und Fläschchen mit Augentropfen wanderten von Hand zu Hand. Nach fünf Jahren war die monatliche Torschlusspanik für Lee selbstverständlich geworden.

Celebrity war eine elegante, angesehene und auflagenschwere Zeitschrift. Neben Geschichten über die Reichen und Berühmten wurden Artikel von bekannten Psychologen und Journalisten gedruckt, ebenso Interviews mit Politikern und Rockstars. *Celebrity*-Fotografien waren erstklassig, die Textbeiträge gründlich recherchiert und prägnant geschrieben. Ein Lästerer hatte sie als Qualitäts-Tratsch einstufen können – die Betonung der Qualität vergaß aber auch der größte Lästerer nicht.

Eine Werbeanzeige im *Celebrity* war gleichbedeutend mit einem sicheren Anstieg der Verkaufszahlen und des öffentlichen Interesses und musste entsprechend bezahlt werden. *Celebrity* war in der hart konkurrierenden Zeitschriftenlandschaft eine der führenden monatlichen Publikationen des ganzen Landes. Mit weniger hätte sich Lee Radcliffe auch nicht begnügt.

„Wie kommt die Aufnahme von den Skulpturen?“

Lee warf Blanche Mitchell, einer der Top-Fotografinnen der Westküste, einen Blick zu. Dankbar nahm sie die Tasse Kaffee entgegen, die Blanche ihr reichte. In den letzten vier Tagen hatte Lee insgesamt zwanzig Stunden Schlaf gefunden. „Gut“, antwortete sie kurz.

„Ich habe schon Kritzeleien an Hauswänden gesehen, die eher den Namen Kunst verdienten."

Obwohl sie ihr persönlich zustimmte, zuckte Lee die Schultern. „Manche stehen auf so etwas."

Lachend schüttelte Blanche den Kopf. „Als sie mir gesagt haben, dieses Gewirr von roten und schwarzen Drähten am vorteilhaftesten zu fotografieren, hätte ich sie fast gebeten, das Licht auszumachen."

„Bei dir sieht es fast mystisch aus."

„Mit dem richtigen Licht kann ich einen Schrottplatz mystisch aussehen lassen." Sie lächelte Lee an. „Genauso, wie du ihn faszinierend beschreiben kannst."

Lees Mundwinkel zuckten, doch ihre Gedanken gingen in die unterschiedlichsten Richtungen. „Das gehört alles zum Handwerk."

„Wenn wir schon davon sprechen", Blanche lehnte sich mit der Hüfte gegen Lees vollgepackten Schreibtisch und trank ihren Kaffee, „versuchst du immer noch, etwas über diesen Hunter Brown auszugraben?"

Ein Stirnrunzeln zog Lees elegant geschwungenen, Brauen zusammen. Hunter Brown war zum Gegenstand ihres Ehrgeizes geworden und schon fast eine Besessenheit. Vielleicht lag es an seiner absoluten Unzugänglichkeit, dass sie entschlossen war, als Erste den Schleier des Geheimnisses zu lüften. Es hatte sie fast fünf Jahre gekostet, sich einen Namen als Reporterin zu machen, und sie galt als hartnäckig, gründlich und kühl distanziert. Lee wusste, sie hatte sich diese Attribute verdient. Drei Monate lang auf der Suche nach Hunter Brown ins Leere zu laufen schreckte sie nicht ab. Auf die eine oder andere Art würde sie zu ihrer Story kommen.

„Bisher bin ich nicht einmal über den Namen seines Agenten und die Telefonnummer seiner Verlegerin hinausgekommen." Vielleicht lag eine Spur von Frust in ihrer Stimme, doch ihre Miene war entschlossen. „Ich habe noch nie so verschwiegene Menschen getroffen."

„Sein letztes Buch hat alle Erwartungen übertroffen. Hast du es schon gelesen?"

„Gekauft schon, aber ich hatte noch keine Gelegenheit, damit anzufangen."

Blanche warf eine ihrer langen honigfarbenen Strähnen über die Schulter zurück. „Fang es nicht in einer dunklen Nacht an." Sie nahm einen Schluck Kaffee und lachte auf. „Als ich es gelesen habe, konnte ich nur bei Festtagsbeleuchtung einschlafen. Ich weiß wirklich nicht, wie er das schafft."

Lee blickte auf. „Das ist eine der Fragen, die ich klären werde."

Blanche nickte. Sie kannte Lee seit drei Jahren und zweifelte nicht daran, dass sie es schaffte. „Warum?"

„Weil …", Lee trank ihren Kaffee aus und warf den leeren Plastikbecher in ihren überquellenden Papierkorb, „… es bisher noch niemand geschafft hat."

„Große Herausforderung – das Mount-Everest-Syndrom", bemerkte Blanche und erhielt dafür eines der seltenen spontanen Lächeln von Lee.

Ein flüchtiger Blick zeigte zwei attraktive Frauen in leichter Unterhaltung in einem modern eingerichteten Büro. Ein näherer Blick hätte die Gegensätze aufgedeckt: Blanche, in bequemen Jeans und T-Shirt, war vollkommen entspannt. Bei ihr war alles lässig, von ihren alten Turnschuhen bis zu dem herunterhängenden Haar. Ihr anziehendes Gesicht zeigte nur eine Spur von flüchtig aufgetragenem Mascara.

Lee dagegen war eine äußerst elegante Erscheinung in ihrem graublauen Kostüm. Die Anspannung, der Motor ihrer Antriebskraft, machte sich an ihren Händen bemerkbar. Ihre Finger kamen nie zur Ruhe. Ihr Haar hatte einen raffinierten Kurzhaarschnitt, der wenig Aufwand erforderte – was ihr genauso wichtig war wie die gute Wirkung. Der Farbton lag irgendwo zwischen Kupfer und Gold. Ihr Teint war zart und hell, für manche Rothaarige ein Segen, für andere ein Fluch. Wie immer hatte sie ein perfektes Make-up aufgelegt, bis hin zu dem Lidschatten, der zu ihrer Augenfarbe passte. Von ihren zarten Gesichtszügen hob sich ein voller und unübersehbar eigensinniger Mund ab.

Die zwei Frauen verkörperten total unterschiedliche Stile und Geschmacksrichtungen, doch, merkwürdig genug, ihre

Freundschaft hatte sich vom ersten Augenblick an gebildet. Obwohl Blanche mit Lees aggressiven Taktiken nicht immer übereinstimmte und Lee ebenso wenig mit Blanches gemäßigter Vorgehensweise, hielt ihre enge Freundschaft seit nunmehr drei Jahren.

„Also." Blanche fand in ihrer Jeanstasche einen Schokoriegel und begann, ihn auszuwickeln. „Wie sieht dein Schlachtplan aus?"

„Weitergraben", gab Lee fast grimmig zurück. „Ich habe ein paar vage Verbindungen zu seinem Verlag knüpfen können. Vielleicht kommt über die eine oder andere etwas herüber." Ohne es selbst zu merken, trommelte sie mit den Fingern auf ihrem Schreibtisch. „Verdammt, Blanche, er ist wie der Mann, der nirgends war. Ich habe nicht einmal herausfinden können, in welchem Bundesstaat er lebt."

„Allmählich glaube ich fast an die Gerüchte." Draußen, vor Lees Büro, steigerte sich jemand wegen der Bearbeitung eines Artikels fast in einen hysterischen Anfall. „Ich würde sagen, der Bursche lebt in einer Höhle voller Fledermäuse und herumstreunender Wölfe. Das Originalmanuskript schreibt er wahrscheinlich mit Schafsblut."

„Und opfert zu jedem Vollmond Jungfrauen."

„Ich wäre nicht überrascht." Genüsslich kaute Blanche ihren Riegel. „Ich sage dir, der Mann ist unheimlich."

„‚Der stille Schrei' ist immer noch auf der Bestsellerliste."

„Ich habe nicht gesagt, er sei nicht glänzend. Ich habe gesagt, er sei unheimlich. Was für ein Typ mag er wohl sein?" Selbstironisch lächelnd schüttelte sie den Kopf. „Ich kann dir verraten, gestern Nacht hätte ich gewünscht, noch nie von Hunter Brown gehört zu haben, als ich versuchte, mit offenen Augen einzuschlafen."

„Das ist es gerade." Ungeduldig erhob sich Lee und trat an das winzige Fenster, das nach Osten ging. Sie blickte nicht hinaus. Der Anblick von Los Angeles interessierte sie nicht. Sie musste einfach nur herumgehen. „Was für ein Typ ist er? Welches Leben führt er? Ist er verheiratet? Ist er fünfundsechzig oder fünfundzwanzig? Warum schreibt er Romane über das Übernatürliche?" Ungeduldig und verärgert drehte sie sich um. „Warum hast du sein Buch gelesen?"

„Weil es faszinierend war. Weil, als ich auf Seite drei war, man mich nicht einmal mit Gewalt von dem Buch hätte wegreißen können."

„Und du bist eine intelligente Frau."

„Verdammt richtig." Blanche grinste. „Also?"

„Warum kaufen und lesen intelligente Menschen etwas, das ihnen entsetzliche Angst einjagt? Wenn du dir einen Hunter Brown kaufst, weißt du, was er bei dir verursacht, und trotzdem schießen seine Bücher laufend auf die Spitzen der Bestsellerlisten und bleiben dort. Warum schreibt ein offensichtlich kluger Mann solche Bücher?" In der Blanche vertrauten Art begann Lee, an allem herumzufingern, das ihr in die Quere kam – die Blätter eines Philodendron, ein Bleistiftstummel, der linke Ohrring, den sie während eines Telefonats abgenommen hatte.

„Höre ich etwa so etwas wie Missbilligung heraus?"

„Ja, vielleicht." Stirnrunzelnd sah Lee auf. „Der Mann ist wahrscheinlich der farbenprächtigste Erzähler des Landes. Wenn er ein Zimmer in einem alten Haus beschreibt, kannst du den Staub riechen. Seine Charakterzeichnungen sind so lebensnah, dass du schwörst, die Menschen seiner Romane schon einmal kennengelernt zu haben. Und dieses Talent benutzt er, um über Dinge zu schreiben, die einem in der Nacht eine Gänsehaut verursachen. Ich will herausfinden, warum."

Blanche zerknüllte das Papier des Schokoriegels zu einem Ball. „Ich kenne eine Frau mit scharfem Verstand. Sie hat ein Geschick, verborgene und manchmal unmöglich trockene Fakten auszugraben und aus ihnen fesselnde Geschichten zu machen. Sie ist ehrgeizig, hat ein bemerkenswertes Talent für Sprache, aber sie arbeitet für ein Magazin und lässt einen halb fertigen Roman vergessen in der Schublade liegen. Sie ist reizend, aber Verabredungen trifft sie nur aus Berufsinteresse. Und sie hat die Angewohnheit, beim Reden Heftklammern in abscheuliche Formen umzubiegen."

Lee blickte hinunter auf das verbogene Stück Metall in ihren Händen. „Und? Weißt du, warum?"

Es war ein Anflug von Humor in Blanches Blick. „Seit drei Jahren bemühe ich mich. Ich habe es noch nicht herausgefunden."

Mit einem Lächeln warf Lee die verbogene Heftklammer in den Papierkorb. „Schließlich bist du ja auch keine Reporterin."

Weil sie noch nie gut darin gewesen war, Ratschläge anzunehmen, knipste Lee die Nachttischlampe an, streckte sich aus und öffnete Hunter Browns letzten Roman. Ein oder zwei Kapitel wollte sie lesen und dann früh einschlafen. Früh einschlafen, das war fast ein sündhafter Luxus nach dieser Woche bei *Celebrity*.

Ihr Schlafzimmer war in Schwarztönen und Blauschattierungen gehalten, vom zartesten Aqua bis Indigo. Hier konnte sich Lee entspannen und wohlfühlen, mit den Dutzenden von Kissen und einer riesigen türkischen Brücke. Ihre letzte Errungenschaft, ein großer Ficus-Baum, stand am Fenster und gedieh prächtig.

Dieses Zimmer hielt sie für das einzig wahre private Fleckchen in ihrem Leben. Als Reporterin akzeptierte es Lee, dass sie öffentlicher Besitz war, ebenso wie die Leute, die sie sich aussuchte. Ein Privatleben zu haben konnte sie nicht für sich beanspruchen, wenn sie selbst laufend im Leben anderer Menschen herumwühlte. Doch in diesem winzigen Winkel der Welt konnte sie sich vollkommen entspannen, konnte vergessen, dass Arbeit auf sie wartete, dass Stufen auf der Karriereleiter zu erklimmen waren. Sie konnte sich vormachen, Los Angeles wimmele nicht von geschäftigem Treiben, solange sie nur diese Oase des Friedens hatte. Ohne sie, ohne die Stunden, die sie sich hier entspannte, würde sie den Karrieredruck nicht aushalten.

Lee wusste, sie hatte die Neigung, zu viel von sich zu verlangen, pausenlos auf Hochtouren zu laufen. In der Stille ihres Schlafzimmers konnte sie jeden Abend neue Kräfte sammeln, um für den Wettkampf am nächsten Tag bereit zu sein.

Entspannt öffnete sie Hunter Browns letztes Werk.

Nach einer halben Stunde steigerte sich Anspannung und unbehagliche Unruhe in Lee, und sie war vollkommen im Bann der Geschichte, sodass sie gar nicht schnell genug umblättern konnte. Hunter Brown stellte einen ganz gewöhnlichen Mann in einer außergewöhnlichen Situation dar und das so fesselnd, dass sich Lee mit der Hauptfigur zusammen plötzlich in einer Kleinstadt in einem dunklen Geheimnis gefangen sah.

Die Erzählung floss, und die Dialoge waren so natürlich, dass sie die Stimmen direkt hören konnte. Er füllte das Städtchen mit vielen wiedererkennbaren, alltäglichen Dingen, dass sie schwören könnte, selbst schon dort gewesen zu sein. Sie wusste, die Geschichte würde ihr mehr als nur einen schlimmen Moment in der Dunkelheit verschaffen, aber sie musste einfach weiterlesen. Das war die Magie eines Meistererzählers. Ihn verfluchend las sie, so angespannt, dass, als das Telefon neben ihrem Bett läutete, ihr das Buch aus den Händen flog. Wieder fluchte Lee, dieses Mal über sich selbst, und nahm den Hörer ab.

Ihre Verärgerung, gestört worden zu sein, dauerte nicht lange. Sie griff nach einem Stift und kritzelte etwas auf einen Notizblock neben dem Telefon. Lächelnd legte sie den Stift wieder hin. Dem Kontakt in New York schuldete sie enormen Dank. Doch erst musste sie Vorbereitungen treffen, um an einer kleinen Schriftstellerkonferenz in Flagstaff, Arizona, teilnehmen zu können.

Lee musste zugeben, das Land war beeindruckend. Wie es ihrer Angewohnheit entsprach, hatte sie während des Fluges von Los Angeles nach Phoenix gearbeitet, doch nachdem sie in die kleinere Maschine nach Flagstaff umgestiegen war, vergaß sie ihre Arbeit. Durch dünne Wolken flogen sie über eine Weite, die nach den Wolkenkratzern und dem Verkehr von Los Angeles kaum zu verkraften war. Sie blickte hinunter auf die Spitzen und Schluchten und die Burgen ähnelnden Wände des Oak Creek Canyon und empfand dabei ein Gefühl aufwallender Erregung, die selten bei einer nicht leicht zu beeindruckenden Frau zu finden ist. Wenn sie doch nur mehr Zeit hätte. Lee seufzte. Es gab nie genug Zeit.

In der Abfertigungshalle des winzigen Flughafens hatten die Passagiere die Wahl zwischen einer kleinen Ausschanktheke und Soda- und Süßigkeitsautomaten. Kein Lautsprecher verkündete ankommende oder abfliegende Maschinen. Kein Gepäckträger stürmte auf Lee zu, um ihr Gepäck in Empfang zu nehmen. Draußen wartete keine Reihe von Taxen auf die Fluggäste. Lästig. Lee runzelte die Stirn. Geduld zählte nicht zu ihren Tugenden.

Müde, hungrig und ein wenig erschöpft durch den unruhigen Flug in der kleinen Maschine, trat sie an einen der Tresen.

„Ich brauche einen Wagen, um in die Stadt zu kommen."

Der Mann in Hemdsärmeln und gelockerter Krawatte hörte auf, Knöpfe seines Computers zu drücken. Sein berufsmäßig höflicher Blick wurde intensiver, als er Lee ansah. Sie erinnerte ihn an eine Kamee, die seine Großmutter zu besonderen Gelegenheiten am Hals getragen hatte. Automatisch straffte er die Schultern. „Wollen Sie einen Wagen mieten?"

Lee überlegte einen Moment und lehnte es dann ab. Sie war nicht wegen touristischer Ausflüge gekommen, also lohnte sich ein Wagen nicht. „Nein, ich will nur nach Flagstaff." Sie nannte ihm den Namen ihres Hotels. „Haben die einen Hotelwagen?"

„Bestimmt. Rufen Sie einfach von dem Telefon dort drüben an, und die werden jemanden schicken."

„Danke."

Interessiert sah er ihr nach.

Als sie den Raum durchquerte, fing Lee den Duft von gegrillten Würstchen auf. Ihr lief das Wasser im Mund zusammen, da sie das zweifelhafte Essen während des Flugs zurückgewiesen hatte. Schnell wählte sie die Nummer des Hotels, nannte ihren Namen und erhielt die Zusicherung, innerhalb von zwanzig Minuten einen Wagen zu haben. Zufrieden kaufte sie sich ein Würstchen und nahm auf einem der schwarzen Plastikstühle Platz.

Sie würde erreichen, weshalb sie hierhergekommen war, redete sich Lee energisch ein, während sie hinüber zu den fernen

Bergen blickte. Die Zeit hier würde nicht vertan sein. Nach drei frustrierenden Monaten würde sie nun endlich einen direkten Blick auf Hunter Brown werfen können.

Sie brauchte nichts weiter als eine Stunde mit ihm. Sechzig Minuten. In dieser Zeit konnte sie genügend Informationen für einen prägnanten und sehr exklusiven Artikel aus ihm herauslocken. Genau das war ihr auch mit dem diesjährigen Oscarpreisträger gelungen, obwohl der sich widerstrebend, fast feindselig gezeigt hatte. Hunter Brown würde wahrscheinlich auch beides sein. Das steigerte nur noch den Reiz der Aufgabe. Hätte sie ein einfaches, überschaubares Leben gewollt, dann hätte sie sich dem Druck ihrer Eltern gebeugt und Jonathan geheiratet. In dem Fall würde sie in diesem Moment wahrscheinlich ihre nächste Gartenparty planen, statt sich zu überlegen, wie sie einen preisgekrönten, publikumsscheuen Schriftsteller überlisten könnte.

Lee hätte fast laut aufgelacht: Gartenpartys, Bridgepartys und der Jachtclub. Das mochte perfekt sein für ihre Familie, aber sie selbst wollte mehr. Mehr was? Das hatte ihre Mutter sie gefragt, und Lee hatte nur antworten können: einfach mehr.

Nach einem Blick auf ihre Uhr ließ sie ihr Gepäck neben dem Stuhl stehen und ging hinüber in den Waschraum für Damen.

Die Tür war kaum hinter Lee geschlossen, als das Objekt all ihrer Pläne in die Eingangshalle schlenderte.

Er tat nicht oft gute Taten und dann nur für Menschen, für die er eine echte Zuneigung empfand. Da er etwas zu früh in die Stadt gekommen war, war Hunter zum Flughafen gefahren, in der Absicht, seine Verlegerin abzuholen. Er sah sich flüchtig um und trat dann an denselben Tresen, an dem zehn Minuten früher auch Lee sich informiert hatte.

„War der Flug 471 pünktlich?“

„Ja, Sir, die Maschine ist vor zehn Minuten gelandet.“

„Ist eine Frau ausgestiegen?“ Wieder sah sich Hunter in der fast leeren Halle um. „Attraktiv, Mitte zwanzig …“

„Ja, Sir“, unterbrach ihn der Angestellte. „Sie ist gerade in den Waschraum gegangen. Dort drüben steht ihr Gepäck.“

„Danke." Zufrieden ging Hunter zu Lees fein säuberlich aufgereihten Gepäckstücken. Belustigt ließ er den Blick darübergleiten. Offensichtlich schleppten alle Frauen immer zu viel mit sich herum. Hatte nicht auch Sarah zwei Koffer für den dreitägigen Besuch bei seiner Schwester in Phoenix mitgenommen? Merkwürdig, sein kleines Mädchen war schon fast eine Frau. Vielleicht auch nicht merkwürdig.

Im Vergleich zu Jungen wuchsen Mädchen viel schneller aus dem Kindesalter heraus.

Als sie zurück in die Eingangshalle trat, sah Lee ihn. Er stand mit dem Rücken zu ihr, sodass sie nur einen großen, schlanken Mann mit schwarzem lockigem Haar sah, das lässig über den Halsausschnitt seines T-Shirts fiel. Genau pünktlich, dachte sie zufrieden und näherte sich ihm.

„Ich bin Lee Radcliffe."

Er drehte sich um, und sie erstarrte. Ihr unpersönliches Lächeln fror ein. Im ersten Augenblick konnte sie nicht sagen, warum. Er war attraktiv – vielleicht zu attraktiv. Sein Gesicht war schmal, ohne gelehrt zu wirken, wettergegerbt, ohne zerfurcht zu wirken. Eine Kombination von beidem. Seine gerade Nase erforderte fast die Bestimmung aristokratisch, während der Mund wie der eines Dichters geschnitten war. Sein Haar war voll und zerzaust, als wäre er stundenlang im Fahrtwind gefahren. Aber es waren nicht diese Merkmale, die Lee die Sprache verschlugen. Es waren seine Augen.

Sie hatte noch nie so dunkle Augen gesehen, die so direkt, so verunsichernd blickten. Es war, als sähe er durch sie hindurch. Nein, in sie hinein. Und innerhalb von zehn Sekunden hatte er alles von ihr wahrgenommen.

Er sah ein überwältigendes Gesicht mit hellem Teint und dunklen Augen, die vor Überraschung weit aufgerissen waren. Er sah einen weichen, femininen Mund mit geschickt aufgelegtem Rot. Er sah Nervosität. Er sah ein eigensinniges Kinn und Haar in der Farbe geschmolzenen Kupfers, das sich zwischen seinen Fingern wie Seide anfühlen würde. Er sah eine nach außen hin sichere, innerlich angespannte Frau, die nach Frühlingsabenden roch und aussah wie ein Titelbild von *Vogue*. Wenn nicht diese innere Anspannung gewesen wäre, wäre er gegangen. Doch es fesselte ihn immer, was unter der Oberfläche von Menschen verborgen lag.

Mit einem ganz schnellen Blick überflog er ihr elegantes Kostüm. „Ja?"

„Nun, ich …" Sie brach ab. Das allein brachte sie in Rage. Sie würde sich nicht von dem Fahrer eines Hotels zum Stammeln bringen lassen. „Wenn Sie gekommen sind, um mich abzuholen", sagte sie knapp, „dann sollten Sie mein Gepäck nehmen."

Er zog eine Braue hoch und sagte nichts. Ihr Fehler war offensichtlich. Es hätte ihn nur einen Satz gekostet, sie aufzuklären.

Und doch, es war ihr Fehler, nicht seiner. Hunter hatte schon immer mehr Impulsen als Erklärungen geglaubt. Er beugte sich, nahm ihren Koffer und warf sich den Kleidersack über die Schulter. „Der Wagen ist gleich draußen."

Mit der Aktentasche in der Hand und seinen Rücken ihr zugewandt, fühlte sie sich gleich viel sicherer. Die merkwürdige Verunsicherung, redete sich Lee ein, war auf die Erwartung, den berühmten Sonderling endlich zu treffen, und den langen Flug zurückzuführen. Männer überraschten sie nie, und ganz gewiss brachten sie sie nicht zum Stammeln und Anstarren. Was sie jetzt brauchte, war ein Bad und etwas Kräftigeres zu essen, als es das Würstchen gewesen war.

Der Wagen, zu dem er sie führte, war kein Wagen, sondern ein Jeep. Sie nahm an, das sei sinnvoll bei den steilen Straßen und harten Wintern, und stieg ein.

Bewegt sich gut, dachte er, und kleidet sich makellos. Ihre Finger konnte sie nicht einen Augenblick lang ruhig halten. „Sind Sie aus der Gegend?", fragte er sie, nachdem er ihr Gepäck hinten verstaut hatte.

„Nein. Ich bin hier wegen der Schriftstellertagung."

Hunter warf die Tür zu. „Sind Sie Schriftstellerin?"

Sie dachte an die zwei Kapitel ihres Manuskripts, die sie zur Tarnung mitgebracht hatte. „Ja."

Hunter fuhr über den Parkplatz und nahm dann die Straße, die zum Highway führte. „Was schreiben Sie?"

Lee lehnte sich zurück und dachte, sie könnte sich hier schon etwas Routine erwerben, bevor sie mitten unter zweihundert Schriftstellern steckte. „Ich habe Artikel und einige Kurzgeschichten geschrieben", erzählte sie wahrheitsgetreu. Dann fügte sie hinzu, was sie kaum jemandem verriet: „Und ich habe einen Roman angefangen."

Mit einer Geschwindigkeit, die sie überraschte, aber nicht beunruhigte, bog er auf den Highway. „Werden Sie ihn beenden?"

„Das hängt wahrscheinlich von vielem ab."

Er warf ihr erneut einen prüfenden Seitenblick zu. „Zum Beispiel?"

Sie musste sich zwingen, still zu sitzen. Die Frage verursachte ihr wieder Unbehagen. „Zum Beispiel, ob das, was ich bisher gemacht habe, gut ist."

„Besuchen Sie häufig solche Tagungen?"

„Nein, es ist meine erste."

Daher möglicherweise die Nervosität, dachte Hunter, glaubte aber nicht, die ganze Antwort bekommen zu haben.

„Ich hoffe, etwas zu lernen." Lee überwand sich zu einem kurzen Lachen. „Ich habe mich erst in letzter Minute zur Teilnahme entschlossen. Aber als ich erfuhr, Hunter Brown werde da sein, konnte ich nicht widerstehen."

Das Düstere in seinem Blick kam und verschwand zu schnell, um von ihr bemerkt zu werden. Er hatte nur eingewilligt, an der Konferenz teilzunehmen, weil die Öffentlichkeit nichts davon erfuhr. Selbst von den Organisatoren wusste im Augenblick noch kaum jemand, dass er sich hinter dem Überraschungsredner verbarg. Wie also, fragte er sich, hat diese kleine Rothaarige mit den italienischen Schuhen und den Mitternachtsaugen es herausgefunden? Er überholte einen Lastwagen. „Wer?"

„Hunter Brown. Der Romanschriftsteller."

Wieder überkam ihn der Impuls. „Ist er gut?"

Überrascht drehte sich Lee zu ihm und musterte sein Profil. Es war eindeutig leichter, ihn anzusehen, wenn diese Augen nicht auf sie gerichtet waren. „Sie haben nie etwas von ihm gelesen?“

„Sollte ich?“

„Ich denke, das hängt davon ab, ob Sie es mögen, bei Festtagsbeleuchtung und verriegelten Türen zu lesen. Er schreibt Horrorgeschichten.“

Wenn sie genauer hingesehen hätte, wäre ihr der Funke Humor in seinem Blick nicht entgangen. „Geister und Vampirzähne?“

„Nicht ganz“, entgegnete sie nach kurzem Überlegen. „Nicht so einfach. Wenn es etwas gibt, wovor Sie sich fürchten, er packt es in Worte und lässt Sie ihn zum Teufel wünschen.“

Hocherfreut lachte Hunter. „Sie mögen es also, in Schrecken versetzt zu werden?“

„Nein“, antwortete Lee unmissverständlich.

„Warum lesen Sie ihn dann?“

„Das habe ich mich selbst gefragt, als ich um drei Uhr früh eines seiner Bücher ausgelesen hatte. Es ist einfach unwiderstehlich. Ich denke, er muss ein sehr merkwürdiger Mensch sein“, murmelte sie halb zu sich selbst.

Nach einer scharfen Kurve fuhr er vor dem Hotel, nach dem sie ihn eingangs kurz gefragt hatte, vor, mehr an dieser Frau interessiert, als er beabsichtigt hatte. „Aber besteht Schreiben nicht nur aus Wörtern und Einbildungskraft?“

„Und Schweiß und Blut“, fügte sie hinzu und zuckte die Schultern. „Ich kann mir einfach nicht vorstellen, dass es sehr angenehm ist, mit einer Einbildungskraft wie der von Brown zu leben. Ich wüsste gern, wie er darüber empfindet.“

Amüsiert sprang Hunter aus dem Jeep, um ihr Gepäck zu holen. „Sie werden ihn fragen.“

„Ja.“ Lee stieg aus. „Das werde ich.“

Einen Augenblick lang standen sie schweigend auf dem Bürgersteig. Er betrachtete sie mit so etwas wie mildem Interesse. Doch sie spürte, da war mehr – etwas, das sie einen Hotelfahrer nach zehnminütiger Bekanntschaft nicht empfinden lassen sollte. Zum zweiten Mal wollte sie sich unruhig bewegen und zwang sich wieder zum Stillstehen. Ohne ein weiteres Wort wandte sich Hunter ab und ging mit ihrem Gepäck ins Hotel.

Sie beobachtete ihn, als er zur Anmeldung ging. Von ihm ging die Aura kühler Zuversicht aus und eine gewisse Arroganz. Warum fuhr ein Mann wie dieser für ein Hotel hin und her, ohne es zu etwas zu bringen? Doch das sollte schließlich nicht ihre Sorge sein. Sie hatte sich um Wichtigeres zu kümmern.

„Lenore Radcliffe", sagte sie dem Portier.

„Ja, Miss Radcliffe." Er schob ihr ein Anmeldeformular hin und reichte ihr dann den Schlüssel. Bevor sie danach greifen konnte, hatte Hunter ihn schon genommen. Erst jetzt bemerkte sie den merkwürdigen Ring an seinem Finger, aus vier schmalen umeinandergewundenen Gold- und Silberbändern.

„Ich bringe Sie hin", sagte er ganz einfach und durchquerte die Eingangshalle, wobei sie dicht hinter ihm blieb. Vor einer Zimmertür blieb er stehen, schloss auf und bat sie mit einer Handbewegung hinein.

Der Raum war auf Gartenebene mit eigener Veranda, was sie erfreut bemerkte. Während sie sich umsah, schaltete Hunter unbekümmert den Fernseher ein, ging die verschiedenen Programme durch und überprüfte dann die Klimaanlage. „Rufen Sie den Portier, wenn Sie noch etwas brauchen", riet er ihr und schob ihren Kleidersack in den Schrank.

„Ja." Lee kramte in ihrem Portemonnaie und holte fünf Dollar hervor. „Danke." Sie hielt ihm das Geld hin.

Ihre Blicke trafen sich, und wieder bewirkte es bei ihr den lähmenden Schock wie zuvor auf dem Flughafen. Ganz tief in ihr rührte sich etwas. Dann lächelte er, so reizend, dass sie darüber die Sprache verlor.

„Danke, Miss Radcliffe." Ohne mit der Wimper zu zucken, steckte Hunter die fünf Dollar ein und schlenderte hinaus.

2. KAPITEL

Wenn Schriftsteller häufig als kurios eingestuft werden, so war eine Schriftstellertagung, wie Lee entdeckte, ein ganzes Kuriositätenkabinett. Ruhig, organisiert oder langweilig war hier nun wirklich nichts.

Wie alle anderen der rund zweihundert Teilnehmer stand sie morgens um acht in einer der zwölf Reihen zur Anmeldung. Vom Lachen und Rufen und den Umarmungen her zu urteilen war es offensichtlich, dass sich viele der Schriftsteller und Möchtegernschriftsteller kannten. Es herrschte eine lockere Atmosphäre, das Gefühl, unter Gleichen zu sein. Über allem lag eine erwartungsvolle Spannung.

Und doch, mehr als einer der Gäste stand in der lärmenden Eingangshalle wie ein in einem Schiffswrack verlorenes Kind, klammerte sich an einen Ordner oder eine Aktentasche, als wäre es eine Rettungsweste und starrte gequält oder einfach nur verwirrt vor sich hin. Auch wenn sie selbst nach außen hin ruhig und sicher wirkte, als sie ihren Teilnehmerausweis entgegennahm, konnte Lee dieses Empfinden gut nachvollziehen.

Sie konzentrierte sich auf den Grund ihres Hierseins und überflog zuerst das Programm. Mit einem kleinen Lächeln unterstrich sie: GESTALTUNG VON HORROR DURCH ATMOSPHÄRE UND EMOTIONEN. REDNER WIRD NOCH BEKANNT GEGEBEN.

Volltreffer, dachte Lee. Ein Blick auf ihre Uhr verriet ihr, dass sie noch drei Stunden Zeit hatte bis zu Browns Vortrag. Da sie nichts dem Zufall überließ, holte sie ihr Notizbuch hervor und überflog die notierten Fragen, die sie Brown stellen wollte. Mit einem Ohr fing sie dabei amüsante Gesprächsfetzen der umherschlendernden Teilnehmer auf.

„Wenn ich wieder abgelehnt werde, stecke ich meinen Kopf in den Ofen."

„Du hast einen Elektrikofen, Judy."

„Es ist der Gedanke, der zählt."

„Und als mir heute Morgen das Frühstück gebracht wurde, lag unter meinem Teller ein Manuskript von fünfhundert Seiten. Ich habe vollkommen den Appetit verloren."

„Das ist noch gar nichts. Ich habe letztens eins ins Büro bekommen, das in Schönschrift abgefasst war. Hundertfünfzigtausend Wörter in gestochener Schönschrift."

Verleger, dachte Lee. Denen könnte sie auch einiges über Unterwürfigkeit erzählen, mit der häufig Leute glaubten, bei *Celebrity* unterzukommen.

„Er meinte, sein Verleger habe sein erstes Kapitel in Stücke gehauen. Bevor er es neu schreibt, muss er erst einmal Trauerarbeit leisten."

„Ich muss immer Trauerarbeit leisten, bevor ich etwas neu schreiben muss. Nach jeder Zurückweisung überlege ich immer ernsthaft, ob ich nicht mit Körbeflechten meinen Unterhalt verdienen soll."

„Hast du gehört, Jeffries ist wieder hier, um mit diesem Manuskript über die Jungfrau mit Höhenangst und Telekinese hausieren zu gehen? Ich verstehe einfach nicht, warum er sie nicht einen ruhigen Tod sterben lässt. Wann erscheint dein nächster Mord?"

„Im August. Es ist Gift."

„Darling, das ist keine Art, über deine Arbeit zu reden."

Lee konnte eine Vielfalt von Sprachstilen ausmachen, manche gedämpft, manche blasiert, manche pompös. Von einer ebensolchen Reichweite waren die Gesten und die Gesprächsthemen. Verblüfft beobachtete sie einen Mann, der theatralisch in einem langen, schwarzen Cape vorbeischwebte.

Ganz eindeutig ein skurriles Völkchen, dachte Lee, entwickelte aber sogleich Sympathie für sie. Sicher, sie reservierte ihre Talente für Artikel und Biografien, aber im Grunde ihres Herzens war sie auch eine Schriftstellerin. Ihre Stellung bei dem Magazin hatte sie sich hart erkämpft, und sie hatte sich ihre Welt darum herum erbaut. Bei all ihrem Ehrgeiz – ihre Angst vor Ablehnung war groß. Darum blieb ihr eigenes Manuskript auch unvollendet und verstaubte in der Schublade. Der Zeitungsverlag sicherte ihr Ansehen und die Möglichkeit auf Beförderung, das feste Einkommen, das Dach über dem Kopf, die Kleider am Leib und das Essen auf dem Tisch.

Wenn es nicht so wichtig für sie wäre, allen zu beweisen, dass sie ihr Leben und ihre Karriere aus eigener Kraft meistern konnte, hätte sie vielleicht die ersten Kapitel ihres Manuskripts schon an einen Verlag geschickt. Aber ... Lee schüttelte den Kopf und beobachtete die hereinströmenden Menschen. Alle Typen, alle Größen, alle Altersstufen. Die Kleidung variierte von korrekten Anzügen über Jeans und schrille Kaftane und Kittel. Lee fragte sich, ob sie sonst schon irgendwo eine solche Vielfalt gesehen hatte. Gedankenverloren starrte sie auf das unfertige Manuskript, das sie in ihren Aktenkoffer gelegt hatte. Nur zur Tarnung, erinnerte sie sich selbst. Das war alles.

Nein, sie glaubte nicht daran, dass sie das Zeug zu einer großen Schriftstellerin hatte. Aber sie wusste eins: Das Talent für hervorragenden Journalismus hatte sie. Und nie, nie würde sie sich mit dem zweiten Rang abfinden.

Und doch, wenn sie schon einmal hier war, schadete es auch nichts, wenn sie in das eine oder andere Seminar ging. Vielleicht konnte sie ein paar Tipps aufschnappen. Und, was noch wichtiger ist, sagte sie sich, als sie aufstand, vielleicht kann ich diese Fahrt noch in einen Artikel über interessante Aspekte einer Tagung von Schriftstellern umsetzen: wer eine solche Tagung besuchte, warum er sie besuchte, was diese Leute machten, worauf sie hofften. Ja, es könnte etwas ganz Interessantes dabei herauskommen. Die Arbeit kam schließlich immer zuerst.

Eine Stunde später schlenderte sie in die Cafeteria – etwas begeisterter, als sie nach ihrem ersten Seminar sein wollte. Sie würde eine kurze Pause machen, die Notizen, die sie gemacht hatte, ordnen, dann zurückgehen, um sicher zu sein, dass sie den besten Platz für Hunter Browns Vorlesung bekam.

Hunter sah von seiner Zeitung auf, als sie die Cafeteria betrat. Lee Radcliffe, dachte er und fand sie weitaus interessanter als die lokalen Nachrichten, die er gerade überflog. Die Unterhaltung mit ihr gestern hatte ihm Spaß gemacht, obwohl Unterhaltungen ihn meistens langweilten. Sie hatte irgendeine Qualität – eine ihr eigene Freimütigkeit, von Blasiertheit übertüncht –, die sein Interesse weckte. Als Schriftsteller, der glaubte, die Charaktere machten das Wesentliche jeden Buches aus, suchte Hunter immer nach dem Einmaligen und Individuellen. Sein Instinkt verriet ihm, Lee Radcliffe war ganz deutlich ein Individuum.

Unbemerkt beobachtete er sie. Sie sah sich gedankenverloren im Raum um. Ihr Kostüm war sehr einfach, verriet aber Stil und Geschmack, sowohl was die Farbe als auch den Schnitt anging. Sie war eine Frau, die das Einfache tragen konnte, weil sie Stil besaß. Wenn er sich nicht sehr irrte, war sie in Reichtum hineingeboren worden. Es gab immer einen feinen Unterschied zwischen denen, die an Geld gewöhnt waren, und denen, die Jahre damit verbracht hatten, es zu verdienen.

Woher kam also die Nervosität?

Hunter zündete sich eine Zigarette an und beobachtete sie weiter, da er wusste, es gab keinen schnelleren Weg, die Aufmerksamkeit von jemandem auf sich zu lenken.

Lee, die mehr an die Geschichte dachte, die sie schreiben wollte, als an den Kaffee, wegen dem sie gekommen war, spürte ein merkwürdiges Prickeln über ihren Rücken rieseln. Sie drehte sich um und erkannte Hunter, der sie anstarrte.

Es sind seine Augen, dachte sie, wobei sie im ersten Augenblick nicht an ihn als Mann dachte oder als Hotelfahrer vom gestrigen Tag. Seine Augen zogen einen magnetisch an, bis man gefangen war, bis jedes Geheimnis in einem kein Geheimnis mehr war. Es war beängstigend. Es war unwiderstehlich.

Verblüfft, dass sich ein solch überdrehter Gedanke in ihren praktischen logischen Verstand geschlichen hatte, trat Lee auf ihn zu. Er ist einfach nur ein Mann, sagte sie sich, ein Mann, der wie viele andere für seinen Lebensunterhalt arbeitet. Es gab ganz sicher nichts, was beängstigend war.

„Miss Radcliffe." Er lächelte nicht, während er sie eindringlich musterte und eine Handbewegung zum Stuhl ihm gegenüber machte. „Darf ich Sie zu einem Kaffee einladen?"

Normalerweise hätte sie abgelehnt, wenn auch höflich. Aber jetzt, aus einem unfassbaren Grund, fühlte sie sich, als hätte sie ihm und sich etwas zu beweisen. „Danke." Kaum saß sie, war auch schon eine Bedienung da und goss ihr Kaffee ein.

„Macht Ihnen die Tagung Spaß?"

„Ja." Lee goss sich Kaffeesahne ein und rührte und rührte, bis sich mitten in der Tasse ein kleiner Wirbel bildete. „So unorganisiert, wie alles zu sein scheint, gab es doch erstaunlich viele Informationen bei dem Seminar, das ich eben besucht habe."

Ein Lächeln bewegte seine Lippen, so schwach, dass es kaum da zu sein schien. „Sie ziehen das Organisierte vor?"

„Es ist produktiver." Auch wenn er etwas formeller gekleidet war als gestern, waren seine Hose und das am Hals offene Hemd lässig. Sie fragte sich, warum er keine Uniform tragen musste. Aber, auch wenn man ihn in eins dieser schicken weißen Jacketts stecken würde mit ordentlicher Krawatte, so würden seine Augen den erwünschten Effekt einfach wieder aufheben.

„Eine Menge faszinierender Dinge können aus dem Chaos heraus entstehen, meinen Sie nicht?"

„Vielleicht." Stirnrunzelnd sah sie hinunter auf den Wirbel in ihrem Kaffee. Warum fühlte sie sich, als zöge er sie an sich heran? Und warum, dachte sie mit plötzlich aufblitzender Ungeduld, sitze ich hier überhaupt mit einem philosophierenden Hotelfahrer, während ich die zwei geplanten Artikel schon einmal umreißen sollte?

„Haben Sie Hunter Brown gefunden?" Er musterte sie über den Rand seiner Tasse hin.

„Was?" Zerstreut sah Lee auf und erkannte, dass der Blick aus diesen merkwürdigen Augen immer noch auf ihr lag.

„Ich habe gefragt, ob Sie Hunter Brown begegnet sind." Wieder lag dieser Hauch eines Lächelns um seine Lippen, und dieses Mal drang es sogar in seinen Blick. Es machte ihn nicht weniger eindringlich.

„Nein." Abwehrend, ohne den Grund dafür zu wissen, nippte Lee an ihrem erkaltenden Kaffee. „Warum?"

„Nach all den Dingen, die Sie gestern erzählt haben, war ich neugierig, was Sie von ihm denken, wenn Sie ihn erst einmal persönlich kennenlernen." Er zog an seiner Zigarette und blies den Rauch in einer Wolke aus. „Normalerweise haben die Menschen ein vorgefasstes Bild über jemanden, was sich meist als falsch erweist."

„Es ist schwierig, sich überhaupt ein Bild über jemanden zu machen, der sich vor der Welt versteckt."

Eine Braue wurde hochgezogen, doch seine Stimme blieb mild. „Versteckt?"

„Das Wort drängt sich auf. Es gibt auf den Buchumschlägen seiner Romane kein Bild von ihm, keine biografischen Angaben. Er gibt nie Interviews, streitet nie ab oder bestätigt, was über ihn geschrieben wird. Alle Auszeichnungen, die er bekommen hat, sind von seinem Agenten oder seiner Verlegerin entgegengenommen worden." Sie fuhr mit den Fingern den Löffelstiel hoch und runter. „Ich habe gehört, dass er solche Veranstaltungen wie diese gelegentlich besucht, aber nur, wenn es eine sehr kleine Tagung ist und keine Informationen über seine Teilnahme in die Öffentlichkeit gelangen."

Während sie sprach, ließ Hunter unablässig den Blick auf ihr ruhen, beobachtete jede Nuance ihrer Miene. In ihrem Gesicht gab es Spuren von Eifer und Anstrengung, darüber war er sich sicher.

Weil sein direkter, nicht schwankender Blick sie verunsicherte, entschied Lee sich für den Frontalangriff. „Warum starren Sie mich so an?", fragte sie provozierend.

Er zeigte weder Verlegenheit noch Unsicherheit. „Weil Sie eine interessante Frau sind."

Ein anderer Mann hätte *eine schöne Frau* gesagt, noch ein anderer vielleicht *eine anziehende*. Beides hätte Lee mit leichtem Spott abgetan. Erneut nahm sie den Löffel in die Hand und legte ihn wieder auf die Untertasse. „Warum?"

„Sie haben einen ordentlichen Verstand, angeborenen Stil und sind ein Nervenbündel." Er mochte es, wie eine schwache Linie zwischen ihren Brauen auftauchte, als sie die Stirn runzelte. Das bedeutete Dickköpfigkeit und Hartnäckigkeit. Beides akzeptierte er. „Ich war schon immer von dem fasziniert, was Menschen hinter ihren Fassaden verbergen. Ich ertappe mich bei der Frage, was hinter Ihrer Fassade steckt, Miss Radcliffe."

Wieder spürte sie das Prickeln über ihren Rücken rieseln. Es war nicht beruhigend, einem Mann gegenüberzusitzen, der genau das auslösen konnte. „Sie haben eine merkwürdige Art, Dinge zu formulieren."

„Das sagt man mir nach."

Sie verordnete sich selbst, aufzustehen und zu gehen. Es war einfach unsinnig, hier zu sitzen und sich von einem Mann beunruhigen zu lassen, den sie mit einem Trinkgeld von fünf Dollar entlassen könnte. „Was machen Sie in Flagstaff? Sie kommen mir nicht wie jemand vor, der sich damit zufriedengibt, jeden Tag zum Flughafen und zurückzufahren, Passagiere zu befördern und Gepäck zu schleppen."

„Eindrücke ergeben faszinierende, kleine Bilder, nicht wahr?" Diesmal lächelte er ungezwungen, wie gestern, als sie ihm Trinkgeld gegeben hatte. Lee war sich nicht sicher, warum der Verdacht in ihr wieder hochkam, dass er über sie lachte.

„Sie sind ein sehr merkwürdiger Mann."

„Auch das sagt man mir nach." Sein Lächeln verblasste, und sein Blick bekam wieder die alte Intensität. „Essen Sie heute Abend mit mir?"

Die Frage überraschte sie nicht mehr als die Tatsache, dass sie annehmen wollte und es fast getan hätte. „Nein."

„Lassen Sie es mich wissen, wenn Sie Ihre Meinung ändern."

Wieder war sie überrascht. Die meisten Männer hätten zumindest ein wenig gedrängt. Sie hatte es sogar erwartet. „Ich muss zurück." Sie griff nach ihrer Aktentasche. „Wissen Sie, wo der Canyon-Raum ist?"

Mit einem inneren Auflachen legte er das Geld für die Kaffees auf den Tisch. „Ja, ich zeige es Ihnen."

„Das ist nicht nötig." Lee erhob sich.

„Ich habe Zeit." Er verließ mit ihr die Cafeteria und trat in die große, mit Teppichen ausgelegte Eingangshalle. „Wollen Sie sich die Gegend etwas ansehen, während Sie hier sind?"

„Dafür bleibt keine Zeit.“ Sie warf einen Blick aus den riesigen Fenstern zu dem hoch aufragenden Gipfel des Mount Humphrey hinüber. „Sobald die Tagung vorbei ist, muss ich zurück.“

„Wohin?“

„Los Angeles.“

„Zu viele Menschen“, kommentierte Hunter. „Haben Sie nie das Gefühl, sie nehmen Ihnen die Luft?“

So hatte sie es noch nie gesehen. Aber tatsächlich gab es Situationen, wo sie eine Anwandlung spürte, die man als Klaustrophobie bezeichnen könnte. Aber schließlich war dort ihr Zuhause und, noch wichtiger, ihre Arbeit. „Nein. Es gibt genug Luft für alle.“

„Sie haben nie am südlichen Rand des Canyons gestanden und hochgeschaut und eingeatmet.“

Wieder warf Lee ihm einen Blick zu. Er hatte eine Art, Dinge zu sagen, die einem sofort ein Bild vermittelten. Zum zweiten Mal bedauerte sie es, dass sie sich nicht einen oder zwei Tage freimachen konnte, um zumindest etwas von der Weite Arizonas zu erkunden. „Vielleicht ein anderes Mal.“ Mit einem Schulterzucken folgte sie ihm.

„Zeit ist unberechenbar. Wenn man sie braucht, ist zu wenig von ihr da. Dann wiederum wacht man morgens um drei auf, und es gibt zu viel von ihr. Normalerweise ist es klüger, sie sich zu nehmen, als auf sie zu warten. Versuchen Sie es.“ Er warf ihr einen Seitenblick zu. „Es könnte ihren Nerven guttun.“

Sie zog die Brauen zusammen. „Mit meinen Nerven ist alles in Ordnung.“

„Manche Menschen können von nervöser Energie wochenlang angetrieben werden. Und dann müssen sie das kleine Ventil finden, um den Dampf abzulassen.“ Zum ersten Mal berührte er sie, nur mit den Fingerspitzen am Ende ihres Haares. Doch sie fühlte es, erlebte es so stark und deutlich, als hätte sich seine Hand fest über ihrer geschlossen. „Was tun Sie, um den Dampf abzulassen, Lenore?“

Sie versteifte sich nicht, sie schob auch nicht beiläufig seine Hand weg, wie sie es sonst getan hätte. Sie hielt einfach still, spielte mit der Empfindung, die seine Berührung in ihr auslöste.

„Ich arbeite", sagte sie leicht, doch ihre Finger hatten sich um den Griff der Aktentasche verstärkt. „Ich brauche kein anderes Ventil." Sie trat nicht zurück, ließ aber den Hochmut, der sie immer schützte, in ihre Stimme dringen. „Niemand nennt mich Lenore."

„Nein?" Er lächelte fast. Es war dieser Blick, erkannte sie, diese verborgene Belustigung, mehr zu ahnen, als zu sehen, die sie am meisten fesselte. „Aber es passt zu Ihnen. Feminin, elegant, etwas distanziert. Lenore, die Gestalt aus Poes Erzählung. Ja." Er ließ seine Fingerspitzen an ihrem Haar. „Ich glaube, Poe hätte Sie für seine Lenore sehr passend gefunden."

Bevor sie es verhindern konnte, bevor sie es vorausahnen konnte, wurden ihre Knie weich. Sie fühlte den Klang ihres eigenen Namens wie eine Feder über ihre Haut streifen. „Wer sind Sie?" War es möglich, so tief von jemandem berührt zu sein, ohne überhaupt seinen Namen zu wissen. Sie machte die Flucht nach vorn. „Wer sind Sie eigentlich?"

Wieder lächelte er, mit dem merkwürdig sanften Charme, der zu seinen Augen eigentlich gar nicht zu passen schien, aber dennoch ... „Merkwürdig, Sie haben es vorher nicht gefragt. Sie sollten besser hineingehen", meinte er dann, als die Leute auf die offenen Türen des Canyon-Raumes zustrebten. „Sie wollen sicher einen guten Platz haben."

„Ja." Sie zog sich zurück, ein wenig erschüttert über die Heftigkeit ihres Wunsches, mehr über ihn zu erfahren. Mit einem letzten Blick über die Schulter trat Lee ein und setzte sich in die erste Reihe. Es war Zeit, ihre Gedanken wieder auf die Angelegenheit zu konzentrieren, wegen der sie gekommen war: Hunter Brown. Ablenkungen durch unbegreifliche Männer, die zum Lebensunterhalt Jeeps fuhren, mussten zur Seite geschoben werden.

Aus ihrem Aktenkoffer nahm Lee einen neuen Notizblock und zwei Bleistifte. Einen steckte sie hinters Ohr. In wenigen

Augenblicken würde sie den geheimnisvollen Hunter Brown sehen und studieren können. Sie würde zuhören und sich Notizen machen. Nach seinem Vortrag würde sie ihm Fragen stellen, und wenn es nach ihrer Vorstellung lief, gelang ihr anschließend ein Gespräch unter vier Augen.

Diese Story könnte ihr nächster Schritt auf der Karriereleiter bedeuten. Wird es, verbesserte sich Lee. Die erste auf Tatsachen und wahrheitsgetreuen Nachforschungen beruhende Geschichte über Hunter Brown. Sie würde kontrovers, farbenfroh und, was noch wichtiger war, exklusiv sein. Und damit wäre sie der obersten Sprosse ihrer Berufskarriere näher, worauf ihr Blick immer gerichtet war.

Wenn sie erst einmal dort war, hatten sich die harte Arbeit, die langen Stunden, die fanatische Hingabe gelohnt. Dann war sie da und würde es bleiben. An der Spitze, ganz oben.

Jenseits des Eingangs stand Hunter mit seiner Verlegerin und hörte mit halbem Ohr zu, was sie ihm über ein Interview mit einem angehenden Schriftsteller erzählte. Das Wesentliche bekam er mit. Es war ein Talent von Hunter, eine Unterhaltung aufrechtzuerhalten, während sich seine Gedanken um etwas völlig anderes drehten. Also sprach er mit seiner Verlegerin und dachte an Lee Radcliffe.

Ja, ganz klar, er würde sie in seinem nächsten Buch benutzen. Zugegeben, die Handlung zeichnete sich erst als ganz schwache Idee in seinem Kopf ab, doch darin sah er keine Probleme.

Wenn er Lee richtig einschätzte, würde sie erst verwirrt sein, wenn er gleich aufs Podium trat, dann wütend. Aber wenn sie wirklich so entschlossen mit ihm reden wollte, wie sie es angedeutet hatte, dann musste sie ihren Ärger eben hinunterschlucken.

Eine starke Frau. Eisenharter Wille und ein Teint wie Sahne. Verletzbarer Blick und ein trotzig gegen die ganze Welt erhobenes Kinn. Ein Charakter war nichts ohne Gegensätze, Stärken und Schwächen. Und Geheimnisse, dachte er, und war sich sicher, dass er die von Lenore Radcliffe aufdecken würde.

Um ihn herum gab es Lachen und Klagen und Enthusiasmus. Die Leute strömten in den Saal. Er wusste, wie es war, Begeisterung darüber zu empfinden, ein Schriftsteller zu sein. Er kannte auch das Gegenteil, wenn die Lust am Schreiben einmal verloren ging. Solche Gefühle schlugen sich immer in der Arbeit nieder, auch wenn man es nicht wollte.

Hunter hielt das für einen fairen Handel. Seine Emotionen, seine Gedanken waren für alle da, die sich die Mühe machten, seine Bücher zu lesen. Sein Leben gehörte ganz und ohne Einschränkungen ihm allein.

Die Frau neben ihm hatte seine Zuneigung und seinen Respekt. Er diskutierte mit ihr über Motivationen und Satzstrukturen, wobei er ebenso oft verlor, wie er gewann. Sie beide schrien sich an, er lachte mit ihr und hatte ihr kürzlich emotionale Unterstützung bei ihrer Scheidung gegeben. Er kannte ihr Alter, ihr Lieblingsgetränk und ihre Schwäche für Cashewnüsse. Sie war seit drei Jahren seine Verlegerin, was einer Ehe schon bedenklich nahekam. Und doch wusste sie nicht, dass er eine zehnjährige Tochter namens Sarah hatte, die gern Plätzchen backte und Fußball spielte.

Hunter nahm einen letzten Zug von seiner Zigarette, als der Präsident der kleinen Schriftstellervereinigung sich ihm näherte. Der Mann war ein geschickter, fantasiereicher Science-Fiction-Autor, dessen Bücher Hunter gerne las. Andernfalls wäre er seiner Einladung auch gar nicht gefolgt.

„Mr Brown, ich brauche Ihnen nicht noch einmal zu sagen, wie geehrt wir sind, Sie bei uns zu haben."

„Nein", Hunter zeigte sein eigentümliches Lächeln, „das brauchen Sie nicht."

„Wahrscheinlich wird es einen ziemlichen Aufruhr geben, wenn ich Sie ankündige. Nach Ihrem Vortrag werde ich alles in meiner Macht Stehende tun, um die Horde zurückzuhalten."

„Machen Sie sich darüber keine Sorgen. Ich werde damit schon fertig."

Der Mann nickte, er hatte es nie bezweifelt. „In meiner Suite habe ich heute Abend einen kleinen Empfang, wenn Sie sich uns anschließen wollen."

„Gern, aber ich habe bereits eine Verabredung zum Dinner."

Der Präsident wusste nicht so recht, wie er Hunters Lächeln einschätzen sollte. „Wenn Sie also bereit sind, kündige ich Sie an."

Hunter folgte ihm in den Canyon-Raum und stellte sich einfach neben den Eingang. Der Raum summte geradezu vor Erwartung und Neugier. Das Podium stand auf einer kleinen Bühne vor zweihundert Stühlen, die fast alle besetzt waren. Als der Präsident die Bühne betrat, erstarben die Gespräche bis auf unterdrücktes Gemurmel. Hunter hörte einen Mann in seiner Nähe seinem Begleiter zuflüstern, dass sich gleichzeitig drei Verlage für sein Manuskript interessierten. Hunter hörte weder darauf noch auf den Präsidenten vorne, der ihn ankündigte. Sein Blick wanderte über die Köpfe hinweg, bis er Lee entdeckte.

Mit einem kleinen, höflichen Lächeln auf den Lippen beobachtete sie den Sprecher, doch ihr Blick verriet sie. Er war dunkel und eifrig. Im Schoß öffnete und schloss sich ihre Hand um einen Bleistift. Ein Bündel von Nerven und Energie, eingehüllt in eine sehr dünne Schicht Selbstvertrauen, dachte er.

Zum zweiten Mal spürte Lee seinen Blick, und zum zweiten Mal musste sie sich umdrehen, und ihre Blicke trafen sich. Wieder tauchte die schwache Linie zwischen ihren Brauen auf, als sie sich ganz offensichtlich fragte, was er hier im Saal mache. Lässig an die Wand gelehnt, starrte Hunter zurück.

„Seine Karriere stieg unaufhörlich, seit der Veröffentlichung seines ersten Buches vor erst fünf Jahren. Seit diesem ersten Titel, ‚Was dem Teufel gebührt', hat er uns das Vergnügen bereitet, uns mit jedem neuen Buch in Angst und Schrecken zu versetzen." Bei der Erwähnung des Titels verstärkte sich das Gemurmel. Hunter blickte weiter unverwandt zu Lee, und sie blickte stirnrunzelnd zurück. „Sein letztes Buch, ‚Der stille Schrei', steht immer noch unanfechtbar auf Platz eins der Bestsellerlisten. Wir fühlen uns besonders geehrt, bei uns in Flagstaff diesen Schriftsteller begrüßen zu dürfen – Hunter Brown."

Zweihundert Menschen klatschten überschwänglich und füllten den Saal mit gespannter Erwartung. Lässig löste sich Hunter von der Wand und ging auf die Bühne zu. Er sah, wie der

Bleistift aus Lees Hand auf den Boden fiel. Hunter bückte sich und hob ihn auf.

„Halten Sie sich besser daran fest." Fest sah er in ihre großen Augen, die das Staunen nicht verbergen konnten. Als er ihr den Stift zurückgab, wurde aus ihrem Staunen Wut.

„Sie sind ein …"

„Ja, aber sagen Sie es mir lieber später." Hunter stieg die Bühne hinauf, trat hinter das Podium und wartete auf das Ende des begeisterten Applauses. Wieder ließ er den Blick über die Menge wandern, dieses Mal mit einer so ruhigen Intensität, dass alle Geräusche erstarben. Man hätte eine Stecknadel zu Boden fallen hören können, als er mit seinem Vortrag begann.

Vom ersten Wort an hatte er sie in seinem Bann und hielt sie vierzig Minuten lang gefangen. Niemand lehnte sich zurück, niemand gähnte, niemand schlich schnell für eine Zigarette hinaus. Mit zusammengebissenen Zähnen wusste Lee, dass sie ihn verachtete.

Gegen den Drang ankämpfend, aufzuspringen und hinauszumarschieren, saß Lee steif auf ihrem Stuhl und machte sich peinlich genaue Notizen. An den Seitenrand kritzelte sie eine perfekt wiedererkennbare Karikatur von Hunter hin – mit einem Dolch durch den Kopf. Das vermittelte ihr große Befriedigung.

Als er zehn Minuten für Fragen bewilligte, war Lees Hand die erste, die in die Luft schoss. Hunter sah sie direkt an, lächelte und rief jemanden drei Reihen hinter ihr auf.

Professionelle Fragen beantwortete er professionell, persönlichen wich er aus. Lee musste widerstrebend sein Geschick darin bewundern. Er verriet keine Unsicherheit, zeigte kein Zögern und absolut keine Neigung, sie aufzurufen, obwohl ihre Hand unablässig oben war und ihre Augen ihm giftige, kleine Pfeile zuschossen. Ich bin Reporterin, erinnerte sich Lee. Reporter kommen zu nichts, wenn sie auf Höflichkeit bauen.

„Mr Brown", begann Lee unaufgefordert und erhob sich.

„Entschuldigung." Bedächtig lächelnd wehrte er mit einer Handbewegung ab. „Ich fürchte, wir sind schon über die Zeit. Viel Glück für Sie alle." Unter jubelndem Applaus verließ er das Podium und den Raum. Als sich Lee endlich zum Ausgang durchgekämpft hatte, hatte sie von allen Seiten genügend Lob über Hunter Brown gehört, um ihre schon brodelnde Wut zum Kochen zu bringen.

Diese Frechheit, dachte sie, als sie es schließlich bis zum Gang geschafft hatte. Diese unglaubliche Frechheit. Es machte ihr nichts aus, im Schachspiel zu verlieren. Sie konnte damit umgehen, in ihrer Arbeit kritisiert und in ihrer Meinung infrage gestellt zu werden. Insgesamt hielt sich Lee selbst für einen vernünftigen Menschen mit einem normalen Anteil an Eitelkeit. Das Einzige, was sie nicht hinnehmen konnte, war, sich zum Narren halten zu lassen.

Rachegedanken drängten sich ihr auf, hässliche, gemeine Rachegedanken. Oh ja, dachte sie, als sie sich durch die dichte Menge von Hunter Browns Fans kämpfte, ich werde meine Rache bekommen, irgendwie, auf irgendeinem Weg.

Jetzt musste sie erst einmal allein sein, um ihre hitzige Wut abzukühlen und den Rachefeldzug zu planen. Sie ging zum Fahrstuhl, um hinunter ins Stockwerk zu fahren, wo ihr Zimmer lag. Der Bleistift, den sie immer noch umklammert hielt, zerbrach ihr zwischen den Fingern. Oh ja, sie würde Hunter Brown zur Schnecke machen.

Gerade als Lee den Knopf für ihr Stockwerk drücken wollte, drängte Hunter sich in den Fahrstuhl. „Fahren Sie hinunter?“, fragte er unbeschwert und drückte selbst den Knopf.

Mit Mühe unterdrückte Lee eine giftige Bemerkung und starrte stur geradeaus.

„Bleistift zerbrochen“, stellte Hunter amüsiert fest. Er warf einen Blick in ihr offenes Notizbuch und bemerkte die eindeutige Karikatur. „Gut gemacht. Und wie hat Ihnen die Veranstaltung gefallen?“

Lee warf ihm einen vernichtenden Blick zu, während die Fahrstuhltüren sich öffneten. „Sie sind eine Quelle banaler Informationen, Mr Brown.“

„Sie haben Mord im Blick, Lenore.“ Er trat mit ihr in die Halle. „Es passt zu Ihrem Haar. Ihre Skizze macht es deutlich genug, was Sie am liebsten täten. Warum erstechen Sie mich nicht, solange Sie die Gelegenheit dazu haben?"

Ich werde einfach kein Wort mit ihm reden, sagte sich Lee. Doch gleichzeitig wirbelte sie zu ihm herum und brachte zwischen zusammengebissenen Zähnen hervor: „Sie haben sich auf meine Kosten großartig amüsiert." Dabei suchte sie in ihrem Aktenkoffer nach ihrem Zimmerschlüssel.

„Stimmt", bestätigte er ruhig, während sie wütend weitersuchte. „Schlüssel verloren?"

„Nein." Frustriert blickte Lee auf, und Wut traf auf Belustigung. „Warum gehen Sie nicht einfach und ruhen sich auf Ihren Lorbeeren aus?"

„Das habe ich immer unbequem gefunden. Warum lassen Sie Ihre Wut nicht verrauchen, Lenore? Sie würden sich besser fühlen."

„Nennen Sie mich nicht Lenore!" Sie explodierte. „Sie haben kein Recht dazu, mich zur Zielscheibe Ihres Witzes zu machen. Sie haben kein Recht, vorzutäuschen, dass Sie für das Hotel arbeiten."

„Sie haben es nur angenommen", korrigierte er sie. „Wenn ich mich recht erinnere, habe ich nie etwas vorgetäuscht. Sie haben gestern nach einer Fahrmöglichkeit gefragt. Ich habe Sie ganz einfach gefahren."

„Sie wussten, dass ich Sie für den Hotelfahrer hielt. Sie standen dort neben meinem Gepäck ..."

„Ein klassischer Fall von Verwechslung der Person." Er stellte fest, dass sich ihre Haut mit blassem Rosa färbte, wenn sie wütend war. Ein attraktiver Nebeneffekt. „Ich wollte meine Verlegerin abholen, die aber, wie ich mittlerweile erfahren habe, in Phoenix ihren Anschluss verpasst hat. Ich dachte, das Gepäck sei das meiner Verlegerin."

„Sie hätten nichts weiter tun müssen, als das richtigzustellen."

„Sie haben nie gefragt", unterstrich er. „Und Sie haben angeordnet, ich solle das Gepäck nehmen."

„Oh, Sie können einen wirklich auf die Palme bringen. Sie sind unmöglich." Sie biss die Zähne zusammen und kramte wieder in ihrem Aktenkoffer.

„Aber glänzend. Das haben Sie selbst erwähnt."

„Die Fähigkeit, Worte so zu verknüpfen, dass Sätze sich zu einem spannenden Buch formen, ist ein bewundernswertes Talent, Mr Brown." Auf Arroganz verstand sie sich besonders gut. „Es macht Sie aber nicht zu einem bewundernswerten Menschen." Sie suchte weiter nach ihrem Schlüssel, während er lässig an der Wand lehnte. „Sie haben mein Gepäck in mein Zimmer getragen", fuhr sie erregt fort. „Ich habe Ihnen fünf Dollar Trinkgeld gegeben."

„Sehr großzügig."

Wären ihre Hände jetzt nicht beschäftigt, hätte sie nicht garantieren können, ihm nicht in sein ruhiges, selbstzufriedenes Gesicht zu schlagen. „Sie haben Ihren Spaß gehabt." Endlich fand sie ihren Schlüssel. „Und jetzt bitte sich Sie um die Höflichkeit, mich nie wieder anzusprechen."

„Ich weiß nicht, woher Sie den Eindruck gewonnen haben, ich sei höflich." Bevor sie die Tür aufschließen konnte, legte er seine Hand über ihre. Sie spürte das bereits vertraute kleine Prickeln und verdammte ihn dafür und für seinen ruhig amüsierten Blick. „Aber Sie haben erwähnt, Sie würden gern mit mir reden. Das könnten wir heute Abend beim Dinner."

Sie starrte ihn an. Wie war sie nur auf den Gedanken gekommen, er könnte sie nicht mehr überraschen? „Sie sind wirklich von unglaublicher Frechheit."

„Das haben Sie schon erwähnt. Sieben Uhr?"

Sie wollte ihm an den Kopf werfen, dass sie nicht mit ihm essen würde, selbst wenn er vor ihr auf dem Boden kroch. Sie wollte ihm das und tausend weitere unerfreuliche Dinge sagen. Die Wut kämpfte mit der Vernunft. Da gab es eine Arbeit, wegen der sie gekommen war, an der sie – bislang ohne Erfolg – seit drei Monaten arbeitete. Erfolg war wichtiger als Stolz.

Hunter Brown bot ihr die beste Möglichkeit, das auszuführen, was sie ersehnt hatte und weshalb sie gekommen war. Und vielleicht, nur vielleicht, öffnete er ihr selbst die Tür für ihre Rache. Das würde alles noch versüßen.

Auch wenn sie einen riesigen Kloß im Hals spürte, schluckte Lee ihren Stolz hinunter.

„In Ordnung. Wo treffe ich Sie?"

„Ich hole Sie ab." Er ließ seine Finger leicht ihr Handgelenk hinaufgleiten. „Sie könnten Ihr Manuskript mitbringen. Ich bin neugierig, Ihre Arbeit zu sehen."

Sie lächelte und dachte an den Artikel, den sie schreiben würde. „Ich zeige Ihnen sehr gern meine Arbeit", erwiderte sie. Lee trat in ihr Zimmer und gönnte sich die kleine Befriedigung, ihm voller Wucht die Tür vor der Nase zuzuknallen.

3. KAPITEL

Mitternachtsblaue Seide. Lee nahm sich viel Zeit, das Kleid für den Abend mit Hunter auszuwählen. Es war rein geschäftlich.

Das tiefblaue Seidenkleid, mit dünnen Silberfäden durchzogen, gefiel ihr wegen des einfachen eleganten Schnitts. Kühl floss der weiche Stoff über ihre Haut und fiel raffiniert über ihren Körper. Ihr Spiegelbild befriedigte sie. Die nicht lächelnde Frau, die zurückblickte, verkörperte genau das Bild, das sie darstellen wollte – elegant, welterfahren und etwas distanziert. Wenn schon sonst nichts half, besänftigte zumindest dies ihr angeschlagenes Ego.

Bisher hatte sich Lee in ihrem Leben und in ihrer Karriere noch nie übervorteilen lassen müssen. Ihre Mundwinkel zuckten, als sie mit der Bürste durchs Haar fuhr. Es würde auch jetzt nicht geschehen.

Hunter Brown würde es von ihr zurückbekommen, schon allein wegen seines aufreizenden amüsierten Lächelns. Niemand lachte über sie und kam damit ungeschoren weg. Lee knallte die Bürste zurück auf den Frisiertisch, sodass die Toilettenfläschchen sprangen.

Als es an ihrer Tür klopfte, warf sie einen Blick auf ihre Uhr. Pünktlich. Das musste sie sich merken. Selbstbewusst griff sie nach ihrer Abendtasche und öffnete.

Typisch salopp gekleidet, aber nicht nachlässig, stellte sie fest. Sie warf einen Blick auf sein am Hals offenes Hemd unter dem dunklen Jackett. Einige Männer konnten schwarze Krawatten tragen und trotzdem nicht so elegant aussehen wie Hunter Brown in Jeans. Das war etwas, was die Leser interessieren könnte. Am Ende des Abends, erinnerte sich Lee, würde sie alles über ihn wissen, was es auch nur zu wissen gab.

„Guten Abend.“ Sie wollte ihr Zimmer verlassen, doch er hielt sie an der Hand fest und betrachtete sie.

„Sehr reizend“, stellte er fest. Ihre Hand war weich und kühl, obwohl ihr Blick noch heiß vor Ärger war. Er mochte den Kontrast. „Sie tragen Seide und einen betörenden Duft und schaffen es doch, diese Aura von Unnahbarkeit zu verbreiten. Wirklich ein Talent."

„Ich bin nicht daran interessiert, analysiert zu werden."

„Der Fluch oder Segen eines Schriftstellers", gab er zurück. „Hängt von Ihrer Sichtweise ab. Da Sie selbst eine sind, sollten Sie es verstehen. Wo ist Ihr Manuskript?"

Sie hatte geglaubt, er hätte es vergessen – hatte es gehofft. Und verdammt, sie geriet wieder ins Stammeln. „Ich, äh, es ist nicht …"

„Holen Sie es. Ich möchte einen Blick hineinwerfen."

„Ich sehe keinen Grund dafür."

„Jeder Schriftsteller will, dass seine Arbeit gelesen wird."

Sie nicht. Es war noch nicht ausgefeilt. Es war nicht perfekt. Und der allerletzte Mensch, dem sie einen Blick in ihre innersten Gedanken erlauben wollte, war Hunter Brown.

Doch er beobachtete sie aus diesen dunklen Augen, mit seinem so eindringlichen Blick. Befangen ging Lee zurück und holte die Mappe aus ihrem Aktenkoffer. Wenn sie ihn genügend beschäftigte, dann fand er sowieso keine Zeit, hineinzusehen.

„Es wird schwer sein, es in einem Restaurant zu lesen." Sie verschloss die Tür hinter sich.

„Darum nehmen wir das Dinner auch in meiner Suite."

Sie blieb wie angewurzelt stehen, doch er ergriff einfach ihre Hand und führte sie zum Fahrstuhl.

„Vielleicht habe ich Ihnen den falschen Eindruck vermittelt", begann sie kalt.

„Das glaube ich nicht. Ich will Sie nicht verführen, Lenore." Obwohl er spürte, wie sie sich empört versteifte, zog er sie in den Fahrstuhl. „Der Punkt ist, ich mache mir nichts aus Restaurants und noch weniger aus Menschenansammlungen und Unterbrechungen." Ruhig summte der Fahrstuhl bei der kurzen Auffahrt. „Haben Sie die Tagung lohnend gefunden?"

„Ich werde bekommen, wofür ich gekommen bin." Kaum glitt die Fahrstuhltür auf, trat sie hinaus.

„Und das ist?"

„Warum sind Sie gekommen?“, gab sie zurück. „Es ist nicht gerade eine Angewohnheit von Ihnen, auf Tagungen zu gehen.“

„Gelegentlich genieße ich den Kontakt mit anderen Schriftstellern.“ Er schloss seine Tür auf und bat sie hinein.

„Diese Konferenz quillt nicht gerade über von Autoren, die Erfolg haben.“

„Erfolg hat nichts mit Schreiben zu tun.“

Sie legte ihre Tasche und die Mappe hin und sah ihn offen an. „Leicht zu sagen, wenn man ihn hat.“

„Ja?“ Er zuckte die Schultern, als wäre er amüsiert, dann machte er eine Handbewegung zum Fenster. „Sie sollten die Aussicht genießen. Etwas Vergleichbares können Sie durch kein Fenster in Los Angeles sehen.“

„Sie machen sich nichts aus Los Angeles?“ Wenn sie vorsichtig und klug vorging, bekam sie vielleicht heraus, wo er lebte.

„Los Angeles hat seine Vorteile. Möchten Sie Wein?“

„Ja.“ Sie trat ans Fenster. Die Weite der Landschaft hatte immer noch die Macht, Lee in Erstaunen zu versetzen und war fast beängstigend. Wenn man erst außerhalb der Stadtgrenzen war, konnte man meilenweit wandern, ohne ein anderes Gesicht zu sehen, ohne eine andere Stimme zu hören. Lee drehte sich wieder um. „Waren Sie oft dort?“

„Hmm?“

„In Los Angeles?“

„Es geht.“ Er trat zu ihr und reichte ihr ein Glas mit goldfarbenem Wein.

„Ziehen Sie den Osten oder den Westen vor?“

Er lächelte und hob sein Glas. „Ich habe es mir zum Grundsatz gemacht, mich dort wohlzufühlen, wo ich bin.“

Äußerst geschickt im Ausweichen, dachte sie und ging im Raum herum. Er war auch geschickt darin, sie sich unbehaglich fühlen zu lassen. Wenn sie sich nicht sehr irrte, tat er beides mit Absicht.

„Reisen Sie oft?“

„Nur, wenn es notwendig ist.“

Lee trank ihr Glas aus und entschied, noch einen direkteren Angriff zu versuchen. „Warum machen Sie ein solches Geheimnis aus sich selbst? Die meisten Menschen in Ihrer Position sind an Öffentlichkeitsarbeit und Werbung für sich besonders interessiert."

„Ich mache kein Geheimnis aus mir, noch bin ich wie die meisten Menschen."

„Auf Ihren Bucheinbänden gibt es nicht einmal biografische Angaben oder ein Foto."

„Mein Gesicht und mein Leben haben nichts mit den Geschichten zu tun, die ich erzähle. Schmeckt Ihnen der Wein?"

„Sehr gut", antwortete sie, obwohl sie ihn kaum geschmeckt hatte. „Meinen Sie nicht, es sei Teil Ihres Berufes, die Neugier der Leser über den Menschen zu befriedigen, der die Story geschrieben hat."

„Nein. Mein Beruf ist, Worte zu einer Erzählung zu verknüpfen, sodass der Leser unterhalten wird, gefesselt ist." Er nahm einen Schluck Wein, der ihm offensichtlich schmeckte. „Der Erzähler ist nichts, verglichen mit der Erzählung selbst."

„Bescheidenheit?", fragte Lee mit einem Anflug von Spott.

Der Spott schien ihn zu amüsieren. „Überhaupt nicht. Wenn Sie mich besser kennen würden, wüssten Sie, dass ich sehr wenige Tugenden besitze." Er lächelte. Lee sagte sich, sie habe sich das kurze Aufblitzen eines Raubvogelblicks nur eingebildet.

„Haben Sie denn überhaupt Tugenden?"

Er mochte es, dass sie zurückschlug, selbst wenn sie dabei eindeutig übernervös war. „Manche sagen, Laster seien interessanter und auf alle Fälle unterhaltsamer als Tugenden." Auf einen Blick von ihm nickte sie, und er füllte ihr Glas neu. „Würden Sie dem zustimmen?"

„Vielleicht." Sie weigerte sich, den Blick von ihm zu nehmen, während sie trank. „Auf alle Fälle herausfordernder."

„Ich muss noch einmal wiederholen, Sie sind eine interessante Frau, Lenore."

„Ich bin eine Frau, die nicht zusehen will, wie andere an die Spitze klettern, während sie selbst diktierte Briefe tippt und

Kaffee macht." Kaum war das ehrliche Eingeständnis ausgesprochen, verwünschte sie sich dafür. Es war nicht ihre Art, so freimütig zu reden. Außerdem war sie hier, um ihn zu interviewen, nicht umgekehrt.

Ehrgeiz. Den hatte Hunter bei ihr von Anfang an gespürt. Aber was war es, wonach sie strebte? „Verraten Sie mir, entspannen Sie sich jemals?"

„Wie bitte?"

„Ihre Hände sind nie still, obwohl Sie andererseits ein großes Maß an Selbstbeherrschung zu haben scheinen." Er bemerkte, dass ihre Finger bei seinen Worten aufhörten, mit dem Stiel des Glases zu spielen. „Seit Sie diesen Raum betreten haben, sind Sie nicht länger als ein paar Sekunden auf einem Fleck geblieben. Mache ich Sie nervös?"

Sie warf ihm einen kühlen Blick zu, setzte sich auf das Plüschsofa und schlug die Beine übereinander. „Nein." Doch ihr Puls fing an zu hämmern, als er sich neben sie setzte.

„Was macht Sie nervös?"

„Kleine Hunde, die kläffen."

Er lachte. „Sie sind eine sehr unterhaltsame Frau." Er ergriff ihre Hand. „Sie sollten wissen, das ist das höchste Kompliment bei mir."

„Sie legen großen Wert auf Unterhaltung."

„Die Welt ist oft so langweilig." Ihre Hand war zart, das zog ihn an. Ihr Blick verbarg Geheimnisse, und es gab wenig, was ihn mehr anzog. „Was wäre sie ohne Unterhaltung?"

„Und Sie wollen unterhalten, indem Sie den Menschen Angst einjagen." Sie wollte von ihm wegrücken, aber fast unmerklich hatte er den Griff um ihre Hand verstärkt. Und sein Blick suchte ihre Gedanken.

Er berührte ihr Haar mit einer ganz leichten, ganz natürlichen Geste. Sie ist wirklich von einer schwierigen, schwer zu widerstehenden Widersprüchlichkeit, dachte Hunter, als er seine Fingerspitzen an der Seite ihres Halses hinuntergleiten ließ. Das rote Haar, der verletzbare Blick, der kühle Touch ihres Äußeren, die bloßliegenden Nerven. Sie würde eine faszinierende Romanfigur abgeben – und eine faszinierende Geliebte. Fürs Erste hatte er sich schon entschieden. Jetzt, als er mit den Spitzen ihres Haares spielte, entschied er sich auch fürs Zweite.

Als er mit seinem Blick tief in sie eindrang, spürte sie Entschlossenheit und Begehren. Ihr Mund wurde trocken.

Es war nicht oft, dass sie von einem anderen aus dem Feld geschlagen wurde. Noch seltener war es, dass jemand sie wirklich verängstigte. Obwohl Hunter nichts sagte, obwohl er nicht näher rückte, musste sie ihre Unsicherheit bekämpfen – und sie spürte, dass zu welchem Spiel sie ihn auch herausforderte, sie es verlieren würde. Denn er würde ihr in die Augen sehen und jede Bewegung kennen, bevor sie sie machte.

Es klopfte an der Tür. Hunter sah Lee für lange, stumme Sekunden weiter an, bevor er sich erhob. „Ich habe mir die Freiheit erlaubt, ein Dinner zu bestellen." Er klang so ruhig, dass Lee sich fragte, ob sie sich das Aufflammen von Begehren in seinem Blick nur eingebildet hatte. Während er zur Tür ging, kämpfte sie darum, Ordnung in ihre Gedanken zu bekommen. Ich bilde mir etwas ein, dachte sie. Natürlich konnte er nicht in sie blicken und ihre Gedanken lesen. Es war ihr Spiel, und nur sie kannte die Regeln. Sie konnte gar nicht verlieren. Wieder beruhigt, erhob sie sich und trat an den Tisch.

Der Kellner servierte rosigen und zarten Lachs. Erfreut über Hunters Wahl, setzte sich Lee, während der Kellner die Tür hinter sich schloss.

Bis jetzt, überlegte sich Lee, habe ich mehr Fragen beantwortet als Hunter. Es wurde Zeit, das zu ändern.

„Den Rat, den Sie vorhin den angehenden Schriftstellern gaben, sich einen Terminplan zu machen und jeden Tag zu schreiben, egal, wie entmutigt sie sind – haben Sie den aus persönlicher Erfahrung gewonnen?"

Hunter probierte den Lachs. „Alle Schriftsteller sehen sich von Zeit zu Zeit Entmutigung gegenüber. Wie sie sich auch der Kritik und Ablehnung stellen müssen."

„Haben Sie früher häufig Ablehnung erfahren?"

„Alles, was zu leicht kommt, ist mir suspekt." Er hob die Weinflasche, um ihr Glas wieder zu füllen. Sie hat ein Gesicht, das für Kerzenschein einfach wie gemacht ist, dachte er und beobachtete die flackernden Schatten des Lichts auf ihrer hellen Haut und ihren zarten Zügen. Er war entschlossen, herauszufinden, was darunterlag, bevor der Abend vorbei war.

Nie würde er auf den Gedanken kommen, sie zu benutzen, obwohl er entschlossen war, sie zur Hauptfigur seines nächsten Buches zu machen und dafür alles nur Erfahrbare aus ihr hervorzulocken. Das war das Vorrecht eines Schriftstellers.

„Was hat Sie dazu gebracht, Schriftsteller zu werden?"

Er zog eine Braue hoch, während er weiteraß. „Ich war es einfach."

Lee aß langsam. Sie musste vorsichtig zu Werk gehen, musste vermeiden, ihn in die Abwehr zu treiben, musste sich um jeden Verdacht herumschlängeln. Nie würde sie auf den Gedanken kommen, ihn zu benutzen, obwohl sie entschlossen war, eine Story über ihn zu schreiben und dafür alles nur Erfahrbare aus ihm hervorlocken wollte. Das war das Vorrecht einer Reporterin.

„Sie waren es einfach", wiederholte sie. „So leicht ist das? Gab es da nicht Lebensumstände, frühe Erfahrungen, die Sie zu dem gemacht haben, was Sie sind?"

„Ich habe nicht gesagt, es sei leicht gewesen", verbesserte Hunter. „Wir haben alle verschiedene Anlagen, unter denen wir wählen müssen. Die richtige Wahl zu treffen ist alles andere als einfach. Für mich war die richtige Wahl, Romane zu schreiben."

„Sie wollten also schon immer Schriftsteller sein?"

„Sie sind wirklich hartnäckig." Lässig lehnte er sich zurück und ließ den Wein in seinem Glas kreisen. „Nein, wollte ich nicht. Ich wollte Footballprofi werden."

„Footballspieler?"

Ihre überraschte Ungläubigkeit ließ ihn lächeln. „Footballspieler", wiederholte er. „Aber ich habe mich fürs Schreiben entschieden. Ich habe meine Wahl getroffen. Ich glaube, viele Menschen werden als Schriftsteller oder Künstler geboren und sterben, ohne es jemals erkannt zu haben. Bücher bleiben ungeschrieben, Bilder ungemalt. Die Glücklichen sind die, die erkennen, welche Tätigkeit ihnen zugedacht ist. Ich hätte Footballspieler und Schriftsteller werden können. Wenn ich beides versucht hätte, würde ich beides nur mittelmäßig machen."

„Es gibt Millionen von Lesern, die zustimmen, dass Sie die richtige Wahl getroffen haben." Sie vergaß ihre unnahbare Fassade und stützte die Ellbogen auf den Tisch. Sie lehnte sich vor. „Warum Horrorgeschichten, Hunter? Jemand mit Ihrem Geschick und Ihrer Einbildungskraft könnte alles schreiben. Warum haben Sie Ihr Talent auf diese Art von Romanen gerichtet?"

Er zündete sich eine Zigarette an und blies den Rauch aus. „Warum lesen Sie sie?"

Sie runzelte die Stirn. „Eigentlich lese ich sie nicht. Nur Ihre."

„Ich fühle mich geschmeichelt. Warum meine?"

„Erstens, weil Sie mir empfohlen wurden. Und dann …" Sie zögerte, sie wollte nicht eingestehen, dass sie von der ersten Seite an gefesselt war. Stattdessen strich sie mit der Fingerspitze über den Rand des Glases und überlegte sich ihre Antwort. „Sie haben eine Art, Atmosphäre zu schaffen und Charaktere zu zeichnen, die das Unmögliche Ihrer Geschichten total glaubhaft machen."

Er stieß einen Rauchstrahl aus. „Meinen Sie, sie sind unmöglich?"

Sie lachte schnell auf, ein Lachen, das er nach dem humorvollen Aufblitzen in ihren Augen als echt einschätzte. Es hatte eine ganz besondere Wirkung auf ihre Schönheit: Es machte sie erreichbar. „Ich glaube kaum an Menschen, die von Dämonen besessen sind oder an ein Haus, in dem das Böse wohnt."

„Nein?" Er lächelte. „Nicht abergläubisch, Lenore?"

Offen begegnete sie seinem Blick. „Überhaupt nicht."

„Merkwürdig, die meisten von uns sind es ein wenig."

„Sie?"

„Manchmal." Er griff nach ihrer Hand und schloss seine Finger fest um sie. „Man sagt, manche Menschen könnten durch einen ganz einfachen Händedruck die Ausstrahlung einer Persönlichkeit wahrnehmen." Seine Hand war warm und fest, während er den Blick auf sie gerichtet hielt. Sie spürte das Metall seines Ringes kühl auf ihrer Haut.

„Ich glaube nicht daran." Doch sie war sich nicht so sicher, nicht bei ihm.

„Sie glauben nur an das, was Sie mit einem Ihrer fünf Sinne verstehen können." Er erhob sich und zog sie mit sich hoch. „Man kann nicht alles verstehen, nicht alles erklären."

„Alles hat eine Erklärung." Sie fand ihre Stimme, wie auch ihren Puls, etwas zu hastig.

Hätte sie ihm die Hand entzogen, er hätte es zugelassen. Doch ihre Bemerkung empfand er als Herausforderung. „Können Sie erklären, warum Ihr Herz schneller schlägt, wenn ich näher an Sie herantrete?" Sein Gesicht war unlesbar, seine Augen im Kerzenlicht wie Pech. „Sie sagten, ich mache Sie nicht nervös."

„Machen Sie auch nicht."

„Aber Ihr Puls hämmert." Leicht berührte er mit der Fingerkuppe die Einbuchtung an ihrem Hals. „Können Sie mir den Grund erklären, wo wir uns doch nur einen Tag kennen, warum ich Sie so berühren möchte?" Zart strich er mit dem Handrücken über ihre Wange.

„Nicht." Es war nur ein Wispern.

„Kannst du diese Art von Anziehungskraft zwischen zwei Fremden erklären?" Er strich über ihre Lippen, spürte, wie sie bebten, fragte sich, wie sie schmeckten.

Etwas Weiches, etwas Fließendes strömte durch sie. „Körperliche Anziehung ist nichts als ein biologischer Vorgang."

„Wissenschaft?" Er hob ihre Hand hoch und presste seine Lippen darauf. Sie fühlte, wie die Muskeln ihrer Schenkel sich anspannten. „Gibt es eine Gleichung dafür?" Er sah sie weiter an, als er mit den Lippen ihr Handgelenk streifte. Ihre Haut fühlte sich kühl an, dann heiß. Ihr Puls hämmerte und jagte. Er lächelte. „Hat das", er hauchte einen Kuss auf ihren Mundwinkel, „irgendetwas mit Logik zu tun?"

„Ich will nicht, dass du mich so berührst."

„Du willst, dass ich dich berühre. Aber du kannst es nicht erklären, warum es so ist." Mit einer unerwarteten Bewegung schob er die Hände in ihr Haar. „Versuch das Unerklärbare", forderte er sie heraus, bevor sich seine Lippen mit ihren vereinigten.

Hitze. Sie stieg in Lee an. Leidenschaft war ein heißer Strom. Sinnliches Begehren durchströmte sie, während er sie bewegungslos in seinen Armen hielt. Sie hätte Hunter abweisen können. Darin hatte sie Erfahrung. Doch plötzlich gab es keinen geistreichen Einfall, um zu entkommen, keine Kraft, sich zu verweigern.

Bei all seiner Intensität, trotz der Kraft seiner Persönlichkeit, der Kuss war überraschend sanft. Obwohl seine Finger fest in ihrem Haar lagen, so fest, dass sie ihren Kopf nicht drehen konnte, waren seine Lippen zart und warm wie das Licht, das auf dem Tisch neben ihnen flackerte. Sie wusste nicht, wann sie nach ihm gegriffen hatte, doch ihre Arme lagen um ihn. Ihre Körper pressten sich aneinander. Seide raschelte. Ein leichter berauschender Geschmack von Wein lag auf seiner Zunge. Lee schmeckte ihn. Sie roch das Wachs der Kerze und ihr eigenes Parfüm. Ihr geordneter disziplinierter Verstand geriet in Verwirrung, während eine verlockende körperliche Empfindung die andere ablöste.

Ihre Lippen waren kühl, wärmten sich aber schnell. Ihr Körper war angespannt, entspannte sich aber langsam. Beide Veränderungen genoss er. Sie war keine Frau, die sich freimütig oder leicht hingab. Er wusste das, wie er auch wusste, dass sie keine Frau war, die oft überrumpelt werden konnte.

So an ihn gepresst, wirkte Lee sehr klein, sehr zerbrechlich. Mit Zerbrechlichkeit war Hunter immer behutsam umgegangen. Selbst als sich der Kuss vertiefte, selbst als sein eigenes Verlangen anstieg, blieben seine Lippen zärtlich. Er glaubte, dass das Liebesspiel, von der ersten Berührung bis zum Höhepunkt der Befriedigung, eine Kunst war. Er glaubte, Kunst ließe sich nie überstürzen. Darum zeigte er Lee langsam, ohne Drang, wie es sein könnte, während seine Hände leicht in ihrem Haar spielten und sein Mund zart ihre Lippen liebkoste.

Er kostete ihre Süße. Lee fühlte, wie ihr Wille, ihre Kraft, ihre Gedanken aus ihr strömten. Und als sie versickert waren, ersetzte eine Flut von Empfindungen das Verlorene. Damit konnte der Verstand nicht umgehen, dafür fand er keine Erklärung. Es konnte einfach nur erfahren werden.

Eine solch fließende Lust durfte nicht andauern. Ein so starkes Begehren konnte nicht gesteuert werden. Es war mehr der Mangel an Kontrolle als der Strom der Gefühle, was sie am meisten ängstigte. Wenn sie die Kontrolle über sich verlor, verlor sie ihr Ziel. Dann würde sie blind im Leben umhertappen. Mit einem gemurmelten Protest entzog sie sich Hunter.

Später, dachte er, in einer einsamen dunklen Stunde werde ich meine eigene Reaktion erkunden. Nun war er mehr an ihrer interessiert. Sie sah ihn an, als wäre sie vom Schlag getroffen – blasses Gesicht, dunkle Augen. Ihr Mund war geöffnet, doch sie sagte nichts. Unter seinen Fingern konnte er das leichte Beben spüren, das sie nicht unterdrücken konnte.

„Es gibt Dinge, die lassen sich nicht erklären." Seine Stimme war sehr weich, doch für sie klang es fast nach einer Drohung.

Sie legte die Hände auf seine Unterarme, um ihn wegzudrücken. „Ich glaube, ich will das nicht mehr."

Er lächelte nicht, als er seine Hände ihre Schultern hinabgleiten ließ. „Vielleicht nicht. Du wirst eine Wahl treffen müssen."

„Nein." Erschüttert trat sie weg und schnappte sich ihre Tasche. „Die Konferenz ist morgen zu Ende, und ich fliege zurück nach Los Angeles." Plötzlich stieg die Wut in ihr hoch, sie drehte sich um und sah ihn an. „Und du begibst dich wieder in dein Versteck."

Er neigte den Kopf. „Vielleicht." Es war das Beste, wenn sie etwas Distanz zwischen ihn und sich legte. Wenn er sie noch einen Augenblick länger gehalten hätte, hätte er sie nie mehr loslassen können. „Wir reden morgen miteinander."

Sie zog ihre eigene Unlogik nicht in Zweifel, sondern schüttelte den Kopf. „Nein, wir werden überhaupt nicht mehr reden."

Er widersprach ihr nicht, als sie zur Tür ging. Er blieb einfach stehen, wo er stand, und die Tür schloss sich hinter ihr. Es bestand kein Grund, ihr zu widersprechen. Er wusste, sie würden wieder miteinander reden. Er nahm sein Glas Wein und das Manuskript, das sie vergessen hatte, und machte es sich in seinem Sessel bequem.

4. KAPITEL

Wut. Vielleicht war es das, was Lee fühlte, einfach nur Wut, ohne weitere Gefühlsstrudel und -verwirrungen, doch sie war sich nicht sicher, auf wen sie wütend war.

Was gestern Abend geschehen war, hätte vermieden werden können ... hätte vermieden werden müssen, verbesserte sie sich, als sie aus der Dusche trat. Weil sie es Hunter erlaubt hatte, das Tempo und den Ton zu bestimmen, hatte sie sich in eine verletzbare Position gebracht, und sie hatte eine nützliche Gelegenheit vergeudet. Wenn Lee etwas in ihren Jahren als Reporterin gelernt hatte: Der schlimmste Fehler für ihre Arbeit war, eine günstige Gelegenheit nicht zu nutzen.

Wie viel wusste sie von Hunter Brown, das für einen klaren informativen Artikel benutzt werden konnte? Genug für einen Abschnitt, dachte Lee verächtlich. Einen sehr kurzen Abschnitt.

Vielleicht hatte sie noch eine Chance, die verlorene Zeit wiedergutzumachen. Verlorene Zeit, weil sie es zugelassen hatte, wie eine Frau zu fühlen, statt wie eine Reporterin zu denken. Er hat mich an der Leine gehalten, gestand sie sich verbittert ein, während sie sich ihr tropfendes Haar frottierte. Statt den Weg zu bestimmen, war sie ihm gehorsam gefolgt, wohin er sie geführt hatte. Und hatte das wichtigste Interview ihrer Karriere verpasst. Lee warf das Handtuch hin und verließ das Bad, das voller Wasserdampf war.

Sie redete sich ein, nichts als Verärgerung über ihn und sich selbst zu empfinden, während sie einen Bademantel überwarf und sich an den kleinen Sekretär setzte. Sie hatte noch etwas Zeit, bevor der Zimmerservice ihr Frühstück servierte. Und sie durfte keine Zeit mehr vergeuden. Zuerst kam das Berufliche. Sie nahm sich Notizblock und Bleistift.

HUNTER BROWN. Lee schrieb es in großen Buchstaben oben auf die Seite und unterstrich den Namen. Das Problem war, gestand sie sich ein, dass sie sich Hunter – der Aufgabe – nicht logisch, systematisch genähert hatte. Andererseits hatte sie ihn immerhin gesehen, mit ihm gesprochen, ihm einige grundsätzliche Fragen gestellt. Das konnte, soweit sie wusste, kein anderer Reporter von sich behaupten. Es war Zeit, mit der Selbstbeschimpfung aufzuhören und den schwachen Vorteil auszunutzen, den sie immer noch hatte. In klarer Schrift begann sie zu schreiben.

ERSCHEINUNG. Dunkel, schlank, kraftvoll, wie ein Langstreckenläufer oder ein Langlaufskifahrer.

Sie runzelte die Stirn, als sie sich sein Gesicht ins Gedächtnis zurückrief.

Wettergegerbtes Gesicht, kontrastiert durch eine Ausstrahlung von Intelligenz. Am hervorstechendsten: die Augen. Sehr dunkel, sehr direkter Blick, sehr irritierend.

Konnte das gedruckt werden? Brachte dieser eindringliche ruhige Blick jeden aus der Fassung? Sie verwarf die Frage und schrieb weiter.

Fast zwei Meter groß, schätzungsweise hundertsechzig amerikanische Pfund. Sehr selbstbewusst. Hände eines Musikers, Mund eines Poeten.

Ein wenig überrascht über ihre eigene Beschreibung, ging Lee zur nächsten Kategorie über.

PERSÖNLICHKEIT. Rätselhaft. Das reicht nicht, entschied sie leicht verärgert. Arrogant, von sich eingenommen, rüde. Das sollte gedruckt werden. Ein geschickter, fesselnder Redner, gestand sie schriftlich ein. Scharfsinnig, kühl, wortkarg, für überraschende Wendungen offen, sinnliche Ausstrahlung.

Das Letzte ist ein Fehler, erkannte Lee, als die Notiz die Erinnerung an den langen, zarten, sie verzehrenden Kuss hochbrachte, an seine weichen Lippen, an die Kraft seiner Hände. Nein, das war nicht für die Veröffentlichung. Sie brauchte auch keine Notizen, um sich alle Details zurückzurufen, alle Gefühle, die sein Körper in ihr ausgelöst hatte. Sie wäre jedoch klug, wenn sie nicht vergaß, dass er ein Mann des schnellen Entschlusses war, ein Mann, der sich das nahm, was er haben wollte.

Humor? Ja, unter seiner kraftvollen Ausstrahlung schimmerte Humor durch. Daran erinnerte sie sich überhaupt nicht gern, wie er über sie gelacht hatte, aber bei ihrem Mangel an Material brauchte sie jede Einzelheit, auch wenn sie unangenehm war.

Sie erinnerte sich an jedes Wort, was er über sich als Schriftsteller gesagt hatte. Doch das ist einfach nicht genug, überlegte sie frustriert. Sie brauchte mehr für einen klar verständlichen Artikel. Die einfache Wahrheit war, sie musste noch einmal mit ihm sprechen.

Sie fuhr sich durchs Haar. Sie hätte die Zügel der Unterhaltung von Anfang an straff in den Händen halten müssen. Wenn sie sich auf etwas verstand, so war es schließlich, ein Gespräch in die von ihr gewünschte Richtung zu lenken oder zu steuern. Sie hatte noch wortkargere Menschen als Hunter interviewt, aber noch nie mit einem so enttäuschenden Ergebnis.

Geistesabwesend schlug sie mit dem Bleistift gegen die Tischkante. Es war nicht ihr Job, frustriert zu sein, sie musste produktiv sein. Es ist nicht mein Job, fügte sie für sich hinzu, mich von einem Menschen, mit dem ich beruflich zu tun habe, so total bezaubern zu lassen.

Sie hätte den Kuss verhindern müssen. Es war Lee immer noch nicht klar, warum sie es nicht getan hatte. Sie wollte nicht darüber nachdenken. Dann erinnerte sie sich nur wieder an diesen langen, merkwürdig intensiven Moment, an das, was sie empfunden hatte. Sie musste sich einfach daran erinnern, warum sie nach Flagstaff gekommen war, dann konnte sie Hunter Brown entschlossen in die Rubrik Arbeit packen und ihn dortlassen. Im Augenblick war ihr größtes Problem, wie es ihr gelingen sollte, ihn wiederzusehen.

Sei professionell, warnte sie sich. Aber sie konnte nicht still sitzen dabei. Im Zimmer auf- und abschreitend versuchte sie, die unglaublich schöne Erinnerung an das Gefühl seines Mundes auf ihrem abzuschütteln. Und scheiterte.

Sie befand sich in einem Strom von Gefühlen. Etwas Vergleichbares hatte sie noch nie erlebt. Die Schwäche, die Macht – es war jenseits ihrer Verständnismöglichkeit. Die Sehnsucht, das Begehren – wie konnte sie das kontrollieren?

Wenn sie ihn besser verstehen würde, vielleicht ... Nein. Lee nahm die Bürste in die Hand und legte sie wieder hin. Nein, Hunter zu verstehen, hatte nichts mit ihrem Verlangen, mit der Bekämpfung ihres Begehrens zu tun. Sie wollte von ihm berührt werden, und obwohl sie keine logische Erklärung dafür fand, sie wollte es mehr, als sie ihren Job verrichten wollte.

Geistesabwesend verrückte sie die Fläschchen und Gläser auf der Frisierkommode. Unbehaglich blickte sie auf und sah eine blasse Frau mit schläfrigem Blick und ungekämmtem Haar im Spiegel. Sie sah zu jung aus, zu zerbrechlich. Niemand sah sie so, wenn sie nicht zurechtgemacht war, ohne ihren Schutzschild. Nur sie wusste, was unter ihrem eleganten Äußeren, unter dem Glanz lag. Angst. Angst, zu versagen.

Sie hatte sich ihr Selbstbewusstsein peinlich genau Stück für Stück aufgebaut, bis sie fast selbst daran glaubte. Nur in Augenblicken wie diesem, wenn sie allein war, ein wenig müde, ein wenig entmutigt, dann kam die Frau mit all den winzigen Zweifeln und Ängsten hinter dieser von ihr so sorgfältig errichteten Fassade hervor.

Von Kind an war sie darauf ausgerichtet worden, ein attraktiver Schmuck zu sein. Gute Ausdrucksweise, gute Erziehung, Selbstbeherrschung. Das war alles, was ihre Familie gewollt hatte. Nein, verbesserte sich Lee. Das genau hatte ihre Familie erwartet. Und diese Erwartung hatte sie mit ihrer Berufswahl enttäuscht.

Welche Wendung des Schicksals war nur dafür verantwortlich gewesen, dass sie sich nicht in das Modell gefügt hatte, was ihre Familie für sie vorgesehen hatte? Seit ihrer Kindheit hatte sie gewusst, dass sie mehr brauchte. Und doch hatte sie erst nach der Collegezeit genügend Mut gesammelt, um aus der von ihren Eltern für sie vorgesehenen Laufbahn auszubrechen.

Als sie ihren Eltern gesagt hatte, dass sie nicht Jonathan Willoby heiraten, sondern von Palm Springs nach Los Angeles ziehen wolle, um dort zu leben und zu arbeiten, hatte sie innerlich gezittert. Dieses schwere Aufeinandertreffen hatte sie nur durch ihr Training durchgestanden. Sie war erzogen worden, immer zurückhaltend, kühl und gefasst zu sein, nie die Stimme zu erheben, nie eine Stimmung zu verraten, was als vulgär galt. Als sie mit ihren Eltern gesprochen hatte, schien sie äußerlich ihres Entschlusses absolut sicher zu sein, während sie tatsächlich panische Angst davor hatte, den angenehmen Goldkäfig zu verlassen, den ihre Eltern ihr sie geschaffen hatten.

Fünf Jahre später war die Angst eingedämmt, aber sie war nie ganz verschwunden. Ihr Antrieb, auf der Leiter der beruflichen Karriere ganz nach oben zu kommen, basierte teilweise auf dem Bedürfnis, sich ihren Eltern gegenüber zu beweisen.

Blödsinnig, sagte sie sich und wandte sich von der verletzbaren Frau im Spiegel ab. Sie musste niemandem etwas beweisen, es sei denn, sich selbst. Sie war wegen einer Story gekommen. Die Story würde ein Erfolg für sie werden, wenn sie Hunter Brown wie ein Spürhund auf den Fersen blieb.

Lee sah wieder auf die Notizen, die weniger als eine Seite füllten. Bevor der Tag vorbei ist, habe ich mehr, versprach sie sich. Viel mehr. Er wird nicht wieder die Oberhand gewinnen. Er wird sie nicht wieder von ihrem Ziel ablenken. Dieses Mal würde sie fest das Steuer in der Hand halten.

Als es klopfte, warf Lee einen Blick auf die Uhr und stieß einen kleinen Seufzer der Ungeduld aus. Sie war ihrem Zeitplan hinterher, etwas, das sie sich sonst nie erlaubte. Sie hatte ihr Frühstück für neun Uhr bestellt und wollte sich bis dahin für den Tag schon fertig gemacht haben. Unwillig über sich selbst, ging sie zur Tür und öffnete.

„Genauso gut brauchtest du nichts zu essen, wenn du meinst, dass du mit einem halben Brötchen auskommst.“ Bevor es ihr gelang, sich von ihrer Überraschung zu erholen, trat Hunter auch schon mit ihrem Frühstückstablett an ihr vorbei. „Und eine kluge Frau macht nie die Tür auf, ohne sich zu vergewissern, wer auf der anderen Seite steht.“ Er stellte das Tablett auf dem Tisch ab und drehte sich um, um sie mit seinem langen, eindringlichen Blick zu betrachten.

Ohne den Glanz von Make-up und sorgfältiger Aufmachung sah sie jünger aus. Die Spuren der Zerbrechlichkeit, die er schon geahnt hatte, waren jetzt von keiner Patina blasierter Kultiviertheit überdeckt, obwohl ihr Morgenmantel aus Seide und der Saphirton schmeichelnd waren. Er spürte ein Aufflammen von Lust und zugleich einen Beschützerdrang in sich aufsteigen. Doch beides konnte seine Wut nicht vertreiben.

Sie wollte ihn nicht wissen lassen, wie verblüfft sie war, ihn wiederzusehen, wie beunruhigt, mit ihm allein zu sein. „Zuerst Chauffeur, dann Kellner“, sagte sie kühl, ohne zu lächeln. „Du bist ein Mann mit vielen Talenten, Hunter.“

„Das Kompliment könnte ich zurückgeben.“ Er goss eine Tasse Kaffee ein. „Eine der ersten Voraussetzungen einer Romanschriftstellerin ist, eine gute Lügnerin zu sein. Du bist also auf dem besten Weg dahin.“ Er machte eine einladende Handbewegung zu einem Sessel und versetzte Lee in die unbehagliche Position, bei ihm Gast zu sein. Kühl beherrscht, als wäre sie überhaupt nicht beunruhigt, durchquerte sie den Raum und setzte sich an den Tisch.

„Ich hätte dich gebeten, mir Gesellschaft zu leisten, aber es gibt nur eine Tasse.“ Mit ruhiger Hand goss sie Milch in den Kaffee und griff nach dem Brötchen. „Vielleicht könntest du mir erklären, was du mit Lügnerin meinst.“

„Ich vermute, es ist auch eine der ersten Voraussetzungen für Reporterinnen.“ Hunter beobachtete, wie sich ihre Finger um das Brötchen ganz kurz verspannten.

„Nein.“ Lee nahm noch einen Bissen von ihrem Brötchen, als sei ihr der Magen gerade nicht in die Kniekehlen gesunken. „Reporter haben mit Tatsachen zu tun.“ Sie ließ sich Zeit, um nicht nervös herumzufingern, und trank einen Schluck Kaffee. „Ich kann mich nicht daran erinnern, erwähnt zu haben, ich sei eine Reporterin.“

„Nein, du hast es nicht erwähnt.“ Als sie die Tasse abstellte, umfasste er ihr Handgelenk. Der Griff seiner Finger verriet ihr, dass er wütend war. „Du hast es ganz bewusst nicht erwähnt.“

Mit einem Ruck ihres Kopfes warf sie ihr Haar zurück. Wenn sie verlor, dann auf keinen Fall mit hängenden Schultern. „Es war nicht erforderlich, es dir zu erzählen.“ Sie ignorierte die Tatsache, dass er eine ihrer Hände fest umklammert hielt, nahm das Brötchen in die andere Hand und biss hinein. „Ich habe meinen Teilnahmebeitrag für die Tagung bezahlt."

„Und vorgetäuscht, jemand zu sein, der du nicht bist."

Ohne mit der Wimper zu zucken, begegnete sie seinem Blick. „Offensichtlich haben wir beide vorgetäuscht, jemand zu sein, der wir nicht sind, von Anfang an."

„Ich wollte nichts von dir. Du bist jedoch in deiner Täuschung über das Harmlose hinausgegangen."

Sie mochte es nicht, wie es bei ihm klang – so gemein, so schmutzig. Doch es war die Wahrheit. Wenn er seine Finger nicht in ihr Handgelenk graben würde, hätte sie sich vielleicht sogar entschuldigt. So aber wich sie keinen Millimeter. „Es ist mein gutes Recht, hier zu sein und einen Artikel über die Tagung zu schreiben."

„Und ich", sagte er so sanft, dass sie fröstelte, „habe ein Recht auf meine Privatsphäre, auf die freie Entscheidung, mit einem Reporter zu sprechen oder es abzulehnen."

„Wenn ich dir gesagt hätte, dass ich von *Celebrity* komme", konterte sie und machte den ersten Versuch, ihren Arm freizubekommen, „hättest du dann mit mir gesprochen?"

Er hielt immer noch ihr Handgelenk, sah sie immer noch fest an. Einige lange Sekunden sagte er nichts. „Das ist etwas, was keiner von uns jemals wissen wird." Er gab ihr Handgelenk so abrupt frei, dass ihr Arm auf den Tisch fiel und die Tasse klapperte. Lee blickte auf ihr Brötchen. Es war zu einer ekligen Kugel zerquetscht.

Er machte ihr Angst. Es hatte keinen Sinn, es vor sich selbst zu verleugnen. Die Kraft seiner unterschwelligen Wut ließ kleine Kälteschocks ihren Rücken hoch- und runterwandern. Sie wusste nicht, wozu er fähig war. In seinen Büchern gab es Gewalt, also musste es auch Gewalt in seinem Wesen geben. Mit aller Kraft beherrschte sie sich und hob wieder ihre Tasse an die Lippen, trank und schmeckte absolut nichts.

„Ich bin neugierig, zu erfahren, wie du es herausgefunden hast." Gut, ihre Stimme war ruhig, nicht gehetzt.

Sie sieht wie ein Kätzchen aus, das in eine Ecke gedrängt ist, stellte Hunter fest. Bereit, zu beißen und zu kratzen, selbst wenn ihr Herz laut genug klopfte, dass es fast hörbar war. Am liebsten hätte er sie erwürgt. Er wollte nicht dem starken Drang nachgeben, die blasse Haut ihrer Wange zu berühren. Von einer Frau getäuscht zu werden, das war vielleicht die einzige Sache, die ihn immer noch in blinde Wut versetzen konnte.

„Merkwürdig genug, du hast mich interessiert, Lenore. Gestern Abend …" Er sah, wie sie sich versteifte, und spürte eine gewisse Befriedigung. Nein, er würde sie das nicht vergessen lassen, wie er es auch selbst nicht vergessen konnte. „Gestern Abend", wiederholte er langsam und wartete, bis sie den Blick wieder zu ihm hob, „wollte ich dich lieben. Ich wollte hinter diesen äußeren Schein dringen und dich entdecken. Als ich es tat, sahst du aus, wie du jetzt aussiehst. Weich, zerbrechlich, mit einladendem Mund und umschattetem Blick."

Ihr Körper schmolz, ihre Haut erhitzte sich, und dabei waren es nur Worte. Er berührte sie nicht, versuchte es auch nicht, doch der Klang seiner Stimme streichelte ihre Haut wie die zärtlichste Liebkosung. „Ich … ich hatte nicht die Absicht, dich mich lieben zu lassen."

„Ich glaube nur an Liebe, wenn beide es wollen." Er gab ihren Blick nicht frei. Sie spürte, wie ihre Gedanken vor Glut verschwammen, ihr Atem zitterte. „Nur, wenn beide es wollen", wiederholte Hunter. „Als du gegangen bist, habe ich mich an den nächstbesten Weg gehalten, dich zu entdecken."

Lee faltete fest ihre Hände im Schoß, um ihr Zittern unter Kontrolle zu halten. Wie konnte ein Mann eine solche Macht ausüben? Und wie konnte sie sie bekämpfen? „Ich weiß nicht, was du meinst." Ihre Stimme war nicht mehr ruhig.

„Dein Manuskript."

Unverständlich starrte sie ihn an. Gestern Abend hatte sie es aus Angst vor ihm, aus Angst vor sich selbst völlig vergessen. Wut und Enttäuschung hatten heute Morgen verhindert, dass sie sich daran erinnerte. Und nun, auf der Spitze eines vernebelnden

Begehrens, fühlte sie sich wie eine Schülerin, die dem Meister gegenübersitzt. „Ich habe nie beabsichtigt, es dich lesen zu lassen", begann sie. Ohne es zu merken, zerknüllte sie die Serviette in ihrem Schoß. „Ich habe keinerlei Neigungen, Schriftstellerin zu werden."

„Dann bist du nicht nur eine Lügnerin, sondern auch eine Närrin."

Jegliches Gefühl von Hilflosigkeit verschwand. Niemand hatte je so zu ihr gesprochen. „Ich bin weder eine Närrin noch eine Lügnerin. Ich bin eine gute Reporterin. Und ich will einen exklusiven, aussagekräftigen Artikel über dich schreiben."

„Warum verschwendest du deine Zeit damit, Klatsch zu schreiben, wo du einen Roman zu vollenden hast?"

Sie wurde hart. Der Blick, der von verwirrtem Begehren umnebelt gewesen war, wurde frostig. „Ich schreibe keinen Klatsch."

„Du kannst dabei glänzen, kannst mit Stil und Niveau schreiben, aber es bleibt Klatsch." Bevor Lee darauf eine scharfe Erwiderung machen konnte, stand er auf. „Du hast Talent. Und Talent ist eine doppelseitige Medaille, Lenore. Die zweite Seite bedeutet Verpflichtung. Du musst den Roman beenden."

Ihn beenden? Sie hätte ihn nie anfangen sollen. „Verdammt, Hunter, er ist ein Hirngespinst."

„Er ist gut."

Sie sah ihn an, die Brauen immer noch vor Ärger zusammengezogen, doch der Blick war plötzlich wachsam. „Was?"

Er nahm sich eine Zigarette, während sie ihn anstarrte. „Zuerst wollte ich dich gestern Abend noch anrufen. Stattdessen habe ich mich mit meiner Verlegerin in Verbindung gesetzt." Ruhig stieß er den Rauch aus. „Als ich ihr das Manuskript zu lesen gegeben habe, hat sie deinen Namen erkannt. Offensichtlich ist sie eine treue Leserin von *Celebrity*."

„Du hast ihr ..." Verblüfft verstummte Lee. „Du hast nicht das Recht dazu, es irgendjemandem zu zeigen."

„Zu der Zeit habe ich geglaubt, du wärst Schriftstellerin, genau, wie du es mir vorgemacht hast."

Sie erhob sich und umklammerte die Lehne des Stuhles. „Ich bin Reporterin, keine Romanschriftstellerin. Ich möchte, dass du das Manuskript bei ihr abholst und es mir zurückbringst."

Er drückte seine Zigarette in einem Aschenbecher aus. Dabei fiel sein Blick auf Lees feinsäuberliche Notizen. Zu seiner schon vorhandenen Verärgerung trat Belustigung. Sie versuchte also, ihn in einige ordentliche Schubladen zu stecken. Sie würde es schwieriger finden, als sie es sich träumen ließ. „Warum sollte ich das tun?"

„Weil es mir gehört. Du hattest kein Recht, es irgendjemandem zu geben."

„Wovor hast du Angst?"

Vor dem Versagen. In letzter Sekunde konnte Lee die Worte hinunterschlucken. „Ich habe vor nichts Angst. Ich tue, was ich am besten kann und beabsichtige, das weiterhin zu tun."

Ihr gefiel der Ausdruck seiner Augen nicht, als er sie wieder ansah. Eigentlich war er nur in ihr Zimmer gekommen, um ihr das falsche Spiel und die Vergeudung ihres Talents vorzuhalten. Als er sie jetzt beobachtete, dachte Hunter, dass es einen besseren Weg geben müsse, auf dem er gleichzeitig mehr über sie erfahren konnte. Und das war wichtig, wenn er sie in seinem nächsten Buch als Hauptfigur beschreiben wollte. „Wie wichtig ist dir eigentlich diese Geschichte über mich?"

Alarmiert durch den Wechsel in seinem Ton, musterte Lee ihn vorsichtig. Vielleicht konnte sie seinem Ego ja doch noch schmeicheln. „Sie ist sehr wichtig. Seit über drei Monaten versuche ich, etwas über dich herauszubekommen. Du bist einer der populärsten und von der Kritik hochgejubeltsten Schriftsteller. Wenn du …"

Er unterbrach sie mit einer leichten Handbewegung. „Wenn ich mich entschließe, dir ein Interview zu geben, dann müssten wir eine längere Zeit zusammen verbringen – und das unter meinen Bedingungen."

Lee hörte in sich die kleine Warnglocke, ignorierte sie aber. Sie konnte den Erfolg schon fast schmecken. „Die Bedingungen können wir vorher klären. Ich stehe zu meinem Wort, Hunter."

„Daran zweifle ich nicht.“ Hunter überdachte noch einmal seinen Standpunkt. Vielleicht forderte er nur Schwierigkeiten heraus. Andererseits, er hatte länger schon keine mehr herausgefordert. Er war bereit. „Wie viel hast du insgesamt von deinem Manuskript fertig?“

„Das hat damit nichts zu tun.“ Als er nur eine Braue hochzog und sie musterte, biss sie die Zähne zusammen. Halt ihn bei Laune, sprach Lee sich zu. Sie war nah genug an ihrem Ziel. „Ungefähr zweihundert Seiten.“

„Schick den Rest an meine Verlegerin. Ich bin sicher, ihren Namen kennst du schon.“

„Was hat das mit dem Interview zu tun?“

„Das ist eine der Bedingungen. Für die übernächste Woche habe ich Pläne“, fuhr er fort. „Du kannst mich begleiten – mit einer weiteren Kopie deines Manuskripts.“

„Dich begleiten? Wobei?“

„Ich mache eine zweiwöchige Campingtour im Oak Creek Canyon. Du solltest dir besser ein paar robuste Schuhe kaufen.“

„Camping?“ Ihr drängten sich Bilder von Zelten und Moskitos auf. „Wenn du nicht sofort zu deinem Urlaub aufbrichst, könnten wir das Interview doch ein oder zwei Tage vorher ansetzen.“

„Bedingungen“, erinnerte er sie. „Meine Bedingungen.“

„Du willst alles unbedingt kompliziert machen.“

„Ja.“ Er lächelte, es war ein Schatten von Humor, der um seinen Mund lag. „Du musst für dein Exklusivinterview richtig arbeiten, Lenore.“

„In Ordnung.“ Entschlossen hob sie das Kinn. „Wo und wann soll ich dich treffen?“

Nun lächelte er zufrieden, ihm gefiel die Entschlossenheit, die er sah. „In Sedona. Ich setze mich mit dir in Verbindung, wenn es so weit ist – und wenn meine Verlegerin mich darüber informiert hat, dass sie den Rest deines Manuskripts bekommen hat.“

„Ich verstehe nicht, warum du mich damit erpresst.“

Jetzt trat er zu ihr und fuhr ihr ganz unvorbereitet durchs Haar. Es war eine leichte, freundschaftliche Geste und doch sehr intim. „Vielleicht solltest du als Erstes über mich lernen, dass ich exzentrisch bin. Wenn man das von sich akzeptiert, kann man alles rechtfertigen, was man tut. Alles.“ Er beendete den Satz, indem er seinen Mund auf ihren legte.

Er hörte, wie sie hastig Atem holte, spürte, wie sie sich versteifte. Aber sie kämpfte sich nicht frei. Vielleicht prüfte sie sich selbst. Und, was sie nicht wusste, sie prüfte auch ihn. Es drängte ihn, sie zum Bett zu tragen, den Hauch von Seide von ihr zu streifen und seinen Körper an ihren zu pressen. Sie würde sich mit ihm bewegen, als wären sie schon immer Liebende gewesen. Er wusste es einfach.

Er spürte, wie sie sich an ihn schmiegte, wie ihre Lippen warm und durch seine feucht wurden. Sie waren allein, und das Begehren war groß. Und doch wusste er instinktiv, ohne es zu verstehen, wenn sie sich jetzt liebten, sättigten sie ihren Hunger, und er würde sie nie wiedersehen.

Hunter küsste sie lange. Er saugte ihren Geschmack in sich ein. Dann zwang er sich zur Zurückhaltung.

Er zog sich zurück, ließ die Hände noch einen Augenblick an ihren Wangen ruhen, auf ihrem weichen Haar. Lee sagte nichts.

„Wenn du es schaffst, zwei Wochen im Canyon durchzustehen, hast du deine Story.“

Damit überließ er sie sich selbst und verließ den Raum.

„Wenn ich die zwei Wochen nur durchstehe“, stieß Lee hervor, während sie einen warmen Pullover aus der Schublade zog. „Ich sage dir, Blanche, ich habe noch nie jemanden getroffen, der so wenig sagt und einen dabei so auf die Palme bringen kann.“ Zehn Tage in Los Angeles hatten ihre Wut noch nicht dämpfen können.

Blanche befühlte die weiche Wolle des Pullovers. „Lee, hast du nichts, was weniger fein ist?“

„Ich habe nur ein paar Sweatshirts gekauft. Ich habe eben nicht viel Zeit meines Lebens in einem Zelt verbracht.“

„Ein Ratschlag.“ Bevor eine weitere schicke Hose in den Rucksack gepackt wurde, den sich Lee von ihr geliehen hatte, hielt Blanche sie an der Hand fest.

Lee zog eine Braue hoch. „Du weißt, ich hasse Ratschläge.“

Grinsend ließ sich Blanche aufs Bett fallen. „Ich weiß. Darum kann ich auch nie widerstehen, sie dir zu geben. Lee, du hast eine Jeans. Ich habe sie schon an dir gesehen.“ Sie strich sich eine Haarsträhne aus dem Gesicht. „Designerjeans oder nicht, nimm die Jeans und nicht die Fünfundsiebzigdollarhose. Investiere in ein oder zwei weitere Jeans“, fuhr sie fort, während Lee mit gerunzelter Stirn auf die Kleidungsstücke in ihrer Hand blickte. „Pack diesen herrlichen Wollpullover zurück in die Schublade und nimm ein paar Flanellhemden. Denk an die Nächte, wenn es kalt wird. Besorg dir ein paar T-Shirts. Blusen sind fürs Büro und nichts für Camping. Nimm wenigstens eine Shorts mit und besorge dir dicke Socken. Eigentlich hättest du diese neuen Wanderschuhe einlaufen müssen, denn du wirst gehörig in ihnen leiden.“

„Der Verkäufer hat gesagt …“

„Es ist alles in Ordnung mit ihnen, Lee, sie waren einfach noch nie aus ihrem Karton.“ Sie streckte sich wieder auf der Kissenkollektion auf Lees Bett aus. „Du hast dich zu sehr darauf konzentriert, genügend Papier und Bleistifte einzupacken, dass du vergessen hast, dir über dein Schuhwerk Gedanken zu machen. Wenn du dich nicht selbst lächerlich machen willst, hör auf Mama.“

Gereizt legte Lee den Pullover zurück. „Ich habe mich schon lächerlich gemacht, mehrmals.“ Sie trat gegen eine der Schubladen. „Er wird sich nicht wieder über mich lustig machen, Blanche. Wenn ich draußen in einem Zelt schlafen und Felsen hinaufkraxeln muss, um zu dieser Story zu kommen, dann mache ich es.“

„Wenn du dich anstrengst, könntest du gleichzeitig sogar Spaß haben.“

„Mir geht’s nicht um Spaß, sondern um ein Exklusivinterview.“

„Wir sind Freundinnen."

Obwohl es eine Feststellung, keine Frage war, warf Lee ihr einen Blick zu. „Ja." Zum ersten Mal, seit sie packte, lächelte sie. „Wir sind Freundinnen."

„Dann verrate mir, was dich an diesem Typ beunruhigt. Seit über einer Woche kannst du deine Hände nicht eine Sekunde lang ruhig halten. Du wolltest Hunter Brown interviewen, und du wirst Hunter Brown interviewen. Wie kommt es, dass du den Eindruck erweckst, als bereitetest du dich auf einen Krieg vor?"

„Weil ich mich genauso fühle." Bei jedem anderen wäre Lee der Frage ausgewichen oder hätte die kalte Schulter gezeigt. Doch weil es Blanche war, setzte sie sich auf den Bettrand und zerknüllte ein neu gekauftes Sweatshirt zwischen ihren rastlosen Händen. „Er lässt mich wollen, was ich nicht wollen will, lässt mich fühlen, was ich nicht fühlen will. Blanche, in meinem Leben habe ich für Komplikationen keinen Platz."

„Wer hat das schon?"

„Ich weiß genau, wohin ich gehe", betonte Lee ein wenig zu nachdrücklich. „Ich weiß genau, wie ich dahin komme. Irgendwie habe ich das Gefühl, Hunter ist eine Umgehungsstraße."

„Manchmal ist eine Umgehung interessanter als die geplante Route, und du kommst zum selben Ort."

„Er macht auf mich den Eindruck, als wüsste er, was ich denke. Mehr noch, als wüsste er, was ich gestern oder letztes Jahr gedacht habe. Das ist nicht angenehm."

„Du hast nie das Angenehme gesucht", stellte Blanche fest und legte den Kopf auf ihre gefalteten Hände. „Du hast immer die Herausforderung gesucht. Du hast eben noch nie eine Herausforderung in einem Mann gefunden."

„Ich will keinen Mann als Herausforderung." Heftig stopfte Lee das Sweatshirt in den Rucksack. „Ich will Herausforderung in meiner Arbeit."

„Du musst nicht fahren."

Lee hob den Kopf. „Ich fahre."

„Dann fahr nicht mit knirschenden Zähnen." Blanche setzte sich im Schneidersitz auf. „Das ist eine gewaltige Chance für dich, beruflich und persönlich. Oak Creek ist einer der schönsten Canyons im Land. Du kannst dort zwei Wochen verbringen. Und da ist ein Mann, der dich nicht langweilt oder umschmeichelt.“ Sie grinste wieder über Lees schelmischen Blick. „Du weißt verdammt gut, dass du beides nicht ausstehen kannst. Genieße also einfach den Szenenwechsel.“

„Ich werde arbeiten“, erinnerte Lee sie. „Nicht Wildblumen pflücken.“

„Pflücke trotzdem einige. An deine Story kommst du auch so.“

„Und mit ihr zahle ich es Hunter zurück.“

Blanche lachte aus vollem Hals und warf ein Kissen in die Luft. „Wenn du das unbedingt willst, dann tu es. Ich könnte direkt Mitleid mit dem Burschen bekommen. Und Lee …“, sie legte eine Hand über die ihrer Freundin, „… wenn er dich etwas wollen lässt, nimm es. Das Leben ist nicht gerade überhäuft mit Angeboten. Gönn dir selbst ein Geschenk.“

Lee schwieg einen Augenblick, dann seufzte sie. „Ich bin mir nicht sicher, ob es ein Geschenk oder ein Fluch sein wird.“ Sie erhob sich und ging zu ihrer Kommode. „Wie viele Paar Socken?“

„Aber ist sie schön?“ Sarah hockte mitten auf dem Teppich, ein Bein angezogen, während sie sich tapfer bemühte, das andere hinter den Hals zu schlingen. „Wirklich schön?“

Hunter grub im Wäschekorb herum. Sarah hatte ihn klar darauf hingewiesen, dass er an der Reihe sei, die Wäsche zusammenzulegen. „Das Wort *schön* würde ich nicht benutzen. Ein kunstvoll arrangierter Korb mit Früchten ist schön.“

Sarah kicherte, dann rollte sie sich ab und wölbte ihren Rücken zu einem Katzenbuckel. „Welches Wort würdest du denn benutzen?“

Hunter faltete ein T-Shirt zusammen, auf dem vorn der Name einer populären Rockband glitzerte. „Sie ist von einer seltenen klassischen Schönheit, womit viele Frauen wahrscheinlich nicht direkt etwas anfangen können.“

„Aber sie kann es?“

Er erinnerte sich. Er wollte es. „Sie kann es."

Sarah ließ sich auf den Rücken fallen, um mit dem Hund zu kuscheln, der sich neben ihr ausgestreckt hatte. Sie liebte die Wärme von Santanas' Fell, wie sie es liebte, der Stimme ihres Vaters zu lauschen. „Sie hat versucht, dich auf den Arm zu nehmen", erinnerte Sarah ihn. „Du magst es doch nicht, wenn dich Leute auf den Arm nehmen."

„Ihrer Meinung nach hat sie nur ihren Job getan."

Mit einer Hand am Hals des Hundes blickte Sarah mit ihren großen, dunklen Augen, die denen ihres Vaters so ähnlich waren, zu ihm auf. „Du redest nie mit Reportern."

„Sie interessieren mich nicht." Hunter richtete sich mit einer Jeans auf, die ein großes Loch am Knie hatte. „Ist die nicht neu?"

„So ungefähr. Und warum nimmst du sie zum Camping mit?"

„Ungefähr neue sollten nicht schon Löcher haben. Und ich nehme sie nicht mit. Sie kommt mit mir."

Sie steckte eine Hand in die Tasche und zog einen Kaugummi heraus. Wegen ihrer Zahnspange durfte sie ihn nicht kauen und strich nur über das Einwickelpapier. In sechs Monaten, dachte Sarah, werde ich ein Dutzend kauen, alle auf einmal. „Weil sie eine Reporterin ist oder weil sie von einer seltenen klassischen Schönheit ist?"

Hunter warf ihr einen Blick zu, um den Schalk aus den Augen seiner Tochter blitzen zu sehen. Sie ist eindeutig zu klug, entschied er und warf mit einem Paar zusammengerollter Socken nach ihr. „Beides, aber hauptsächlich, weil ich sie interessant finde und talentiert. Ich will sehen, wie viel ich über sie herausfinde, während sie sich bemüht, etwas über mich herauszufinden."

„Du findest mehr heraus", verkündete Sarah und warf die Socken faul in die Luft. „Tust du immer. Ich glaube, das ist eine gute Idee", fügte sie nach einem Augenblick hinzu. „Tante Bonnie sagt, du siehst nicht genügend Frauen, vor allem Frauen, die deinen Verstand herausfordern. Vielleicht entfacht sie sogar deine glimmende Leidenschaft."

Auf dem Weg zum Korb hielt Hunters Hand mitten in der Bewegung inne. „Was?"

„Das habe ich gelesen." Gekonnt rollte sie zurück und berührte mit den Füßen den Boden hinter ihrem Kopf. „Da war ein Mann, der eine Frau getroffen hat, und zuerst mochten sie sich beide nicht. Aber da war diese starke körperliche Anziehungskraft und dieses wachsende Begehren und …"

„Ich verstehe." Hunter sah auf das schlanke, dunkelhaarige Mädchen auf dem Boden hinunter. Sie ist meine Tochter, dachte er. Sie ist zehn. Wie, um alles in der Welt, waren sie auf das Thema Leidenschaft gekommen? „Du vor allen anderen Menschen solltest wissen, dass Sachen im wirklichen Leben selten so passieren wie in Büchern."

„Ausgedachtes beruht auf Wirklichkeit." Sarah grinste, erfreut darüber, ihm eine seiner eigenen Bemerkungen zurückwerfen zu können. „Aber bevor du dich in sie verliebst, bevor du zu viel glimmende Leidenschaft hast, will ich sie kennenlernen."

„Ich werde daran denken." Immer noch mit dem Blick auf sie gerichtet, hielt Hunter drei nicht zusammenpassende Socken hoch. „Wie kann das nur jede Woche passieren?"

Sarah betrachtete die Socken einen Augenblick, dann hallte ihr Lachen von der hohen Decke wider.

5. KAPITEL

Es war wie jeder Western, den sie gesehen hatte. Während die strahlende Sonne sie blinzeln ließ, konnte Lee fast die Gesetzlosen sehen, die das Aufgebot einer Bürgerwehr besiegten, und Indianer, die sich abwartend hinter Felsen und Baumstämmen versteckten. Wenn sie ihrer Einbildungskraft freien Lauf ließ – woran niemand sie hinderte, da sie allein im Wagen saß –, konnte sie fast die Hufschläge auf dem felsenharten Boden hören.

Die tiefroten Berge erhoben sich in einen fast bedrohlich aussehenden blauen Himmel. Es war eine Weite, die beinahe ungeheuerlich in ihrer Dimension war. Sie ließ einem das Herz weit werden und vor Aufregung hämmern.

Da gab es Grün – das silbrige Grün von Salbei, der sich an den roten, felsigen Boden klammerte. Das tiefere Grün des Wacholders, der plötzlich scheinbar geplanter Kargheit Platz machte. Und doch war die Kargheit in sich selbst reich. Die Weite, die überwältigende Weite betäubte Lee und ließ sie sich selbst im Vergleich unbedeutend fühlen und machte sie merkwürdig hungrig nach mehr. Überall gab es mehr felsige Kämme, mehr Farben, mehr … Lee schüttelte den Kopf. Einfach mehr.

Selbst als sie sich der Stadt näherte, konnten deren Gebäude es mit der Weite nicht aufnehmen. Halteschilder, Straßenlampen, Blumengärten, Autos, es war alles belanglos. Es ist eine Sicht, die einfach unbeschreiblich und atemberaubend war, dachte Lee.

Sie mochte Sedona von der ersten Sekunde an. Die saubere Westernausstrahlung fügte sich in den fabelhaften Hintergrund der Landschaft ein, statt ihn zu zerstören.

Die Geschäfte an der Hauptstraße hatten hübsche Schilder und spiegelblanke Schaufenster. Die Häuser waren zum größten Teil aus Holz gebaut. Es herrschte die Atmosphäre von Gemächlichkeit – keine Eile, keine Hast. Sedona hatte eher die Ausstrahlung eines Kleinstädtchens als die einer Stadt. Unter dem eindrucksvollen Himmel schien alles gemütlich zu sein. Vielleicht, dachte Lee, als sie den Hinweisschildern der Autoverleihfirma folgte, um ihren Leihwagen abzugeben, vielleicht kann ich die nächsten zwei Wochen ja doch ein wenig genießen.

Da sie für die verabredete Zeit ihres Treffens mit Hunter zu früh war, selbst noch, nachdem sie das Ausfüllen der Formulare in der Autoverleihfirma hinter sich gebracht hatte, entschied Lee, dass sie sich noch den Genuss leisten konnte, Tourist zu spielen. Sie hatte fast noch eine Stunde Urlaub, bevor die Arbeit wieder begann.

Die geschmeidige silberne Halskette und die Türkis-Ohrringe im Schaufenster lockten sie, doch sie ging vorbei. Nach dem zweiwöchigen Abenteuer konnte sie immer noch etwas Leichtsinniges tun – als Belohnung für den Erfolg. Jetzt wollte sie einfach nur die Zeit totschlagen.

Ein Süßwarengeschäft, das behauptete, das Beste im Land zu sein, zog sie an. Sie betrat es und kaufte sich Konfekt. Zum Energietanken, sagte sie sich, als sie eine Praline im Mund zerschmelzen ließ. Wer wusste schon, was sie die nächsten zwei Wochen zu essen bekam. Als Hunter telefonisch Kontakt mit ihr aufgenommen hatte, hatte er hartnäckig darauf bestanden, dass er sich um die Vorräte, überhaupt um die Ausrüstung kümmern werde. Das Konfekt, sagte sich Lee, ist Notreserve.

Außerdem, zum Teil hatte Blanche recht. Es gab keinen Grund, sich in dieses Abenteuer zu stürzen und sich dabei unbedingt elend und unwohl fühlen zu wollen. Warum sollte sie sich nicht ein wenig in Laune bringen? Mit diesem Gedanken schlenderte Lee in einen Western-Laden.

Obwohl sie einige Minuten mit den Muschelgürteln spielte, legte sie sie wieder zurück. So etwas stand ihr nicht, ebenso wenig wie die mit Fransen oder Perlenstickerei verzierten Hemden. Vielleicht nahm sie Blanche eins mit, bevor sie wieder zurück nach Los Angeles fuhr. Alles, was Blanche anzieht, steht ihr, dachte Lee.

Mit einem Schulterzucken strich Lee über das Modell einer kurzen Wildlederjacke und schlenderte dann durch die unzähligen Reihen von Hüten. Auch das war nichts für sie. Doch sie stellte den Rucksack ab und probierte einen braunen Stetson mit geschwungener Krempe. Sie tauschte den ersten Hut mit einem kleineren, der mit einem Band und Federn verziert war. Dann setzte sie sich einen schwarzen, glattkrempigen auf den Kopf und prüfte im Spiegel das Ergebnis. Sie lächelte ein wenig.

„Du trägst ihn ganz verkehrt."

Bevor Lee reagieren konnte, zogen zwei kräftige Hände ihr den Hut tiefer ins Gesicht. Kritisch drehte Hunter ihn noch etwas, dann trat er zur Seite. „Ja, die perfekte Wahl für dich. Der Kontrast zu deinem Haar und deiner Haut, das ist chic." Er fasste sie bei den Schultern und blickte gemeinsam mit ihr in den Spiegel.

Sie sah, wie er ihre Schulter hielt. Sie sah, wie klein sie neben ihm wirkte. In nur einem Augenblick empfand Lee Freude. Doch sofort ärgerte sie sich darüber.

„Ich habe nicht die Absicht, ihn zu kaufen." Verlegen nahm sie den Hut ab und legte ihn zurück aufs Bord.

„Warum nicht?"

„Ich habe keinen Gebrauch dafür."

„Eine Frau, die nur kauft, was sie braucht?" Belustigung zeigte sich in seiner Miene. „Und es ist ein Jammer, dass du ihn nicht willst. Er verleiht dir ein flottes Aussehen und Selbstvertrauen."

Lee überhörte das und hob ihren Rucksack wieder auf. „Ich bin früher in die Stadt gekommen und wollte die Zeit etwas totschlagen."

„Ich habe dich herumbummeln sehen, als ich die Straße entlanggefahren bin. Selbst in Jeans gehst du, als wenn du ein dreiteiliges Kostüm trägst." Während sie herauszubekommen versuchte, ob das ein Kompliment war, lächelte er. „Welche Sorte hast du gekauft?"

„Was?" Sie runzelte immer noch die Stirn über seine Bemerkung.

„Konfekt." Er warf einen Blick auf die Tüte. „Welche Sorte hast du gekauft?"

Wieder ertappt, dachte Lee schon fast resigniert. „Weiße Schokolade und Krokant."

„Gute Wahl.“ Er nahm ihren Arm und führte sie aus dem Geschäft. „Wenn du entschlossen bist, auf den Hut zu verzichten, können wir ebenso gut losfahren.“

Am Bürgersteig parkte ein Jeep. Sie runzelte die Stirn. Das war ganz eindeutig derselbe, den er in Flagstaff gefahren hatte. „Bist du in Arizona geblieben?“

Er ging um den Kühler herum. „Ich hatte Geschäftliches zu erledigen.“

Ihr Reportersinn schärfte sich. „Nachforschungen?“

Er reagierte mit diesem merkwürdigen Anflug von Lächeln. „Ein Schriftsteller forscht immer nach. Hast du eine Kopie vom Rest deines Manuskripts mitgebracht?“

„Das war eine der Bedingungen“, antwortete Lee unwirsch.

„So ist es.“ Er fädelte sich in den Verkehrsstrom ein. „Welchen Eindruck hast du von Sedona?“

„Eine Touristengegend.“ Sie fand es notwendig, sehr aufrecht zu sitzen und starr nach vorn zu blicken.

„Das kann man auch von Südfrankreich behaupten.“

Sie blickte aus dem Fenster. Ihre Lippen zuckten. „Es macht den Eindruck, als wäre alles schon unverändert ewig so gewesen. Die Weite der Landschaft beunruhigt. Man wird unwillkürlich an die ersten Siedler erinnert, die das Land vom Rücken der Pferde oder vom Planwagen aus zuerst gesehen haben. Ich könnte mir vorstellen, wie einige von ihnen sich gezwungen gefühlt haben, hier zu bauen, eine Gemeinde zu gründen, weil diese Weite sie so überwältigte.“

„Und andere zog es in die Wüste oder in die Berge allein, weil ein Gemeindewesen sie zu sehr einengte.“

Sie nickte, und ihr kam der Gedanke, dass sie in die erste Gruppe passte, er in die zweite.

Die Straße, die er eingeschlagen hatte, führte aus der Stadt hinaus, verengte sich dann und schlängelte sich abwärts. Hunter fuhr mit der Sicherheit eines Mannes, der jede Kurve zu nehmen wusste. Trotzdem umklammerte Lee den Türgriff, entschlossen, über seine Geschwindigkeit kein Wort zu verlieren. Es war wie die Abwärtsfahrt auf einer Achterbahn. Sie schossen hinunter, auf der einen Seite die Felswand, auf der anderen die spiralförmige Schlucht.

„Zeltest du oft?“ Ihre Knöchel traten weiß hervor. Obwohl sie schreien musste, um überhaupt gehört zu werden, klang ihre Stimme zum Glück gelassen genug.

„Hin und wieder.“

„Ich bin neugierig.“ Sie brach ab und räusperte sich, als Hunter eine Haarnadelkurve etwas zu schnell nahm. „Warum zelten?“ Lösten die Felsen in der nackten Wand neben ihnen sich jemals und rollten auf die Straße? Sie entschied, das Beste war, überhaupt nicht daran zu denken.

„Es gibt Zeiten, wo man die Einfachheit braucht.“

Sie presste den Fuß auf den Boden, als wäre dort ein Bremspedal. „Ist das nicht nur eine weitere Art, den Menschen aus dem Weg zu gehen?“

„Ja.“ Seine leichte Zustimmung ließ sie ihn anstarren. Es amüsierte ihn, dass sie den Griff ihrer Hand vom Türgriff löste und ihre Konzentration sich von der Straße auf ihn verlagerte. „Es ist auch ein Weg, von meiner Arbeit abzuschalten.“

Ihr Blick schärfte sich. Es juckte ihr in den Fingern, ihr Notizbuch hervorzuholen. Sie war jetzt blind der Geschwindigkeit und den Kurven gegenüber, zog ein Bein unter ihren Körper und sah ihn offen an. Das gefiel ihm, merkte Hunter. Die Art, wie sie unbewusst ihr Schutzschild fallen ließ, wann immer sie interessiert war. Das zog ihn so sehr an wie ihre kühle Schönheit, die ihn ans neunzehnte Jahrhundert erinnerte.

Er bog von der Straße ab und parkte den Jeep neben einem kleinen Holzgebäude, das als Campingverwaltung diente. Hunter stieg aus, und Lee folgte seinem Beispiel.

„Müssen wir uns einschreiben?“

Hinter ihrem Rücken schmunzelte Hunter, während Lee sich damit abmühte, ihren Rucksack aus dem Jeep zu zerren. „Um die Formalitäten habe ich mich schon gekümmert.“

„Ich verstehe.“ Der Rucksack war schwer, aber sie war fest entschlossen, jedes Hilfsangebot abzulehnen und ihn allein zu tragen. Einen Moment später wurde ihr klar, dass sie sich darüber keine Gedanken machen musste. Hunter stand einfach nur da und beobachtete, wie sie sich in die Schulterriemen hineinmühte. So viel zur Ritterlichkeit, dachte sie, verärgert darüber, dass er ihr nicht die Möglichkeit gegeben hatte, auf ihrer Unabhängigkeit zu bestehen. Dann fing sie den Glanz in seinem Blick auf. Er konnte wirklich zu leicht ihre Gedanken lesen.

„Soll ich den Kram tragen?"

Sie schloss fest die Finger um die Rucksackriemen. „Ich schaffe das schon."

Hunter nahm seinen eigenen Rucksack auf den Rücken und schlug einen Pfad ein. Lee blieb keine Möglichkeit, als ihm zu folgen. Er bewegte sich, als wäre er sein ganzes Leben lang über staubige Pfade gelaufen. Obwohl sie sich in den Wanderstiefeln mehr als fremd fühlte, war Lee entschlossen, mitzuhalten und sich nichts anmerken zu lassen.

„Hast du hier vorher schon einmal gezeltet?"

„Hmm."

„Warum?"

Er hielt an, drehte sich um und musterte sie mit diesem eindringlichen Blick aus seinen schwarzen Augen, der ihr immer den Atem nahm. „Du brauchst dich nur umzusehen."

Sie tat es. Die Wände und Kämme des Canyons erhoben sich um sie herum, als hörten sie nie auf. Sie waren von einer ganz einzigartigen Farbe und Beschaffenheit, was noch unterstrichen wurde durch die Einsprengsel vom Grün der zähen, knorrigen Bäume und des Buschwerks, das direkt aus dem Felsen zu wachsen schien. Genauso wie sie es schon vom Flugzeug oben gesehen hatte, fühlte sich Lee jetzt wieder an Burgen und Festungen erinnert. Doch ohne die Distanz, die das Flugzeug unvermittelt hatte, wuchs das Empfinden, eingeschlossen zu sein.

Ihr wurde warm. Die Sonne schien kräftig, trotz der Schatten der Bäume, die in dieser Höhe noch üppig wuchsen. Sie begegneten anderen Menschen – Kindern, Erwachsenen, Babys, die auf Indianerart getragen wurden –, und doch hatte Lee das Gefühl, als wären sie hier allein.

Es ist wie ein Gemälde, erkannte sie plötzlich, als wenn wir in eine Leinwand hineinmarschierten. Das Gefühl, das es ihr vermittelte, war unheimlich und unwiderstehlich. Sie verlagerte das Gewicht ihres Rucksacks auf dem Rücken, während sie mit Hunter Schritt hielt.

„Ich habe einige Häuser bemerkt", begann sie. „Ich wusste gar nicht, dass im Canyon tatsächlich Menschen leben."

„Offensichtlich."

Sie spürte, er war mit den Gedanken woanders und verfiel auch in Schweigen. Besser sie bedrängte ihn nicht. Im Augenblick konnte sie nichts anderes tun, als Hunter einfach zu folgen. Offensichtlich wusste er, wohin er ging.

Es überraschte sie, dass sie den Marsch angenehm fand. Seit Jahren war ihr Leben von Fristen, Hetze und selbst auferlegten Anforderungen bestimmt. Wenn jemand sie gefragt hätte, wo sie gern zwei Wochen ausspannen wollte, wäre ihr absolut nichts eingefallen. Wenn sie bei weiterem Nachdenken dann doch eine Vorstellung bekommen würde, dann wäre auf keinen Fall ein Canyon in Arizona dabei, durch den sie gerade stolperte. Noch nie war sie auf den Gedanken gekommen, reine Luft und eine ins Unendliche reichende Himmelskuppel als anziehend zu empfinden.

Sie hörte ein ruhiges, musikalisches Klingen und brauchte einige Minuten, um es zu identifizieren. Ein Bach. Sie konnte das Wasser direkt riechen.

Ob ihr bewusst ist, wie total außerhalb ihres Lebenselements sie wirkt, fragte sich Hunter. Es hatte ihn nur einen Blick gekostet, um zu sehen, dass die Jeans und die Stiefel, die sie trug, direkt aus dem Laden kamen. Selbst das T-Shirt, das sich weich ihrem Körper anschmiegte, war offensichtlich Boutiqueware und nicht von der Stange. Sie sah wie ein Model aus, das als Camperin posierte. Sie roch teuer, exklusiv. Wunderbar. Welche Frau trug einen gebrauchten Rucksack und Saphirstecker im Ohr?

Er wollte sie. Es war schon lange her, dass er etwas, jemanden gewollt hatte, was er nicht schon hatte. Während der letzten Tage hatte er oft an ihre Reaktion auf jenen lang dauernden Kuss gedacht. Er hatte an seine eigene Reaktion gedacht. Während der nächsten zwei Wochen würden sie viel voneinander kennenlernen, obwohl jeder von ihnen seine eigene Arbeit verfolgte. Aber nichts war umsonst. Sie würden beide dafür zahlen müssen.

Die Stille beruhigte ihn. Die sich auftürmenden Wände des Canyons beruhigten ihn. Lee sah ihre Wildheit, er ihre Ruhe. Vielleicht sahen sie beide, was sie sehen mussten.

„Für eine Frau und für eine Reporterin besitzt du eine erstaunliche Fähigkeit zum Schweigen."

Das Gewicht ihres Rucksacks fing an, ihr die Freude an der wilden schönen Landschaft zu nehmen. Er hatte nicht ein einziges Mal gefragt, ob sie eine Pause machen und sich ausruhen wolle. Nicht einmal hatte er sich die Mühe gemacht, zurückzublicken, um zu sehen, ob sie überhaupt noch hinter ihm war. Sie fragte sich, ob er nicht das Loch spürte, das ihr Blick in seinen Rücken bohrte.

„Du hast eine erstaunliche Fähigkeit für beleidigende Komplimente."

Zum ersten Mal, seit sie losmarschiert waren, drehte sich Hunter zu ihr um. Auf ihrer Stirn perlten Schweißtropfen, und ihr Atem war schnell. Es schadete ihrer kühlen Schönheit überhaupt nicht. „Tut mir leid", sagte er. Doch Lee zweifelte, dass es ihm tatsächlich leidtat. „Gehe ich zu schnell?"

Trotz des schmerzenden Rückens straffte Lee ihre Schultern. „Ich bin in guter körperlicher Verfassung." Ihre Füße brachten sic um.

„Der Lagerplatz ist nicht mehr weit." Er griff an seine Hüfte, hob die Feldflasche und schraubte sie auf. „Ideales Wetter zum Wandern. Um die fünfundzwanzig Grad und eine Brise."

Lee gelang es, ein Stirnrunzeln zu vermeiden, als sie die Feldflasche betrachtete. „Hast du keine Tasse?"

Es dauerte einen Moment, bis Hunter erkannte, dass sie es vollkommen ernst meinte. Er war klug genug, um ein Auflachen hinunterzuschlucken. „Mit dem Porzellan weggepackt", erwiderte er ernsthaft genug.

„Dann warte ich, bis sie ausgepackt ist.“ Sie hakte die Hände unter die Tragriemen des Rucksacks, um das Gewicht zu mindern.

„Wie du willst.“ Während Lee zusah, trank Hunter mit tiefen Schlücken. Sollte er ihre Verstimmung spüren, so verriet er es durch nichts, als er die Feldflasche wieder zuschraubte und den Marsch fortsetzte.

Beim Gedanken an Wasser wurde ihre Kehle noch trockener. Das hat er absichtlich getan, dachte sie und biss die Zähne zusammen. Meinte er etwa, sie habe das rasche Aufblitzen von Belustigung in seinem Blick nicht bemerkt? Das war nur eine Unverschämtheit mehr, die sie ihm zurückzahlen musste, wenn die Zeit erst gekommen war. Oh, sie konnte es kaum erwarten, den Artikel zu schreiben und Hunter Brown als den arroganten, kaltherzigen Halbgott zu entlarven, als der er sich erwiesen hatte.

Es würde sie nicht überraschen, wenn er sie im Kreis herumführte, einfach nur, um sie leiden zu lassen. Blanche hatte nur zu recht mit den Stiefeln. Lee hatte den Überblick über die Anzahl der Lagerplätze verloren, an denen sie schon vorbeigekommen waren, manche belegt, manche leer. Wenn das seine Art war, sie dafür zu bestrafen, dass sie nicht von Anfang an eingestanden hatte, für *Celebrity* zu arbeiten, dann machte er es aber wirklich gründlich.

Verärgert, erschöpft, mit schmerzendem Rücken und brennenden Füßen packte sie Hunter am Arm. „Warum wolltest du mit mir zwei Wochen verbringen, wenn du ganz offensichtlich eine Abneigung gegen Frauen und gegen Reporter hast?“

„Abneigung gegen Frauen?“ Er zog die Brauen hoch. „Meine Neigungen und Abneigungen sind nicht auf eine allgemeine Formel gebracht, Lenore.“ Ihre Haut war warm und etwas feucht, als er seine Hand an ihren Nacken legte. „Habe ich dir den Eindruck vermittelt, dass ich eine Abneigung gegen dich habe?“

Sie musste den starken Drang bekämpfen, sich wie eine Katze an ihn zu schmiegen. „Es ist mir egal, wie deine persönlichen Gefühle mir gegenüber sind. Hier geht es ausschließlich ums Geschäftliche.“

„Für dich." Hunter zog Lee einen Zentimeter näher zu sich heran. „Ich bin im Urlaub. Weißt du, dein Mund ist genauso anziehend, wie er beim ersten Mal war, als ich dich gesehen habe."

„Ich will nicht anziehend für dich sein. Ich will, dass du an mich nur als Reporterin denkst."

Das Lächeln schwebte um seine Mundwinkel, um die Winkel seiner Augen. „In Ordnung. In einer Minute."

Dann berührte er ihre Lippen mit den seinen, so zart wie beim ersten Mal – und mit einem ebenso verheerenden Resultat. Sie stand still, überrascht, wieder diesen so intensiven Wirbel der Empfindungen zu fühlen. Er berührte sie, berührte sie kaum, und es war, als wäre sie vorher noch nie geküsst worden. Eine neue Entdeckung. Wie konnte das sein?

Das Gewicht auf ihrem Rücken schien zu verschwinden. Der Schmerz in ihren Muskeln veränderte sich zu einem Schmerz, der fast süß war und bis ins Mark drang. Sie öffnete den Mund. Seine Zunge glitt hinein, trank die Feuchte, atmete ihren Geschmack ein.

Der Drang, sich hinzugeben, wuchs in Lee. Aber Hunter hielt sich zurück. So sehr, dass sie nicht ahnen konnte, was die Zurückhaltung ihn kostete. Schmerz hatte er nicht erwartet. Noch nie hatte eine Frau ihm schmerzhaftes Begehren gebracht. Er hatte nicht erwartet, dass das Verlangen sich in ihm wie ein Buschfeuer entflammen, schnell ausbreiten und außer Kontrolle geraten könnte. Hunter wusste mit perfekter Klarheit, wie es sein würde, sie hier zu lieben, auf dem Boden, unter der brennenden Sonne, im Canyon, der sich wie Burgmauern um sie herum erhob, unter dem Himmel, der sich wie die Kuppel einer Kathedrale ausmachte.

Aber in Lee war zu viel Furcht. Er konnte es spüren. Vielleicht war auch zu viel Furcht in ihm. Wenn sie zusammenkamen, könnte es die Macht haben, ihre beiden Welten zu stürzen.

„Deine Lippen verschmelzen mit meinen, Lenore", flüsterte er. „Es ist einfach unmöglich, zu widerstehen."

Sie entzog sich ihm, erregt, alarmiert und sich schmerzhaft bewusst, wie hilflos sie gewesen war. „Ich will mich nicht wiederholen, Hunter", brachte sie heraus, „und ich will dich nicht mit Klischees belustigen, aber für mich ist das Unternehmen eine rein geschäftliche Angelegenheit. Ich bin eine Reporterin bei der Arbeit. Wenn wir die nächsten zwei Wochen einigermaßen friedlich überstehen wollen, wäre es klug, sich daran zu erinnern."

Hunter nickte. „Gut, versuchen wir es zunächst einmal mit deinen Regeln."

Argwöhnisch folgte Lee ihm wieder. Aus dem Sonnenlicht traten sie in die gedämpfte Kühle einer Baumgruppe. Der Bach war weit entfernt, aber noch zu hören. Von irgendwo links kam das dünne Geräusch von Musik aus einem tragbaren Radio. Näher war das Rascheln von kleinen Tieren. Nervös blickte sich Lee um und überzeugte sich davon, dass es nichts als Kaninchen und Eichhörnchen waren.

Nach den Bäumen zu urteilen, von denen sie umgeben waren, hätten sie überall sein können. Die Sonne sickerte weich durch die Äste auf den harten, unebenen Boden. Dort war eine Lichtung, klein und geborgen, mit einem Kreis von Steinen um ein schon lange totes Lagerfeuer. Hunters Lagerplatz. Lee sah sich um und bekämpfte ihre Unbehaglichkeit. Irgendwie war sie nicht auf den Gedanken gekommen, dass es so abgelegen sein könnte, so ruhig, so einsam.

„Ein paar Hundert Meter östlich gibt es eine Dusche und einen Waschraum ...", begann Hunter, als er seinen Rucksack herunterfallen ließ, „... einfach, aber ausreichend. Der Metalleimer ist für den Abfall. Sieh zu, dass du den Deckel immer fest draufsetzt, sonst zieht es Tiere an. Wie ist dein Orientierungssinn?"

Dankbar ließ sie ihren Rucksack auf den Boden fallen. „Der ist in Ordnung." Wenn sie jetzt einfach nur die Wanderschuhe ausziehen und ihren Füßen Ruhe gönnen könnte.

„Gut. Dann kannst du Feuerholz sammeln, während ich das Zelt aufbaue."

Verärgert über den Befehl, öffnete sie den Mund, doch dann schloss sie ihn gleich wieder. Hunter sollte keinen Grund haben, sich über sie zu beklagen. Erst als sie losging, kam ihr der Rest des Satzes richtig zu Bewusstsein. „Was meinst du mit dem Zelt?"

Er löste schon die Riemen seines Rucksacks. „Ich ziehe es vor, in etwas zu schlafen, falls es regnen sollte."

„Das Zelt", wiederholte Lee und trat zu ihm. „In der Einzahl?"

Er würdigte sie nicht einmal eines Blickes. „Ein Zelt und zwei Schlafsäcke."

Sie würde nicht explodieren, sie würde keine Szene machen. Nachdem sie einmal tief Luft geholt hatte, sprach sie übertrieben neutral. „Ich halte das nicht für angemessen."

Er sprach eine Minute lang nicht, nicht weil er nach Worten suchte, sondern weil das Auspacken ihn mehr als die Unterhaltung in Anspruch nahm. „Wenn du im Freien schlafen willst, es liegt ganz bei dir." Hunter zog ein dünnes, zusammengefaltetes Stück Stoff heraus, das mehr nach einem Bettlaken als nach einem Zelt aussah. Aber wenn wir uns entscheiden, miteinander zu schlafen, ist das sowieso keine Frage mehr."

„Wir sind nicht hierhergekommen, um miteinander zu schlafen", giftete Lee.

„Reporter und Interviewpartner", gab Hunter milde zurück. „Zwei geschlechtslose Begriffe. Sie sollten keine Probleme haben, miteinander ein Zelt zu teilen."

In ihrer eigenen Logik gefangen, drehte sich Lee um und stapfte davon. Sie würde ihm nicht die Befriedigung verschaffen, sich wie eine Frau zu betragen.

Hunter hob den Kopf und beobachtete, wie sie durch die Bäume davonrauschte. Sie macht den ersten Schritt, versprach er sich, plötzlich wütend. Verdammt, er würde sie nicht anrühren, bis sie freiwillig zu ihm kam.

6. KAPITEL

Zwei geschlechtslose Begriffe, wiederholte Lee stumm, als sie Zweige auflas. Bastard, dachte sie mit grimmiger Befriedigung, ist auch ein geschlechtsloser Begriff. Und der passte vollkommen zu Hunter Brown. Er hatte kein Recht, sie zur Närrin zu machen, nur weil sie sich selbst schon dazu gemacht hatte.

Sie würde sich keine Blöße geben. Sie würde in dem verdammten Schlafsack in dem verdammten Zelt in den nächsten dreizehn Nächten schlafen, ohne auch nur ein Wort darüber zu verlieren.

Dreizehn, dachte sic und warf einen feindseligen Blick über die Schulter zurück. Das hatte er bestimmt auch geplant. Wenn er glaubte, sie würde eine Szene machen oder sich vor dem Zelt im Freien zusammenrollen, um ihn zu ärgern, dann sollte er eine Enttäuschung erleben. Sie würde peinlich genau professionell sein, unsagbar kooperativ und äußerst geschlechtslos. Bevor es vorbei war, würde er denken, er habe sein Zelt mit einem Roboter geteilt.

Aber sie wusste es besser. Lee stieß einen langen Atemzug aus und suchte den Boden nach weiteren Zweigen ab. Sie würde wissen, dass nachts neben ihr ein Mann lag. Ein kraftvoller Mann, ein unglaublich attraktiver Mann, der ihr Blut allein durch einen Blick erhitzen konnte. Ihr würde es nicht leichtfallen, zu vergessen, dass sie eine Frau war.

Es ist nicht meine Aufgabe, mich zu vergessen, erinnerte sich Lee, sondern dahin zu arbeiten, dass er es vergaß und ihr Informationen lieferte. Eine Herausforderung. So musste sie es sehen. Es war eine Herausforderung, und Lee versprach sich, sie erfolgreich zu bestehen.

Die Arme voll mit Reisig und Ästen, hob Lee das Kinn. Sie fühlte sich warm, schmutzig und müde. Es war nicht gerade günstig, so einen Krieg zu beginnen. Doch sie straffte die Schultern. Vielleicht würde sie eine oder zwei Runden opfern müssen, aber die Schlacht würde sie gewinnen. Mit einem gefährlichen Funkeln in ihrem Blick eilte sie zum Zeltplatz zurück.

Sie sollte dankbar sein, dass Hunter ihr den Rücken zuwandte, als sie die Lichtung betrat. Das Zelt war kleiner, viel, viel kleiner, als sie es sich vorgestellt hatte. Es war aus einem strapazierfähigen, leichten Material, das fast durchsichtig wirkte. Und so flach, stellte Lee fest, dass sie hineinkriechen musste. Einmal drin, waren sie gezwungen, Ellbogen an Ellbogen zu schlafen. Hier und jetzt entschloss sie sich, wie ein Stein zu schlafen. Ohne die kleinste Bewegung.

Die Größe des Zeltes beschäftigte sie so sehr, dass sie nicht merkte, was Hunter machte, bis sie neben ihm stand. Jetzt brach die kalte Wut durch, und sie ließ ihre Holzladung auf den Boden fallen. „Was, zum Teufel, machst du da?“

Ungerührt von der Wut in ihrer Stimme, blickte Hunter auf. In einer Hand hielt er einen großen durchsichtigen Plastikbeutel, in dem ihre Kosmetika verstaut waren, in der anderen ein durchsichtiges Stück pfirsichfarbenen Stoffs, mit schwarzer Spitze abgesetzt. „Du wusstest doch, dass wir zelten fahren.“

Fluch der Hellhäutigen, ihre Wangen färbten sich rot. „Du hast kein Recht, in meinen Sachen herumzuwühlen.“ Sie riss ihm das Nachthemd aus der Hand und zerknüllte es zwischen ihren Händen.

„Ich wollte nur auspacken.“ Ruhig betrachtete er den Kosmetikbeutel von beiden Seiten. „Ich dachte, du hättest nur das Notwendigste mitgebracht. Ich muss zwar zugeben, dass du geschickt mit diesem Zeug umzugehen verstehst …“, er machte eine Bewegung mit dem Beutel, „… mit Lidschatten und Lippenstift. Aber am Lagerfeuer ist das überflüssiges Gepäck.“ Seine Stimme war aufreizend freundlich, nur sein Blick leicht amüsiert. „Ich habe dich schon ohne Make-up gesehen und hatte keinen Grund, mich zu beklagen. Ganz bestimmt brauchst du wegen mir keinen Aufwand zu betreiben.“

„Du eingebildeter Kerl.“ Lee entriss ihm den Beutel. „Es ist mir egal, ob ich dir gegenüber wie eine Hexe aussehe.“ Sie nahm ihren Rucksack und stopfte ihre Sachen wieder hinein. „Es ist mein Gepäck, und ich trage es.“

„Das wirst du ganz bestimmt.“

„Du Bastard." Sie brach ab, gerade noch. „Sag mir bloß nicht, wie ich mein Leben gestalten soll."

„Nun aber, Beschimpfungen fördern nicht den guten Willen." Er erhob sich und streckte die Hand aus. „Waffenruhe?"

Lee musterte ihn argwöhnisch. „Zu welchen Bedingungen?"

Er grinste. „Das ist es, was ich an dir mag, Lenore. Keine leichten Kapitulationen. Ein Waffenstillstand, der Störungen ausschaltet. Ein freundliches Geschäftsabkommen." Er bemerkte, wie sie sich etwas entspannte, und konnte der Versuchung widerstehen, sie wieder ein wenig zu necken. „Du beklagst dich nicht über meinen Kaffee, und ich beklage mich nicht, wenn du zum Schlafen dieses Hemdchen trägst."

Ihr Lächeln war kühl, als sie seine ausgestreckte Hand nahm. „Ich schlafe in meinen Kleidern."

Er drückte ihre Hand. „Warten wir ab, was dann mit dem Kaffee wird."

Wie so oft, ließ er sie zurück, hin- und hergerissen zwischen Ärger und Amüsement.

Hunter entzündete geschickt das Lagerfeuer und braute Kaffee. Allein das Aroma reichte, Lees gereizte Stimmung zu besänftigen.

Es führt zu nichts, sich die nächsten zwei Wochen gegenseitig an die Kehle zu gehen, entschied sie, als sie einen bequemen Felsstein zum Sitzen fand. Völlige Entspannung kommt zwar nicht infrage, überlegte sie, während sie ihn beobachtete, wie er praktische Kochutensilien auspackte, aber Feindseligkeit würde auch nicht helfen. Nicht bei einem Mann wie Hunter. Er spielte seine Spielchen mit ihr. Solange ihr das bewusst war und sie die Fallen vermied, würde sie bekommen, weshalb sie hier war. Bisher hatte sie ihm erlaubt, die Regeln aufzustellen. Das musste geändert werden. Lee schlang die Hände um ihr hochgezogenes Knie.

„Gehst du zelten, um vom Stress loszukommen?"

Hunter blickte nicht zu ihr auf, während er die Laterne überprüfte. Also, es ging wieder los mit dem Spiel des Ausfragens. „Welcher Stress?"

Lee hätte seufzen können, wenn sie nicht so entschlossen professionell hätte sein wollen. „In deiner Arbeit muss es doch Druck von allen Seiten geben. Termindruck."

„Ich halte nichts von Terminen."

Das ist etwas, dachte Lee und griff nach ihrem Notizbuch. „Aber muss sich nicht jeder Schriftsteller von Zeit zu Zeit mit Terminen herumplagen? Und können sie nicht ein enormer Druck sein, wenn die Geschichte nicht fließt, wenn du blockiert bist?"

„Blockiert vom Schreiben?" Hunter goss Kaffee in eine Metalltasse ein. „So etwas gibt es nicht."

Sie blickte mit hochgezogener Braue nur eine Sekunde auf. „Oh, nun aber, Hunter, selbst sehr erfolgreiche Schriftsteller leiden darunter. Du musst doch manchmal das Gefühl haben, vor einer Wand zu stehen."

„Dann schiebst du die Wand aus dem Weg."

Stirnrunzelnd nahm sie die Tasse, die er ihr reichte. „Wie?"

„Indem du dich durcharbeitest." Er hatte eine Dose mit Trockenmilch, die sie ablehnte. „Wenn du dich einfach weigerst, an etwas zu glauben, dann existiert es auch nicht."

„Aber du schreibst über Dinge, die unmöglich existieren können."

„Warum nicht?"

Sie starrte ihn an, diesen attraktiven Mann, der auf dem Boden saß und Kaffee aus einer Metalltasse trank. Er schien so im Einklang mit sich selbst, so entspannt. Es fiel ihr wirklich schwer, ihn mit Horrorgeschichten in Verbindung zu bringen. „Weil es keine Monster unter dem Bett gibt oder Dämonen im Schrank."

„In jedem Schrank gibt es Dämonen", widersprach er milde. „Manche sind besser versteckt als die anderen."

Seine Augen waren zu dunkel, um in seinem Blick lesen zu können. Wenn er mit ihr spielte, sie nur mit Ködern reizte, so konnte sie es nicht erraten. Unbehaglich wechselte sie das Thema. „Wie gehst du an die Arbeit, wenn du deine Geschichte schreibst? Wie ein Tischler einen Schrank baut? Wie ein Handwerker?"

Hunter nippte an dem schwarzen, kräftigen Kaffee, genoss seinen Geschmack, genoss die sich vermischenden Düfte des brennenden Holzes, des Sommers und Lees dezenten Parfüms. „Eine Geschichte zu erzählen ist Kunst, sie zu schreiben Handwerk."

Lee verspürte ein prickelndes Gefühl. Das war es, was sie wollte, solche präzisen kleinen Zitate.

Ruhig trank er seinen Kaffee, während Lee ihren kaum angerührt hatte. Sie geriet in Eifer, hielt den Stift bereit, ihre wachen Augen waren auf Hunter gerichtet. Wenn sie sich so zeigte, begehrte er sie nur noch mehr. Wie sehr er es wollte, dass sie in ihm den Mann sah, nicht den Schriftsteller, davon hatte sie keine Ahnung.

Äußerlich ruhig legte er einen Holzscheit ins Feuer.

„Ich weiß, es ist eine Standardfrage", begann sie schnell und mit einer Professionalität, die ihn lächeln ließ, „aber woher bekommst du die Ideen?"

„Vom Leben."

Sie sah wieder zu ihm herüber, als er sich eine Zigarette anzündete. „Hunter, du kannst mir nicht weismachen, dass Horrorgeschichten auf dem Alltagsleben basieren."

„Nimm das Alltägliche, wende und drehe es, füge einige Möglichkeiten hinzu, und schon scheint es außergewöhnlich zu sein."

Wieder war es so einfach, so einfach gesagt. Sie wusste, er meinte es auch genau so. „Gründest du jemals einen deiner Charaktere auf jemanden, den du kennst?"

„Von Zeit zu Zeit." Er lächelte sie an, ein Lächeln, dem sie nicht traute, das sie nicht verstand. „Wenn ich jemanden finde, der fesselnd genug ist."

„Wird es dir nie langweilig, über andere Menschen zu schreiben, wenn du eine ganze Welt voller Charaktere in deinem eigenen Kopf hast?"

„Das ist mein Job."

„Das ist keine Antwort."

„Ich bin nicht hier, um Fragen zu beantworten."

„Warum bist du hier?"

Er war näher. Lee hatte nicht bemerkt, dass er sich bewegt hatte. Er saß einfach neben ihr, offensichtlich entspannt, etwas neugierig, und wieder bestimmte er die Richtung. „Um einen erfolgreichen Schriftsteller zu interviewen."

„Ein erfolgreicher Schriftsteller würde dich nicht nervös machen."

Der Stift wurde feucht in ihrer Hand. Sie unterdrückte einen Fluch. „Das machst du nicht."

„Du lügst zu schnell und überhaupt nicht locker." Seine Hände ruhten lose auf seinen Knien, während er sie beobachtete. Der seltsame Ring, den er trug, glänzte stumpf, Gold und Silber. „Wenn ich dich jetzt berührte, einfach nur berührte, dann würdest du zittern."

„Du denkst zu viel an dich selbst." Sie stand auf.

„Ich denke an dich", sagte er so ruhig, dass ihr unbemerkt der Stift aus der Hand fiel. „Du lässt mich begehren, ich mache dich nervös." Wieder blickte er sie voll an, sie konnte es fast fühlen. „Eine interessante Kombination für die nächsten zwei Wochen."

Er würde sie nicht einschüchtern. Er würde sie nicht zum Zittern bringen. „Je früher du dich daran erinnerst, dass ich die nächsten zwei Wochen arbeite, desto einfacher wird die Sachlage." Hochmütig zu klingen gelang ihr fast. Lee fragte sich, ob er das leichte Stocken in ihrer Stimme vernommen habe.

„Da du entschlossen bist, zu arbeiten", entgegnete er leicht, „könntest du mir gleich beim Kochen helfen. Von morgen an wechseln wir uns ab."

Sie wollte ihm nicht die Befriedigung geben, ihm einzugestehen, dass sie nichts vom Kochen über einem Feuer verstand. Er wusste es schon. Sie würde ihm auch nicht die Befriedigung geben, verwirrt über seine quecksilbrigen Stimmungsschwankungen zu sein. Lieber ergriff sie die Flucht nach vorn. „Ich wasche als Erste ab."

Hunter beobachtete, wie sie in die falsche Richtung zu den Waschräumen startete. Und dann hörte er sie von irgendwo hinter sich fluchen. Er lächelte ein wenig, lehnte sich zurück gegen den Felsen und rauchte eine Zigarette.

Angeschlagen und steif erwachte Lee. Kaffeeduft hing in der Luft. Ihr war direkt bewusst, wo sie war – so weit, wie es überhaupt nur ging, in die Ecke des Zeltes gerückt, tief im Schlafsack. Und allein. Sie brauchte nur Sekunden, um zu spüren, dass Hunter nicht mehr das Zelt mit ihr teilte. So wie es sie in der Nacht vorher Stunden gekostet hatte, sich einzureden, es mache nichts, dass er nur Zentimeter von ihr entfernt lag.

Die Atmosphäre beim Essen gestern Abend war überraschend unkompliziert gewesen. Hunter hatte die Stimmung wieder gewechselt, als sie von den Waschräumen zurückgekommen war und ihm bei der Essenszubereitung geholfen hatte. Freundlich? Nein. Vorsichtig streckte sie die verkrampften Muskeln. Freundlich war eine zu großzügige Umschreibung, wenn es um Hunter ging. Gemäßigt freundschaftlich war passender.

Nach dem Essen hatte er im Licht der Lampe in ihrem Manuskript gelesen, während sie angefangen hatte, ein Tagebuch zu führen. Sie fand es hilfreich, ihre Gefühle aufzuschreiben.

Auch wenn es ihr Unbehagen verursachte, dass Hunter sich mit ihrem Manuskript beschäftigte, so hatte es doch vieles erleichtert. Während er immer noch las, hatte sie ins Zelt kriechen und sich in eine Ecke quetschen können. Und als er später dazukam, täuschte sie vor, eingeschlafen zu sein – obwohl der Schlaf stundenlang nicht kommen wollte.

In der Stille hatte sie darauf gelauscht, wie er neben ihr atmete. Ruhig, gleichmäßig. Dieser Typ von Mann war er.

Die erste Nacht ist die schwerste, sagte sie sich und richtete sich auf. Mit einer Hand fuhr sie sich durchs Haar. Sie hatte es überlebt. Jetzt war ihr Problem, an Hunter vorbei und zur Dusche zu kommen, wo sie ihre Kleidung wechseln konnte, in der sie geschlafen hatte, und sich zurechtmachen konnte. Vorsichtig kroch sie vor und lugte durch den Zeltverschluss.

Er wusste, dass sie wach war. Hunter hatte es fast in dem Augenblick gespürt, als sie die Augen öffnete. Er war früh aufgestanden, hatte Kaffee gemacht. Er wusste, wenn er schon Probleme hatte, neben ihr zu schlafen, nie würde er es schaffen, neben ihr aufzuwachen.

Er hatte nicht viel mehr als das kupferrote Haar im dämmrigen Morgenlicht gesehen. Weil er sie berühren wollte, sie an sich ziehen, sie wecken wollte, war er auf Distanz gegangen.

„Kaffee ist fertig", verkündete Hunter, ohne sich umzudrehen.

Lee hatte sich besonders große Mühe gegeben, nicht von ihm gehört zu werden. Sie unterdrückte einen Fluch und zog ihren Rucksack hervor. Der Mann hatte Ohren wie ein Wolf. „Ich will zuerst duschen."

„Ich habe dir doch gesagt, für mich brauchst du dein Gesicht nicht zurechtzumachen." Er legte Schinken in eine Pfanne. „So wie es ist, gefällt es mir gut."

Wütend rappelte sich Lee auf. „Ich mache mich nicht für dich zurecht. Ich fühle mich einfach schmutzig, weil ich in Kleidern geschlafen habe."

„Besser, du schläfst ohne sie", schlug er vor. „Frühstück ist in einer Viertelstunde fertig. Wenn du zu lange bleibst, wird es kalt."

Lee raffte ihren Rucksack und ihre Würde zusammen und verschwand zwischen den Bäumen.

Er hätte kein so leichtes Spiel mit mir, wenn ich mich nicht so steif und schmuddelig und halb verhungert fühlte, dachte sie, während sie dem Pfad folgte, der zu den Waschräumen führte. Wie konnte er überhaupt so glänzender Laune sein, nachdem er die Nacht auf dem Boden geschlafen hatte? Der Ort, den er sich zum Zelten ausgesucht hatte, mochte zauberhaft sein, die Luft konnte rein und frisch riechen, aber ein Schlafsack war kein Federbett.

Lee nahm ihr Shampoo und den Plastikbehälter mit der französischen Seife und trat in eine Duschkabine. Sie zog sich aus und hängte ihre Kleider über die Tür. In der Kabine nebenan hörte sie Wasser fließen. Sie seufzte. Die Wascheinrichtungen musste sie sich in den nächsten zwei Wochen mit vielen Unbekannten teilen. Besser, sie gewöhnte sich daran.

Sie drehte die Dusche an – lauwarm. Mit grimmig zusammengebissenen Zähnen trat sie unter das tröpfelnde Rinnsal.

Sauber, duftend und vor allem zitternd stellte sie, nachdem sie Shampoo- und Seifenschaum abgespült hatte, das Wasser ab. Erst in diesem Augenblick erinnerte sie sich daran, dass sie das Handtuch vergessen hatte. Duschen auf Zeltplätzen war eben nicht wie im Hotel, wo man sich um solche lästigen Kleinigkeiten nicht kümmern musste. Verdammt, wie sollte sie sich auch alles merken?

Tropfend, fröstelnd und mit Gänsehaut stand sie mitten in der Duschkabine und fluchte stumm und derb. Solange sie es aushalten konnte, ließ sich Lee von der Luft trocknen und drückte das Wasser aus ihrem Haar. Rache, dachte sie und schob die Schuld wieder eindeutig Hunter zu. Früher oder später bekam sie ihre Rache.

Unter der Kabinentür griff sie nach ihrem Rucksack und zog ein frisches Sweatshirt heraus. In ihr Schicksal ergeben, trocknete sie sich mit der weichen Außenseite das Gesicht. Kaum hatte sie es auf die feuchten Schultern gelegt, suchte sie nach Unterwäsche. Obwohl die Sachen an ihr klebten, erwärmte sich doch ihre Haut. Vor der Reihe von Waschbecken und Spiegeln steckte sie den Stecker ihres Föhns ein und machte sich daran, ihr Haar zu trocknen.

Trotz ihm, dachte Lee, nicht wegen ihm verbrachte sie mehr Zeit als gewöhnlich mit ihrem Make-up. Zufrieden packte sie schließlich ihren Reiseföhn und die Kosmetika wieder ein und verließ den Waschraum, leicht nach Jasmin duftend.

Lees Duft war das Erste, was Hunter wahrnahm, als sie wieder auf die Lichtung trat. Die Muskeln in Hunters Bauch spannten sich an. Als wäre er völlig ungerührt, trank er seine Tasse Kaffee aus, ohne etwas zu schmecken.

Ruhiger, weil sie sich wieder sicherer fühlte, verstaute Lee ihren Rucksack, bevor sie sich ans niedrig brennende Lagerfeuer setzte. Auf einem kleinen Sockel aus Steinen stand die Pfanne mit ihrer Hälfte des Rühreis mit Schinken. Sie musste gar nicht erst probieren, um zu wissen, dass es kalt war.

„Fühlst du dich besser?“

„Ich fühle mich gut.“ Nicht ein Wort würde sie über das kalte Essen verlieren und über ihr Duschabenteuer. Sie füllte sich einen Teller. Den würde sie bis auf den letzten Bissen leer essen. Er sollte keinen Anlass mehr finden, blöd über sie zu grinsen.

Während sie an ihrem Schinken kaute, warf Lee ihm einen Blick zu. Offensichtlich hatte Hunter frühmorgens auch geduscht. Sein Haar glänzte in der Sonne, und er roch frisch nach Seife, ohne den Duft eines Cologne oder Aftershave. Ein Mann benutzt kein Aftershave, wenn er sich nicht um seine Rasur kümmert, dachte Lee mit einem Blick auf den Schatten von Stoppeln auf seinem Kinn. Es hätte ihn unordentlich aussehen lassen sollen, doch irgendwie gelang es ihm merkwürdigerweise, umwerfend zu erscheinen. Sie konzentrierte sich auf ihr kaltes Rührei.

„Gut geschlafen?“

„Ja“, log sie und spülte dankbar ihr Frühstück mit starkem, heißem Kaffee hinunter. „Und du?“

„Sehr gut“, log er und zündete sich eine Zigarette an.

„Bist du schon lange auf?“

Seit der Morgendämmerung, dachte er. „Lang genug.“ Er warf einen Blick auf ihre fast unbenutzten Wanderstiefel und fragte sich, wie lange es dauern würde, bis ihre Füße einfach aufgaben. „Für heute steht Wandern auf dem Programm. Einverstanden?“

Sie wollte aufstöhnen, legte aber ein freundliches Lächeln auf. „Gut, ich würde gern etwas vom Canyon sehen, solange ich hier bin.“ Vorzugsweise im Jeep, dachte sie und schluckte den letzten Rest Schinken hinunter. Wenn es ein Klischee gab, das sie jetzt bestätigt fand, so war es, dass frische Luft den Appetit anregte.

Es dauerte bei Lee zweifellos doppelt so lange, als es bei Hunter gedauert hätte, das Frühstücksgeschirr abzuwaschen. Aber sie hatte die ungeschriebenen Gesetze schon mitbekommen. Einer kocht, der andere wäscht ab.

Als sie fertig war, stand er schon ungeduldig bereit, mit Fernglas und Feldflasche und einem kleinen Beutel in der Hand. Den hielt er ihr hin. Lee unterdrückte den Drang, ihn in seine Hand zurückzudrücken.

„Was ist da drin?“, fragte sie, als sie den Gurt des Beutels über die Schulter hängte.
„Lunch.“

Lee vergrößerte ihre Schritte, um mit Hunter Schritt halten zu können, als er sich von der Lichtung entfernte. Wenn er Lunch eingepackt hatte, dann musste sie sich auf einen sehr langen Weg zu Fuß gefasst machen. „Woher weißt du überhaupt, wohin wir gehen und wie wir wieder zurückkommen?“

Zum ersten Mal, seit sie, nach zarten Blüten duftend, wieder zum Lagerplatz zurückgekommen war, lächelte Hunter. „Orientierungspunkte im Gelände. Die Sonne.“

Sie blickte sich um, hoffte, für sich einige Anhaltspunkte zu finden. „Solchen Dingen habe ich nie vertraut.“

Sie würde auch den Osten nicht vom Westen unterscheiden können, dachte er, es sei denn in Los Angeles oder New York. „Ich habe einen Kompass mit, wenn es dich beruhigt.“

Das tat es – ein wenig. Wenn man von etwas nicht die leiseste Ahnung hatte, musste man Vertrauen haben.

Doch nach einer Weile vergaß sie es, sich darüber Sorgen zu machen, ob sie sich nun verliefen oder nicht. Die Sonne war ein weißes Lichtfeuer, und obwohl es erst knapp neun Uhr war, war die Luft warm. Lee gefiel es, wie das Licht auf die roten Wände des Canyons traf und die Farben vertiefte. Der Pfad aus Kieselsteinen führte bergauf. Ab und zu war das Lachen anderer Menschen zu hören. Die klare Luft trug Geräusche viel stärker, sodass es schien, als stünden die lachenden Menschen direkt neben ihr.

Je höher sie kamen, desto spärlicher wurde das Grün. Jetzt sah Lee nur noch verkümmertes Gestrüpp, verstaubt und vertrocknet, das sich gewaltsam seinen Weg aus einem dünnen Schmutzband im Felsen bahnte. Neugierig brach sie sich einen Zweig ab. Es war ein starker, scharfer und frischer Geruch. Dann stellte sie fest, dass sie sich beeilen musste, um mit Hunter Schritt zu halten. Es war seine Idee gewesen, zu wandern, doch er schien es nicht zu genießen. Mehr noch, er sah wie ein Mann aus, der eine dringende, unerfreuliche Verabredung einzuhalten hatte.

Es ist vielleicht ein guter Zeitpunkt, überlegte Lee, eine beiläufige Unterhaltung zu beginnen und dabei Hunter die persönlichen Informationen zu entlocken, die sie erfahren wollte. Da der Pfad immer steiler wurde, entschied sie, es sei besser, jetzt damit anzufangen, solange ihr die Luft dazu blieb. Rinnsale aus Schweiß bildeten sich bereits zwischen ihren Schulterblättern.

„Hast du die freie Natur schon immer dem Stadtleben vorgezogen?"

„Zum Wandern, ja."

Sie blickte finster auf seinen Rücken vor ihr. „Ich nehme an, du warst einmal Pfadfinder."

„Nein."

„Dann ist dein Interesse am Zelten und Wandern ziemlich neu?"

„Nein."

Sie musste die Zähne aufeinanderbeißen, um ein Aufstöhnen zurückzuhalten. „Hast du als kleiner Junge mit deiner Familie Campingausflüge gemacht?"

Der amüsierte Ausdruck auf seinem Gesicht hätte sie interessiert, wenn sie ihn hätte sehen können. „Nein."

„Du hast damals doch in einer Großstadt gelebt."

Sie ist klug, dachte Hunter. Und hartnäckig. Er zuckte die Schultern. „Ja."

Wenigstens etwas, dachte Lee. „Welche Stadt?"

„Los Angeles."

Sie übersah einen Stein und wäre fast gestolpert. Hunter dachte nicht daran, sein Tempo zu verlangsamen. „Los Angeles?", wiederholte sie. „Du hast in Los Angeles gelebt?"

„Ich bin in Los Angeles aufgewachsen", verbesserte er. „In einem Stadtteil, in den du sicher noch keinen Fuß gesetzt hast, Lenore Radcliffe aus Palm Springs. Wahrscheinlich weißt du nicht einmal, dass eine solche Nachbarschaft existiert."

Das trieb sie an. Wieder musste sie sich beeilen, um ihn einzuholen, doch dieses Mal packte sie ihn beim Arm. „Woher weißt du, dass ich aus Palm Springs stamme?"

Er blieb stehen und sah sie mit nachsichtiger Belustigung an, die sie sowohl aufreizend als auch unwiderstehlich fand. „Ich habe meine Nachforschungen betrieben. Du warst drei Jahre auf einem vornehmen Internat in der Schweiz, hast anschließend das College mit Auszeichnung bestanden. Deine Verlobung mit Jonathan Willoby, aufstrebender und zukünftiger Arzt für plastische Chirurgie, wurde gelöst, als du eine Anstellung in Los Angeles bei *Celebrity* angenommen hast."

„Ich war nie mit Jonathan verlobt", widersprach sie heftig. „Du hast kein Recht, in meinem Leben herumzuschnüffeln, Hunter. Ich interviewe dich für den Artikel, nicht du mich."

„Du tust es zu meinen Bedingungen", erinnerte Hunter sie. „Ich spreche mit niemandem, solange ich nicht weiß, mit wem ich es zu tun habe." Er hob die Hand und berührte die Spitzen ihres Haares, so, wie er es schon einmal getan hatte. „Und ich denke, ich weiß, wer du bist."

„Nein", entgegnete sie und kämpfte gegen den Drang, vor einer Berührung zurückzuschrecken, die kaum eine war.

Er schraubte die Feldflasche auf. Als sie sein Angebot mit einem Kopfschütteln ablehnte, trank Hunter. Dann verschloss er die Flasche wieder. Seine Augen waren plötzlich ganz dunkel, sein Blick intensiv und durchdringend. Wieder berührte er sie. Sein Blick war undurchdringlich, doch er strich so leicht wie Regentropfen über ihre Wange.

Das Dröhnen ihres eigenen Herzschlags vibrierte in ihrem Kopf. Instinktiv trat sie zurück. Ihr erster und einziger Gedanke war Flucht. Ihr Fuß trat ins Leere.

Im selben Augenblick riss er sie zurück und zog sie an sich. Instinktiv drückte sie mit beiden Händen gegen seine Brust.

„Dummkopf", sagte er mit einer Schärfe, die sie zornig machte. „Wirf einen Blick hinter dich, bevor du mir sagst, ich soll dich loslassen."

Automatisch drehte sie den Kopf und blickte über die Schulter zurück. Die Hände, die ihn zurückstoßen wollten, umklammerten seine Schultern. Sie krallte sich an ihn. Der Ausblick hinter ihr war herrlich, überwältigend – und steil abfallend.

„Wir … wir sind höher hinaufgestiegen, als ich angenommen habe", brachte sie hervor.

„Der Trick ist, aufzupassen, wohin du gehst." Hunter rührte sich mit ihr nicht von der Stelle. Er sah ihr tief in die Augen. „Immer genau aufpassen, wohin du trittst, dann weißt du, ob du fällst."

Er küsste sie, genauso unerwartet wie vorher, aber nicht so zart. Nicht annähernd so zart. Dieses Mal spürte sie die volle Kraft, die bei den früheren Malen, als sein Mund den ihren berührt hatte, nur zu ahnen gewesen war. An ihn geschmiegt, von ihm gehalten, ließ sie sich fallen in einen Abgrund, der genauso tief war wie der hinter ihr. Lee wusste nicht, welcher verhängnisvoller war.

Hunter hatte nicht beabsichtigt, sie in diesem Augenblick zu berühren, aber der anstrengende Aufstieg hatte sein Verlangen, mit dem er erwacht war, nicht mindern können. Er wollte warten, bis sie sich ihm bereitwillig öffnete. Er wollte das Weiche, das sie vertuschte, die Zerbrechlichkeit, die sie verleugnete. Und er wollte die Kraft, die sie antrieb und immer vorwärtspreschen ließ. Ja, dachte er, ich kenne sie. Und er wusste, er wollte sie.

Langsam, sehr langsam, was ihn sowohl besänftigte als auch erregte, löste sich Hunter von ihr. Ihr Blick war so umwölkt wie seine Gedanken, ihr Puls so heftig wie seiner. Er zog sie zurück an die Felswand, weit genug entfernt von dem jähen Abgrund.

„Tritt nie zurück, bevor du nicht über die Schulter geblickt hast", sagte er ruhig. „Und tritt nicht nach vorn, bevor du den Boden nicht überprüft hast."

Er drehte sich um und folgte weiter dem Pfad und ließ sie mit der Frage zurück, ob er gerade vom Wandern oder von etwas anderem gesprochen hatte.

7. KAPITEL

Lee schrieb in ihr Tagebuch:

Am achten Tag dieses merkwürdig abenteuerlichen Interviews weiß ich mehr über Hunter und verstehe weniger. Er ist abwechselnd freundlich, dann wieder distanziert. Sein Privatleben sondert er vollkommen ab, sodass ich noch keinen Weg dahin gefunden habe. Wenn ich ihn nach seiner Familie frage, lächelt er nur und wechselt das Thema oder sieht mich mit einem dieser eindringlichen Blicke an und sagt nichts. In jedem Fall hält er den Schleier des Geheimnisses um sein Privatleben.

Vielleicht ist er der leistungsfähigste Mann, den ich je kennengelernt habe. Bei ihm gibt es keine Zeitverschwendung, keine unnützen Bewegungen und, was mich ganz besonders ärgert, keine Fehler, wenn es darum geht, ein Lagerfeuer zu entzünden oder ein Essen zu kochen – so wie es hier ist. Und doch ist er zufrieden damit, stundenlang absolut nichts zu tun.

Er ist penibel. Der Lagerplatz sieht aus, als seien wir nicht länger als eine halbe Stunde hier. Andererseits rasiert er sich kaum. Doch irgendwie sehen die Stoppeln bei ihm so natürlich aus, dass ich mich manchmal bei der Frage ertappe, ob er nicht immer welche gehabt hat.

Bisher konnte ich die Menschen, mit denen ich beruflich zu tun habe, immer in irgendeine Kategorie einordnen. Nicht so bei Hunter. Ich finde einfach keine passende Schublade für ihn.

Heute Morgen hat er bei einer Tasse Kaffee ein Comic-Heft gelesen. Darauf angesprochen, antwortete er, er respektiere jede Form von Literatur. Ich glaube ihm.

Er ist der komplexeste, komplizierteste, faszinierendste Mann, der mir je begegnet ist. Und doch muss ich einen Weg finden, die Anziehung zu kontrollieren, die er auf mich ausübt, sogar die passende Bezeichnung dafür finden.

Ist es körperlich? Körperlich ist Hunter unwiderstehlich. Ist es intellektuell? Sein Verstand macht so merkwürdige Drehungen und Wendungen, dass es manchmal meine gesamte Anstrengung erfordert, ihm zu folgen. Es ist eine Herausforderung, sicher, aber bei ihm habe ich das unbequeme Empfinden, mitten in einem stummen Schachspiel gefangen zu sein und schon die Dame verloren zu haben.

Seit dem ersten Tag, als wir den Canyon hochgeklettert sind, hat er mich nicht berührt. Ich kann mich noch ganz genau daran erinnern, wie es sich angefühlt hat, weiß noch genau, wie die Luft in diesem Augenblick gerochen hat. Es ist lächerlich, übertrieben romantisch und absolut wahr.

Jede Nacht schlafen wir im selben Zelt, so nah, dass ich glaube, seinen Atem zu spüren. Jeden Morgen wache ich allein auf. Ich sollte dankbar sein, dass er nicht alles noch schwieriger macht, als es schon ist, und doch ertappe ich mich dabei, wie ich darauf warte, von ihm gehalten zu werden.

Zweimal bin ich mitten in der Nacht aufgewacht, voller Sehnsucht und hätte mich beinahe zu ihm umgedreht. Jetzt frage ich mich, was geschehen würde, wenn ich es täte. Wenn ich an Zauberbann und die Kräfte glaubte, von denen Hunter schreibt, müsste ich glauben, einer läge auf mir. Noch nie hat mich jemand so begehren lassen, so viel fühlen lassen. Mich solche Angst empfinden lassen.

Manchmal schrieb Lee in ihr Tagebuch über die Landschaft und ihre Gefühle darüber. Manchmal schilderte sie den Tagesablauf. Doch meistens – eigentlich immer mehr – schrieb sie über Hunter.

Obwohl er geschickt persönlichen Fragen auswich, hatte Lee Informationen sammeln können. Schon jetzt, kaum nach der Hälfte der Zeit, hatte sie genug für einen soliden, erfolgreichen Artikel – mehr, das wusste sie, als sie überhaupt erwartet hatte.

„Wieso sollte irgendein Fisch, der etwas auf sich hält, sich von so etwas täuschen lassen?“ Hunter und Lee standen am Bach, und sie spielte mit der kleinen Gummifliege, die er ihr als Köder an der Angel befestigt hatte.

„Kurzsichtigkeit“, gab Hunter zurück und suchte sich seinen eigenen Köder aus. „Fische sind, wie allgemein bekannt ist, kurzsichtig.“

„Ich glaube dir nicht.“ Unbeholfen warf sie die Leine aus. „Aber dieses Mal werde ich einen fangen.“

„Dazu musst du deine Fliege erst einmal ins Wasser bekommen.“ Er warf einen belustigten Blick auf ihre Leine, die sich am Ufer zu einem Knäuel verwirrt hatte, bevor er geschickt seine eigene auswarf.

Er würde ihr nicht einmal Hilfe anbieten. Nach einer Woche in seiner Gesellschaft hatte Lee gelernt, es nicht zu erwarten. Es war nicht einfach, und es dauerte eine Zeit, aber kniend entwirrte Lee das Knäuel, bis sie bereit für einen neuen Versuch war. Sie warf Hunter einen stolzen Blick zu, doch der schien sich ganz auf seine Angel zu konzentrieren, ohne ihren Fortschritt zu bemerken. Tatsächlich aber sah er alles, was um ihn herum geschah, ob er hinsah oder nicht.

Ein paar Meter neben ihm versuchte es Lee wieder. Dieses Mal landete ihr Köder mit einem ruhigen Plopp im Wasser.

Hunter sah, wie ein seltenes, spontanes Lächeln um ihre Mundwinkel zuckte, aber er sagte nichts. Sie ging viel zu sparsam damit um, ebenso mit diesem leisen, kehligen Lachen.

Die vergangene Woche war nicht leicht für sie gewesen. Hunter hatte das auch nicht beabsichtigt. Man lernt mehr über Menschen, wenn man sie in schwierigen Situationen beobachtet als bei einer üppigen Cocktailparty.

Sie konnte, anders als die meisten Menschen, die er kannte, entspannt langes Schweigen ertragen. Das gefiel ihm. Je lässiger er in seiner Kleidung und seiner Erscheinung wurde, desto sorgfältiger achtete sie auf ihre. Es amüsierte ihn, sie jeden Morgen weggehen und mit perfektem Make-up und frisch gewaschenem und sorgfältig frisiertem Haar zurückkehren zu sehen. Hunter achtete darauf, dass beides am Ende des Tages etwas in Unordnung geraten war.

Wandern, fischen. Ihre Jeans und Stiefel waren mittlerweile gut eingetragen. Abends ertappte er sie oft dabei, wie sie ihre müden Füße rieb. Wenn sie zurück in Los Angeles war, in ihrem bequemen Büro saß, würde sie die zwei Wochen im Oak Creek Canyon nicht vergessen.

Jetzt stand Lee neben dem Bach, die Angel in beiden Händen, einen Ausdruck zufriedener Konzentration auf dem Gesicht. Er mochte sie so – das ihr innewohnende Bedürfnis, sich zu messen. Sie würde dort stehen, die Angel halten, bis er das Abenteuer abbrach – von sich aus würde sie es nie tun. Zurück im Lager, würde sie ihre Hände eincremen, die dann leicht nach Jasmin dufteten und so verführerisch weich blieben.

Da sie an der Reihe war, zu kochen, würde sie es auch tun, obwohl sie sich immer etwas ungeschickt dabei anstellte und es grundsätzlich schaffte, alles anbrennen zu lassen. Auch dafür mochte er sie – für die Eigenart, nie bei etwas aufzugeben.

Ihre Neugier blieb unermüdlich. Sie stellte ihm Fragen, und er wich aus oder antwortete, wenn er wollte. Dann wieder schwieg sie, während sie schrieb und er las. Angenehm. Sie war eine ungewöhnlich angenehme Frau im ruhigen Licht des Lagerfeuers. Ob sie es wusste oder nicht, sie entspannte sich, wenn sie in ihr Tagebuch schrieb. Das fesselte ihn. Er hatte nicht erwartet, ihre Gesellschaft so zu genießen.

Die Sonne brannte, es war fast windstill an diesem frühen Morgen. Aber der Himmel war nicht klar. Hunter fragte sich, ob Lee die Wolkenbank im Osten bemerkte und ob sie wusste, dass das für den Abend einen Sturm erwarten ließ. Die Wolken deuteten auf ein Gewitter hin. Hunter saß im Schneidersitz auf dem Boden und behielt die Beobachtung für sich. Es war interessanter, wenn Lee es selbst herausfand.

Der Morgen verging schweigsam, nur gelegentlich von Stimmen um sie herum unterbrochen oder dem Rascheln von Blättern. Zweimal zog Hunter eine Forelle aus dem Flüsschen, die zweite warf er wieder zurück, da sie zu klein war. Er sagte nichts.

Lee sagte nichts, war aber leicht verärgert. Nach jedem Ausflug kehrte Hunter mit Fischen zurück ins Lager – sie mit einem schmerzenden Nacken.

„Ich frage mich allmählich", sagte sie schließlich, „ob du etwas mit meinem Köder gemacht hast, das Fische vertreibt."

Er drückte seine Zigarette aus. „Wollen wir die Angeln tauschen?"

Sie warf ihm einen Blick zu und bemerkte die leichte Belustigung. „Nein", entgegnete sie kühl. „Ich behalte die. Bei diesen Dingen bist du ziemlich gut – wenn man bedenkt, dass du als Junge nie zum Fischen gegangen bist."

„Ich habe schon immer schnell gelernt."

„Was hat dein Vater in Los Angeles gemacht?" Lee wusste, er würde entweder überaus lässig antworten oder total ausweichen.

„Er hat Schuhe verkauft."

Da sie die zweite Möglichkeit erwartet hatte, brauchte sie den Bruchteil einer Sekunde, um sich zu besinnen. „Schuhe verkauft?"

„Ja, in der Schuhabteilung eines mäßig erfolgreichen Kaufhauses in der City. Meine Mutter war im dritten Stock in der Papierwarenabteilung tätig." Er brauchte sie nicht anzublicken, um zu wissen, dass sie die Stirn runzelte und die Brauen zusammengezogen hatte. „Überrascht?"

„Ja", gab sie zu. „Ein wenig. Ich hatte wohl erwartet, dass deine Eltern dich durch irgendwelche ungewöhnlichen Karrieren oder Interessen beeinflusst haben."

Geschickt aus dem Handgelenk warf Hunter die Angel aus. „Bevor mein Vater Schuhe verkauft hat, hat er Eintrittskarten im Theater verkauft, davor war es Linoleum, glaube ich." Er sah sie an. „Er war ein Mann, der arbeiten musste, obwohl er eigentlich zum Träumen geboren war. Hätte er reiche Eltern gehabt, wäre er Maler oder Dichter geworden. Doch so, wie die Dinge lagen, war er Verkäufer und hat regelmäßig den Job verloren, weil er nicht der geschickteste und tüchtigste Verkäufer war."

Er sagte das ruhig, was Lee nur noch betroffener machte. „Du sprichst, als lebte er nicht mehr."

„Ich war immer davon überzeugt, dass meine Mutter an Überarbeitung gestorben ist und mein Vater am mangelnden Lebenswillen nach ihrem Tod."

Mitleid stieg in ihr auf. „Wann hast du sie verloren?"

„Ich war achtzehn. Sie sind im Abstand von sechs Monaten gestorben."

„Zu alt, dass der Staat für dich sorgte", murmelte sie. „Zu jung, um allein zu sein."

Hunter musterte sie. „Kein Mitleid, Lenore. Ich habe das ganz gut geschafft."

„Aber du warst noch kein Mann. Du musstest das College beenden."

„Ich habe eine Zeit lang gekellnert."

Lee erinnerte sich an die Brieftasche voll mit Kreditkarten, die sie durch ihre Collegezeit geschleppt hatte. Alles, was sie gewollt hatte, hatte sie bekommen, sie brauchte nur mit den Fingern zu schnippen. „Das kann nicht einfach gewesen sein."

„Das muss es auch nicht." Er zündete sich eine Zigarette an und beobachtete die sich nähernden Wolken.

„Was hast du nach dem College gemacht?"

Er lächelte durch den Rauch, der zwischen ihnen schwebte. „Ich habe gelebt, ich habe geschrieben, ich bin fischen gegangen, wenn es ging."

So leicht wollte sie sich nicht abspeisen lassen. Sie merkte es kaum, als sie sich auf den Boden neben ihn setzte. „Du musst gearbeitet haben."

„Schreiben, auch wenn viele dem nicht zustimmen, ist Arbeit." Er hatte das Talent, Sarkasmus fast humorvoll klingen zu lassen.

Zu einer anderen Zeit hätte sie gelächelt. „Du weißt, das habe ich nicht gemeint. Du brauchtest ein Einkommen, und dein erstes Buch ist erst vor ungefähr sechs Jahren veröffentlicht worden."

„Ich habe nicht in einer Dachstube gehungert, Lenore." Er strich mit einem Finger über die Hand, mit der sie die Angel hielt, und spürte ein Aufblitzen von Lust bei dem schnellen Anstieg ihres Pulses. „Du hast gerade bei *Celebrity* angefangen, als ‚Was dem Teufel gebührt‘ erfolgreich einschlug. Man könnte sagen, unser Stern sei gleichzeitig aufgegangen.“

„Vermutlich.“ Sie wandte sich von ihm ab und blickte wieder auf das Wasser.

„Bist du glücklich in deinem Beruf?“

Unbewusst hob sie das Kinn. „Ich habe mich in fünf Jahren zur leitenden Redakteurin hochgearbeitet.“

„Das ist keine Antwort.“

„Die meisten von dir sind es auch nicht“, murmelte sie.

„Stimmt. Wonach suchst du dort?“

„Erfolg“, antwortete sie augenblicklich. „Sicherheit.“

„Eins ist nicht immer so wichtig wie das andere.“

Ihre Stimme war so herausfordernd wie ihr Blick, den sie auf ihn richtete. „Du hast beides.“

„Ein Schriftsteller ist nie sicher“, widersprach Hunter. „Nur ein Dummkopf erwartet das. Ich habe das ganze Manuskript gelesen, das du mitgebracht hast.“

Lee sagte nichts. Sie hatte gewusst, er würde das Thema anschneiden, bevor die zwei Wochen um waren, aber sie hatte gehofft, es noch ein wenig aufschieben zu können. Eine kaum wahrnehmbare Brise spielte mit ihrem Haar, während sie saß und auf die Bewegungen des Baches starrte. Einige der Kieselsteine sahen wie Juwelen aus. So waren Illusionen.

„Du weißt, du musst es beenden“, sagte er ruhig. „Du kannst mir nicht vormachen, dass du mit dem halb fertigen Roman zufrieden bist.“

„Ich habe keine Zeit ...“, begann sie.

„Das reicht nicht.“

Frustriert drehte sie sich wieder zu ihm um. „Leicht für dich zu sagen, von deinem Erfolgsgipfel aus. Ich habe einen anspruchsvollen Ganztagsjob. Wenn ich dem meine Zeit und mein Talent widme, dann bleibt für nichts anderes etwas übrig.“

„Dein Roman erfordert deine Zeit und dein Talent.“

Sie mochte es nicht, wie es bei ihm klang – so, als hätte sie gar keine wirkliche Wahl. „Hunter, ich bin nicht hierhergekommen, um über meine Arbeit zu reden, sondern über dich und deine Arbeit. Ich bin geschmeichelt, dass du denkst, mein Roman habe einen gewissen Wert, aber ich habe eine Arbeit, die mir am Herzen liegt."

„Geschmeichelt?" Seine Hand schloss sich um ihre. „Nein, das bist du nicht. Du wünschst, ich hätte deinen Roman nie gelesen. Du hast Angst davor, ihn zu Ende zu schreiben."

Die Wahrheit ging ihr auf die Nerven und reizte ihre Stimmung. „Mein Job kommt zuerst. Ob dir das passt oder nicht."

Er musterte sie ruhig. „Du hast einen Fisch an der Leine."

„Ich will nicht, dass du …" Mit zusammengekniffenen Augen sah sie ihn an. „Was?"

„Du hast einen Fisch an der Leine", wiederholte er. „Du solltest sie besser aufspulen."

„Ich habe einen …" Verblüfft spürte Lee, wie die Leine in ihrer Hand ruckte. „Ich habe einen Fisch! Herrje." Sie hielt die Angel mit beiden Händen. „Ich habe wirklich einen Fisch gefangen. Was mache ich jetzt?"

„Spul die Leine auf", schlug Hunter wieder vor.

„Willst du mir nicht helfen?" Ihre Hände fühlten sich ungeschickt an, als sie sich bemühte, die Spule aufzukurbeln. In der Hoffnung, das werde ihr helfen, stand sie auf. „Hunter, ich weiß nicht, was ich machen soll. Ich könnte ihn verlieren."

„Dein Fisch", betonte er. Lächelnd beobachtete er sie. Würde sie überschwänglicher aussehen, wenn man ihr ein Interview mit dem Präsidenten gewährte? Irgendwie glaubte Hunter das nicht, obwohl er sicher war, Lee würde ihm darin widersprechen. Aber schließlich konnte sie sich in diesem Augenblick auch nicht selbst sehen, das Haar zerzaust, die Wangen glühend, die Augen aufgerissen und die Zunge zwischen den Zähnen. Das frühmorgendliche Sonnenlicht ließ ihre Haut schimmern, und ihr kurzes Auflachen, als sie den zappelnden Fisch aus dem Wasser zog, rieselte wie ein kitzelnder Hauch über seinen Nacken.

Verlangen regte sich, als er ihre langen Beine ansah, die in kurzen Shorts steckten, dann die weichen Körperkurven, die sich unter dem Hemd abzeichneten, als sie mit dem Fisch kämpfte.

„Hunter!“ Sie lachte, als sie den immer noch zappelnden Fisch hoch übers Gras hielt. „Ich hab's geschafft.“

Er war fast größer als der größte, den er in dieser Woche gefangen hatte. Er schürzte die Lippen, als er ihn abschätzte. Es war verführerisch, ihr zu gratulieren, doch er entschied, dass sie schon selbstgefällig genug wirkte. „Nimm ihn vom Haken“, erinnerte er sie lässig.

„Vom Haken?“ Lee warf ihm einen erstaunten Blick zu. „Ich will ihn nicht anfassen.“

„Du musst ihn anfassen, wenn du ihn vom Haken nehmen willst.“

Lee zog eine Braue hoch. „Ich werfe ihn eben einfach wieder zurück.“

Mit einem Schulterzucken schloss Hunter die Augen und genoss die leichte Brise. Den Teufel würde sie tun. „Dein Fisch, nicht meiner.“

Hin- und hergerissen zwischen der Scheu, den zappelnden Fisch anzufassen, und dem Stolz, ihn gefangen zu haben, starrte Lee auf Hunter hinunter. Er würde ihr nicht helfen, das war offensichtlich. Wenn sie den Fisch ins Wasser zurückwarf, würde er sie für den Rest des Tages spöttisch mustern. Unerträglich. Sie biss die Zähne aufeinander und griff nach dem Fang des Tages.

Er war nass, glitschig und kalt. Sie zog die Hand zurück. Aus den Augenwinkeln sah sie, wie Hunter zu ihr hochgrinste. Sie hielt die Luft an und nahm die Forelle fest in die Hand und drehte sie mit der anderen vom Haken los. Wenn Hunter sie nicht angesehen hätte, sie herausgefordert hätte, hätte sie es nie gekonnt. Mit der größtmöglichen arroganten Miene ließ sie die Forelle in die Kühltasche fallen, die Hunter zu den Fischausflügen immer mitbrachte.

„Sehr gut.“ Er rollte seine Leine ein. „Das reicht fürs Dinner für uns beide, wenn du sie erst ausgenommen hast.“

„Er ist so groß wie …“ Er ging schon zurück zum Lager, sodass sie laufen musste, um ihn und seine Bemerkung einzuholen. „Ich nehme ihn aus?“

„Regel ist: Wer fängt, nimmt aus."

Sie stellte sich vor ihm auf, doch er beachtete sie gar nicht. „Ich nehme keinen Fisch aus."

„Dann isst du auch keinen Fisch." Seine Worte kamen lässig wie ein Schulterzucken.

Lee gab ihren Stolz preis und packte seinen Arm. „Hunter, du musst die Regel ändern." Sie seufzte, war aber überzeugt, dass sie an dem Wort nicht ersticken würde. „Bitte."

Ihren Vorschlag abwägend blieb er stehen. „Wenn ich ihn ausnehme, musst du mir dafür einen Gefallen tun."

„Ich kann zwei Abende hintereinander kochen."

„Ich sagte einen Gefallen."

„In Ordnung, wie ist der Handel?"

„Lassen wir es doch einfach offen", schlug er vor. „Im Augenblick fällt mir nichts ein."

Dieses Mal überlegte sie. „Wird es annehmbar sein?"

„Natürlich."

„Abgemacht." Lee drehte ihre Handflächen nach oben und rümpfte die Nase. „Jetzt werde ich mir die Hände waschen."

Lee hatte nicht gewusst, welch erregendes Prickeln es sein konnte, einen Fisch zu fangen oder ihn selbst über einem offenen Feuer zu braten. Es gab noch andere Dinge, die Lee nicht gewusst hatte. Seit Tagen hatte sie nicht mehr auf die schmale Golduhr an ihrem Handgelenk gesehen. Wenn sie nicht ein Tagebuch führen würde, wüsste sie wahrscheinlich nicht mehr, welcher Tag es war. Sicher, ihre Muskeln protestierten immer noch nach einer Nacht im Zelt, und die sanitären Einrichtungen waren primitiv, die reinste Höllenstrafe. Doch alldem zum Trotz entspannte sie sich.

Zum ersten Mal, seit sie sich erinnern konnte, war ihr Tag nicht eingeteilt, von ihr selbst oder jemand anderem. Sie stand auf, wenn sie aufwachte, schlief, wenn sie müde war, und aß, wenn sie hungrig war. Das Wort *Termin* existierte im Augenblick nicht. Das war etwas, was sie sich selbst nicht mehr erlaubt hatte, seit sie ihr Elternhaus in Palm Springs verlassen hatte.

Unabhängig davon, wie Hunter ihren Puls durch einen seiner unerwarteten Blicke in die Höhe schnellen ließ oder wie viel Begehren für ihn unter der Oberfläche brodelte, fand sie das Zusammensein mit ihm angenehm. Weil es so ungewöhnlich war, bemühte sich Lee nicht, die Gründe dafür zu finden. In diesen späten Nachmittagsstunden, in der Zeit vor Einbruch der Dämmerung, war sie zufrieden, am Feuer zu sitzen und sich um das Essen zu kümmern.

„Ich habe nicht gewusst, dass etwas so gut riechen kann."

Hunter goss die Tasse mit Kaffee voll, bevor er ihr einen Blick zuwarf. „Wir hatten erst vor zwei Tagen Fisch."

„Deinen Fisch", betonte Lee und drehte vorsichtig die Forelle. „Das ist meiner."

Er grinste und fragte sich, ob sie sich daran erinnerte, wie entsetzt sie das erste Mal gewesen war, als er ihr vorgeschlagen hatte, einen Ast über dem Feuer zu drehen. „Anfängerglück."

Lee öffnete den Mund, bereit für eine beißende Entgegnung. Dann sah sie, wie er sie anlächelte. Sie stieß einen tiefen Atemzug aus und wandte ihre Aufmerksamkeit wieder dem Feuer zu. „Wenn Fischen vom Glück abhängt, dann hattest du schon mehr als deinen Anteil."

„Alles hängt vom Glück ab." Er hielt ihr zwei Teller hin. Lee verteilte die brutzelnde Forelle und setzte sich dann zurück, um sie zu genießen. Hunter selbst kostete zunächst einmal ganz vorsichtig und stellte überrascht fest, dass sie ihren eigenen Fang nicht hatte anbrennen lassen.

Während Lee aß, betrachtete sie nachdenklich die Landschaft. Hatte jemals etwas so wunderbar wie diese Forelle geschmeckt? Würde jemals wieder etwas so schmecken? Zum Nachtisch nahm sie sogar zögernd einige der Trockenfrüchte an, die Hunter ihr anbot. Davon schien er einen unerschöpflichen Vorrat zu haben.

An einer Aprikose kauend musterte sie ihn. Das Dämmerlicht und das flackernde Feuer warfen Schatten auf sein Gesicht. Das passte zu ihm. Die Stoppeln, die diesen Dichtermund umgaben, machten ihn noch anziehender. Er war ein Mann, den eine Frau nie ignorieren konnte, nie vergessen würde. Lee fragte sich, ob er das wusste. Dann hätte sie fast gelacht. Natürlich wusste er es. Er wusste eindeutig zu viel.

„Wenn du in deinem Leben etwas ändern könntest, was würdest du ändern?“ Sie lehnte sich ein wenig vor, wie sie es immer bei Antworten machte, die ihr wichtig waren.

Er lächelte auf die Art, die ihr Blut erhitzte. „Ich würde mehr nehmen“, sagte er ruhig.

Sie spürte, wie ein Schauer ihren Rücken hochjagte, und war nur zu sicher, dass Hunter es sah. Lee fand, sie war gezwungen, sich an ihren Job zu erinnern. „Weißt du …“, begann sie leicht genug, „… du hast mir so einiges in dieser Woche erzählt, und dafür bin ich dir auch dankbar. Ich könnte dich aber noch viel besser verstehen, wenn du mir den Ablauf eines ganz typischen Tages von dir schildern würdest.“

Die Wolken türmten sich auf, der Wind nahm zu. Er fragte sich, ob sie es bemerkte. „Es gibt keinen typischen Tag.“

„Du weichst wieder aus.“

„Ja.“

„Es ist mein Job, dich festzunageln.“

Über den Rand seiner Kaffeetasse musterte er sie. „Es gefällt mir, dich dabei zu beobachten, wie du deinen Job tust.“

Sie lachte. Offenbar konnte er sie immer gleichzeitig frustrieren und amüsieren. „Hunter, warum habe ich das Gefühl, du tust alles, um mir den Job zu erschweren?“

„Du bist sehr scharfsichtig.“ Er stellte den Teller zur Seite und begann, mit ihren Haarspitzen zu spielen, eine Angewohnheit, die sie nie gleichmütig hinnehmen konnte. „Ich habe das Bild einer Frau von einer romantischen Schönheit und logischem Denkvermögen.“

„Hunter.“

„Warte, ich lasse sie gerade Gestalt annehmen. Sie ist ehrgeizig, nervös, äußerst sinnlich, ohne sich dessen voll bewusst zu sein.“ Er konnte sehen, wie sich ihr Blick veränderte, wie ihre Augen dunkel wurden, genauso wie der Himmel über ihnen. „Sie ist von etwas gefangen, das sie nicht erklären oder verstehen kann. Es geschehen Dinge um sie herum, und es fällt ihr immer schwerer, sich davon zu distanzieren. Und da ist ein Mann, ein Mann, den sie begehrt, dem sie aber nicht ganz trauen kann. Wenn sie ihm vertraute, müsste sie sich von den Lebensgewohnheiten trennen, an denen sie bisher gehangen hat. Wenn sie sich von ihnen nicht lösen kann, wird sie allein sein."

Er sprach mit ihr über sie, für sie. Ihre Kehle war trocken und ihre Handflächen feucht, aber sie wusste nicht, ob es von seinen Worten kam oder seiner leichten Berührung ihres Haares. „Du baust einen Roman um mich auf."

„Ja. Das ist mein Beruf." Wie aufs Stichwort zuckte ein Blitz am Himmel. „Und alle Schriftsteller brauchen eine Vorlage. Weiche, helle Haut." Er strich mit einem Handrücken über ihre Wange. „Seidiges Haar mit Einsprengseln von Gold und Feuer. Dazu setze ich Dunkelheit, Wind und Stimmen, die aus den Schatten sprechen. Die Vernunft gegen das Unmögliche. Das Unaussprechliche gegen die kühle polierte Schönheit."

Sie schluckte in der Bemühung um einen gleichmütigen Ton. „Ich nehme an, ich sollte geschmeichelt sein, aber ich bin mir nicht sicher, ob ich mich gern in der Gestalt einer Horrorstory sehen würde."

Der Blitz brach durch die Abenddämmerung, als ihre Blicke sich wieder trafen. „Ich brauche dich, Lenore", murmelte Hunter. „Für die Geschichte, die ich schreiben will – und mehr."

Die Nerven zuckten überall in ihr. „Es wird regnen." Aber ihre Stimme war nicht ruhig und sicher. Als sie sich erheben wollte, merkte sie, dass er ihre Hand hielt und mit ihr aufstand. Der Wind blies um sie herum, immer stärker, er wirbelte Blätter hoch, wirbelte die Leidenschaft auf. Das Licht schwächte zum Schatten ab. Donner grollte.

Was sie in seinem Blick sah, ließ sie kalt werden. Dann erhitzte es so schnell ihr Blut, dass sie vom Wechsel einfach überwältigt wurde. Der Griff um ihre Hand war leicht. Lee hätte ihre Hand lösen können, wenn sie den Willen dazu gehabt hätte. Es war sein Blick, der ihr den Willen entzog. So standen sie, Hand in

Hand, ihre Augen ließen einander nicht los, während der Sturm um sie herumtobte.

Dann öffnete der Himmel seine Schleusen. Regen strömte herab. Der Schock der plötzlichen Nässe ließ Lee zurückschrecken, den intimen Kontakt brechen. Und doch stand sie noch einige lange Sekunden still, während sich der Regen über ihr ergoss und die Blitze so schnell hintereinander aufzuckten, dass sie blendeten.

„Verdammt!" Doch er wusste, sie sprach von ihm, nicht vom Sturm. „Was tun wir?"

Hunter lächelte, konnte kaum dem Drang widerstehen, ihr Gesicht zu umfassen und sie zu küssen. „Ins Trockene flüchten." Er lächelte weiter, trotz des Regens, des Windes, der Blitze.

Nass, gereizt und verärgert kroch Lee ins Zelt. Er genießt es, dachte sie und riss an den klatschnassen Schnürsenkeln ihrer Stiefel. Nichts schien ihm mehr zu gefallen, als sie in der schlimmsten Verfassung zu sehen. Es würde bestimmt eine Woche dauern, bis die Stiefel wieder getrocknet waren. Grimmig gelang es ihr, den ersten vom Fuß zu ziehen.

Als Hunter neben ihr ins Zelt schlüpfte, sagte sie nichts. Sich auf den eigenen Ärger zu konzentrieren schien die beste Lösung zu sein. Unangenehm tropfte das Wasser ihren Nacken hinunter, als sie sich vorbeugte, um die Socken auszuziehen.

„Ich hoffe, das dauert nicht lange."

Hunter zog sich das durchweichte Hemd über den Kopf. „Verlass dich nicht darauf. Es kann so bis morgen früh gehen."

„Entsetzlich." Sie fröstelte und fragte sich, wie, zum Teufel, sie aus den nassen Sachen raus- und in trockene reinkommen sollte.

Hunter drehte die Laterne, die er mitgenommen hatte, ganz schwach runter. „Entspann dich einfach." Er zog ein Handtuch aus seinem Rucksack und begann, ihr Haar zu trocknen.

„Ich kann das selbst machen." Sie griff nach dem Handtuch, doch er ließ es sich nicht abnehmen.

„Ich tue es gern für dich. Nasses Feuer", murmelte er. „So sieht dein Haar jetzt aus."

Die Hitze seines Körpers erweckte verführerische Bilder. War der Regen plötzlich lauter, oder waren ihre Sinne einfach wacher? Für einen Augenblick glaubte sie, sie könnte jeden einzelnen Tropfen hören, der aufs Zelt traf. Das Licht war dämmrig, ein rauchiges Grau, das Ansätze von Unwirklichkeit enthielt.

„Du musst dich rasieren", murmelte sie. Ohne es zu merken, hatte sie die Hand ausgestreckt und sein Gesicht berührt.

Sie wollte sich jetzt nicht von dem Ausdruck seiner Augen abwenden, die ein warmes und zärtliches Gefühl in ihr auslösten. Blitze zuckten auf, erleuchteten das Zelt und warfen es wieder in die düstere Dämmrigkeit zurück.

„Wir sollten nicht so zusammen sein."

Dieses heiße und leidenschaftliche Verlangen hatte er noch nie erlebt. Wenn er sie nicht bald berühren könnte, würde es ihn zerreißen. „Warum?"

„Wir sind zu verschieden. Du suchst nach dem Unerklärbaren, ich nach dem Logischen." Aber sein Mund war ihrem so nah, und sein Blick war von einer solchen Macht. „Hunter …" Sie wusste, was geschehen würde, erkannte die Unmöglichkeit und den Schmerz, der ganz folgerichtig daran gebunden war. „… ich will nicht, dass es geschieht."

Er berührte sie nicht, obwohl es ihn große Kraft kostete. „Es ist deine Wahl."

„Nein." Es war ruhig gesagt, fast wie ein Seufzer. Ein Blitz zuckte auf, und sie wartete sechs lange Herzschläge auf den nachfolgenden Donner. „Vielleicht hat keiner von uns eine Wahl."

Sie atmete unregelmäßig, als sie seine nackten Schultern umfasste. Sie wollte seine Kraft fühlen und hatte gleichzeitig Angst davor. Sein Blick löste sich nicht von ihrem. Obwohl sein Verlangen so groß war, dass es schmerzte, ließ er Lee das Tempo bestimmen.

Ihre Finger lagen schlank und weich auf seiner Haut, kühl, weniger zögernd als vorsichtig. Sie fuhren seine Arme hinunter, bewegten sich langsam über seine Brust und zurück, bis jeder seiner Muskeln wie überdehnt war. Der Regen trommelte ein Echo in seinem Kopf. Ihr Gesicht war blass im Dämmerlicht.

Sie konnte es kaum glauben, dass sie ihn so berührte, so frei, so offen, sodass seine Haut prickelte, wo ihre Finger Spuren zogen. Dabei beobachtete er sie mit einer so wilden Leidenschaft, dass es sie geängstigt hätte, wenn ihr eigenes Begehren sie nicht in einen Schleier der Benommenheit gehüllt hätte. Vorsichtig, um nicht die falsche Bewegung zu machen und den Zauber zu zerstören, der sie beide gefangen hielt, legte sie ihren Mund auf seine Lippen.

Die rauen Stoppeln waren ein verblüffender Kontrast zu seinen weichen Lippen. Er erwiderte ihren Kuss, voller Wärme, voller Gefühle, ohne Hast. In diesem Augenblick war alles, woran sie sich sonst klammerte, wie weggespült.

Sie schlang die Arme um seinen Nacken, presste ihre Wange an seine.

„Liebe mich, Hunter."

Er schob sie von sich, nur so weit, dass sie sich beide ansehen konnten. Das feuchte Haar lockte sich um ihr Gesicht. Ihre Augen waren wie der Himmel vor einer Stunde: dunkel und umwölkt.

„Es geht nur gemeinsam. Lieben wir uns."

Ihr Herz öffnete sich. Er fühlte es. „Lieben wir uns."

Er umfasste ihr Gesicht, und der Kuss war so zärtlich, dass er ihren ganzen Körper berauschte. Als er ihr das nasse Hemd auszog, fröstelte sie, doch sofort erwärmte er sie mit seinem Körper. Er fühlte sich stark und kräftig an, doch seine Hände glitten so zärtlich über ihren Körper, als strichen sie über einen seltenen Edelstein. Lee streichelte ihn, und er stöhnte auf. Also liebkoste sie ihn wieder, wollte ihm das Glück schenken, das auch er ihr gab.

Sie hatte geglaubt, die Panik werde wiederkehren oder zumindest der nervöse Drang zur Hast. Aber sie hatten alle Zeit der Welt. Der Regen konnte fallen, der Donner grollen. Es berührte sie nicht.

Die Lust perlte in ihr hoch, als er mit dem Mund über ihre Brüste streifte. Er ließ sich von ihrer Begierde antreiben. Mit der Zunge kitzelte er sie, mit den Lippen saugte er an ihren Brüsten, bis er spürte, wie sie vor wilder Lust erbebte.

Er wollte eins mit ihr sein, ohne Hemmnisse. In seiner Vorstellung war sie schon Dutzende Male nackt gewesen, so wie jetzt. Ihr Haar war kühl und feucht, ihre Haut weich und duftend. Frühlingsblumen und Sommerregen. Die Düfte erfüllten ihn.

Ihr Atem kam schwer, als sie sich mit dem Verschluss seiner Hose abmühte und ihm dann die nasse Jeans auszog. Dann streichelte sie ihn wieder. Sie spürte Kraft und Körperbeherrschung. Die wollte sie brechen, um zu bekommen, wonach sie sich sehnte. Sie berührte und schmeckte ihn und schwelgte jedes Mal in Lust, wenn sie seinen Atem zittern hörte. Sie fühlte, wie er ihr langsam die Shorts herunterzog, bis sie nichts mehr trug als das kleine Spitzendreieck tief auf ihren Hüften.

Mit den Lippen machte er sich auf die sinnliche Erkundungsreise ihren Körper hinunter, ganz langsam, und seine Stoppeln erweckten jede einzelne ihrer Poren zum Leben. Er ließ die Zunge unter die Spitze gleiten, und Lee glaubte, nicht mehr atmen zu können. Und dann, so abrupt wie der Strom ausgebrochen war, versank Lee in einer weichen Tiefe von Empfindungen, zu dunkel, zu tief, um sie mit dem Verstand zu begreifen.

Er merkte, wie Ekstase sie ergriff, und fühlte eine ungeheure Kraft in sich. Er hörte, wie sie seinen Namen rief, und die Sucht, es wieder zu hören, überwältigte ihn. Zu beiden Seiten ihres Körpers auf seine Hände gestützt, hob er sich über sie und hielt den letzten Ausbruch seiner Lust zurück, bis sie die Augen öffnete. Sie sollte ihn ansehen, wenn sie zusammen kamen.

Benommen starrte Lee ihn an. „Was willst du von mir?"

Sein Mund presste sich auf ihre Lippen, und zum ersten Mal war sein Kuss hart, drängend, fast brutal in der endlich freigelassenen Kraft der Leidenschaft. „Alles." Er glitt in sie, brachte sie beide näher zum Gipfel. „Alles."

8. KAPITEL

Die Morgendämmerung war klar wie Glas. Lee wachte langsam auf, nackt, warm, und fühlte sich zum ersten Mal seit über einer Woche wohl. Zum ersten Mal wusste sie zunächst nicht, wo sie war.

Ihr Kopf lag an Hunters Schulter gebettet, ihr Körper war an seinen geschmiegt. Fest fühlte sie Hunters Arm um sich geschlungen. Schläfrig empfand sie ein bisher nicht gekanntes Gefühl von Geborgenheit und Erregung.

Bevor sie ganz wach war, roch sie frische Erde und noch etwas … Sie erinnerte sich und atmete Hunters Duft ein.

Es war wie ein Traum, wie etwas aus einer unterbewussten Fantasie oder einer Szene, die direkt aus der Einbildungskraft rührte. Noch nie hatte sie sich jemandem so frei und so vollkommen angeboten. Nie, das wusste Lee, nie war sie von jemandem an eine so erregende Lust herangeführt worden.

Sie konnte sich noch erinnern, wie es war, als ihre Lippen seine berührten und alle Zweifel und, alle Angst bei dem zarten Kontakt hinweggeschmolzen waren.

Aber war es nicht jetzt vorbei, wo der Regen aufgehört hatte und der Morgen dämmerte? Fantasien waren für die privaten Stunden der Nacht, sie zerstoben bei Tageslicht. Aber es war kein Traum gewesen, und sie konnte sich nicht vortäuschen, dass es eine Fantasie gewesen war. Vielleicht sollte sie jetzt erschreckt sein, weil sie ihm genau das gegeben hatte, was er verlangt hatte: alles.

Sie konnte nicht. Nein, sie wollte auch nicht. Nichts und niemand sollte ruinieren, was geschehen war – nicht einmal sie selbst.

Lee schloss die Augen und kuschelte sich wohlig in das Gefühl intimer Nähe. Während der nächsten Tage gab es keinen Schreibtisch, keine Schreibmaschine, kein Telefon, das fordernd läutete. Es gab keinen selbst auferlegten Zeitplan. Die nächsten Tage war sie mit ihrem Geliebten allein. Vielleicht war jetzt tatsächlich die Zeit gekommen, Wildblumen zu pflücken.

Sie neigte den Kopf, um Hunter anzusehen, ohne ihn zu wecken. Die Woche über hatten sie in einem so intimen Quartier geschlafen, aber sie hatte ihn nie schlafend gesehen. Sonst war er morgens immer schon vor ihr auf und machte Kaffee.

Lee wusste, die meisten Menschen sahen verletzlicher aus, wenn sie schliefen, vielleicht sogar unschuldiger. Hunter sah genauso gefährlich, so anziehend aus wie immer. Sicher, diese dunklen, eindringlich blickenden Augen waren geschlossen, doch sie wusste, die Lider könnten sich jeden Moment öffnen und sein Blick sich mit dieser eigentümlichen Macht forschend auf sie richten, was ihn für sie noch geheimnisvoller machte.

Irgendwie war Lee froh darüber, dass er geheimnisvoller war als die anderen Männer, die sie kannte. Auf eine merkwürdige Art war sie froh, dass er schwieriger war. Sie hatte sich nicht in einen durchschnittlichen Mann verliebt, sondern in einen einzigartigen.

Verliebt. Sie analysierte das Wort. Es löste ein wenig Unwohlsein aus. Es bedeutete zugleich Schmerz, Kränkung, Verwundung. Hatte nicht Hunter selbst sie gewarnt, erst den Boden zu prüfen, bevor sie einen Schritt nach vorn machte?

Sie wollte darüber nicht nachdenken. Lee erlaubte sich den Luxus, sich an Hunter anzukuscheln. Sie würde diese Wildblumen finden und sich an jeder einzelnen Blüte erfreuen. Der Traum würde früh genug enden, dann wäre sie wieder zurück in der Realität ihres Lebens. Natürlich war es letztlich das, was sie wollte. Eine Weile lag sie still, lauschte einfach nur in die Stille.

Das Klügste wäre, dachte sie träge, die feuchten Sachen hinaus in die Sonne zu hängen. Vor allem die Stiefel müssten austrocknen. In der Zwischenzeit könnte sie die Turnschuhe tragen. Sie gähnte. Hunters Atem ging langsam und gleichmäßig. Ein Lächeln zuckte um ihre Lippen. Sie könnte das alles tun, dann zurückkommen und ihn aufwecken. Und zwar aufwecken auf eine Art, die das Vorrecht einer Geliebten war.

Geliebte. Sie betrachtete wieder sein schlafendes Gesicht und fragte sich, warum sie bei dem Wort nicht eine ganz besondere Überraschung empfand. War es möglich, dass sie es von Anfang an gewusst hatte? Unsinn, sagte sie sich und schüttelte den Kopf.

Langsam löste sie sich von ihm und kroch nach vorn zum Zelt, um hinauszusehen. Als sie nach dem Verschluss griff, schloss sich eine Hand um ihre Fessel. Hunter legte die andere Hand unter seinen Kopf, während er sie beobachtete.

„Wenn du so, wie du bist, hinausgehst, haben wir bald einen Menschenauflauf hier."

„Ich wollte nur hinausgucken. Ich dachte, du schläfst."

Er lächelte, dachte, sie sei die einzige Frau, die Würde verkörperte, während sie splitterfasernackt auf allen vieren in einem Zelt hockte. Er streichelte ihre Fessel. „Du bist früh wach."

„Ich dachte, ich hänge die Sachen zum Trocknen auf."

„Sehr praktisch." Hunter zog sie am Arm, bis sie zurück- und auf ihn fiel. Seufzend drückte er sie an sich. „Das machen wir später."

Unsicher, ob sie lachen oder sich beklagen sollte, blies Lee sich eine Haarsträhne aus den Augen und stützte sich auf einem Ellbogen auf. „Ich bin nicht müde."

„Du musst nicht müde sein, um dich hinzulegen." Dann rollte er sich auf sie. „Das nennt man entspannen."

Ihre Körper lagen fest aneinander, und Lee spürte, wie seine Wärme in sie eindrang. Überall in ihrem Körper prickelte und pulsierte es. „Ich denke nicht, dass das viel mit Entspannung zu tun hat."

„Nein?" Er hatte sie so sehen wollen, im dünnen Licht der Morgendämmerung, das Haar von seinen Händen zerzaust, ihre Haut gerötet vom Schlaf, ihre Glieder schwer nach einer Nacht der Liebe und erregt nach mehr. Er streichelte sie. „Dann entspannen wir später." Er sah, wie ihre Lippen sich zu einem wissenden Lächeln verzogen, bevor er sie küsste.

Sie schlang die Arme um ihn und öffnete den Mund. Ihre weiche Hingabe entzündete einen Hitzestrahl, der durch ihn schoss und seinen ganzen Körper mit sinnlicher Wärme füllte. Hunter hob den Kopf und sah auf Lee hinunter.

Eine Haut wie Milch und Honig über vornehm betonten Wangenknochen, Augen wie der Himmel in der Dämmerung und Haar wie flüssiges Kupfer, mit Goldtupfern durchzogen. Hunter genoss es, sie anzusehen, lange.

Sie war klein und schlank und geschmeidig. Er ließ eine Fingerspitze über die Rundung ihrer Schulter gleiten. Zerbrechlich, kostbar – aber er wusste, wie viel Kraft in ihr steckte.

„Du siehst mich immer an, als wüsstest du alles, was es von mir zu wissen gibt."

Die Intensität in seinem Blick blieb, als er ihre Hand in seine nahm.

„Nicht alles. Lange nicht alles." Ganz zärtlich küsste er ihre Schulter, ihre Schläfe, ihre Lippen.

„Hunter." Sie wollte ihm sagen, dass noch niemand sie je so hatte fühlen lassen. Sie wollte ihm sagen, dass noch niemand sie so an die Magie und Fantasie und Einfachheit der Liebe hatte glauben lassen. Doch als sie sprechen wollte, verließ sie der Mut. Stattdessen berührte sie mit einer Hand seine Wange. „Küss mich wieder."

Er verstand, da gab es noch etwas, etwas, das er wissen musste. Aber er verstand auch, dass Zerbrechliches nicht ungeschickt angefasst werden durfte, da es sonst zerbrach. Er küsste sie und genoss den warmen Geschmack ihrer Lippen.

Weich. Süß. Seidig. So konnte er sie allein mit einem Kuss fühlen lassen. Der Boden war hart, doch jetzt war er wie der Luxus eines ganzen Haufens Daunen. Es war so leicht zu vergessen, wenn er mit ihr zusammen war. Vergessen, dass draußen eine Welt existierte. Und sie hatte niemals gewusst, dass sie das wollte. Er konnte sie Qual empfinden lassen, und sie hatte nie gewusst, dass Lust und Qual zusammengehörten. Er murmelte direkt an ihren Lippen Worte, die sie nicht zu verstehen brauchte. Sie begehrte und wurde begehrt, brauchte und wurde gebraucht. Sie liebte.

Lee zog ihn noch näher an sich heran. Jetzt war der Augenblick alles, was zählte. Der Kuss, tief, berauschend, zärtlich, schien nicht enden zu wollen.

Selbst eine so ausgeprägte Einbildungskraft wie seine hatte sich noch nichts so Süßes, nichts so Weiches vorgestellt. Es war, als schmelze sie in ihn hinein, gab alles von sich. Einmal, nur einmal, ganz kurz, fuhr es ihm durch den Kopf, dass er so verletzbar war wie sie. Doch dann liebkoste er wieder ihren Körper.

Nur ein anderer Mensch hatte je die Kraft gehabt, ihn so bis aufs Tiefste zu durchdringen und sein Herz zu halten. Nun gab es zwei. Morgen musste er damit umgehen. Heute gab es nur Lee.

Er verteilte Küsse über ihr Gesicht. Vielleicht war es eine Huldigung an die Schönheit, vielleicht war es mehr, viel mehr. Er forschte nicht nach seinen Motiven, er glaubte an Gefühle.

„Du riechst nach Frühling und Regen“, murmelte er an ihrem Ohr. „Warum macht mich das verrückt?“

Die Worte vibrierten in ihr, so erregend wie die intimsten Liebkosungen. Sie blickte ihn aus verhangenen Augen, unter schweren Lidern an. „Zeig es mir. Zeig es mir wieder.“

Er liebte sie. Jede Berührung war eine Lust, jeder Kuss ein Genuss. Geduld – er hatte mehr Geduld als sie. Ihr Körper wurde zwischen wohligem Genießen und angespanntem Drang hin- und hergerissen.

Er ließ seine Hand über ihre Hüfte zu ihrem Schenkel gleiten. Dann kitzelte er mit den Lippen ihre Brüste und saugte an der Brustspitze. Er lauschte auf ihren gestöhnten Atem, der ihn erregte. Lee drängte sich an ihn.

„Hunter.“ Sein Name war kaum hörbar. „Ich brauche dich.“

Hatte er das nicht so sehnlichst hören wollen? „Du hast mich.“

Allein mit seinen Händen und seinen Lippen führte er sie schwindelnd über den ersten Gipfel.

Ihre Bewegungen unter ihm wurden wild, ihr Atem schwer, aber sie merkte es nicht. Lee spürte nur Körper an Körper, erhitzte Haut an erhitzter Haut. Das war der Sturm, den er in der Nacht zuvor noch kontrolliert hatte. Entfesselte Kraft. Zärtlichkeit wurde Leidenschaft, rasend schnell. Ein Wirbelsturm. Lee wusste nicht, wie hungrig ihr Mund den seinen suchte, wie geschickt ihre Hände waren. Sie holte alles aus ihm heraus, wie er alles aus ihr herausholte. Wieder und wieder näherten sie sich der Erfüllung, und wieder und wieder hielt Hunter sie zurück, da er mehr wollte. Und immer mehr.

Gier. Er hatte dieses Ausmaß an Gier nie gekannt. Das Blut hämmerte in seinem Kopf, jagte durch seine Adern. Er presste seinen geöffneten Mund auf ihren. Ihre Hüften umfassend drehte er sich herum, bis sie über ihm lag. Immer noch Mund auf Mund gepresst, vereinten sie sich.

Die Lust hatte sie vollkommen in ihrer Gewalt. Lee überließ sich diesem unglaublichen Empfinden. Sie glaubte zu spüren, wie sich jeder einzelne Muskel an ihrem Körper rhythmisch zusammenzog und entspannte, als sie sich gemeinsam hin zur Ekstase bewegten.

Minuten, Stunden später. Lee konnte die Zeit nicht messen. Langsam normalisierte sich ihr Herzschlag. Ihren Körper fest an seinen gepresst, fühlte sie jeden Atemzug von Hunter und empfand eine närrische Freude darüber, dass der Rhythmus ihrem entsprach.

„Ein Jammer, dass wir eine Woche vergeudet haben." Es war ihm zu anstrengend, die Augen zu öffnen. Mit den Fingern kämmte er durch ihr Haar.

Sie lächelte. „Vergeudet?"

„Wenn wir gleich so angefangen hätten, hätte ich viel besser geschlafen."

„Tatsächlich? Hattest du Schlafprobleme?"

Träge öffnete er die Augen und sah sie an. „Ich stehe selten in der Morgendämmerung auf, es sei denn, ich muss schreiben."

Ein Glücksgefühl erfüllte sie. Leicht strich sie mit einer Fingerspitze über seine Schulter. „Ist das wirklich so?"

„Du hast darauf bestanden, dieses Parfüm zu benutzen, um mich verrückt zu machen?"

„Um dich verrückt zu machen?" Sie verschränkte die Arme über der Brust und zog eine Augenbraue hoch. „Es ist ein sehr dezenter Duft."

„Dezent?" Er strich ihr über den Po. „Wie ein Hammer in den Solarplexus."

Jetzt konnte sie kaum noch das Lachen zurückhalten. „Du warst derjenige, der darauf bestanden hat, dass wir ein Zelt teilen."

„Bestanden?" Er bedachte sie mit einem amüsierten Blick. „Ich habe gesagt, ich hätte nichts dagegen, wenn du lieber draußen schläfst."

„Du wusstest genau, dass ich es nicht tun würde."
„Sicher, aber ich hatte nicht erwartet, dass du mir so lange widerstehen würdest."
Sie hob abrupt den Kopf. „Dir widerstehen? Soll das heißen, du hast das hier alles geplant wie das Kapitel in einem Buch?"
Schmunzelnd verschränkte er die Hände im Nacken. „Es hat aber geklappt."
„Typisch." Sie wünschte, sie wäre beleidigt, und bemühte sich, so zu erscheinen. „Es überrascht mich, dass der Platz für uns beide und dein aufgeblasenes Ego gereicht hat."
„Und deine Dickköpfigkeit."
Mit einem Ruck setzte sie sich bei diesem Wort auf. „Ich nehme an, du hast geglaubt ...", mit der Hand beschrieb sie einen schnellen Kreis, „... ich wäre dir gerade wie eine reife Frucht zu Füßen gefallen."
Hunter schien das einen Moment zu überlegen, während er tatsächlich lustvoll ihren Körper betrachtete. „Das wäre nett gewesen, aber von einigen Umwegen bin ich schon ausgegangen."
„Oh, bist du? Ich wette, wir können hier noch eine Menge mehr Umwege haben." Sie kramte in ihrem Rucksack und fand ein frisches T-Shirt. Als sie sich das Hemd über den Kopf ziehen wollte, packte Hunter den Saum und zog daran. Wieder fiel Lee auf ihn. Sie kniff die Augen zusammen. „Du meinst wohl, du bist ganz besonders klug?"
„Ja." Er küsste sie. „Lass uns frühstücken."
Sie schluckte ein Lachen hinunter, doch ihr Blick verriet sie. „Bastard."
„Okay, aber ich bin trotzdem hungrig." Er zupfte ihr Hemd zurecht und zog sich dann selbst an.
Lee legte sich zurück und mühte sich damit ab, in ihre Jeans zu kommen. „Könnten wir nicht, jetzt, wo du deine Absicht erreicht hast, den Rest der Woche in einem netten Hotel verbringen?"
Hunter grub ein Paar frische Socken aus. „Ein Hotel? Hast du etwa Probleme, unsere Campingtour durchzustehen, Lenore?"
„Ich würde nicht sagen, Probleme." Sie steckte eine Hand in einen Stiefel und fand das Innere feucht. Resigniert suchte sie

nach ihren Turnschuhen. „Ich entwickle nur Fantasien über eine heiße Badewanne und ein weiches Bett." Sie stemmte eine Hand in den Rücken. „Wunderbare Fantasien."

„Zelten erfordert ein gewisses Maß an Kraft und Durchhaltevermögen", entgegnete er leicht. „Wenn du an deine Grenze gelangt bist und aufgeben willst …"

„Ich habe nichts von Aufgeben gesagt." Sie biss die Zähne zusammen. „Beenden wir die verdammten zwei Wochen", murmelte sie und kroch aus dem Zelt.

Lee konnte es nicht leugnen, die Qualität der Luft hier war wirklich vorzüglich und der Himmel vollkommener als alles, was sie bisher gesehen hatte.

„Fabelhaft, nicht wahr?" Hunter legte die Arme um ihre Taille und zog Lee an seine Brust. Er wollte, dass sie sah, was er sah, fühlte, was er fühlte.

„Ein wunderschönes Fleckchen Erde. Es scheint kaum wirklich zu sein." Dann seufzte sie und war sich nicht ganz sicher, warum. Los Angeles war so weit, und die oberste Sprosse der Karriereleiter schien so vage und unbedeutend zu sein. Sie presste sich an ihn. „Ich hasse es, es einzugestehen, aber ich bin froh, dass du mich hierhergebracht hast." Den Gedanken an den Morgen drängte sie zur Seite und erinnerte sich an die Wildblumen. „Ich komme um vor Hunger." Lächelnd löste sie sich von ihm. „Du bist dran mit Kochen."

„Ein kleiner Segen."

Lee gab ihm einen schnellen Knuff, bevor sie das Geschirr abwusch, das sie im Regen hatten stehen lassen. Geschickt schob Hunter einige tags zuvor gesammelten Zweige zusammen. Es dauerte eine Weile, doch bald brannte ein schönes Lagerfeuer. Dann brutzelte er den Schinken und schlug die Eier in die Pfanne.

„Wir haben hier eine ganze Menge Eier verbraucht", bemerkte Lee träge. „Wie hast du es überhaupt geschafft, sie frisch zu halten?"

Weil sie den Blick auf seine Hände gerichtet hielt, entging ihr das schnelle Lächeln. „Das ist nur eines der vielen Rätsel des Lebens. Reich mir besser einen Teller."

„Ja, aber … Oh, sieh nur.“ Aus den Augenwinkeln hatte sie eine Bewegung aufgefangen. Zwei Kaninchen waren an den Rand der Lichtung gehoppelt und blickten neugierig zu ihnen herüber. Das Rätsel um die Eier war vergessen. „Immer, wenn ich eins sehe, möchte ich es berühren.“

„Wenn es dir gelingt, nah genug zu kommen, dann zeigen sie dir, was für scharfe Zähne sie haben.“

Sie zuckte mit den Schultern, ließ ihr Kinn auf die Knie sinken und starrte weiter zurück zu den Besuchern. „Die süßen Kaninchen, an die ich denke, beißen nicht.“

Hunter griff selbst nach dem Teller. „Süße Kaninchen, flauschige kleine Eichhörnchen und pfiffige Waschbären sind nett anzusehen, aber dumm anzufassen. Darüber hatte ich mit Sarah schon heiße Auseinandersetzungen.“

„Sarah?“ Lee nahm den Teller, den er ihr reichte, aber ihre Aufmerksamkeit war jetzt ganz bei Hunter.

Bis zu diesem Augenblick hatte Hunter nicht bemerkt, wie er völlig vergessen hatte, wer sie war und warum sie hier war. Sarah so beiläufig erwähnt zu haben zeigte ihm, dass er persönliche Gefühle streng von geschäftlichen Vereinbarungen trennen musste. „Jemand ganz Besonderes.“ Er erinnerte sich an den Kommentar seiner Tochter über glimmende Leidenschaft und konnte sein Lächeln nicht unterdrücken. „Ich könnte mir vorstellen, dass sie dich gern kennenlernen würde.“

Lee spürte, wie sich ihr Herz zusammenzog, und kämpfte darum, es zu ignorieren. Sie hatten nichts über Verbindlichkeit gesagt, hatten sich nichts versprochen. Sie waren erwachsen. Sie war für ihre Gefühle und deren Konsequenzen selbst verantwortlich. „Würde sie?“ Sie nahm einen Bissen von den Eiern mit Speck – und schmeckte nichts. Ihr Blick fiel auf Hunters Ring. Es war kein Ehering, aber … Sie musste fragen, musste wissen, bevor sich die Dinge weiterentwickelten.

„Der Ring, den du trägst“, begann sie, zufrieden, dass ihre Stimme ruhig klang. „Er ist sehr ungewöhnlich.“

„Ja. Meine Schwester hat ihn gemacht.“

„Schwester?“ Wenn ihr Name Sarah war …

„Bonnie zieht Kinder groß und fertigt Schmuck an“, fuhr Hunter fort. „Ich weiß nicht, was zuerst kommt.“

„Bonnie.“ Nickend zwang sie sich zum Weiteressen. „Ist sie deine einzige Schwester?“

„Ja.“ Er lächelte. „Wir kommen gut miteinander aus.“ Er hatte die unausgesprochene Frage in Lees Blick erkannt, und sein Lächeln verblasste. „Meinst du wirklich, ich könnte mit dir schlafen, während zu Hause eine Frau auf mich wartet?“

Sie sah auf ihren Teller hinunter. Warum konnte er immer ihre Gedanken lesen, sie aber nicht seine? „Ich weiß eben immer noch nicht viel über dich.“

„Ich bin nie verheiratet gewesen und habe immer geschrieben. Du weißt also schon eine ganze Menge über mich.“ Er zündete sich eine Zigarette an.

Sie blickte wieder auf. Sie fragte jetzt nicht mehr aus beruflichem Interesse. „Wie hast du deinen Lebensunterhalt verdient, bis du mit ‚Der Anspruch des Teufels‘ den Durchbruch schafftest?“

„Ich habe geschrieben.“

Lee schüttelte den Kopf und vergaß den halb vollen Teller auf ihrem Schoß. „Die Artikel und Kurzgeschichten können nicht viel eingebracht haben. Und das war dein erstes Buch.“

„Nein, vorher hatte ich schon Dutzende anderer.“ Er stieß eine Wolke von Rauch aus und griff nach dem Kaffeetopf. „Möchtest du noch?“

Sie lehnte sich vor, die Brauen zusammengezogen. „Hunter, ich habe monatelang über dich recherchiert. Sicher, ich habe nicht viel ausgegraben, aber ich kenne jedes Buch, jeden Artikel und jede Kurzgeschichte, die du geschrieben hast. Es ist ganz unmöglich, dass ich Dutzende von Büchern übersehen habe.“

„Du kennst alle, die Hunter Brown geschrieben hat“, verbesserte er sie und goss sich Kaffee ein.

„Das ist genau, was ich gesagt habe.“

„Du hast nicht unter Laura Miles recherchiert.“

„Wer?“

Er trank. „Viele Schriftsteller benutzen Pseudonyme. Meiner war Laura Miles."

„Der Name einer Frau?" Er verwirrte sie und ließ ihre Instinkte als Reporterin aufleben. Mit gerunzelter Stirn sah sie ihn an. „Du hast vor ‚Der Anspruch des Teufels' unter dem Namen einer Frau Dutzende von Büchern geschrieben?"

„Ja. Der Name Hunter Brown passte nicht für das, was ich damals geschrieben habe." Er bot ihr den Rest der Eier mit Speck an.

Frustriert stieß Lee die Luft aus. „Und was hast du geschrieben?"

„Liebesromane." Er warf seine Zigarette ins Feuer.

„Liebesromane? Du?"

Er musterte ihre ungläubige Miene, bevor er sich zurücklehnte. Er war die Kritik über diese Gattung von Romanen gewöhnt und meistens darüber belustigt. „Hast du so allgemein Einwände gegen das Genre oder nur, weil ich sie geschrieben habe?"

„Ich …" Verwirrt brach sie ab. „Ich kann es mir einfach nicht vorstellen, dass du Liebesromane mit Happy End und ewigem Glück schreibst, Hunter." Sie fuhr sich durchs Haar, während er sie ruhig betrachtete. „Liebesromane?"

„In den meisten Romanen geht es doch um Beziehungen. Ein Liebesroman stellt sie einfach nur in den Mittelpunkt."

„Aber hattest du nicht das Gefühl, dein Talent zu vergeuden? Entschuldigung, ich will nicht herablassend sein. Ich bin nur …" Hilflos zuckte sie die Schultern. „Ich bin nur überrascht. Nein, ich bin erstaunt. Ich sehe diese bunten, kleinen Taschenbücher überall, aber …"

„Aber du bist nie auf den Gedanken gekommen, mal eins zu lesen", beendete er für sie den Satz. „Das solltest du ruhig, sie sind gut für dich."

Er meinte es völlig ernst. In diesem Augenblick hätte Lee die Hälfte der Bücher ihrer privaten Bibliothek dafür gegeben, eine Geschichte von Laura Miles zu lesen.

9. KAPITEL

Hoch oben auf der schroffen Steilwand stand Lee und konnte hinunter auf den Canyon blicken, über die Felsspitzen und Zinnen und hinüber zu den tiefroten nackten Wänden. Sie hatte nicht gewusst, dass die Natur so herausfordernd und so anziehend war. Sie hatte nicht gewusst, dass sie sich hier zu Hause fühlen würde, so weit weg von der Welt, die sie kannte, und dem Leben, das sie führte.

Vielleicht war es das Geheimnis, das Ehrfurchteinflößende – die Jahrhunderte der Arbeit, die die Natur verrichtet hatte, Schönheit aus dem Felsen zu formen, die Jahrhunderte, die sie noch weiterhin daran arbeiten würde. Das Wetter hatte die Landschaft gestaltet, hatte in Stein gemeißelt und erschaffen, ohne Eitelkeit und Verzärtelung. Vielleicht war es die Stille, auf die sie gelernt hatte, zu lauschen, die Stille, in der sie gelernt hatte, mehr zu hören, als sie je an Geräuschen gehört hatte. Oder vielleicht war es der Mann, den sie in dem Canyon entdeckt hatte, der langsam, unvermeidlich ihr Leben beherrschte, wie der Wind, das Wasser und die Sonne alles beherrschten, was um sie herum war. Auch er ohne Eitelkeit und Verzärtelung.

Erst seit einigen Tagen waren sie Liebende, und doch schien er genau zu wissen, wo ihre Stärken lagen und ihre Schwächen. Sie lernte ihn kennen, allmählich, Schritt für Schritt, immer überrascht, dass jede neue Entdeckung so natürlich kam, als hätte sie ihn immer schon gekannt.

In zwei Tagen würde sie den Canyon verlassen und den Mann. Sie würde in die Stadt zurückkehren, die Lee Radcliffe sein, die sie selbst während der Jahre geformt hatte. Sie würde in den alten Rhythmus zurückfinden, den Artikel schreiben und die nächste Stufe ihrer Karriere nehmen.

Welche Wahl habe ich, fragte sich Lee, als sie in der Nachmittagssonne stand, die auf sie niederbrannte. In Los Angeles hatte ihr Leben eine Richtung, es hatte einen Zweck. Dort gab es ein Ziel: erfolgreich zu sein. Hier und jetzt schien dieses Ziel nicht wichtig zu sein, hier, wo einfach nur das Sein, einfach nur das

Atmen ausreichte. Aber diese Welt war nicht die, in der sie Tag für Tag leben könnte. Selbst wenn Hunter gefragt hätte, selbst wenn sie es gewollt hätte, Lee konnte nicht ewig dieses unorganisierte, ungeplante Leben führen. Ziel, fragte sie sich. Was wäre denn hier ihr Ziel? Sie konnte nicht ewig am Lagerfeuer träumen.

Aber zwei Tage. Sie schloss die Augen und sagte sich, dass alles, was sie gesehen, alles, was sie getan hatte, für immer in ihrem Gedächtnis eingepflanzt war. Musste die verbliebene Zeit so kurz sein? Und die Zeit vor ihr sich so endlos auftürmen?

„Hier." Hunter stellte sich neben sie und reichte ihr das Fernglas. „Du solltest immer so weit sehen, wie du kannst."

Sie nahm es lächelnd. Der Canyon reichte ganz nah an sie heran, wurde plötzlich persönlicher. Sie sah das Wasser des Bachs hinunterströmen, und doch war es zu weit weg, um es hören zu können. Warum war ihr nie aufgefallen, wie sich die Blätter eines Baumes glichen? Sie sah andere Camper bei ihren Lagerplätzen und wieder andere, die sich auf den Wanderwegen mit Tagesausflüglern vermischten. Lee ließ das Fernglas sinken. Es brachte sie den Menschen zu nah, machte sie zum Eindringling.

„Kommst du nächstes Jahr hierher zurück?" Sie wollte sich an ihn so erinnern können, wie er über die endlose Weite blickte.

„Wenn ich kann."

„Es wird sich nichts verändert haben", murmelte sie. Sollte sie einmal zurückkommen, in fünf, in zehn Jahren, würde sich der Bach immer noch herabschlängeln, würden die Wände immer noch stehen. Aber sie würde nicht zurückkommen. Mit Mühe schüttelte sie den Ansatz von Niedergeschlagenheit ab und lächelte ihm zu. „Es muss fast Lunchzeit sein."

„Es ist zu heiß, hier oben zu essen." Hunter wischte sich die Schweißtropfen von der Stirn. „Gehen wir besser hinunter und suchen etwas Schatten."

„Gut. Irgendwo in der Nähe des Bachs." Sie blickte nach rechts hinüber. „Lass uns diesen Weg nehmen, Hunter. Hier sind wir noch nie hinuntergegangen."

Er zögerte nur einen Moment. „Gut." Er nahm ihre Hand und schlug den Pfad ein, den sie gewählt hatte.

Der Abstieg war immer leichter als der Aufstieg. Das war eine andere unschätzbare Tatsache, die Lee in den letzten zwei Wochen gelernt hatte.

„Wirst du dein nächstes Buch anfangen, sobald du wieder zu Hause bist?"

Fragen, dachte er. Er hatte nie jemanden kennengelernt mit einem solch unerschöpflichen Vorrat an Fragen. „Ja."

„Hast du manchmal Angst, dir könnte nichts mehr einfallen?"

„Immer."

Interessiert hielt sie einen Moment inne. „Wirklich?" Sie hatte ihn als einen Mann eingeschätzt, der überhaupt keine Ängste kannte. „Ich hätte gedacht, je mehr Erfolg du hast, desto zuversichtlicher wirst du auch."

„Erfolg ist ein Götze, der nie zufriedenzustellen ist."

Sie runzelte die Stirn ein wenig unbehaglich über seine Beschreibung. Doch er sprach schon weiter.

„Wenn ich vor der ersten leeren Seite sitze, wundere ich mich immer wieder von Neuem, wie ich jemals durch einen Anfang zur Mitte und dem Ende einer Geschichte komme."

„Wie schaffst du es?"

Er ging wieder weiter, sodass sie folgen oder zurückbleiben musste. „Ich denke mir eine Geschichte aus. Es ist so einfach und so schrecklich komplex."

So ist er, dachte sie, so einfach und doch so komplex.

Je weiter sie abstiegen, desto angenehmer wurde die Temperatur. Dieser Teil des Canyons, den Lee bisher noch nicht kennengelernt hatte, machte einen weniger wilden Eindruck. Einmal glaubte sie sogar, das Schnurren eines Automotors zu hören, ein Geräusch aus anderen Zeiten. Die Bäume wurden dicker, die Schatten großzügiger. Die nackten, unversöhnlichen Felswände lagen hinter ihnen, der freundliche, kleine Wald vor ihnen. Lee sah einen Teppich von kleinen, weißen Blumen. Sie pflückte sich drei. Und dabei bin ich gerade nicht wegen der Wildblumen gekommen, erinnerte sie sich, als sie die Blüten in ihr Haar steckte. Aber sie war froh, so froh, sie doch gefunden zu haben.

„Wie steht mir das?"

Hunter drehte sich um. Sie steckte sich gerade die letzte Blume ins Haar. Das Verlangen nach ihr, nach allem von ihr, stieg so schnell in ihm auf, dass es ihm den Atem nahm. Lenore. Er verstand, warum der Mann in Edgar Allan Poes Geschichte den Verlust seiner Lenore bis zum Wahnsinn betrauerte. „Du wirst noch schöner. Unmöglich." Mit einer Fingerspitze berührte er ihre Wange. Würde auch er über ihren Verlust wahnsinnig werden?

Ihr Gesicht zur Sonne erhoben, brauchte es nichts als die Leuchtkraft ihrer Haut, um es kostbar zu machen. Aber wie lange, fragte er sich, wie lange wird sie damit zufrieden sein? Wann würde sie anfangen, sich wieder nach Eleganz und feinen Sitten zu sehnen, nach ihrem Leben, das sie sich so entschlossen aufgebaut hat?

Lee lächelte nicht, weil seine Augen ihr verrieten, dass er wieder in ihr nach irgendetwas suchte. Sie legte die Hände auf seine Schultern und berührte seinen Mund mit ihren Lippen. Mit geschlossenen Augen ließ sie dann den Kopf an seine Brust sinken.

„Ich glaube nicht an Zauber und Geister", murmelte sie. „Aber dieser Ort scheint verzaubert zu sein. Jetzt, am Tag, ist es still, vielleicht schlafen sie. Aber in der Nacht ist die Luft erfüllt von Geistern."

Er zog sie ganz nah an sich heran und ließ sein Kinn auf ihrem Kopf ruhen. War ihr überhaupt bewusst, wie romantisch sie war? Oder war ihr bewusst, wie sie sich bemühte, es nicht zu sein? Einen solchen Gedanken wie eben hätte sie vor einer Woche nie laut ausgesprochen. In einer Woche. Hunter unterdrückte einen Seufzer. In einer Woche würde sie keinen Gedanken mehr über Zauber verschwenden.

„Ich möchte dich hier lieben", sagte er ruhig. „Mit dem Sonnenlicht, das durch die Blätter auf deine Haut strömt. Und am Abend, genau vor Einbruch der Dämmerung. Und in der Dämmerung, wenn das Licht irgendwo zwischen Rosa und Grau gefangen ist."

Voller Liebe lächelte sie zu ihm hoch. „Und bei Mitternacht, wenn der Mond hoch steht und alles möglich ist."

„Alles ist immer möglich.“ Er küsste erst ihre eine Wange, dann die andere. „Du musst nur daran glauben.“

Sie lachte, ein wenig zittrig. „Du lässt es mich fast glauben. Du lässt meine Knie weich werden.“

Sein Lächeln blitzte auf, während er sie auf die Arme nahm. „Besser?“

Würde sie sich je wieder so frei fühlen? Sie schlang die Arme um seinen Hals und küsste ihn mit der ganzen Intensität der Liebe, die in ihr aufstieg. „Ja. Und wenn du mich nicht hinunterlässt, will ich, dass du mich zum Zelt zurückträgst.“

Das kleine Lächeln berührte seine Lippen. „Heißt das, du bist überhaupt nicht hungrig?“

„Da ich bezweifle, dass du in deinem Rucksack irgendetwas anderes als Trockenfrüchte und Sonnenblumenkerne hast, mache ich mir wegen des Lunchs keine Illusionen.“

„Ich habe immer noch zwei Schokoladenriegel.“

„Dann essen wir die.“

Ohne Umstände ließ Hunter sie wieder auf den Boden. „Das beweist, die grundsätzliche Lust der Frau richtet sich aufs Essen.“

„Nur Schokolade“, widersprach Lee. „Dafür kannst du meinen Anteil von Sonnenblumenkernen haben.“

„Sie sind gut für dich.“ Er grub in seinem Rucksack und zog einige kleine, durchsichtige Plastiksäckchen hervor.

„Darauf kann ich verzichten.“

Mit einem Schulterzucken steckte Hunter sich eine Handvoll Kerne in den Mund. „Du wirst Hunger haben, bevor das Dinner fertig ist.“

„Seit zwei Wochen habe ich Hunger, bevor das Dinner fertig ist.“ Sie suchte selbst im Rucksack nach den Schokoladenriegeln. „Egal, wie gut Körner und Nüsse und diese kleinen, getrockneten Aprikosen für dich sind, mir können sie kein Steak ersetzen …“, sie fand einen der Riegel, „… oder Schokolade.“

Hunter beobachtete sie, wie sie die Augen schloss, während sie die Schokolade aß. „Genussmensch.“

„Absolut.“ Ihre Augen strahlten, als sie sie wieder öffnete. „Ich liebe Buttercreme.“ Seufzend setzte sie sich zurück und fragte sich, ob Hunter großen Wert auf den anderen Schokoladenriegel legte. „Vor allem kann ich es genießen, wenn ich die ganze Woche dafür gearbeitet habe.“

Er verstand das vielleicht zu gut. Sie war keine Frau, die versorgt werden wollte. Und er war kein Mann, der glaubte, dass jemand etwas umsonst haben sollte. Aber welche Zukunft lag in einer Beziehung, wenn zwei Menschen sich nicht an den Lebensstil des anderen gewöhnten? Seinen hatte er nie einem anderen auferlegt. Und er wollte nicht, dass ein anderer auf den eigenen Lebensstil verzichtete. Und doch, jetzt, wo die Uhr die Stunden hinwegtickte, die Tage hinwegtickte, fragte er sich, ob es so einfach sein würde, zurückzukehren.

„Genießt du es, in der Stadt zu leben?“, fragte er beiläufig.

„Natürlich.“ Unmöglich, ihm zu sagen, wie sie den Gedanken hasste, zurückzukehren, allein in die Welt, die sie immer für absolut perfekt gehalten hatte. „Mein Apartment ist nur zwanzig Minuten vom Verlag entfernt“, erklärte sie ihm.

„Wie bequem.“ Er schraubte die Feldflasche auf und reichte sie Lee. Sie hatte in vielerlei Hinsicht dazugelernt.

„Ich nehme an, du arbeitest zu Hause.“

„Ja“, bestätigte Hunter.

Abwesend berührte sie mit einer Hand eine der Blumen in ihrem Haar. „Das erfordert Disziplin. Ich glaube, die meisten Menschen brauchen den Druck, den ein Büro ausübt, um überhaupt etwas fertigstellen zu können.“

„Du nicht.“

Sie sah ihn jetzt an. „Nein?“

„Du würdest dich härter als jeder Chef oder als jede Stempeluhr antreiben.“ Er aß eine Trockenfrucht. „Wenn du dich dazu entschließt, schreibst du in einem Monat dein Manuskript zu Ende.“

Unruhig bewegte sie die Schultern. „Wenn ich acht Stunden am Tag ohne andere Verpflichtungen arbeiten würde.“ Sie unterdrückte einen Seufzer. Sie wollte nicht streiten, nicht einmal debattieren, nicht, wenn sie nur noch so wenig Zeit miteinander hatten. Doch wenn sie nicht über ihre Arbeit sprachen, dann sprachen sie vielleicht über ihre Gefühle. Das war noch schwieriger. „Hunter, ich habe einen Job, eine Karriere, die meine gesamte Zeit und Aufmerksamkeit erfordert. Ich kann das nicht einfach hinschmeißen und davon träumen, dass mein Manuskript vielleicht veröffentlicht wird."

„Du hast Angst, das Risiko einzugehen."

Das war ein direkter Stoß in Lees empfindlichsten Bereich. Beide von ihnen wussten, dass ihre Wut Abwehr war. „Na und? Ich habe für meine Position bei *Celebrity* hart gearbeitet. Alles, was ich jetzt habe, habe ich mir allein verdient. Ich bin schon genug Risiken eingegangen."

„Indem du nicht Jonathan Willoby geheiratet hast?"

Die Wut schoss in ihren Blick, sofort. Also, das ist immer noch ein wunder Punkt, erkannte Hunter. Ein sehr wunder Punkt.

„Findest du das lustig? Erregt es deinen Humor, dass ich eine Verbindung gelöst habe, die ich nicht einmal eingegangen bin?"

„Nicht besonders. Es verblüfft mich aber, dass man etwas lösen kann, was man nicht eingegangen ist."

Aus der betont langsamen Art, wie sie die Feldflasche wieder verschloss, konnte er erkennen, wie wütend sie war. Ihre Stimme war kühl und distanziert, wie er sie seit Tagen schon nicht mehr gehört hatte. „Meine Familie und die Willobys waren seit Jahren persönlich und geschäftlich in Verbindung. Man erwartete diese Ehe einfach von mir, und ich wusste es."

Hunter lehnte sich an einen Baumstumpf zurück, bis er bequem saß. „Und diese Art von Erwartung hast du also nicht als veraltet eingeschätzt?"

„Wie solltest du auch verstehen können?" Wütend erhob sie sich. „Du hast gesagt, dein Vater sei ein Träumer gewesen, der seinen Lebensunterhalt als Verkäufer verdient hat. Mein Vater war ein Realist, der seinen Lebensunterhalt damit verdient hat, dass er sich mit den richtigen Leuten zusammengetan hat. Mit den Willobys. Und von mir hat er erwartet, die Verbindung zu verstärken, indem ich Jonathan heirate." Selbst jetzt noch verursachte es ihr Abscheu, wie sauber und gefühllos ihr Leben verplant worden war. „Jonathan war ein attraktiver, intelligenter und bereits damals erfolgreicher Mann. Mein Vater wäre nie auf den Gedanken gekommen, ich könnte ablehnen."

„Aber du hast. Warum willst du eigentlich immer noch für etwas zahlen, was dein Recht war?"

Lee wirbelte zu ihm herum. Sie konnte nicht länger kühl antworten, sich mit arroganter Distanziertheit schützen. „Weißt du, was es mich gekostet hat, nicht zu tun, was von mir erwartet wurde? Alles, was ich tat, in meinem ganzen Leben, geschah letzten Endes nur, um die Achtung meiner Eltern zu bekommen."

Ohne Eile erhob er sich und musterte sie. „Deine Karriere ... ist sie für dich, oder versuchst du immer noch, die Achtung deiner Eltern zu gewinnen?"

Er hatte kein Recht, so zu fragen, hatte kein Recht, sie nach einer Antwort suchen zu lassen. Blass wandte sie sich von ihm ab. „Ich will darüber jetzt nicht mit dir reden. Es ist nicht deine Angelegenheit."

„Wirklich nicht?" Urplötzlich so wütend wie sie, zog Hunter sie wieder zu sich herum. „Wirklich nicht?"

Jetzt musste sie Standhaftigkeit zeigen, egal, wie unsicher der Boden unter ihren Füßen war. „Mein Leben und die Art, wie ich es lebe, ist einzig meine Angelegenheit, Hunter."

„Nicht mehr."

„Das ist lächerlich." Sie warf den Kopf zurück, um seinem Blick besser begegnen zu können. „Diese Auseinandersetzung führt zu nichts."

Etwas baute sich in ihm auf, so schnell, dass er es nicht bekämpfen oder vernünftig überdenken konnte. „Du irrst dich."

Sie begann zu zittern, ohne zu wissen, warum. „Ich weiß nicht, was du willst."

„Dich." Er presste sie an sich. „Alles von dir."

In seinem Kuss war nichts mehr von der zärtlichen Geduld zu spüren, die Hunter normalerweise zeigte. Lees Angst verstärkte sich und wurde dann von rasendem Begehren geschluckt.

Er hatte vorher schon Leidenschaft in ihr erweckt, aber noch nie so schnell. Lust war schon vorher in ihr ausgebrochen, aber nicht so schmerzhaft. Alles war, wie es immer war, und doch war alles anders.

War es Wut, die sie in ihm spürte? Frustration? Begehren? Sie wusste nur, die Selbstbeherrschung, auf die er sich sonst so meisterlich verstand, war weg. Etwas war in ihm aufgebrochen, etwas Wildes. Ihr Blut kochte in panischer Aufregung und Erwartung.

Dann lagen sie auf dem Boden, mit dem Duft der sonnenerwärmten Blätter und des nahen Bachs. Seine Stoppeln kratzten ihre Wange. Dann presste er den Mund an ihren Hals. Hunter stellte seine eigene Verzweiflung nicht infrage. Er konnte nicht. Bestimmte Teile von ihr wollte Lee nicht mit ihm teilen, hielt sie zurück. Ihren Körper gab sie bereitwillig. Er wollte mehr, alles, obwohl er sich selbst sagte, dass es nicht vernünftig war. Er spürte die Hitze ihres Körpers, ihre Hingabe. Und er wusste, es würde ihn nicht befriedigen. Wann würde sie ihm ihre Gefühle genauso freimütig geben? Zum ersten Mal in seinem Leben wollte er zu viel.

Er kämpfte sich zurück an den Rand der Vernunft, widerstand Welle auf Welle dem Begehren, das durch ihn raste. Es war nicht die Zeit, nicht der Ort oder der Weg. Seine Vernunft wusste es, seine Sinne kämpften mit ihm, wollten ihn täuschen.

Fest drückte er sie an sich, vergrub das Gesicht in ihrem Haar und wartete darauf, dass der verrückte Wahnsinn vorbeigehen würde.

Benommen durch diesen wilden Ausbruch der Leidenschaft und ihre bedingungslose Erwiderung, lag Lee still. Nach einer Weile hob Hunter den Kopf und sah sie an. Die Blumen waren ihr aus dem Haar gefallen. „Du bist viel zu zerbrechlich, um so plump behandelt zu werden."

Sein Blick war so intensiv, so dunkel, unmöglich, sich darunter wieder zu entspannen. Irgendwo in ihrem Kopf gab es eine Warnung: Er wollte mehr, als sie erwartet hatte, mehr, als sie geben konnte.

Geh's leicht an, befahl Lee sich selbst. Sie lächelte, obwohl ihr Blick wachsam blieb. „Ich hätte warten sollen, bis wir zurück im Zelt sind, bevor ich dich wütend mache."

Er ging auf ihre vorgetäuschte Leichtigkeit ein. „Wir können jetzt zurückgehen. Ich kann dich aber auch noch ein wenig länger hier festhalten."

Lächelnd sah sie ihn an. „Ich bin kräftiger, als ich wirke."

„Tatsächlich?" Jetzt lächelte er. „Zeig's mir."

Zuversichtlicher, als sie hätte sein sollen, stieß Lee gegen ihn, in der Absicht, ihn von sich zu rollen. Er rührte sich nicht. Der Ausdruck ruhiger Belustigung auf seinem Gesicht veranlasste sie, ihre Anstrengungen zu verdoppeln. Atemlos, erfolglos legte sie sich zurück und sah ihn mit gerunzelter Stirn an. „Du bist schwerer, als du aussiehst", beklagte sie sich. „Das müssen diese ganzen Sonnenblumenkerne sein."

„Deine Muskeln sind voll von Schokolade", verbesserte er.

„Ich hatte nur ein Stück", begann sie.

„Heute."

Sie zog eine Braue hoch. „Wenn wir schon über ungesunde Angewohnheiten sprechen: Du bist derjenige, der zu viel raucht."

Er nahm es mit einem Schulterzucken hin. „Jeder hat das Recht auf eine Sünde."

Ihr Lächeln wurde kokett. „Ist das deine einzige Sünde?"

Sollte sie geplant haben, ihren Mund unwiderstehlich aussehen zu lassen, so hatte sie damit Erfolg. Hunter senkte den Kopf und saugte an ihren Lippen. „Ich war noch nie jemand, der Freuden als Sünden verdammt hat."

Seufzend schlang sie die Arme um seinen Hals. Sie hatten nur noch so wenig Zeit, die sollten sie nicht mit Streiten, nicht einmal mit Denken vergeuden. „Warum gehen wir nicht zurück zum Zelt, und du zeigst mir, was du damit meinst?"

Er lachte weich und beugte den Kopf, um sie auf die Schulter zu küssen. Sie stimmte in sein Lachen ein … dann blieb es ihr im wahrsten Sinne des Wortes im Halse stecken, als sie über Hunters Körper hinweg zu dem blickte, was vor ihren Füßen stand.

Angst lähmte Lee. Sie hätte nicht einmal schreien können. Sie grub die Nägel in Hunters Rücken.

„Was …“ Er hob den Kopf. Ihr Gesicht war schneeweiß und wie erfroren. Obwohl ihr Körper steif unter seinem lag, war ganz lebendige Angst in ihren Händen, die sich in seinen Rücken vergruben. Seine Muskeln spannten sich an, und er wandte den Kopf, um in die Richtung zu blicken, in die sie starrte. „Verdammt.“ Das Wort war kaum aus seinem Mund, als hundert Pfund Fell und Muskeln auf ihn sprangen. Dieses Mal schrie Lee laut auf.

Panik verlieh ihr die Kraft, blind um sich zu schlagen und um sich zu treten. Dabei hörte Lee Hunter einen scharfen Befehl ausstoßen. Ein Winseln folgte.

„Lenore.“ Ihre Schultern wurden gepackt, bevor sie auf die Füße springen konnte. In ihrem Kopf war nur für einen Gedanken Platz: irgendeine Waffe zu finden, um sich zu verteidigen. „Es ist alles in Ordnung.“ Hunter drückte sie an sich. „Es ist alles in Ordnung, wirklich. Er tut dir nichts.“

„Gütiger Himmel, Hunter, es ist ein Wolf.“ Alle Albträume, die sie je über Reißzähne oder Klauen wilder Tiere gelesen oder gehört hatte, wirbelten ihr durch den Kopf. Die Arme um Hunter geschlungen, um ihn zu beschützen, um selbst Schutz zu suchen, drehte Lee den Kopf. Silberne Augen starrten aus silbernem Fell zu ihr zurück.

„Nein.“ Er spürte die frische Angst in ihr hochsteigen. „Er ist nur ein halber Wolf.“

„Wir müssen etwas tun.“ Sollten sie weglaufen? Sollten sie einfach bewegungslos still sitzen? „Er hat dich angefallen …“

„Begrüßt“, verbesserte Hunter. „Vertrau mir, Lenore. Er ist nicht bösartig.“ Hunter streckte die Hand aus. „Hier, Santanas.“

Ein wenig verlegen kroch der Hund mit gesenktem Kopf vorwärts. Sprachlos beobachtete Lee, wie Hunter sein dickes, silbergraues Fell streichelte.

„Normalerweise beträgt er sich besser“, sagte Hunter milde. „Aber er hat mich seit fast zwei Wochen nicht mehr gesehen.“

„Dich nicht gesehen?“ Schutz suchend presste sie sich näher an Hunter. „Aber …“ Allmählich begann die Vernunft sich gegen die Panik durchzusetzen, während sie beobachtete, wie der

Hund Hunters ausgestreckte Hand ableckte. „Du hast ihn beim Namen genannt“, brachte sie mit zittriger Stimme hervor. „Wie hast du ihn genannt?“

Bevor Hunter antworten konnte, raschelte es in den Bäumen hinter ihnen. Lees Nerven waren noch immer angespannt, sie fuhr zusammen, als eine junge, hohe Stimme rief: „Santanas! Komm zurück. Ich kriege Schwierigkeiten.“

„Verdammt richtig“, stieß Hunter leise hervor.

Lee zog sich weit genug zurück, um in Hunters Gesicht blicken zu können. „Was, zum Teufel, geht hier vor?“

„Eine Wiedervereinigung“, antwortete er einfach.

Konfus, das Herz immer noch in ihren Ohren hämmernd, beobachtete Lee das Mädchen, das zwischen den Bäumen hervorstürmte. Der Schwanz des Hundes wedelte heftig vor Freude.

„Santanas!“ Sie blieb stehen, die schwarzen Zöpfe wippten vor und zurück. Lächelnd enthüllte sie eine Zahnspange. „Oje!“ Nach diesem schnellen Ausruf fiel ihr langer, eindringlicher Blick auf Lee. Das Mädchen steckte die Hände in die Taschen ihrer abgeschnittenen Jeans und scharrte mit abgewetzten Turnschuhen auf dem Boden. „Also, hallo.“ Sie richtete den Blick auf Hunter, ganz kurz, bevor sie wieder Lee anstarrte. „Wahrscheinlich wunderst du dich, was ich hier mache.“

„Nun, zu dem Thema kommen wir später“, sagte Hunter in einem Ton, aus dem beide Frauen deutlich männlichen Ärger heraushörten.

„Hunter.“ Lee löste sich ganz von ihm, Spuren von Wut und Beklemmung arbeiteten sich durch ihre Verwirrung. „Was geht hier vor?“

„Offensichtlich keine Lektion des guten Benehmens“, gab er leicht mutig zurück. „Lenore, die Kreatur, die die ganze Zeit an deiner Hand herumschnüffelt, ist Santanas, mein Hund.“ Auf eine Handbewegung von ihm hin setzte sich das große, schlanke Tier und hob freundlich eine Pfote. Hunters Blick wanderte zu der Kleinen. Er enthielt sowohl Ironie als auch Stolz. „Und das Mädchen, das dich so ungehobelt anstarrt, ist Sarah, meine Tochter.“

10. KAPITEL

Tochter? Sarah?

Lee drehte den Kopf, um wieder dem offenen Blick aus diesen schwarzen Augen zu begegnen, die ein direktes Duplikat von Hunters waren. Ja, sie waren ein Duplikat. Es traf sie wie ein Schlag. Er hatte ein Kind? Dieses entzückende, schlanke Mädchen mit dem reizenden Mund und den Zöpfen, die mit unterschiedlichen Gummibändern festgehalten wurden, war Hunters Tochter? So viele sich widersprechende Gefühlsregungen prallten in Lee aufeinander, dass sie nichts sagte. Überhaupt nichts.

„Sarah." Hunter brach die Stille. „Das ist Miss Radcliffe."

„Klar, ich weiß, die Reporterin. Hallo."

Immer noch auf dem Boden sitzend, während der Hund jetzt ihre Schultern beschnüffelte, fühlte sich Lee wie ein ausgewachsener Idiot.

„Hallo." Sie hoffte, das Wort kam nicht so lächerlich steif, wie es für sie selbst klang.

„Dad sagte, ich soll Sie nicht schön nennen, weil schön so etwas wie eine Schale mit Früchten ist." Sarah neigte zwar nicht den Kopf, um sie aus einem neuen Blickwinkel zu betrachten. Aber Lee hatte den Eindruck, sie wurde abgewogen und in Teile zerlegt wie ein Stillleben. „Ich mag Ihr Haar. Ist das ein echter Farbton?"

„Eindeutig keine Lektion in gutem Verhalten", warf Hunter ein, mehr amüsiert als verärgert. „Ich fürchte, Sarah ist ein wenig ungeschliffen."

„Das sagt er immer." Sarah zuckte mit den schmalen Schultern. „Aber er meint es gar nicht so."

„Bis heute." Er zerzauste das Fell des Hundes und fragte sich, wie er genau diese Situation meistern sollte. Lee war immer noch still und Sarahs Blick voller Neugier. „Bring Santanas zurück zum Haus. Ich vermute, Bonnie ist da."

„Ja. Wir sind gestern gekommen, weil ich mich daran erinnert habe, dass ich ein Fußballspiel habe, und sie hatte eine Inspiration und konnte in Phoenix damit nichts anfangen mit all den Kindern, die wie Affen herumlaufen."

„Ich verstehe. Dann geh schon, wir kommen nach."

„Okay. Komm, Santanas." Sie warf Lee ein schnelles Lächeln zu. „Er sieht ziemlich wild aus, aber er beißt nicht." Das Mädchen schoss davon. Auch als Lee wieder mit Hunter allein war, blieb sie stumm und bewegungslos.

„Wenn du möchtest, entschuldige ich mich für die Grobheit meiner Familie."

Familie. Das Wort traf sie, eine Dosis Realität, die sie aus ihrem Traum herausriss. Lee erhob sich und säuberte ihre Jeans. „Dazu besteht kein Anlass." Ihre Stimme war kühl, fast frostig. Ihre Muskeln waren wie Drahtseile angespannt. „Da das Spiel jetzt vorbei ist, möchte ich gern, dass du mich nach Sedona zurückfährst, damit ich mich um einen Rückflug nach Los Angeles kümmern kann."

„Spiel?" Er nahm ihre Hand und stoppte deren nervöse Bewegung. „Das ist kein Spiel, Lenore."

„Oh, du hast es sehr gut gespielt." Sie ließ es nicht zu, dass der Schmerz in ihre Stimme drang, doch er verriet sich in ihrem Blick. Ihre Hand blieb kühl und steif in seiner.

Mit Ärger konnte er umgehen, durch eigenen Ärger oder Belustigung. Aber Schmerz machte ihn hilflos. „Was es auch immer an Spiel gegeben hat, das hat vor einigen Nächten im Zelt aufgehört."

„Aufgehört." Tränen schossen ihr in die Augen, überwältigten sie. Wild blinzelte sie und drängte sie zurück, erfüllt von Selbstverachtung. Doch er hatte sie bereits bemerkt. „Nein, es hat nie aufgehört." Sie entriss ihm die Hand, sehnte sich nach dem Luxus, sich einfach in heiße, klärende Tränen aufzulösen. „Wie konntest du? Wie konntest du mich umarmen und dabei so belügen?"

„Ich habe dich nie angelogen." Seine Stimme war ruhig, sein Blick voller Leidenschaft.

„Du hast ein Kind. Du hast eine halbwüchsige Tochter und hast es mir gegenüber nie erwähnt. Du hast mir gesagt, du seist nie verheiratet gewesen."

„Ich war es auch nie“, sagte er ruhig und wartete auf die unausweichlichen Fragen.

Sie wollte nichts wissen. Wenn sie ihn jetzt und vollkommen aus ihrem Leben verbannen musste, konnte sie nicht fragen. „Du hast einmal den Namen Sarah erwähnt, und als ich gefragt habe, hast du die Antwort vermieden.“

„Wer hat gefragt?“, gab er zurück. „Du oder die Reporterin?“

Sie wurde blass und trat einen Schritt zurück.

„Wenn das eine unfaire Frage war, dann tut es mir leid.“

Lee unterdrückte eine bissige Entgegnung. Es war alles gesagt worden. „Ich will zurück nach Sedona. Fährst du mich, oder muss ich mich um einen Wagen kümmern?“

„Hör auf.“ Er packte sie bei den Schultern, bevor sie weiter zurücktreten konnte. „Seit einigen Tagen bist du ein Teil meines Lebens. Sarah ist seit zehn Jahren ein Teil meines Lebens. Ich gehe ihr gegenüber keine Risiken ein.“ Sie sah die Wut, die in seinen Blick trat und verschwand, als er gegen sie ankämpfte. „Sie ist nicht für die Öffentlichkeit bestimmt, verstehst du? Sie bleibt außerhalb der Öffentlichkeit. Ich will nicht, dass ihre Kindheit zerstört wird durch Fotografen, die ihr beim Fußballspiel nachspüren oder auf Schulausflügen in Bäumen versteckt sind. Sarah ist kein Thema für die Klatschseiten von irgendwelchen Magazinen.“

„Denkst du so über mich?“, wisperte sie. Sie schluckte eine Mischung aus Schmerz und enttäuschtem Vertrauen hinunter. „Deine Tochter wird in keinem Artikel erwähnt, den ich schreibe. Du hast mein Wort. Und jetzt lass mich gehen.“

Er spürte eine Panik in sich hochsteigen, die er nicht erwartet hatte, ein Schuldgefühl, das ihn verwirrte. Frustriert starrte er sie an. „Ich kann nicht. Ich will, dass du verstehst, und dafür brauche ich Zeit.“

„Du hast zwei Wochen Zeit gehabt, um mich verstehen zu lassen, Hunter.“

„Verdammt, du kamst als Reporterin hierher. Was zwischen uns geschehen ist, war nicht geplant oder erwartet, von keinem von uns. Ich will, dass du mit in mein Haus kommst.“

Irgendwie begegnete sie seinem Blick ruhig. „Ich bin immer noch eine Reporterin."

„In unserem Abkommen stehen noch zwei Tage aus." Seine Stimme wurde weicher, seine Hände zärtlicher. „Lenore, verbringe diese zwei Tage mit mir zu Hause, bei meiner Tochter. Es ist mir wichtig, dass du verstehst. Gib mir zwei Tage."

Sie wollte Nein sagen. Sie wollte sich einreden, dass sie sich einfach umdrehen und weggehen könnte, ohne Bedauern. Aber sie würde bedauern, das wusste Lee, wenn sie nach Los Angeles zurückfuhr, ohne zu nehmen, was noch übrig war. „Ich kann zwar nicht versprechen, zu verstehen, aber ich bleibe noch zwei Tage."

Obwohl sie widerstrebend war, hob er ihre Hand an seine Lippen. „Danke. Es ist wichtig für mich."

„Bedank dich nicht", murmelte sie. Ihre Wut war verraucht.

Hunter zog sie in die Richtung, in die Sarah verschwunden war. „Ich komme später zurück und hole unsere Sachen."

Jetzt, wo der erste Schock vorüber war, kam der nächste. „Du lebst hier im Canyon?"

„Stimmt."

„Du willst damit sagen, du hast ein Haus mit fließend heißem und kaltem Wasser und ein normales Bett, aber du verbringst zwei Wochen in einem Zelt?"

„Es entspannt mich."

„Das ist einfach großartig", stieß sie hervor. „Du hast mich mit lauwarmem Wasser duschen und mit schmerzenden Muskeln aufwachen lassen, obwohl du wusstest, dass ich einen Wochenlohn für ein heißes Bad gegeben hätte."

„Stärkt den Charakter." Mit diesem neuen Ärger von Lee fühlte er sich gleich behaglicher.

„Den Teufel tut es. Du hast es absichtlich getan." Sie blieb stehen, während die Sonne Licht durch die Bäume sprenkelte. „Du hast alles absichtlich getan, um zu sehen, wie viel ich vertragen konnte."

„Du warst sehr eindrucksvoll." Er lächelte aufreizend. „Ich

muss zugeben, ich hätte nicht erwartet, dass du eine Woche durchhältst, geschweige denn zwei."

„Du verdammter ..."

„Jetzt werde nicht giftig", unterbrach er sie leichtmütig. „Du kannst in den nächsten zwei Tagen so viele Bäder nehmen, wie du willst." Er legte einen Arm um ihre Schulter. „Wenn du willst, bekommst du sogar dein Steak, wonach du so dringend verlangst. Und glaub mir, ich hatte wirklich nicht beabsichtigt, dass du auf diese Art herausfindest, dass ich ganz in der Nähe von unserem Zeltplatz lebe."

„Und wie sollte ich es herausfinden?"

„Indem ich dir am letzten Abend ein ruhiges Dinner bei Kerzenschein anbiete. Ich hatte gehofft, du würdest den, nun ja, den Humor in der Situation sehen."

„Du hast dich getäuscht." Dann sah sie das Haus, das ganz vom Wald eingeschlossen war.

Es war kleiner, als sie erwartet hatte, aus Holz und mit sehr viel Glas. Es ließ sie an Puppenhäuser denken und an Märchen, obwohl sie nicht wusste, warum. Denn anders als Puppenhäuser, bestand es aus merkwürdigen Winkeln und unerwarteten Giebeln. Um die Vorderseite herum lief eine Veranda. Pflanzen ergossen sich über das Geländer – blutrote Geranien in jadegrünen Töpfen. Auf der Terrasse lag ein umgestürzter, weißer Korbstuhl und ein offensichtlich viel benutzter Fußball.

Die Bäume umschlossen das Haus. Eingeschlossen, dachte Lee, beschützt, beschirmt, verborgen. Es war wie ein Haus aus einem Stück oder ... Sie hielt inne und musterte das Haus mit zusammengekniffenen Augen genauer. „Das ist Jonas Thorpes Haus aus ‚Der stille Schrei'."

Hunter lächelte, erfreut, dass sie es so schnell erkannt hatte. „Mehr oder weniger."

Ein Schrei durchriss die Stille, den Lee nach einem aussetzenden Herzschlag als Lachen identifizierte. Es folgte aufgeregtes Bellen und die entnervte Stimme einer Frau.

Gerade als Hunter die Eingangstür öffnete, stürmte Sarah heraus. Sehr befangen beobachtete Lee, wie das Mädchen die Arme um die Taille ihres Vaters schlang. Hunter strich mit einer Hand über das dunkle Haar seiner Tochter.

„Oh, Dad, es ist so komisch. Tante Bonnie hat ein Armband aus glasiertem Teig gemacht, und Santanas hat es gegessen – das heißt, er hat darauf herumgekaut, bis er gemerkt hat, dass es schrecklich schmeckt."

„Ich bin sicher, Bonnie hält das für Aufruhr."

Ihre Augen, so ganz die ihres Vaters, leuchteten vor koboldhafter Belustigung. „Sie sagt, so etwas muss sie sich von der Kunstkritik bieten lassen, aber nicht von einem halben Wolf. Sie sagt, sie macht Tee für Lenore, aber es gibt keine Plätzchen mehr, weil wir sie gestern gegessen haben. Sie sagt …"

„Lass nur, wir finden es schon selbst heraus." Er trat zurück und ließ Lee vor ihm ins Haus eintreten. Sie zögerte einen Moment, fragte sich, worauf sie sich einließ. Und in Hunters Blick leuchtete die gleiche koboldhafte Belustigung wie in Sarahs auf. Das ist schon ein Paar, dachte Lee und trat ein.

Sie hatte nichts so, nun, so Normales erwartet. Das Wohnzimmer war luftig, im Nachmittagslicht von der Sonne erfüllt. Freundlich. Ja, das Wort passte. Keine schattigen Ecken und verschlossenen Türen. Es gab Wildblumen in einer emaillierten Vase und dicke Kissen auf dem Sofa.

„Hast du Hexenbesen und mit Satin ausgeschlagene Särge erwartet?", murmelte er ihr ins Ohr.

Verärgert trat sie von ihm zurück. „Natürlich nicht. Ich glaube, ich hatte einfach nicht so eine, nun ja, so eine häusliche Umgebung erwartet."

Bei dem Wort zog er eine Braue hoch. „Ich bin häuslich."

„Ich glaube, Tante Bonnie hat das Durcheinander in der Küche schon wieder ziemlich aufgeräumt." Sarah hielt einen Arm um ihren Vater, während sie Lee wieder von oben bis unten übergründlich anstarrte. „Sie will Sie kennenlernen, weil Dad nur selten Frauen sieht und nie mit Reportern spricht. Darum sind Sie vielleicht besonders, weil er sich entschlossen hat, mit Ihnen zu sprechen."

Während sie sprach, musterte sie Lee unablässig. Sie war erst zehn, aber sie spürte schon, dass da etwas zwischen ihrem Vater und dieser Frau mit den nachtblauen Augen und dem raffinierten Haar war. Was sie nicht genau wusste, war, was sie jetzt darüber empfinden sollte. Ganz in der Art ihres Vaters entschied Sarah, abzuwarten und zu sehen, wie sich die Situation entwickelte.

Nur zögernd folgte Lee Vater und Tochter in die Küche. Sie hatte den Eindruck von sonnigen Wänden, Gemütlichkeit und Chaos.

„Hunter, wenn du schon einen Wolf im Haus hältst, dann solltest du ihm wenigstens beibringen, dass Kunst zu würdigen ist. Hallo, ich bin Bonnie."

Lee sah eine große, schlanke Frau mit dunkelbraunem, schulterlangem Haar, das reichlich mit blonden Strähnen durchzogen war. Sie trug ein purpurrotes T-Shirt mit verblasstem pinkfarbenem Aufdruck über abgeschnittenen Jeans, die so gebraucht aussahen wie die ihrer Nichte. Die Zehennägel ihrer nackten Füße waren im knalligen Pinkton lackiert. Lee musterte ihr schmales Gesicht, das das eines Mannequins sein konnte, und war sich nicht sicher, ob sie älter oder jünger als Hunter war. Automatisch griff sie nach der zum Gruß ausgestreckten Hand.

„Wie geht es Ihnen?"

„Viel besser, wenn Santanas nicht versucht hätte, einen Imbiss aus meiner letzten Kreation zu machen." Sie hielt einen goldbraunen Halbkreis mit zerrissenen Enden hoch. „Er kann von Glück sagen, dass sich die Idee als schrecklich herausgestellt hat. Wie dem auch sei, setzen Sie sich." Sie machte eine Handbewegung zum Tisch, der mit Büchsen und Schalen vollgestellt war, und wischte die Mehlschicht herunter. „Ich mache gerade Tee."

„Du hast den Wasserkessel noch nicht aufgesetzt", bemerkte Sarah und tat es selbst.

„Hunter, das Kind ist so naseweis. Ich mache mir ernsthafte Sorgen."

Er zuckte nur mit den Schultern, nahm etwas vom Tisch auf, das wie ein kleiner Donut aussah und mit viel Vorstellungsvermögen ein Ohrring sein könnte. „Findest du Gold und Silber im Augenblick zu altmodisch, um damit zu arbeiten?“

„Ich dachte, ich könnte einen Trend schaffen.“ Wenn Bonnie lächelte, dann strahlte ganz abrupt und überwältigend ihr ganzes Gesicht. „Wie auch immer, es war ein kleiner Schlag ins Wasser. Kostet dich aber nicht mehr als drei Dollar an Mehlkosten. Setzt euch“, wiederholte sie, während sie begann, das Durcheinander vom Tisch auf die Anrichte hinter sich zu verlagern. „Und? Wie war der Campingausflug?“

„Aufschlussreich. Würdest du das nicht auch sagen, Lenore?“

„Belehrend“, verbesserte sie, obwohl die letzte halbe Stunde von allem am belehrendsten war.

„Und Sie arbeiten für *Celebrity*.“ Bonnies lange, gedrehte Goldohrringe schwangen hin und her, wenn sie ging, ungefähr so wie Sarahs Zöpfe. „Ich bin eine treue Leserin von *Celebrity*.“

„Nur, weil sie dort ein paar peinlich schmeichelnde Artikel gehabt hat.“

„Artikel?“ Lee beobachtete, wie Bonnie sich die mehlverstaubten Hände an ihrer abgeschnittenen Jeans abwischte.

Hunter lächelte, als er beobachtete, wie seine Schwester nach einer Teedose griff und dabei auch andere Sachen auf die Anrichte fielen. „Beruflich ist sie bekannt als B. B. Smithers.“

Der Name ließ eine Glocke läuten. Seit Jahren wurde B. B. Smithers als Königin des Avantgarde-Schmucks eingestuft. Die Elite, die Reichen und die Modebewussten strömten ihr in Scharen zu, um persönlich von ihr Designs zu bekommen. Sie zahlten gut für ihr Talent, ihre Kreativität und das winzige B., das in jeder Ecke eines fertigen Produkts eingestanzt war. Lee starrte die schlanke Frau, die zwei linke Hände zu haben schien, fast wie ein Weltwunder an. „Ich habe Ihre Arbeit immer bewundert.“

„Aber nicht getragen“, warf Bonnie ein, mit einem Lächeln, während sie die zerbeulten Dosen vor Lee wegräumte. „Nein, Ihnen steht das Klassische. Was für ein fabelhaftes Gesicht. Möchten Sie Zitrone im Tee? Haben wir überhaupt Zitrone, Hunter?“

„Wahrscheinlich nicht."

Das nahm sie beiläufig auf und stellte die Teekanne auf den Tisch, um den Tee ziehen zu lassen. „Verraten Sie mir, Lenore, wie haben Sie diesen Einsiedler überredet, aus seiner Höhle zu kommen?"

„Ich glaube, indem ich ihn wütend gemacht habe."

„Das könnte klappen." Sie setzte sich Lee gegenüber, während Sarah an die Seite ihres Vaters trat. Bonnies Augen waren weicher als die ihres Bruders, der Blick weniger eindringlich, nein, weniger durchdringend. „Haben Ihnen die zwei Wochen im Canyon, in denen Sie Pionier gespielt haben, genug Einblicke gegeben, um einen Artikel über ihn schreiben zu können?"

„Ja." Lee lächelte, weil Bonnies Augen humorvoll aufleuchteten. „Zusätzlich habe ich eine wachsende Zuneigung für Bettgestelle und Matratzen entwickelt."

Das schnelle, verblüffende Lächeln blitzte wieder auf. „Mein Mann fährt mit den Kindern einmal im Jahr zum Zelten. Während der Zeit kann ich mich meinen Arbeiten für Modehäuser widmen. Und wenn wir wieder alle zusammen sind, hat jeder für sich das Gefühl, kleine Wunder vollbracht zu haben."

„So schlimm ist Zelten nicht", kommentierte Sarah zur Verteidigung ihres Vaters.

„Wirklich?" Er gab ihr einen Klaps auf den Po, während er sie an sich zog. „Und warum hast du dann immer diese überaus brennende Begierde, Bonnie in Phoenix zu besuchen, wenn ich die Sachen zusammenpacke?"

Sie kicherte und legte den Arm um seine Schulter. „Muss ein Zufall sein", meinte sie in dem trockenen Ton, der eine Nachahmung von seinem war. „Hat er Sie zum Angeln mitgeschleppt?", wollte Sarah von Lee wissen. „Und dann stundenlang einfach nur dagehockt und nichts gesagt?"

Lee beobachtete, wie Hunter die Braue hochzog, bevor sie antwortete. „Er hat mich tatsächlich mehrere Tage hintereinander zum Angeln mitgeschleppt."

„Puh", war Sarahs einziger Kommentar.

„Aber ich habe einen größeren Fisch als er gefangen."

Unbeeindruckt schüttelte Sarah den Kopf. „Es ist schrecklich langweilig." Sie warf ihrem Vater einen entschuldigenden Blick zu. „Aber irgendjemand muss es wahrscheinlich tun." Sie schmiegte ihr Gesicht an seins und lächelte Lee zu. „Meistens ist er nie langweilig, er mag eben einfach nur einige komische Sachen. Wie Angeln und Bier."

Bonnie hob die Teekanne. „Möchtest du?", fragte sie ihren Bruder.

„Ich verzichte. Sarah und ich gehen rüber und brechen das Zelt ab."

„Nimm deinen Wolf mit", meinte Bonnie, als sie Tee in Lees Tasse goss. „Übrigens, gestern sind für dich einige Anrufe aus New York gekommen."

„Die rufen wieder an." Als er sich erhob, fuhr er sorglos durch Lees Haar, eine Geste, die keine der anderen weiblichen Anwesenden übersah. „Ich komme gleich zurück."

Sie wollte den beiden ihre Hilfe anbieten, aber es war doch zu gemütlich in der sonnigen, von Bonnie in freundliche Unordnung gebrachten Küche, und der Tee roch einfach himmlisch. „In Ordnung." Sie beobachtete, wie Sarah besitzergreifend den Arm ihres Vaters packte, und hielt es auch darum für richtig, bei Bonnie zu bleiben.

Gemeinsam gingen Vater und Tochter zur Hintertür. Hunter pfiff nach dem Hund, dann waren sie verschwunden.

Bonnie rührte in ihrem Tee. „Sarah vergöttert ihren Vater."

„Ja."

„Und Sie auch."

Lee hatte begonnen, ihre Tasse zu heben, und stellte sie dann klappernd auf der Untertasse ab.

„Wie bitte?"

„Sie lieben Hunter", erklärte Bonnie milde. „Ich finde das fabelhaft."

Sie hätte es leugnen können – vehement, eisig, lachend. Doch es laut ausgesprochen zu hören schien sie in eine Art von Trance gezogen zu haben. „Ich ... das heißt, es ist nicht ...“ Lee hielt inne, erkannte, dass sie mit beiden Händen mit dem Teelöffel spielte. „Ich bin mir nicht sicher, was ich fühle.“

„Ein eindeutiges Symptom. Beunruhigt es Sie, sich zu verlieben?“

„Das habe ich nicht gesagt.“ Wieder hielt Lee inne. Konnte jemand Ausflüchte machen, wenn er von diesen weichen Rehaugen beobachtet wurde? „Ja, es beunruhigt mich sogar sehr.“

„Ganz natürlich. Ich habe mich verliebt und wieder entliebt, so wie andere Menschen ihre Kleidung wechseln. Dann habe ich Fred kennengelernt.“ Bonnie lachte in ihren Tee, bevor sie einen Schluck nahm. „Ich bin wochenlang mit einem ganz merkwürdigen Gefühl im Magen herumgelaufen.“

Lee presste eine Hand auf ihren Magen, bevor sie sich erhob. Der Tee konnte auch nicht helfen. Sie musste sich bewegen. „Ich mache mir keine Illusionen über Hunter und mich“, sagte sie fester, als sie es erwartet hatte. „Für uns sind unterschiedliche Dinge wichtig, wir haben einen anderen Geschmack.“ Sie blickte durch das Küchenfenster zu den hohen, roten Naturwänden hinter dem Wald. „Verschiedene Lebensstile. Ich muss zurück nach Los Angeles.“

Ruhig trank Bonnie weiter ihren Tee. „Natürlich.“ Sollte Lee die Ironie gehört haben, ging sie nicht darauf ein. „Es gibt Menschen, die es sich steif und fest in den Kopf gesetzt haben, dass für eine Beziehung beide auf derselben Wellenlänge liegen müssten. Wenn einer heiß und innig französische Poesie des sechzehnten Jahrhunderts liebt und der andere verabscheut sie, dann ist es deren Meinung nach aussichtslos.“ Sie bemerkte Lees Stirnrunzeln, fuhr aber ruhig fort: „Fred ist ein Buchhaltertyp. Interessante Tabellen sind für ihn das Spannendste.“ Abwesend wischte sie einen Mehlflecken vom Tisch. „Nach der Theorie müssten wir wohl schon seit Jahren geschieden sein.“

Lee kehrte zum Tisch zurück, unfähig, ärgerlich zu sein oder zu lächeln. „Sie sind Hunter sehr ähnlich, nicht wahr?“

„Ich denke schon. Ist Adreanne Radcliffe Ihre Mutter?“

Lee setzte sich wieder an den Tisch. „Ja."

„Ich habe sie auf einer Party in Palm Springs kennengelernt, vor zwei, nein, es müssen jetzt drei Jahre her sein. Ja, drei", betonte Bonnie. „Weil ich damals Carter, meinen Jüngsten, noch gestillt habe. Und jetzt terrorisiert er alle im Kindergarten. Sie sind überhaupt nicht wie Ihre Mutter, nicht wahr?"

Lee brauchte eine Weile, um den hin und her springenden Gedanken folgen zu können. Ohne getrunken zu haben, stellte sie ihre Tasse wieder zurück. „Bin ich das nicht?"

„Was ist Ihre Meinung?" Bonnie warf ihr langes, mit Strähnen durchzogenes Haar über die Schulter zurück. „Ich will nicht beleidigend sein, aber sie wüsste gar nicht, was sie mit jemandem reden sollte, der nicht blaublütig geboren wurde, um es einmal so auszudrücken. Ich habe sie als eine sehr beschützte Frau eingeschätzt. Sie ist schön. Offensichtlich haben Sie ihr Aussehen geerbt. Aber das scheint auch alles zu sein."

Lee starrte in ihren Tee. Wie konnte sie das erklären? Gerade wegen der großen äußeren Ähnlichkeit mit ihrer Mutter hatte sie immer geglaubt, ihr insgesamt ähnlich zu sein. Hatte sie nicht ihre ganze Kindheit und Jugend damit verbracht, diese Ähnlichkeiten zu finden, ihr ganzes Erwachsenenleben damit, sie zu unterdrücken? Eine beschützte Frau. Es war für Lee ein entsetzlicher Satz und dem zu nahe, was sie selbst hätte werden können.

„Meine Mutter hat ihre Normen", antwortete sie schließlich. „Sie hat nie Probleme gehabt, mit ihnen zu leben."

„Oh, jeder sollte tun, was für ihn am besten ist." Bonnie stützte die Ellbogen auf den Tisch. An ihrer rechten Hand funkelten und blitzten drei Ringe. „Hunter meint, das, was Sie am besten können, ist Schreiben. Er hat von Ihrem Roman gesprochen."

Die Irritation kam zu schnell, als dass Lee sie überspielen konnte. „Ich bin Reporterin, keine Romanschriftstellerin."

„Ich verstehe." Sanft lächelnd stützte Bonnie das Kinn auf ihre beringten Finger. „Und? Wie werden Sie Hunter in Ihrem Artikel darstellen?"

„Dass er ein Mann ist, der Schreiben als ernste Pflicht und als kunstvolle Facharbeit ansieht. Dass er einen Sinn für Humor hat, der oft so versteckt ist, dass man Stunden braucht, um ihm auf die Schliche zu kommen. Dass er halsstarrig an Glück glaubt und auch daran, dass jeder im Leben seine Wahl treffen muss." Sie hob ihre Tasse. „Er schätzt das geschriebene Wort, ob es nun Comic oder Klassik ist. Geschichten zu erzählen, das sieht er als seinen Beruf an."

„Ich mag Sie."

Lees Lächeln kam zögernd. „Danke."

„Ich liebe meinen Bruder", fuhr Bonnie ruhig fort. „Sie verstehen ihn. Das schafft nicht jeder."

„Ihn verstehen?" Lee schüttelte den Kopf. „Mir kommt es vor, dass ich ihn umso weniger verstehe, je mehr ich über ihn herausfinde. Er hat mir in einer Ansammlung von Felssteinen mehr Schönheit gezeigt, als ich je selbst gefunden hätte. Und doch schreibt er über Horror und Ängste."

„Und das halten Sie für einen Widerspruch?" Bonnie zuckte die Schultern und lehnte sich zurück. „Es ist ganz einfach, Hunter sieht beide Seiten des Lebens. Er schreibt über die dunkle, weil sie die fesselndste ist."

„Und er lebt …" Lee machte eine die Küche umfassende Handbewegung.

„In einem trauten, kleinen Haus, versteckt in den Wäldern."

Das Lachen kam ganz natürlich. „Ich würde es nicht gerade *traut* nennen, aber es ist ganz bestimmt nicht das, was man von dem führenden Schriftsteller des Landes über Horror und übersinnliche Geschichten erwartet."

„Der führende Schriftsteller des Landes über Horror und übersinnliche Geschichten muss ein Kind großziehen."

„Ja." Lees Lächeln verblasste. „Ja, Sarah. Sie ist entzückend."

„Nein."

„Sie ist der Mittelpunkt in seinem Leben. Manchmal wirkt er etwas überbeschützend. Hat er Ihnen von ihr erzählt?"

„Nein, nichts."

Es gab Zeiten, da wurde Bonnies Liebe und Bewunderung für

Hunter von Ärger überlagert. Diese Frau war in ihn verliebt, war nur einen Schritt davon entfernt, sich unwiderruflich an ihn zu binden. Jeder Narr kann das sehen, dachte Bonnie. *Jeder Narr außer Hunter.*

Der Jeep hielt draußen vor dem Haus. Vater und Tochter waren zurück.

„Ich glaube, ich bin froh, dass du sie mitgebracht hast", meinte Sarah auf der letzten Strecke des Heimwegs.

„Du glaubst?" Hunter sah zu seiner Tochter hinüber, die nachdenklich durch die Windschutzscheibe blickte.

„Sie ist schön, wie eine Prinzessin." Sie fuhr mit der Zunge über die Zahnklammer. „Du magst sie, das kann ich sehen."

„Ja, ich mag sie sehr." Er kannte jede Nuance der Stimme seiner Tochter, jeden Ausdruck, jede Geste. „Das bedeutet aber nicht, dass ich dich weniger mag."

Sie sah ihn lange an. Sie brauchte keine weiteren Worte, um sich seiner Liebe sicher sein zu können. „Wahrscheinlich musst du mich mögen", entschied sie, halb im Scherz. „Weil wir beide aneinanderkleben. Ich glaube nicht, dass sie mich mag."

„Warum sollte Lenore dich nicht mögen?", gab Hunter zurück.

„Sie lächelt kaum."

Nicht genug, stimmte er ihr still zu, aber doch jeden Tag mehr. „Wenn sie entspannt ist, lächelt sie."

Sarah zuckte die Schultern. Sie war nicht überzeugt. „Sie, nun sie sieht mich echt komisch an."

„Deine Grammatik ist entsetzlich."

„Sie tut es aber."

Hunter runzelte ein wenig die Stirn, als er in die staubige Zufahrt zu seinem Haus einbog. „Sie war einfach nur überrascht. Ich hatte ihr nichts von dir erzählt."

Sarah starrte ihn einen Moment lang an, dann stemmte sie ihre alten Turnschuhe gegen das Armaturenbrett. „Das war nicht sehr nett von dir."

„Vielleicht nicht."

„Du solltest dich entschuldigen."

Er warf seiner Tochter einen milden Blick zu. „Wirklich?"

Sie tätschelte Santanas' Kopf, der sich von hinten über die Lehne vorbeugte und den Kopf auf ihre Schulter legte. „Wirklich. Mir sagst du immer, ich muss mich entschuldigen, wenn ich gemein war."

„Ich war zunächst der Meinung, dass du sie überhaupt nichts angehst." Zunächst, fügte Hunter im Stillen hinzu. Die Dinge hatten sich geändert. Alles hatte sich geändert.

„Du sagst immer, dass ich mich entschuldigen muss, auch wenn ich es erklären kann", unterstrich Sarah unbarmherzig. „Und obwohl ich es hasse, mich zu entschuldigen."

„Frechdachs", murmelte er und zog die Bremse.

Mit einem jauchzenden Lachen warf sich Sarah an ihn. „Ich bin froh, dass du wieder zu Hause bist."

Er hielt sie einen Moment fest an sich gedrückt, nahm ihren Duft auf – Gras und Blumenshampoo. Es schien unmöglich, dass zehn Jahre vergangen waren, seit er sie das erste Mal gehalten hatte. Damals hatte sie nach Puder gerochen und nach Zerbrechlichkeit und frischem Leinen. Es schien unmöglich, dass sie mittlerweile halb erwachsen und die Zeit so kurz gewesen war.

„Ich liebe dich, Sarah."

Zufrieden kuschelte sie sich einen Moment an ihn, dann hob sie pfiffig lächelnd den Kopf. „Genug, um Pizza zum Dinner zu machen?"

Er zwickte ihr kleines Kinn. „Vielleicht reicht es gerade noch dafür."

11. KAPITEL

Wenn Lee an Dinner im Kreise der Familie dachte, dann brachte sie es in Verbindung mit einem ruhigen Essen an glänzenden Mahagonitischen, die mit schwerem Silber gedeckt waren. Essen, bei denen die Unterhaltungen gedämpft und höflich geführt wurden. So war es für sie immer gewesen.

Nicht dieses Dinner.

Die schon unordentliche Küche wurde richtig chaotisch, während Sarah herumstürmte, halb tanzend, halb springend, und ihren Vater in jedes Detail einweihte, das in den letzten zwei Wochen geschehen war. Ungerührt des Lärms, benutzte Bonnie die Küche, um nach Hause anzurufen und mit ihrem Mann und den Kindern zu reden. Santanas hatte sich dösend auf dem Boden ausgestreckt. Hunter stand an der Anrichte und bereitete das vor, was nach Sarahs Worten die beste Pizza der Stratosphäre war. Irgendwie gelang es ihm, mit der sprunghaften Unterhaltung seiner Tochter Schritt zu halten und sogar die Fragen zu beantworten, die Bonnie ihm zuwarf, und außerdem noch zu kochen.

Lee fühlte sich wie heißes Öl, das mit Wasser vermischt wird. Sie begann wie verrückt den Tisch zu säubern. Wenn sie jetzt nicht irgendetwas tat, dann würde sie sich vorkommen wie auf einer Karussellfahrt.

„Das ist meine Aufgabe."

Verlegen stellte Lee die Teekanne wieder zurück, die sie gerade hochgehoben hatte, und blickte Sarah an. „Oh." Blöd, schalt sie sich selbst. Fiel ihr nichts ein, wie sie sich mit einem Kind unterhalten konnte?

„Doch wenn Sie wollen, können Sie helfen", fügte Sarah hinzu. „Nur muss ich die Küche in Ordnung bringen, um mein Taschengeld zu bekommen." Ihr Blick wanderte zu ihrem Vater und wieder zurück. „Da gibt es nämlich ein Album, das ich kaufen möchte. ‚Total Wrecks'."

„Ich verstehe." Lee hatte noch nie etwas von dieser Musikgruppe gehört.

„In Wirklichkeit sind sie nicht so schlecht, wie der Name vermuten lässt“, kommentierte Bonnie, die gerade hinausgehen wollte. „Wie auch immer, Hunter wird dein Taschengeld bestimmt nicht kürzen, wenn du dir eine Assistentin nimmst, Sarah. So etwas wird im Gegenteil als Zeichen für guten Geschäftssinn bewertet.“

Hunter drehte den Kopf und fing das schnelle Lächeln seiner Schwester auf, bevor sie aus dem Raum tänzelte. „Ich denke, Lee sollte sich ihr Essen genauso wie du verdienen“, sagte er ruhig. „Auch wenn es kein Steak ist.“

Sein eigentümliches Lächeln machte es Lee schwer, wieder ganz beiläufig die Teekanne zu heben.

„Die Pizza wird Ihnen besser gefallen“, bemerkte Sarah zuversichtlich. „Dad legt wirklich alles drauf. Immer, wenn ich Freundinnen zum Essen hier habe, wollen sie Dads Pizza.“ Während sie fortfuhr, den Tisch aufzuräumen, versuchte sich Lee vorzustellen, wie Hunter das Essen für einen Haufen junger, plappernder Mädchen bereitete. Es gelang ihr einfach nicht. „Ich glaube, im letzten Leben war er ein Koch.“

Gütiger Himmel, dachte Lee, hat das Kind etwa schon Vorstellungen über Reinkarnation?

„So, wie du ein Gladiator warst“, warf Hunter trocken ein.

Sarah lachte, wieder ganz Kind. „Tante Bonnie war ein Sklave, der auf einem arabischen Markt für Tausende von Drachmen verkauft worden ist.“ Klappernd stellte sie die Tassen in die Spüle. „Und Lenore war ganz bestimmt eine Prinzessin.“

Mit dem feuchten Lappen in der Hand blickte Lee auf, unsicher, ob sie darüber lächeln sollte.

„Eine mittelalterliche Prinzessin“, fuhr Sarah fort. „Vielleicht bei König Artus.“

Hunter schien einen Augenblick über die Idee nachzudenken, während er seine Tochter und die infrage kommende Frau betrachtete. „Es wäre eine Möglichkeit. Eine von diesen mit kostbaren Juwelen verzierten Kronen würde ihr stehen.“

„Und Drachen als Beschützer.“ Sarah genoss offensichtlich das Spiel und lehnte sich an die Anrichte, um sich Lee besser in wehenden, pastellfarbenen Gewändern vorstellen zu können. „Ein Ritter müsste mindestens einen voll ausgewachsenen, männlichen Drachen töten, bevor er um ihre Hand bitten könnte."

„Wahr genug", murmelte Hunter, der daran dachte, dass Drachen in vielen Gestalten auftauchten.

„Drachen sind nicht leicht zu töten." Selbst Lee fiel es plötzlich leicht, sich eine große, mit Fackeln erleuchtete Halle vorzustellen, in der sie stand, mit Juwelen, die aus ihrem Haar und von dem fest verschnürten Oberteil eines weit fallenden seidigen Gewandes blitzten.

„Die beste Art, seinen Wert zu zeigen", verriet ihr Sarah, die an einem Paprikastückchen kaute, das sie von ihrem Vater stibitzt hatte. „Eine Prinzessin kann nicht jeden heiraten. Entweder gibt der König sie einem würdigen Ritter zur Frau, oder er verheiratet sie mit dem Prinzen eines Nachbarlandes, damit er selbst mehr Land hat."

Unglaublich, Lee stellte sich ihren Vater vor, das Zepter in der Hand, der verfügte, sie müsse Jonathan von Willoby heiraten.

„Ich wette, Sie mussten nie Zahnspangen tragen."

Mit einem Wimpernschlag aus einem Jahrhundert in ein anderes gerissen, konnte Lee sie nur anstarren. Sarah musterte sie stirnrunzelnd mit dieser tiefen und fesselnden Konzentration, die sie nur von Hunter geerbt haben konnte. Es ist alles zu lächerlich, dachte Lee. Ritter, Prinzessinnen, Drachen. Zum ersten Mal gelang es ihr, dem schlanken, dunklen Mädchen ganz natürlich zuzulächeln, die ein Teil des Mannes war, den sie liebte. „Zwei Jahre."

„Ehrlich?" Mit einem Schlag zeigte Sarah echtes Interesse. Sie trat vor, offensichtlich um einen besseren Blick auf Lees Zähne bekommen zu können. „Es hat geklappt", entschied sie. „Haben Sie die Spange gehasst?"

„Jede Minute."

Sarah kicherte. „Ich mache mir nicht zu viel draus, nur dass ich kein Kaugummi kauen kann, finde ich nicht gut." Sie warf einen schmollenden Blick über die Schulter in Hunters Richtung. „Nicht einmal ein kleines Stück."

„Das konnte ich auch nicht", sagte Lee. Kaugummikauen war im Haushalt der Radcliffes grundsätzlich nicht erlaubt. Aber das behielt sie lieber für sich.

Sarah musterte sie noch einen Augenblick, dann nickte sie. „Ich glaube, Sie können mir doch helfen, den Tisch zu decken."

So einfach konnte es also sein, stellte Lee fest, von jemandem akzeptiert zu werden.

Die Sonne schien in die Küche, während sie aßen. Ihr Licht war üppig und golden, ohne dieses harte, betäubende Glühen, an das sich Lee von den Klippen des Canyons erinnerte. Sie fand es friedlich, trotz der Gespräche, des Lachens und der Auseinandersetzungen um sie herum.

In ihrer Fantasie hatte sie in den letzten zwei Wochen ein großes Steak mit frischem Salatteller in einem dämmrig erleuchteten, ruhigen Restaurant gegessen, wo aufmerksame Kellner darauf achteten, dass das Glas mit Bordeaux nie leer war. Nun fand sie sich in einer hellen, lauten Küche wieder, aß Pizza, belegt mit Paprika- und Pilzscheiben, mit Peperoni und Salami und darüber einem zäh fließenden Käse. Und sie musste Sarah recht geben. Es war die beste Pizza in der ganzen Welt.

„Wenn nur Fred lernen könnte, wie man so etwas macht." Bonnie aß ihr zweites Stück mit derselben Hingabe wie das erste. „Wenn er seinen guten Tag erwischt, macht er einen ausgezeichneten Eiersalat, aber das ist auch schon alles."

„Mit einer Familie von deiner Größenordnung", gab Hunter zurück, „musst du direkt ein Fließband aufstellen. Fünf hungrige Kinder können eine ganze Pizzeria in Alarmbereitschaft halten."

„Und tun es auch", stimmte Bonnie zu. „In weniger als sieben Monaten sind es sechs."

Hunter hielt mitten in der Bewegung inne. „Noch eins?"

„Noch eins." Bonnie zwinkerte über den Tisch ihrer Nichte zu. „Ich habe immer gesagt, ich will ein halbes Dutzend", erklärte sie Lee beiläufig.

Hunter griff über den Tisch und nahm ihre Hand und umschloss sie mit seiner Hand. „Manche würden es Planerfüllung nennen."

„Oder Geschwisterwettstreit“, gab sie zurück. „Ich werde dann so viele Kinder haben wie du Bestseller.“ Mit einem Lachen drückte sie die Hand ihres Bruders. „Und für unsere Produkte brauchen wir ungefähr die gleiche Herstellungszeit.“

„Wenn du das Baby mit auf Besuch bringst, soll sie in meinem Zimmer schlafen.“ Sarah biss erneut kräftig in die Pizza.

„Sie?“ Hunter zerzauste ihr Haar, bevor er weiteraß.

„Es wird ein Mädchen.“ Zuversichtlich nickte Sarah. „Tante Bonnie hat schon drei Jungen, drei Mädchen machen das Ganze rund.“

„Ich werde sehen, was ich tun kann“, versprach Bonnie ihr. „Wie auch immer, morgen düse ich zurück. Cassandra, das ist meine Älteste“, warf sie zu Lees Verständnis ein, „hat sich für eine Tätowierung entschieden, was natürlich vermieden werden sollte.“ Sie schloss die Augen, als sie sich zurücklehnte. „Ah, es ist gut, gebraucht zu werden.“

„Eine Tätowierung?“ Sarah rümpfte die Nase. „Das ist blöd. Cassie spinnt.“

„Wir können es ihr nicht einfach verbieten.“

Interessiert hob Hunter sein Weinglas. „Wo will sie sie haben?“

„Auf ihrer rechten Schulter.“

„Doof.“ Sarah drückte ihr Urteil mit einem Schulterzucken aus.

„Und wie werden Sie sich verhalten?“, fragte Lee.

„Oh, ich nehme Cassie mit zu einem Tätowierungssalon.“

„Aber Sie werden ihr doch nicht erlauben …“ Lee brach ab, als ihr Blick auf Bonnies auffällige Streifen im Haar und die schulterlangen Ohrringe fiel. Vielleicht würde sie doch.

Lachend tätschelte Bonnie Lees Hand. „Nein, ich werde es nicht zulassen. Aber es wird viel wirksamer sein, wenn Cassie die Entscheidung selbst trifft – und das wird sie, in derselben Sekunde, in der ihr Blick auf all die grässlichen kleinen Nadeln fällt.“

„Hinterhältig.“ Aus Sarahs Mund klang es anerkennend.

„Klug“, verbesserte Bonnie.

„Das ist dasselbe." Mit vollem Mund wandte sich Sarah Lee zu. „Bei Tante Bonnie spielt sich immer einiges ab. Haben Sie Brüder und Schwestern?"

„Nein." War das Wehmut, was sie im Blick des Kindes sah? Sie konnte es nachempfinden. „Ich war allein."

„Mit Geschwistern ist es besser, auch wenn's eng wird." Sie warf ihrem Vater einen treuherzigen Blick zu. „Kann ich noch ein Stück haben?"

Der Rest des Abends verlief wenn auch nicht ruhig, so doch friedlich. Sarah zog ihren Vater hinaus zum Fußballtraining. Bonnie lehnte lächelnd ab. Ihre Kondition, behauptete sie, sei schlecht. Lee fand sich, trotz ihrer Proteste, zum Spiel abkommandiert. Sie lernte, obwohl sie nie genau zielte, einen Ball mit der Seite ihres Fußes zu kicken und von ihrem Kopf abprallen zu lassen. Sie genoss es, was sie überraschte, und fühlte sich überhaupt nicht wie die größte Närrin, was sie noch mehr überraschte.

Die Dämmerung brach schnell ein, dann die Dunkelheit. Es war schon spät, als Hunter seine Tochter ins Bett schickte. Mit einem zärtlichen Gutenachtkuss verabschiedete sich Sarah von ihrem Vater.

Er hatte gesagt, Sarah sei sein Leben. Und obwohl Lee die beiden erst wenige Stunden zusammen gesehen hatte, glaubte sie ihm.

Nie hätte sie erwartet, in dem Mann, dessen Bücher sie gelesen hatte, einen hingebungsvollen Vater zu entdecken, ganz zufrieden damit, seine Zeit mit einem zehnjährigen Mädchen zu verbringen. Auch der Mann, den sie während der letzten zwei Wochen kennengelernt hatte, passte nicht in das Bild, Vater zu sein, Erzieher und Ratgeber einer Zehnjährigen. Doch er war es.

Wenn sie das Bild von Sarahs Vater über das ihres Liebhabers und das des Autors von „Der stille Schrei" legte, schienen sie alle zu einem zu verschmelzen. Das Problem für Lee war nur, damit klarzukommen.

Lee stellte den umgekippten Stuhl auf der Terrasse wieder auf und setzte sich. Durch das offene Fenster drang Sarahs schläfriges Lachen zu ihr herüber. Sie hatte ihren Vater noch einmal nach oben gerufen. Hunters Stimme, leise und undeutlich, folgte. Merkwürdig, ihre letzten Stunden mit Hunter hier in seinem Haus, nur wenige Kilometer von der Lagerstätte entfernt, wo sie Liebende geworden waren. Und, ja … während sie hoch zu den Sternen starrte, erkannte sie: auch Freunde. Sie wünschte sich wirklich sehr, ihm Freundin zu sein.

Wenn sie jetzt den Artikel schrieb, könnte sie das mit Hunters uneingeschränkter Einwilligung. Dafür war sie gekommen. Lee legte den Kopf zurück und betrachtete die Sterne, die hier in der Einsamkeit viel unzähliger und strahlender zu sein schienen. Sie würde mit viel mehr nach Los Angeles zurückfahren und gleichzeitig mit viel weniger.

„Müde?“

Sie hatte nicht gewusst, dass ihr die Augen zugefallen waren. Sie sah zu Hunter auf. So würde sie sich immer erinnern an ihn, aus der Dunkelheit kommend. „Nein. Schläft Sarah?“

Er nickte, stellte sich hinter sie und legte die Hände auf ihre Schultern. „Bonnie auch.“

„Jetzt würdest du arbeiten. Wenn das Haus ruhig ist und kein Licht aus den Fenstern fällt.“

„Ja, meistens. Das letzte Buch habe ich in einer Nacht wie dieser beendet.“ Damals war er nicht einsam gewesen, aber jetzt … „Lass uns einen Spaziergang machen. Es ist Vollmond.“

Lachend erhob sie sich. „Ich weiß, was in deinen Büchern bei Vollmond geschieht.“

„Angst? Ich gebe dir einen Talisman.“ Er zog seinen Ring ab und streifte ihn über ihren Finger.

„Ich bin nicht abergläubisch“, meinte sie erhaben, behielt aber den Ring am Finger.

„Natürlich bist du das.“ Er zog sie an seine Seite, und sie marschierten los. „Ich liebe die Geräusche der Nacht.“

Lee lauschte darauf – die schwache Brise durch die Bäume, das Gemurmel des Wassers, der Singsang von Insekten. „Du lebst schon lange hier?“

„Ja. Ich bin nach Sarahs Geburt hierhergezogen.“

„Ein wunderschöner Platz zum Leben."

Er zog sie in die Arme. Mondlicht ergoss sich über sie, silbern, wie Diamanten in ihrem Haar, machte ihre Haut marmorn und ihre Augen schwarz. „Es passt zu dir", murmelte er. Mit einer Hand fuhr er ihr durchs Haar und beobachtete, wie es wieder an seinen Platz zurückfiel. „Die Prinzessin und der Drache."

Ihr Herz hatte schon begonnen, höherzuschlagen. Wie ein Teenager, dachte Lee. Er ließ sie wie ein Mädchen bei ihrer ersten Verabredung fühlen. „Heutzutage müssen die Frauen ihre eigenen Drachen töten."

„Heutzutage …", sein Mund berührte den ihren, „… gibt es weniger Romantik. Wenn wir jetzt im Mittelalter lebten und ich dich im mondhellen Wald treffen würde, würde ich dich nehmen, weil es mein Recht wäre. Ich würde um dich werben, weil ich keine andere Wahl hätte." Seine Stimme verdunkelte sich wie die Schatten in den sie umgebenden Bäumen. „Lass mich dich jetzt lieben, Lenore, als wenn es das erste Mal wäre."

Oder das letzte Mal, dachte sie niedergeschlagen, als seine Lippen sie bedrängten, bis ihre weicher und nachgiebiger wurden. Wenn er seine Arme um ihre Schultern legte, schaltete sich alle Vernunft bei ihr aus. Fantasie und Gefühl. Hingabe. Der Akt der Liebe bestand aus nichts mehr. Sie legte den Kopf zurück und verstärkte die Umarmung, sie forderte ihn heraus, zu nehmen, was immer er wollte, zu geben, was immer sie wollte.

Dann waren seine Hände auf ihrem Gesicht, zärtlich, so zärtlich, wie sie immer gewesen waren. Hunter liebkoste jede Rundung und Linie, genoss das Samtweiche ihrer Haut. Mit den Lippen schmeckte und trank er ihren Duft. Die Lust, die er so schnell erwecken konnte, floss strömend durch ihren Körper. Sie ließ sich mit ihm auf den Boden sinken.

Er hatte es sich ersehnt, sie so zu lieben, im Freien, unter dem Mond, der die Bäume versilberte und schwarzrote Schatten warf. Er wollte spüren, wie sich ihre Muskeln anspannten und unter der Berührung seiner Hand weich wurden. Was sie ihm hier gab, jetzt gab, war etwas aus seinen eigenen Träumen und dabei viel, viel wirklicher.

Langsam zog er sie aus. Mit den Lippen und ganz zärtlich mit den Händen schenkte er ihr Glück. Das war ihre Nacht, die Nacht, in der er ihr alles von sich gab, in der er alles von ihr forderte.

Mondlicht und Schatten fluteten über sie. Hunters Herz hämmerte in seinen Ohren. Er hörte das Plätschern des Bachs aus der Ferne, und es vermischte sich mit seinen und Lees leisen Seufzern. Der Wald roch nach Nacht. Hunter presste sein Gesicht an Lees Hals.

Sie spürte die stärker werdende Erregung in ihm, die wachsende, sich anspannende Lust, die sie mitreißen ließ. Bereitwillig tauchte sie in den Strudel, den er schuf. Die Luft war sanft wie ein Hauch und mit Farben durchzogen.

Seine Haut war warm an ihrer. Sie ließ sich von ihrer Lust leiten, gab sich ganz hin. Gierig nach mehr, wurden ihre Bewegungen wild. Überdeutlich spürte sie jedes männliche Zittern unter ihren Fingern, jeden angehaltenen Atem, jedes Murmeln ihres Namens.

Silber und Schatten. Lee empfand sie als genauso greifbar, wie sie sie um sich herumflackern sah. Der silberne Streifen der Macht. Der dunkle Schatten der Begierde. Mit ihnen konnte sie Hunter zur Klippe der Lust hinlenken.

Als er stöhnte, außer Atem, lachte sie. Ihr beiderseitiges Begehren war ineinander verwoben, umhüllte sie fester. Sie fühlte es. Sie berauschte sich daran.

Die Luft schien still zu stehen, die Brise innezuhalten. Jeder Laut, der vorher deutlich wahrzunehmen war, schien jetzt zu schweigen. Die Finger, die sich in ihrem Haar verwirrten, krallten sich fast verzweifelt fest. In der absoluten Stille trafen sich ihre Blicke und hielten einander fest, Moment auf Moment.

Ihre Lippen lockten, als sie sich für ihn öffnete.

Sie hätte dort schlafen können, mühelos, nur den nackten Erdboden unter sich, den Himmel über sich und seinen Körper an ihren gepresst. Sie hätte dort schlafen mögen, endlos, wie eine

Prinzessin unter einem Zauberbaum, wenn er sie nicht hoch in seine Arme gezogen hätte.

„Du schläfst ein wie ein Kind", murmelte Hunter. „Du solltest im Bett sein. In meinem Bett."

Lee seufzte, zufrieden, dort, wo sie war. „Zu weit."

Mit einem leisen Auflachen küsste er ihre Halsbeuge. „Soll ich dich tragen?"

„Mmm." Sie kuschelte sich an ihn. „Okay."

„Nicht, dass ich ablehnen will, aber du könntest in Verlegenheit geraten, sollte Bonnie zufällig nach unten kommen, während ich dich hineintrage, nackt."

Sie öffnete die Augen, ihre Iris waren dunkelblaue Schlitze unter ihren Wimpern. Die Wirklichkeit kehrte zurück. „Ich glaube, wir sollten uns anziehen."

„Es wäre ratsam." Sein Blick wanderte über sie, kam wieder zu ihrem Gesicht zurück. „Soll ich dir helfen?" Hunter griff nach dem winzigen Streifen schwarzer Spitze.

„Aber jetzt ist nicht die Zeit, es auszuprobieren." Lee zog ihm ihr Höschen aus der Hand und schlüpfte hinein. „Wie lange waren wir hier draußen?"

„Jahrhunderte."

Sie warf ihm einen Blick zu, direkt, bevor ihr Kopf in ihrem Hemd verschwand. Sie war sich nicht völlig sicher, ob er übertrieb. „Das Mindeste, was ich nach diesen zwei Wochen wirklich verdient habe, ist eine richtige Matratze."

Er nahm ihre Hand und presste seinen Mund auf ihre Handfläche. „Du bist eingeladen, meine mit mir zu teilen."

Kurz drückte Lee seine Finger. „Ich glaube nicht, dass das klug wäre."

„Du machst dir Gedanken wegen Sarah."

Es war keine Frage. Lee nahm sich Zeit, vergewisserte sich, dass alle Wolken von Romantik aus ihrem Kopf verschwunden waren, bevor sie sprach. „Ich verstehe nicht viel von Kindern, aber ich könnte mir vorstellen, dass es sie unvorbereitet treffen würde, zu erfahren, dass ich das Bett mit ihrem Vater teile."

„Ich habe vorher noch nie eine Frau mit zu uns nach Hause gebracht", sagte Hunter nach einer Weile des Schweigens.

Lee warf ihm einen fragenden Blick zu, sah aber schnell wieder weg. „Umso mehr Grund."

„Umso mehr Grund für vieles." Ohne ein weiteres Wort zog er sich an, während Lee ihren Gedanken nachhing.

„Du wolltest mich über Sarah ausfragen, aber du hast es nicht getan."

Sie befeuchtete ihre Lippen. „Es ist nicht meine Angelegenheit."

Er drehte sie zu sich um. „Wirklich nicht?"

„Hunter …"

„Dieses Mal bekommst du die Antwort, ohne gefragt zu haben." Lee wusste, die Seelenruhe war vorbei. „Ich habe eine Frau kennengelernt, vor fast zwölf Jahren. Damals habe ich als Laura Miles geschrieben und konnte mir also ab und zu einen kleinen Luxus erlauben. Gelegentliches Dinner, hin und wieder Theater. Ich lebte damals in Los Angeles, allein, hatte Spaß an meiner Arbeit und an dem, was sie mir einbrachte. Sie war eine Studentin im letzten Jahr. Köpfchen und Ehrgeiz, das hatte sie im Überfluss, Geld überhaupt nicht. Sie war wild entschlossen, die gefragteste jüngste Anwältin der ganzen Westküste zu werden."

„Hunter, was zwischen dir und einer anderen Frau vor so vielen Jahren geschehen ist, das geht mich nichts an."

„Nicht irgendeine andere Frau. Sarahs Mutter."

Lee nickte. „Also gut, wenn es wichtig für dich ist, es mir zu erzählen, dann höre ich zu."

„Ich mochte sie", fuhr er fort. „Sie war aufgeweckt, reizend und voller Träume. Keiner von uns hat je an etwas Ernsthafteres gedacht. Sie musste noch ihr Jurastudium beenden. Ich musste Geschichten niederschreiben. Doch dann hat das Schicksal unsere Pläne überrollt."

Er zog eine Zigarette heraus, dachte an jene Zeit zurück, erinnerte sich an jede Einzelheit. Sein winziges, vollgestopftes Apartment mit den kaputten Wasserrohren, die zerbeulte

Schreibmaschine mit dem stockenden Wagenlauf, das Lachen des Paares nebenan, das durch die dünne Wand zu hören war.

„Eines Nachmittags kam sie vorbei. Ich wusste, irgendetwas stimmte nicht, weil sie eigentlich am Nachmittag Seminare hatte. Sie war viel zu pflichtbewusst, als dass sie einfach geschwänzt hätte. Es war heiß, einer dieser schwülen, drückenden Tage. Die Fenster waren geöffnet, und ich hatte einen kleinen Tischventilator, der die Luft herumwirbelte, ohne sie abzukühlen. Sie war gekommen, um mir mitzuteilen, dass sie schwanger war."

Wenn er sich darauf konzentrierte, konnte er sich noch daran erinnern, wie sie aussah. Er konnte sich an ihren Ton erinnern, als sie es ihm sagte. Verzweiflung, verbunden mit Wut und Anklage.

„Ich sagte, ich mochte sie, und das stimmte. Ich liebte sie nicht. Doch die Wertvorstellungen unserer Eltern sickerten durch. Ich bot ihr an, sie zu heiraten." Jetzt lachte er, nicht humorvoll, aber auch nicht, wie Lee erkannte, verbittert. Es war das Lachen eines Mannes, der den Streich akzeptiert hatte, den das Leben ihm spielte. „Sie weigerte sich, fast wütend über die Lösung, die ich wegen der Schwangerschaft anbot. Sie hatte absolut nicht die Absicht, sich Mann und Kind zuzulegen, wo sie doch an ihrer Karriere zu feilen hatte. Es fällt vielleicht schwer, es zu glauben, aber kalt war sie nicht, einfach nur praktisch. Sie fragte mich, ob ich die Kosten einer Abtreibung übernehme."

Lee spürte, wie sich ihre Magenmuskeln zusammenzogen. „Aber, Sarah …"

„Das ist noch nicht das Ende der Geschichte." Hunter atmete den Rauch seiner Zigarette ein. „Wir hatten Streit, der nicht ohne Drohungen, Anschuldigungen und Schuldzuweisungen abging. Damals konnte ich ihre Situation nicht verstehen, ich sah nur die Tatsache, dass sie ein Teil von mir in sich trug, das sie loswerden wollte. Wir trennten uns dann, beide überaus wütend, beide verzweifelt genug, um zu wissen, dass jeder von uns Zeit zum Nachdenken brauchte."

Lee wusste nicht, was oder ob sie etwas sagen sollte. „Ihr ward beide jung", begann sie zögernd.

„Ich war vierundzwanzig", verbesserte Hunter sie. „Ich war schon lange kein Junge mehr. Ich war – wir waren – verantwortlich für unsere Handlungen. Zwei Tage konnte ich nicht schlafen. Ich überlegte mir unzählige Antworten und verwarf sie immer wieder. Nur über das eine war ich mir während dieser entsetzlichen Zeit im Klaren: Ich wollte das Kind. Ich kann es nicht erklären, weil ich eigentlich mein Leben, so wie es war, genoss, den Mangel an Verantwortlichkeit, die Möglichkeit, wirklich erfolgreich zu werden. Ich wusste einfach nur, ich wollte das Kind haben. Ich habe sie angerufen und gebeten, noch einmal mit mir die Situation zu bereden.

Beim zweiten Mal waren wir beide ruhiger und ängstlicher, als wir es beide jemals zuvor gewesen waren. Ehe kam nicht infrage, also verwarfen wir den Gedanken. Sie wollte das Kind nicht. Damit mussten wir uns auseinandersetzen. Ich wollte es. Das machte die Auseinandersetzung schon komplizierter. Sie brauchte Freiheit, sich zu entfalten, wie sie sagte, und sie brauchte Geld. Schließlich fanden wir eine Lösung für dieses Problem."

Mit trockenem Mund drehte Lee ihm den Kopf zu. „Du hast sie bezahlt."

Er sah, genau, wie er erwartet hatte, das Entsetzen in ihren Augen. Als er fortfuhr, war seine Stimme ruhig, aber es kostete ihn eine große Anstrengung. „Ich habe alle Arztrechnungen bezahlt und ihren Lebensunterhalt bis zur Entbindung, und ich gab ihr zehntausend Dollar für meine Tochter."

Betäubt und elend starrte Lee auf den Boden. „Wie konnte sie …?"

„Wir beide wollten etwas. In der einzig offenen Möglichkeit holten wir es uns. Ich habe es der jungen Jurastudentin nie verübelt, was sie getan hat. Es war ihre Wahl, und sie hätte eine andere treffen können, ohne mich mit einzubeziehen."

„Ja." Lee versuchte zu verstehen, aber ein Bild schob sich vor ihre Gedanken. Sie sah ein schlankes, dunkelhaariges Mädchen – eine zauberhafte Zehnjährige. „Sie hat gewählt, aber sie hat verloren."

Er hatte vorher nicht gewusst, wie sehr er auf eine solche Antwort gewartet hatte. „Sarah ist meine Tochter, nur meine, vom allerersten Atemzug an. Die Frau, die sie ausgetragen hat, hat mir ein unschätzbares Geschenk gemacht. Als Rückgabe hat sie nur Geld erhalten."

„Weiß Sarah das?"

„Nur, dass ihre Mutter sich entscheiden musste."

„Ich verstehe." Sie stieß einen langen Atemzug aus. „Der Grund, warum du so sorgsam jede Öffentlichkeit von ihr fernhältst, ist, Spekulationen abzuwehren."

„Einer der Gründe. Der andere ist ganz einfach, dass ich für sie ein so unkompliziertes Leben will, wie es jedes Kind verdient hat."

„Du hättest es mir nicht erzählen müssen." Sie ergriff eine seiner Hände. „Ich bin froh, dass du es getan hast. Es kann nicht leicht für dich gewesen sein, ein Kind allein großzuziehen?"

In ihrem Blick war jetzt nichts als Verständnis. Jeder angespannte Muskel in seinem Körper entspannte sich, als hätte sie ihn gerade liebkost. „Nein, leicht nicht, aber es war immer eine Freude." Er drückte ihre Hand. „Teile sie mit mir, Lenore."

Sie erstarrte. „Ich weiß nicht, was du meinst", flüsterte sie.

„Ich will dich hier haben, bei mir, bei Sarah. Ich will dich hier mit den anderen Kindern haben, die wir zusammen haben können." Er blickte auf den Ring, den er ihr an den Finger gesteckt hatte. Sein Blick kehrte zu ihr zurück. „Heirate mich."

Heiraten? Sie konnte ihn nur ausdruckslos anstarren, während die Panik sich langsam aufbaute. „Du … du weißt nicht, wonach du fragst."

„Doch", entgegnete er und hielt ihre Hand nur noch fester, als sie sie ihm entziehen wollte. „Ich habe bis jetzt nur einmal eine Frau darum gebeten, und damals habe ich es aus Verpflichtung getan. Ich frage dich, weil du die erste und einzige Frau bist, die ich je geliebt habe. Ich will mein Leben mit dir teilen. Ich will, dass du dein Leben mit mir teilst."

Panik verwandelte sich in Angst. Er bat sie darum, all das aufzugeben, wonach sie gestrebt hatte. Alles zu riskieren. „Unsere

Leben sind zu unterschiedlich“, brachte sie hervor. „Ich muss zurück. Ich habe meinen Job.“

„Einen Job, von dem du genau weißt, dass du nicht dafür geschaffen bist.“ Sein Ton wurde drängender, und er legte die Hände auf ihre Schultern. „Du weißt es so gut wie ich, dass du geschaffen bist, über mehr zu schreiben als über Klatsch oder die Trends von morgen.“

„Das kann ich sehr wohl.“ Zitternd entzog sie sich ihm. „Dafür habe ich hart gearbeitet.“

„Um deiner Familie etwas zu beweisen. Verdammt, Lenore. Tu etwas für dich selbst. Für dich selbst.“

„Es ist für mich“, sagte sie verzweifelt. Du liebst ihn, rief eine Stimme in ihr, warum drängst du weg, weg von dem, was du brauchst, was du ersehnst? Lee schüttelte den Kopf, als könnte sie so die Stimme vertreiben. Liebe war nicht genug, Begehren war nicht genug. Sie wusste das. Sie musste sich daran erinnern. „Du willst, dass ich alles aufgebe, jeden Zentimeter der Leiter, die ich in fünf Jahren erklommen habe. Ich habe mir ein Leben in Los Angeles aufgebaut, ich weiß, wer ich bin, wohin ich gehe. Ich kann nicht hier leben und riskieren …“

„Herauszufinden, wer du wirklich bist?“, vollendete er. Verzweiflung würde er sich nicht erlauben. Er konnte kaum seine Wut kontrollieren. „Wenn es nur um mich ginge, würde ich überallhin gehen, wohin du willst, überall leben, wo es dir passt, selbst wenn ich wüsste, es wäre ein Fehler. Aber da ist Sarah. Ich kann sie nicht einfach von dem einzigen Zuhause, das sie kennt, wegreißen.“

„Wieder willst du alles.“ Ihre Stimme war kaum hörbar, aber er hatte nie etwas Klareres gehört. „Du willst, dass ich alles riskiere, und das kann ich nicht. Und das werde ich auch nicht.“

Er erhob sich, und die Schatten umfingen ihn. „Ich will, dass du alles riskierst“, stimmte er ihr zu. „Liebst du mich?“ Und indem er fragte, riskierte er alles.

Von Emotionen zerrissen, von Angst gedrängt, starrte sie ihn an. „Ja! Verdammt, Hunter, lass mich allein.“

Sie stürmte zurück zum Haus.

12. KAPITEL

Wenn du schon keine Mittagspause machst, dann nimm wenigstens das.“ Blanche hielt Lee einen Schokoladenriegel aus ihrem unerschöpflichen Vorrat hin.

„Ich esse, sobald ich den Artikel fertig habe.“ Lee hielt den Blick auf die Schreibmaschine gerichtet und schlug auf die Tasten, leicht, rhythmisch.

„Lee, du bist seit zwei Tagen zurück, und ich habe dich seitdem, wenn überhaupt, nur an einer Blätterteigpastete knabbern sehen.“ Und ihr Fotografinnenblick hatte unter dem dezent aufgelegten Make-up die dunklen Schatten unter Lees Augen gesehen. Das muss ein Interview gewesen sein, dachte sie, während das flotte Klick-Klack-Klick der Schreibmaschine weiterging.

„Kein Hunger.“ Nein, sie war nicht hungriger, als sie müde war. Während der letzten achtundvierzig Stunden arbeitete sie ununterbrochen an Hunters Artikel. Er wird perfekt, hatte sie sich versprochen. Er würde poliert werden und ausgefeilt, wie ein schönes Stück Kristall. Und wenn er fertig war, dann war auch sie innerlich fertig mit Hunter, hatte Abstand gewonnen.

An diesem Gedanken hielt sie fest, und doch entglitt er ihr oft einfach.

Wenn sie geblieben wäre … Wenn sie zurückginge …

Sie fluchte leise, als ihre Finger sich vertippten. Lee schob den Wagenlauf zurück, um den Fehler zu korrigieren. Sie konnte nicht zurückgehen. Hatte sie das Hunter nicht klargemacht? Sie konnte nicht einfach alles stehen und liegen lassen und davongehen. Doch je länger sie blieb, desto größer wurde die Leere in ihrem Leben. In dem Leben, erinnerte sich Lee unbarmherzig, das sie sich so sorgfältig aufgebaut hatte.

Also würde sie in einer nervösen Art von Raserei arbeiten, bis der Artikel fertig war. Bis, wie sie sich selbst sagte, alles fertig war. Dann war die Zeit reif, den nächsten Schritt zu machen. Lee ließ die Hände in den Schoß fallen und starrte das Blatt Papier vor sich an.

Ohne ein Wort stieß Blanche mit der Hüfte die Tür zu. Dann ließ sie sich ihrer Freundin gegenüber auf den Stuhl fallen, faltete die Hände und wartete einen Moment. „Okay, warum erzählst du mir nicht die Geschichte, die nicht für die Öffentlichkeit bestimmt ist?"

Lee wäre gern in der Lage, die Schultern zu zucken und zu sagen, sie habe nicht die Zeit, zu reden. Schließlich stand sie unter Termindruck. Der Artikel musste geschrieben werden, die Zeit war knapp. Sie holte tief Luft und drehte sich in ihrem Stuhl herum. Sie wollte nicht die netten, klugen, kleinen Worte sehen, die sie getippt hatte. Nicht jetzt.

„Blanche, wenn du ein Foto gemacht hast, eins, das viel von deiner Zeit und deiner Geschicklichkeit erfordert, und dann entwickelst du es, und es kommt ganz anders heraus, als du es geplant hast. Was würdest du tun?"

„Ich würde mir das, was herausgekommen ist, ganz besonders gut ansehen", antwortete Blanche, ohne zu zögern. „Höchstwahrscheinlich hätte ich es von Anfang an so planen müssen."

„Aber würde es dich nicht drängen, zu deinen ursprünglichen Plänen zurückzugehen? Um ganz bestimmte Ergebnisse zu erzielen, muss man ja sehr, sehr hart gearbeitet haben."

„Vielleicht, vielleicht auch nicht. Es würde davon abhängen, was ich sehen würde, wenn ich das Foto betrachte." Blanche setzte sich zurück und schlug ihre langen, in Jeans steckenden Beine übereinander. „Was ist auf deinem Bild, Lee?"

„Hunter." Sie blickte Blanche gequält an. „Du kennst mich."

„So gut, wie du es zulässt, dass man dich kennenlernt."

Mit einem kurzen Auflachen spielte Lee mit einer Heftklammer. „Bin ich wirklich so schwierig?"

„Ja." Blanche lächelte ein wenig, um ihre schnelle Antwort zu mildern. „Und so interessant. Offensichtlich denkt Hunter Brown genauso."

„Er hat mich gebeten, ihn zu heiraten."

„Heiraten?“ Blanche lehnte sich vor. „Mit allem Drumherum: bis dass der Tod euch scheidet und so?“

„Ja.“

„Oh.“ Blanche lehnte sich zurück. „Schnelle Arbeit.“ Dann bemerkte sie Lees unglückliche Miene. Nur weil Blanche nicht gleich Orangenblüten roch, wenn das Wort *heiraten* aufkam, war das noch lange kein Grund, so schnippisch zu sein. „Und? Was fühlst du? Hinsichtlich Hunter, meine ich.“

Die Heftklammer nahm zwischen Lees Finger skurrile Formen an. „Ich liebe ihn.“

„Wirklich?“ Blanche lächelte aus dem einfachen Grund, weil es so einfach, so nett klang. „Und das ist alles im Canyon passiert?“

„Ja.“ Unruhig bewegte Lee die Finger. „Vielleicht ist es auch schon vorher losgegangen, als wir in Flagstaff waren. Ich weiß es nicht mehr.“

„Warum bist du nicht glücklich?“ Blanche zog die Augen zusammen, genau so, wie sie es immer tat, wenn sie das Licht und den Blickwinkel prüfte. „Wenn der Mann dich liebt, dich wirklich liebt, wenn er mit dir gemeinsam ein Leben aufbauen will, dann solltest du fröhlicher sein.“

„Wie können zwei Menschen ein Leben zusammen aufbauen, wenn sie sich schon jeder separat eins aufgebaut haben, und zwar vollkommen unterschiedliche?“, fragte Lee. „Das ist nicht nur eine Angelegenheit von mehr Platz im Schrank schaffen oder Möbel anders hinstellen.“ Das Ende der Heftklammer brach zwischen ihren Fingern ab, als sie sich erhob. „Blanche, er lebt in Arizona, im Canyon. Ich lebe in Los Angeles, in der Millionenstadt.“

Blanche hob die Beine und legte die gestiefelten Füße auf Lees glänzende Schreibtischplatte, die Fesseln übereinander. „Du willst mir doch nicht sagen, dass das alles eine Angelegenheit der Geografie sei.“

„Es zeigt nur, wie unmöglich das alles ist.“ Verärgert wirbelte Lee herum. „Wir könnten nicht verschiedener sein. Ich tue alles Schritt für Schritt, Hunter geht in Sätzen und Sprüngen.

Verdammt, du solltest sein Haus sehen. Es ist wie aus einem anspruchsvollen Märchen. Seine Schwester ist B. B. Smithers." Bevor Blanche das überhaupt voll registrieren konnte, platzte Lee heraus: „Er hat eine Tochter."

„Eine Tochter?" Blanches Aufmerksamkeit hatte sich so gesteigert, dass sie die Füße von der Schreibplatte nahm. „Hunter Brown hat ein Kind?"

Lee presste ihre Finger gegen die Augen. „Ja, ein zehnjähriges Mädchen. Es ist wichtig, dass davon nichts an die Öffentlichkeit dringt."

„In Ordnung."

Lee brauchte keine Versprechungen von Blanche. Um sich zu beruhigen, holte sie tief Luft. „Sie ist aufgeweckt, entzückend und ganz offensichtlich der Mittelpunkt seines Lebens. Ich habe etwas in ihm gesehen, etwas unglaublich Schönes, das mir aber eine Riesenangst einjagt."

„Warum?"

„Blanche, er hat ein großes Talent, viel, viel Gefühl, und er weiß, was er will."

„Das ängstigt dich?"

„Ich weiß nicht, wozu ich fähig bin. Ich weiß nicht, ob ich wie er alles so ausbalancieren kann."

„Du willst ihn nicht heiraten, weil du glaubst, dich an ihn so verlieren zu können, dass von dir nichts mehr übrig bleibt?"

Lee schüttelte den Kopf und setzte sich wieder. „Es klingt lächerlich. Mein Leben und seins sind einfach meilenweit voneinander entfernt."

Blanche warf einen Blick aus dem Fenster. „Dann kommt er eben nach Los Angeles und hebt die Entfernung auf."

„Nein." Lee schluckte und warf einen Blick auf ihre Schreibmaschine. Der Artikel war eigentlich fertig, aber sie wusste auch, dass er sie nicht in Ruhe lassen würde, dass sie ihn polieren würde, bis von der ursprünglichen Fassung nichts mehr blieb. „Hunter gehört dorthin. Er will dort seine Tochter großziehen. Das verstehe ich."

„Dann ziehst du in den Canyon. Großartige Landschaft."

Warum klang es immer so leicht, so plausibel, wenn es laut ausgesprochen wurde? Die Angst kam zurück, und Lees Stimme wurde entschlossener. „Mein Job ist hier."

„Ich denke, das hängt davon ab, was dir wichtiger ist – oder?" Blanche wusste, Lee brauchte jetzt klare Worte und kein Mitleid. „Du kannst deinen Job und deine Wohnung in Los Angeles behalten und unglücklich sein. Oder du kannst ein paar Chancen ergreifen."

Chancen. Lee fuhr mit einem Finger über die glatte Oberfläche ihres Schreibtisches. „Aber du solltest den Boden testen, bevor du nach vorn trittst." Hunter hatte das gesagt. Sie blickte auf die zerdrückte Heftklammer mitten auf dem fleckenlosen Blatt. „Wie lange hast du den Boden getestet, bevor du den Sprung in den Gefühlsstrudel gemacht hast?"

Es war knapp zwei Wochen später, und Lee hielt sich mitten am Tag in ihrer Wohnung auf. Während der Woche war sie tagsüber so selten zu Hause, dass sie irgendwie erwartete, alles müsse anders aussehen. Alles sah genauso aus wie immer. Auch sie selbst. Und doch war nichts wie immer.

Gekündigt. Sie versuchte, das Wort zu verarbeiten, während sie mit der Panik fertigzuwerden suchte, die sie die letzten Tage verdrängt hatte. Dort stand ein Veilchen voller Blüten auf dem Tisch vor ihr. Es war gut gepflegt, wie alles in ihrem Lebensbereich gut gepflegt war. Sie goss es, wenn die Erde trocken war, und nährte es, wenn es Dünger brauchte. Während sie die Pflanze anstarrte, wusste Lee, dass sie nie wieder in der Lage sein würde, eine Pflanze samt Wurzeln einfach herauszureißen. Aber war es nicht das, was sie sich selbst angetan hatte?

Gekündigt, dachte sie wieder, und das Wort hallte durch ihren Kopf. Sie hatte tatsächlich ihre Kündigung abgegeben, hatte ganz abrupt ihrer unaufhörlich aufwärtsgehenden Karriere den Rücken gekehrt … Bei den Wurzeln herausgerissen.

Wofür, fragte sie sich selbst, während die Panik sie nicht loslassen wollte. Um irgendeinem verrückten Traum zu folgen, der sich irgendwie vor Jahren in ihrem Kopf festgesetzt hatte? Um ein Buch zu schreiben, das wahrscheinlich nie veröffentlicht werden würde? Um ein lächerliches Risiko einzugehen und sich kopfüber ins Unbekannte zu stürzen?

Weil Hunter gesagt hatte, dass sie gut sei. Weil er ihren Traum genährt hatte, so wie sie das Veilchen genährt hatte. Mehr als das, dachte Lee, er hatte es ihr unmöglich gemacht, nicht mehr an die vielen „Was-wäre-wenns" des Lebens zu denken. Und er war eins davon. Überhaupt das Wichtigste.

Jetzt, wo sie den Schritt gemacht hatte und hier saß, allein in ihrer unmöglich ruhigen Wohnung mitten in der Woche, mitten am Vormittag, wäre Lee am liebsten weggerannt. Draußen waren Menschen, war Lärm, Ablenkung. Hier musste sie dem „Was-wäre-wenn" ins Auge blicken. Hunter war als Erster an der Reihe.

Er hatte nicht versucht, sie zurückzuhalten, als sie am Morgen, nachdem er sie gebeten hatte, ihn zu heiraten, abgefahren war. Er hatte nichts gesagt, als sie sich von Sarah verabschiedet hatte. Überhaupt nichts. Vielleicht hatten sie beide gewusst, dass alles gesagt worden war, was es zu sagen gab. Er hatte sie nur einmal richtig angesehen, und da war sie in ihrem Entschluss schwankend geworden. Dann war sie mit Bonnie in den Wagen gestiegen, der sie zum Flughafen brachte, was einen Schritt näher nach Los Angeles bedeutete.

Seit ihrer Rückkehr hatte er sie nicht angerufen. Habe ich es erwartet? fragte sich Lee. Vielleicht, aber sie hatte gehofft, er würde es nicht tun. Sie wusste nicht, wie viel Zeit sie brauchte, ehe sie wieder seine Stimme hören konnte, ohne schwache Knie zu bekommen.

Sie blickte hinunter und starrte den Gold- und Silberring an ihrer Hand an. Warum hatte sie ihn behalten? Er gehörte ihr nicht. Sie hätte ihn Hunter zurückgeben sollen. Es war leicht, sich einzureden, sie habe in der Verwirrung einfach vergessen, ihn wieder abzunehmen, aber das war nicht die Wahrheit. Als sie gepackt hatte, hatte sie gewusst, dass der Ring noch an ihrem Finger steckte, ebenso als sie aus Hunters Haus gegangen und in den Wagen gestiegen war. Sie hatte es einfach nicht über sich gebracht, ihn abzunehmen.

Sie brauchte Zeit. Es war die Zeit, die sie jetzt hatte. Sie musste wieder etwas beweisen, aber nicht ihren Eltern, nicht Hunter. Da war nur sie selbst. Wenn sie das Buch beenden konnte. Wenn sie wirklich ihr Bestes hineinstecken und es wirklich beenden konnte ...

Lee erhob sich, ging an ihren Schreibtisch, setzte sich vor die Schreibmaschine. Von der leeren Seite starrte ihr Angst entgegen.

Lee hatte Stress bei *Celebrity* gekannt. Die Minuten tickten vorbei, während die Termine näher und näher rückten. Wie oft stand sie unter dem Druck, aus etwas nicht so Faszinierendem etwas Faszinierendes zu machen, und das in einer begrenzten Zeit, das Woche für Woche, Monat für Monat, Jahr für Jahr. Und doch, nachdem sie fast einen Monat von diesem Druck weg war und nur sich hatte und die Geschichte, die sich entwickelte, lernte Lee die volle Bedeutung von Druck kennen. Aber diesmal auch von Freude.

Sie hatte nicht geglaubt – nicht wirklich geglaubt –, dass es ihr möglich sein könnte, Stunde für Stunde vor der Schreibmaschine zu sitzen, um ein Buch zu beenden, das sie vor so langer Zeit aus einer Laune heraus begonnen hatte. Und es war wahr, in den ersten Tagen erlebte sie nur Frustration und Versagen. Ein Ring von Panik hatte sich um ihren Kopf gelegt. Warum hatte sie ihren Job gekündigt, wo man sie in ihrer Arbeit respektierte, um jetzt derart ins Dunkle hineinzustolpern?

Immer wieder war sie von Neuem versucht, alles zur Seite zu legen und an ihren alten Arbeitsplatz zurückzukehren. Aber dann schob sich Hunters Gesicht vor ihr inneres Auge – leicht spöttisch, herausfordernd und irgendwie ermutigend.

„Es erfordert Durchhaltevermögen und Ausdauer. Wenn du nicht mehr kannst und aufhören willst ...“ Das hatte er auf dem Campingausflug zu ihr gesagt.

Die Antwort war: Nein – ebenso grimmig, ebenso entschlossen, wie sie in dem kleinen Zelt reagiert hatte. Vielleicht würde sie scheitern. Sie schloss die Augen und bemühte sich, mit dem Gedanken klarzukommen. Vielleicht würde sie entsetzlich scheitern, aber sie würde nicht aufgeben. Was auch geschah, sie hatte ihre eigene Wahl getroffen, und sie würde damit leben.

Je länger sie arbeitete, desto größeren Symbolwert bekamen die getippten Seiten. Wenn sie das konnte und es gut konnte, dann konnte sie alles. Der Rest ihres Lebens hing davon ab.

Am Ende der zweiten Woche war Lee so eingetaucht in ihre Arbeit, dass sie kaum den Zwölf- oder Vierzehnstundentag bemerkte, den sie einlegte. Sie schaltete den Anrufbeantworter ein und vergaß meist, die Anrufe zu erwidern, wie sie auch zu essen vergaß.

Es war, wie Hunter einmal gesagt hatte. Die Charaktere bildeten sich heraus, trieben sie an, frustrierten und erfreuten sie. Während die Zeit verging, merkte Lee, dass sie die Story beenden wollte, nicht nur um ihrer selbst willen, sondern wegen der Charaktere. Sie wollte, wie sie noch nie vorher gewollt hatte, dass ihre Geschichte gelesen wurde. Erregung und entsetzliche Angst darüber trieben sie an.

Sie spürte einen sonderbaren kleinen Kitzel, als das letzte Wort getippt worden war, eine Euphorie, gemischt mit einer merkwürdigen Niedergeschlagenheit. Sie war fertig. Sie hatte ihr Herz in die Geschichte fließen lassen. Lee wollte feiern. Sie wollte weinen. Es war vorbei. Als sie die Finger gegen ihre müden Augen presste, erkannte sie ganz plötzlich, dass sie nicht einmal wusste, welcher Tag es war.

Noch nie hatte Hunter ein Buch so fieberhaft begonnen. Die Hauptfigur dieser Geschichte war Lenore, obwohl er den Namen in Jennifer verändert hatte. Sie war Lenore, körperlich, gefühlsmäßig, vom elegant frisierten rotgoldenen Haar bis zum nervösen Spiel ihrer Finger. Es war die einzige Art für ihn, sie sich zu erhalten.

Sie gehen zu lassen hatte ihn mehr gekostet, als sie je wissen würde. Als Lee in den Wagen gestiegen war, hatte er sich eingeredet, sie würde nicht wegbleiben. Sie konnte nicht. Wenn er sich hinsichtlich ihrer Gefühle ihm gegenüber täuschte, dann täuschte er sich in allem hinsichtlich seines Lebens.

Zwei Frauen waren in sein Leben gestürmt. Die erste, Sarahs Mutter, hatte er nicht geliebt, doch sie hatte für ihn alles verändert. Danach war sie davongegangen, nicht fähig, nicht bereit, ihren Ehrgeiz mit einem Leben zu verbinden, das Kinder und Verpflichtung enthielt.

Lee liebte er, und sie hatte wieder alles verändert. Auch sie war davongegangen. Würde sie aus denselben Gründen wegbleiben? War es sein Schicksal, sich an Frauen zu binden, die die Bindung nicht wollten. Er konnte es nicht glauben.

Also hatte er sie gehen lassen, unter seinem ruhigen Äußeren verbarg sich Schmerz und Wut. Sie würde zurückkommen.

Aber ein Monat war vergangen, und sie war nicht gekommen. Er fragte sich, wie lang ein Mann leben konnte, der verkümmerte.

Ruf sie an. Fahr ihr nach. Du warst ein Narr, sie überhaupt fortzulassen. Schleppe sie zurück, wenn erforderlich. Du brauchst sie. Du brauchst …

Er guckte auf seine ringlose Hand. Es war mehr, viel mehr als ein Stück Metall, was sie mitgenommen hatte. Er hatte ihr einen Talisman gegeben, und sie hatte ihn behalten. Solange sie den hatte, war die Verbindung zu ihr nicht durchtrennt. Hunter war ein Mann, der an schicksalbestimmende Zeichen glaubte.

„Dinner ist fertig." Sarah stand in der Tür, das Haar zu einem Pferdeschwanz zurückgekämmt, das schmale Gesicht voller Mehlspuren.

Er wollte nicht essen. Er wollte weiterschreiben. Solange er an der Geschichte saß, hatte er einen Teil von Lenore in sich. Und wenn er die Geschichte beendete, würde es ihn zerreißen. Aber Sarah lächelte ihn an.

„Fast fertig", ergänzte sie. Barfuß kam sie ins Zimmer. „Ich habe diesen Hackbraten gemacht, aber er sieht mehr wie ein Pfannkuchen aus. Und die Kekse …", grinsend zuckte sie die Schultern, „… sie sind ziemlich hart, aber wir können Marmelade oder sonst was drauftun." Sie spürte seine Stimmung, schlang die Arme um seinen Hals und schmiegte ihre Wange an seine. „Ich mag es lieber, wenn du kochst."

„Und wer hat gestern Abend über den Brokkoli die Nase gerümpft?"

„Die sahen wie kleine Bäume aus, die krank sind." Wieder rümpfte sie die Nase, löste sich aber dann mit ernstem Gesicht von ihm. „Du vermisst sie sehr, nicht wahr?"

Bei jedem anderen hätte er ausweichen können. Aber das war Sarah. Sie war zehn. Sie kannte ihn in- und auswendig. „Ja, ich vermisse sie sehr."

Nachdenklich drehte Sarah an ihrem Haar. „Vielleicht solltest du sie heiraten."

„Sie hat mir einen Korb gegeben."

Sie zog die Brauen hoch, nicht so sehr aus Ärger, dass überhaupt jemand zu ihrem Vater Nein sagen konnte, sondern aus Konzentration. Donnas Vater hat kaum noch Haare, dachte sie und berührte Hunter wieder, und bei Kellys Dad hing der Bauch über den Gürtel. Shelleys Mutter hörte nie ein witziges Wort von ihrem Mann. Sarah kannte niemanden, der so nett anzusehen war und mit dem man so großartig zusammenleben konnte wie ihren Dad. Jeder wollte ihn heiraten. Als sie klein war, hatte sie ihn selbst heiraten wollen. Aber natürlich, jetzt wusste sie, das war nur blödes Zeug.

Ihre Brauen waren immer noch zusammengezogen, als sie ihn anblickte. „Wahrscheinlich mag sie mich nicht."

Er hörte alles so deutlich, als wenn sie ihre Gedanken eben laut ausgesprochen hätte. Er war sehr gerührt und nicht ein wenig beeindruckt. „Sie kann dich nicht ausstehen."

Sie riss die Augen auf, dann hellte das Lachen ihre Miene wieder auf. „Weil ich so ein Wildfang bin."

„Stimmt. Ich selbst kann dich kaum ausstehen."

Sarah schmollte einen Moment. „Sie sah nicht dumm aus. Aber sie muss es wohl sein, wenn sie dich nicht heiraten will." Wieder schmiegte sie sich an ihn. „Ich mag sie", murmelte Sarah. „Sie war nett, ziemlich nett, aber richtig nett, wenn sie lächelte. Ich glaube, du liebst sie."

„Ja." Er versicherte ihr nicht, dass er Lee anders als sie liebe, dass sie immer sein kleines Mädchen sein werde. Hunter drückte sie nur an sich, und das war genug. „Sie liebt mich auch, aber sie muss ihr eigenes Leben gestalten."

Das verstand Sarah nicht, sie persönlich hielt das auch für dumm. Sie entschied sich aber, es nicht zu sagen. „Ich glaube, mir würde es nichts ausmachen, wenn sie sich doch noch entscheiden würde, dich zu heiraten. Vielleicht ist es ganz nett, jemanden zu haben, der wie eine Mutter ist."

Er zog eine Braue hoch. Sie fragte nie nach ihrer eigenen Mutter. Er nahm an, mit der Intuition eines Kindes wusste sie, dass es darüber nichts zu fragen gab. „Bin ich das nicht?"

„Du bist schon ganz gut", erwiderte sie gnädig. „Aber du verstehst nicht viel von Damenangelegenheiten." Sarah schnüffelte, dann grinste sie. „Hackbraten ist fertig."

„Überfertig, nach dem Geruch zu urteilen."

„Nörgel, nörgel, nörgel." Sie sprang von seinem Schoß. „Ich höre einen Wagen kommen. Du kannst sie zum Dinner einladen, dann werden wir wenigstens alle Plätzchen los."

Ich will keine Gesellschaft, dachte Hunter, während er seiner Tochter nachsah, die aus dem Zimmer sauste. Ein Abend mit Sarah reicht, dann wollte er wieder an die Arbeit zurück. Nachdem er den Computer abgeschaltet hatte, erhob er sich und ging zur Tür. Wahrscheinlich war es eine ihrer Freundinnen, die ihre Eltern überredet hatte, auf dem Rückweg von der Stadt vorbeizuschauen. Er würde sie abwimmeln, so höflich, wie es möglich war, dann würde er sehen, ob noch etwas aus Sarahs Hackbraten zu machen war.

Hunter öffnete die Tür. Sie stand da, ihr Haar hatte das Licht des Spätsommerabends eingefangen. Er war, im wahrsten Sinne des Wortes, sprachlos.

„Hallo, Hunter." Wie ruhig eine Stimme klingen kann, dachte Lee, selbst wenn das Herz hämmert. „Ich hätte dich angerufen, aber deine Nummer steht nicht im Telefonbuch." Als er nichts sagte, spürte Lee, wie ihr die Kehle eng wurde. Irgendwie gelang es ihr, weiterzusprechen. „Darf ich hereinkommen?"

Schweigend trat er zurück. Vielleicht träumte er einfach nur.

Sie hatte ihren ganzen Mut zusammenraffen müssen, um zurückzukommen. Wenn er nicht bald sprach, würden sie sich einfach nur gegenseitig anstarren. Wie ein nervöser Redner, der einen Vortrag über ein Thema halten sollte, über das er nicht genau nachgeforscht hatte, räusperte sich Lee. „Hunter ...“

„Hey, ich glaube, es ist besser, wir geben ganz einfach Santanas die Plätzchen, weil ...“ Sarah kam aus der Küche und blieb mitten im Satz stehen. „Oh, hallo.“

„Sarah, hallo.“ Lee gelang es tatsächlich, zu lächeln. Hunters Tochter sah so komisch überrascht aus, nicht so kühl und distanziert wie ihr Vater.

Unsicher blickte Sarah von einem Erwachsenen zum anderen. Sie würden bestimmt ein Durcheinander aus allem machen. *Tante Bonnie sagte, Menschen, die sich lieben, machen normalerweise ein Durcheinander aus allem, zumindest für eine kleine Weile.* „Dinner ist fertig. Ich habe Hackbraten gemacht. Er ist wahrscheinlich nicht zu schlecht.“

Lee verstand die Einladung und klammerte sich daran. Wenigstens würde ihr das mehr Zeit geben, bevor Hunter sie wieder hinauswarf. „Es duftet wunderbar.“

„Okay, kommen Sie herein.“ Drängend streckte Sarah die Hand aus, wartete, bis Lee sie ergriff. „Er sieht nicht besonders gut aus“, fuhr sie fort, während sie Lee in die Küche führte. „Aber ich habe alles so gemacht, wie es angegeben ist.“

Lee betrachtete den platten Hackbraten und lächelte. „Besser, als ich es könnte.“

„Wirklich? Dad und ich wechseln uns ab.“ Und wenn sie verheiratet sind, rechnete sich Sarah aus, muss ich nur jeden dritten Tag kochen. „Du solltest besser noch einen Teller hinstellen“, meinte sie zu ihrem Vater.

Die drei setzten sich, fast, als wäre es die natürlichste Sache der Welt. Sarah servierte und plapperte in einem fort, womit sie den Erwachsenen die Möglichkeit bot, sich mit ihren in Aufruhr geratenen Gefühlen zu beschäftigen. Sie antworteten beide, lächelten und aßen den Hackbraten.

Er will mich nicht mehr.

Warum ist sie gekommen?

Er hat noch nicht einmal mit mir gesprochen.

Was will sie? Sie sieht so entzückend aus. So entzückend.

Was kann ich tun? Er sieht so wunderbar aus. So wunderbar.

Sarah hob die Kasserolle, die den Rest des Hackbratens enthielt. „Das gebe ich Santanas." Wie die meisten Kinder verabscheute sie Restessen – es sei denn, es waren Spaghetti. „Dad muss den Abwasch machen", erklärte sie Lee. „Sie können ihm helfen, wenn Sie wollen." Nachdem sie Santanas' Essen in seinen Napf geschüttet hatte, tanzte sie aus dem Raum. „Bis später."

Dann waren sie allein. Lee hatte ihre Hände so fest zusammengepresst, dass sie taub waren. Er sah den Ring, den sie immer noch am Finger trug, und spürte, wie sich in seiner Brust etwas verkrampfte, löste und wieder zusammenzog.

„Du bist wütend", sagte sie mit ruhiger, beherrschter Stimme. „Es tut mir leid, ich hätte nicht so unangemeldet kommen sollen."

Hunter erhob sich und begann, die Teller zusammenzustellen. „Nein, ich bin nicht wütend." Wut war wahrscheinlich die einzige Gefühlsregung, die er in der letzten halben Stunde nicht gespürt hatte. „Warum bist du gekommen?"

„Ich …" Hilflos blickte Lee auf ihre Hände. Sie sollte ihm beim Abwasch helfen, sich beschäftigen, natürlich bleiben. Doch sie glaubte nicht, dass ihre Beine sie jetzt halten würden. „Ich habe das Buch fertig geschrieben", sagte sie unvermittelt.

Hunter hielt inne und drehte sich um. Zum ersten Mal, seit er die Tür geöffnet hatte, sah sie diesen Anflug eines Lächelns um seinen Mund. „Glückwunsch."

„Ich wollte, dass du es liest. Ich weiß, ich hätte es schicken können – ich habe deiner Verlegerin eine Kopie geschickt –, aber …" Sie sah ihn wieder an. „Ich wollte es nicht schicken. Ich wollte es dir geben. Ich musste es."

Hunter stellte die Teller in die Spüle und kam zurück zum Tisch, aber er setzte sich nicht. Er musste stehen. Wenn das der Grund war, warum sie gekommen war, der einzige Grund, dann war er nicht sicher, ob er das ertragen könnte. „Du weißt, ich will ihn lesen. Ich erwarte, dass du mir ein Autogramm auf das erste Exemplar schreibst."

Ihr gelang ein Lächeln. „Darüber bin ich nicht so optimistisch. Aber du hattest recht. Ich musste es fertig machen. Ich wollte dir danken, dass du mir das gezeigt hast." Das Lächeln verließ ihren Blick. „Ich habe meinen Job gekündigt."

Er hatte sich nicht bewegt, und doch schien es, als wäre es plötzlich ganz still geworden. „Warum?"

„Ich musste versuchen, das Buch zu beenden. Für mich." Wenn er sie doch nur berühren würde, einfach nur ihre Hand, dann würde sie sich nicht so kalt fühlen. „Ich wusste, wenn ich das schaffe, dann schaffe ich alles. Ich musste es mir beweisen, bevor ich …" Lee brach ab, nicht fähig, alles zu sagen. „Ich habe deine Bücher gelesen, deine früheren als Laura Miles."

Wenn er sie doch einfach berühren könnte. Doch wenn er es tat, würde er sie nie wieder fortlassen. „Haben sie dir gefallen?"

„Ja. Ich hätte es nie für möglich gehalten, dass der Stil eines Liebesromans und einer Horrorgeschichte gleich sein kann. Aber es war so. Atmosphäre, Spannung, Gefühl." Sie holte tief Luft und sah ihn an. „Du verstehst, wie eine Frau fühlt, du verstehst ihre Unsicherheiten. Das zeigt sich in den Büchern." Ihre Blicke trafen sich. „Ich hoffe, du kannst das gleiche Verständnis mir gegenüber aufbringen." Er blickte wieder in sie. Sie konnte es fühlen.

„Es ist viel schwieriger, wenn die eigenen Gefühle mit betroffen sind."

Sie verschränkte ihre Finger, ganz fest. „Sind sie das?"

Er berührte sie nicht, noch nicht, doch sie konnte seine Hand fast auf ihrer Wange spüren. „Brauchst du es? Muss ich dir sagen, dass ich dich liebe?"

„Ja, ich …"

„Du hast dein Buch beendet, deinen Job gekündigt. Du bist viele Risiken eingegangen, Lenore." Er wartete. „Trotzdem brauchst du immer noch Versicherungen, willst es schwarz auf weiß."

Nein, er würde ihr die Dinge nie leicht machen. Immer Anforderungen, Erwartungen stellen. Er würde sie nie verzärteln. „Du hast mir große Angst eingejagt, als du mich gebeten hast, dich zu heiraten. Ich habe viel darüber nachgedacht, wie ein kleines Kind über den dunklen Keller nachdenkt. Ich weiß nicht, was drin ist – es könnte ein schöner Traum, es könnte ein Albtraum sein. Du verstehst das."

„Ja." Obwohl es keine Frage gewesen war. „Ich verstehe das."

Sie atmete etwas leichter. „Mein Leben in Los Angeles, ich habe es als Entschuldigung benutzt. Aber tatsächlich hatte ich einfach Angst, in den dunklen Keller zu gehen." Sie streckte ihre Hand aus. „Aber ich möchte es versuchen. Ich möchte mit dir hineingehen."

Er ergriff ihre Hand, und Lee fühlte, wie sich ihre nervöse Anspannung löste. „Es wird kein Traum sein, Lenore, weder ein schöner Traum noch ein Albtraum. Jede Minute davon wird ganz wirklich sein."

Jetzt lachte sie, weil seine Hand in ihrer lag. Sie trat näher und küsste ihn ganz weich. Es war alles so leicht, wie in einen warmen, klaren Strom zu tauchen. Er atmete den Duft ihres Haares ein. Sie war zu ihm gekommen.

Lee schloss die Augen. „Hunter, wenn es für Sarah, ich meine, wenn sie nicht …"

„Schon geklärt." Er zog sie an sich. „Sarah hat gerade vorhin ein ermunterndes Gespräch mit mir geführt. Ich nehme an, du verstehst etwas von ‚Damenangelegenheiten'?"

„Damenangelegenheiten?"

Er schob sie ein wenig weiter zurück, um sie von oben bis unten zu mustern. „Jeder Zentimeter eine Dame. Du bist es, Lenore, für mich und für Sarah."

„Okay." Sie stieß einen langen Atemzug aus. „Sagst du es ihr?"

„Lenore." Er umschmiegte mit den Händen ihr Gesicht und küsste sie auf beide Wangen, ganz zärtlich, mit einer Spur von Lachen dahinter. „Sie weiß es schon."

Lee zog eine Braue hoch. „Die Tochter ihres Vaters."

„Genau." Er packte sie und wirbelte sie in seiner unbeherrschbaren Freude herum. „Die Dame wird es interessant finden, in einem Haus mit wirklichen und eingebildeten Monstern zu leben."

„Die Dame kann damit umgehen – und mit allem anderen, was du dir erträumst."

„Ist das so?" Er warf ihr einen schalkhaften Blick zu – belustigt, begehrend, wissend. „Dann machen wir schnell den Abwasch, und ich werde sehen, was ich machen kann."

– ENDE –

Nora Roberts

Ein Mann für alle Sinne

Roman

Aus dem Amerikanischen von
Sonja Sajlo-Lucich

1. KAPITEL

Er sah ausnehmend attraktiv aus. Außerdem war er reich und talentiert. Und er wirkte sexy. Ausgesprochen sexy. Aber das durfte Juliet nicht interessieren. Sie war ein Profi, und dies war ein Job wie jeder andere.

Carlo Franconis Aussehen, sein Charme, seine Reputation und sein Talent würden die Zusammenarbeit mit ihm vermutlich höchst angenehm machen. Jeder, der ihn kannte, hatte ihr das versichert. Dennoch studierte sie das glänzende Schwarz-Weiß-Foto, das vor ihr auf dem Schreibtisch lag, mit gerunzelter Stirn. Je länger sie es betrachtete, umso mehr befürchtete sie, die Arbeit mit ihm könne anstrengend werden.

Herausfordernd lächelte Carlo den Betrachter von dem Foto an, die mandelförmigen dunklen Augen hellwach und spöttisch amüsiert. Juliet fragte sich, ob die Aufnahme wohl von einer Fotografin gemacht worden war, denn es schien, als flirte Carlo mit der Kamera. Das dichte Haar wirkte übermütig zerzaust und lockte sich leicht im Nacken und über den Ohren. Nicht viel, gerade genug, um zu entwaffnen. Die markanten Gesichtszüge, das charmante Lächeln, die gerade Nase und die dunklen, leicht geschwungenen Brauen ergaben zusammen ein Gesicht, das dazu geschaffen schien, den gesunden Menschenverstand einer jeden Frau zu sabotieren.

Nun, Juliet würde seine Ausstrahlung zu ihrem Vorteil nutzen. Sie hatte schon mit so manchen gut aussehenden Männern in ihrem Leben zu tun gehabt. Auch mit reichen und talentierten. Allerdings musste sie zugeben, dass sie noch keinen Mann getroffen hatte, der all diese Eigenschaften in sich vereinte. Bisher hatte sie auch noch nicht die Möglichkeit gehabt, mit einem solchen Mann zusammenzuarbeiten. Jetzt erhielt sie sie. Und sie würde sie nutzen. Denn Autorentourneen konnten die Hölle sein, das wusste sie.

Aber weshalb musste es ausgerechnet ein Kochbuch sein? Erfolglos versuchte Juliet, einen Seufzer zu unterdrücken. Carlo Franconis „The Italian Way“ war, ob es ihr gefiel oder nicht, der größte Auftrag, den man ihr bisher übertragen hatte. Und sie würde ihn gut machen.

Sie liebte ihren Job als PR-Agentin und war auch mit ihrer Anstellung beim Verlagshaus Trinity Press zufrieden. Stufe um Stufe hatte sie sich die Karriereleiter hinaufgearbeitet. Und ihr Ehrgeiz brannte heute, mit achtundzwanzig, noch immer so heiß wie vor zehn Jahren. Sie hatte geschuftet und geschwitzt, sich unablässig weitergebildet und gelernt, um diese Position und ihr eigenes Büro zu bekommen. Aber sie hatte keineswegs vor, sich auf ihren Lorbeeren auszuruhen.

In zwei Jahren wollte sie so weit sein, den nächsten Karrieresprung zu machen – ihre eigene Public-Relations-Agentur. Natürlich würde sie ganz klein anfangen müssen, aber das war ja gerade das Aufregende – eine Firma von Grund auf aufzubauen. Die Kontakte und die Erfahrung, die sie in den vergangenen Jahren gesammelt hatte, würden ihr als sicheres Fundament dienen, um ihre Träume zu verwirklichen. Davon war Juliet überzeugt.

Eine der ersten Lektionen, die sie in der Werbung und Öffentlichkeitsarbeit gelernt hatte, war die, dass jedes Produkt grundsätzlich ebenso wichtig war wie das andere, ob es sich dabei nun um den Bestseller handelte, bei dem bereits feststand, dass er verfilmt werden würde, oder um einen schmalen Gedichtband, dessen Verkaufserlös nicht einmal die Produktionskosten deckte. Für jedes Buch den richtigen Aufhänger zu finden, um es auf dem Markt groß herauszubringen, machte gerade die Herausforderung aus. Und Juliet hatte Spaß an dieser Arbeit.

Jetzt also musste sie sich für die Rezepte eines selbstbewussten italienischen Chefkochs einsetzen. Carlo Franconi, so dachte sie trocken, ist alles andere als ein unbeschriebenes Blatt. Sein Ruf eilte ihm voraus, sowohl in der Damen- als auch in der Verlagswelt. Er ließ nichts anbrennen – bei diesem äußerst passenden Bild huschte ein zufriedenes Lächeln über Juliets Gesicht – und wusste das glühende Interesse der internationalen Klatschpresse für sich zu nutzen. Deshalb musste man nicht unbedingt ein leidenschaftlicher Hobbykoch sein, um den Namen Franconi zu kennen. Gleichzeitig aber waren seine ersten beiden Kochbücher absolute Bestseller gewesen, die Verlage rissen sich um ihn. Und deshalb wurde er auf seiner aktuellen Tournee von einem Verlagsrepräsentanten, namentlich ihr, begleitet und verhätschelt.

Der Erfolg seiner Bücher war durchaus berechtigt, wie Juliet ihm zugestehen musste. Zwar konnte sie selbst nicht einmal ein Spiegelei braten, ohne es in eine unansehnliche glibberige Masse zu verwandeln, dennoch wusste sie selbstverständlich Qualität und Stil zu schätzen. Bei Franconi erweckte das Rezept für Linguini unwillkürlich den Eindruck, als könne man das Gericht nur in schwarzer Seidenwäsche zubereiten. Er brachte es fertig, das Kochen schlichter Spaghetti wie ein erotisches Erlebnis klingen zu lassen.

Sex-Appeal. Juliet lehnte sich auf ihrem Schreibtischstuhl zurück und reckte sich. Davon hatte er wahrhaft reichlich. Und diese Eigenschaft würde sie sich zunutze machen. Bevor die dreiwöchige Autorentournee zu Ende war, sollte Carlo Franconi den Ruf haben, der erotischste Koch der Welt zu sein. Dafür wollte sie sorgen. Jede Frau in Amerika, in der auch nur einziger Blutstropfen floss, würde davon träumen, ein intimes Dinner für zwei aus seinem Kochbuch zuzubereiten. Kerzenlicht, Pasta und Romantik pur.

Ein letzter Blick auf das Foto und das herausfordernde Lächeln auf seinem Gesicht versicherten ihr, dass er mit diesem Anspruch, den sie an ihn stellte, würde umgehen können.

Zwischenzeitlich jedoch blieb noch eine Menge Arbeit zu erledigen. Einen Terminplan aufzustellen machte Spaß, sich dann daran zu halten erforderte meist mehr Einsatz. Doch sie genoss beides.

Juliet drückte auf den Knopf der Sprechanlage und meldete sich bei ihrer Assistentin. „Deborah, mach mir bitte eine Verbindung mit Diane Maxwell. Sie ist Programmdirektorin der Simpson Show in L. A."

„Fährst du direkt die schweren Geschütze auf?"

Juliet erlaubte sich ein kurzes, höchst unprofessionelles Lachen. „Genau." Dann ließ sie den Knopf los und begann, sich Notizen zu machen. Es gab keinen Grund, nicht ganz oben anzufangen, sagte sie sich. Sollten sie es nicht schaffen, Franconi auf die Gästeliste der Simpson Show setzen zu lassen, hatte die Tournee eine umso größere Berechtigung.

Während sie auf die Verbindung wartete, sah sie sich in ihrem Büro um. Gut, sie war noch nicht ganz oben, aber schon ein gutes Stück in die Höhe gestiegen. Vor allem hatte ihr Büro jetzt ein Fenster mit grandioser Aussicht. Noch immer erschauerte sie unwillkürlich, wenn sie an die fensterlosen Abstellkammern dachte, in denen sie zu Anfang gearbeitet hatte. Dort unten auf der Straße, zwanzig Stockwerke tiefer, hastete, hetzte und drängelte New York durch einen weiteren Tag. Nur wer Biss und Durchsetzungsvermögen hatte, konnte hier überleben. Das hatte auch Juliet Trent lernen müssen, nachdem sie aus dem relativ gemütlichen Harrisburg, Pennsylvania, hierhergezogen war.

Sie war in einer perfekten kleinen Nachbarschaft aufgewachsen, in einer ruhigen, beschaulichen Straße, wo jeder seinen Rasen regelmäßig und akkurat bis zum Jägerzaun mähte und regelmäßig die Hecke schnitt. Jeder kannte dort den anderen, und jeder wusste alles von den Nachbarn. Nie wieder wollte sie in die Idylle der Vorstadt zurückkehren. Sie zog die Anonymität und die Individualität der Großstadt vor. Die Wahrheit war – ihr gefielen das Tempo, die brodelnde Energie und die Stimmung von Aufbruch und Wagemut in New York.

Ihre Mutter hatte sich in der Rolle der perfekten Vorstadthausfrau eingerichtet, Juliet nicht. Sie war eine moderne Frau, unabhängig, selbstständig und karriereorientiert. Das Apartment in der Siebzigsten West hatte sie mit viel Sorgfalt und Liebe zum Detail selbst eingerichtet. Sie besaß ausreichend Geduld, um einen Schritt nach dem anderen zu tun, solange das Resultat dann genau ihren Vorstellungen entsprach. Auf ihre berufliche Laufbahn konnte sie stolz sein. Jetzt saß sie in einem Büro, das sie langsam nach ihrem eigenen Geschmack umgestaltete, eine Angelegenheit, die sie nicht auf die leichte Schulter nahm. Sie hatte allein vier Monate gebraucht, um die richtigen Grünpflanzen für ihren Arbeitsbereich auszuwählen – alles sollte dazu beitragen, eine freundliche, moderne und niemals spießige Atmosphäre zu schaffen.

Mit dem beigefarbenen Teppich würde sie vorerst wohl leben müssen, aber der große Dalí-Druck an der Wand gegenüber vom Fenster verlieh dem Zimmer Leben und Energie. Ein großer Spiegel mit elegantem Facettenschliff gab dem Raum die Illusion von Weite und Größe. Im Moment hatte Juliet eine große orientalische Vase im Auge, die sich, gefüllt mit schillernden Pfauenfedern, hervorragend hier machen würde. Wenn sie noch ein wenig länger wartete, sank der horrende Preis vielleicht. Dann würde sie zugreifen.

Juliet war praktisch und vernünftig, allerdings konnte sie keinem Sonderangebot widerstehen. Was zur Folge hatte, dass ihr Bankkonto wesentlich weniger gut ausgestattet war als ihr Kleiderschrank. Nein, sie war nicht verschwenderisch. Sollte jemand dieses Wort im Zusammenhang mit ihr benutzen, wäre sie zutiefst empört. Ihre Garderobe war genau durchdacht, bestens gepflegt und passend. Gut, ihre Schuhkollektion könnte man vielleicht als ein wenig ausschweifend bezeichnen, aber schließlich war sie während ihres Arbeitstages oft mehr als zehn Stunden auf den Beinen und … ein wenig Luxus hatte sie sich wohl verdient. Auf jeden Fall hatte sie die Schuhe alle selbst bezahlt, ob nun solide Turnschuhe, neutrale schwarze Pumps oder elegante Abendsandaletten. Sie hatte sie sich verdient mit endlos langen Meetings, unzähligen Stunden des Wartens an Flughäfen und noch mehr Zeit am Telefon. Sie hatte sie sich erarbeitet auf den Autorentourneen, bei denen sie vorher nie wusste, was sie erwartete – Brillanz, Humor, Pedanterie, Langeweile oder einfach nur schiere Unhöflichkeit. Denn ganz gleich, womit sie fertigwerden musste, sie wusste, was von ihr erwartet wurde: Die Medien sollten über die Neuerscheinungen von Trinity Press berichten. Jedes Buch, für das sie warb, musste den Zeitungen eine Schlagzeile wert sein.

Juliet hatte gelernt, wie man mit der Presse umging, vom Starkorrespondenten der *New York Times* bis hin zum freien Reporter einer kleinen Lokalzeitung, und sie wusste, welcher

Ton bei den Crews von Talkshows angebracht war. Es war ein Abenteuer gewesen, das alles zu lernen, und da sie sich im Privatleben nur wenig Abwechslung gönnte, war der berufliche Erfolg umso erfüllender.

Als die Sprechanlage summte, atmete sie einmal tief durch. Jetzt würde sie also all ihre Überzeugungskraft einsetzen können, um Franconi in der erfolgreichsten Talkshow ganz Amerikas zu platzieren.

Und er würde das Beste daraus machen, dachte sie, als sie nach dem Hörer griff. Sonst lief er Gefahr, dass sie ihm mit seinem eigenen frisch geschärften Küchenmesser die Gurgel durchschnitt.

„Ah, *mi amore. Squisito.*"

Carlos Stimme klang wie ein tiefes Schnurren, dazu gedacht, den Blutdruck in die Höhe schnellen zu lassen. Diese erotische Stimme hatte er nicht üben müssen, er war damit geboren worden. Und er war schon immer der Überzeugung gewesen, dass ein Mann, der seine von Gott gegebenen Talente nicht nutzte, ein Narr war. „*Bellissimo*", murmelte er, und seine dunklen Augen schimmerten verträumt vor Vorfreude.

Es war heiß, nahezu schwül, aber das störte ihn nicht. Die Hitze ließ das Blut schneller durch die Adern fließen. Die Sonnenstrahlen, die durch das Fenster fielen, zeigten bereits den rotgoldenen Schimmer, der vom Ende des Tages kündete und an die Vergnügen der hereinbrechenden Nacht denken ließ. Im Raum hingen schwere Aromen, die Carlo tief einatmete. Ein Mann verpasste so vieles im Leben, wenn er nicht alle seine Sinne nutzte. Carlo hatte es sich schon früh zum Lebensmotto gemacht, nichts zu verpassen.

Mit dem Blick des Connaisseurs studierte er seine Geliebte. Er liebkoste, schmeichelte, wisperte ... Es kümmerte ihn nicht, ob es kurze Momente oder lange Stunden dauerte, bis er bekam, was er wollte. Solange er es nur bekam. Für Carlo waren die ersten charmanten Worte, die gespannte Erwartung, die einzelnen Bewegungsabläufe ebenso befriedigend wie das Resultat. Die

Eroberung einer Frau verglich er immer mit einem Tanz. Während er verführte und lockte, erklang im Hintergrund eine Arie aus „Die Hochzeit des Figaro".

Carlo legte stets großen Wert auf die entsprechende Szenerie, denn er war überzeugt, dass das Leben nicht nur gelebt, sondern bis zur Neige ausgekostet werden wollte.

„*Bellissimo*", wiederholte er und beugte sich näher über das Objekt seiner Bewunderung. Die Muschelsoße blubberte sinnlich, während er sie behutsam umrührte. Langsam, jeden Moment genießend, führte er den Kochlöffel an die Lippen. Mit halb geschlossenen Augen kostete er. Aus seiner Kehle stieg ein Laut überwältigender Befriedigung. „*Squisito.*"

Mit halb geschlossenen Augen wandte er sich vom Topf mit der Soße ab, um seiner Zabaglione die gleiche zärtliche Aufmerksamkeit zukommen zu lassen. Er glaubte fest daran, dass keine Frau auf dieser Welt der reichhaltigen süßen Creme mit dem leisen Hauch von Wein widerstehen konnte. Und natürlich erwartete er eine Frau, wie immer.

In der Küche empfand er das gleiche intensive Vergnügen wie im Schlafzimmer. Es kam also nicht von ungefähr, dass er einer der meistrespektierten und bewunderten Chefköche war und ihm gleichzeitig der Ruf eines großartigen Liebhabers vorauseilte. Carlo empfand seine Talente als göttliche Fügung, doch gleichzeitig verlangte er sich selbst Perfektion ab. Seine Küche war genau durchdacht und ebenso perfekt für die Harmonie von Soßen und Gewürzen ausgestattet, wie sein Schlafzimmer bis ins Detail für die Verführung von Frauen eingerichtet war. Ja, Carlo Franconi glaubte fest daran, dass das Leben ausgekostet werden wollte, bis zum allerletzten Tropfen.

Als das Klopfen an der Haustür durch die hohen Räume seines Hauses hallte, sprach er seiner Pasta noch einmal gut zu, bevor er sich die Schürze abband. Auf dem Weg zur Tür rollte er die Ärmel seines Hemdes herunter, allerdings hielt er es für unnötig, vor einem der antiken Spiegel im Korridor stehen zu bleiben, um sein Erscheinungsbild zu überprüfen. Er war nicht wirklich eitel, dafür aber umso selbstsicherer.

Auf der Schwelle stand eine große, beeindruckende Frau mit bronzefarben getönter Haut und schimmernden dunklen Augen. Sein Herz schlug jedes Mal heftiger, sobald er sie sah. „*Mi amore.*“ Er nahm ihre Hand und küsste die Innenfläche, während um seine Augen ein vielversprechendes Lächeln spielte. „*Bella. Molto bella.*“

Einen Moment lang stand sie reglos im abendlichen Dämmerlicht, dunkel, anmutig, mit einem Lächeln allein für ihn. Nur eine Närrin wüsste nicht, dass er Dutzende von Frauen auf diese Weise begrüßte. Sie war keine Närrin, aber sie liebte ihn.

„Du bist ein Tunichtgut, Carlo.“ Die Frau konnte nicht widerstehen, sie streckte die Hand aus und fuhr mit ihren Fingern durch sein dichtes Haar. „Ist das eine Art, seine Mutter zu begrüßen?“

„Es ist *meine* Art“, er küsste ihre Hand noch einmal, „eine schöne Frau zu begrüßen.“ Dann schlang er die Arme um sie und küsste sie auf die Wangen. „Und das ist die Art, wie ich meine Mutter begrüße. Ein glücklicher Mann, der beides tun kann.“

Lachend erwiderte Gina Franconi die Umarmung ihres Sohnes. „Für dich sind alle Frauen schön.“

„Aber nur eine einzige ist meine Mutter.“ Den Arm um ihre Taille geschlungen, führte er sie ins Haus.

Wie jedes Mal freute Gina sich darüber, dass das Heim ihres Sohnes makellos sauber war, wenn auch für ihren Geschmack ein wenig zu exotisch. Nicht zum ersten Mal fragte sie sich, wie die arme Haushälterin die reich geschnitzten Türrahmen staubfrei hielt und Hunderte von kleinen Fensterscheiben streifenfrei putzen konnte. Und sie wusste, wovon sie sprach, denn sie hatte selbst fünfzehn Jahre lang anderer Leute Haushalte geputzt und hielt seit vierzig Jahren den eigenen in Ordnung.

Jetzt studierte sie seine neueste Errungenschaft – eine anderthalb Meter hohe Eule aus Wurzelholz, die irgendein kleines Beutetier in einer Klaue hielt. Eine gute Ehefrau, so sinnierte sie, würde den Geschmack ihres Sohnes auf weniger exzentrische Pfade lenken.

„Ein Aperitif, Mama?" Ohne ihre Antwort abzuwarten, nahm Carlo eine schlanke Flasche aus der Rauchglasvitrine. „Diesen hier solltest du unbedingt kosten", meinte er und füllte zwei kleine Likörgläser. „Ein Geschenk von einem lieben Freund."

Gina stellte ihre rote Ledertasche ab und nahm das Glas an. Der erste Schluck war scharf und stark, gleichzeitig aber sanft und berauschend wie ein Kuss. Sie hob eine Braue und kostete ein zweites Mal. „Ausgezeichnet."

„Das ist er. Tatsächlich hat Anna einen hervorragenden Geschmack."

Anna also, dachte sie eher amüsiert denn pikiert. Sie hatte schon vor Jahren gelernt, dass es keinen Sinn hatte, sich über einen Mann aufzuregen, vor allem nicht, wenn man den Mann liebte. „Sind alle deine Freunde Frauen, Carlo?"

„Nein." Er hielt das Glas vor sich hoch und schwenkte sanft die Flüssigkeit darin. „Anna jedoch ist es. Sie hat mir den Likör zur Hochzeit geschickt."

„Zur ..."

„Zu ihrer Hochzeit", ergänzte Carlo lachend. „Sie war auf der Suche nach einem Ehemann, und da ich ihr damit nicht dienen konnte, sind wir als Freunde auseinandergegangen." Zum Beweis hielt er die Flasche hoch.

„Hast du den Inhalt auf Gift testen lassen, bevor du davon getrunken hast?", fragte Gina trocken.

Er prostete ihr zu. „Ein kluger Mann achtet darauf, dass ehemalige Geliebte zu Freunden werden, Mama."

„Und du bist unbestreitbar klug." Sie zuckte mit den Schultern, nippte noch einmal und setzte sich dann. „Wie ich höre, sollst du angeblich mit dieser französischen Schauspielerin ausgehen."

„Nicht angeblich, es stimmt."

Die Farbe des Likörs im Glas schien plötzlich ihre gesamte Aufmerksamkeit zu beanspruchen. „Sie ist sicherlich sehr schön."

„Natürlich ist sie das."

„Aber ich glaube nicht, dass sie mir Enkelkinder schenken wird."

Sorglos lachte Carlo und setzte sich neben sie. „Du hast schon sechs Enkelkinder, Mama, und das siebte kommt bald. Werde nicht gierig."

„Nur keines von meinem Sohn. Von meinem einzigen Sohn." Mit einem Finger tippte sie ihm leicht auf die Schulter. „Aber ich habe die Hoffnung noch nicht aufgegeben."

„Vielleicht finde ich ja eines Tages eine Frau wie dich."

Sie erwiderte seinen arroganten Blick mit der gleichen Überheblichkeit. „Unmöglich, *caro*."

Genau meine Meinung, dachte Carlo und lenkte das Gespräch geschickt auf seine vier Schwestern und deren Familien. Wenn er diese schlanke, elegante Frau anschaute, fiel es ihm schwer, sie sich als die Mutter vorzustellen, die ihn und seine Schwestern praktisch allein aufgezogen hatte. Unablässig hatte sie gearbeitet, und wenn sie auch für ihr hitziges Temperament bekannt gewesen war und häufig gewütet und getobt hatte, so hatte sie doch nie geklagt. Die Kleidung ihrer Kinder war immer sorgfältig gestopft und genäht, ihr Haus immer makellos sauber gewesen, während der Vater endlose Monate auf See zugebracht hatte.

Wenn er sich konzentrierte und zurückdachte – was er nur selten tat –, konnte Carlo sich an einen drahtigen dunkelhaarigen Mann mit einem schwarzen Schnauzbart erinnern, der oft und gerne gelacht hatte. Das Bild rief weder Groll noch Trauer hervor. Sein Vater war schon zur See gefahren, bevor seine Eltern heirateten, und er war auch nach der Hochzeit Seemann geblieben. So wie Carlos Schicksal das Kochen war, so gehörte die Liebe seines Vaters der See. Doch so schwach seine Erinnerung an den Vater auch war, so stark und gefestigt waren seine Gefühle für seine Mutter.

Sie hatte jedes ihrer Kinder in dessen jeweiligen Neigungen unterstützt. Als Carlo ein Stipendium für die Sorbonne erhalten hatte und die Möglichkeit, seine Leidenschaft für die Haute Cuisine auszuleben, da hatte sie ihn ziehen lassen. Letztendlich hatte sie sein mageres Einkommen, das er während des Studiums hinzuverdienen konnte, aufgebessert. Carlo vermutete, dass sie dafür einen wesentlichen Teil der Lebensversicherung geopfert hatte, die ihr ausbezahlt wurde, als ihr Mann von einer Fahrt über die See, die er so sehr liebte, nicht mehr zurückgekommen war.

Vor sechs Jahren war Carlo in der Lage gewesen, ihr dieses Geld auf seine Art zurückzuzahlen. Das Bekleidungsgeschäft, das er als Geburtstagsgeschenk für sie kaufte, war ein lebenslanger Traum seiner Mutter gewesen. Er sah seine Mutter endlich glücklich, und für Gina war es ein Neuanfang.

Aufgewachsen in einer großen, lauten, warmherzigen Familie, dachte er gern an seine Kindheit zurück. Ein Mann, der unter Frauen groß wurde, lernte sie zu verstehen, zu schätzen, zu bewundern. Carlo wusste von den Träumen der Frauen, von ihren Eitelkeiten und ihren Unsicherheiten. Er war niemals mit einer Partnerin zusammen, für die er nicht sowohl Zuneigung als auch Leidenschaft verspürte. Wenn nur Leidenschaft vorherrschte, wusste er schon im Voraus, dass am Ende der Beziehung keine Freundschaft stehen würde, sondern nur der Nachgeschmack von Bitterkeit übrig bleiben konnte. Gerade ging die lauschige Affäre, die er mit der französischen Schauspielerin hatte, ihrem Ende zu. Sie würde in wenigen Wochen mit den Aufnahmen für einen neuen Film beginnen, und er musste bald zu seiner Tournee nach Amerika aufbrechen. Und das wäre es dann, dachte er mit einigem Bedauern.

„Carlo, gehst du bald nach Amerika?"

„Hm, ja." Manchmal fragte er sich, ob seine Mutter Gedanken lesen konnte. Er wusste, dass Frauen ein untrügliches Gespür hatten. „In zwei Wochen."

„Tust du mir einen Gefallen?"

„Selbstverständlich."

„Dann sieh dir doch genauer an, was die berufstätige amerikanische Frau so trägt. Ich möchte ein paar neue Sachen in mein Ladensortiment aufnehmen. Die Amerikaner sind so clever und vor allem immer praktisch veranlagt."

„Ich hoffe, nicht allzu praktisch." Er schwenkte seinen Drink im Glas. „Meine PR-Agentin ist eine Miss Trent." Er trank den letzten Schluck aus, hieß das Brennen und Beißen des scharfen Getränks auf der Zunge willkommen. „Ich verspreche, ich werde jeden Aspekt ihrer Garderobe genauestens studieren."

Sie bedachte sein flüchtiges Lächeln mit einem nüchternen Blick. „Du bist so gut zu mir, Carlo", entgegnete sie mit leichtem Spott.

„Aber natürlich, Mama. Und daher werde ich dich jetzt auch wie eine Königin bewirten."

Carlo hatte nicht die geringste Ahnung, wie Juliet Trent aussah. Allerdings vermutete er aufgrund der E-Mails, die er von ihr erhalten hatte, dass sie genau der Typ der amerikanischen Frau war, den seine Mutter beschrieben hatte. Clever und praktisch veranlagt. Für eine PR-Agentin sicherlich ganz exzellente Eigenschaften.

Vielleicht sah sie ja wenigstens ganz annehmbar aus. Aber, wie seine Mutter schon gesagt hatte, er entdeckte Schönheit in jeder Frau. In seinem Privatleben zog er vielleicht ein hübsches Äußeres vor, aber er wusste auch, wie er unter die Hülle schauen musste, um die innere Schönheit aufzudecken. Es machte das Leben interessanter, auch vom ästhetischen Standpunkt aus gesehen.

Dessen ungeachtet, lag seine Hand am Ellbogen einer faszinierend aussehenden Mitreisenden mit dunkelroten langen Locken, als er in L. A. aus dem Flugzeug stieg.

Juliet dagegen wusste, wie Carlo Franconi aussah. Als sie sich unter den ankommenden Passagieren umschaute, erblickte sie ihn Schulter an Schulter mit einer Frau mit üppigen Kurven auf High Heels. Obwohl er einen großen ledernen Koffer in der Hand und eine Reisetasche über der Schulter trug, eskortierte er die Rothaarige in die Ankunftszone hinaus, als würde er sie in einen Ballsaal führen. Oder ins Schlafzimmer.

Mit einem schnellen Blick hatte Juliet die maßgeschneiderte Hose, das lässige Jackett und das offen stehende Hemd erfasst.

Am kleinen Finger einer Hand blitzte ein in Gold gefasster großer Diamant auf. Er hätte prahlerisch und vulgär wirken müssen, doch irgendwie ergänzte er nur Carlos saloppe Unbeschwertheit. Juliet fühlte sich steif und formell.

Sie war schon gestern in L. A. angekommen, um genügend Zeit zu haben, sich persönlich um die letzten Details zu kümmern. Carlo Franconi würde nichts anderes zu tun haben, als charmant zu sein, Fragen zu beantworten und sein Kochbuch zu signieren. Juliet beobachtete, wie er der Rothaarigen einen Handkuss gab, und ahnte, dass die Frauen für eine Widmung in seinem Buch Schlange stehen würden. Denn waren es nicht vor allem Frauen, die Kochbücher kauften? Mühsam unterdrückte sie ein sarkastisches kleines Lächeln und erhob sich. Carlos Begleiterin warf ihm noch einen letzten sehnsüchtigen Blick über die Schulter zu und ging davon.

Juliet trat auf ihn zu. „Mr Franconi?"

Carlos erster Blick auf Juliet ließ Interesse in ihm aufflackern und bewirkte ein leichtes Ziehen in seinen Lenden. Dieses Gefühl konnte er kontrollieren oder ausleben, je nachdem, was in der Situation angebracht war. In der jetzigen beschloss er es zu unterdrücken.

Sie hatte nicht nur ein hübsches Gesicht, sondern zudem ein interessantes. Ihre Haut war sehr hell, was sie hätte zerbrechlich erscheinen lassen können. Doch die hohen, ausgeprägten Wangenknochen machten diesen Eindruck wieder zunichte und verliehen ihrem Gesicht zudem eine höchst anziehende Herzform. Ihre großen Augen mit langen dichten Wimpern prägten den ersten Eindruck, gekonnt aufgetragener rauchiger Lidschatten ließ das helle Grün ihrer Iris noch kühler wirken. Diskreter pfirsichfarbener Lipgloss brachte ihre vollen Lippen zum Schimmern. Ihr Mund war sanft und perfekt geschwungen und zog den Blick jedes Mannes automatisch an. Carlo nahm an, dass sie sich dessen bewusst war. Ihre Haarfarbe changierte zwischen Braun und Blond, es war ein sehr sanfter und natürlicher Ton. Sie trug es hinten lang genug, um es zu einem Chignon drehen zu können, und vorn kurz genug, um es sportlich oder elegant zu frisieren, je nachdem, wonach ihr der Sinn stand.

Heute hatte Juliet ihr Haar offen gelassen, es wirkte lässig, doch keineswegs nachlässig. Als die Landung des Flugzeuges angekündigt worden war, hatte sie ein letztes Mal im Waschraum ihr Erscheinungsbild überprüft.

„Ich bin Juliet Trent", hob sie an, als sie der Meinung war, dass er sie lange genug angestarrt hatte. „Willkommen in Kalifornien." Als er die Hand schüttelte, die sie ihm bot, musste sie sich eingestehen, dass sie sich eigentlich schon für einen Handkuss von ihm gewappnet hatte. Dennoch versteifte sie sich, einen Sekundenbruchteil nur, aber er hatte es bemerkt, wie sie an seiner hochgezogenen Augenbraue feststellte.

„Die Gegenwart einer schönen Frau lässt einen Mann sich überall willkommen fühlen."

Seine Stimme war unglaublich – tief und männlich, gleichzeitig aber weich und voller Charme. Juliet sagte sich, dass sie ihr nur angenehm auffiel, weil diese Stimme bei Interviews und Lesungen bestens zum Tragen kommen würde. Sie dachte an die Rothaarige und nahm seine Bemerkung wörtlich. „Dann müssen Sie einen angenehmen Flug gehabt haben." Ihr Lächeln war leicht, aber nicht wirklich freundlich.

Auch wenn seine Muttersprache Italienisch war, verstand Carlo Nuancen in jeder Sprache. Er schmunzelte. „Sehr angenehm sogar."

„Und sicherlich ermüdend." Sie nahm sich zusammen und erinnerte sich an ihre Aufgabe. Sie schaute auf den großen Lederkoffer. „Soll ich Ihnen das abnehmen?"

Die Vorstellung, dass ein Mann seine Last auf eine Frau abwälzen sollte, ließ ihn nochmals seine Augenbraue hochziehen. In Carlos Augen würde es der Gleichberechtigung niemals gelingen, die Grenzen der Höflichkeit zu sprengen. „Nein, mein Gepäck lasse ich grundsätzlich nicht von einer Frau tragen."

Sie deutete die Richtung an und fiel an seiner Seite in seinen Schritt mit ein. „Die Fahrt zum Beverly Wilshire dauert eine halbe Stunde. Heute Nachmittag haben Sie Zeit, sich von dem Flug auszuruhen. Heute Abend würde ich allerdings gern die morgigen Termine mit Ihnen durchgehen."

Ihr Gang gefiel ihm. Zwar war sie nicht auffallend groß, aber ihre Schritte waren ausholend und sicher. Der Rock, den sie trug, schwang bei jedem Schritt mit. „Bei einem Dinner?"

Sie warf ihm einen schnellen Seitenblick zu. „Wenn Ihnen das lieber ist."

Für die nächsten drei Wochen würde sie ihm zur Verfügung stehen, erinnerte Juliet sich, während sie geistesgegenwärtig einem massigen Mann auswich, der gerade einen schweren Koffer und eine Aktentasche schwungvoll aufhob.

Ja, ihr Gang gefiel ihm, bestätigte Carlo sich noch einmal in Gedanken. Sie war eine Frau, die auf sich selbst aufpassen konnte und kein großes Aufhebens darum machte.

„Dann um sieben? Da Sie morgen früh Gast in einer Live-Talkshow sind, die um halb acht anfängt, sollten wir es heute Abend also nicht zu spät werden lassen."

Halb acht in der Früh? Carlo dachte an Zeitverschiebung und Jetlag, aber nur kurz. „Sie haben es eilig, mich an die Arbeit zu bringen."

„Dafür bin ich hier, Mr Franconi", entgegnete sie ungerührt.

Er trat an das sich drehende Gepäckband, dann hob er einen Rollkoffer und einen Kleidersack von der rotierenden Fläche.

Gucci, wie ihr auffiel. Er hatte also Geschmack und das notwendige Geld, um seine Vorstellungen finanzieren zu können. Juliet reichte die Karten an einen Träger weiter und sah zu, wie Carlo seine Koffer auf den Gepäckwagen auflud. „Ich denke, Sie werden zufrieden sein mit dem Programm, das wir für Sie ausgearbeitet haben, Mr Franconi." Durch die aufgleitenden großen Glastüren trat sie hinaus und winkte nach der wartenden Limousine. „Ich weiß, dass Sie in der Vergangenheit immer mit Jim Collins gearbeitet haben, wenn Sie in die Staaten kamen. Er lässt Ihnen Grüße ausrichten."

„Fühlt Jim sich in seiner neuen leitenden Position wohl?"

„Es scheint so."

Carlo hatte damit gerechnet, dass sie zuerst in die Limousine einsteigen würde, doch sie trat zur Seite und wartete darauf, dass er in den Wagen stieg. Mit einer angedeuteten Verbeugung nahm Carlo Platz. „Und Sie? Mögen Sie Ihre Position, Miss Trent?"

Sie setzte sich ihm gegenüber und bedachte ihn mit einem offenen, geradlinigen Blick. Sie konnte nicht ahnen, wie sehr ihm das gefiel. „Ja, meine Arbeit gefällt mir."

Carlo streckte seine langen Beine aus. Seine Mutter hatte früher gern behauptet, seine Beine hätten sich geweigert, das Wachsen einzustellen, obwohl es schon längst nicht mehr nötig gewesen sei.

Er hätte es vorgezogen, selbst zu fahren, vor allem nach diesem endlos langen Flug von Rom. Aber wenn sich ihm die Möglichkeit nicht bot, dann war diese luxuriöse Limousine sicher die zweitbeste Wahl. Er streckte den Arm aus und schaltete die Musikanlage ein. Mozart erklang, leise und in guter Qualität. Wäre er selbst gefahren, hätte es Rock sein müssen, laut, hart, dröhnend.

„Haben Sie mein Buch gelesen, Miss Trent?"

„Ja, selbstverständlich. Ich könnte unmöglich Öffentlichkeitsarbeit und Werbung für ein Produkt organisieren, das ich nicht kenne." Sie setzte sich zurück. Es war leicht, ihre Arbeit zu erledigen, wenn sie sich an die Fakten halten konnte. „Ich war beeindruckt von der Liebe zum Detail und den klar verständlichen Anweisungen. Das Buch verlockt dazu, sofort etwas daraus nachzukochen. Und auch die Fotos sind phänomenal."

„Hm." Er registrierte, dass ihre Seidenstrümpfe einen leichten Rosaschimmer aufwiesen. An den Außenseiten verlief zudem eine Reihe kleiner pinkfarbener Punkte. Seine Mutter würde es interessant finden, dass praktische amerikanische Geschäftsfrauen durchaus einen Sinn für das Ausgefallene hatten. „Haben Sie selbst schon ein Rezept ausprobiert?"

„Nein. Ich koche nicht."

„Sie kochen nicht?" Sein bis dahin eher träges Interesse wurde jäh hellwach. „Überhaupt nicht?"

Sie konnte ein Schmunzeln nicht unterdrücken. Er sah absolut schockiert aus.

Als er ihr Lächeln bemerkte, das ihr Gesicht von einer Sekunde auf die nächste erhellte, wurde ihm erneut bewusst, wie attraktiv diese Frau war.

„Wenn man sich als kompletter Versager auf einem Gebiet erweist, überlässt man diese Sache den Leuten, die etwas davon verstehen", erklärte sie.

„Ich könnte es Ihnen beibringen." Er überraschte sich selbst mit diesem Vorschlag. Ein solches Angebot hatte er noch niemals gemacht.

„Das Kochen?" Sie lachte, entspannte sich genug, dass sie ihre Ferse aus dem Schuh rutschen ließ und leicht mit dem Fuß wippte. „Ich glaube eher nicht."

„Ich bin ein ausgezeichneter Lehrer", betonte er mit einem tiefgründigen Lächeln.

Wieder schaute sie ihn direkt an. „Das bezweifle ich gar nicht. Ich andererseits bin ein hoffnungsloser Schüler."

„Wie alt sind Sie?" Als sie die Augen zusammenkniff, lächelte er charmant. „Es ist nur dann eine unhöfliche Frage, wenn eine Frau ein gewisses Alter erreicht hat. Sie aber sind davon noch weit entfernt."

„Achtundzwanzig", antwortete sie so kühl, dass sein Lächeln noch breiter wurde.

„Sie sehen jünger aus, aber Ihre Augen sind viel reifer. Es wäre mir ein außerordentliches Vergnügen, Ihnen einige Unterrichtsstunden zu geben, Miss Trent."

Das glaubte sie ihm unbesehen. Auch sie verstand Nuancen. „Zu schade, dass unser Terminkalender uns keine Zeit dafür lassen wird."

Er zuckte gelassen mit den Schultern und schaute zum Fenster hinaus. Die mehrspurige Autobahn in Los Angeles konnte sein Interesse jedoch nicht wirklich wecken. „Haben Sie Philadelphia ins Programm aufgenommen, wie ich Sie gebeten hatte?"

„Wir sind einen ganzen Tag dort, bevor wir dann nach Boston weiterfliegen. Enden wird die Tour in New York."

„Sehr schön. Eine Freundin von mir lebt dort. Ich habe sie seit fast einem Jahr nicht mehr gesehen."

Juliet war überzeugt, dass er überall … Freundinnen hatte.

„Sie waren also schon öfter in L. A.?", fragte er sie.

„Ja. Mehrere Male. Geschäftlich."

„Ich hatte bisher auch noch nicht die Chance, zum reinen Vergnügen herzukommen. Was halten Sie von der Stadt?"

Wie zuvor er, so schaute jetzt sie aus dem Fenster. „Ich ziehe New York vor."

„Warum?"

„Es ist realer und weniger schillernd."

Er mochte ihre Antwort und ihre Wortwahl. Und weil es so war, musterte er sie genauer. „Waren Sie schon einmal in Rom?"

„Nein." Er glaubte, eine Spur von Bedauern in ihrer Stimme zu hören. „Ich war noch nirgendwo in Europa."

„Wenn Sie nach Europa kommen, müssen Sie unbedingt die italienische Hauptstadt besuchen. Rom wurde auf Realität aufgebaut."

Sie ließ ihre Gedanken wandern, das Lächeln hielt sich auf ihren Lippen. „Wenn ich mir Rom vorstelle, dann denke ich an marmorne Brunnen und altehrwürdige Kathedralen."

„Die werden Sie finden – und noch viel mehr." Ihr Gesicht ist so exquisit, dass es in Marmor gemeißelt werden sollte, dachte er. *Und ihre Stimme – leise und klar, sanft genug für Kathedralen.* „Rom wurde groß und mächtig, fiel in den Staub zurück und stand aus eigener Kraft wieder auf. Eine intelligente Frau versteht diese Dinge. Eine romantische Frau versteht die Brunnen."

Wieder sah sie hinaus. Die Limousine fuhr gerade vor dem Hotel vor. „Ich fürchte, ich bin nicht sehr romantisch."

„Eine Frau mit dem Namen Juliet – Juliet wie Julia – hat eigentlich gar keine andere Wahl."

„Den Namen hat meine Mutter ausgewählt", stellte sie fest. „Nicht ich."

„Sie suchen also nicht nach einem Romeo?"

Juliet griff nach ihrer Aktentasche. „Nein, Mr Franconi."

Er stieg zuerst aus und bot ihr seine Hand. Als sie auf den Bürgersteig trat, wich er nicht zurück, um ihr Platz zu machen. Stattdessen genoss er das Gefühl zweier sich berührender Körper, leicht natürlich nur, sogar höflich, schließlich standen sie auf einer öffentlichen Straße. Sie hob den Kopf und sah ihn an, weder argwöhnisch noch verlegen, sondern direkt und offen.

Er fühlte es schon wieder, das Ziehen. Es war nicht die Art, die eher unpersönlich war und einfach irgendeiner Frau galt, sondern die Art, die als Reaktion auf eine ganz bestimmte Frau direkt bis in den Magen fuhr. Früher oder später würde er sie küssen und den Geschmack ihres Mundes erkunden müssen. Schließlich war er ein Mann, der vieles nach dem Geschmack beurteilte. Aber er konnte warten. Manche Kreationen brauchten längere Zeit und größeren Aufwand bei der Vorbereitung, um perfekt zu gelingen.

„Manche Frauen", murmelte er, „haben es nicht nötig, zu suchen. Sie müssen nur ausweichen oder vermeiden und wählen."

„Manche Frauen", erwiderte sie ebenso leise, „entscheiden sich dafür, nicht zu wählen." Sie drehte ihm den Rücken zu, um den Fahrer zu entlohnen. „Ich habe bereits eine Unterkunft für Sie reserviert, Mr Franconi", sagte sie dann über ihre Schulter zu ihm, als sie dem wartenden Pagen den Schlüssel reichte. „Mein Zimmer liegt genau gegenüber Ihrer Suite."

Ohne sich davon zu überzeugen, dass er mitkam, folgte sie dem Pagen in das Hotel und zu den Aufzügen. „Wenn es Ihnen recht ist, werde ich hier im Hotelrestaurant einen Tisch für das Dinner um sieben reservieren. Sie brauchen nur an meine Tür zu klopfen, wenn Sie nachher so weit sind." Sie schaute auf ihre Armbanduhr und überlegte. Die Zeitverschiebung eingerechnet, konnte sie noch einen Anruf nach Dallas und drei nach New York führen, bevor die Büros im Osten schlossen. „Wenn Sie irgendeinen Wunsch haben, brauchen Sie nur den Zimmerservice anzurufen. Lassen Sie alles auf die Zimmerrechnung schreiben."

Er beobachtete ihre brüsken, effizienten Bewegungen. „Sicher, das mache ich."

„Dann bis um sieben.“ Sie schob bereits den Schlüssel in das Schloss ihres Zimmers, während der Page die Tür zur Suite auf der gegenüberliegenden Seite des Gangs öffnete. Mit ihren Gedanken war Juliet längst bei den Telefonaten, die sie zu erledigen hatte, sobald sie Jacke und Schuhe ausgezogen hätte.

„Juliet.“

Sie verharrte in der Bewegung, ihr Haar schwang mit, als sie den Kopf drehte und über die Schulter zurück zu Carlo schaute. Einen Augenblick hielt er nur stumm ihren Blick gefangen. „Wechseln Sie auf gar keinen Fall Ihren Duft“, murmelte er. „Erotik ohne Blumen, Weiblichkeit ohne Verletzlichkeit. Es passt zu Ihnen.“

Während sie ihn noch immer fassungslos anstarrte, betrat Carlo ungerührt seine Suite. Der Hotelpage setzte zu seinen Erklärungen über die Vorzüge der Unterbringung an. Carlo musste etwas Amüsantes gesagt haben, denn der junge Mann unterbrach sich und lachte laut auf.

Mit mehr Kraft als nötig drehte Juliet den Schlüssel, stieß ihre Zimmertür auf und warf sie hinter sich ins Schloss. Aufatmend lehnte sie sich mit dem Rücken dagegen. Eine gute Minute stand sie so da und wartete darauf, dass sich ihre Körperfunktionen wieder normalisierten.

In Seminaren und Kursen hatte sie gelernt, wie man bestimmte Situationen heil überstand, ohne zu stottern und sich zum Narren zu machen. Sie hatte erfahren, wie man Ruhe bewahrte, niemals die Beherrschung verlor und seine Nerven immer unter Kontrolle hielt. Doch hinter dieser absolut professionellen Haltung steckte noch immer eine Frau. Es hatte sie nahezu übermenschliche Anstrengung gekostet, die Fassung zu wahren. Juliet war todsicher, dass es keine Frau auf diesem Erdball gab, die ein Treffen mit Carlo Franconi völlig ungerührt ließ. Es war keineswegs Balsam für ihr Ego, sich eingestehen zu müssen, dass sie also offensichtlich nur eine von vielen war.

Natürlich würde er es nie erfahren, versicherte sie sich, aber ihr Puls hatte seltsame Kapriolen geschlagen, seit dem Moment, da er ihre Hand geschüttelt hatte. Wirklich normalisiert hatte ihr

Herzschlag sich noch immer nicht. Dumm, sagte sie sich und stellte ihre Tasche auf einem Stuhl ab. Dann beschloss sie, dass es wohl eine gute Idee wäre, diesem Beispiel zu folgen, denn auch ihre Beine waren noch immer nicht unbedingt verlässlich. Juliet stieß lautstark den Atem aus und ließ sich in den Sessel sinken. Sie würde eben abwarten müssen, bis sie sich wieder auf ihre Beine verlassen konnte.

Ja, er sah umwerfend aus. Und er war reich und talentiert. Und wirklich sexy. Das hatte sie doch schon vorher gewusst, oder nicht? Das Problem war nur, sie war sich keineswegs sicher, wie sie damit umgehen sollte. Und sie fühlte sich der Situation lange nicht so gewachsen, wie sie es eigentlich müsste.

2. KAPITEL

Juliet gehörte zu den Frauen, die bei einem engen Terminkalender, unerlässlichen Details und kleinen Krisen erst so richtig aufblühten. Das waren Dinge, die den Geist hellwach, aufmerksam und konzentriert bei der Sache hielten. Mit einem gemütlichen und einfachen Job hätte sie nur halb so viel Spaß an der Arbeit.

Allerdings gehörte sie auch zu den Frauen, die stundenlang in der Badewanne zwischen hohen Schaumbergen liegen konnten. Und sie liebte große bequeme Betten. Sie brauchte diese Auszeiten, um wieder aufzutanken und neue Kraft zu schöpfen. Juliet konnte diesen kleinen Luxus unbeschwert und in vollen Zügen genießen, wenn sie die Anforderungen im Job zu ihrer Zufriedenheit gemeistert hatte.

Während Carlo sich auf welche Weise auch immer selbst beschäftigte, verbrachte Juliet die nächsten anderthalb Stunden am Telefon, dann arbeitete und feilte sie noch eine weitere Stunde am morgigen Tagesplan. Kurzfristig war noch eine Anfrage für ein Zeitungsinterview eingegangen, das irgendwo eingeschoben werden musste. Ein großes Magazin entsandte einen Reporter mitsamt Fotografen zu der Büchersignierung. Sie musste die Namen vermerken und in Erinnerung behalten. So wie die Dinge sich entwickelten, konnten sie von Glück sagen, wenn sie morgen überhaupt eine oder zwei Stunden Pause hatten. Nichts hätte Juliet zufriedener machen können.

Mit dem Gefühl, sich das heiße Bad redlich verdient zu haben, klappte sie ihr dickes ledergebundenes Notizbuch schließlich zu. Das Bett würde leider noch warten müssen. Spätestens um zehn, hatte sie sich versprochen, läge sie im Bett, warm unter der Bettdecke zusammengerollt und auf dem Weg ins Land der Träume.

Genau fünfundvierzig Minuten wollte sie sich selbst gönnen. In der Wanne dachte sie grundsätzlich nicht an die Arbeit. Sie schaltete völlig ab, entspannte und genoss einfach.

Entspannen. Um das wirklich komplett zu erreichen, brauchte sie zehn Minuten. Sie malte sich aus, die schlichte weiße Wanne sei ein luxuriöser großer Whirlpool. Am besten aus schwarzem Marmor und auf jeden Fall groß genug für zwei. Es gehörte zu ihren geheimen Wünschen, eines Tages ein solches Sprudelbad ihr Eigen nennen zu können. Für sie war es so etwas wie das ultimative Statussymbol des Erfolgs. Hätte irgendjemand sie deshalb eine Romantikerin genannt, hätte sie empört widersprochen und darauf bestanden, dass es eine rein praktische Überlegung war. Wenn man hart arbeitete, brauchte man auch einen Ort, an dem man entspannen konnte. Für sie war dieser Ort eine überdimensionale Badewanne.

Ihr Morgenmantel hing am Haken an der Tür – aus jadegrüner Seide und verführerisch kurz. Ihrer Ansicht nach war das kein Luxus, sondern eine Notwendigkeit. Wenn ihr schon nur knappe Erholungspausen zur Verfügung standen, wollte sie diese so angenehm wie möglich verbringen und sich mit schönen Dingen umgeben. Sie betrachtete diesen Morgenmantel als ebenso unerlässlich wie die Fläschchen mit Vitamintabletten, die auf der Waschkommode aufgereiht standen. Wenn sie unterwegs war, nahm sie immer zusätzliche Vitamine, um fit zu bleiben.

Nachdem sie also nun entspannt mit geschlossenen Augen in der Wanne lag und ihr Traumbild geschaffen hatte, konnte sie das duftende warme Wasser auf ihrer Haut genießen. Hier und da platzten Schaumbläschen, Dampf stieg in die Luft und füllte den Raum mit wohlriechendem Aroma.

Sie solle auf gar keinen Fall ihren Duft wechseln, hatte er zu ihr gesagt.

Julict runzelte böse die Stirn, als sich ihre Nackenmuskeln unwillkürlich verkrampften. Oh nein. Sie nahm eines der eingepackten Seifenstückchen, die in jedem Hotel bereitlagen, wickelte es aus und ließ es mehrmals über die Arme gleiten. Sie allein entschied, welchen Duft sie benutzte. Carlo Franconi würde sie nicht erlauben, in ihre Freizeit einzudringen. Das war Regel Nummcr eins.

Er hatte es bewusst darauf angelegt, sie durcheinanderzubringen. Und ja, es war ihm gelungen, gab sie mit einem trotzigen kleinen Nicken zu. Aber das würde sich nicht wiederholen, sie würde es nicht zulassen. Ihre Aufgabe war es, die Verkaufszahlen seines Buches in die Höhe zu treiben, nicht sein Ego. Für die Bewerbung des Buches wollte sie ihre Zeit, ihre volle Energie und ihre gesamten Fähigkeiten einsetzen, aber nicht ihre Gefühle.

Wenn Franconi in drei Wochen mit einem zufriedenen Lächeln auf den Lippen nach Rom zurückfliegen würde, dann wäre dieses Lächeln allein auf den Erfolg der Tournee zurückzuführen. Mit seiner intensiven Anziehungskraft würde sie umzugehen lernen. Es ging vor allem darum, Prioritäten zu setzen, ermahnte sich Juliet. Ihretwegen konnte er unzählige Namen seiner amerikanischen Eroberungen mit auf seine Liste setzen, solange ihr Name sich nicht darunter befand.

So oder so war sie nicht ernsthaft an ihm interessiert. Das Ganze war nur ein triebhafter Impuls, mit Verstand betrachtet war es lächerlich. Außerdem zog sie einen anderen Typ Mann vor – eher solide als lässig-pompös, ernsthafter und nicht übertrieben charmant. Das war die Art von Mann, nach der eine vernünftige Frau Ausschau hielt, wenn die richtige Zeit gekommen war. Juliet ging davon aus, dass der perfekte Zeitpunkt für sie in ungefähr drei Jahren käme. Bis dahin konnte sie das Gerüst für ihre eigene Agentur realisiert und aufgebaut haben. Sie wäre finanziell unabhängig und kreativ ausgelastet. Ja, in ungefähr drei Jahren würde eine ernsthafte Beziehung perfekt in ihre Planung passen.

Das war also entschieden, beschloss sie und senkte die Lider. Eine gute Entscheidung, eine beruhigende Entscheidung. Dennoch gelang es ihr trotz des warmen Wassers und des angenehm prickelnden Schaums nicht mehr, sich zu entspannen. Leicht verärgert zog Juliet den Stöpsel heraus und stand auf, um das Wasser an ihrem Körper hinabperlen zu lassen. Der große Spiegel über dem Waschtisch war beschlagen, aber nur leicht. Durch den nebligen Dunst erhaschte sie das Bild von Juliet Trent.

Schon erstaunlich, wie blass, sanft und verletzlich eine nackte Frau wirken konnte. Das Bild, das sie von sich selbst hatte, war eine starke und praktische, ja sogar eine harte Frau. Doch in dem milchigen Spiegel dort erkannte sie Zerbrechlichkeit und Sehnsucht.

Auch Sinnlichkeit? Juliet runzelte leicht die Stirn. Sie hatte keinen Grund, enttäuscht zu sein, nur weil ihre Figur schlanke, praktische Linien aufwies statt üppiger und draller Formen. Ihre schmalen Hüften betonten ihr professionelles Image im klassischen Kostüm. Sinnlichkeit war im Beruf keineswegs ein Plus.

Ohne Make-up wirkte ihr Gesicht zu jung, zu vertrauensselig. Und ohne die sorgfältig gepflegte Frisur machte ihr Haar einen wilden, ungestümen Eindruck.

Zerbrechlich, jung, ungestüm. Juliet schüttelte den Kopf. Nicht gerade die passenden Eigenschaften für eine Karrierefrau. Zum Glück gab es Make-up und Garderobe, um bestimmte Züge entweder hervorzuheben oder abzumildern. Sie griff nach dem Badelaken und wickelte es um sich, nahm ein anderes Handtuch und wischte damit über den Spiegel. Keine Nebel mehr, dachte sie. Wenn man zum Ziel gelangen wollte, brauchte man klare Sicht.

Mit einem wählerischen Blick auf die Tuben und Tiegel auf dem Waschtisch begann sie die professionelle Miss Trent zu erschaffen.

Da sie sich in stillen Hotelzimmern unwohl fühlte, schaltete sie den Fernseher ein, während sie sich ankleidete. Nebenbei ließ sie einen Klassiker mit Humphrey Bogart und Lauren Bacall laufen. Der Film war sogar entspannender als ein Dutzend Schaumbäder, dachte sie. Während sie vorsichtig die rauchfarbenen Seidenstrümpfe anzog, lauschte sie auf den bekannten Dialog. Sie verfolgte die unterdrückte schwelende Leidenschaft mit und befestigte gleichzeitig routiniert die Strümpfe an den Strumpfhaltern. Während die Geschichte auf dem Bildschirm ihren Lauf nahm, stieg sie in das eng anliegende schwarze Kleid, schloss den Reißverschluss auf dem Rücken, legte eine lange Perlenkette um und kürzte sie auf Brusthöhe mit einem geschwungenen Knoten.

Mit der Bürste in der Hand setzte sie sich auf die Bettkante und kämmte ihr Haar, ohne die Augen vom Bildschirm zu nehmen.

Der Film hielt sie gefangen, verträumt lächelnd verfolgte sie die Story mit, sie ging völlig darin auf. Dennoch hätte es sie schockiert, wenn jemand ihr jetzt sagte, sie sei eine Romantikerin.

Als es an ihrer Tür klopfte, schaute sie auf ihre Armbanduhr. Fünf nach sieben. Sie hatte eine volle Viertelstunde vertrödelt. Um die verlorene Zeit wieder aufzuholen, schlüpfte Juliet schnell in ihre Schuhe, legte Ohrringe an und schnappte sich Tasche und Notizkladde, alles in genau zwölf Sekunden. Dann ging sie zur Tür, um zu öffnen, eine Entschuldigung auf der Zunge.

Eine Rose. Eine einzelne Rose in der Farbe des zarten Errötens eines jungen Mädchens. Als Carlo ihr die langstielige Blüte reichte, fiel ihr absolut nichts ein, was sie sagen könnte. Im Gegensatz zu ihr hatte Carlo keine solchen Probleme.

„*Bella.*“ Seine Hand lag an ihrer Taille, bevor sie überhaupt auf die Idee kam, ein Ausweichmanöver zu starten. „Es gibt Frauen, die sehen streng oder unnahbar in Schwarz aus. Bei anderen wiederum …“ Er musterte sie mit einem langen, typisch männlichen Blick, doch sein Lächeln machte diesen Blick viel eher galant denn abschätzend. „Bei anderen betont es nur die Weiblichkeit. Störe ich Sie?“

„Nein. Nein, natürlich nicht. Ich habe nur gerade …“

„Ah, ich kenne diesen Film.“

Ohne auf eine Einladung zu warten, rauschte er an ihr vorbei in das Zimmer. Das durchschnittliche unpersönliche Einzelzimmer, in jedem Hotel zu finden, schien plötzlich aufgewertet zu sein. Wie war das möglich? Lag es tatsächlich nur an Carlo, der Lebendigkeit, Energie und Leidenschaft verbreitete, als sei es seine Mission?

„Ich habe ihn sogar mehrmals gesehen.“ Die beiden ausdrucksstarken Gesichter beherrschten das Bild – Bogarts gefurcht, ledrig und mit halb geschlossenen Lidern, Bacalls schön, sanft und herausfordernd. „*Passione*“, murmelte Carlo. Das Wort tropfte süß und schwer aus seinem Mund wie Honig, der zum Kosten verlockte. Unfassbar, aber Juliet musste tatsächlich schlucken. „Ein Mann und eine Frau können einander viele

Dinge geben, aber ohne Leidenschaft bliebe alles nur ein blasser Abklatsch, *sì*?“

Juliet nahm sich zusammen. Franconi war sicherlich nicht der Mann, mit dem sie über Leidenschaft diskutieren würde. Das Thema bliebe bestimmt nicht lange rein theoretisch. „Möglich.“ Sie klemmte sich Abendtasche und Block unter den Arm. Die Rose legte sie jedoch nicht ab. „Wir haben während des Dinners vieles zu besprechen, Mr Franconi. Wir sollten besser losgehen.“

Die Daumen in die Taschen seiner anthrazitfarbenen Hose gehakt, wandte er den Kopf. Juliet war überzeugt, dass Hunderte von Frauen seinem Lächeln bereits vertraut hatten. Sie aber würde diesem Lächeln nicht glauben.

Mit einer knappen Handbewegung stellte er den Fernseher ab. „Ja, es wird Zeit, dass wir anfangen.“

Welchen Eindruck hatte er von ihr?

Carlo stellte sich diese Frage und beschloss die Antwort im Verlauf des Abends auf sich zukommen zu lassen, schrittweise, Stück für Stück.

Sie war hinreißend. Seine Faszination für schöne Frauen hielt er keineswegs für eine Schwäche. Er war dankbar dafür, dass sie ihre natürliche Schönheit weder herunterspielte noch übertrieben betonte. Nein, sie hatte die vollendete Balance gefunden. So etwas verlangte ihm Bewunderung ab.

Sie war ehrgeizig. Auch das bewunderte er. Schöne Frauen ohne Ehrgeiz konnten sein Interesse nie lange halten.

Sie vertraute ihm nicht. Das amüsierte ihn. Bei seinem zweiten Glas Beaujolais entschied er, ihren Argwohn ihm gegenüber als Kompliment zu nehmen. Seiner Einschätzung nach war eine Frau wie Juliet nur dann einem Mann gegenüber misstrauisch, wenn sie ihn auf irgendeine Weise anziehend fand.

Wenn er ehrlich war, und das war er, musste er zugeben, dass die meisten Frauen ihn anziehend fanden. So schien es ihm also nur fair, wenn er sich ebenfalls zu ihnen hingezogen fühlte. Klein, groß, füllig, dünn, alt oder jung – für ihn waren Frauen faszinierende Wesen, ein stetig sprudelnder Quell von Vergnügen und

Entzücken. Er respektierte die Frauen, wie nur ein Mann Frauen respektieren konnte, der unter ihnen aufgewachsen war. Respekt bedeutete allerdings nicht, dass er nicht auch genießen konnte.

Und er würde Juliet genießen.

„,Hello L. A.' ist der erste Termin morgen." Juliet überflog ihre Notizen, während Carlo an einer Pâté knabberte. „Es ist das quotenstärkste Morgenmagazin an der gesamten Westküste, nicht nur in Los Angeles. Liz Marks ist Ihre Gastgeberin. Sie ist eher gesetzt und sachlich, nicht überdreht. Los Angeles kann morgens um acht nicht viel mit Überspanntheit anfangen."

„Dem Himmel sei Dank."

„Sie wird das Buch vorliegen haben. Es ist wichtig, dass Sie den Titel ein paarmal erwähnen, wenn sie es nicht von sich aus tut. Dafür stehen Ihnen volle zwanzig Minuten zur Verfügung, das dürfte also kein Problem sein. Zwischen eins und drei findet dann die Buchsignierung bei ‚Books Incorporated' auf dem Wilshire Boulevard statt." Schnell machte sie sich eine Notiz, dass sie morgen früh noch einmal in dem Buchladen anrufen sollte, um eine letzte Bestätigung zu bekommen. „Das werden Sie in der Morgenshow ankündigen, aber daran erinnere ich Sie noch, bevor Sie auf Sendung gehen. Und natürlich sollten Sie anmerken, dass Sie Ihre dreiwöchige Büchertour durch das Land hier in Kalifornien beginnen."

„Mhm. Die Pâté ist gar nicht übel. Möchten Sie etwas davon?"

„Nein, danke, essen Sie nur." Sie hakte ihre Liste ab und griff nach ihrem Weinglas, ohne Carlo anzusehen. Das Restaurant war ruhig und gediegen, aber das war unerheblich. Säßen sie irgendwo in einer lauten und überfüllten Bar auf dem Strip, wäre sie trotzdem einen Punkt nach dem anderen gründlich durchgegangen. „Gleich nach der Fernsehsendung geht es weiter zu einem Radiointerview. Zum Brunch treffen wir uns mit einem Reporter der *Times*. In der *Tribune* ist bereits ein Artikel über Sie erschienen, ich habe eine Kopie für Sie. Sie werden sicherlich auch Ihre anderen beiden Bücher erwähnen wollen, aber halten Sie das Hauptaugenmerk auf die Neuerscheinung. Es kann nichts schaden, wenn Sie ein paar der großen Städte erwähnen, durch die Sie die Tour führt – Denver, Dallas, Chicago, New York. Dann folgen noch der Autogrammtermin, ein kurzer Bericht in den Abendnachrichten und das Dinner mit den beiden Verlagsrepräsentanten. Übermorgen werden wir dann …"

„Ein Tag nach dem anderen", warf er leichthin ein. „Das erhöht die Wahrscheinlichkeit, dass ich Sie nicht unwirsch anblaffe."

„Nun gut." Sie klappte die Kladde zu und nippte an ihrem Wein. „Schließlich ist es mein Job, mich um die Details zu kümmern und darauf zu achten, dass Sie Bücher signieren und sich von Ihrer charmanten Seite zeigen."

Er prostete ihr zu. „Dann sollte keiner von uns beiden irgendwelche Probleme bekommen. Mein Leben besteht daraus, charmant zu sein."

Machte er sich über sich selbst lustig oder über sie? fragte sie sich still. „Soviel ich über Sie weiß, brillieren Sie darin."

„Es ist eine Gabe, *cara*." Seine dunklen Augen funkelten amüsiert und herausfordernd zugleich. „Im Gegensatz zu einer Fähigkeit, die man sich antrainiert hat."

Er lachte also über sie beide, wurde ihr klar. Es war schwer, ihn nicht dafür zu mögen, aber klüger wäre es auf jeden Fall.

Als ihr Steak serviert wurde, schaute Juliet kurz auf den Teller. Carlo jedoch studierte sein Rindfleisch, als sei es das Gemälde eines alten Meisters. Nein, berichtigte sie sich sofort, er betrachtete es wie eine wunderschöne junge Frau.

„Das Erscheinungsbild ist essenziell, sowohl bei Essen als auch bei Menschen." Er lächelte sie an, während er sein Fleisch anschnitt. „Und genau wie bei Menschen kann das Äußere durchaus täuschen."

Juliet sah ihm zu, wie er den ersten Bissen probierte, sehr langsam, mit halb geschlossenen Augen. Ein seltsames Prickeln lief ihr über den Rücken. So würde er auch zu seiner Erkundung einer Frau ansetzen, dessen war sie sicher. Langsam und genießerisch.

„Angenehm", urteilte er nach einem Moment. „Nicht mehr, nicht weniger."

Sie konnte sich ein Schmunzeln nicht verkneifen. „Ihres ist natürlich besser."

Er zuckte leicht mit den Schultern – der Ausdruck purer Arroganz. „Selbstverständlich. Es ist wie der Vergleich zwischen einem hübschen jungen Mädchen und einer schönen Frau." Als sie aufschaute, stellte sie fest, dass er ihr die Gabel hinhielt. Sein Blick lag auf ihr. „Probieren Sie", forderte er sie auf, und seine knappen Worte beschleunigten ihren Puls. „Man sollte keine Gelegenheit ungenutzt vorbeiziehen lassen, Juliet."

Mit einem kleinen Achselzucken zog sie mit den Lippen das Stückchen Fleisch von seiner Gabel. Es war herzhaft gewürzt, gerade an der Grenze zu scharf, und schmeckte reich und kräftig. „Das ist gut."

„Gut, *sì.* Nichts, was Franconi serviert, ist jemals nur gut. ‚Gut' gieße ich in den Ausguss oder verfüttere es an streunende Straßenhunde." Ihr Lachen entzückte ihn. „Wenn etwas nicht außergewöhnlich ist, dann ist es durchschnittlich."

„Das mag stimmen." Ohne sich dessen wirklich bewusst zu sein, streifte sie unter dem Tisch ihre Schuhe ab. „Allerdings muss ich gestehen, dass ich Essen immer lediglich als eine Notwendigkeit angesehen habe."

„Notwendigkeit?" Carlo schüttelte den Kopf. Das hatte er zwar schon öfter gehört, aber in seinen Ohren klang es jedes Mal wie ein Sakrileg. „*Madonna*, Sie müssen noch sehr viel lernen. Wenn jemand zu essen versteht, sein Essen wirklich genießen kann, dann kommt diese Erfahrung gleich hinter der körperlichen Liebe. Aroma, Konsistenz, Geschmack. Essen, nur um den Magen zu füllen? Welche Barbarei!"

„Entschuldigung." Juliet nahm einen weiteren Bissen von ihrem eigenen Fleisch. Es war zart und perfekt gebraten, aber sie käme nie auf die Idee, es als sinnlich oder romantisch zu bezeichnen. Es sättigte schlicht. „Ist das der Grund, weshalb Sie Koch geworden sind? Weil Sie glauben, Essen sei sexy?"

Er krümmte sich leicht. „Chefkoch, *cara mia*."

Sie lächelte verschmitzt, zeigte ihm gegenüber zum ersten Mal Humor und Keckheit. „Wo liegt da der Unterschied?"

„Wo liegt der Unterschied zwischen einem Ackergaul und einem Vollblüter? Zwischen Keramik und Porzellan?“

Sie fühlte sich wohl, legte die Lippen an ihr Weinglas. „Manche würden behaupten, beim Preis.“

„Nein, nein, nein, meine Liebe. Die Höhe des Preises ist nur das Resultat, nicht der Anstoß. Ein Koch bereitet Hamburger hinter dem Tresen einer hektischen Küche zu, in der es nach Fett und Zwiebeln riecht und die Leute Senf und Ketchup aus Plastikflaschen drücken. Ein Chefkoch kreiert“, er gestikulierte, beschrieb einen vagen Kreis mit der Hand, „eine Erfahrung.“

Sie hob das Glas und senkte die Lider, auch wenn sie sich nicht die Mühe machte, ihr Lächeln zu verbergen. „Ich verstehe.“

Ein Blick konnte ihn beleidigen, und in einer solchen Situation würde Carlo dann absolut schonungslos zu seinem Gegenüber sein. Doch ihren Stil mochte er. „Es amüsiert Sie. Aber offensichtlich haben Sie Franconi nie probiert.“ Er hielt ihren Blick gefangen, als sie ihn mit einer Mischung aus mildem Spott und Argwohn anschaute. „Noch nicht.“

Er hatte die Gabe, die harmloseste Bemerkung in eine erotische Anspielung zu verwandeln, wie ihr auffiel. Es würde eine Herausforderung sein, ihm auszuweichen, ohne ihm zu viel Spielraum zu lassen. „Sie haben mir noch immer nicht erklärt, warum Sie Chefkoch geworden sind.“

„Ich kann nicht malen, für die Bildhauerei habe ich ebenfalls kein Talent. Die Geduld, um an einem Sonett zu feilen, besitze ich nicht. Aber es gibt andere Möglichkeiten, die Kunst zu umarmen und Kunstwerke zu erschaffen.“

Mit Staunen und wachsendem Respekt erkannte sie, dass es ihm völlig ernst damit war. „Doch Gemälde, Statuen und Poesie bleiben jahrhundertelang erhalten. Wenn Sie ein Soufflé zubereiten, ist es in der einen Minute vollendet und keine Stunde später verschwunden.“

„Die Herausforderung liegt darin, es immer und immer wieder zu erschaffen. Kunst muss nicht hinter Glas leben oder in Bronze gegossen sein, sondern vor allem bewundert werden, Juliet. Ich habe eine Freundin …“ Er dachte an Summer Lyndon zurück – nein, Summer Cocharan, wie sie jetzt hieß. „Sie kreiert Desserts und Torten wie eine Göttin. Wenn Sie ein Stück von ihrem Kuchen essen, dann fühlen Sie sich wie ein König."

„Also ist Kochen eine Kunst? Oder wie Magie?"

„Beides. Es ist wie die Liebe. Und ich denke zudem, dass Sie viel zu wenig essen, Juliet Trent."

Sie hielt seinem Blick stand, darauf hatte er auch gehofft.

„Ich halte nichts von übertriebener Schwelgerei, Mr Franconi. Das führt automatisch zu Achtlosigkeit."

„Dann trinken wir auf das Genießen." Er hob sein Glas. Das Lächeln lag wieder auf seinem Gesicht, charmant und gefährlich. „In Maßen."

Alles konnte jederzeit schiefgehen. Das musste man immer im Kopf behalten, vom Schlimmsten ausgehen und dementsprechend vorbauen. Juliet wusste, wie viel in einem zwanzigminütigen Live-Interview an einem Montag um sieben Uhr in der Früh falsch laufen konnte. Man konnte nur auf das Beste hoffen und sich mit dem zufriedengeben, was nicht allzu schlecht war. Selbst sie erwartete am ersten Tag der Tour keine Perfektion.

Deshalb war es auch so unverständlich, dass sie verstimmt war, als alles perfekt lief.

Das Morgenmagazin war einfach grandios gewesen. Anders ließ es sich nicht ausdrücken. Juliet beobachtete, wie Liz Marks und Carlo noch immer plauderten und miteinander lachten, auch nachdem die Kameras längst abgeschaltet worden waren. Wenn man einen cleveren Manipulator ‚natürlich' nennen wollte, dann war Carlo Franconi ein absolutes Naturtalent. Während des gesamten Interviews hatte er das Gespräch auf subtile Art beherrscht und zudem seine Gastgeberin mit seinem Charme umgarnt. Zweimal hatte er die Veteranin der Morgenshows dazu gebracht, wie ein junges Mädchen zu kichern. Und einmal war es ihm gelungen, ihr vor Verlegenheit das Blut in die Wangen zu treiben. Juliet konnte es noch immer nicht fassen. Die Frau war tatsächlich rot geworden!

Nun ja. Sie schob den Gurt ihrer schweren Aktentasche höher auf die Schulter. Franconi war ein Naturtalent. Das sollte ihre Arbeit erheblich erleichtern. Sie gähnte verhalten und verfluchte ihn.

Juliet schlief immer gut, auch in Hotelzimmern. Immer. Nur gestern Nacht nicht. Vielleicht hätte sie andere davon überzeugen können, dass zu viel Kaffee und das Lampenfieber wegen des ersten Tourneetages schuld daran waren. Aber sie selbst wusste es besser. Sie konnte eine ganze Kanne Kaffee um zehn Uhr abends trinken und dennoch um elf tief und fest schlafen. Ihr Biorhythmus war zuverlässig und diszipliniert. Mit Ausnahme von gestern.

Fast hätte sie von ihm geträumt. Wenn sie nicht um zwei Uhr nachts aufgeschreckt wäre, hätte sie wirklich von ihm geträumt. Das war sicherlich nicht die richtige Art, eine sehr wichtige und sehr lange Autorentour zu beginnen.

Sie unterdrückte das nächste Gähnen und schaute auf ihre Armbanduhr. Liz hatte sich jetzt bei Carlo eingehakt. Die beiden sahen aus, als könnten sie ewig so sitzen bleiben, bis jemand kam und sie auseinanderriss. Juliet entschied, dass sie diese undankbare Rolle übernehmen würde.

„Miss Marks, es war eine ganz wunderbare Show." Mit ausgestreckter Hand ging sie auf die beiden zu, und nur höchst unwillig zog Liz ihren Arm unter Carlos hervor, um Juliet die Hand zu schütteln.

„Danke, Miss ..."

„Trent", ergänzte Juliet zuvorkommend.

„Juliet ist meine PR-Agentin", vertraute Carlo Liz verschwörerisch an, obwohl die beiden Frauen einander vor weniger als einer Stunde vorgestellt worden waren. „Sie passt auf, dass ich meinen Terminplan einhalte."

„So ist es. Und ich fürchte, ich muss Ihnen Mr Franconi jetzt entführen. In einer halben Stunde muss er bei einem Radiointerview sein."

„Sehr schade." Damit war Juliet entlassen, und Liz wandte sich wieder Carlo zu. „Sie haben eine wunderbare Art, den neuen

Tag zu begrüßen. Wirklich bedauerlich, dass Sie nicht länger in der Stadt sind."

„Ja, zu schade", stimmte Carlo zu und verabschiedete sich mit einem Handkuss von Liz. Wie in einem alten Film, dachte Juliet ungeduldig. Fehlten nur noch die Violinenklänge.

„Nochmals vielen Dank, Mrs Marks." Mit ihrem diplomatischsten Lächeln fasste sie nach Carlos Arm und steuerte ihn zum Studio hinaus. Schließlich war es sehr wahrscheinlich, dass sie Liz Marks noch einmal brauchen würde. „Wir werden uns beeilen müssen", raunte sie Carlo zu, während sie sich auf den Weg zum Foyer machten. Die ersten Aufnahmen waren zwar im Kasten, aber der nächste wichtige Termin wartete schon. „Diese Radiosendung gehört zu den beliebtesten und meistgehörten der Stadt. Da sie hauptsächlich die Top Fourty und Classicrock spielen, bewegt sich das Alter der Hörer um diese Zeit zwischen achtzehn und fünfunddreißig. Das ist genau die Zielgruppe mit der größten Kaufkraft. Zusammen mit der Fernsehshow haben wir dann allein an einem Morgen eine nette Publikumsmischung abgedeckt, denn das Morgenmagazin sehen sich vor allem Fünfundzwanzig- bis Fünfzigjährige an, meist weibliche Zuschauer."

Carlo schien ihr konzentriert zuzuhören. Er war vor Juliet bei der wartenden Limousine angekommen und öffnete die Wagentür. „Und das ist Ihrer Ansicht nach wichtig?"

„Aber natürlich." Abgelenkt von seiner – in ihren Augen dummen – Frage, vergaß sie sich und kletterte vor ihm in die Limousine. „In L. A. haben wir einen vollen Terminplan." Im Moment sah sie keine Veranlassung, zu erwähnen, dass es auch Städte auf der Tour gab, in denen sie nicht ganz so beschäftigt sein würden. „Eine Talkshow am Morgen mit sehr gutem Publikumsecho, eine beliebte Radiosendung, zwei Interviews für Zeitungen, zwei Einblendungen in den Abendnachrichten und die Simpson Show." Beim Namen der Sendung mischte sich der Anflug von Triumph in ihre Stimme. Dass sie Sendezeit in der Simpson Show ergattert hatte, war auch der Grund, weshalb ihr ein Budget für die Limousine zugestanden worden war.

„Sie sind also zufrieden."

„Ja, sicher." Sie kramte in ihrer Aktentasche nach ihrer Kladde, um sich noch einmal den Namen ihres Kontakts beim Radiosender in Erinnerung zu rufen.

„Warum sehen Sie dann so verärgert aus?"

„Ich weiß nicht, was Sie meinen."

„Wenn Sie sich über irgendetwas ärgern, steht Ihnen eine kleine Falte auf der Stirn … genau hier", erklärte er, beugte sich vor und strich mit einer Fingerspitze über die Stelle zwischen ihren Augenbrauen. Juliet zuckte bei der Berührung zurück, bevor sie sich zusammennehmen konnte. Carlo legte den Kopf leicht schief und musterte sie. „Sie mögen lächeln und leise mit höflicher Stimme sprechen, aber diese Linie verrät Sie."

„Ich bin sehr zufrieden mit der Aufnahme", wiederholte sie.

„Aber?"

Na schön, er will es nicht anders, dachte sie. „Möglicherweise ärgere ich mich darüber, wenn eine Frau sich zum Narren macht." Juliet stopfte die Aktenmappe zurück in die Tasche. „Liz Marks ist schließlich verheiratet."

„Eheringe sind Dinge, die ich grundsätzlich auf Anhieb wahrnehme", sagte er mit einem ungerührten Achselzucken. „Ihre Instruktion lautete doch, charmant zu sein, oder etwa nicht?"

„Vielleicht hat ‚Charme' in Italien ja eine andere Bedeutung."

„Wie ich schon sagte, Sie müssen unbedingt nach Rom kommen."

„Vermutlich genießen Sie es, wenn Frauen Ihnen zu Füßen sinken, oder?"

Er lächelte sie an, leicht, anziehend, völlig unschuldig. „Aber natürlich."

Ein Lachen wollte in ihrer Kehle aufsteigen, und sie schluckte es angestrengt wieder herunter. Nein, sie würde sich nicht von seinem Charme hinreißen lassen. „Auf der Tour werden Sie auch mit einigen Männern zu tun haben."

„Ich verspreche, Simpson keinen Handkuss zu geben."

Dieses Mal schlüpfte ihr das Lachen ungebremst über die Lippen. Für diesen einen Moment entspannte sie sich, ließ es geschehen. Und Carlo erhaschte einen viel zu kurzen Blick auf die geballte Jugend und die lebendige Energie, die unter all der Disziplin brodelte. Er hätte sie gern länger so erlebt – lachend, entspannt in seiner Gegenwart und mit sich selbst. Es wäre eine Herausforderung, so überlegte er, die richtige Folge der Knöpfe zu bestimmen, die er drücken musste, um das Lachen in ihren Augen öfter zu sehen. Er mochte schwierige Aufgaben – vor allem, wenn sie im Zusammenhang mit einer Frau standen.

„Juliet." Ihr Name floss über seine Zunge in einer Art und Weise, die nur europäische Männer meisterten. „Sie müssen sich keine unnötigen Sorgen machen. Die verheiratete Liz hat einen harmlosen kleinen Flirt mit einem Mann genossen, den sie aller Wahrscheinlichkeit nie wieder sehen wird. Völlig unschuldig. Und vielleicht wird sie ja genau deswegen heute Abend grenzenlose Romantik mit ihrem Mann erleben."

Juliet schaute ihm geradewegs in die Augen. „Sie halten wirklich sehr viel von sich, nicht wahr?"

Er lächelte. Er konnte nicht sagen, ob er erleichtert war oder es bedauerte, nie zuvor jemanden wie sie getroffen zu haben. „Nicht mehr, als berechtigt ist, *cara*. Jeder Mensch mit Charakter hinterlässt die eine oder andere Markierung auf dieser Welt. Möchten Sie diese Welt verlassen, ohne zumindest eine Welle im großen Teich geschlagen zu haben?"

Nein. Das war das eine, das sie sich fest vorgenommen hatte. Sie setzte sich zurück, entschlossen, auf ihrem Standpunkt zu beharren. „Vermutlich meinen manche, mehr Wellen schlagen zu müssen als andere."

Er nickte nur leicht. „Alles, was ich mache, tue ich im großen Stil."

„Vorsicht, Mr Franconi, sonst glauben Sie noch selbst an Ihr Image."

Die Limousine war stehen geblieben, doch bevor Juliet nach dem Türgriff fassen konnte, hielt Carlo ihre Hand fest. Als sie dieses Mal in sein Gesicht schaute, sah sie nicht den charmanten, nonchalanten italienischen Chefkoch, sondern einen Mann, der Macht besaß. Und der genau wusste, wie weit ihn diese Macht bringen würde.

Sie rührte sich nicht, fragte sich nur still, wie viele Frauen vor ihr den Stahl unter dem Samt gesehen hatten.

„Ich habe es nicht nötig, mich in Fantasien zu versteigen, Juliet." Seine Stimme klang sanft, charmant, schön. Dennoch hörte sie den rasiermesserscharfen Unterton, der mitschwang. „Franconi ist Franconi. Nehmen Sie mich, wie ich bin, ansonsten scheren Sie sich zum Teufel."

Er stieg vor ihr aus der Limousine, drehte sich um und reichte ihr die Hand, um sie mit sich zu ziehen. Eine höfliche, respektvolle, selbstverständliche Geste. Eine Geste, wie Juliet klar wurde, die ihre jeweiligen Positionen kennzeichnete. Ein Mann und eine Frau. Sobald sie auf dem Bürgersteig stand, zog sie ihre Hand zurück.

Nach zwei Shows und einem Geschäftsbrunch ließ Juliet Carlo allein in dem Buchladen zurück, in dem sich die Frauen drängten, um einen Blick auf und vielleicht ein paar Worte von Carlo Franconi erhaschen zu können. Den Reporter mitsamt Fotografen hatten sie bereits hinter sich, und ein Mann wie Franconi brauchte ihre Hilfe in einer Menge von weiblichen Bewunderern nicht. In einem Café gegenüber bestellte sie einen Cappuccino und nahm ihr Handy aus der Handtasche.

Die ersten fünfundvierzig Minuten sprach sie mit ihrer Assistentin in New York, füllte ihr Notizbuch mit Zeiten, Daten und Namen, während draußen vor den bodentiefen Fenstern der Verkehr von L. A. vorbeibrauste.

Ihr Terminplan für Denver sah nicht so vielversprechend aus, wie sie sich erhofft hatte, aber Dallas ... Juliet zog die Unterlippe zwischen die Zähne. Dallas würde großartig werden. Wahrscheinlich würde sie die doppelte Dosis Vitaminpillen nehmen müssen, um durch den Vierundzwanzig-Stunden-Marathon zu kommen, aber es würde definitiv großartig werden.

Nachdem sie das Telefonat mit ihrer Assistentin beendet hatte, rief sie den Pressechef des großen Einkaufszentrums in San Francisco an, wo eine aufwendige Lesung mit anschließendem Schaukochen geplant war. Zehn Minuten später knirschte sie frustriert mit den Zähnen. Natürlich konnte der Mann nichts dafür, dass ihn die Grippe niedergestreckt hatte. Und selbstverständlich tat es ihr auch leid für ihn. Aber musste er unbedingt krank werden, ohne für einen Ersatz gesorgt zu haben, der wenigstens ein Minimum an funktionierenden Gehirnzellen besaß?

Seine Vertreterin, eine junge Frau mit schriller Stimme, wusste von der Kochshow. Ja, natürlich, sie wusste alles darüber, und, hach, würde es nicht einfach toll werden? Verlängerungskabel? Ach herrje, davon hatte ihr niemand etwas gesagt. Vielleicht könnte sie ja jemanden vom Hausmeisterdienst fragen. Ein Tisch? Und Stühle? Na ja, wenn das unbedingt nötig war, dann könnte sie wohl irgendwo welche auftreiben.

Noch bevor das Gespräch vorüber war, kramte Juliet bereits nach der großen Schachtel Aspirintabletten in ihrer Handtasche. So wie es jetzt aussah, würde sie mindestens zwei Stunden vor Beginn der Show in dem Kaufhaus erscheinen müssen, um sicherzustellen, dass alles vorbereitet war. Was bedeutete, dass sie den Terminplan umändern und irgendwie Zeit schaffen musste.

Nachdem sie ihre Telefonate erledigt hatte, verließ Juliet das Café und steuerte auf den Buchladen zu in der Hoffnung, dort eine stille Ecke zu finden.

Niemand nahm Notiz von ihr. Selbst wenn sie auf dem Bauch direkt aus der Wüste gekrochen käme, man hätte sie trotzdem nicht bemerkt. Der kleine elegante Buchladen war gefüllt mit Gelächter. Selbst der Buchhändler hatte seinen Verkaufstresen verlassen, wie magisch angezogen von einem Magneten auf der Galerie. Der Magnet hieß Franconi.

In der Menge standen nicht nur Frauen, wie Juliet mit leichtem Erstaunen feststellte, sondern auch vereinzelt Männer. Die meisten mochten vielleicht von ihren Begleiterinnen mitgeschleppt worden sein, aber jetzt amüsierten sie sich auf jeden Fall bestens. Die Signierstunde machte eher den Eindruck einer Cocktailparty, nur ohne den Zigarettenrauch und die leeren Gläser.

Sie konnte ihn nicht einmal sehen, wurde Juliet bewusst, während sie sich einen Weg zum hinteren Ende des Ladens bahnte.

Carlo war völlig von der Menge eingekreist, regelrecht belagert. Die Aspirinschachtel noch immer in der Hand, war sie erleichtert, als sie ein kleines Eckchen für sich selbst fand. Ja, er sahnt den ganzen Ruhm ab, dachte sie. Aber um nichts in der Welt würde sie mit ihm tauschen wollen.

Sie schaute auf ihre Armbanduhr. Noch blieb ihm eine volle Stunde. Sie fragte sich, wie er die Menge dazu bringen wollte, sich in dieser Zeit langsam aufzulösen. Kurz dachte sie daran, wie gern sie jetzt einen Stuhl hätte, dann ließ sie die Aspirin in ihrer Rocktasche verschwinden und schaute sich um.

„Ist er nicht fabelhaft?“, hörte Juliet jemanden auf der anderen Seite des Buchregals murmeln.

„Himmel, und ob. Ich bin froh, dass du mich überredet hast, mitzukommen.“

„Dafür hat man doch Freunde, nicht wahr?“

„Ich hatte ehrlich gedacht, ich würde mich zu Tode langweilen. Und jetzt fühle ich mich wie ein Teenager auf einem Rockkonzert. Er hat so viel …“

„Klasse“, ergänzte die zweite Stimme. „Sollte jemals ein solcher Mann in meinem Leben auftauchen, werde ich ihn ganz sicher nicht wieder ziehen lassen.“

Neugierig umrundete Juliet das Regal. Sie war nicht sicher, was sie erwartet hatte – junge Hausfrauen oder Studentinnen vielleicht. Was sie dann sah, waren zwei attraktive Frauen Anfang dreißig, beide in eleganten Kostümen.

„Ich muss zurück ins Büro.“ Eine der beiden Frauen sah auf ihre teure Rolex. „Um drei habe ich ein Meeting.“

„Und ich muss wieder ans Gericht.“

Beide Frauen verstauten ihre signierten Bücher in ledernen Aktenkoffern.

„Wie kommt es, dass es keinem der Männer, mit denen ich ausgehe, gelingt, einen Handkuss *nicht* wie eine einstudierte Geste aus einem erfolglosen Einakter wirken zu lassen?“

„Das ist alles eine Frage des Stils.“

Mit dieser Beobachtung – oder Klage – verschwanden die beiden Frauen in der Menge.

Um Viertel nach drei signierte Carlo noch immer Bücher, aber die Menge hatte sich genügend ausgedünnt, sodass Juliet ihn jetzt sehen konnte. Und Stil hatte er, wie sie zugeben musste. Niemand, der mit seinem erstandenen Buch an Carlos Tisch kam, wurde mit einer schnellen Unterschrift und einem flüchtigen Lächeln abgespeist und wieder weggeschickt. Carlo plauderte mit den Leuten. Nein, er erfreute sich an ihnen, korrigierte Juliet sich still. Ganz gleich, ob es die nach Lavendel riechende Großmutter war oder eine junge Mutter mit ihrem Kleinkind auf dem Arm. Wie fand er für jeden die richtigen Worte, fragte sie sich, sodass alle den Tisch mit einem Lachen, einem Lächeln oder einem verträumten Seufzer verließen?

Der erste Tag der Tour, rief sie sich in Erinnerung. Die Frage war, ob Carlo dieses Level für drei Wochen halten konnte. Und die Antwort darauf würde nur die Zeit bringen. Juliet beschloss, ihm noch eine Viertelstunde zu lassen, bevor sie ihn zum Ausgang lotste.

Doch selbst mit der zusätzlichen halben Stunde wurde es nicht leicht. Juliet begann das Muster zu erkennen, in dem höchstwahrscheinlich die gesamte Tour ablaufen würde. Carlo würde bezaubern und entzücken, und ihr fiele die wenig attraktive Rolle der Spaßbremse zu. Nun, dafür wurde sie bezahlt, hielt sie sich vor Augen und begann damit, die Leute lächelnd und plaudernd zum Ausgang zu drängen. Um vier Uhr war nur noch eine Handvoll Hartgesottener übrig geblieben. Mit vielen Entschuldigungen und eisernem Griff eiste sie Carlo schließlich los.

„Das ist ganz hervorragend gelaufen", sagte sie, während sie ihn auf den Bürgersteig zog. „Einer der Buchhändler sagte mir, sie seien fast ausverkauft. Da möchte man doch wissen, wie viel Pasta heute Abend in L. A. gekocht wird. Sie können den heutigen Tag also als einen weiteren Ihrer Triumphe erachten."

„*Grazie.*"

„*Prego.* Allerdings werden wir nicht immer genügend Zeit haben, um eine volle Stunde zu überziehen", warnte sie ihn vor, während die Tür der Limousine sich hinter ihnen schloss. „Es wäre hilfreich, wenn Sie ein Auge auf die Zeit hielten und, sagen wir, eine halbe Stunde vor Ende das Tempo ein wenig beschleunigen könnten. Jetzt bleiben Ihnen noch eine Stunde und fünfzehn Minuten, bevor Sie wieder auf Sendung …"

„Gut." Er drückte einen Knopf und wies den Fahrer an, ohne bestimmtes Ziel durch die Stadt zu fahren.

„Aber …"

„Selbst ich brauche ab und zu Entspannung", erklärte er und öffnete einen kleinen Einbauschrank, in dem eine Bar untergebracht war. „Cognac", entschied er und goss die bernsteinfarbene Flüssigkeit in zwei Schwenker, ohne Juliet zu fragen. „Sie hatten immerhin zwei Stunden, um durch die Stadt zu bummeln."

Juliet dachte an die anderthalb Stunden am Mobiltelefon und dann an die Zeit, die nötig gewesen war, um alle Besucher der Signierstunde aus dem Laden zu bekommen. Zweieinhalb Stunden hatte sie vollen Einsatz gebracht, aber sie sagte keinen Ton. Der Cognac lief weich und wärmend ihre Kehle herunter.

„Ihr Auftritt in den Nachrichten wird vier, viereinhalb Minuten dauern. Das hört sich nicht nach viel Zeit an, aber Sie werden überrascht sein, wie viel man in eine solch kurze Spanne hineinpacken kann. Nennen Sie auf jeden Fall den Buchtitel, erwähnen Sie die heutige Autogrammaktion und weisen Sie auf die morgige Kochshow hin. Der sinnliche Aspekt von Essen ist ein großartiger Aufhänger. Wenn Sie …"

„Möchten Sie nicht vielleicht lieber das Interview für mich machen?", fragte er so höflich, dass sie aufschaute.

So, er konnte also auch bissig sein. „Sie haben die Interviews wirklich fabelhaft abgehandelt, Mr Franconi, aber …"

„Carlo." Bevor sie dazu kam, ihre Kladde aufzuschlagen, hielt er ihre Hand fest. „Ich heiße Carlo, und legen Sie endlich einmal Ihre Notizen weg, wenigstens für zehn Minuten. Sagen Sie mir, meine ach so straff organisierte Juliet Trent – weshalb sind wir beide zusammen hier?"

Sie wollte ihre Hand zurückziehen, doch sein Griff war fester als angenommen. Zum zweiten Mal stand sie unter der vollen

Wirkung seiner Macht, Stärke und Entschlossenheit. „Um Ihr Buch zu bewerben."

„Und heute lief es gut, *sì*?"

„Ja, so weit …"

„Heute lief es gut", wiederholte er. Dass er ihr ständig ins Wort fiel, begann sie zu ärgern. „Ich werde in dieser lokalen Nachrichtensendung auftreten, dann gehen wir zu diesem unverzichtbaren Geschäftsdinner, auch wenn ich viel lieber Steak und eine Flasche Wein in meine Suite kommen lassen und zusammen mit Ihnen allein essen würde. Dann könnte ich Sie endlich ohne dieses adrette geschäftsmäßige Kostüm sehen und ohne Ihre adrette geschäftsmäßige Art."

Sie erlaubte sich nicht, wohlig zu erschauern. Sie erlaubte sich überhaupt keine Reaktion. „Wegen des Geschäfts sind wir aber hier. Und nur das interessiert mich."

„Mag sein." Seine Zustimmung kam viel zu bereitwillig. Und in krassem Kontrast dazu legte er prompt seine Hand in ihren Nacken, leicht nur, aber wiederum nicht so leicht, dass sie von ihm wegrücken konnte. „Uns bleibt mehr als eine volle Stunde, bevor das Geschäft wieder anläuft. Also halten Sie mir keine Vorlesungen über Terminpläne."

In der Limousine duftete es nach Leder, fiel ihr jäh auf. Nach Leder und Reichtum. Und Carlo. So lässig wie möglich nippte sie an ihrem Glas. „Wie Sie selbst heute Morgen bemerkten, gehört die Terminplanung zu meinem Job."

„Sie haben eine Stunde frei." Er hob eine Augenbraue und hielt sie so davon ab, einen weiteren Kommentar abzugeben. „Entspannen Sie sich. Ihre Füße tun weh, also streifen Sie Ihre Schuhe ab und genießen Sie Ihren Cognac." Er stellte das eigene Glas ab und schob ihre Aktentasche an die Türseite, sodass der Platz zwischen ihnen jetzt frei war. „Entspannen Sie sich", wiederholte er, doch er war nicht verärgert, als sie sich versteifte. „Ich habe nicht vor, Sie auf der Rückbank eines Autos zu verführen. Zumindest nicht heute." Er lächelte, als ihre Augen wütend zu funkeln begannen, denn er hatte auch die Unsicherheit und die Erregung darin erkannt. „Bald, schon bald, werde ich den passenden Moment dafür finden, den passenden Ort, die passende Stimmung.“

Er lehnte sich zu ihr, so nah, dass er ihren Atem an seinen Lippen fühlte. Sie würde ihn ohrfeigen, sollte er jetzt den nächsten Schritt machen. Er kannte die Frauen gut genug, um ihr Gefühlschaos zu erahnen. Vielleicht würde er die kleine Schlacht sogar genießen. Die Farbe auf ihren Wangenknochen stammte aus keiner Tube und keinem Tiegel, sondern war heraufbeschworen worden von Leidenschaft. Der Ausdruck in ihren Augen kam einer Herausforderung gleich. Sie erwartete von ihm, dass er noch näher rückte, dass er sie in den Sitz drücken würde, seine Lippen fest auf ihren. Sie wartete auf ihn, bereit und gefasst.

Er lächelte, auch wenn seine Lippen keinen Millimeter näher an ihren Mund kamen. Bis er sicher war, dass die Anspannung in ihr sich so weit aufgebaut hatte, dass sie in der Intensität der seinen gleichkam. Er ließ seinen Blick zu ihren Lippen wandern, verharrte dort, stellte sich den Geschmack, die Konsistenz, die Süße vor. Ihr Kinn hielt sie noch immer erhoben, zuckte auch nicht zurück, selbst als er mit dem Daumen darüberstrich.

Er tat nur selten, was man von ihm erwartete. Mit einer einzelnen fließenden Bewegung lehnte er sich zurück, schlug die Beine übereinander und schloss die Augen.

„Ziehen Sie endlich Ihre Schuhe aus“, forderte er sie auf. „Mein Terminplan und Ihrer sollten sich doch hervorragend vereinbaren lassen.“

Und dann, zu ihrer Verblüffung, war er eingeschlafen. Weder döste er nur, noch stellte er sich schlafend, nein, er schlief wirklich, tief und fest. Als hätte er einfach einen Schalter umgelegt.

Mit einem leisen Klicken setzte sie ihr halb volles Glas ab und verschränkte die Arme vor der Brust. Sie war wütend, weil er sie nicht geküsst hatte. Nicht etwa, weil sie von ihm geküsst werden wollte, sagte sie sich, als sie zum getönten Seitenfenster hinausstarrte. Sondern weil er ihr die Chance genommen hatte, ihm ihre Krallen zu zeigen.

Langsam kam ihr der Gedanke, wie viel Spaß es ihr machen würde, ein wenig italienisches Blut zu vergießen.

3. KAPITEL

Die Koffer waren gepackt und in der Limousine verstaut. Als reine Vorsichtsmaßnahme hatte Juliet einen letzten Blick in Carlos Suite geworfen, um sicherzugehen, dass er auch nichts vergessen hatte. Die Tournee mit dem Autoren der Mystery-Reihe war ihr noch gut in Erinnerung. Der Mann hatte seine Zahnbüste achtmal vergessen, bei einer Tour durch acht Städte. Ein rascher letzter Kontrollgang war einfacher als die Suche nach einem Drogeriemarkt, der mitten in der Nacht noch geöffnet hatte.

Das Verlassen des Hotels lief schnell und ohne unvorhergesehene Komplikationen ab. Zu Juliets Erleichterung standen auf Carlos Zimmerrechnung keine großen zusätzlichen Spesen. Was hieß, dass ihr Budget also durchaus ausreichen konnte. Zügig und ohne Verzögerung verließen sie das Wilshire. Juliet konnte nur hoffen, dass das Einchecken am Flughafen und dann in dem Hotel in San Francisco ebenso problemlos vonstattengehen würde.

An die Simpson Show wollte sie gar nicht denken.

Es war nicht notwendig, Carlo noch einmal darauf hinzuweisen, wie wichtig sein Auftritt dort war. Juliet war klar, dass Carlo oft genug in den Staaten gewesen war, um zu wissen, wie wichtig seine kurze Demonstration der richtigen Zubereitung von *biscuit tortoni* und seine zehn Minuten auf Sendung waren. Die Simpson Show war seit fünfzehn Jahren die beliebteste Abendshow im ganzen Land, Bob Simpson war sozusagen eine amerikanische Institution. Einige wenige Minuten in seiner Show konnten die Verkaufszahlen von Büchern selbst in dem entlegensten Winkel des Landes in astronomische Höhen katapultieren. Oder den Absatz komplett vernichten.

Mannomann, dachte sie, als erneut Aufregung in ihr aufschäumen wollte, wie beeindruckend es doch aussieht, die Simpson Show auf der Agenda stehen zu haben.

Sie schickte ein Stoßgebet zum Himmel, dass Carlo es nicht verbocken würde.

Juliet schaute in die kleine Gefriertruhe, die gleich hinter der Studiobühne stand, um sicher sein zu können, dass das Dessert, das Carlo vorbereitet hatte, noch heil und in einem Stück vorhanden war. Diese Komposition musste vier Stunden frieren, das hieß, sie mussten das Vorher-Nachher-Spiel für die Zuschauer spielen. In der Sendung würde Carlo das Dessert vor den Augen des Publikums zubereiten, und dann, *voilà*, wurde das fertige Endresultat aus der Kühltruhe von der Kamera eingefangen.

Obwohl Carlo bereits mit dem Produzenten und dem Redakteur alle Zutaten und Utensilien durchgegangen war, prüfte Juliet noch einmal alles. Die Sahne stand fertig geschlagen im Kühlschrank, und offensichtlich hatte sich auch niemand an den Makronen vergriffen. Die Flasche mit dem trockenen Sherry war besorgt worden und stand bereit. Niemand hatte das Siegel gebrochen, um einen kleinen Schluck von der ganz bestimmten Sorte, die Carlo verlangt hatte, zu probieren.

Fast glaubte Juliet, sie könnte dieses imposante gefrorene Dessert selbst zubereiten, falls es nötig werden sollte, aber sie war heilfroh, dass sie nicht vor Millionen von Fernsehzuschauern am Bildschirm eine Demonstration ihres Könnens geben musste.

Er scheint weder den geringsten Druck noch Lampenfieber zu verspüren, dachte sie, als sie in den Warteraum überwechselten. Im Gegenteil, er hatte der spärlich bekleideten Blondine auf dem Sofa bereits gewinnend zugelächelt und ihr eine Tasse Kaffee besorgt.

Kaffee? Selbst für Hollywoods Verhältnisse brauchte man eine ausschweifende Fantasie, um das Gebräu in der Kanne als Kaffee zu bezeichnen. Juliet hatte nur einen Schluck von dem lauwarmen Teer genommen und ihre Tasse sofort beiseitegestellt.

Die kleine Blondine war offensichtlich das neue Sternchen einer beliebten Seifenoper im Abendprogramm, und sie bebte regelrecht vor Lampenfieber. Carlo setzte sich zu ihr auf das Sofa und begann mit ihr zu plaudern, als wären sie jahrelange beste Freunde. In kürzester Zeit kicherte sie unbeschwert.

Der Vorraum hatte beigefarbene Wände, ein unansehnliches helles Beige, und war klein und vollgestellt. Die Klimaanlage arbeitete zwar, aber nur unzureichend. Doch Juliet wusste, wie viele Berühmtheiten und Fast-Berühmtheiten hier in diesem kleinen trostlosen Raum gesessen und vor Nervosität Fingernägel gekaut – oder noch einen schnellen Schluck aus dem Flachmann genommen – hatten.

Carlo hatte den zweifelhaften Kaffee gegen ein Mineralwasser getauscht und es sich auf dem Sofa gemütlich gemacht, einen Arm auf die Rücklehne gelegt. Er wirkte entspannt und lässig wie ein Mann im eigenen Zuhause. Juliet schalt sich, dass sie kein Beruhigungsmittel für sich mitgenommen hatte.

Sie gab vor, noch einmal die Termine zu überprüfen, während Carlo das angehende Starlet bezauberte und die Simpson Show über den großen Bildschirm am anderen Ende des Raumes flackerte.

Und dann öffnete sich die Tür, und der Affe kam herein. Juliet blickte auf. Ein Schimpanse in einem Smoking watschelte an der Hand eines großen dünnen Mannes mit gehetztem Blick und nervösem Grinsen herein. Juliet schaute zu Carlo hinüber. Er nickte den beiden Neuankömmlingen grüßend zu und wandte sich übergangslos wieder der Blondine zu. Noch während Juliet sich ermahnte, ruhig zu bleiben, grinste der Schimpanse, warf den Kopf zurück und machte sich mit einem lauten Schrei bemerkbar.

Die Blondine kicherte, aber sie sah aus, als würde sie aufspringen und die Beine in die Hand nehmen, sollte der Affe auch nur einen Zentimeter näher kommen, ob nun mit oder ohne Smoking.

„Benimm dich, Butch." Der dünne Mann räusperte sich und schaute in die Runde. „Butch hat letzte Woche gerade einen Film abgedreht", erklärte er. „Er fühlt sich noch ein wenig rastlos."

Unter dem leisen Klirren der Pailletten auf ihrem Kleid erhob sich die Blondine, als ihr Name aufgerufen wurde. Zufrieden stellte Carlo fest, dass sie lange nicht mehr so unruhig war wie vorhin noch, als er sich zu ihr gesetzt hatte. Sie drehte sich zu ihm und lächelte ihn mit strahlend weißen Zähnen an. „Wünschen Sie mir Hals- und Beinbruch, Darling."

„Viel Glück."

Angewidert sah Juliet zu, wie die Blondine Carlo einen Luftkuss zuwarf, bevor sie zur Tür hinausschwebte.

Der dünne Mann schien sich merklich zu entspannen. „Schon viel besser. Blondinen regen Butch immer über die Maßen auf."

„Ah", sagte Juliet nur und überlegte, dass ihre Haarfarbe dunkelblond genug war, um als Braun bezeichnet werden zu können. Hoffentlich blieb Butch bei ihrem Anblick unaufgeregt.

„Wo ist denn die Limonade?" Die Nervosität des Mannes kehrte schlagartig mit voller Wucht zurück. „Sie wissen doch, dass Butch seine Limonade braucht, bevor er auf Sendung geht. Das beruhigt ihn."

Juliet musste sich auf die Zunge beißen, um nicht loszukichern. Carlo und Butch beäugten einander mit einer Art tolerantem Verständnis. „Er scheint mir doch eher gelassen zu sein."

„Er ist das reinste Nervenbündel", widersprach der Mann. „So werde ich ihn niemals vor die Kamera bekommen."

„Ich bin sicher, das mit der Limonade ist nur übersehen worden." Daran gewöhnt, Panik zu mildern, lächelte Juliet. „Vielleicht können Sie einen der Helfer hier fragen."

„Ja, das werde ich machen." Der Mann tätschelte Butch die Hand und ging wieder hinaus.

„Aber …" Juliet, die schon halb aufgestanden war, setzte sich wieder. Der Affe stand mitten im Raum, auf die Knöchel seiner Finger gestützt. „Ich bin mir nicht sicher, ob er Cheetah hier nicht besser hätte mitnehmen sollen."

„Er heißt Butch", verbesserte Carlo. „Ich halte ihn für recht harmlos." Er lächelte den Schimpansen an. „Auf jeden Fall hat er einen exzellenten Schneider."

Juliet schaute auf den Schimpansen. Der Affe grinste und blinzelte ihr zu. „Hat er Zuckungen", richtete sie sich fragend an Carlo, „oder flirtet er etwa mit mir?"

„Ich würde sagen, er flirtet. Wenn er ein männliches Wesen mit nur dem geringsten Geschmack ist", antwortete Carlo nachdenklich. „Und wie gesagt, sein Smoking sitzt wirklich perfekt. Nun, wie ist deine Meinung, Butch? Findest du meine Juliet attraktiv?"

Butch warf den Kopf zurück und gab eine Reihe von Tönen von sich, die Juliets Ansicht nach so oder so gedeutet werden konnten.

„Sehen Sie? Er erkennt eine schöne Frau."

Und da Juliet durchaus auch das Absurde zu schätzen wusste, lachte sie. Ob es das Lachen war, das ihn anzog, oder ob er einfach meinte, lange genug gewartet zu haben – Butch kam auf sie zu. Noch immer grinsend legte er seine Hand auf ihr Knie. Dieses Mal war sie sicher, dass er ihr zublinzelte.

„Ich muss sagen, einen so plumpen Annäherungsversuch mache ich nie beim ersten Treffen", kam es von Carlo.

„Manche Frauen ziehen eben die direkte Art vor." Da sie entschieden hatte, dass Butch harmlos war, lächelte sie auf ihn herunter. „Er erinnert mich an jemanden." Sie sah zu Carlo. „Muss wohl an dem gewinnenden Lächeln liegen." Bevor sie noch den Satz zu Ende gesprochen hatte, war Butch schon auf ihren Schoß geklettert und hatte einen seiner langen Arme um ihre Schultern gelegt. „Eigentlich ist er doch ganz süß." Sie lachte und schaute dem Schimpansen ins Gesicht. „Er hat die gleichen Augen wie Sie, Carlo."

„Äh, Juliet, ich denke, Sie sollten …"

„Obwohl seine intelligenter wirken."

„Oh, ich bin überzeugt, dass er extrem clever ist." Carlo hüstelte in seine Hand, während er die geschäftigen Finger des Affen beobachtete. „Juliet, Sie sollten wirklich …"

„Natürlich ist er clever, er spielt schließlich in Filmen mit." Juliet amüsierte sich bestens. Sie sah den Schimpansen lächelnd an. „Habe ich schon einen deiner Filme gesehen, Butch?"

„Würde mich nicht wundern, wenn es Erotikfilme wären."

Sie kraulte dem Affen das Kinn. „Also wirklich, Carlo, wie boshaft."

„Eine reine Vermutung." Er ließ seinen Blick über sie wandern. „Sagen Sie, Juliet, ist Ihnen nicht kalt?"

„Nein, im Gegenteil. In diesem Raum ist es viel zu warm. Und Butch muss auch noch einen Smoking tragen. Nicht wahr, du armer Kerl?“ Sie schnalzte leicht mit der Zunge, und Butch antwortete mit einem freudigen Zähneklappern.

„Juliet, sind Sie der Meinung, dass die Leute ihre Persönlichkeit mit der Kleidung ausdrücken, die sie tragen? Sozusagen Signale senden, wenn Sie verstehen, was ich meine.“

„Hm?“ Abwesend zuckte sie mit den Schultern, während sie Butch half, die Krawatte zu richten. „Ja, ich denke, schon.“

„Ich finde es höchst interessant, dass Sie unter einer derart nüchternen Bluse rosafarbene Seide tragen.“

„Wie bitte?“

„Eine Beobachtung, *mi amore*.“ Sein Blick wanderte vielsagend an ihr hinab. „Wirklich nicht mehr als eine Beobachtung.“

Juliet wurde plötzlich sehr, sehr still. Sie senkte den Kopf und sah an sich hinunter. Entsetzen breitete sich auf ihrem Gesicht aus. Der Affe mit dem süßen Gesicht und dem exzellenten Schneider hatte ihr die Bluse fingerfertig bis auf den letzten Knopf aufgeknöpft.

Carlo bedachte Butch mit einem respektvollen Blick. „Ich muss ihn unbedingt fragen, wie er diese Technik perfektioniert hat.“

„Also, Sie unverschämter …“

„Mich trifft keine Schuld.“ Carlo legte die Hand aufs Herz. „Ich bin lediglich ein unbeteiligter Beobachter.“

Juliet stand abrupt auf und setzte den Affen unsanft auf den Boden. Auf der Flucht in die nächste Damentoilette folgte ihr das Lachen zweier männlicher Wesen – eines Schimpansen und einer Ratte.

Auf der Fahrt zum Flughafen, von wo aus sie nach San Diego weiterfliegen würden, verharrte Juliet in eisigem Schweigen.

„Kommen Sie schon, *cara*, die Show ist doch bestens gelaufen. Nicht nur wurde der Buchtitel dreimal erwähnt, sie haben auch eine saubere Nahaufnahme vom Buchcover gebracht. Mein *tortoni* war ein Triumph, und jedem gefiel meine Anekdote während der Zubereitung eines sinnlichen italienischen Mahls.“

„Sie sind ein wahrer Quell an Anekdoten“, murmelte sie.

„*Amore*, es war der Affe, der versucht hat, Sie auszuziehen, nicht ich.“ Carlo stieß einen langen, zufriedenen Seufzer aus. Er konnte sich nicht daran erinnern, je eine … eine Vorführung so sehr genossen zu haben. „Hätte ich es versucht, hätten wir den Auftritt in der Show verpasst.“

„Sie mussten die Story unbedingt vor laufender Kamera erzählen, nicht wahr?“ Juliet warf ihm einen vernichtenden Blick zu. „Ist Ihnen eigentlich klar, wie viele Millionen an den Bildschirmen gesessen haben?“

„Es war eine gute Story.“ Im dämmrigen Licht des Wageninneren konnte sie das Blitzen in seinen Augen sehen. „Die meisten von diesen Millionen Leuten wissen eine gute Geschichte zu schätzen.“

„Jeder, mit dem ich arbeite, hat die Show gesehen.“ Sie merkte, dass sie die Zähne zusammenbiss, und lockerte sehr bewusst ihre Wangenmuskeln. „Nicht nur haben Sie … haben Sie einfach dagesessen und zugelassen, dass diese Kreatur mit den flinken Fingern mich halb auszieht, nein, Sie mussten es auch groß im landesweiten Fernsehen verkünden.“

„*Madonna.* Wenn Sie zurückdenken, werden Sie zugeben müssen, dass ich Sie zu warnen versucht habe.“

„Ich entsinne mich an nichts dergleichen.“

„Sie waren so hingerissen von Butch“, fuhr er fort. „Ich muss gestehen, auch mir fiel es schwer, nicht bezaubert zu sein.“ Er warf einen Blick auf ihre wieder korrekt verschlossene Bluse. „Sie haben wunderschöne Haut, Juliet. Es ist durchaus denkbar, dass ich einen Moment lang abgelenkt war, und daher liefere ich, ein einfacher schwacher Mann, mich völlig Ihrer Gnade aus.“

„Oh, hören Sie schon auf damit.“ Sie verschränkte die Arme vor der Brust und starrte stur geradeaus, bis der Chauffeur die Limousine am Flughafen zum Stehen brachte.

Juliet hob ihre Reisetasche aus dem Kofferraum. Immer mit dem Risiko vor Augen, dass Gepäck unterwegs verloren gehen konnte – Koffer, die in San José landeten, während sie in San Diego stand –, trug sie das absolut Notwendige immer bei sich. Sie reichte ihr und Carlos Ticket weiter, damit das Gepäck schon abgefertigt werden konnte, während sie den Fahrer bezahlte. Was sie automatisch in Gedanken ihr Budget überschlagen ließ. Hier in L. A. hatte sie den Limousinenservice rechtfertigen können, doch von jetzt an würden sie sich mit Taxis und Mietwagen begnügen müssen. Goodbye, Glamour, hallo, Wirklichkeit, dachte sie, als sie die Quittung einsteckte.

„Nein, das trage ich selbst."

Sie drehte sich um und sah, wie Carlo auf seinen ledernen Koffer zeigte, ungefähr sechzig Zentimeter lang und fünfundzwanzig Zentimeter breit. „Etwas so Sperriges sollten Sie besser aufgeben."

„Meine Küchenwerkzeuge gebe ich niemals aus der Hand." Er schlang den Gurt seiner Reisetasche über die Schulter und fasste nach dem Koffergriff.

„Wie Sie wollen", sagte sie mit einem Achselzucken und ging zusammen mit ihm durch die automatischen Türen. Die ersten Anzeichen von Müdigkeit meldeten sich bei ihr – und das, obwohl sie kein kompliziertes Dessert hatte zubereiten müssen. Wenn er auch nur halbwegs menschlich war, musste er ebenso erschöpft sein wie sie. Er mochte sie auf ein Dutzend verschiedene Arten aufregen, aber er lamentierte nicht. Juliet unterdrückte einen Seufzer.

„Uns bleibt eine halbe Stunde, bevor wir an Bord gehen müssen. Möchten Sie vielleicht etwas trinken?"

„Ein Waffenstillstandsangebot?"

„Nein, ein Drink."

„Einverstanden."

Sie fanden eine schummrige, gut besuchte Lounge und arbeiteten sich zu einem freien Tisch durch. Juliet beobachtete Carlo, wie er seinen sperrigen Koffer um Tische und Gäste herummanövrierte, über Stühle hievte und schließlich unter ihren Tisch schob. „Was ist eigentlich da drin?"

„Meine Werkzeuge", wiederholte er. „Genauestens geeichte Messer, Spatel aus rostfreiem Stahl in verschiedenen Größen und von verschiedenem Gewicht. Mein eigenes Öl zum Kochen und mein eigener Essig. Weitere unerlässliche Zutaten und Utensilien."

„Sie schleppen Essig und Öl durch sämtliche Flughäfen von Küste zu Küste?" Sie schüttelte den Kopf und schaute dann zu der Bedienung hoch. „Wodka mit Pampelmusensaft."

„Brandy", bestellte Carlo und richtete seine Aufmerksamkeit anschließend wieder auf Juliet, nachdem er die Kellnerin mit einem schnellen Lächeln bedacht hatte. „Richtig. Denn es gibt keine Marke auf dem amerikanischen Markt, die sich mit meiner vergleichen ließe." Er nahm eine Erdnuss aus der Schale, die auf dem Tisch stand.

„Sie können den Koffer immer noch aufgeben", meinte sie. „Ihre Hemden und Krawatten haben Sie ja auch abgegeben."

„Meine Werkzeuge vertraue ich nicht den Händen von Gepäckträgern an." Er warf sich die Erdnuss in den Mund. „Eine Krawatte ist etwas, das sich leicht ersetzen lässt. Ja, es ist sogar etwas, das einen nach einiger Zeit langweilt. Doch ein ausgezeichneter Schneebesen – das ist eine ganz andere Sache. Wenn ich Ihnen erst das Kochen beigebracht habe, werden Sie das verstehen."

„Die Chancen, dass Sie mir das Kochen beibringen, sind ebenso hoch wie die, dass Sie ohne Flugzeug nach San Diego fliegen. Nun, Ihnen ist klar, dass Sie eine Vorführung der Zubereitung von Linguini mit Muschelsoße in der ‚A. M. San Diego'-Show geben werden. Die Show fängt um acht Uhr morgens an, das heißt, wir werden um sechs im Studio sein müssen, um alles in die Wege zu leiten."

Seiner festen Überzeugung nach war das einzig Zivilisierte, das sich um eine solche Uhrzeit zur Vorbereitung anbot, ein Champagnerfrühstück für zwei. „Wieso bestehen die Amerikaner eigentlich darauf, schon im Morgengrauen aufzustehen und Fernsehen zu gucken?"

„Ich werde eine Umfrage starten und es herausfinden", erwiderte Juliet abwesend. „In der Zwischenzeit bereiten Sie ein Gericht vor, genau, wie wir es heute Abend gemacht haben. In der Sendung demonstrieren Sie jede Phase der Vorbereitung, aber natürlich bleibt nicht genügend Zeit, um es zu Ende zu kochen, deshalb brauchen wir ja dann auch das erste Gericht, das Sie schon fertiggestellt haben. Und jetzt noch die guten Nachrichten." Sie lächelte der Bedienung kurz zu, die die bestellten Drinks servierte. „Im Studio ist wohl etwas durcheinandergekommen, daher müssen wir die Zutaten selbst mitbringen. Sie müssen eine Zutatenliste für mich aufstellen. Nachdem ich Sie erst einmal im Hotel einquartiert habe, renne ich schnell los und besorge alles Nötige. Irgendwo wird es schon einen Supermarkt geben, der auch spät noch geöffnet hat."

Im Kopf überschlug er all die Zutaten, die er für seine *linguini con vongole bianche* benötigte. Sicher, in einem amerikanischen Supermarkt würde alles Erforderliche zu erhalten sein, dennoch war Carlo froh, dass er einige Bestände bei sich hatte, in dem Koffer zu seinen Füßen. Die Muschelsoße war seine Spezialität, keine Sache, die er auf die leichte Schulter nahm.

„Gehört Einkaufen im Supermarkt um Mitternacht zum Job einer PR-Agentin?"

Sie lächelte ihn an. Carlo dachte, dass es nicht nur ein bezauberndes Lächeln war, sondern es war wahrscheinlich das erste Mal, dass sie ihn anlächelte und es auch so meinte. „Auf einer Büchertour ist es der Job einer PR-Agentin, alles zu tun, was nötig ist. Wenn Sie mir also aufzählen, was Sie brauchen, schreibe ich es mir auf."

„Nicht nötig." Er schwenkte den Brandy in seinem Glas. „Ich komme mit Ihnen."

„Sie brauchen Ihren Schlaf." Sie kramte bereits nach einem Stift. „Selbst wenn Sie im Flugzeug ein wenig dösen können, werden Sie heute nicht viel mehr als fünf Stunden Schlaf abbekommen."

„Sie auch nicht", stellte er fest. Als sie ihren Mund öffnete, um zu widersprechen, zog er die eine Augenbraue auf jene seltsame Art in die Höhe, die sie vorher schon zum Schweigen gebracht hatte. „Vielleicht traue ich einem Amateur ja nicht zu, meine Muscheln auszusuchen."

Juliet beobachtete ihn über den Rand ihres Glases hinweg, während sie einen Schluck trank. Oder vielleicht ist er auch ein Gentleman, überlegte sie. Trotz seines Rufs bei Frauen und einer gehörigen Portion Eitelkeit gehörte er zu der seltenen Spezies von Männern, die es verstanden, Frauen zu hofieren, ohne sie gönnerhaft zu behandeln. Juliet beschloss, ihm trotz allem für Butch zu vergeben.

„Trinken Sie aus, Carlo." Sie prostete ihm zu, vielleicht sogar in Freundschaft. „Wir müssen unser Flugzeug erwischen."

„*Salute.*" Er hob sein Glas.

Sie debattierten nicht mehr, bis sie an Bord der Maschine waren.

Juliet lästerte wirklich nur ein ganz kleines bisschen, während sie Carlo dabei half, den Koffer mit seinen Utensilien unter dem Sitz zu verstauen. „Der Flug geht recht schnell." Sie schaute auf ihre Armbanduhr und schätzte, dass das Einkaufen allerdings tatsächlich bis nach Mitternacht dauern würde. Morgen früh hätte sie vermutlich große Probleme, aus dem Bett zu kommen. „Wir sehen uns dann nach der Landung."

Erstaunt hielt er sie am Handgelenk fest, als sie sich umdrehen wollte. „Wohin gehen Sie?"

„Zu meinem Sitz."

„Sie sitzen nicht hier?" Er zeigte auf den Sitz neben seinem.

„Nein, ich fliege Holzklasse", erklärte sie ungeduldig, weil sie sich halb verrenken musste, um einen anderen Passagier vorbeizulassen.

„Wieso?"

„Carlo, ich blockiere den Gang."

„Warum fliegen Sie Economy Class?"

Sie seufzte, wie wohl eine Mutter wegen ihres widerspenstigen Kindes seufzen würde. „Weil der Verlag gerne bereit ist, ein Erste-Klasse-Ticket für einen berühmten Bestsellerautoren springen zu lassen. Für Mitarbeiter der Werbeabteilung existiert ein anderer Stil. Und der heißt Holzklasse."

Jemand stieß die Ecke eines Aktenkoffers in ihre Seite. Das gab garantiert einen blauen Fleck. „Wenn Sie mich jetzt bitte gehen lassen würden, dann würde ich nicht mehr zusammengeschlagen und könnte mich endlich setzen."

„Die erste Klasse ist nahezu leer", entgegnete er. „Es ist eine simple Angelegenheit, Ihr Ticket aufzustocken."

Es gelang ihr immerhin, ihren Arm freizubekommen. „Gehen Sie nicht gegen das System an, Franconi."

„Ich gehe immer gegen das System an", ließ er sie wissen, während er ihr nachsah, wie sie auf ihren Sitz zusteuerte. Ja, eindeutig, er mochte ihren Gang.

„Mr Franconi." Die Stewardess strahlte ihn an. „Darf ich Ihnen nach dem Start einen Drink bringen?"

„Was haben Sie an Weißwein da?"

Während sie ihm die verschiedenen Sorten aufzählte, machte er es sich in seinem Sitz bequem. Durchschnittlich, dachte er, aber nicht völlig ungenießbar. „Sie haben doch sicher die junge Frau gesehen, mit der ich gerade geredet habe? Die mit dem honigfarbenen Haar und dem sturen Gesichtsausdruck."

Das Lächeln der Stewardess blieb gleichmäßig strahlend, auch wenn sie insgeheim dachte, wie schade es doch sei, dass er bereits eine andere im Auge hatte. „Natürlich, Mr Franconi."

„Bringen Sie ihr ebenfalls ein Glas von dem Wein, mit den besten Grüßen von mir."

Juliet wäre vollkommen zufrieden mit ihrem Sitzplatz am Gang gewesen, hätte sich der Mann neben ihr nicht bereits laut schnarchend breitgemacht. Reisen ist ja so aufregend, dachte sie voll bissiger Ironie und zog sich als Erstes die Schuhe aus, sobald sie saß. Und schon morgen Abend begann der nächste Flug, auf den sie sich freuen konnte.

Beschwer dich nicht, Juliet, ermahnte sie sich. *Wenn du deine eigene Agentur hast, kannst du delegieren und anderen die Knochenarbeit überlassen.*

Der Mann neben ihr schnarchte während des gesamten Starts, während die Frau auf der anderen Gangseite die Armlehne krampfhaft umklammert hielt, bis das Flugzeug ruhig schwebte. Juliet nahm ihr Notizbuch hervor und begann zu arbeiten.

„Miss?“

Juliet sah zu der Stewardess hoch. „Tut mir leid, aber ich habe nichts zu trinken bestellt.“

„Mit den besten Grüßen von Mr Franconi.“

Juliet nahm den Wein und sah zur ersten Klasse hinüber. Der Mann ist listig, dachte sie. Er wollte ihre Abwehr unterlaufen, indem er nett zu ihr war. Mit einem Seufzer klappte sie ihre Kladde zu und lehnte sich zurück.

Und es funktionierte auch noch.

Als die Maschine zur Landung ansetzte, hatte sie das Glas Wein noch nicht ganz ausgetrunken, aber es hatte sie auf jeden Fall entspannt. So sehr, dass sie sich jetzt nur noch ein dunkles Zimmer mit einem bequemen Bett wünschte. In einer Stunde, höchstens zwei, versprach sie sich, während sie Reisetasche und Aktenkoffer zur Hand nahm.

Carlo wartete auf sie in der ersten Klasse. Er stand mit einer sehr jungen, sehr attraktiven Stewardess zusammen. Keiner von beiden schien auch nur im Geringsten von der Reise mitgenommen.

„Ah, Juliet. Deborah hat mir einen großartigen Supermarkt verraten, der rund um die Uhr geöffnet hat und wo wir alles finden werden, was wir brauchen.“

Juliet musterte die gertenschlanke Brünette und rang sich ein Lächeln ab. „Wie schön.“

Er nahm die Hand der Stewardess und drückte einen – obligatorischen, wie Juliet mittlerweile wusste – Handkuss darauf. „*Arrivederci.*“

„Sie verschwenden keine Zeit, was?“, lautete Juliets Kommentar, als sie von Bord gingen.

„Jeder Moment will gelebt und genossen sein.“

„Welch poetischer Gedanke.“ Sie schob die Reisetasche höher auf die Schulter und steuerte auf die Gepäckausgabe zu. „Den sollten Sie sich tätowieren lassen.“

„Wohin?“

Sie reagierte nicht auf sein Lachen. „Natürlich dorthin, wo es am attraktivsten wirkt.“

Auf das Gepäck mussten sie länger warten, als ihnen lieb war. Die entspannende Wirkung des Weins verflog. Hier gab es Dinge, die zu erledigen waren, und weil Carlo Spaß daran hatte, Juliet in Aktion zu beobachten, überließ er es ihr, sich um alles zu kümmern.

Sie winkte ein Taxi heran, drückte dem Gepäckträger ein Trinkgeld in die Hand und nannte dem Taxifahrer den Namen des Hotels. Als sie zu Carlo auf die Rückbank stieg, fiel ihr sein verschmitztes Lächeln auf. „Gibt es irgendetwas Amüsantes?"

„Sie sind so überaus tüchtig, Juliet."

„Soll das ein Kompliment oder eine Beleidigung sein?"

„Frauen beleidige ich niemals." Er sagte es so schlicht, dass sie es ihm hundertprozentig glaubte. Im Gegensatz zu Juliet war er völlig gelassen und schien auch nicht besonders müde zu sein. „Wären wir jetzt in Rom, könnten wir in eine gemütliche Bar gehen und bei einem Glas Rotwein Musik hören."

Sie kurbelte das Fenster hoch, die Nachtluft war feucht und kühl. „Stört die Büchertour die Routine Ihres Nachtlebens?"

„Bisher finde ich mich doch in stimulierender Gesellschaft wieder."

„Morgen werden Sie sich völlig verausgabt wiederfinden."

Carlo dachte an sein bisheriges Leben und lächelte milde. Mit neun hatte er die Zeit zwischen Schulschluss und Abendessen in Küchen mit Geschirrspülen und Bödenwischen zugebracht. Mit fünfzehn hatte er in Restaurants gekellnert und seine Freizeit dazu genutzt, um alles über Gewürze und Soßen zu lernen. In Paris hatte er dann während des Studiums nebenher als Souschef gearbeitet. Selbst jetzt bescherten ihm sein Restaurant und seine Kunden einen Zwölfstundentag. Lange nicht alles über seinen Hintergrund stand in der säuberlich gedruckten Biografie, die in Juliets Aktenkoffer steckte.

„Ich habe keine Angst vor der Arbeit, solange sie mich interessiert. Ich denke, Sie halten es ebenso."

„Ich muss arbeiten", stellte sie richtig. „Aber es macht die Sache einfacher, wenn man seine Arbeit gern tut."

„Man ist auch erfolgreicher, wenn man sie gern tut. Sie sind das lebende Beispiel dafür, Juliet. Ehrgeiz ohne Freude an der Arbeit ist kalt, selbst das Erreichte hinterlässt dann einen schalen Beigeschmack."

„Aber ich bin ehrgeizig."

„Ja, natürlich." Er sah sie mit einem Blick an, der ein Flattern in ihrem Magen auslöste, für das sie eigentlich zu vernünftig war. „Aber Sie sind nicht kalt."

Ihr schoss der Gedanke in den Kopf, dass sie vielleicht besser dran wäre, wenn er unrecht hätte. „Da ist schon das Hotel." Sie wandte sich von Carlo ab, froh darüber, dass sie sich wieder auf die beruflichen Details konzentrieren konnte. „Warten Sie bitte", wies sie den Fahrer an. „Sobald wir uns eingetragen haben, kommen wir wieder, wir haben noch etwas zu erledigen. Das Hotel soll eine wunderschöne Aussicht auf die Bucht bieten, hat man mir gesagt", meinte sie zu Carlo, als sie in die Lobby gingen, während der Page sich um das Gepäck kümmerte. „Zu schade, dass wir keine Zeit haben werden, die Aussicht zu genießen. Franconi und Trent", meldete sie sich und Carlo dann am Empfangsschalter an.

Das Foyer war leer und ruhig. Oh, die Glücklichen, die jetzt schon schlafend in ihren Betten liegen, dachte sie und steckte sich eine lose Haarsträhne hinters Ohr.

„Wir checken gleich morgen früh wieder aus und kommen dann auch nicht mehr hierher zurück. Sie sollten also darauf achten, dass Sie nichts im Zimmer vergessen", wies sie Carlo an.

„Natürlich werden Sie trotzdem noch einmal einen Kontrollgang machen, nicht wahr?"

Sie warf ihm einen kurzen Seitenblick zu, während sie das Anmeldeformular unterschrieb. „Gehört mit zum Service." Ungerührt ließ sie ihren Zimmerschlüssel in die Tasche gleiten. „Das Gepäck kann direkt nach oben gebracht werden." Unauffällig steckte sie dem Pagen einen gefalteten Geldschein in die Hand. „Mr Franconi und ich haben noch etwas zu erledigen."

„Ja, Ma'am."

„Das mag ich an Ihnen." Zu Juliets Überraschung hakte Carlo sich bei ihr unter, als sie das Hotel wieder verließen.

„Was?"

„Ihre Großzügigkeit. Die meisten wären wohl hinausgegangen, ohne dem Pagen ein Trinkgeld zu geben."

Sie zuckte leicht mit den Achseln. „Vermutlich fällt Großzügigkeit leichter, wenn es nicht das eigene Geld ist."

„Juliet." Er hielt die Tür des wartenden Taxis für sie auf. „Sie sind doch intelligent und wissen genau, wie es viele andere machen. Sie könnten sich das Trinkgeld für den Pagen sparen und es dann später dennoch auf die Spesenabrechnung setzen."

„Für fünf Dollar lohnt es sich nicht, unehrlich zu sein."

„Nichts ist Unehrlichkeit wert." Carlo nannte dem Taxifahrer Namen und Adresse des Supermarkts und lehnte sich in den Sitz zurück. „Mein Instinkt sagt mir, dass, sollten Sie jemals versuchen zu lügen – ich meine eine echte Lüge –, Ihnen wahrscheinlich die Zunge herausfallen würde."

„Mr Franconi." Sie presste die Lippen zusammen. „Sie vergessen, dass ich in der Werbung arbeite. Würde ich nicht lügen, hätte ich meinen Job nicht mehr lange."

„Ich meine, eine wahrhaftige Lüge", hielt er dagegen.

„Ist das nicht ein Widerspruch in sich?"

„Vielleicht sind Sie ja noch zu jung, um all die vielen Variationen von Lüge und Wahrheit zu kennen. Ah, sehen Sie, deshalb liebe ich Ihr Land so sehr." Er beugte sich vor und schaute zum Fenster hinaus auf den hell erleuchteten großen Supermarkt. „Wenn man in Amerika um Mitternacht Lust auf Kekse hat, kann man hier auch um Mitternacht Kekse kaufen. Eine enorm verbraucherfreundliche Atmosphäre."

„Freut mich, dass Ihnen das zusagt. Warten Sie bitte auf uns", wies sie den Taxifahrer erneut an und stieg auf der anderen Seite des Taxis aus. „Ich hoffe, Sie haben im Kopf, was Sie alles brauchen. Ich würde nur ungern morgen früh im Studio ankommen und feststellen, dass ich noch einmal losrennen muss, um ganze Pfefferkörner oder Ähnliches zu besorgen."

„Ein guter italienischer Chefkoch weiß alles über seine Linguini.“ Er schlang den Arm um ihre Schultern und zog sie an seine Seite. Zusammen betraten sie den großen Laden. „Das ist Ihre erste Lektion, meine Liebe.“

Zuerst führte er sie in die Fisch- und Meeresfrüchteabteilung. Vor den Auslagen murmelte er vor sich hin, schnalzte mit der Zunge, prüfte, wählte aus und verwarf, bis er die richtige Anzahl Muscheln für zwei Gerichte beisammen hatte. Bisher hatte Juliet nur Frauen bei der Wahl eines Verlobungsringes so viel Zeit brauchen sehen.

Juliet fiel die Aufgabe zu, den Einkaufswagen zu schieben, während Carlo neben ihr herging und alles genauestens studierte und aus den Regalen nahm – Dosen, Schachteln, Flaschen. Sie wartete, während er die Waren in die Hand nahm, begutachtete und mit seinen langen Künstlerfingern über die Etiketten fuhr, während er die Informationen über die genauen Inhaltsstoffe las. Amüsiert fiel ihr auf, wie der Diamant an seinem kleinen Finger im Neonlicht aufblitzte.

„Erschreckend, was sie alles in diesen fertig verpackten Fraß geben“, lautete sein Urteil, als er eine Packung ins Kühlregal zurückstellte.

„Vorsicht, Franconi, Sie sprechen hier von meinen Grundnahrungsmitteln.“

„Davon muss Ihnen doch übel werden.“

„Fertiggerichte haben die amerikanische Frau vom Küchenherd losgekettet.“

„Und die Geschmacksnerven von Generationen zerstört.“ Sorgfältig und ohne Hast wählte er seine Gewürze. Er öffnete Oregano-Päckchen von drei verschiedenen Firmen und schnupperte, bevor er sich für eine Marke entschied. „Ich sage Ihnen, Juliet, ich bewundere Ihre amerikanische zeitsparende Zweckmäßigkeit, aber ich gehe lieber in Rom einkaufen, wo ich an den Marktständen entlangschlendern und Gemüse aussuchen kann, das gerade geerntet wurde, und Fisch, der gerade aus der See gezogen wurde. Da kommt nicht alles aus der Dose wie hier.“

Er ließ keinen Gang aus, doch Juliet hatte ihre Müdigkeit längst vergessen, so fasziniert war sie. Noch nie hatte sie jemanden einkaufen sehen wie Carlo Franconi. Es war, als würde man mit einem Kunstprofessor durch ein Museum wandern. Vor dem Mehlregal begann er zu schimpfen und funkelte jedes Paket mit gerunzelter Stirn böse an. Sie hatte Angst, er könne sie alle aufreißen, um den Inhalt zu kosten. „Ist das hier eine gute Marke?"

Juliet schätzte, dass sie zweimal im Jahr Mehl kaufte. „Nun, meine Mutter hat diese Sorte schon immer benutzt, aber …"

„Gut. Vertraue immer einer Mutter."

„Als Köchin war sie völlig unfähig."

Carlo legte das Paket Mehl in den Einkaufswagen. „Sie ist eine Mutter."

„Eine erstaunliche Bemerkung von einem Mann, dem keine Mutter vertrauen sollte."

„Ich habe den größten Respekt vor Müttern. Ich selbst habe schließlich auch eine. Aber jetzt … Wir brauchen Knoblauch, Pilze, Paprika. Alles frisch."

Carlo ging an den Gemüseauslagen entlang, griff, drückte, schnupperte. Vorsichtig schaute Juliet sich um und war dankbar, dass um diese Uhrzeit nicht mehr allzu viele Mitarbeiter im Laden waren. „Carlo, Sie können nicht einfach alles anfassen."

„Wenn ich es nicht anfasse, wie soll ich dann wissen, ob es wirklich gut ist oder einfach nur hübsch aussieht?" Über die Schulter schickte er ihr ein schnelles Lächeln. „Ich sagte doch schon, Essen lässt sich in vielerlei Hinsicht mit einer Frau vergleichen. Da haben sie doch tatsächlich diese Pilze mit Zellophan abgedeckt!" Er riss die Folie ab, bevor Juliet ihn aufhalten konnte.

„Carlo, Sie können das doch nicht einfach auspacken!"

„Ich nehme nur das, was ich will. Sehen Sie selbst, wie klein und kümmerlich manche davon sind." Mit Engelsgeduld begann er die Pilze auszusortieren, die ihm nicht genehm waren.

„Lassen Sie uns die Pilze, die Sie nicht wollen, im Hotel aussortieren." Sich nach dem Nachtmanager umsehend packte sie die ausrangierten Pilze wieder zurück in das Plastikkörbchen. „Dann kaufen Sie eben zwei Kistchen, wenn Sie sie brauchen."

„Das ist Verschwendung. Haben Sie etwa Geld zu verschwenden?“

„Es ist das Geld des Verlegers.“ Hastig stellte sie den aufgerissenen Pilzkorb in den Einkaufswagen. „Er wird es gern verschwenden. Ich bin sicher, er wird es sogar voller Begeisterung verschwenden.“

Carlo überlegte einen Moment, dann schüttelte er den Kopf. „Nein. Nein, ich kann das nicht tun.“ Doch als er nach dem Plastikkorb im Einkaufswagen greifen wollte, versperrte Juliet ihm den Weg.

„Carlo, wenn Sie noch ein Paket aufreißen, wird man uns festnehmen und abführen.“

„Ich sitze lieber im Gefängnis, als dass ich Pilze kaufe, die mir morgen früh nichts nützen.“

Sie lachte, wich aber keinen Millimeter zur Seite. „Nein, das ist keine Option.“

Mit einer Fingerspitze strich er über ihre Lippen, bevor sie Zeit hatte, zu reagieren. „Dann tue ich es für Sie, wider besseres Wissen.“

„*Grazie.* Haben Sie nun alles?“

Sein Blick folgte dem Weg, den seine Fingerspitze gerade so langsam genommen hatte. „Nein.“

„Also, was benötigen Sie sonst noch?“

Er trat näher an sie heran, und weil sie nicht damit gerechnet hatte, fand sie sich zwischen ihm und dem Einkaufswagen gefangen. „Der heutige Abend scheint gemacht für erste Lektionen“, murmelte er und strich mit seinen Händen sacht über ihre Wangen.

Sie hätte lachen müssen. Juliet sagte sich, wie lächerlich es war, dass er unter den grellen Neonlichtern der Gemüseabteilung eines Vierundzwanzigstunden-Supermarkts einen Annäherungsversuch starten wollte. Carlo Franconi, für den die Verführung eine ebensolche Kunst wie das Kochen war, würde niemals eine so unpassende Szenerie für einen solchen Schritt auswählen.

Doch sie sah den Ausdruck, der in seinen Augen lag, und das Lachen blieb in ihrer Kehle stecken.

Manche Frauen, so dachte er, als er ihre Haut warm und weich an seinen Handflächen spürte, sind dazu gemacht, behutsam unterrichtet zu werden. Sehr behutsam. Einige Frauen wurden mit dem Wissen geboren, andere mit Zweifeln und Fragen.

Bei Juliet würde er sich Zeit und Muße nehmen. Weil er verstand. Zumindest glaubte er zu verstehen.

Sie sträubte sich nicht, ihre Lippen hatten sich vor Überraschung leicht geöffnet. Sanft presste er seinen Mund auf ihren, nicht zögernd oder fragend, sondern geduldig. Ihre Augen hatten ihm bereits die Antwort verraten.

Er drängte nicht. Ihm war gleich, wo sie sich befanden, dass die Lichter grell waren und die Musik schmalzig. Wichtig war ihm nur, dass er den Geschmack auskostete, der sich ihm bot. Also probierte er ein weiteres Mal, ohne Druck. Und noch einmal.

Juliet stellte fest, dass sich ihre Finger um die Metallstäbe des Einkaufswagens krallten. Sie lehnte sich dagegen. Wieso wehrte sie sich nicht? Wieso schob sie Carlo nicht beiseite und verließ den Laden? Schließlich hielt er sie doch nicht fest. Er hatte nur leicht die Hände um ihr Gesicht gelegt, schmeichelnd, aber keineswegs drängend. Sie konnte sich frei machen. Sie konnte gehen. Sie sollte gehen.

Aber sie tat es nicht.

Seine Daumen lagen unter ihrem Kinn, streichelten dort leicht. Er fühlte den Puls, schnell und hart, und achtete bewusst darauf, seine Berührung sanft zu halten. Das hatte er von Anfang an vorgehabt, nur hatte er nicht ahnen können, dass ihr Geschmack so einzigartig sein würde.

Keiner von ihnen hätte sagen können, wer den nächsten Schritt machte. Vielleicht setzten sie ja zusammen dazu an. Seine Lippen lagen lange nicht mehr so leicht auf ihren, und ihre waren längst nicht mehr so passiv. Ohne ein Wort, ohne einen Blick fanden sie den Mund des anderen.

Juliet hielt nicht mehr den Einkaufswagen umklammert, sondern ließ ihre Finger zu Carlos Schultern wandern, um ihn enger zu sich heranzuziehen. Ihre Körper schmiegten sich perfekt aneinander. Das hätte ihr eine Warnung sein müssen. Sie hatte sich noch nie einfach gehen lassen, bis zu diesem Moment nicht. Sie tat so etwas nicht. Indem sie gab, nahm sie auch, aber sie machte sich nicht einen Gedanken über das Gleichgewicht.

Sein Mund war warm und fest. Seine Hände ließ er auf ihren Wangen und hielt ihr Gesicht jetzt fester. Nun hätte sie nicht mehr so leicht fortgehen können. Doch das wollte sie auch gar nicht mehr.

Er hatte gedacht, alles zu kennen, was ihn bei einer Frau erwartete – Feuer, Eis, Versuchung. Doch hier erhielten sie beide eine Lektion. Hatte er je solche Wärme verspürt? Je solche Süße geschmeckt? Nein. Hätte er es, er würde sich daran erinnern. Kein Geschmack, kein Gefühl, das er je erlebt hatte, war vergessen.

Er wusste, wie es war, eine Frau zu begehren – viele Frauen –, aber bisher hatte er nie erfahren, wie es sich anfühlte, sich nach einer Frau zu sehnen. Einen Moment lang ließ er dieses Gefühl sein ganzes Sein erfüllen. Er würde sich immer daran erinnern.

Doch er wusste auch, dass ein vorsichtiger Mann erst wieder einen Schritt zurückmachte und noch einmal tief durchatmete, bevor er sich über die Klippe stürzte. Was er jetzt auch tat, während er etwas in seiner Muttersprache murmelte.

Erschüttert hielt Juliet sich wieder an dem Einkaufswagen fest, sie brauchte unbedingt etwas als Stütze. Während sie darauf wartete, dass ihr Atem sich wieder normalisierte, verfluchte sie sich in Gedanken als unverzeihliche Närrin.

„Sehr angenehm“, sagte Carlo leise und strich mit einem Finger über ihre Wange. „Wirklich sehr schön, Juliet.“

Ich bin eine moderne Frau, rief sie sich mit hämmerndem Herzen in Erinnerung. Stark, unabhängig, selbstsicher. „Ich bin ja so froh, dass es Ihre Anerkennung gefunden hat“, entgegnete sie spöttisch.

Er hielt ihre Hand fest, bevor sie den Wagen weiter den Gang entlangschieben konnte. Ihre Haut brannte noch immer, ihr Puls hatte sich noch nicht beruhigt. Wären sie jetzt allein … Aber vielleicht war es besser so. Für den Moment. „Das hat mit Anerkennung nichts zu tun, *cara mia*, sondern allein mit sinnenfreudiger Würdigung.“

„Von jetzt an würdigen Sie mich einfach nur für meine Arbeit, abgemacht?“ Ein Ruck und sie hatte sich von ihm losgemacht und schob den Wagen weiter zur Kasse. Ohne jeglichen Respekt für die Sorgfalt, mit der er seine Zutaten ausgesucht hatte, warf sie die Waren an der Kasse auf das Laufband.

„Sie haben nicht gerade lautstark protestiert“, erinnerte er sie. Auch er musste seine Fassung erst wiederfinden, wurde ihm bewusst. Er lehnte sich an den Einkaufswagen und lächelte verwegen.

„Mir ging es lediglich darum, eine Szene zu vermeiden.“

Er nahm die frischen Paprika selbst aus dem Wagen und legte sie auf das Band, bevor Juliet ihnen etwas antun konnte. „Ah, sehen Sie? Sie lernen also schon zu lügen.“

Als sie ruckartig den Kopf hob, wunderte er sich, dass ihr Blick ihn nicht durchbohrte.

„Sie würden die Wahrheit nicht erkennen, und wenn Sie darüber stolpern und hineinfallen würden.“

„Vorsicht mit den Pilzen, meine Liebe“, warnte er, als sie das Körbchen mehr oder weniger auf das Laufband schleudern wollte. „Ich möchte nicht, dass sie Druckstellen bekommen. Sie liegen mir jetzt besonders am Herzen.“

Sie fluchte, zwar unter angehaltenem Atem, aber laut genug, dass die Kassiererin verdutzt die Augen aufriss. Carlo lächelte weiter und dachte über die zweite Lektion nach.

Ja, sie würde bald stattfinden. Schon sehr bald.

4. KAPITEL

Es gab Situationen, da wusste man von vornherein, dass alles, was schiefgehen konnte, eigentlich auch schiefgehen müsste und höchstwahrscheinlich tatsächlich misslingen würde. Wenn dann nichts Wesentliches passierte, wunderte man sich. Doch es gab auch die Tage, an denen man glaubte, auf alles vorbereitet zu sein, und feststellte, dass alles noch viel schlimmer kam als in den düstersten Vorahnungen.

Vielleicht war Juliet nur schlecht gelaunt, weil sie eine weitere schlaflose Nacht hinter sich hatte, obwohl sie eigentlich hellwach und konzentriert sein müsste. Die Schuld dafür konnte sie definitiv Carlo zuschieben, auch wenn ihr das nicht unbedingt viel half. Denn selbst wenn sie munter und ausgeschlafen gewesen wäre, hätte die unmögliche Episode in Gallegher's Department Store sie zum Schäumen gebracht. Mit acht Stunden Schlaf wäre es ihr jedoch möglicherweise gelungen, das Überlaufen des Fasses zu verhindern.

Zum einen bestand Carlo darauf, am Morgen mit ihr zu kommen, zwei Stunden früher, als er überhaupt gebraucht – oder gewollt – wurde. Juliet hatte keine große Lust, die ersten beiden Stunden eines garantiert hektischen Tages in Gesellschaft eines arroganten, selbstzufriedenen und egozentrischen Chefkochs zu verbringen, der zudem aussah, als sei er gerade aus einem zweiwöchigen Urlaub unter der Sonne der Riviera zurückgekehrt.

Der Mann braucht offenbar keinen Schlaf, dachte sie verstimmt, während sie ein Taxi vom Hotel zum Einkaufszentrum nahmen.

Was immer die Reisebüros auch über das sonnige Kalifornien erzählen mochten – es regnete. Dicke Tropfen fielen vom Himmel und machten Juliet innerhalb weniger Minuten klar, dass sie sich den ganzen Aufwand mit ihrer Frisur heute Morgen hätte sparen können.

Entschlossen, die Fahrt zu genießen, blickte Carlo aus dem Fenster. Ihm gefiel es, wie die schweren Tropfen in die Pfützen platschten. Unwichtig, dass er heute Morgen um kurz nach vier gehört hatte, wie der Regen einsetzte. „Es ist ein beruhigendes Geräusch“, entschied er. „Es macht alles so … friedlich, alles so viel sanfter, finden Sie nicht auch?“

Juliet riss sich von ihrem eigenen düsteren Ausblick auf den Regen los und drehte sich zu ihm um. „Wie bitte?“

„Der Regen.“ Carlo fielen die dunklen Ringe unter ihren Augen auf. Gut. Sie war also nicht ungerührt geblieben. „Regen verändert die Sicht auf die Dinge.“

Unter normalen Umständen hätte Juliet zugestimmt. Sie hatte sich noch nie davor gescheut, in einem Gewitter zur U-Bahn-Station zu rennen, oder in feinem Niesel über die Fifth Avenue zu schlendern. Heute jedoch hielt sie es für ihr gutes Recht, sich auf die negativen Seiten zu konzentrieren. „Der Regen wird Ihr Publikum heute um gute zehn Prozent schrumpfen lassen.“

„Na und?“ Er zuckte nur ungerührt mit den Schultern, während das Taxi auf den Parkplatz des Einkaufszentrums bog.

Was sie in diesem Moment wirklich nicht gebrauchen konnte, war Gleichgültigkeit. „Carlo, der Sinn dieser ganzen Übung besteht darin, eine breite Öffentlichkeit zu erreichen.“

Er tätschelte ihre Hand. „Sie denken nur an Zahlen, anstatt sich viel mehr auf meine *pasta con pesto* zu freuen. In wenigen Stunden wird jedem das Wasser im Mund zusammenlaufen.“

„Ich denke nicht über Essen, so wie Sie es tun“, murmelte sie. Sie wunderte sich noch immer darüber, wie er heute Morgen um sechs mit liebevoller Sorgfalt die erste Portion Linguini zubereitet hatte, um knapp zwei Stunden später das Gericht nochmals vor laufender Kamera zu präparieren. Beide Male waren ihm exquisite Beispiele feinster italienischer Kochkunst gelungen. Er hatte eher wie ein Filmstar auf Urlaub ausgesehen denn wie ein arbeitender Chefkoch – und war das nicht genau das Image, das er verkörpern sollte? Sein Auftritt in der Morgenshow war einfach perfekt gewesen. Was Juliet nur umso pessimistischer machte, wenn sie an den Rest des Tages dachte. „Es ist schwer, bei einem solchen Tagesablauf überhaupt an Essen zu denken.“

„Das kommt nur daher, weil Sie morgens nichts essen.“

„Linguini zum Frühstück bekommen mir nicht."

„Meine Linguini sind immer bekömmlich."

Mit einem leisen Schnauben stieg Juliet aus dem Taxi in den Regen. Obwohl sie zu einem Spurt zum Eingang ansetzte, war Carlo vor ihr bei der Tür und hielt sie für sie auf. „Danke." Im Innern strich sie sich das Haar aus dem Gesicht und fragte sich, wie schnell sie wohl eine Tasse Kaffee bekommen könnte. „In den nächsten zwei Stunden haben Sie nichts zu tun." Das hieß, er würde also nur im Weg stehen, während in der dritten Etage alles aufgebaut werden musste.

„Dann werde ich mich eben ein wenig umsehen." Die Hände in den Taschen, ließ er seinen Blick in die Runde schweifen. Wie der Zufall es wollte, waren sie durch den Eingang direkt in der Dessousabteilung gelandet. „Ich finde Ihre amerikanischen Kaufhäuser faszinierend."

„Das glaube ich Ihnen unbesehen", erwiderte sie trocken und sah zu, wie er den Spitzenbesatz eines dünnen Seidenhemdchens befühlte. „Wenn Sie möchten, können Sie ruhig erst mit mir nach oben kommen."

„Nein, nein." Eine Verkäuferin mit einem Gesicht, das einen zweiten Blick wert war, legte Negligés zusammen und strahlte Carlo an. „Ich denke, ich schaue mich ein wenig genauer um und sehe mir an, was die Läden hier so zu bieten haben." Er lächelte zurück. „Bis jetzt bin ich zumindest schon einmal beeindruckt."

Juliet hatte den kleinen Austausch beobachtet und musste sich zusammennehmen, um nicht mit den Zähnen zu knirschen. „Na schön, wie Sie meinen. Aber seien Sie auf jeden Fall …"

„Um Viertel vor zwölf im dritten Stock", beendete er ihren Satz. Auf seine lässige herzliche Art küsste er sie auf die Stirn. Juliet fragte sich, wie es ihm gelang, sie mit der Geste eines Cousins an einen Liebhaber denken zu lassen. „Glauben Sie mir, Juliet, nichts von dem, was Sie zu mir gesagt haben, habe ich vergessen." Er nahm ihre Hand, streichelte versunken ihre Handknöchel. Das war nicht die Geste eines Cousins. „Ich werde ein Geschenk für Sie besorgen."

„Das ist nicht nötig."

„Nein, es ist ein Vergnügen. Notwendige Dinge sind das nur selten."

Juliet zog ihre Hand zurück, während sie sich streng ermahnte, nicht an das Vergnügen zu denken, das er zu bieten hatte. „Bitte kommen Sie nicht zu spät, Carlo. Viertel vor zwölf", wiederholte sie.

„Timing, *mi amore*, ist etwas, in dem ich ebenfalls brilliere."

Darauf wette ich, dachte sie, als sie auf die Rolltreppe zusteuerte. Einen Wochenlohn wäre sie bereit zu setzen, dass er schon jetzt den Flirt mit der Verkäuferin begonnen hatte.

Es dauerte keine zehn Minuten in der dritten Etage, und Juliet hatte Carlos Hang zum Flirten mit gleich welchem weiblichen Wesen vergessen.

Die kleine Assistentin mit der schrillen Stimme hatte noch immer das Sagen, da ihr Chef seine Schlacht mit der Grippe schlug. Sie war jung, hübsch wie der typische Cheerleader und ebenso überdreht. Vor allem war sie vollkommen überfordert mit ihrer Aufgabe.

„Elise", setzte Juliet an, denn noch war es früh genug, um optimistisch zu sein. „Mr Franconi wird einen freien Arbeitsbereich in der Küchenabteilung benötigen. Ist alles vorbereitet?"

„Oh ja, sicher." Elise lächelte Juliet strahlend an. „Ich lasse eine von den großen Tischtennisplatten aus der Sportabteilung kommen, die man zusammenklappen kann."

Diplomatische Fähigkeiten, so erinnerte Juliet sich, waren eine der Hauptvoraussetzungen für eine Tätigkeit in Public Relations. „Ich fürchte, wir brauchen etwas Solideres. Möglicherweise eine von den Kücheninseln, sodass Mr Franconi sein Gericht mit dem Gesicht zum Publikum zubereiten kann. Ihr Vorgesetzter und ich hatten das bereits abgesprochen."

„Oh, das meinte er also." Elise starrte einen Moment mit nachdenklichem Blick vor sich hin, dann hellte sich ihr Gesicht schlagartig wieder auf. Hinter Juliets Stirn brauten sich düstere Gedanken über das locker-lässige Kalifornien zusammen. „Na klar, warum nicht?"

„Genau, warum nicht“, stimmte Juliet zu. „Wir haben das Gericht, das Mr Franconi vorstellen wird, so schlicht wie möglich gehalten. Haben Sie alle Zutaten hier, so wie sie auf der Liste standen?“

„Ja, natürlich. Es hört sich wirklich köstlich an. Ich bin nämlich Vegetarierin, müssen Sie wissen.“

Natürlich ist sie das, dachte Juliet. Joghurt bildete wahrscheinlich die Hauptmahlzeit ihres Tages. „Elise, es tut mir leid, wenn ich den Eindruck erwecke, zu drängen, aber ich sollte mich so schnell wie möglich um den Aufbau kümmern.“

„Ja, das verstehe ich.“ Die verkörperte Kooperation, schenkte Elise Juliet wieder eines ihrer strahlend weißen Lächeln. „Was wollen Sie denn wissen?“

Juliet schickte ein Stoßgebet zum Himmel. „Wie krank ist Mr Francis genau?“, fragte sie und dachte an den sachlichen, kompetenten Mann, mit dem sie vorher zu tun gehabt hatte.

„Ihm geht es schrecklich schlecht.“ Elise schwang das schnurgerade blonde Haar über die Schulter zurück. „Er ist für die ganze restliche Woche krankgeschrieben.“

Von dieser Seite war also keine Hilfe zu erwarten. Sich in das Unvermeidliche fügend sah Juliet die Assistentin nüchtern an. „Also gut. Was haben Sie bisher zusammengestellt?“

„Nun, wir haben eine Küchenmaschine und wirklich hübsche Schüsseln aus der Haushaltswarenabteilung geholt.“

Juliet wollte sich schon fast entspannen. „Sehr schön. Und der Herd?“

Elise lächelte. „Herd?“

„Der Herd, auf dem Mr Franconi die Spaghetti für sein Gericht kochen wird. Der stand auf der Liste.“

„Oh. Und dafür brauchen wir sicherlich auch Strom, oder?“

„Richtig.“ Juliet verschränkte die Finger vor sich, damit sie die Hände nicht zu Fäusten ballte. „Normalerweise schon. Für die Küchenmaschine übrigens auch.“

„Dann sollte ich wohl besser den Hausmeisterdienst verständigen, was?“

„Ja, das sollten Sie wohl.“ Takt und Diplomatie, erinnerte Juliet sich, dabei hätte sie Elise am liebsten beim Kragen gepackt und geschüttelt. „Vielleicht sollte ich mir derweil die Küchenlayouts ansehen und entscheiden, welches davon Mr Franconi am meisten zusagen wird.“

„Ja, großartig. Vermutlich wird er das Interview gleich dort geben wollen.“

Juliet hatte schon zwei Schritte gemacht, bevor sie abrupt stehen blieb und sich wieder umdrehte. „Welches Interview?“

„Mit der Ernährungsberaterin der *Sun*. Sie kommt um halb zwölf.“

Sehr ruhig und sehr kontrolliert zog Juliet den Terminplan für San Diego hervor. Sorgfältig ging sie die Termine durch, obwohl sie den Plan in- und auswendig kannte. „Ich scheine hier nichts von einem Interview stehen zu haben.“

„Es ist ganz kurzfristig dazwischengekommen. Ich habe um neun in Ihrem Hotel angerufen, aber da hatten Sie schon ausgecheckt.“

„Ich verstehe.“ Hätte sie von Elise erwarten sollen, im Fernsehstudio anzurufen und die Nachricht zu hinterlassen? Juliet starrte auf das blendende Lächeln vor sich. Nein, vermutlich nicht. Resigniert schaute sie auf ihre Armbanduhr. Der Aufbau konnte pünktlich fertig sein, wenn sie sofort damit anfing. Carlo würde ausgerufen werden müssen. „Wie kann ich die Leitung des Einkaufszentrums kontaktieren?“

„Oh, Sie können von meinem Büro aus anrufen. Kann ich sonst noch irgendetwas tun?“

Juliet fielen gleich mehrere Dinge ein, die sie dann alle als nicht sehr freundlich verwarf. „Ich könnte eine Tasse Kaffee gebrauchen. Mit zwei Stück Zucker.“

Dann krempelte sie die Ärmel hoch und ging an die Arbeit.

Um elf hatte Juliet den Herd, die Kochinsel und die Zutaten, die Carlo angegeben hatte, fein säuberlich arrangiert. Ein Anruf und etwas Geschick hatten ausgereicht, um zwei prächtige farbenfrohe Bouquets aus dem Blumenladen im Einkaufszentrum nach oben geschickt zu bekommen.

Inzwischen hatte sie ihre dritte Tasse Kaffee nahezu geleert und überlegte, ob sie noch eine vierte trinken sollte, als Carlo angeschlendert kam. „Gott sei Dank." Sie trank den letzten Schluck aus dem Styroporbecher. „Ich dachte schon, ich müsste einen Suchtrupp losschicken."

„Wieso einen Suchtrupp?" Er ließ den Blick über den Küchenaufbau gleiten. „Ich habe den Ausruf gehört und bin gekommen."

„In der letzten Stunde sind Sie fünfmal ausgerufen worden."

„Wirklich?" Lächelnd musterte er sie genauer. Ihr adretter Knoten löste sich langsam auf, einige Strähnen hingen bereits vorwitzig heraus. „Ich hab's gerade erst gehört. Allerdings habe ich auch eine ganze Zeit in einem fantastischen Plattenladen verbracht. Die Lautsprecher, einfach grandios! Quadrofonie."

„Wie schön." Juliet strich sich mit der Hand über das wirre Haar. Er dagegen schien soeben dem Cover von *Gentlemen's Quarterly* entstiegen zu sein.

„Gibt es etwa ein Problem?"

„Richtig, das Problem heißt Elise. Ein halbes Dutzend Mal stand ich schon davor, ihr an die Gurgel zu gehen. Wenn sie mich noch einmal mit ihrem Lächeln anstrahlt, könnte es durchaus sein, dass ich mich nicht mehr zurückhalten kann." Mit einer Handbewegung wischte sie die eigene Bemerkung beiseite. Es blieb keine Zeit, sich in Fantasien zu ergehen, ganz gleich, wie befriedigend solche Vorstellungen auch sein mochten. „Die Dinge waren hier ein wenig desorganisiert."

„Aber darum haben Sie sich ja dann bestens gekümmert." Er beugte sich über den Herd und untersuchte ihn genauestens, wie ein Rennfahrer wohl seinen Wagen vor dem Start in Le Mans untersuchen würde. „Exzellent."

„Sie können von Glück sagen, dass Sie überhaupt Strom haben und sich nicht nur auf Ihre Fantasie verlassen müssen", murmelte sie. „Um halb zwölf haben Sie noch ein Interview mit Marjorie Ballister, der Ernährungsberaterin der *Sun*."

Er zuckte nur leicht mit den Schultern, seine Aufmerksamkeit ganz auf die Küchenmaschine gerichtet.

„Hätte ich vorher davon gewusst, hätte ich die Zeitung gekauft und ihre Kolumne gelesen, um über ihren Stil informiert zu sein. Doch so, wie es jetzt kommt, ist es …"

„*Non importante.* Sie machen sich zu viele Sorgen, Juliet."

Sie hätte ihn küssen mögen. Natürlich nur aus reiner Dankbarkeit. Da sie das allerdings für höchst unklug hielt, lächelte sie stattdessen nur. „Ich schätze Ihre Einstellung, Carlo. Nachdem ich mich die letzten Stunden mit Unfähigkeit, Aberwitz und Unerträglichkeit herumschlagen musste, ist es eine Erleichterung, mit jemandem zu tun zu haben, der die Dinge in die Hand nimmt und die Schwierigkeiten mühelos überwindet."

„Hier ist der Mann, der alle Schwierigkeiten mühelos überwindet."

Juliet wollte sich gerade für eine Fünfminutenpause auf den Stuhl sinken lassen, als sein Aufschrei ertönte.

„*Dio!* Soll das ein schlechter Scherz sein?"

Sie stand sofort wieder gerade und schaute auf den kleinen Behälter, den er in der Hand hielt.

„Wer hat vor, meine Pasta zu sabotieren?"

„Sabotage?" Hatte er etwa eine Bombe in dem Behälter gefunden? „Wovon reden Sie?"

„Hiervon!" Er hielt ihr das Döschen vor die Augen. „Wie nennen Sie das?"

„Das ist Basilikum", setzte sie an und wurde unsicher, als sie den Blick hob und auf seine wütend funkelnden Augen traf. „Es stand auf Ihrer Liste."

„Basilikum!" Er ließ eine hitzige Tirade in Italienisch folgen. „Sie wagen es, das hier Basilikum zu nennen?!"

Beschwichtigen gehört ebenfalls mit zum Job, ermahnte Juliet sich. „Carlo, auf der Dose steht doch ‚Basilikum'."

„Auf der Dose." Er stieß ein knappes und sehr unhöfliches Wort aus und drückte ihr den Plastikbehälter in die Hand. „Wo in Ihren schlauen Notizen steht, dass Franconi Kräuter aus der Dose verwendet?"

„Auf der Liste steht nur Basilikum", stieß sie zwischen zusammengebissenen Zähnen aus. „B-a-s-i-l-i-k-u-m."

„Frisch. Schauen Sie nach, dann werden Sie feststellen, dass dort ‚frisch' steht. *Accidenti!* Nur ein Philister würde getrocknetes Basilikum für *pasta con pesto* benutzen. Sehe ich etwa aus wie ein Philister?"

Sie würde ihm nicht sagen, wie er aussah. Später, wenn sie allein war, würde sie sich in einer ruhigen Minute vielleicht eingestehen, dass so ein Temperamentsausbruch ihm ganz hervorragend stand. Düster und unvernünftig, ja, aber auch wahrhaft spektakulär. „Carlo, mir ist klar, dass nicht alles so perfekt hier ist, wie wir beide uns das vielleicht wünschen würden, aber …"

„Ich brauche kein ‚perfekt'", schleuderte er ihr entgegen. „Ich kann in der Gosse kochen, wenn es sein muss, aber ich brauche die richtigen Zutaten."

Sie schluckte – so schwer es ihr auch fiel – Stolz, Ärger und eigene Ansichten herunter. Es blieben nur noch fünfzehn Minuten bis zu dem Interview. „Tut mir leid, Carlo. Vielleicht könnten wir ja hier ausnahmsweise einen Kompromiss …"

„Kompromiss?" Er spie das Wort wie eine obszöne Beleidigung aus, und sie wusste, sie hatte die Schlacht verloren. „Würden Sie Picasso bitten, einen Kompromiss bei einem seiner Gemälde einzugehen?"

Juliet ließ die Gewürzdose in die Tasche gleiten. „Wie viel frisches Basilikum brauchen Sie?"

„Knapp hundert Gramm."

„Kriegen Sie. Sonst noch etwas?"

„Mörser und Stößel, aus Marmor."

Juliet sah auf ihre Armbanduhr. Ihr blieben fünfundvierzig Minuten, um die Sachen zu besorgen. „Okay. Sie machen das Interview gleich hier beim Aufbau, ich sehe zu, dass Sie bekommen, was Ihnen noch fehlt. Das heißt, um zwölf sind wir bereit für die Vorführung." Sie schickte ein Stoßgebet los, dass im Umkreis von zehn Meilen ein Delikatessengeschäft zu finden war. „Denken Sie daran, den Buchtitel und das nächste Ziel der Tour zu erwähnen. In Portland findet ebenfalls eine Vorführung in einem Gallegher's-Einkaufszentrum statt. Das ist eine gute Überleitung. Hier.“ Aus ihrer Aktentasche zog sie eines der PR-Fotos. „Stellen Sie der Ernährungsberaterin das Foto für ihren Artikel zur Verfügung, falls ich nicht rechtzeitig zurück sein sollte. Elise hat nichts von einem Fotografen erwähnt.“

„Sie würden diese quicklebendige junge Frau am liebsten fein säuberlich tranchieren und würfeln, nicht wahr?“, bemerkte Carlo, denn Juliet fluchte sehr unprofessionell unter angehaltenem Atem.

„Darauf können Sie wetten.“ Sie griff wieder in die schwere Tasche. „Hier, nehmen Sie auch noch eine Ausgabe Ihres Buches. Das kann sie behalten, falls nötig.“

„Ich übernehme die Frau von der Zeitung“, sagte er ruhig. „Kümmern Sie sich um das Basilikum.“

Es schien, dass das Schicksal ein Einsehen mit Juliet hatte. Nur drei Anrufe waren nötig, um einen Laden zu finden, der alles vorrätig hatte, was sie brauchte. Die hektische Besorgungsfahrt durch den Regen half nicht, ihre Laune zu verbessern, der Preis des marmornen Mörser-und-Stößel-Sets erst recht nicht. Ein Blick auf die Uhr sagte Juliet, dass ihr keine Zeit blieb, um sich groß aufzuregen. Mit all dem in der Einkaufstüte, was sie als Carlos Überspanntheiten erachtete, spurtete sie zurück zu dem wartenden Taxi.

Um genau zehn Minuten vor zwölf und bis auf die Haut durchnässt, stand Juliet auf der Rolltreppe zum dritten Stock im Gallegher's. Das Erste, was sich ihrem Blick bot, war Carlo, bequem zurückgelehnt in einen Korbstuhl, zusammen lachend mit einer hübschen molligen Frau mittleren Alters, die mit gezücktem Bleistift und Notizblock in einem zweiten Korbstuhl neben ihm saß. Er sah umwerfend aus, zugänglich und freundlich und vor allem – er war trocken. Juliet, frierend und müde, fragte sich, was für ein Gefühl es wohl sein müsste, ihm den Stößel ins Ohr zu drücken.

„Ah, Juliet.“ Bester Laune stand er auf, als sie auf den Tisch zukam. „Kommen Sie, Sie müssen Marjorie unbedingt kennenlernen. Sie hat mir erzählt, dass sie meine Pasta schon in meinem Restaurant in Rom gegessen hat.“

„Und ich habe jeden sündigen Bissen genossen", ergänzte Marjorie. „Hallo, wie geht es Ihnen? Sie müssen Juliet Trent sein, von der Carlo so schwärmt."

Er schwärmte also? Nein, damit würde er sich nicht einschmeicheln können. Dennoch stellte Juliet ihre Taschen ab und streckte die Hand aus. „Nett, Sie kennenzulernen. Ich hoffe, Sie bleiben zur Vorführung?"

„Die würde ich um nichts auf der Welt verpassen." Sie blinzelte Carlo zu. „Vielleicht bekomme ich ja sogar einen Bissen von Franconis Pasta ab."

Eine Welle der Erleichterung ergriff Juliet. Vielleicht konnte das Desaster ja doch noch abgewendet werden. Wenn sie nicht völlig danebenlag, sah es im Moment so aus, als würde ein Artikel erscheinen, der Carlo im besten Licht darstellte.

Carlo hatte bereits den Beutel mit dem frischen Basilikum aus der Einkaufstüte gefischt und schnupperte daran. „Perfekt", lautete sein Urteil. „Genau richtig, das ist exzellent." Dann nahm er den Stößel prüfend in die Hand. „Wie Sie sehen, versammelt sich schon eine Zuschauermenge drüben bei dem Küchenaufbau. Deshalb haben wir uns hier hingesetzt, um in Ruhe miteinander reden zu können. Und wir wussten, dass wir Sie sofort sehen würden, sobald Sie von der Rolltreppe treten."

„Sehr schön." Die beiden waren sicherlich hervorragend mit der Situation fertiggeworden, vermutlich sollte sie sich damit zufriedengeben. Ein schneller Blick zu Elise zeigte ihr, dass die junge Frau unbeschwert plaudernd mit einer Gruppe von Leuten zusammenstand. Keine einzige Sorge auf der Welt, dachte Juliet bissig. Aber damit hatte sie sich ja schon abgefunden, nicht wahr? Fünf Minuten im Waschraum würden ihr bleiben, so überlegte sie, und damit konnte sie den Terminplan immer noch halten.

„Haben Sie jetzt alles, was Sie benötigen, Carlo?"

Der leicht verärgerte Unterton entging ihm nicht. Er fasste nach ihrer Hand und lächelte strahlend. „*Grazie, cara mia.* Sie sind einfach wundervoll."

Zwar war ihr eigentlich mehr nach Fauchen zumute, aber sie erwiderte das Lächeln. „Ich erledige nur meine Arbeit. Sie haben noch einige Minuten, bevor wir anfangen müssen. Wenn Sie mich dann entschuldigen wollen – ich muss noch ein paar kleinere Dinge erledigen. Bin gleich wieder zurück."

Mit energischen und dennoch ruhigen Schritten entfernte Juliet sich. Sobald sie außer Sichtweite war, rannte sie zum Waschraum los. Noch während sie die Tür aufstieß, kramte sie schon nach ihrer Haarbürste.

„Was habe ich Ihnen gesagt?" Carlo wog den Beutel Basilikum in der Hand ab, um das Gewicht zu prüfen. „Sie ist fantastisch."

„Und sehr hübsch", stimmte Marjorie zu. „Selbst wenn sie pitschnass ist und vor Wut schäumt."

Lachend beugte Carlo sich vor und nahm ihre Hände in seine. Er war ein Mann, der gern auf Körperkontakt ging, immer. „Eine kluge und scharfsichtige Frau. Ich wusste doch, dass ich Sie mag."

Sie lachte leise, und für einen Moment fühlte sie sich zwanzig Jahre jünger und zwanzig Pfund leichter. Es war eine seiner Gaben, die Menschen so fühlen zu lassen, und er ging großzügig damit um. „Eine letzte Frage noch, Carlo, bevor Ihre fantastische Miss Trent Sie von hier wegholt. Planen Sie auch weiterhin, nach Kairo oder Cannes zu fliegen, um ein Mahl für die gut zahlenden Bewunderer Ihrer Kochkunst zuzubereiten?"

„Es gab Zeiten, da gehörte das zu meiner Routine." Einen Moment lang schwieg er, dachte zurück an die frühen Jahre seiner Erfolgsgeschichte. Es waren wilde, schillernde Jahre gewesen, mit Reisen in aller Herren Länder, um *fettuccine* für einen Prinzen zuzubereiten oder *cannelloni* für einen Wirtschaftsmagnaten. Es war eine schnelllebige, berauschende Zeit gewesen.

Dann hatte er sein Restaurant eröffnet und festgestellt, dass die dauerhafte Kontinuität einer eigenen Küche so viel erfüllender war als das flüchtige Glücksgefühl über ein einzelnes Gericht.

„Von Zeit zu Zeit werde ich sicherlich noch solche Reisen unternehmen. Gerade vor Kurzem feierte Graf Lequine seinen Geburtstag. Er ist ein alter Freund und Kunde, und zudem ist er ein begeisterter Bewunderer meiner Spaghetti. Aber mein Restaurant bringt mir mehr Erfüllung." Er schaute sie mit gerunzelter Stirn fragend an, als ihm ein Gedanke in den Kopf schoss. „Meinen Sie, ich komme jetzt in das Alter, wo ich ruhiger werde und Wurzeln schlagen will?"

„Schade nur, dass Sie sich nicht in den Staaten niederlassen." Marjorie klappte ihren Notizblock zu. „Ich garantiere Ihnen, sollten Sie hier in San Diego ein Restaurant eröffnen, würde Ihre Kundschaft aus dem gesamten Land anfliegen."

Er fing die Idee auf, wägte sie gestenreich ab, wie er das Basilikum abgewogen hatte, und speicherte sie in einem ruhigen Eckchen seines Hinterkopfes ab. „Ein interessanter Gedanke."

„Und ein faszinierendes Interview. Vielen Dank." Es gefiel ihr, dass er sich gleichzeitig mit ihr erhob und ihre Hand ergriff. Sie war durch und durch Feministin, was nicht hieß, dass sie Manieren und Charme nicht zu schätzen wusste. „Ich freue mich schon darauf, Ihre Pasta probieren zu können. Jetzt werde ich besser hinübergehen und zusehen, dass ich noch einen Stuhl bekomme. Und Ihre Miss Trent ist auch schon auf dem Weg hierher."

Marjorie hatte sich nie für eine besonders romantische Person gehalten, aber sie glaubte fest daran, dass nur dann Rauch zu sehen war, wenn es auch ein Feuer gab. Sie beobachtete die Art, wie Carlo den Kopf drehte, sah den sich schlagartig ändernden Ausdruck in seinen Augen und wie seine Lippen sich leicht verzogen. Ja, hier brannte auf jeden Fall ein Feuer, sinnierte sie. Man konnte die Hitze aus fünf Metern Entfernung spüren.

Mit Reiseföhn und Bürste war es Juliet gelungen, etwas aus ihrem Haar zu machen. Ein Tupfer hier, ein Strich dort, und ihr Make-up war auch wieder in Ordnung. Den nassen Regenmantel über den Arm gehängt, bot sie ein gefasstes und kompetentes Bild. Sie war sogar bereit, zuzugeben, dass sie vielleicht eine Tasse Kaffee zu viel getrunken hatte.

„Ist das Interview gut gelaufen?"

„Ja." Zufrieden fiel ihm auf, dass sie sich die Zeit genommen hatte, einen Hauch ihres Dufts aufzutragen. „Sehr gut sogar."

„Sehr schön. Sie können mir später genauer davon berichten. Jetzt sollten wir zusehen, dass wir pünktlich anfangen."

„Gleich." Er griff in seine Tasche. „Ich sagte doch, dass ich vorhatte, ein Geschenk für Sie zu besorgen."

Sie versuchte, das überraschte und neugierige Flattern in ihrem Innern zu unterdrücken. Das ist nur der Kaffee, sagte sie sich. „Und ich sagte, Carlo, dass das nicht nötig ist. Wir haben doch gar nicht genug Zeit, um ..."

„Es ist immer genug Zeit." Er öffnete das kleine Kästchen selbst und holte ein kleines goldenes Herz daraus hervor, durch das ein mit Diamanten besetzter Pfeil geschossen war. Juliet hatte mit einer Schachtel Pralinen oder Ähnlichem gerechnet.

„Oh, ich ..." Sie arbeitete ständig mit Worten, aber jetzt fehlten sie ihr. „Carlo, ehrlich, Sie können unmöglich ..."

„Sagen Sie niemals zu Franconi, dass etwas unmöglich ist", murmelte er und steckte ihr die kleine Brosche an den Jackenaufschlag. Er tat es geübt, brauchte nicht lange zu nesteln. Schließlich war er ein Mann, der mit solchen weiblichen Gewohnheiten vertraut war. „Die Brosche fiel mir auf, weil sie so fein und apart ist. Ich musste sofort daran denken, wie gut sie zu Ihnen passt." Er trat einen Schritt zurück, kniff leicht die Augen zusammen und nickte. „Ja, ich war sicher, dass sie zu Ihnen passen würde."

Es war unmöglich, noch wütend zu sein wegen der hektischen Suche nach frischem Basilikum, wenn er sie so anlächelte. Genauso wenig wie es möglich war, sich noch an die amateurhafte Vorbereitung für das Showkochen zu erinnern. Impulsiv hob sie ihre Hand und befühlte die Brosche. „Sie ist wunderschön."

Ihre Lippen verzogen sich zu einem Lächeln, natürlich und anmutig. Sie lächelt viel zu selten, dachte er.

„Danke."

Er konnte es nicht mehr zählen, wie viele Geschenke er in seinem Leben schon gemacht hatte, geschweige denn sich genau an die verschiedenen Stile erinnern, in denen die Dankesbezeugungen vorgebracht worden waren. Aber irgendwie war er sicher, dass er dieses „Danke" nie vergessen würde. *„Prego."*

„Äh ... Miss Trent?"

Juliet drehte den Kopf und sah Elise neben sich stehen. Geschenk oder nicht, sie biss automatisch die Zähne zusammen. „Ja, Elise. Sie haben Mr Franconi noch nicht getroffen, nicht wahr?“

„Elise hat mir den Weg vom Büro zu Ihnen erklärt, als Sie mich haben ausrufen lassen“, teilte Carlo bereitwillig mit und kostete Juliets Ärger genüsslich aus.

„Richtig.“ Elise bot ihr bestes Cheerleader-Lächeln. „Ich finde, Ihr Kochbuch sieht einfach toll aus, Mr Franconi. Jeder wartet schon ungeduldig darauf, Ihnen endlich beim Kochen zusehen zu können.“ Sie klappte ein kleines Notizbuch auf, dessen Deckel von einem Margeritenmuster geschmückt war. „Vielleicht könnten Sie mir buchstabieren, wie das Gericht genau heißt, damit ich Sie ankündigen kann.“

„Elise, ich habe schon alles arrangiert.“ Mit Charme und Takt kaschierte Juliet die Absage. „Ich werde Mr Franconi selbst ankündigen.“

„Großartig.“ Elise strahlte. Ein anderes Wort fiel Juliet dafür nicht ein. „Das macht die ganze Sache viel einfacher.“

„Lassen Sie uns anfangen, Carlo. Sie stellen sich hinter die Kücheninsel, und ich übernehme die Einleitung.“ Ohne auf seine Zustimmung zu warten, nahm sie Basilikum, Stößel und Mörser und ging hinüber zu der Stelle, wo sie alles vorbereitet hatte. Mit gelassener Natürlichkeit stellte sie die Utensilien ab und drehte sich dann zum Publikum um. Ungefähr dreihundert Leute, schätzte sie, vielleicht auch mehr. Nicht schlecht für einen verregneten Tag in einem Kaufhaus.

„Guten Tag.“ Ihre Stimme erhob sich wohlklingend über die Menge. Für ein Mikrofon bestand in dem relativ kleinen Areal keine Notwendigkeit. Zum Glück, musste man wohl sagen, denn dieses winzige Detail hatte Elise ebenfalls übersehen. „Zuerst möchte ich mich für Ihr Kommen bedanken, und natürlich auch dafür, dass Gallegher’s uns die Möglichkeit einer Vorführung in diesen Räumlichkeiten geboten hat.“

Carlo stand nur wenige Meter von ihr entfernt an einen Tresen gelehnt und beobachtete sie. Sie war wirklich fantastisch, genau wie er zu der Reporterin gesagt hatte. Niemand würde vermuten, dass sie seit dem Morgengrauen auf den Beinen war.

„Geben wir es ruhig zu, wir alle essen und naschen gern." Ihre Einleitung beschwor das leise Lachen in der Menge hervor, mit dem sie gerechnet hatte. „Aber ich habe mir von einem Fachmann sagen lassen, dass Essen viel mehr als nur eine Notwendigkeit ist, es kann nämlich auch eine Erfahrung sein. Nicht alle von uns lieben es, zu kochen, aber derselbe Experte hat mich ebenfalls wissen lassen, dass Kochen sowohl eine Kunst wie auch Magie ist. Heute Nachmittag wird dieser Experte, Carlo Franconi, die Kunst, die Magie und die Erfahrung mit Ihnen teilen und seine *pasta con pesto* für Sie zubereiten."

Juliet begann zu applaudieren, und jeder klatschte sofort mit. Als Carlo vor sein Publikum trat, zog Juliet sich in den Hintergrund zurück. Die Bühne gehörte allein ihm, so wie auch ihm allein die Aufmerksamkeit gehörte, sobald er erschien.

„Ein glücklicher Mann", begann er, „dem die Gelegenheit gewährt wird, vor den Augen so vieler schöner Frauen zu kochen. Haben vielleicht einige von Ihnen Ehemänner?" Bei der Frage wurde Kichern laut, Hände wurden in die Luft gehoben. „Nun", er zeigte sein typisch europäisches Schulterzucken, „dann bleibt mir nichts anderes, als mich mit dem Kochen zufriedenzugeben."

Juliet wusste, dass Carlo dieses spezielle Gericht für die Demonstration ausgewählt hatte, weil es nicht allzu viel Zeit bei der Vorbereitung in Anspruch nahm. Nach den ersten fünf Minuten war sie überzeugt, dass keiner aus dem Publikum sich gerührt hätte, selbst wenn Stunden nötig gewesen wären. Dass Kochen Magie sein sollte, davon war sie noch immer nicht überzeugt, aber … der Koch war auf jeden Fall ein Magier.

Seine Hände arbeiteten sicher und geschickt wie die eines Chirurgen, seine Worte waren glatt und geschliffen wie die eines Politikers. Sie sah ihm zu, wie er abmaß, rieb, schnitt und rührte und fand sich so gut unterhalten, als säße sie in der Vorführung eines brillant produzierten Theaterstücks.

Eine der Frauen aus dem Publikum war couragiert genug, um eine Frage zu stellen, und nahm damit auch anderen die Hemmungen. Juliet hätte sich keine Sorgen zu machen brauchen, dass der Lärm und die Gespräche Carlo stören könnten. Durch das Gespräch mit seinen Gästen blühte er ganz offensichtlich auf. Er machte nicht nur einfach seinen Job oder erfüllte seine Pflicht, so wurde ihr klar. Nein, die Sache machte ihm Spaß.

Er bat eine Freiwillige zu sich und scherzte, dass alle großen Chefköche sowohl Inspiration als auch eine helfende Hand brauchten. Dann wies er sie an, die Spaghetti zu rühren, und machte großes Aufheben um die richtige Art, wie man die langen Nudeln im kochenden Wasser bewegte, indem er seine Hand auf ihre legte und es ihr zeigte. Allein mit diesem einen Moment hatte er den Verkauf von mindestens zehn weiteren seiner Bücher direkt hier in diesem Kaufhaus sichergestellt.

Juliet musste schmunzeln. Er tat es für den Spaß, nicht für die Verkaufszahlen. Er selbst war kurzweilig, auch wenn er sein Basilikum viel zu ernst nahm. Carlo war … hinreißend. Unbewusst begann Juliet, an der goldenen Brosche an ihrem Jackenaufschlag zu fingern. Er war besonders aufmerksam und unglaublich anspruchsvoll. Er war schlicht außergewöhnlich.

Während sie ihm zusah, wie er mit seinem Publikum lachte und scherzte, begann sich etwas in ihrem Innern zu rühren. Der verträumte Seufzer kam ganz von allein. Es gab Männer, die eine Frau, selbst eine praktische Frau, zum Träumen brachten.

Eine der Zuschauerinnen neben ihr beugte sich zu ihrer Begleiterin hinüber. „Großer Gott, der Mann ist so sexy, mehr als alle Männer, die ich je gesehen habe. Auf ihn würden bestimmt Dutzende von Frauen geduldig warten."

Juliet riss sich zusammen und ließ die Hand sinken. Und ob ein Dutzend Frauen geduldig auf ihn warten würde! Sie war ganz sicher, dass ihm das mühelos gelingen würde. Viel zu heftig schob sie die Hände in die Rocktaschen. Sie sollte sich besser vor Augen halten, dass sie dieses Image in der Öffentlichkeit förderte und es sich für die Verkaufszahlen zunutze machte. Und sie durfte ebenso wenig vergessen, dass Carlo selbst zu ihr gesagt hatte, er habe einen solchen Ruf nicht nötig.

Wenn sie auch nur die Hälfte von dem, was er zu ihr gesagt hatte, für bare Münze nahm, würde sie bald selbst geduldig auf ihn warten. Der Gedanke reichte aus, um das verträumte Beben in ihrem Innern abzustellen. Warten passte nun mal nicht in ihre Planung.

Erst als der letzte Bissen Pasta gegessen und auch mit dem letzten Fan ein Plausch gehalten worden war, erlaubte Carlo es sich, an Erholung zu denken und sich mit einem Glas gekühlten Wein hinzusetzen.

Juliet hatte bereits seine Jacke geholt.

„Gut gemacht, Carlo." Während sie sprach, reichte sie ihm das Jackett. „Sie können Kalifornien in dem befriedigenden Bewusstsein hinter sich lassen, hier als voller Erfolg eingeschlagen zu haben."

Er half ihr in ihren Regenmantel, obwohl sie den Mantel eigentlich allein hatte überstreifen wollen. „Und jetzt zum Flughafen, nicht wahr?"

Sie lächelte über seinen unternehmungslustigen Ton. „Auf dem Weg holen wir noch unsere Koffer aus dem Hotel ab. Sehen Sie die positive Seite – Sie können sich zurücklehnen und den ganzen Weg bis nach Portland schlafen, wenn Sie wollen."

Weil der Gedanke einen gewissen Reiz auf ihn ausübte, kooperierte er kommentarlos. Sie ließen sich von den Rolltreppen ins Erdgeschoss hinunterbringen und nahmen den Westausgang, wohin Juliet das Taxi bestellt hatte. Als der Wagen tatsächlich auch dort wartete, stieß sie einen Seufzer der Erleichterung aus.

„Wann kommen wir in Portland an?"

„Um sieben." Der Regen prasselte gegen die Windschutzscheibe des Wagens. Juliet befahl sich, zu entspannen. Flugzeuge stiegen ständig bei Regen in die Luft, ohne Probleme. „Sie treten in ‚People of Interest' auf, aber erst um halb zehn. Das heißt, wir können zu einer zivilisierten Zeit frühstücken und beim Frühstück noch einmal in aller Ruhe den Tagesplan durchsprechen."

Schnell und effizient ging sie die einzelnen Punkte für San Diego durch, hakte sie ab und schrieb das Erreichte hinzu. Ihr blieb sogar noch Zeit, die Portland-Termine zu überfliegen, bevor das Taxi vor dem Hotel hielt.

„Warten Sie hier“, wies sie sowohl den Fahrer als auch Carlo an. In Windeseile war sie aus dem Taxi gestiegen und hatte das Gepäck, weil sie sich jetzt wirklich beeilen mussten, innerhalb von sieben Minuten im Kofferraum verstaut. Carlo wusste das so genau, weil es ihn amüsierte, ihre Zeit zu stoppen.

„Sie können übrigens auch auf dem Weg nach Portland schlafen“, schlug er vor, als sie wieder zu ihm stieg und es sich bequem machte.

„Nein, ich habe noch zu arbeiten. Das Schöne an Flugzeugen ist, dass ich mir einbilden kann, in meinem Büro zu sitzen und nicht Tausende von Metern über dem sicheren Erdboden.“

„Ich hatte keine Ahnung, dass Sie Angst vor dem Fliegen haben.“

„Nur wenn ich in der Luft bin.“ Juliet lehnte sich zurück und schloss für einen Moment die Augen. Sie wollte sich nur für eine Minute entspannen. Das Nächste, das sie bewusst wahrnahm, war, dass sie wach geküsst wurde.

Noch im Halbschlaf seufzte sie und schlang die Arme um Carlos Nacken. Es war ein süßes, ein beruhigendes Gefühl. Eine wohlige Wärme breitete sich in ihr aus.

„*Cara.*“ Ihre Reaktion hatte ihn freudig überrascht. „Es ist eine solche Schande, Sie aufwecken zu müssen.“

„Hm?“ Als sie die Augen öffnete, war sein Gesicht dicht vor ihr. Ihre Lippen fühlten sich warm an, ihr Herzschlag ging schnell. Sie zuckte zurück und tastete nach dem Türgriff. „Es war alles andere als angebracht, die Situation auszunutzen.“

„Stimmt.“ Gelassen stieg Carlo aus dem Taxi in den Regen. „Aber es war auch eine Erleuchtung. Ich habe den Fahrer schon bezahlt, Juliet“, fuhr er fort, als sie in ihrer Handtasche zu kramen begann. „Das Gepäck ist bereits aufgegeben, wir gehen von Gate fünf an Bord.“ Er nahm ihren Arm und seinen sperrigen Koffer und führte sie in die Abflughalle.

„Sie hätten sich nicht um all das kümmern müssen." Sie hätte ihren Arm zurückgezogen, wenn sie nur die Energie dazu hätte. So sagte sie sich zumindest. „Dafür bin ich schließlich hier, damit ich …"

„Damit Sie mein Buch bewerben", beendete er ihren Satz leichthin. „Wenn Sie sich besser fühlen: Ich habe solche Dinge auch schon übernommen, als ich mit Ihrem Vorgänger unterwegs war."

Die Tatsache, dass ihr dieses Wissen wirklich half, ließ sie sich noch alberner fühlen. „Ich weiß es zu schätzen, Carlo. Es ist nicht so, dass ich etwas gegen Ihre Hilfe hätte, aber ich bin einfach nicht daran gewöhnt. Sie wären überrascht, wie viele Autoren unterwegs entweder hilflos oder achtlos sind."

„Sie wären überrascht, wie viele Chefköche entweder unbeherrscht oder schlichtweg grob und unhöflich sind."

Sie musste an das Basilikum denken und schmunzelte. „Nein, wirklich?"

„Ganz recht." Und obwohl er ihre Gedanken genau lesen konnte, blieb er völlig ernst. „Sie sind aufbrausend, fluchen und werfen mit Dingen um sich. Das gibt allen Chefköchen einen schlechten Ruf. Oh, sie lassen uns an Bord. Hoffentlich bieten sie einen annehmbaren Bordeaux an."

Juliet unterdrückte ein Gähnen, während sie ihm folgte. „Ich brauche meine Bordkarte, Carlo."

„Die habe ich." Er hielt beide Karten für den Steward hoch und schob Juliet weiter. „Möchten Sie am Fenster oder am Gang sitzen?"

„Ich muss erst auf mein Ticket schauen, um zu wissen, welchen Sitz ich habe."

„Wir haben 2A und B. Suchen Sie sich einen Sitz aus."

Jemand drängte sich an ihr vorbei und stieß sie dabei schmerzhaft an. Der Augenblick kam ihr äußerst bekannt vor. „Carlo, ich sitze in der Economy Class, also …"

„Nein, Ihr Ticket wurde umgebucht. Setzen Sie sich ans Fenster."

Bevor sie protestieren konnte, hatte er sie schon auf den Sitz manövriert und ließ sich neben ihr nieder. „Was soll das heißen, mein Ticket wurde umgebucht? Carlo, ich muss nach hinten durchgehen, bevor ich hier eine Szene heraufbeschwöre."

„Das hier ist Ihr Sitz." Er reichte Juliet die Bordkarte und streckte die langen Beine aus. „*Dio*, was für eine Wohltat!"

Mit gerunzelter Stirn studierte Juliet ihre Bordkarte – 2A. „Ich verstehe nicht, wie sie einen solchen Fehler machen konnten. Ich sollte besser sofort ..."

„Das ist kein Fehler. Und Sie sollten jetzt besser den Gurt anlegen", riet er und schloss den Gurt dann selbst um sie. „Ich habe Ihre Tickets für die restliche Tour umbuchen lassen."

Juliet griff nach dem Gurt und wollte ihn wieder aufschnappen lassen. „Aber ... aber das können Sie doch nicht tun."

„Hatte ich es Ihnen nicht schon einmal gesagt? Sagen Sie niemals ‚Sie können nicht' zu Franconi." Zufrieden, sie überrascht zu haben, kümmerte er sich um den eigenen Gurt. „Sie arbeiten ebenso hart wie ich. Warum sollten Sie dann in der Touristenklasse fliegen?"

„Weil ich für meine Arbeit bezahlt werde, Carlo. Und jetzt lassen Sie mich bitte gehen, damit ich die Angelegenheit vor dem Start noch regeln kann."

„Nein." Zum ersten Mal klang seine Stimme unnachgiebig und endgültig. „Ich ziehe Ihre Gesellschaft der eines Fremden oder der eines leeren Sitzes vor." Als er ihr das Gesicht zuwandte, lag der gleiche Ausdruck in seinen Augen wie in seiner Stimme. „Ich will, dass Sie hier sitzen. Also lassen Sie es jetzt endlich gut sein."

Juliet öffnete den Mund und schloss ihn wieder. Beruflich gesehen befand sie sich auf unsicherem Gebiet, ganz gleich, wie sie sich entschied. Sie hatte sich um seine Bedürfnisse zu kümmern und dafür zu sorgen, dass ihm jeder – innerhalb vernünftiger Grenzen natürlich – Wunsch erfüllt wurde. Was nun das Persönliche anbelangte ... da hatte sie sich auf die Distanz verlassen, zumindest während der Dauer der Flüge, um ihr inneres Gleichgewicht zu erhalten. Bei jemandem wie Carlo konnte jeder auch noch so kleine Abstand helfen.

Er war nur nett, das wusste sie. Aufmerksam. Aber er war auch starrsinnig. Und es gab immer einen Weg, mit einer solchen Situation fertigzuwerden.

Sie lächelte ihn milde an. „Carlo …“

Er unterbrach sie, indem er schlicht seinen Mund auf ihren drückte, leicht nur, ohne Hast, aber gänzlich unwiderstehlich. Eine Hand an ihrer Wange, die andere Hand auf ihre Finger gelegt, die sie im Schoß verschränkt hatte, hielt er sie für einen Moment so. Juliet fühlte den Boden unter sich wanken und Schwindel in ihrem Kopf aufsteigen.

Wir haben schon abgehoben, dachte sie benommen, dabei wusste sie, dass das Flugzeug noch immer auf dem Boden stand.

Seine Zunge berührte kurz ihre Zungenspitze, lockend, spielerisch, dann fühlte sie nur wieder seine Lippen. Er streichelte über ihr Haar und lehnte sich dann zurück. „Und jetzt sollten Sie weiterschlafen“, riet er. „Das ist sicherlich nicht der Ort, den ich wählen würde, um Sie zu verführen.“

Manchmal, so beschloss Juliet still, war Schweigen das Diplomatischste, was man tun konnte. Ohne einen weiteren Ton schloss sie die Augen und schlief.

5. KAPITEL

Colorado. Die Rocky Mountains, Pikes Peak, Ruinen der indianischen Ureinwohner, Zitterpappeln und reißende Stromschnellen. Es hörte sich faszinierend und aufregend an. Aber ein Hotelzimmer blieb nun mal ein Hotelzimmer.

Im Staat Washington waren sie komplett ausgelastet gewesen. Drei Tage lang hatte Juliet kaum eine Atempause gehabt, sie war ständig auf den Beinen gewesen. Dafür hatten sie auch ein fantastisches Echo in den Medien erreicht. Der Tourplan war so ausgefüllt gewesen, dass ihr Boss in New York wahrscheinlich vor Begeisterung Überschläge gemacht hatte. Ihr Bericht über die Tour an der Küste war der Traum eines jeden Werbefachmanns.

Und dann kam Denver an die Reihe.

Was sie hier an Berichterstattung zusammenstellen konnte, würde kaum die Kosten für die Flugtickets rechtfertigen. Eine Talkshow zu einer unchristlichen Zeit morgens um sieben und ein mickriger Artikel in einer Lokalzeitung. Kein Fernsehsender, keine Meldung über die Buchsignierung, kein Reporter für ein Interview. Erbärmlich.

Es war sechs Uhr in der Früh, als Juliet aus der Dusche stieg und in ihrem Koffer nach einer sauberen Bluse und einem annehmbaren Kostüm suchte. Die chemische Reinigung war die erste Anlaufstelle, sobald sie in Dallas ankamen, so viel stand fest.

Zumindest kochte Carlo heute Morgen nicht. Juliet glaubte nicht, dass sie in den nächsten zwei Stunden allein den Gedanken an Essen würde ertragen können.

Mit etwas Glück konnte sie nach der Show ins Hotel zurückkehren und sich noch eine Stunde hinlegen. Sie würde sich das Frühstück aufs Zimmer kommen lassen und ihre Anrufe erledigen. Die Signierung fand am Mittag statt, und erst morgen früh würden sie von hier weiterfliegen.

Daran konnte sie sich festhalten, sagte sie sich still, während sie nach Strümpfen mit dem richtigen Farbton suchte. Zum ersten Mal in einer Woche hatten sie einen freien Abend, an dem sie niemanden unterhalten mussten und von niemandem unterhalten werden wollten. Irgendwo in der Nähe in Ruhe zu Abend essen und dann eine volle Nacht Schlaf. Wenn sie sich auf dieses Licht am Ende des Tunnels konzentrierte, würde sie es auch durch den Vormittag schaffen.

Juliet schluckte ihre Tagesdosis Vitamine und verzog das Gesicht.

Erst vollständig angezogen war sie wach genug, um zu bemerken, dass sie sich noch nicht um ihr Make-up gekümmert hatte. Mit einem kleinen Achselzucken zog Juliet die kurze Jacke wieder aus und steuerte auf das Badezimmer zu. Als es an ihrer Zimmertür klopfte, drehte sie sich mit einer Mischung aus Argwohn und Ärger um. Ein Blick durch den Spion zeigte ihr, dass Carlo vor der Tür stand und Grimassen schnitt, als ihm klar war, dass sie ihn ansah. Sie fluchte nur ganz leise, als sie die Tür aufzog.

„Sie sind zu früh", setzte sie an, und dann stieg ihr der Duft von frischem Kaffee in die Nase. Sie senkte den sehnsüchtigen Blick auf das Tablett, das Carlo in den Händen hielt – eine kleine Kanne, Tassen und Teelöffel. „Kaffee", entfuhr es ihr, leise wie ein ehrfürchtiges Gebet.

„Genau." Er nickte und trat in das Zimmer. „Ich dachte mir, dass Sie schon fertig sind, auch wenn der Zimmerservice noch lange nicht so weit ist." Er ging zu dem kleinen Tisch hinüber, stellte fest, dass ihr Zimmer in einer Ecke seiner Suite Platz finden würde, und setzte das Tablett ab. „Daher übernehme ich die Lieferung."

„Gott segne Sie." Sie sagte es so ernst, dass er lächeln musste. Magnetisch angezogen kam sie zum Tisch. „Woher haben Sie den? Der Zimmerservice steht doch erst in einer halben Stunde auf."

„In meiner Suite gibt es eine kleine Kochnische. Ein bisschen primitiv, aber völlig ausreichend, um Kaffee zu brühen."

Sie nahm den ersten Schluck, schwarz und heiß, und schloss die Augen. „Wundervoll. Wirklich wundervoll."

„Natürlich. Den habe ich ja auch gemacht."

Sie hob die Lider. Nein, sie würde ihre Dankbarkeit jetzt nicht durch Sarkasmus vergällen, beschloss sie. Immerhin kamen sie nun seit fast drei Tagen mehr oder weniger gut miteinander zurecht. Und mit Dusche, Vitaminen und Kaffee fühlte sie sich auch fast schon wieder wie ein Mensch.

„Machen Sie es sich bequem", lud sie ihn ein. „Ich muss mich nur eben schnell fertig machen."

Sie rechnete damit, dass er sich setzen würde, und nahm ihre Tasse mit ins Bad, um ihr Make-up und ihre Frisur zu richten. Sie tupfte gerade Tagescreme auf, als sie Carlo im Türrahmen auftauchen sah.

„*Mi amore*, kommt Ihnen dieses Arrangement nicht auch unpraktisch vor?"

Sie versuchte, die Verlegenheit zu verdrängen, während sie die leichte Creme auf dem Gesicht verteilte. „Von welchem Arrangement sprechen Sie?"

„Sie haben diese … diese Besenkammer …" Er drehte sich um und zeigte durch ihr Zimmer. Ja, das Zimmer war klein genug, sodass sich ihr frischer femininer Duft von der Dusche bis in die hinterste Ecke ausgebreitet hatte. „… während ich in einer Suite mit zwei Bädern schlafe, in einem Bett, das groß genug für drei Leute ist, und noch dazu ein Sofa im Wohnraum stehen habe, das sich in eine Schlafcouch umwandeln lässt."

„Sie sind der Star", murmelte sie und strich Rouge auf ihre Wangenknochen.

„Es würde dem Verleger Kosten ersparen, wenn wir uns die Suite teilten."

Sie lenkte ihren Blick seitwärts, bis sie im Spiegel auf seine Augen traf. Sie hätte schwören mögen, dass er nichts anderes meinte als das, was er gesagt hatte. Allerdings nur, wenn sie ihn nicht kennen würde. „Das Verlagshaus kann es sich leisten", behauptete sie munter. „Die Mitarbeiter in der Buchhaltung freuen sich immer, wenn sie etwas finden, das sie von der Steuer absetzen können."

Carlo lockerte seine Schultern, trank einen Schluck aus seiner Tasse. Mit einer ähnlichen Antwort hatte er gerechnet. Natürlich würde er liebend gern eine Suite mit ihr teilen, aus den offensichtlichen Gründen. Aber es passte ihm auch nicht, dass die Qualität ihrer Unterbringung so viel geringer war als seine.

„Auf der linken Wange haben Sie zu wenig Rouge aufgetragen“, bemerkte er geistesabwesend. Ihren überraschten Blick nahm er nicht wahr – weil seine ganze Aufmerksamkeit dem grünen Morgenmantel aus Seide galt, den er im Spiegel an der Rückseite der Badezimmertür hängen sah. Wie sie wohl darin aussehen mochte, fragte er sich. Und wie sah sie aus, wenn sie ihn nicht mehr trug?

Nach einer kritischen Musterung mit zusammengekniffenen Augen stellte Juliet fest, dass Carlo recht hatte. Sie nahm den Pinsel erneut zur Hand und glich den Unterschied aus. „Sie sind ein Mann von scharfer Beobachtungsgabe.“

„Hm?“ Er sah wieder in ihr Gesicht, doch in seiner Vorstellung tauschte er ihre hochgeschlossene Bluse und den engen Rock gegen diesen provozierend kurzen Morgenmantel aus.

„Den meisten Männern würde der Unterschied nicht einmal auffallen.“ Sie nahm den Kajalstift zur Hand.

„Mir fällt alles auf, sobald es eine Frau betrifft.“ Am oberen Rand des Spiegels hielt sich noch ein wenig Dampf vom Duschen. Den Streifen dort beschlagen zu sehen beschwor andere, höchst erfreuliche Bilder vor Carlos Augen herauf. „Was Sie da mit Ihrem Gesicht machen, lässt Sie ganz anders aussehen.“

Sie hatte sich inzwischen wieder entspannt, und so lachte sie. „Das ist ja auch der Sinn.“

„Nein, nicht unbedingt.“ Er trat näher, sodass er ihr über die Schultern schauen konnte. Für ihn war diese harmlose Intimität so natürlich, wie sie für Juliet aufreibend war. „Ohne die Hilfe all dieser Farbtiegel wirkt Ihr Gesicht viel jünger und verletzlicher, aber keineswegs unattraktiver als mit der Farbe. Anders eben …“ Er nahm ihre Bürste auf und fuhr damit leicht durch ihr Haar. „Nicht mehr, nicht weniger … nur anders. Mir gefallen beide Gesichter.“

Es fiel ihr schwer, eine ruhige Hand zu behalten. Juliet legte das Lidschattendöschen ab und nahm stattdessen die Kaffeetasse auf. Lieber ironisch sein als durcheinander, sagte sie sich und bedachte ihn mit einem kühlen Lächeln. „Sie scheinen sich im Badezimmer einer Frau, die sich schminkt, ja wie zu Hause zu fühlen."

Er mochte es, wie ihr Haar fiel, wenn er es bürstete. „Ich war so oft dabei."

Das kühle Lächeln wurde frostig. „Das glaube ich Ihnen gern."

Ihr Ton war nicht misszuverstehen, dennoch bürstete er ungerührt weiter, während er ihre Augen im Spiegel suchte. „Denken Sie, was Sie wollen, *cara*, aber vergessen Sie nicht, dass ich mit fünf Frauen unter einem Dach aufgewachsen bin. Ihre Tuben und Fläschchen enthalten nichts, was mir ein Geheimnis wäre."

Das hatte sie tatsächlich vergessen. Oder sie hatte ganz bewusst alles über ihn vergessen, was nicht in direktem Zusammenhang mit dem Buch stand. Jetzt allerdings stürzten die Fragen auf sie ein. Welche und wie viele Einsichten über Frauen konnte ein Mann sammeln, wenn er seit seiner Kindheit unter ihnen lebte? Mit leicht gerunzelter Stirn griff sie nach dem Mascara.

„Hat sich Ihre Familie sehr nahegestanden?"

„Wir stehen uns noch immer nah", stellte er richtig. „Meine Mutter ist Witwe und führt ein gut gehendes Bekleidungsgeschäft in Rom." Es war typisch für ihn, dass er nicht einmal auf die Idee kam, zu erwähnen, dass er das Geschäft für seine Mutter gekauft hatte. „Meine vier Schwestern leben alle im Umkreis von dreißig Kilometern. Sicher, ich teile mir nicht mehr das Badezimmer mit ihnen, aber ansonsten hat sich nicht viel geändert."

Sie stellte sich vor, wie es sein mochte. Es klang gemütlich und heimelig und richtig nett. Juliet glaubte allerdings nicht, dass sie sich mit einer solchen Situation anfreunden könnte. „Ihre Mutter muss stolz auf Sie sein."

„Sie wäre noch stolzer, wenn ich meinen Teil zu der stetig wachsenden Horde von Enkelkindern beitragen würde."

Sie musste lächeln. Das hörte sich bekannt an. „Ich weiß, was Sie meinen."

„Sie sollten Ihr Haar so lassen und nichts mehr ändern", meinte er, als er die Bürste ablegte. „Haben Sie Familie?"

„Meine Eltern leben in Pennsylvania."

Einen Moment stellte er sich die Landkarte vor. „Ah, dann werden Sie sie besuchen, wenn wir in Philadelphia sind."

„Nein." Ein einzelnes tonloses Wort nur, während sie die Wimperntusche verschloss. „Dafür wird keine Zeit sein."

„Ich verstehe." Und er glaubte, dass er wirklich zu verstehen begann. „Haben Sie Geschwister?"

„Eine Schwester." Weil er mit ihrer Frisur recht hatte, befolgte Juliet seinen Rat und schlüpfte an ihm vorbei, um ihre Jacke zu holen. „Sie hat einen Arzt geheiratet und zwei Kinder in die Welt gesetzt, einen Jungen und ein Mädchen, noch bevor sie fünfundzwanzig war."

Oh ja, und ob er zu verstehen begann. Die Worte waren leicht dahingesprochen, doch ihre Schultern hatten sich versteift. „Also ist sie eine gute Arztfrau?"

„Carrie ist die perfekte Arztfrau."

„Nicht alle von uns sind für ein solches Leben gemacht."

„Ich auf jeden Fall nicht." Sie nahm Akten- und Handtasche auf. „Wir sollten uns besser in Bewegung setzen. Man hat mir gesagt, dass die Fahrt zum Studio eine gute Viertelstunde dauert."

Seltsam, dachte er, dass die Leute sich einbilden, andere würden ihre Verletzungen und Schwachstellen nicht bemerken. Für den Moment würde er ihr die Illusion lassen, dass ihr wunder Punkt unerkannt geblieben war.

Weil die Wegbeschreibung genau und der Verkehr noch spärlich war, lenkte Juliet den angemieteten neuen Chevy souverän durch die Stadt. Carlo erbot sich als Lotse. Ihm gefiel einfach die kompetente Art, mit der sie das Steuer handhabte.

„Sie haben mir heute noch gar keine Vorlesung über unseren Terminplan gehalten", meinte er schmunzelnd und fügte gleich darauf hinzu: „Bei der Ampel rechts abbiegen."

Juliet warf einen Blick in den Rückspiegel, schwenkte auf die andere Spur und bog um die Ecke. Sie war nicht sicher, wie seine

Reaktion ausfallen würde, wenn er hörte, dass es kaum Termine gab. „Ich habe mir gedacht, wir könnten eine Pause gebrauchen", behauptete sie übertrieben munter. Sie wusste doch, wie manche Autoren zu wüten und zu schäumen begannen, wenn sich auf der Tour eine Flaute ergab. „Sie treten in der Morgensendung auf, und dann geht es weiter zur Buchsignierung bei World of Books im Zentrum."

Er wartete, weil er damit rechnete, dass da noch mehr käme. Als er ihr schließlich das Gesicht zuwandte, hatte er fragend die Augenbrauen in die Höhe gezogen. „Und?"

„Das war's." Sie selbst konnte die Entschuldigung in ihrer Stimme hören. „Das kommt manchmal eben vor, Carlo. Nicht immer lässt sich alles realisieren. Mir war klar, dass wir hier einen entspannten Tagesablauf haben werden. Sie haben gerade mit den Dreharbeiten für einen großen Film in Denver begonnen. Jeder Reporter, jede Nachrichtencrew und jedes Kamerateam ist heute Nachmittag am Drehort, um darüber zu berichten. Unterm Strich heißt das also … man hat uns abgeschmettert."

„Abgeschmettert? Sie meinen, es gibt kein Radiointerview, keinen Lunch mit einem Reporter, kein Geschäftsdinner?"

„Nein, tut mir leid. Es ist nur …"

„Fantastico!" Er fasste ihr Gesicht mit beiden Händen und drückte einen herzhaften Kuss auf ihre Lippen. „Ich werde mir den Filmtitel merken und zur Premiere gehen."

Der kleine Knoten aus Anspannung und Schuldgefühl löste sich. „Nehmen Sie es nicht so schwer, Carlo."

So musste sich ein Häftling auf Freigang vorkommen. „Juliet, denken Sie wirklich, ich würde mich darüber aufregen? *Dio*, seit einer Woche hetzen wir von einem Termin zum nächsten."

Juliet entdeckte den Fernsehturm und bog links ab. „Und Sie haben sich wirklich fantastisch gehalten", sagte sie ihm. Es war eine gute Zeit, das zuzugeben, schließlich saßen sie nur noch wenige Minuten zusammen in dem engen Wagen. „Lange nicht jeder, mit dem ich auf Tour war, hat so viel Verständnis gezeigt."

Mit ihrer Bemerkung überraschte sie ihn. Er mochte es, wenn Frauen ihn überraschen konnten. Gedankenverloren drehte er sich eine Strähne ihres Haars um den Finger. „Also haben Sie mir vergeben? Wegen des Basilikums?"

Sie lächelte und musste sich zurückhalten, um nicht nach der Brosche an ihrem Jackenaufschlag zu fassen. „Alles längst vergessen."

Er küsste sie auf die Wange, so leicht und freundschaftlich, dass sie nicht protestierte. „Das glaube ich Ihnen sogar. Sie haben ein großes Herz, Juliet. So etwas ist wahre Schönheit an sich."

Er konnte sie so mühelos nachgiebig stimmen. Sie merkte es, kämpfte dagegen an und ergab sich schließlich. In einem für sie völlig untypischen Impuls strich sie ihm das Haar aus der Stirn. „Lassen Sie uns hineingehen. Wir müssen jetzt Denver aufwecken."

Von der beruflichen Seite her gesehen hätte Juliet unzufrieden über die fehlenden Termine und Auftritte in Denver sein müssen. In ihrem Endbericht würde das eine auffallende Lücke hinterlassen. Persönlich hingegen war sie heilfroh.

Ganz wie geplant, war sie um acht Uhr wieder zurück in ihrem Hotelzimmer und hängte das ‚Bitte nicht stören'-Schild an den Türknauf. Um drei Minuten nach acht hatte sie ihr Kostüm abgestreift und lag warm und zufrieden in dem Bett, das sie noch genauso vorfand, wie sie es am frühen Morgen verlassen hatte. Genau eine Stunde lang schlief sie einen tiefen, traumlosen Schlaf – zumindest konnte sie sich an keine Träume erinnern. Um halb elf am nächsten Morgen hatte sie alle ihre Anrufe erledigt und ein enormes Frühstück verspeist. Sie frischte ihr Make-up auf, zog ihr Kostüm wieder an und ging nach unten in die Hotellobby, um sich mit Carlo zu treffen.

Es hätte sie nicht überraschen sollen, dass er mit drei Frauen in einer der gemütlichen Sitzecken der Lobby zusammensaß. Es hätte sie aber auch nicht so verstimmen sollen. Sich den Anschein gebend, dass beides nicht passierte, ging sie hinüber zu der Gruppe. Als sie näher kam, konnte sie sehen, dass alle drei

Frauen erstaunlich gut gebaut waren. Nun, das hätte sie ebenfalls nicht verwundern sollen.

„Ah, Juliet." Carlo lächelte ihr zu, ganz Charme, ganz Nonchalance. Sie erlaubte es sich nicht, genauer darüber nachzudenken, warum sie diese maßlose Lust verspürte, ihm eine Ohrfeige zu versetzen. „Und wie immer pünktlich. Meine Damen." Er stand auf und verbeugte sich vor den dreien. „Es war mir ein Vergnügen."

„Bye-bye, Carlo." Eine der Frau schickte ihm einen Blick, der Stahl zum Schmelzen gebracht hätte. „Und denken Sie daran – sollten Sie zufällig nach Tucson kommen …"

„Wie könnte ich das vergessen?" Er hakte sich bei Juliet ein und schlenderte mit ihr nach draußen. „Juliet, wo liegt Tucson?", fragte er raunend.

„Haben Sie eigentlich nie genug?", wollte sie wissen.

„Genug wovon?"

„Frauen zu sammeln."

Er hob eine Augenbraue und hielt die Fahrertür für sie auf. „Juliet, man sammelt Streichholzbriefchen, keine Frauen."

„Man könnte meinen, dass manche Leute beides auf die gleiche Stufe stellen."

Er versperrte ihr den Weg. „Wenn es solche Leute gibt, dann sind sie zu dumm, als dass man auch nur einen Gedanken an sie verschwenden sollte." Erst dann ließ er sie hinters Steuer gleiten und ging um den Wagen herum.

„Wer waren die drei überhaupt?", fragte sie, als er auf der Beifahrerseite einstieg.

Sorgfältig richtete er die Krempe seines hellen Filzhutes. „Weibliche Bodybuilder. Es scheint, hier findet gerade ein Kongress statt."

Das Lachen entschlüpfte ihr, bevor sie es zurückhalten konnte. „Das passt."

„Ja, in der Tat. Eine wahrhaft einschüchternde Masse Weiblichkeit", sagte er mit todernstem Gesicht.

Einen Moment lang biss Juliet sich auf die Zunge, dann gab sie auf und lachte laut heraus. Mit keinem anderen hatte sie auf einer

Büchertournee bisher so viel Spaß gehabt, sie konnte es genauso gut zugeben. „Tucson liegt in Arizona", erklärte sie noch immer lachend. „Und nein, die Stadt steht nicht auf unserer Liste."

Sie hätten pünktlich zur Signierung kommen können, wären sie nicht auf eine Umleitung gestoßen. Wegen der Filmaufnahmen waren Straßen gesperrt und die Autofahrer alles andere als begeistert, als der Verkehr sich mehr und mehr staute. Juliet versuchte sich zwanzig Minuten lang daran, einen anderen Weg zu finden, bog hier ab und dort, nur um dann feststellen zu müssen, dass sie einen großen Bogen gefahren und wieder genau an der gleichen Stelle angekommen war.

„Hier waren wir doch schon", bemerkte Carlo zerstreut und erntete dafür einen vernichtenden Blick von Juliet.

„Nein, wirklich?" Sarkasmus troff aus ihrem zuckersüßen Ton.

Er setzte sich um und streckte die langen Beine aus. „Eine interessante Stadt. Ich glaube, wenn Sie an der nächsten Ecke rechts abbiegen und dann zwei Straßen weiter wieder nach links, müssten wir die Absperrung eigentlich umfahren haben und uns wieder in die richtige Richtung bewegen."

Juliet faltete die Wegbeschreibung sorgfältig auseinander, auch wenn sie eigentlich nichts lieber getan hätte, als den Zettel zu zerknüllen. „Die Buchhändlerin hat aber deutlich gesagt, dass wir ..."

„Ich bin sicher, sie ist eine sehr nette Frau, aber heute scheinen die Dinge wohl ein bisschen durcheinandergeraten zu sein." Ihn störte das nicht wirklich. Als jemand laut hinter ihnen hupte, zuckte Juliet erschreckt zusammen. Amüsiert drehte Carlo sich um und schaute zum Rückfenster hinaus. „Sie kommen aus New York, da müssen Sie an so etwas doch gewöhnt sein."

Juliet biss die Zähne zusammen. „Ich fahre nie in der Stadt."

„Ich schon. Vertrauen Sie mir einfach, *bella mia*."

Nie im Leben, dachte Juliet, bog aber nach rechts ab. Bei dem schleichenden Verkehr dauerte es fast zehn Minuten, um zwei Häuserblocks hinter sich zu bringen, aber als Juliet dann nach links abbog, fand sie sich, genau wie Carlo gesagt hatte, in der richtigen Richtung wieder. Resigniert wappnete sie sich für seine Triumphrede.

„In Rom kommt man schneller voran", war alles, was er sagte.

Wie sollte es ihr je gelingen können, diesen Mann einzuschätzen, fragte sie sich. Er tobte nicht, wenn man es erwarten sollte, und zeigte keine Schadenfreude, wenn es durchaus normal gewesen wäre. Mit einem Seufzer gab sie auf. „Überall kommt man schneller voran." Jetzt befanden sie sich zwar auf der richtigen Straße, aber Parkplätze waren hier eindeutig Mangelware. Juliet wägte kurz ab und hielt dann vor dem Buchladen in zweiter Reihe an. „Wir sind schon viel zu spät dran, Carlo. Ich setze Sie hier ab, suche einen Parkplatz und komme nach, sobald ich kann."

„Sicher, Sie sind der Boss." Selbst nach fünfundvierzig Minuten im Stau schien er seine gute Laune nicht verloren zu haben.

„Wenn ich in der nächsten Stunde nicht auftauche, schießen Sie eine Leuchtrakete ab."

„Sie schaffen das schon. Ich setze meinen letzten Penny auf Sie."

Zur Sicherheit wartete Juliet, bis sich die Tür des Buchladens hinter Carlo geschlossen hatte, bevor sie sich wieder in den dichten Verkehr einreihte.

Zwanzig frustrierende Minuten später betrat sie selbst die gediegene kleine Buchhandlung. Sofort fiel ihr mit sinkendem Mut auf, dass es hier drinnen viel zu leer und viel zu ruhig war. Ein Buchhändler mit elegant gestreifter Krawatte und glänzenden Schuhspitzen kam auf sie zu.

„Guten Morgen. Kann ich Ihnen helfen?"

„Ich bin Juliet Trent, Mr Franconis PR-Agentin."

„Ah ja, natürlich. Hier entlang, bitte." Mit dynamischen Schritten ging er über den edlen Teppich auf eine breite Treppe zu. „Mr Franconi ist im zweiten Stock. Wirklich bedauerlich, dass der Verkehr und der ganze Trubel die Leute davon abgehalten hat, aus dem Haus zu gehen. Aber natürlich halten wir solche Veranstaltungen auch nur selten ab." Mit einem Lächeln für Juliet zupfte er sich eine Fluse von seinem dunkelblauen Jackett. „Das letzte Mal war … warten Sie, lassen Sie mich nachdenken … richtig, im Herbst. Da tourte J. Jonathan Cooper. Sicher haben Sie schon von ihm gehört. Er hat ‚Metaphysik und Du' geschrieben."

Juliet unterdrückte den Seufzer. Wenn man bei Ebbe an Land gespült worden war und festsaß, musste man eben warten, bis die Flut wieder einsetzte.

Sie erblickte Carlo in einem anheimelnden Alkoven auf einem hübschen Zweisitzer zusammen mit einer Frau um die vierzig in einem schicken Kostüm und mit wohlgeformten Beinen. Ein solches Bild reichte inzwischen nicht einmal mehr dazu aus, dass sie auch nur eine Augenbraue in die Höhe zog. Was Juliet jedoch erstaunte, war die Tatsache, dass Carlo nicht die Frau mit seinem Charme betörte, sondern konzentriert dem etwa sechzehnjährigen Jungen zuhörte, der auf dem Sessel vor ihm saß.

„Ich arbeite jetzt schon den dritten Sommer in einer Restaurantküche. Natürlich lassen sie mich nichts zubereiten, aber ich kann oft zugucken. Zu Hause koche ich, wann immer ich kann. Doch mit der Schule und meinem Job muss das meist bis zum Wochenende warten."

„Warum?"

Der Junge verharrte und schaute Carlo verständnislos an. „Warum was?"

„Warum kochst du?", fragte Carlo. Er nickte Juliet kurz zu, dann wandte er seine Aufmerksamkeit wieder dem Jungen zu.

„Weil …" Der Junge blickte zu seiner Mutter und zurück zu Carlo. „Nun, es ist eben wichtig. Mir macht es Spaß, Dinge zu nehmen und sie miteinander zu kombinieren. Man muss immer konzentriert und vorsichtig dabei sein, aber dann kommen auch famose Sachen dabei heraus. Es sieht toll aus und riecht auch gut. Es ist … ich weiß nicht." Der Junge senkte verlegen seine Stimme. „Ich fühle mich dann richtig wohl."

„Genau." Mit vollstem Verständnis lächelte Carlo den Jungen an. „Das ist eine gute Antwort."

„Ich habe vorher auch Ihre anderen beiden Bücher gekauft", sprudelte der Junge hervor. „Und ich habe schon alle Ihre Rezepte ausprobiert. Ich habe sogar schon Ihre *pasta al tre formaggi* für eine Dinnerparty bei meiner Tante gekocht."

„Und?"

„Es hat ihnen geschmeckt." Der Junge grinste. „Es hat ihnen sogar richtig gut geschmeckt."

„Du willst studieren?"

„Auf jeden Fall." Der Junge senkte den Blick auf seine Knie, rieb nervös mit den Handflächen darüber. „Es ist nur … Im Moment haben wir nicht genug Geld fürs College, deshalb hoffe ich, dass ich richtige Arbeit in einem Restaurant bekommen kann."

„In Denver?"

„Wo, ist mir gleich. Solange ich nur mit dem Kochen anfangen kann, anstatt immer nur Böden zu schrubben."

„Wir haben jetzt genug von Mr Franconis Zeit in Anspruch genommen." Die Mutter des Jungen stand auf. Sie hatte die kleine Gruppe von Leuten gesehen, die mit Büchern unter dem Arm abwartend dastanden. „Ich möchte Ihnen ganz herzlich danken." Sie bot Carlo, der sich mit ihr aufgerichtet hatte, die Hand. „Es hat Steven sehr viel bedeutet, sich mit Ihnen unterhalten zu können."

„Es war mir ein echtes Vergnügen." Obwohl er der Frau gegenüber höflich war wie immer, wandte er sich noch einmal an den Jungen. „Wenn du möchtest, kannst du mir deine Adresse überlassen. Ich kenne einige Restaurantbesitzer hier im Land. Vielleicht kann ja einer von ihnen einen Lehrling gebrauchen, der Chefkoch werden will."

Steven war so verdattert, dass er Carlo nur anstarrte. „Das ist wirklich sehr nett von Ihnen." Es war Stevens Mutter, die einen kleinen Notizblock hervorholte und die Adresse aufschrieb. Ihre Hand zitterte nicht, doch als sie Carlo das Blatt reichte, sah er die Emotionen in ihren Augen schimmern. Er musste an seine eigene Mutter denken. Er nahm den Zettel an, dann drückte er leicht ihre Hand.

„Sie haben einen wunderbaren und begnadeten Sohn, Mrs Hardesty."

Nachdenklich schaute Juliet Mutter und Sohn nach, als sie davongingen. Steven drehte sich noch einmal um, noch immer mit dem gleichen ungläubigen Ausdruck im Gesicht.

Er hat also ein Herz, dachte sie gerührt. Eines, das nicht ausschließlich für *amore* gemacht war. Aber sie sah, wie Carlo den Zettel in seine Tasche steckte, und fragte sich, ob wirklich etwas dabei herauskommen würde.

Die Signierung war nicht unbedingt das, was man einen Bombenerfolg nennen konnte. Sechs Bücher hatte Juliet gezählt. Das an sich war schon schlimm genug, aber dann passierte auch noch ‚die Episode'.

Sich in dem praktisch leeren Buchladen umsehend überlegte Juliet ernsthaft, ob sie sich ein Schild auf den Rücken hängen und auf der Straße auf und ab marschieren sollte. Da tauchte eine mollige kleine Frau auf, alle drei von Carlos Büchern unter dem Arm. Das muss seinem Ego guttun, dachte Juliet noch, doch dann hörte sie plötzlich, wie seine Stimme klirrend kalt und seine Miene starr wie Stein wurde. Von dem Gespräch selbst hatte sie nur den Namen „LaBare" aufgeschnappt.

„Wie bitte, Madame?!"

Einen solchen Ton hatte Juliet noch nie bei Carlo gehört. Mit dem Ton hätte er Stahl schneiden können.

„Ich sagte, Ihre Kochbücher stehen alle bei mir in der Küche auf dem Regal, direkt neben denen von André LaBare. Ich liebe es, zu kochen."

„LaBare?" Carlo legte die Hand auf seine drei Bücher, wie ein Vater, der seine Kinder beschützen wollte. „Sie stellen mein Werk tatsächlich neben die Bücher dieses … dieses Bauern?"

Juliet reagierte blitzschnell. Sie trat zu den beiden und mischte sich eiligst in das Gespräch ein. Wenn sie je einen Menschen gesehen hatte, kurz bevor er einen Mord beging, dann war es Carlo. „Oh, wie ich sehe, haben Sie alle von Mr Franconis Büchern. Sie müssen wirklich leidenschaftlich gern kochen."

„Nun … ja, ich …"

„Dann müssen Sie unbedingt seine neuen Rezepte ausprobieren. Ich durfte seine *pasta con pesto* schon probieren. Ich sage Ihnen, es war eine wunderbare Erfahrung." Juliet wollte die Bücher der Frau unter Carlos Hand hervorziehen, traf auf Widerstand und einen unnachgiebigen Blick. Sie antwortete mit der gleichen Sturheit in den Augen und riss die Bücher mit einem Ruck unter seiner Hand hervor. „Ich versichere Ihnen, Ihre Familie wird begeistert sein, wenn Sie ihnen die Pastagerichte servieren", redete Juliet zuvorkommend weiter und lenkte die Frau entschieden aus der Schusslinie und auf die Treppe zu. „Ich sage Ihnen ... und die *fettuccine* erst ..."

„LaBare ist ein untalentierter Kretin." Carlos Stimme reichte klar und deutlich bis zur Treppe. Die Frau drehte sich nervös um.

„Männer", raunte Juliet der Frau verschwörerisch zu. „Immer haben sie Probleme mit dem Ego."

„Ja, mag sein." Die Frau nahm ihre Bücher von Juliet an und beeilte sich, dass sie aus dem Laden herauskam.

Juliet wartete, bis die Frau auch wirklich außer Hörweite war, bevor sie sich auf Carlo stürzte. „Wie konnten Sie nur?"

„Wie *ich* konnte?" Er richtete sich zu seiner vollen Größe auf, und auch wenn er nur durchschnittlich groß war, schien er Juliet plötzlich riesig zu sein. „Wie kann sie es wagen, in meiner Gegenwart diesen Namen in den Mund zu nehmen? Wie kann sie es wagen, das Werk eines Künstlers mit dem Tand eines unkultivierten Barbaren zu vergleichen? LaBare ist ..."

„Im Moment interessiert es mich nicht im Geringsten, wer oder was LaBare ist." Eine Hand auf seiner Schulter, drückte sie ihn auf den Zweisitzer zurück. „Allerdings rege ich mich auf, wenn Sie die wenigen Kunden, die wir hier haben, auch noch vergraulen. Also benehmen Sie sich jetzt."

Er blieb sitzen, wo er saß, allein aus dem Grund, weil er sie dafür bewunderte, wie sie ihn herumkommandierte. Eine faszinierende Frau, befand Carlo und entschied, dass es wesentlich klüger war, an sie zu denken als an LaBare. Selbst an Sturmfluten und Hungersnöte zu denken war klüger als an LaBare.

Der Nachmittag zog sich endlos hin. Der einzige Lichtblick ist der Junge gewesen, dachte Carlo und befühlte den Zettel in seiner Tasche. Er würde Summer in Philadelphia anrufen und ihr den jungen Steven Hardesty wärmstens ans Herz legen.

Doch außer Steven und der Frau, die seinen Blutdruck mit dem Namen „LaBare“ in die Höhe getrieben hatte, musste Carlo zugeben, dass er gefährlich nahe davorstand, sich zu langweilen. Und Langeweile war etwas, das seiner Meinung nach schlimmer als Krankheit war.

Er brauchte Bewegung, eine Herausforderung – schon eine kleine würde ihm genügen. Er sah zu Juliet hinüber, die mit einem der Buchhändler redete. Nein, das war keine kleine, sondern durchaus schon eine größere Herausforderung. Wenn er bisher eines nicht in Juliets Gesellschaft gewesen war, dann gelangweilt. Sie hielt sein Interesse wach und lebendig. In sexueller Hinsicht? Sicher, das verstand sich von allein. Aber auch intellektuell. Und das war ein großes Plus.

Er verstand die Frauen. Das hatte nichts mit Ego oder Überheblichkeit zu tun, sondern hatte sich, so sah Carlo es, aus den Umständen ergeben. Er genoss die Frauen. Als Liebhaberinnen, ohne Frage, aber auch als Kameraden, Freunde, Partner. Es war eine Seltenheit, wenn ein Mann eine Frau fand, die ihm all dies gleichzeitig sein konnte. Das war es, was er von Juliet wollte. Gründlich analysiert hatte er das Ganze noch nicht, aber er fühlte es. Und es würde eine große Herausforderung sein, sie davon zu überzeugen, seine Freundin zu werden. Sie zu seiner Geliebten zu machen würde allerdings noch mehr Anstrengung erfordern. Aber allein der Versuch war es wert.

Nein, überlegte er, als er ihr Profil studierte. Aus dieser Frau eine Geliebte zu machen wäre einfacher, als sie zur Freundin zu gewinnen. Ihm blieben zwei Wochen, um beides zu erreichen. Er lächelte vor sich hin und beschloss, dass er die Kampagne ab sofort und mit vollem Einsatz starten würde.

Eine halbe Stunde später liefen sie die drei Häuserblocks bis zu dem Parkhaus, in dem Juliet den Wagen abgestellt hatte.

„Dieses Mal fahre ich“, sagte Carlo. Seine Worte hallten in dem grauen Betonklotz wider. Als sie Einspruch erheben wollte, streckte er schlicht die Hand nach dem Schlüssel aus. „Kommen

Sie, meine Liebe, ich habe gerade zwei Stunden pure Langeweile ertragen müssen und es nur knapp überlebt. Warum sollen nur immer Sie den ganzen Spaß haben?"

„Na, wenn Sie es so sehen ..." Sie ließ den Autoschlüssel in seine ausgestreckte Hand fallen und war nur froh, dass seine Wut anscheinend vergessen war.

„Also haben wir heute einen freien Abend?"

„Genau." Mit einem Seufzer lehnte sie sich in den Sitz zurück und wartete darauf, dass er den Motor anließ.

„In diesem Falle – Dinner um sieben. Für den heutigen Abend treffe ich die notwendigen Arrangements."

Ein Hamburger auf dem Zimmer, ein alter Film und dann schlafen. Juliet dachte kurz daran und verdrängte den Wunsch. Ihr Job war es, zu unterhalten und sich um *seine* Wünsche zu kümmern. „Ganz wie Sie möchten."

Carlo setzte mit quietschenden Reifen aus der Parklücke, sodass Juliet erschreckt auffuhr. „Ich nehme Sie beim Wort, *cara*."

Er brauste rasant aus der Parkgarage und bog nach rechts auf die Straße, ohne auch nur die Bremse zu berühren. „Carlo ..."

„Wir sollten mit Champagner auf das Ende unserer ersten gemeinsamen Woche anstoßen. Mögen Sie Champagner?"

„Ja, ich ... Carlo, die Ampel springt um."

Er raste bei Dunkelgelb über die Kreuzung, streifte die Stoßstange eines verbeulten Kombis und fuhr weiter. „Italienisches Essen. Haben Sie möglicherweise Einwände?"

„Nein." Sie klammerte sich an den Türgriff, bis ihre Fingerknöchel weiß hervortraten. „Der Transporter!"

„Ja doch, ich sehe ihn." Er scherte aus und umfuhr den Wagen, flitzte über eine weitere Kreuzung und bog scharf in die nächste Straße ab. „Haben Sie für heute Nachmittag Pläne?"

Juliet presste verkrampft die Hand an den Hals, in der Hoffnung, überhaupt ein Wort hervorzubringen. „Ich dachte daran, den Wellnessbereich des Hotels zu nutzen. Falls ich überlebe."

„Gut. Ich werde einkaufen gehen."

Juliet biss die Zähne zusammen, während er im nachmittäglichen Stoßverkehr tollkühn von einer Spur zur anderen wechselte. „Werden Sie meine Angehörigen verständigen, wenn ich diese Fahrt nicht überlebe?"

Lachend bremste Carlo vor dem Hotel ab. „Keine Sorge, Juliet. Genießen Sie den Whirlpool und die Sauna. Und klopfen Sie um sieben an meine Tür."

Hätscheln und unterhalten, rief sie sich in Erinnerung. Gehörte dazu auch, das eigene Leben zu riskieren? Ihr Chef würde dem sicherlich zustimmen. „Vielleicht sollte ich besser mit Ihnen zusammen gehen."

„Nein, ich bestehe darauf." Er beugte sich vor und legte eine Hand in ihren Nacken, bevor sie geistesgegenwärtig genug war, auszuweichen. „Genießen Sie es", murmelte er an ihren Lippen. „Und wenn Ihre Haut überall warm prickelt und Ihre Muskeln sich entspannen, denken Sie an mich."

Es war reine Selbstverteidigung, dass sie hektisch aus dem Wagen stürzte. Bevor sie ihm noch sagen konnte, er solle vorsichtig fahren, brauste er schon davon. Sie schickte ein stummes Gebet gen Himmel, in das sie alle italienischen Raser einschloss, dann ging sie ins Hotel.

Um sieben fühlte Juliet sich wie neugeboren. Die Müdigkeit hatte sie in der Sauna ausgeschwitzt, hatte sich vom sprudelnden Wasser im Pool wachrütteln und sich mit einer Massage verwöhnen lassen. Das Leben, so dachte sie, als sie sich Parfüm hinter die Ohren tupfte, hat eben doch seine angenehmen Seiten. Morgen auf dem Flug nach Dallas konnte sie den Entwurf für ihren Bericht über Denver aufstellen, das wäre früh genug. Heute Abend brauchte sie sich nur noch darum zu kümmern, etwas in den Magen zu bekommen. Sie legte die Hand auf ihren flachen Bauch, in dem es hungrig knurrte. Ja, es wurde höchste Zeit, dass sie etwas zu essen bekam.

Ein letzter prüfender Blick in den Spiegel sagte ihr, dass sie mit dem hellen Kleid mit hohem Kragen und Perlknopfleiste die richtige Wahl für den Abend getroffen hatte. Es sei denn, Carlo wollte sie an einen Hotdog-Stand führen. Juliet nahm ihre Abendtasche und überquerte den Korridor, um an Carlos Tür zu klopfen. Sie konnte nur hoffen, dass er ein Restaurant in der Nähe ausgewählt hatte. Das Letzte, worauf sie jetzt Lust verspürte, war, sich noch einmal mit dem Wagen in den Stadtverkehr von Denver zu stürzen.

Das Erste, was ihr auffiel, als er die Tür aufzog, waren seine aufgerollten Hemdsärmel. Es war ein Baumwollhemd, lässig und gleichzeitig sehr schick, doch ihr Blick blieb auf seinen erstaunlich muskulösen Unterarmen haften. Der Mann tat also noch mehr, als nur mit Kochlöffel und Spatel zu hantieren. Als Nächstes erhaschte sie das sinnliche Aroma von Soßen und Gewürzen.

„Hinreißend." Carlo nahm sie bei den Händen und zog sie herein. Sie gefiel ihm. Die seidige sanfte Haut, der leichte, diskrete Duft … aber noch mehr gefiel ihm das verwirrte Zögern in ihren Augen, als sie den Blick in die Richtung lenkte, aus der jener verführerische Duft des Essens kam.

„Es kann unmöglich Ihr Rasierwasser sein, was hier so duftet", brachte sie schließlich nach einem Moment heraus.

„*Azzeccata*, was hier Ihre Sinne betört, ist Franconis Spaghettisoße." Er küsste ihr die eine Hand. „Man erahnt den Vorgeschmack." Dann die andere. „Man kostet und genießt sie." Jetzt waren ihre Handflächen an der Reihe.

Eine kluge Frau lässt sich von einer derart pompösen Taktik eines Mannes nicht erregen, ermahnte Juliet sich still, während Schauer ihre Arme hinauf- und wieder hinunterliefen. „Spaghettisoße?" Sie entzog ihm ihre Hände und versteckte sie sicherheitshalber hinter dem Rücken.

„Ich habe einen ganz großartigen Laden entdeckt. Sie hatten dort wunderbare Gewürze und Kräuter. Und einen exzellenten Chianti. Aus Italien natürlich."

„Natürlich." Leicht argwöhnisch tat sie einen weiteren Schritt in die Suite hinein. „Sie haben den ganzen Nachmittag mit Kochen verbracht?"

„Ja. Erinnern Sie mich daran, dass ich mit dem Hotelbetreiber über die Qualität der Herde in den Suiten reden muss. Aber letztendlich hat doch alles geklappt."

Eigentlich war es unklug, mit ihm in seiner Suite zu essen. Aber diesem Duft zu widerstehen hätte bedeutet, aus Stein zu sein.

Wie magisch angezogen, steuerte sie auf die kleine Kochnische zu. Das Wasser lief ihr im Mund zusammen. „Himmlisch …“

Beglückt schlang Carlo den Arm um ihre Taille und führte sie an den Herd. Die kleine Küche war ein einziges Chaos. Noch nie hatte Juliet so viele Töpfe, Schüsseln und Kochbesteck in einem Spülbecken gestapelt gesehen. Der Arbeitsbereich war mit Spritzern und Klecksen übersät. Aber der Duft – einfach paradiesisch!

„Die Sinne, Juliet. Es gibt keinen einzigen Menschen, der nicht von seinen Sinnen regiert wird. Zuerst riechen wir, und prompt setzt die Fantasie ein.“ Seine Finger strichen leicht über ihre Hüfte. „Stellen Sie es sich vor. Können Sie es nicht bereits auf der Zunge schmecken, allein bei der Vorstellung?“

„Hmm.“ Sie wusste, sie beging einen Fehler, als sie ihm zusah, wie er den Deckel vom Topf hob. Die Aromen ließen sie die Lider schließen und tief einatmen. „Oh Carlo.“

„Dann betrachten wir … und die Fantasie geht einen Schritt weiter.“ Sacht stupste er sie in die Seite, bis sie die Augen öffnete und in den Topf schaute. Dick, rot und köchelnd bot sich die Soße ihrem Blick dar, mit Fleisch, Paprika und Kräutern. Ihr Magen knurrte laut.

„Wunderschön, nicht wahr?“

„Ja.“ Ihr war nicht bewusst, dass sie sich mit der Zungenspitze erwartungsvoll über die Lippen fuhr. Ihm schon.

„Und dann hören wir.“ Auf der Herdplatte neben dem Soßentopf stand ein Topf mit Wasser, das jetzt zu kochen begann. Mit geübtem Auge maß Carlo die richtige Menge Pasta ab, gab sie behutsam hinein und rührte dann vorsichtig mit einem Kochlöffel. „Manchen Dingen ist es einfach vorbestimmt, zusammen zu sein. Ohneeinander werden sie nie vollständig und erfüllt sein, doch wenn sie zusammenkommen“, er stellte die Temperatur niedriger, „werden sie zu einem unermesslichen Schatz. Pasta und Soße. Ein Mann und eine Frau. Kommen Sie, trinken Sie ein Glas Chianti. Der Champagner ist für später.“

Es wurde höchste Zeit, ihren Standpunkt klarzumachen. „Carlo, ich hatte keine Ahnung, dass Sie das hier vorhatten. Ich denke …“

„Ich liebe Überraschungen." Er reichte ihr ein Glas, halb voll mit blutrotem Wein. „Und ich wollte für Sie kochen."

Sie wünschte, er hätte es anders ausgedrückt. Sie wünschte, seine Stimme wäre nicht so warm und samten, so tief und dunkel wie seine Augen. Wie die Gefühle, die er in ihr wachrief. „Ich weiß das wirklich zu schätzen, Carlo. Es ist nur …"

„Waren Sie in der Sauna?"

„Ja. Aber jetzt …"

„Und es hat Sie entspannt. Man kann es sehen."

Sie seufzte und nippte an dem Wein, ohne sich dessen bewusst zu sein. „Ja."

„Ich entspanne mich bei dem hier. Wir essen heute Abend zusammen." Er stieß leise mit ihr an. „Männer und Frauen tun das seit Jahrhunderten. Es wird allgemein als zivilisiert erachtet."

Ihr Kopf ruckte hoch. „Sie machen sich über mich lustig."

„Stimmt." Er beugte sich in den Kühlschrank und holte eine Platte hervor. „Zuerst kosten Sie von meinen *antipasti*. Damit Ihr Gaumen vorbereitet wird."

Juliet wählte eine kleine Scheibe von den Zucchini. „Ich hatte gedacht, Sie würden sich lieber in einem Restaurant bedienen lassen."

„Ab und zu ziehe ich das auch vor. Zu anderen Gelegenheiten schätze ich die Privatsphäre mehr." Er stellte die Platte ab. Gleichzeitig wich Juliet einen Schritt zurück. Aufmerksam schaute er sie an. „Juliet, mache ich Sie etwa nervös?"

Sie schluckte den Bissen Zucchini. „Seien Sie nicht albern."

„Bin ich das?" Impulsiv stellte er sein Glas ab und machte einen Schritt auf sie zu. Juliet fand sich mit dem Rücken gegen den Kühlschrank gepresst wieder.

„Carlo …"

„Nicht, schsch … Wir machen ein kleines Experiment." Die Augen auf ihr Gesicht gerichtet, küsste er sie sanft erst auf die eine, dann auf die andere Wange. Er hörte, wie sie nach Luft schnappte und den Atem dann bebend ausstieß. Die Nerven. Das konnte er akzeptieren. Wenn ein Mann und eine Frau sich zueinander hingezogen fühlten und einander dann nahekamen, meldeten sich immer die Nerven. Ohne sie wäre Leidenschaft fade, wie eine Soße ohne Kräuter und Gewürze.

Aber Angst? Denn war es nicht das, was er in ihren Augen erkannte? Ein Anflug nur, und auch nur kurz. Mit Nervosität konnte er umgehen, er setzte sie für sich ein, nutzte sie für seine Zwecke. Doch Angst war etwas völlig anderes. Angst beunruhigte ihn, hemmte ihn, und gleichzeitig rührte sie ihn.

„Ich werde Sie nicht verletzen, Juliet."

Ihre Augen waren wieder klar, der Ausdruck nüchtern, auch wenn sie eine Hand zur Faust geballt hatte. „Nicht?"

Er fasste nach ihrer Faust, lockerte behutsam und langsam ihre Finger. „Nein." Es war ein Versprechen, das er ihnen beiden machte. „Das werde ich nicht. Und jetzt essen wir."

Juliet hielt den Schauer zurück, bis Carlo sich umgedreht hatte und seine Pasta abgoss. Möglich, dass er sie nicht verletzen würde. Mutwillig leerte sie ihren Wein auf einen Schluck. Aber vielleicht würde sie das selbst besorgen.

Er bot keine übertriebene Show, sondern arbeitete ruhig und konzentriert. Während Juliet ihm zusah, wie er die letzten Details für das Mahl vollendete, kam ihr die Erkenntnis, dass er hier in dieser kleinen Küche nicht anders vorging als vor der laufenden Kamera. Sie übernahm den einzigen Anteil an Hilfe, den sie zu geben wagte – sie deckte den Tisch.

Ja, eindeutig ein Fehler, hier zu zweit zu essen, sagte sie sich, als sie die Gedecke arrangierte. Aber nur ein Narr hätte einer Soße, die so köstlich duftete, den Rücken gekehrt. Und sie war kein Narr. Sie hatte sich unter Kontrolle. Die Furcht, die sie vorhin in der Küche für einen Moment verspürt hatte, war verflogen. Sie würde das Mahl in aller Bequemlichkeit genießen, noch ein Glas des wirklich exzellenten Chiantis trinken, und dann würde sie über den Gang in ihr Zimmer gehen und sich acht Stunden Schlaf gönnen. Der Zirkus würde morgen noch früh genug wieder losgehen.

Sie wählte gerade einen der marinierten Champignons von der Vorspeisenplatte, als Carlo mit der Spaghettischüssel an den Tisch kam.

„Schon besser", sagte er, als sie ihn anlächelte. „Jetzt sind Sie bereit, zu genießen."

Mit einem kleinen Schulterzucken setzte sie sich. „Wenn einer der weltbesten Chefköche sich freiwillig bereit erklärt, für mich zu kochen, warum sollte ich mich darüber beschweren?"

„Der weltbeste Chefkoch", verbesserte er sie und forderte sie mit einer Geste auf, sich zu bedienen. Was sie auch tat, wobei es sie große Mühe kostete, nicht gierig zu wirken.

„Und es entspannt Sie wirklich, in der Küche zu stehen?"

„Das kommt darauf an. Manchmal entspannt es mich, zu anderen Zeiten bin ich regelrecht aufgeregt. Aber immer erfüllt es mich mit Freude. Nein, nicht schneiden!" Mit einem Kopfschütteln streckte er den Arm aus. „Ihr Amerikaner. Man dreht die Spaghetti auf die Gabel."

„Dann fallen sie doch herunter."

„So macht man es." Die Finger um ihr Handgelenk gelegt, führte er ihre Hand und wies sie ein. Ihr Puls schlug regelmäßig, wie ihm auffiel, aber keineswegs langsam. „Und jetzt …" Noch immer ihr Handgelenk haltend hob er ihre Hand mit der Gabel an ihren Mund. „Probieren Sie."

Sie schob den Bissen in den Mund, und ihm eröffnete sich das Vergnügen, ihre Miene zu beobachten. Der Geschmack explodierte auf ihrer Zunge. Schärfe meldete sich jäh an, um sich dann zu gedämpfter Wärme abzumildern. Juliet kostete die Erfahrung bis zur Neige aus, obwohl sie bereits an den nächsten Bissen dachte. „Das ist geradezu sündhaft, und es ist ganz bestimmt keine kleine Sünde."

Nichts hätte Carlo mehr erfreuen können. Lachend lehnte er sich zurück und nahm selbst etwas auf seinen Teller. „Kleine Sünden bringen auch nur kleines Vergnügen. Wenn Franconi kocht, hört Essen auf, eine grundlegende Notwendigkeit zu sein."

Sie drehte bereits den nächsten Bissen auf die Gabel. „Der Punkt geht an Sie. Wieso sind Sie eigentlich nicht dick?"

„Prego?"

„Könnte ich so kochen …" Sie schob den Bissen in den Mund und seufzte. „Ich würde bald aussehen wie einer Ihrer Fleischklopse, rund und prall."

Schmunzelnd schaute er zu, wie sie herzhaft zulangte. Es verschaffte ihm jedes Mal unglaubliche Befriedigung, wenn jemand, an dem ihm lag, seine Kreationen zu schätzen wusste. Selbst nach all den Jahren des Kochens war er dieses Bild noch immer nicht leid. „Also hat Ihre Mutter Ihnen nicht das Kochen beigebracht?"

„Sie hat's versucht." Juliet nahm ein Stück des knusprigen Brots, das er ihr anbot, legte es aber neben ihren Teller, um die nächste Gabel Pasta aufzurollen. Die wichtigen Sachen zuerst! „Ich war nie sehr gut in den Dingen, von denen meine Mutter sich wünschte, ich möge gut darin sein. Meine Schwester spielt wunderschön Klavier, ich kann kaum Noten lesen."

„Womit haben Sie dann anstelle des Klavierunterrichts Ihre Zeit gefüllt?"

„An der dritten Base gestanden." Das kam so prompt über ihre Lippen, dass sie sich selbst damit überraschte. Sie hatte gedacht, dies mit all den vielen anderen unglücklichen Kindheitserinnerungen begraben zu haben.

„Sie haben Baseball gespielt?", fragte er erstaunt.

Juliet nickte. „Und das machte man einfach nicht", erzählte sie mit einem Achselzucken weiter. „Meine Mutter war doch so fest entschlossen, zwei untadelige Damen zu erziehen, damit sie zu perfekten Ehefrauen werden konnten. Tja, manchmal gewinnt man, manchmal verliert man."

„Sie glauben, sie sei nicht stolz auf Sie?"

Seine Frage traf in eine Wunde, von der sie nicht gewusst hatte, sie bloßgelegt zu haben. Juliet griff nach ihrem Weinglas. „Ich nehme an, es ist keine Frage des Stolzes, sondern der Enttäuschung. Meine Mutter habe ich enttäuscht, meinen Vater verwirrt. Sie fragen sich noch immer, was sie bei mir falsch gemacht haben."

„Vermutlich haben Ihre Eltern Sie nicht akzeptiert, wie Sie sind. Das ist es, was sie falsch gemacht haben."

„Vielleicht“, murmelte sie. „Möglicherweise war ich aber auch nur entschlossen, nichts von dem zu sein, was sie hätten akzeptieren können. Bis heute habe ich es nicht herausgefunden.“

„Sind Sie unglücklich mit Ihrem Leben?“

Überrascht schaute sie auf. Unglücklich? Manchmal frustriert, sicher. Gehetzt und häufig auch gestresst. Aber unglücklich? „Nein. Nein, ich bin nicht unglücklich.“

„Dann ist das vielleicht Ihre Antwort.“

Juliet nahm sich einen Moment, um ihn zu studieren. Er war mehr als nur attraktiv, mehr als nur sexy, mehr als all die Eigenschaften zusammen, die sie ihm so zynisch zugeschrieben hatte. „Carlo.“ Zum ersten Mal fasste sie von sich aus seine Hand, nur seine Hand, aber seiner Meinung nach war das ein Riesenschritt. „Sie sind ein sehr netter Mann.“

„Aber natürlich bin ich das.“ Seine Finger schlangen sich um ihre – einfach, weil er nicht widerstehen konnte. „Ich könnte Ihnen sogar Empfehlungsschreiben vorlegen.“

Lachend zog Juliet sich wieder zurück. „Das glaube ich Ihnen gern.“ Und dann machte sie sich entschieden über ihre Portion her und leerte ihren Teller.

„Jetzt kommt das Dessert.“

„Carlo!“ Mit einem Stöhnen presste sie die Hand auf ihren Magen. „So grausam können Sie nicht sein.“

„Es wird Ihnen schmecken.“ Er war schon aufgestanden und ging zur Küche, bevor sie noch einmal die Kraft für Protest aufbrachte. „Es ist eine uralte italienische Tradition, reicht zurück bis zur Zeit der Könige. Der amerikanische Käsekuchen ist sicherlich auch sehr schmackhaft, aber das hier …“ Er holte einen kleinen Kuchen heraus, der großzügig mit unzähligen Kirschen verziert war.

„Carlo, ich platze noch.“

„Nur eine Kostprobe, zusammen mit einem Schluck Champagner.“ Mit Geschick ließ er den Korken knallen und füllte zwei polierte Gläser. „Setzen Sie sich auf das Sofa, machen Sie es sich bequem.“

Als sie es tat, wurde ihr auch klar, warum die Römer nach dem Essen meist eine Siesta hielten. Sie hätte sich problemlos zusammenrollen können und wäre innerhalb kürzester Zeit eingeschlafen. Doch der Champagner war spritzig und erfrischend und hielt sie wach.

„Hier." Mit einem einzelnen Teller, auf dem ein kleines Stück des Kuchens lag, kam er zu ihr. „Wir teilen es uns."

„Ein Bissen, mehr nicht", sagte sie und war fest entschlossen, an ihrem Vorsatz festzuhalten. Dann jedoch kostete sie ein Stückchen des Kuchens. Leicht, locker, cremig. Nicht wirklich süß, eher nussig. Und absolut köstlich. Sie kapitulierte mit einem Seufzer und nahm einen zweiten Bissen. „Carlo, Sie sind ein Zauberer."

„Ein Künstler", korrigierte er.

„Was immer Ihnen mehr zusagt." Sie klaubte das letzte Quäntchen ihrer Willenskraft zusammen, um den Teller wegzustellen und nach dem Champagnerglas zu greifen. „Ich bekomme wirklich keinen weiteren Bissen mehr hinunter."

„Ja, ich entsinne mich. Sie halten nichts von maßloser Schwelgerei." Dennoch füllte er ihr Glas nach.

„Richtig." Sie nippte und genoss den Geschmack und die Aura von Luxus, die nur Champagner heraufbeschwören konnte. „Aber inzwischen habe ich vielleicht eine andere Ansicht zum Genießen entwickelt." Sie streifte ihre Schuhe ab und lachte Carlo über den Rand ihres Glases hinweg an. „Ich bin bekehrt worden."

„Sie sind hinreißend." Das Licht war gedämpft, die Musik leise, die Aromen in der Luft würzig und angenehm. Carlo mahnte sich zur Zurückhaltung. Die Angst, die er vorhin in ihren Augen gesehen hatte, verlangte es. Doch jetzt war sie entspannt, und sie lächelte. Und das Verlangen, das sich in ihm gemeldet hatte, gleich im ersten Augenblick ihrer Begegnung, war noch ebenso groß wie am ersten Tag.

Die Sinne wurden von einem Mahl geschärft und erregt. Das war etwas, das er verstand und akzeptierte. Und noch etwas wusste er: Ein Mann und eine Frau sollten niemals das Vergnügen ignorieren, das sie einander geben konnten.

Daher hielt er sich nicht zurück, sondern fasste ihr Gesicht mit beiden Händen. Auf diese Art konnte er ihr in die Augen schauen und ihre Haut fühlen, fast konnte er sie schon schmecken. Dieses Mal erkannte er Sehnsucht, keine Angst, dafür aber Achtsamkeit. Vielleicht war sie bereit für die zweite Lektion.

Sie hätte sich weigern können. Der Gedanke, dass es angebracht sei, schoss durch ihren Kopf. Aber seine Hände lagen so stark und gleichzeitig so sanft auf ihrer Haut – noch nie hatte sie eine solche Berührung erfahren. Sie wusste, wie sein Kuss sein würde, und gespannte Erwartung und Nervosität vermischten sich. Sie wusste es, und sie wollte es.

Und war sie nicht eine Frau, die sich ihrer sicher war? Sie legte die Finger um seine Handgelenke, aber sie schob seine Hände nicht fort, sondern hielt sie fest, während sie mit ihren Lippen seinen Mund leicht berührte. Einen Moment lang verharrten sie so, ließen sich Zeit, den ersten Geschmack, das Gefühl des ersten Kontakts auszukosten. Dann, langsam, gleichzeitig, verlangten beide nach mehr.

Sie schien ihm so schmal und zierlich, als er sie hielt, dass ein Mann vergessen konnte, wie stark und fähig sie war. Der Wunsch, sie zu beschützen, stieg in ihm auf. Ja, das Begehren brannte, aber wenn sie sich so nachgiebig zeigte, so verletzlich, dann fühlte er sich verpflichtet, nur Zärtlichkeit zu geben.

Hatte ein Mann sie je mit solcher Behutsamkeit behandelt? Schwindel ergriff Juliet, als er die Hände in ihr Haar schob. Hatte je ein anderer solche Geduld gezeigt? Sein Herz hämmerte, wild und ungestüm, sie konnte es an ihrer Brust fühlen. Aber sein Mund war so weich, seine Hände so sanft. Als wären wir schon seit Jahren ein Paar, dachte sie benommen, und hätten noch alle Zeit der Ewigkeit vor uns.

Keine Eile, keine Hast, kein Drängen. Nur Vergnügen. Ganz zaghaft öffnete sich ihr Herz. Und es schien, als schlüpfe er durch den Spalt. Als das Telefon klingelte, fluchte er. Juliet seufzte. Sie waren beide bereit gewesen, sich auf das Risiko einzulassen.

„Nur eine Minute", murmelte er.

Verträumt legte sie die Hand an seine Wange. „Ja, sicher."

Als er sich erhob, um ans Telefon zu gehen, lehnte Juliet sich mit geschlossenen Augen zurück, entschlossen, nicht zu denken.

„*Cara!*“ Die Begeisterung in seiner Stimme und das Kosewort ließen sie die Augen wieder aufschlagen. Ein rasanter Schwall in Italienisch folgte. Juliet hatte keine andere Wahl, als zu denken.

Zuneigung lag in seiner Stimme. Es war nicht nötig, die Worte zu verstehen. Juliet sah zu ihm hin, sah ihn strahlend lächeln, während er mit der Frau am anderen Ende sprach. Resigniert griff sie nach ihrem Champagnerglas. Es fiel ihr schwer, sich einzugestehen, was für eine Närrin sie gewesen war. Oder zugeben zu müssen, dass sie verletzt war.

Sie wusste doch, wer er war. Was er war. Sie wusste, wie viele Frauen er schon verführt hatte. Und ja, sie war sich ihrer selbst sicher und wusste, was sie wollte. Vielleicht wollte sie sogar ihn. Aber sie würde sich niemals in die lange Reihe der *anderen* einreihen. Sie stellte ihr Glas ab und stand auf.

„*Sì, sì.* Ich liebe dich.“

Juliet wandte sich ab. Wie leicht ihm dieser Satz über die Zunge kam, gleich in welcher Sprache. Und wie wenig Bedeutung darin lag, wenn er ihn aussprach.

„Ich entschuldige mich für die Unterbrechung.“

Juliet drehte sich wieder zu ihm um und schaute ihm offen entgegen. „Du brauchst dich nicht zu entschuldigen. Das Dinner war exquisit, Carlo, vielen Dank. Morgen früh um acht solltest du fertig sein, damit wir das Hotel verlassen können.“

„Einen Moment“, murmelte er, kam zu ihr und fasste sie bei den Armen. „Was ist los? Du bist verärgert.“

„Unsinn.“ Sie wollte sich seinem Griff entziehen und zurücktreten. Es gelang ihr nicht. Es war leicht zu vergessen, wie viel Kraft er hatte. „Warum sollte ich verärgert sein?“

„Frauen brauchen nicht immer unbedingt einen Grund.“

Er sagte es völlig unvoreingenommen. Juliet kniff die Augen zusammen. „Da spricht der Experte. Nun, dann verrate ich dir etwas über diese Frau hier, Franconi. Sie hält nicht viel von einem Mann, der sie in der einen Sekunde schwindelig küsst und ihr in der nächsten eine andere Gespielin unter die Nase schiebt.“

Er hob die Hand, versuchte zu verstehen, was sie meinte.

„Ich kann dir nicht ganz folgen. Vielleicht ist mein Englisch nicht gut genug."

„Dein Englisch ist perfekt", fauchte sie. „Und wie ich gerade hören konnte, dein Italienisch ebenfalls."

„Mein …" Ein breites Lachen zog mit einem Schlag auf sein Gesicht. „Der Anruf."

„Richtig, der Anruf. Und jetzt entschuldige mich bitte."

Er ließ sie bis zur Tür gehen, bevor er wieder sprach. „Juliet, ich gestehe, ich liebe die Frau, mit der ich gerade telefoniert habe, von ganzem Herzen. Sie ist schön, intelligent und faszinierend, und ich habe bisher noch niemanden wie sie getroffen."

Wütend wirbelte Juliet herum. „Wie schön für dich."

„So denke ich auch. Das da am Telefon war meine Mutter."

Sie kam zurückmarschiert und griff nach ihrer Abendtasche, die sie fast vergessen hätte. „Ich denke, einem Mann mit deiner Erfahrung und deiner Kreativität hätte etwas Besseres einfallen können."

„Mir wäre etwas Besseres eingefallen." Er hielt sie wieder fest, dieses Mal jedoch nicht mehr so zärtlich, nicht mehr so geduldig. „Wenn es nötig gewesen wäre. Es ist nicht meine Angewohnheit, mich zu erklären, aber wenn ich es tue, dann lüge ich nicht."

Sie holte tief Luft. Plötzlich war sie sicher, dass sie die Wahrheit von ihm hörte. So oder so, sie hatte sich wie eine Idiotin benommen. „Tut mir leid. Es geht mich nichts an."

„Nein, tut es nicht." Er legte die Hand an ihr Kinn und hielt es fest. „Vorhin sah ich Angst in deinen Augen stehen, daher habe ich mir Gedanken gemacht. Jetzt allerdings bin ich mir sicher, du fürchtetest dich nicht vor mir, sondern vor dir selbst."

„Das wiederum geht dich nichts an."

„Stimmt, tut es nicht", wiederholte er. „Du gefällst mir und interessierst mich, Juliet, in vielerlei Hinsicht, und ich will mit dir schlafen. Aber damit warten wir, bis du keine Angst mehr hast."

Sie wollte ihn anschreien. Sie wollte weinen. Er erkannte beides ganz deutlich. „Unser Flug geht morgen früh, Carlo."

Er ließ sie gehen. Dann blieb er reglos an derselben Stelle stehen, auch noch lange, nachdem er ihre Zimmertür auf der gegenüberliegenden Seite des Korridors hatte schlagen hören.

6. KAPITEL

Dallas war anders als die Städte, die sie bisher bereist hatten. Dallas war Dallas. Es blieb sich treu und entschuldigte sich nicht dafür. Das reiche Texas, das bombastische Texas, das arrogante Texas. Wenn diese Stadt als Inbegriff des gesamten Staates galt, dann tat sie es mit Flair. Futuristische Architektur und ein überwältigendes Gewirr von Autobahnen paarten sich mit einem Überfluss an gediegenen und wesentlich gesetzteren Gebäuden im Stadtzentrum. In der trockenen heißen Luft hingen die Gerüche von Öl, teuren Parfüms und Präriestaub. Dallas war Dallas, und es hatte seine Wurzeln nie vergessen.

Hier herrschte die Atmosphäre einer boomenden Stadt, die fest entschlossen war, den Aufschwung unter keinen Umständen zu behindern. Amerikanischer Pioniergeist und typisch amerikanische Energie gab es im Überfluss. Doch soweit es Juliet betraf, hätten sie genauso gut in Timbuktu sein können. Sie hatte keine Augen für die Besonderheiten der Stadt.

Carlo tat, als wäre nie etwas geschehen – kein intimes Dinner für zwei, keine Verführung, keine Kapitulation, keine Worte im Zorn. Juliet fragte sich, ob er sich absichtlich zurückhielt, um sie damit verrückt zu machen.

Er war liebenswürdig, kooperativ und charmant. Aber sie kannte ihn inzwischen besser.

Liebenswürdig? Unter der galanten Freundlichkeit lag Stahl, der keinen Millimeter nachgab. Sie hatte es miterlebt, man könnte sogar sagen, sie hatte es am eigenen Leib zu spüren bekommen. Es wäre gelogen, würde sie behaupten, dass sie es nicht bewunderte.

Kooperativ? Auf jeden Fall. Juliet musste ihm zugestehen, dass sie noch nie mit jemandem auf Tour gewesen war, der die Arbeit so bereitwillig und ohne Klagen erledigte. Denn eine Autorentournee war harte Arbeit, so glanzvoll sie auf dem Papier vielleicht auch aussehen mochte. Wenn man erst einmal die zweite Woche ständig unterwegs war, wurde es schwieriger, das Lächeln aufrechtzuerhalten, es sei denn, man hatte sich völlig unter Kontrolle. Carlos Rhythmus blieb ungebrochen.

Charmant? Niemand bezauberte eine Gruppe von Leuten mit mehr Stil als Carlo Franconi. Das allein erleichterte ihr die Arbeit immens. Niemand würde seinen Charme anzweifeln, außer man hatte gesehen, wie kalt seine Augen werden konnten. Sie hatte es erlebt.

Er hat Schwächen und Macken wie jeder andere Mann, dachte Juliet. Wenn sie sich das vor Augen hielt, würde es ihr vielleicht leichter fallen, emotional Distanz zu halten. Bisher hatte es ihr immer geholfen, das Für und Wider einer Situation abzuwägen, auch wenn es sich bei der „Situation" um einen Mann handelte. Mit Carlo ergab sich allerdings das Problem, dass er trotz aller Fehler und Marotten praktisch unwiderstehlich war.

Sein Ego war mit Sicherheit überdurchschnittlich entwickelt. Das war etwas, das sie, wenn sie klug war, gegen seine grenzenlose Großzügigkeit abwägen sollte. Sein selbstzufriedener Stolz auf sich und sein Werk konnte jederzeit in Arroganz umschlagen. Sie tat sich nur einen Gefallen damit, wenn sie das seiner ungekünstelten Rücksichtnahme für andere gegenüberstellte.

Aber dann war da noch die Art, wie er lächelte, der Ton, in dem er ihren Namen aussprach. Und selbst die praktische und kompetente Juliet Trent hatte Schwierigkeiten, etwas zu finden, was sie diesen winzigen Details entgegenhalten konnte.

Die beiden Tage in Dallas waren so voll mit Terminen, dass Juliet sich mit sechs Stunden Schlaf, der doppelten Dosis Vitaminpillen und literweise Kaffee auf den Beinen hielt. In Dallas holten sie die Flaute von Denver definitiv auf. Juliet spürte den Muskelkater in den Beinen als Beweis.

Vier Minuten in den nationalen Nachrichten, ein Interview mit einer der renommiertesten Zeitschriften des Landes, drei Artikel in den Tageszeitungen von Dallas und zwei Signierstunden, bei denen den Buchhändlern die Bücher aus den Händen gerissen wurden, bis sie komplett ausverkauft waren. Es gab noch mehr, aber mit diesen Punkten würde sie ihren Bericht anfangen. Sie würde in einem wahren Triumphzug nach New York zurückkehren.

An die Dinner mit den Geschäftsführern der Buchhandlungen, die erst um zehn Uhr abends begannen und andauerten, bis sie fast vor Müdigkeit mit dem Gesicht in ihre flambierte Banane fiel, wollte Juliet jetzt lieber nicht denken. Die Lunchtreffen mit Lachshäppchen und Krabbensalat konnte sie schon gar nicht mehr zählen. Sie musste sich neue Aspirintabletten besorgen und ein Mittel gegen Sodbrennen kaufen, aber es war die Sache wert. Sie hätte vor Begeisterung überschäumen müssen.

Tatsächlich aber fühlte sie sich sterbenselend.

Sie würde ihn noch in den Wahnsinn treiben. Immer höflich, dachte Carlo, als sie sich auf den Weg zu einem weiteren Lunch-Interview machten. Und *wie* höflich sie war. Ihre Mutter hatte ihr zwar nicht das Kochen beigebracht, dafür aber perfekte Manieren.

Soweit er sich erinnern konnte, war er noch niemandem begegnet, ganz gleich, ob männlich oder weiblich, der so skrupel- und makellos kompetent war wie Juliet Trent. Diese Eigenschaft hatte er an einem Begleiter immer bewundert, bei einem Partner bestand er darauf. Juliet war beides. Sie war zudem extrem sorgfältig und genau, arbeitete schnell, blieb in jeder Krise gelassen und schien über unerschöpfliche Energie zu verfügen. Alles bewundernswerte Eigenschaften.

Zum ersten Mal in seinem Leben spielte er tatsächlich mit dem Gedanken, eine Frau zu erwürgen.

Doch sie war auch gleichgültig. Das war es, was er nicht ertragen konnte, womit er nicht fertigwurde. Sie verhielt sich, als gäbe es zwischen ihnen nichts anderes als das nächste Interview, die nächste Fernsehshow, das nächste Flugzeug. Sie tat, als hätte es das Auflodern von Leidenschaft zwischen ihnen nie gegeben, als hätte das spontane Verstehen zwischen ihnen nie existiert. Man sollte meinen, sie würde ihn nicht mit der gleichen Intensität begehren, mit der er sie begehrte.

Doch er wusste es besser. Oder nicht?

Ihre willige, rückhaltlose Reaktion auf ihn war ihm nur allzu gut in Erinnerung geblieben. Mund an Mund, Körper an Körper. Gleichgültigkeit hatte es nicht gegeben, als sie die Arme um ihn geschlungen hatte. Nein, nur Stärke, Anschmiegsamkeit, Nachgiebigkeit, Verlangen, definitiv keine Gleichgültigkeit. Doch jetzt …

Zwei Tage hatten sie fast jede Minute des Tages miteinander verbracht, aber in ihren Augen, in ihrer Stimme hatte er kein einziges Zeichen erkennen können, das darauf hinwies, dass sie mehr als eine höfliche Geschäftsbeziehung zueinander führten. Sie aßen, reisten, arbeiteten zusammen. Sie taten praktisch alles gemeinsam … außer zusammen schlafen.

Carlo hatte genug von Höflichkeit. Aber von Juliet hatte er nicht genug.

Er dachte an sie. Es tat seinem Stolz keinen Abbruch, wenn er zugab, dass er sogar sehr häufig an sie dachte. Schließlich beschäftigten Frauen oft seine Gedanken, und warum auch nicht? Wenn ein Mann nicht an eine Frau dachte, war er tot besser dran.

Er wollte sie. Es beunruhigte ihn auch nicht, dass er sie immer stärker begehrte, je öfter er an sie dachte. Er hatte viele Frauen begehrt. Wenn ein Mann kein Begehren für eine Frau empfand, dann *war* er tot.

Aber … Carlo fand es seltsam, dass so häufig ein Aber folgte, wenn er an Juliet dachte, ganz gleich, was er über sie dachte. Zudem grübelte er öfter über sie nach, als er bis vor Kurzem noch als gesund erachtet hätte. Und das Begehren nach ihr bereitete ihm mehr Schmerzen, als er als normal und erträglich empfand.

Sie gab sich so verdammt gleichgültig.

Und wenn er nichts anderes tat in der kurzen Zeit, die ihnen noch in Dallas verblieb – das würde er ändern.

Der Lunch fand mit blütenweißem Leinen, schwerem Silberbesteck und hauchfeinen Kristallgläsern statt. Der Raum war in frostigem Rosa und Pastellgrün gehalten, die Konversation blieb zurückhaltend leise.

Carlo bedauerte, dass sie sich nicht in einem kleinen Texmex-Restaurant bei Chili und Nachos mit der Reporterin hatten treffen können. Im Kopf machte er sich einen knappen Vermerk, dass er das in Houston nachholen würde.

Ihm fiel kaum auf, dass die Reporterin jung und nervös war, als sie sich gemeinsam an den Tisch setzten. Er hatte nämlich beschlossen, dass er Juliets Schild der Höflichkeit durchstoßen würde, bevor sie wieder aufstanden, ganz gleich, was dazu nötig war. Selbst wenn er unfair spielen musste.

„Wir sind alle glücklich, dass Sie Dallas in Ihre Tour mit eingeschlossen haben, Mr Franconi", hob die junge Reporterin an und musste schon nach ihrem Wasserglas greifen, um ihre staubtrockene Kehle zu benetzen. „Mr Van Ness lässt sich vielmals entschuldigen. Er hatte sich sehr darauf gefreut, Sie persönlich kennenzulernen."

Carlo lächelte die junge Frau an, während seine Gedanken ausschließlich bei Juliet waren. „Ja?"

„Mr Van Ness ist der Redakteur des Lifestyle- und Ernährungsteils der *Tribune*." Juliet breitete die Serviette über ihren Schoß und wiederholte die Informationen, die sie Carlo vor zehn Minuten schon einmal gegeben hatte. Sie lächelte ihr freundlichstes Lächeln und hoffte inständig, dass er die Stacheln darin fühlte. „Miss Tribly wird das Interview an seiner Stelle führen."

„Und ich bin überzeugt, sie wird es sehr charmant machen", bügelte er seine momentane Unaufmerksamkeit aus.

Als Frau war Miss Tribly nicht unempfänglich für die samtene Sahnestimme, als Journalistin war ihr bewusst, wie wichtig ihr Auftrag war. „Im Moment geht alles drunter und drüber." Sie musste sich die feuchten Handflächen an der Serviette abwischen. „Mr Van Ness bekommt ein Baby. Ich meine natürlich, seine Frau. Die Wehen haben vor Kurzem bei ihr eingesetzt."

„Na, dann sollten wir auf sie anstoßen." Carlo winkte den Kellner heran. „Margaritas?" Er betonte die Frage wie eine Feststellung, erhielt ein kühles Nicken von Juliet und ein dankbares Lächeln von der Reporterin.

Fest entschlossen, ihren ersten großen Auftrag kompetent und gut zu erledigen, zog Miss Tribly diskret ihren Notizblock hervor und legte ihn sich auf den Schoß. „Wie hat Ihnen Ihre Tour durch Amerika bisher gefallen, Mr Franconi?"

„Ich muss sagen, ich genieße meine Aufenthalte in Ihrem Land immer." Lässig streichelte er über Juliets Hand, bevor sie sie vom Tisch zurückziehen konnte. „Noch dazu, wenn ich mich in der Gesellschaft einer schönen Frau befinde." Als sie versuchte, sich aus seinem Griff zu lösen, musste sie feststellen, dass sie ihre Finger nicht rühren konnte. Dieser Mann, der die luftigsten aller Soufflés erschuf, hatte die kraftvollen Hände eines Boxers.

Es war ein Duell zweier starker Willen, sie stießen aufeinander und ließen Funken fliegen. Carlos Stimme jedoch blieb sanft und leise – romantisch. „Ich muss Ihnen anvertrauen, Miss Tribly, dass Juliet eine ganz außergewöhnliche Frau ist. Ohne sie wüsste ich nicht, wie ich zurechtkommen sollte."

„Mr Franconi übertreibt." Auch Juliets Stimme war ruhig und höflich, der Tritt, den sie ihm unter dem Tisch versetzte, allerdings weniger. „Ich kümmere mich nur um die prosaischen Details, Mr Franconi dagegen ist der Künstler."

„Ja, wir beide sind ein unschlagbares Team, meinen Sie nicht auch, Miss Tribly?"

„Ja, bestimmt." Sie war sich nicht sicher, wie sie diese Information zu bewerten hatte, und lenkte auf sicheres Gebiet über. „Mr Franconi, Sie schreiben nicht nur Kochbücher, die zu Bestsellern werden, sondern Sie führen auch Ihr eigenes Restaurant in Rom und reisen zudem in aller Herren Länder, um ein besonderes Gericht zuzubereiten. Es ist erst wenige Monate her, da flogen Sie in die Ägäis, um dem millionenschweren griechischen Reeder Dimitri Azares Ihre Minestrone zu servieren."

„Es war sein Geburtstag", erinnerte Carlo sich. „Seine Tochter hatte die Überraschung für ihn arrangiert." Er ließ seinen Blick über die Frau wandern, deren Hand er festhielt. „Juliet wird Ihnen bestätigen können, wie sehr ich Überraschungen liebe."

„Nun ja …“ Miss Tribly trank erneut von ihrem Mineralwasser. „Ihr Terminplan ist sehr voll und wohl auch hektisch, da stellt sich einem unwillkürlich die Frage, ob Ihnen das Kochen als solches überhaupt noch Spaß macht.“

„Wenn Sie die Leute fragen, wie sie über das Kochen denken, dann werden Sie Antworten erhalten, die von ‚Pflicht‘ bis ‚Hobby‘ reichen. Aber wie ich bereits Juliet erklärte“, besitzergreifend verschränkte er seine Finger mit ihren, „Essen ist ein grundlegendes körperliches Bedürfnis des Menschen. Und wie die körperliche Liebe sollte Essen alle Sinne befriedigen. Es sollte auf- und erregend sein und Erfüllung bringen.“ Er ließ seinen Daumen unter ihre Handfläche wandern und kreiste dort träge. „Nicht wahr, Juliet?“

Sie hatte sich bemüht, es zu vergessen, hatte sich eingeredet, dass sie es geschafft hatte. Doch jetzt, mit dem leichten, unablässigen Streicheln seines Daumens, brachte er alles wieder zurück. „Mr Franconi ist überzeugt, dass Nahrung eine eigene Sinnlichkeit besitzt. Sein außerordentliches Talent, diese Eigenschaft herauszustellen, hat ihn zu einem der besten Chefköche der Welt gemacht.“

„*Grazie, mi amore*“, murmelte er und zog ihre steife Hand an seine Lippen.

Sie bohrte den Absatz ihres Schuhs in das weiche Leder seines Schuhs und hoffte, dass sie bis auf den Knochen durchstieß. „Ich denke, Sie und Ihre Leser werden in Mr Franconis Buch ‚The Italian Way‘ verblüffende Beispiele seines Könnens, seines Stils und seiner Ansichten finden. Das Buch ist so klar und deutlich geschrieben, dass wirklich jeder die Rezepte nachmachen und damit etwas Besonderes kreieren kann.“

Als die Drinks serviert wurden, startete Juliet einen neuerlichen Versuch, ihre Hand zurückzuziehen. Sie hatte sich ausgerechnet, das Überraschungsmoment zu ihrem Vorteil nutzen zu können. Doch sie hätte es besser wissen müssen.

„Auf das neue Baby.“ Er lächelte Juliet zu. „Man sollte immer die Gelegenheit wahrnehmen, auf das Leben anzustoßen, in all seinen Phasen.“

Miss Tribly nippte an ihrer Margarita, serviert in einem Glas von der Größe eines kleinen Vogelbeckens. „Mr Franconi, haben Sie tatsächlich alle Rezepte aus Ihrem Buch selbst gekocht und probiert?"

„Selbstverständlich." Carlo genoss das beißende Gefühl des Drinks auf seiner Zunge. Es gab Zeiten für Süßes und andere, zu denen Saures besser passte. Er lachte, leise, tief, samten, und lenkte seinen Blick auf Juliet. „Wenn etwas mein Eigen ist, dann mache ich es mir zur Aufgabe, alles darüber herauszufinden und zu wissen. Eine Mahlzeit, Miss Tribly, ist genau wie eine Liebesaffäre."

Die Arme brach prompt die Spitze ihres Bleistifts ab und suchte hastig in ihrer Tasche nach einem anderen. „Eine Liebesaffäre?"

„Ja. Es fängt vorsichtig, zögernd, ja experimentell an. Nur ein kleiner Happen, ein erster Geschmack, um die Vorfreude zu steigern. Dann folgt der nächste Gang, vielleicht etwas Leichtes. Oder etwas Kühles, um die Sinne anzuregen, aber nicht zu überwältigen. Danach kommen die Gewürze, das Fleisch, die Variationen von Beilagen. Die Sinne sind hellwach, der Geist erwartungsvoll allein auf das Vergnügen ausgerichtet. Darin sollte man eine lange Weile verharren und schwelgen. Und schließlich kommt das Dessert, die Zeit des köstlich-matten ‚Sich-Hingebens', des Entspannens." Das Lächeln, das er Juliet sandte, konnte nicht missverstanden werden. „Es sollte genossen werden, bis zur Neige ausgekostet. Bis der Gaumen befriedigt ist und der Körper gesättigt."

Miss Tribly schluckte. „Ich werde mir Ihr Buch ganz bestimmt auch kaufen."

Mit einem Lachen nahm Carlo die Speisekarte zur Hand. „Plötzlich habe ich unglaublichen Hunger."

Juliet bestellte einen Obstsalat für sich und hielt sich eine gute halbe Stunde damit auf.

„Ich sollte jetzt wirklich wieder zurück in den Verlag." Nachdem sie ihr Gericht und ein Stück Aprikosentorte gegessen hatte, packte Miss Tribly Block und Bleistift ein. „Ich kann Ihnen gar nicht sagen, wie faszinierend ich dieses Interview fand, Mr Franconi. Ich werde mich nie wieder mit einer gleichgültigen Einstellung zum Essen setzen."

Amüsiert erhob Carlo sich. „Es war mir ein Vergnügen."

„Ich werde eine Kopie des Artikels an Ihr Büro schicken, Miss Trent."

„Ja, bitte, tun Sie das." Juliet bot der anderen die Hand und war überrascht, dass die junge Reporterin sie einen Moment länger hielt.

„Sie sind eine glückliche Frau." Dann wandte sie sich an Carlo. „Noch viel Erfolg auf Ihrer weiteren Tour, Mr Franconi."

„Arrivederci." Carlo lächelte noch immer, als er sich wieder setzte, um den Rest seines Kaffees zu trinken.

„Da hast du ja eine famose Show gegeben, Franconi."

Er hatte mit dem Gewitter gerechnet, hatte dem sogar mit Spannung entgegengesehen. „Ja, das glaube ich auch. Ich habe meinen – wie hast du es letztens genannt? – Einakter recht gut gemacht, nicht wahr?"

„Das war eher ein Stück in drei Akten." Mit ruhiger Hand zeichnete sie energisch die Rechnung ab. „Aber das nächste Mal fragst du mich zuerst, ob ich eine Rolle darin übernehmen möchte."

„Welche Rolle denn?"

Seine Unschuldsmiene war dazu gedacht, sie wütend zu machen. Er ließ wirklich keine Gelegenheit aus! „Du hast dieser Frau bewusst den Eindruck vermittelt, wir beide seien ein Liebespaar."

„Juliet, ich habe ihr lediglich gezeigt, wie sehr ich dich respektiere und bewundere. Was sie daraus macht … dafür trage ich keine Verantwortung."

Juliet legte ihre Serviette sehr sorgfältig auf den Tisch, stand auf und hob ihre Aktentasche auf. „Mistkerl."

Carlo sah ihr nach, wie sie das Restaurant verließ. Das süßeste Kosewort hätte ihn nicht *mehr* befriedigen können. Wenn eine Frau einen Mann einen Mistkerl nannte, war sie ihm gegenüber nicht gleichgültig. Er pfiff leise vor sich hin, als er aufstand und ihr folgte. Noch zufriedener machte es ihn, als er sie fahrig mit dem Schlüssel hantieren sah, um den am Straßenrand geparkten Mietwagen aufzuschließen. Wenn eine Frau ungerührt war, dann schimpfte sie nicht unflätig über ein lebloses Objekt.

„Sollte ich uns vielleicht lieber zum Flughafen fahren?"

„Nein." Unter gemurmeltem Fluchen schaffte sie es schließlich, den Schlüssel ins Türschloss zu stecken. Sie würde ihr Temperament unter Kontrolle halten. Ja, sie würde sich zusammenreißen ... Ach, zur Hölle damit! Juliet schlug mit beiden Händen auf das Wagendach. „Was sollte diese kleine Scharade da drinnen?"

Squisito, schoss es ihm in den Kopf. Ihre Augen funkelten in einem bedrohlichen Giftgrün. Und er stellte leicht verblüfft fest, dass er eine Frau mit Temperament jenen mit ewig kontrollierter Gelassenheit vorzog. „Scharade?"

„Dieses Händchenhalten, die vielsagenden Blicke, mit denen du mich angesehen hast?"

„Es ist doch wahr, dass ich gern deine Hand halte. Und es ist mir unmöglich, dich nicht anzusehen."

Sie gedachte nicht, über ein Autodach hinweg mit Carlo zu debattieren. Mit wenigen energischen Schritten kam Juliet um den Wagen herum und blieb Zentimeter vor ihm stehen. „Das war komplett unprofessionell."

„Richtig. Es war rein persönlich."

Die Diskussion würde sich als schwierig erweisen, wenn er jedes ihrer Argumente zu seinem Vorteil nutzte. „Tu so etwas nie wieder."

„*Madonna.*" Seine Stimme war sehr sanft, seine nächste Bewegung sehr genau durchdacht. Juliet fand sich zwischen ihm und dem Wagen eingekeilt. „Anweisungen von dir befolge ich, wenn sie mit Terminplänen und Flugzeiten zu tun haben. Wenn es zu eher privaten Dingen kommt, tue ich das, was ich für richtig halte."

Damit hatte sie nicht gerechnet. Und dadurch vergab sie ihren Vorsprung. Das war es zumindest, was Juliet sich sagte – nachher. Er hielt sie an den Schultern und zog sie mit einem Ruck zu sich heran. Das war nicht die sachte, kalkulierte Verführungstaktik, die sie von ihm erwartet hatte. Es war schroff, impulsiv und erregend.

Fordernd presste er seinen Mund auf ihren. Seine Hände hielten sie unnachgiebig fest. Ihr blieb keine Zeit, weder um sich zu sträuben noch um zu denken. Er riss sie mit sich auf eine rasante Reise durch Licht und Hitze. Sie wehrte sich nicht. Später, als sie sich einredete, dass sie es versucht hätte, wusste sie dennoch, dass es eine Lüge war.

Passanten hasteten über den Bürgersteig, der Verkehr schob sich durch die Straßen. Weder Juliet noch Carlo bemerkten etwas davon. Die Hitze des Nachmittags heizte Dallas auf, der Beton unter ihren Füßen speicherte sie, die Luft flirrte und summte. Die beiden hatten mit einem Feuer zu kämpfen, das sie selbst entfacht hatten.

Ihre Hände lagen an seiner Hüfte. Unsicher hielt sie ihn fest, dann ließ sie die Hände wieder sinken. Ein Auto brauste vorbei, laute Countrymusik dröhnte durch die heruntergelassenen Seitenfenster. Juliet hörte es nicht einmal. Obwohl sie den Wein zum Lunch abgelehnt hatte, schmeckte sie ihn jetzt auf Carlos Zunge und war berauscht davon.

Später, sehr viel später, würde er Zeit haben, darüber nachzudenken, was hier passiert war. Es war nicht so wie sonst, wenn er eine Frau verführte. Ein Teil von ihm wusste und befürchtete schon jetzt, dass es nicht das Gleiche war. Sie zu berühren war anders, als andere Frauen zu berühren. Sie zu schmecken – leicht, innig, lockend – war anders als bei den Frauen zuvor. Es war ein neues Gefühl. Dabei hätte er jeden Eid geschworen, dass er alle Empfindungen, derer ein Mann fähig war, schon erlebt hatte.

Er kannte sich mit Emotionen aus. Sie gehörten zu seiner Arbeit und seinem Leben. Doch nie zuvor hatten sie solche Tiefe erlangt. Ein Mann, der mehr erhielt, als er erwartete, und es nicht festhielt, war ein Narr.

Carlo schloss die Augen und genoss Juliets Nähe. Nie zuvor hatte die Intimität zwischen ihm und einer Frau eine solche Intensität besessen.

Neue Erfahrungen durfte man niemals ausschlagen, man musste sie erkunden und auskosten, wusste er und ignorierte die kleine nagende Furcht, die sich tief in seinem Innern meldete.

Später. Sie standen eng aneinandergeschmiegt, und jeder von ihnen sagte sich, dass sie später nachdenken würden. Zeit war nicht wichtig, nur das Jetzt hatte eine Bedeutung.

Er löste seine Lippen von ihrem Mund, seine Hände hielten sie weiter fest. Es schockierte ihn, als er feststellen musste, dass sie beide nicht sicher standen. Schon viele Frauen hatten Begehren in ihm erweckt, Flammen in ihm entfacht. Aber keine hatte ihn je erbeben lassen. „Wir brauchen einen Platz", murmelte er. „Einen ruhigen Platz, wo wir allein sein können. Es wird höchste Zeit, dass wir aufhören, so zu tun, als wäre das hier nicht real."

Sie wollte nicken, wollte sich komplett ihm überlassen. Aber wäre das nicht der erste Schritt, der ihr die Kontrolle über das eigene Leben entrisse?

„Nein, Carlo." Ihre Stimme klang bei Weitem nicht so fest, wie sie es sich gewünscht hätte, dennoch hielt sie an ihrem Standpunkt fest. „Wir müssen damit aufhören, Geschäftliches und Persönliches zu vermischen. Wir sind noch knapp zwei Wochen zusammen unterwegs."

„Mir ist völlig gleich, ob es zwei Tage oder zwei Jahre sind. Ich will diese Zeit mit dir auskosten."

Sie nahm sich zusammen, ermahnte sich, dass sie auf einer öffentlichen Straße im regen Nachmittagsverkehr standen. „Carlo, jetzt ist nicht die richtige Zeit, um darüber zu reden."

„Jetzt ist immer richtig. Juliet ...", beschwörend hielt er ihr Gesicht mit beiden Händen, „... nicht ich bin es, gegen den du dich wehrst."

Er brauchte nicht mehr zu sagen. Sie wusste selbst, dass das Gefecht, das sie austrug, in ihrem Innern stattfand. Die Schlacht darum, was sie wollte und was sie für klüger hielt. Es war ein ständiges Hin und Her, es zerrte an ihr und drohte, sie zu zerreißen. Wenn die beiden Hälften irgendwann wieder zusammenwachsen würden, wäre sie nie wieder das Wesen, das sie kannte und verstand.

„Carlo, wir müssen zu unserem Flugzeug."

Leise stieß er etwas Beißendes in Italienisch aus. „Du wirst mit mir reden."

„Nein." Sie fasste mit beiden Händen seine Unterarme. „Nicht darüber."

„Dann bleiben wir hier stehen, bis du Vernunft annimmst."

Sie beide konnten stur sein, aber ihr Temperament brachte niemanden weiter. „Wir haben einen Terminplan."

„Wir haben viel mehr als das."

„Nein, haben wir nicht." Er zog eine Augenbraue in die Höhe, und Juliet verbesserte sich. „Na schön. Aber es ist nicht der richtige Zeitpunkt, um zu reden. Außerdem müssen wir unsere Maschine erwischen."

„Dann lass uns dieses verdammte Flugzeug nehmen, Juliet. Wenn wir in Houston sind, werden wir reden."

„Carlo, dräng mich nicht mit dem Rücken an die Wand."

„Wer drängt hier?", murmelte er. „Ich oder du?"

Die Antwort fiel ihr unglaublich schwer. „Ich werde einen Ersatz für mich beim Verlag anfordern, der dich bis zum Ende der Tour betreut."

Er schüttelte nur den Kopf. „Nein, wirst du nicht. Du bist zu ehrgeizig. Dich mitten in der Tour von einem anderen auswechseln zu lassen würde kein sehr gutes Licht auf dich werfen."

Sie knirschte mit den Zähnen. Er kannte sie schon viel zu gut. „Ich werde eben krank."

Dieses Mal lächelte er. „Dazu bist du zu stolz. Weglaufen ist keine Option für dich."

„Das hat nichts mit Weglaufen zu tun." Sondern mit Überleben, setzte sie in Gedanken hinzu. Laut jedoch sagte sie: „Es ist eine Frage der Prioritäten."

Er küsste sie, leicht nur. „Wessen?"

„Carlo, wir haben Dinge zu erledigen."

„Richtig, Dinge verschiedener Art. Das eine hat mit dem anderen nichts zu tun."

„Für mich schon. Anders als du gehe ich nicht mit jedem ins Bett, zu dem ich mich hingezogen fühle."

Überhaupt nicht beleidigt, grinste er. „*Cara*, du schmeichelst mir.“

Sie hätte seufzen mögen. Es war typisch für ihn, dass er sie zum Lachen reizte, wenn sie doch eigentlich nur maßlos wütend auf ihn war. „Das war nicht meine Absicht.“

„Ich mag es, wenn du die Zähne fletschst.“

„Dann wirst du in den nächsten zwei Wochen großen Spaß haben.“ Sie schob seine Hände fort. „Bis zum Flughafen ist es eine lange Fahrt, Carlo. Wir sollten uns in Bewegung setzen.“

Liebenswürdig wie immer zog er die Tür für sie auf. „Fein. Du bist der Boss.“

Eine naive Frau hätte sich möglicherweise einbilden können, sie hätte gewonnen.

7. KAPITEL

Wenn es um Zeitmanagement ging, war Juliet unschlagbar. Ausgeklügelten Terminplänen kam in ihrem Job die gleiche Bedeutung zu wie der Werbung. Wenn sie ihre Arbeit geschickt genug machte, konnte sie einen Terminkalender aufstellen, der so eng war, dass keine Zeit blieb, um auch nur ein Wort mit Carlo zu wechseln, das nicht direkt auf das Geschäftliche bezogen war. Sie hoffte darauf, dass Houston ihr dabei helfen würde.

Juliet hatte schon vorher mit Big Bill Bowers zusammengearbeitet. Er war ein lauter, aber sympathischer Prahlhans, der Veranstaltungen für *Books Etc.* organisierte, eine der größten Ladenketten des Landes. Big Bill hatte ganz Texas in der Tasche, und er schämte sich auch nicht, das überall zu verkünden. Außer seinem Hang zu ausufernden, übertrieben schwülstigen Geschichten hatte er zudem eine Schwäche für extravagant verzierte Cowboystiefel und eisgekühltes Bier.

Juliet mochte ihn, weil er nicht nur laut, sondern auch extrem clever war und einen messerscharfen Geschäftssinn besaß. Damit erleichterte er ihr die Arbeit. Auf dieser speziellen Tour war sie besonders dankbar dafür, dass er so langatmig erzählte und so gesellig war. Er würde ihr und Carlo keine Minute für peinliche Zusammentreffen lassen.

Vom ersten Augenblick an, da sie den Fuß auf den Boden des Houston Airport setzten, machte der zwei Meter große und massige Texaner es sich zur Aufgabe, seine Gäste zu unterhalten. Vor dem Gate hatte sich eine kleine Menschenmenge versammelt; die ersten Ankömmlinge begrüßten bereits die Wartenden, aber selbst in dem Getümmel konnte niemand Big Bill übersehen. Man brauchte nur nach einem grobschlächtigen Riesen mit einem Stetson Ausschau zu halten.

„He, da ist ja unsere kleine Juliet. Und hübsch wie immer."

Juliet fand sich von zwei muskelbepackten Armen umschlungen. Das herzliche Willkommen brach ihr fast die Rippen. „Bill." Sie trat einen Schritt zurück und atmete vorsichtig durch, um zu prüfen, ob ihre Lunge keinen Schaden genommen hatte. „Es ist schön, wieder in Houston zu sein. Gut siehst du aus."

„Das macht das solide Leben, meine Kleine." Bei seinem dröhnenden Gelächter drehten sich die Köpfe. Und Juliet stellte fest, dass ihre Laune sich bereits hob.

„Carlo Franconi, Bill Bowers", machte sie die Männer miteinander bekannt. „Du musst nett zu ihm sein", fügte sie mit einem verschwörerischen Lächeln an Carlo hinzu. „Nicht nur weil er groß und stark ist, sondern er ist auch der Mann, der dein Buch in der größten Buchhandelskette des Landes platzieren wird."

„Dann werde ich sogar ausnehmend nett sein." Carlo streckte seine Hand aus, die von Bills fleischigen Fingern gepackt und kräftig gedrückt wurde.

„Freut mich, dass Sie zu uns gekommen sind." Bill versetzte Carlo einen jovialen Schlag auf den Rücken, der einen kleinen Baum hätte fällen können. In Gedanken vergab Juliet Punkte an Carlo, dass er nicht vornüber aufs Gesicht gefallen war.

„Es ist gut, hier zu sein", war alles, was er sagte.

„Ich war zwar noch nie selbst in Italien, aber ich hab was übrig für die italienische Küche. Meine bessere Hälfte macht wirklich tolle Spaghetti. Kommen Sie, ich nehme Ihnen das ab." Bevor Carlo widersprechen konnte, hatte Bill ihm schon den großen Lederkoffer aus der Hand genommen. Juliet gelang es nicht, sich das Schmunzeln zu verkneifen, als Carlo seinem Koffer nachschaute. Sein Blick war der einer Mutter, die ihrem Kind nachschaute, wenn es zum ersten Mal in den Schulbus kletterte, dachte sie mit leichter Schadenfreude.

„Mein Wagen steht direkt vor dem Ausgang. Wir holen nur das Gepäck ab, und dann nichts wie weg von hier. Flughäfen und Krankenhäuser, die kann ich nicht riechen." Bill ging mit riesigen Schritten voraus. „Das Hotel ist arrangiert für euch, ich hab's mir heute Morgen noch mal bestätigen lassen."

Juliet konnte mit ihm mithalten, obwohl sie Schuhe mit hohen Absätzen trug. „Ich wusste, dass ich mich auf dich verlassen kann, Bill. Wie geht es Betty?"

„Kratzbürstig wie immer“, sagte er voller Stolz. „Jetzt, da die Kinder aus dem Haus sind, hat sie ja nur noch mich, den sie herumkommandieren kann.“

„Und du bist noch immer verrückt nach ihr.“

„Ein Mann kann sich tatsächlich an so eine Kratzbürste gewöhnen.“ Bei seinem breiten Grinsen blitzte ein Goldzahn auf. „Wir werden nicht sofort zum Hotel fahren, sondern unserem Carlo hier erst einmal zeigen, wie wir es bei uns in Houston halten.“ Während er weiterging, schwang er Carlos Koffer bei jedem Schritt mit.

„Natürlich, das würde mir gefallen.“ Unauffällig rückte Carlo näher an Bills Seite. „Ich kann den Koffer auch tragen“, meinte er listig.

„Nein, nicht nötig. Was haben Sie denn da drin? Das Ding wiegt ja eine Tonne.“

„Werkzeuge“, antwortete Juliet mit einem unschuldigen Lächeln. „Carlo ist sehr penibel, wenn es um seine Messer und Mörser geht.“

„Mit seinen Werkzeugen kann ein Mann nicht sorgfältig genug umgehen“, stimmte Bill mit einem Nicken zu. Er tippte sich mit zwei Fingern an den Hut, als eine junge Frau mit einem kurzen Rock und ellenlangen Beinen an ihnen vorbeiging. „Den Hammer, den mein alter Herr mir als Junge gegeben hat, habe ich noch immer.“

„Ich bin ebenso sentimental, wenn es um meinen Spatel geht“, murmelte Carlo. Die langen Beine hatte auch er nicht verpasst, wie Juliet auffiel.

„Da haben Sie auch völlig recht.“ Die beiden Männer tauschten einen verstehenden Blick – unnachahmlich männlich. Juliet entschied, dass es dabei allerdings eher um lange Beine und weniger um Werkzeuge ging. „Ich kann mir denken, dass ihr beide inzwischen genug von schicken Restaurants und faden Hühnchenpasteten haben müsst. Deshalb veranstalten wir eine lockere kleine Grillparty bei mir. Ihr könnt die Schuhe ausziehen, euch entspannen und gehen lassen … und ihr kriegt endlich mal wieder richtiges Essen.“

Juliet war schon einmal auf einer von Bills „kleinen“ Grillpartys gewesen. Da wurde ein ganzes Rind in seine besten Stücke zerlegt, mehrere Hühnchen wurden über glühenden Kohlen gedreht, und es kam auch noch der größte Teil eines Schweins hinzu. Hinuntergespült wurde das Ganze mit unzähligen Litern Bier. Eine Party bei Bill bedeutete, dass sie für die nächsten fünf, sechs Stunden ihre Hotelzimmer nicht sehen würden. „Hört sich großartig an. Carlo, du hast nicht wahrhaft gelebt, bis du nicht eines von Bills Steaks, über Mesquite-Holz gegrillt, probiert hast.“

Carlo legte seine Hand an ihren Ellbogen. „Dann sollten wir zuerst leben.“ Sie drehte den Kopf und traf auf seinen Blick. „Bevor wir uns wieder dem Geschäftlichen widmen.“

„Das ist die richtige Einstellung.“ Bill blieb vor dem Gepäckband stehen. „Zeigen Sie mir, welche Koffer Ihre sind, ich fische sie dann schon raus.“

Sie lebten. Mischten sich unter die gut hundert anderen Gäste auf Bills „kleiner“ Grillparty. Die Musik wurde von einer Siebenmannkapelle geliefert, die ohne Pause spielte. Lachen und Wasserplanschen drang vom Swimmingpool herüber, der durch eine prächtig blühende Rosenhecke von der Terrasse abgetrennt war. Die roten Blüten strömten ihren schweren Duft aus, der sich mit dem Geruch von gegrilltem Fleisch, Gewürzen und Rauch vermischte. Juliet aß doppelt so viel, wie sie eigentlich vorgehabt hatte, denn ihr Gastgeber füllte ihren Teller und blieb dann in ihrer Nähe, um sie mit Argusaugen zu beobachten.

Es hätte sie zufriedenstellen müssen, dass Carlo sofort von gut einem Dutzend Texas-Ladies in Badeanzügen oder knappen Sommerkleidern umringt war. Die Damen hatten plötzlich alle ein unbändiges Interesse am Kochen entwickelt. Doch vermutlich können sie einen Herd nicht von einem Dosenöffner unterscheiden, dachte Juliet bissig.

Es hätte sie auch zufriedenstellen müssen, dass gleich mehrere männliche Gäste sich um sie bemühten. Aber sie konnte sich kaum die Namen zu den jeweiligen Gesichtern merken, denn ihre Aufmerksamkeit gehörte Carlo, der lachend und plaudernd mit einer hünenhaften schlanken Brünetten in einem winzigen Bikini zusammenstand.

Die Musik war laut, die Luft warm und drückend. Sobald sie bei Bill angekommen waren, hatte Juliet in ihrem Koffer nach Shorts und einem luftigen Top gekramt und sich umgezogen. Sie musste daran denken, dass es das erste Mal seit Beginn der Autorentour war, dass sie Zeit hatte, in der Sonne zu sitzen und Wärme zu tanken, und das ohne Kladde und Stift in der Hand.

Und obwohl der junge blonde Mann mit den gewaltigen Bizeps neben ihr sich immer mehr als lästiger Langweiler entpuppte, konzentrierte sie sich bewusst darauf, diesen Moment zu genießen.

Es war das erste Mal, dass Carlo sie etwas anderes als ihre strengen Kostüme oder adretten Kleider tragen sah. Von der Art, wie sie ging, hatte er bereits geschlossen, dass ihre Beine länger sein mussten, als ihre Größe vermuten ließ. Und er hatte sich nicht getäuscht. Ihre Beine schienen gleich an der Taille anzufangen und waren schlank und wohlgeformt. Die Brünette, die wie eine Statue aufreizend neben ihm stand, hätte genauso gut nicht existieren können, so wenig Aufmerksamkeit ließ er ihr zukommen.

Es war völlig untypisch für ihn, eine Frau, die meterweit von ihm entfernt war, anzustarren, wenn eine andere direkt neben ihm stand. Carlo wusste es und konnte nichts dagegen tun. Die Frau neben ihm roch nach Sonnenhitze und Moschus, lasziv und verführerisch. Er musste daran denken, dass Juliets Duft leichter war … aber mit ebenso großer Wirkung.

Sie hatte keine Probleme, sich in der Gegenwart von Männern zu entspannen. Carlo setzte sein Bier an und trank, während er beobachtete, wie Juliet die langen Beine unterzog und mit den Männern, die sie zu beiden Seiten einrahmten, lachte. Sie versteifte sich auch nicht oder zuckte zurück, als der blonde Muskelprotz seine Hand auf ihre Schulter legte und sich vertraulich zu ihr vorbeugte.

Es war vollkommen untypisch für ihn, eifersüchtig zu sein. So emotional er auch war, ein solches Missbehagen hatte er bisher noch nie empfunden. Vernunftsmäßig war er der festen Überzeugung, dass eine Frau das gleiche Recht hatte wie Männer, zu flirten und zu experimentieren. Er musste feststellen, dass er diese Regel bei Juliet nicht anwenden wollte. Wenn sie diesem öligen, Gewichte stemmenden *buffone* noch einmal erlaubte, sie anzutatschen, dann …

Ihm blieb keine Zeit, den Gedanken zu Ende zu führen. Juliet lachte hell auf, stellte ihren Teller ab und stand auf. Carlo konnte nicht hören, was sie zu dem Mann neben sich sagte, aber sie schlenderte in das weiträumige kühle Ranchhaus hinein, und nur wenige Augenblicke später erhob sich auch der breitschultrige Mann mit dem bloßen Oberkörper und folgte ihr.

„*Maledetto!*"

„Wie?" Die Brünette, die gerade auf ihn eingeredet hatte, hielt inne.

Carlo gönnte ihr kaum einen Blick. „*Scusi*", sagte er nur und verschwand in die Richtung, die Juliet genommen hatte. In seinen Augen funkelte blanke Mordlust.

Juliet schlüpfte durch die Küche ins Haus. Sie war es leid, die plumpen Annäherungsversuche von Big Bills angeberischem Nachbarn abzuwehren. Ihre Stimmung mochte nicht die beste sein, aber sie war stolz auf sich. Sie hatte einen kühlen Kopf bewahrt und den selbst ernannten Adonis mit den undisziplinierten Händen nicht zusammengestaucht. Sie hatte sogar kein einziges Mal abfällig in Carlos Richtung geschnaubt.

Es hatte sie schon immer beruhigt, sich um das Geschäftliche zu kümmern. Mit einem Blick auf ihre Armbanduhr entschied Juliet, dass sie ihre Assistentin anrufen konnte. Um diese Zeit musste sie schon zu Hause sein. Sie nahm ihr Handy aus der Tasche – und fühlte plötzlich keinen Boden mehr unter den Füßen.

„Viel ist an dir ja nicht dran, du bist ein Fliegengewicht. Aber das, was an dir dran ist, ist wirklich hübsch anzusehen."

Nur mit Mühe hielt sie den Reflex zurück, den Ellbogen mit Wucht nach hinten zu stoßen. „Tim." Sie schaffte es, ihre Stimme freundlich zu halten, während sie dachte, wie bedauerlich es doch war, dass er erst unterhalb des Kopfes anscheinend gut entwickelt war. „Stell mich wieder auf die Füße zurück, damit ich meinen Anruf machen kann."

„Wir sind auf einer Party, Süße." Ohne Anstrengung drehte er sie in seinen Armen um und setzte sie auf die Anrichte. „Du brauchst doch niemanden anzurufen, wenn du mich hast."

„Weißt du, was ich denke?" Sie überlegte, dass sie ihm jetzt mühelos einen Tritt unter die Gürtellinie versetzen könnte, unterließ es aber und tippte ihm stattdessen nur auf die Schulter. Immerhin war er Bills Nachbar. „Ich denke, du solltest wieder zurück nach draußen auf die Party gehen, bevor die Ladies dich noch vermissen."

„Ich hab eine viel bessere Idee." Die Hände zu ihren Seiten auf die Anrichte gestützt, lehnte er sich vor. Seine Zähne blitzten bei seinem Lächeln so weiß wie in einer Zahnpastareklame. „Warum veranstalten wir zwei nicht unsere eigene kleine Party? Ich kann mir gut vorstellen, dass ihr Mädels aus New York genau wisst, wie man Spaß hat."

Hielte sie ihn nicht schon für einen Volltrottel, hätte sie beleidigt sein müssen. Aber so wusste sie ja, woher es kam. „Wir Mädels aus New York", setzte sie geduldig an, „wissen, wie man Nein sagt. Und jetzt lass mich in Ruhe, Tim."

„Komm schon, Juliet." Er hakte den Finger in den Ausschnitt ihres Tops. „Ich hab ein schönes großes Wasserbett in meinem Schlafzimmer stehen, nur ein Stück die Straße hinunter."

Sie legte die Finger um sein Handgelenk. Nachbar oder nicht, sie würde ihm eine Ohrfeige verpassen. „Warum ziehst du nicht endlich ab, Tim?"

Grinsend streichelte er über ihren Schenkel. „Genau das habe ich doch vor – mit dir."

„Entschuldigung." Leise wie das Zischeln einer Schlange erklang Carlos Stimme von der Tür her. „Wenn Sie nicht schnellstens eine bessere Verwendung für Ihre Hände finden, könnte es sein, dass Sie sie nie wieder benutzen können."

„Carlo." Ihre Stimme klang scharf, aber keineswegs erleichtert. Ihr stand jetzt wahrhaftig nicht der Sinn nach der Aufführung „Ritter in schimmernder Rüstung eilt zur Rettung der holden Maid“.

„Die Lady und ich unterhalten uns gerade.“ Tim ließ seine Muskeln spielen. „Verschwinden Sie.“

Die Daumen in die Hosentaschen gehakt, kam Carlo zu ihnen herübergeschlendert. Juliet fiel auf, dass er so wütend aussah wie damals über das getrocknete Basilikum. Wenn er in dieser Stimmung war, konnte niemand wissen, was er als Nächstes tun würde.

Sie fluchte, stieß den Atem aus und versuchte, eine Szene zu vermeiden. „Warum gehen wir nicht alle wieder nach draußen auf die Party zurück?“

„Exzellenter Vorschlag.“ Carlo hielt ihr die Hand hin, um ihr von der Anrichte zu helfen. Bevor Juliet ihre hineinlegen konnte, stellte Tim sich in den Weg.

„Gehen Sie ruhig wieder nach draußen, Mann. Juliet und ich sind noch nicht fertig.“

Den Kopf leicht geneigt, schaute Carlo sie fragend an. „Bist du fertig mit ihm?“

„Ja.“ Liebend gern wäre sie von der Anrichte gesprungen, aber Tim stand ihr im Weg. Frustriert blieb Juliet, wo sie war.

„Anscheinend ist die Lady doch fertig mit Ihnen.“ Carlo lächelte liebenswürdig, doch seine Augen blickten eiskalt. „Sie stehen ihr im Weg.“

„Ich sagte doch, verschwinden Sie.“ Verärgert packte Tim Carlo beim Kragen. Erst jetzt wurde das Ausmaß ihres Größenunterschiedes wirklich deutlich.

„Hört auf mit dem Unsinn! Beide!“ Juliet hatte bereits das lebhafte Bild von Carlo mit blutender Nase und aufgeplatzter Lippe vor Augen. Sie griff nach einer gläsernen Gebäckschale. Bevor sie Gebrauch davon machen konnte, stieß Tim ein kehliges Grunzen aus und klappte ruckartig mit dem Oberkörper vornüber. Nach Luft schnappend hielt er sich den Magen, und Juliet starrte ihn irritiert an.

„Du kannst das wieder hinstellen“, sagte Carlo ruhig und zeigte auf das Glas. „Es wird Zeit, dass wir gehen.“ Als sie sich nicht rührte, nahm er ihr die Schale aus den Händen, stellte sie an ihren Platz zurück und hob Juliet dann von der Anrichte herunter. „Sie werden uns jetzt sicherlich entschuldigen", meinte er höflich zu dem stöhnenden Tim und führte Juliet nach draußen.

„Was hast du da gemacht?"

„Das, was nötig war."

Juliet schaute zurück zur Küchentür. Wenn sie es nicht mit eigenen Augen gesehen hätte ... „Du hast ihn überwältigt."

„Das war nicht so schwierig." Freundlich nickte Carlo einer Gruppe Sonnenanbeterinnen zu.

„Aber ..." Sie starrte auf Carlos Hände. Es waren elegante Hände mit schlanken Fingern und einem funkelnden Diamanten am kleinen Finger. Solche Hände verband man nicht mit Tätlichkeiten. „Er ist viel größer ..."

Mit einer hochgezogenen Augenbraue setzte Carlo seine Sonnenbrille wieder auf. „Groß ist nicht immer von Vorteil. Die Nachbarschaft, in der ich aufwuchs, hat mich vieles gelehrt. Bist du so weit, dass wir gehen können?"

Seine Stimme klang nicht freundlich, wurde ihr klar. Sie klang kalt. Eiskalt. Instinktiv ahmte sie seinen Ton nach. „Ich nehme an, ich sollte dir jetzt danken."

„Es sei denn, es hat dir Spaß gemacht, betatscht zu werden. Vielleicht hat der gute Tim ja nur auf die Signale reagiert, die du ihm gesandt hast."

Juliet blieb abrupt stehen. „Welche Signale?"

„Die Signale, die Frauen aussenden, wenn sie es auf einen Flirt anlegen."

Da sie davon überzeugt war, ihr Temperament unter Kontrolle halten zu können, gab sie sich einen Moment Zeit, um sich zu sammeln. Es funktionierte nicht. „Er mag ja größer gewesen sein als du", stieß sie zwischen den Zähnen hervor. „Aber ich glaube, du bist ein ebensolcher Idiot wie er. Ihr beide seid euch da sehr ähnlich."

Die dunklen Gläser der Sonnenbrille verbargen seine Augen, dennoch konnte Juliet erkennen, wie er sie zusammenkniff.

„Du vergleichst das, was zwischen uns existiert, mit dem, was da drinnen passiert ist?"

„Ich will damit sagen, dass manche Männer ein Nein nicht mit Anstand akzeptieren können. Du hast vielleicht einen eleganteren Stil, Carlo, aber im Grunde bist du hinter dem Gleichen her wie er, ob es nun ein Schäferstündchen im Hotelbett oder im Wasserbett ist."

Abrupt ließ er ihren Arm los, steckte beide Hände in die Taschen. „Wenn ich deine Gefühle falsch interpretiert habe, muss ich mich entschuldigen, Juliet. Ich bin kein Mann, der es nötig hat oder sich gar einen Spaß daraus macht, Frauen zu bedrängen. Möchtest du gehen oder lieber noch bleiben?"

Nein, er bedrängte sie nicht, und doch fühlte sie den Druck – in ihrer Kehle, hinter ihren Lidern. Sie konnte sich den Luxus nicht leisten, dem nachzugeben. „Ich würde gern ins Hotel zurückkehren. Ich habe noch einiges an Arbeit zu erledigen."

„Natürlich." Er ließ sie stehen und ging, um ihren Gastgeber zu suchen.

Drei Stunden später musste Juliet einsehen, dass Arbeiten unmöglich war. Dabei hatte sie sämtliche Tricks angewandt, die sie kannte, um sich zu entspannen. Eine halbe Stunde in der heißen Wanne und leise Musik aus dem Radio, während sie dem Sonnenuntergang durch das Fenster ihres Hotelzimmers zuschaute. Als sie dennoch angespannt und gereizt blieb, ging sie den Plan für Houston zweimal durch. Von sieben Uhr in der Früh bis fünf Uhr nachmittags waren sie praktisch konstant unterwegs gewesen. Der Flug nach Chicago ging um sechs Uhr.

Morgen bliebe keine Zeit, sich Gedanken oder Sorgen über das zu machen, was in den letzten vierundzwanzig Stunden passiert war, geschweige denn darüber zu reden. Und genau so hatte sie es ja auch gewollt. Dennoch gelang es ihr nicht, am Plan für die beiden Tage in Chicago zu arbeiten. Sie konnte nur an den Mann denken, der sich wenige Meter entfernt auf der anderen Seite des Hotelflurs aufhielt.

Sie hatte nicht einmal geahnt, dass Carlo so kalt sein konnte. Eigentlich war er immer herzlich und warm, so voller Leben. Sicher, er konnte auch schwierig sein und einen wütend machen, aber wenn, dann tat er es mit Schwung. Nur jetzt … Er hatte sie in einem Vakuum zurückgelassen.

Nein. Juliet warf ihr Notizbuch beiseite und stützte das Kinn in die Hand. Nein, sie selbst hatte sich in diese Leere hineinmanövriert. Vielleicht könnte sie es ertragen, wenn sie im Recht gewesen wäre. Aber das war sie nicht. Sie lag völlig daneben. Sie hatte Tim, dem Trottel, keine Signale gesandt, und wenn sie an Carlos Unterstellung dachte, begann sie immer noch zu schäumen, aber … Sie hatte Carlo nicht einmal für seine Hilfe gedankt. Ob sie es nun zugeben wollte oder nicht, sie hatte seinen Beistand gebraucht. Es war schwer für sie, dass sie in seiner Schuld stand.

Mit einem Achselzucken erhob Juliet sich und begann, im Zimmer auf und ab zu laufen. Vielleicht war es ja sogar besser, wenn er für den Rest der Tour kalt und distanziert blieb. So würde es auf jeden Fall weniger persönliche Probleme geben, weil das Persönliche erst gar nicht ins Spiel kam. Es würde keine Schwierigkeiten mit ihrer Beziehung geben, weil sie keine Beziehung miteinander hätten. Rein logisch betrachtet war dieser kleine Zwischenfall wohl das Beste, was ihr hatte passieren können. Es war eigentlich unwichtig, ob sie falsch- oder richtiglag, solange sie mit dem Resultat umgehen konnte.

Sie ließ den Blick durch den kleinen, ordentlichen, unpersönlichen Raum gleiten, in dem sie knapp acht Stunden verbracht hatte.

Nein, das würde sie nicht durchhalten.

Mit einem ergebenen Seufzer ließ Juliet den Zimmerschlüssel in die Tasche ihres Morgenmantels gleiten.

Natürlich hatten Frauen ihn schon vorher wütend gemacht. Carlo wünschte es sich sogar, denn sonst wurde das Leben zu langweilig. Und auch das Gefühl der Abweisung und der Enttäuschung kannte und schätzte er. Wie sollte man den Erfolg voll auskosten können, wenn man keine Frustration als Gegenpol kannte?

Aber noch nie hatte eine Frau ihn verletzt. Bisher hatte er nicht einmal geahnt, dass diese Möglichkeit bestand. Frustration, Rage, Leidenschaft, Lachen, Streit. Kein Mann, der die Frauen kannte – als Mutter, Schwestern, Geliebte –, bildete sich ein, eine Beziehung könnte ohne all das auskommen. Schmerz allerdings … Schmerz war eine komplett andere Sache.

Verletzt zu werden war ein intimes Gefühl. Persönlicher als Leidenschaft, elementarer als Ärger. Wenn der Schmerz tief ging, fand er Stellen im Innern, an die besser nicht gerührt werden sollte.

Es hatte ihm nie etwas ausgemacht, wenn man ihn als Schürzenjäger, als einen Don Juan, als Playboy titulierte – welchen Ausdruck man auch immer für einen Mann nutzen wollte, der die Frauen liebte. Affären ergaben sich und endeten, so wie das allgemein von Affären erwartet wurde. Sie dauerten so lange wie die Leidenschaft, die sie initiiert hatte. Er war ein umsichtiger Mann, ein vorsichtiger Mann. Eine Geliebte wurde zur Freundin, wenn die Leidenschaft schwand. Solange eine Affäre dauerte, mochte es Streit und böse Worte geben, aber niemals beendete er sie auf diese Weise.

Ihm kam der Gedanke, dass er mit Juliet öfter gestritten und böse Worte gewechselt hatte als mit jeder anderen Frau. Dabei hatten sie nicht einmal miteinander geschlafen. Und das würden sie auch nicht. Carlo schenkte sich ein Glas Wein ein, setzte sich in den tiefen Sessel und schloss die Augen. Er wollte keine Frau, die ihn mit einem muskelbepackten Idioten auf eine Stufe stellte, der nicht die geringste Ahnung von dem Unterschied zwischen Lust und Leidenschaft hatte. Er wollte keine Frau, die den mitreißenden Zauber des Liebesakts mit – *Dio*, wie hatte sie es ausgedrückt? – einem Schäferstündchen im Wasserbett verglich.

Er wollte keine Frau, die dieses schmerzhafte Sehnen in ihm wachrief – mitten in der Nacht, mitten am Tag. Und keine, die ihn mit wenigen scharfen Worten derart verletzen konnte.

Großer Gott, wie er Juliet wollte!

Das Klopfen an der Tür ließ ihn die Stirn runzeln. Bis er sein Glas abgestellt hatte und aufgestanden war, klopfte es ein weiteres Mal.

Wäre Juliet nicht so nervös gewesen, hätte ihr vielleicht etwas Geistreiches zu dem kurzen schwarzen Bademantel mit den zwei pinkfarbenen Flamingos auf einer Seite einfallen können, den Carlo trug. So aber stand sie nur in ihrem eigenen Morgenmantel da, mit bloßen Füßen, die Finger angespannt ineinander verschränkt.

„Es tut mir leid", sagte sie, als er die Tür aufzog.

Er trat einen Schritt zurück. „Komm herein, Juliet."

„Ich musste mich einfach entschuldigen." Sie stieß die Luft aus und trat über die Schwelle. „Ich war heute Nachmittag wirklich hässlich zu dir, dabei hast du mir mit einem Minimum an Aufsehen aus einer heiklen Situation geholfen. Ich war verärgert über deine Unterstellung, ich hätte diesen … diesen Idioten irgendwie dazu animiert. Und ich hatte auch das Recht, verärgert zu sein." Sie verschränkte die Arme vor der Brust und lief im Zimmer auf und ab. „Es war eine völlig unpassende und zudem beleidigende Bemerkung. Selbst wenn auch nur die geringste Chance bestanden hätte, dass ich so etwas tun würde, hättest du immer noch kein Recht, es mir vorzuwerfen. Ausgerechnet du, der sich ständig mit seinem eigenen Harem sonnt."

„Harem?" Er goss ein zweites Glas ein und reichte es ihr.

„Mit dieser brünetten Amazone als Leittier des Rudels." Sie nahm einen Schluck Wein, gestikulierte mit dem Glas, trank noch einen Schluck. „Wohin wir auch kommen, überall liegt dir sofort mindestens ein halbes Dutzend Frauen zu Füßen. Aber sage ich auch nur einen Ton?"

„Nun, du …"

„Und ein Mal, ein einziges Mal, habe ich ein Problem mit irgendeinem Typen, der unter Selbstüberschätzung und einem unerfüllten Liebesleben leidet, und du unterstellst mir, dass ich es herausgefordert hätte. Ich hatte angenommen, diese Art von doppelter Moral sei selbst in Italien längst ausgestorben."

Kannte er eine Frau, die seine Stimmung so schnell ändern konnte? Carlo schaute in sein Weinglas und dachte darüber nach. Es gefiel ihm. „Juliet, bist du gekommen, um dich zu entschuldigen? Oder um eine Entschuldigung von mir zu verlangen?"

Böse funkelte sie ihn an. „Ich weiß nicht, warum ich gekommen bin, aber ganz offensichtlich war es ein Fehler."

„Warte." Er hob eine Hand, bevor sie aus dem Zimmer stürmen konnte. „Vielleicht wäre es eine weise Entscheidung, die Entschuldigung, mit der du herkamst, einfach zu akzeptieren."

Ihr Blick schien Dolche zu schleudern. „Die Entschuldigung, mit der ich herkam, kannst du ..."

„... annehmen und dir meine Entschuldigung anbieten", beendete er den Satz für sie. „Dann sind wir quitt."

„Ich habe ihn nicht ermuntert", murmelte sie. Und schmollte. Carlo hatte noch nie diesen meuterischen, ausnehmend weiblichen Gesichtsausdruck bei ihr gesehen. Diese Miene stellte erstaunliche Dinge mit ihm an.

„Und ich suche keineswegs das, hinter dem er her war." Er kam zu ihr, trat nah genug vor sie, um sie berühren zu können. „Sondern viel mehr."

„Eigentlich weiß ich das", flüsterte sie und wich ein Stück zurück. „Und vielleicht möchte ich das sogar glauben. Ich verstehe nichts von Affären, Carlo." Mit einem bebenden kleinen Lachen fuhr sie sich mit den Fingern durchs Haar und wandte sich ab. „Dabei sollte ich es, mein Vater hatte schließlich genügend davon. Diskret, natürlich", fügte sie hinzu. Der bittere Nachgeschmack war bis heute geblieben. „Meine Mutter konnte es ignorieren, solange er es nur diskret machte."

Er verstand diese Dinge, hatte es selbst oft genug bei Freunden und Verwandten miterlebt. Daher verstand er auch die Narben und die Verbitterung, die so etwas zurückließ. „Juliet, du bist nicht deine Mutter."

„Nein." Sie drehte sich wieder zu ihm um, mit hocherhobenem Kopf. „Ich habe lange und hart daran gearbeitet, um nicht wie sie zu sein. Sie ist eine wunderbare und intelligente Frau, die eine eigene Karriere, Selbstwertgefühl und ihre Unabhängigkeit aufgegeben hat, um nicht mehr als eine glorifizierte Haushälterin zu sein. Weil mein Vater es so wünschte. Seine Frau sollte keinen Beruf ausüben. *Seine* Frau", wiederholte sie betont. „Wie sich das schon anhört. Ihr alleiniger Job war es, sich um ihn zu kümmern. Das hieß, dass das Dinner jeden Abend um Punkt sechs auf dem Tisch zu stehen und seine Hemden gebügelt und gestärkt in der Kommode zu liegen hatten. Er … verdammt, er ist ein guter Vater. Fürsorglich, verständnisvoll. Er ist der Überzeugung, dass ein Mann eine Frau oder ein Mädchen niemals anschreien sollte. Und als Ehemann hat er nicht einen Hochzeitstag oder Geburtstag vergessen. Er hat immer dafür gesorgt, dass meine Mutter mit allem, was sie sich wünscht, versorgt ist. Mit allem Materiellen, wohlgemerkt. Aber dafür hat er ihr vorgeschrieben, wie sie zu leben hat. Und während er das tat, hat er sich diskret mit einer ganzen Reihe von anderen Frauen amüsiert."

„Warum bleibt deine Mutter bei ihm?"

„Vor Jahren habe ich sie das einmal gefragt, ehe ich nach New York ging. Sie liebt ihn." Juliet starrte in ihr Weinglas. „Für sie ist das genug."

„Wäre es dir lieber, wenn sie ihren Mann verlassen würde?"

„Mir wäre es lieber, wenn sie die Frau wäre, die sie hätte sein können. Was immer sie hätte sein können."

„Die Wahl hat sie für sich getroffen, Juliet. Genau wie dein Leben dir gehört."

„Ich will niemals an jemanden gebunden sein, niemals, der mich so erniedrigen könnte." Sie hob den Kopf. „Ich werde niemals wie meine Mutter enden, für niemanden."

„Sind deiner Meinung nach alle Beziehungen so ungleich?"

Sie zuckte mit den Schultern und trank noch einen Schluck. „Vermutlich habe ich nicht allzu viele Beziehungen miterlebt."

Einen Moment lang schwieg er. Carlo verstand den Wunsch nach Treue und Loyalität, und er verstand auch den Mangel daran. „Vielleicht haben wir beide etwas gemeinsam. Ich erinnere mich nicht sehr gut an meinen Vater, ich habe ihn nur selten gesehen. Auch er war meiner Mutter untreu."

Sie sah ihn an, und auf ihrem Gesicht zeigte sich keinerlei Erstaunen, gerade so, als hätte sie nichts anderes erwartet.

„Er hat meine Mutter mit dem Meer betrogen, mit der See, die er mehr liebte als alles andere. Monatelang war er fort, während meine Mutter uns aufzog, unablässig arbeitete und auf ihn wartete. Und wenn er dann nach Hause kam, empfing sie ihn mit offenen Armen. Doch sie wusste immer, schon bald würde ihn wieder die Unruhe packen und dann würde er wieder hinausfahren. Als er starb, hat sie aus tiefster Seele um ihn geweint. Sie liebte ihn und hatte ihre Wahl getroffen."

„Es ist nicht fair, nicht wahr?"

„Nein. Glaubst du, die Liebe sei fair?"

„Ich will das alles nicht."

Er erinnerte sich an eine andere Frau, eine Freundin, die das Gleiche zu ihm gesagt hatte, als sie zutiefst aufgewühlt gewesen war. „Wir alle wünschen uns die Liebe, Juliet."

„Nein." Sie schüttelte den Kopf mit einer Überzeugung, die aus der Verzweiflung geboren war. „Nein, Zuneigung, Respekt, Bewunderung, aber nicht Liebe. Liebe stiehlt einem etwas von sich selbst."

Er studierte sie, wie sie dort im Lichtschein der Lampe stand. „Vielleicht tut sie das tatsächlich", sagte er leise. „Aber woher willst du wissen, dass wir das brauchen, was wir der Liebe opfern?"

„Vielleicht kannst du so etwas leichter behaupten. Du hast schon so viele Beziehungen gehabt."

Ihre Worte hätten ihn amüsieren sollen, stattdessen zeigten sie ihm jäh eine Leere auf, die er bisher nicht erkannt hatte. „Das stimmt. Aber ich habe noch nie geliebt. Ich habe eine Freundin", er dachte wieder an Summer, „die einmal zu mir gesagt hat, die Liebe gleiche einem Karussell. Vielleicht weiß sie ja, wovon sie spricht."

Juliet presste die Lippen zusammen. „Und eine Affäre?"

Etwas in ihrer Stimme ließ ihn sie genauer ansehen. Zum zweiten Mal trat er auf sie zu, sehr langsam, sehr bedacht. „Vielleicht ist eine Affäre wie eine einzelne Fahrt auf diesem Karussell. Man dreht sich, hat ein bisschen Spaß, steigt aus und vergisst die Fahrt schnell wieder."

Weil ihre Hände zitterten, setzte sie vorsichtig ihr Glas ab. „Wir verstehen uns also."

„In manchen Dingen."

„Carlo …" Sie zögerte, doch dann sah sie ein, dass die Entscheidung bereits gefallen war, als sie über den Korridor gekommen war. „Carlo, auch wenn es nur eine Fahrt auf dem Karussell sein sollte – ich will dich."

Wie sollte er sich ihr gegenüber verhalten? Seltsam, eine solche Frage hatte er sich bisher nie gestellt. Bei manchen Frauen hatte er den glühenden Liebhaber gegeben, hatte sie beschwingt auf seine Arme gehoben und davongetragen. Mit anderen war er wild und impulsiv gewesen, hatte sich zusammen mit ihnen fallen lassen. Doch nichts, was er je getan hatte, schien ihm so wichtig wie das erste Mal mit Juliet.

Die Worte, die er einer Frau sagte, waren immer von allein gekommen. Der richtige Satz, der richtige Ton waren so natürlich und selbstverständlich für ihn gewesen wie das Atmen. Jetzt fiel ihm absolut nichts ein. Schon ein leises Murmeln könnte die schlichte Offenheit dessen, was sie zu ihm gesagt und wie sie es gesagt hatte, ruinieren. Also schwieg er.

Er küsste sie. Nicht mit der tobenden Leidenschaft, die sie in ihm erwecken konnte, nicht mit der Zögerlichkeit, die sie ihn manchmal fühlen ließ. Sondern mit der Wahrhaftigkeit und der inneren Gewissheit, die ein langjähriges Liebespaar oft fühlte. Sie hatten trotz unterschiedlicher Bedürfnisse, trotz unterschiedlicher Ansichten zueinandergefunden, hier und jetzt begannen sie neu und schlossen die Vergangenheit hinter sich ab. Die heutige Nacht war nur ihnen beiden gewidmet. Es gab kein Gestern mehr.

Sie hatte mit eloquenten Worten, mit dem typischen Charme und dem blendenden Stil gerechnet, die so sehr Teil von ihm waren. Vielleicht hatte sie sogar Triumph von ihm erwartet. Doch er verschwendete keine Worte, sondern gab ihr das andere, das Einmalige und Unerwartete.

Der Gedanke, dass er sich auf ebensolch unsicherem Gebiet befand wie sie, kam und verflog wieder. Dann bot er ihr seine Hand. Juliet legte ihre Finger hinein. Zusammen gingen sie in das Schlafzimmer.

Hätte er die Szenerie für Romantik gestellt, so hätte Carlo frische Blumen in Vasen verteilt, mit einem Hauch von Gewürzen, hätte Musik gewählt mit dem Rhythmus der Leidenschaft. Er hätte ihr den warmen, flackernden Schein von Kerzenlicht geboten und den prickelnden Genuss von Champagner. Heute Nacht jedoch, zusammen mit Juliet, waren da nur Stille und Mondlicht. Das Zimmermädchen hatte das Bett für die Nacht aufgeschlagen und die Vorhänge aufgezogen. Silberne Strahlen durchbrachen die Dunkelheit und ließen die weißen Laken schimmern.

Vor dem Bett griff Carlo nach Juliets Händen. Sie waren kühl und strömten eine Ahnung ihres Dufts aus. Genüsslich küsste er erst die eine Handfläche, dann die andere. An ihren Handgelenken hämmerte der Puls. Langsam, ohne den Blick von ihrem Gesicht zu wenden, löste er den Gürtel ihres Morgenmantels. Sein Blick hielt den ihren, während er die Hände hob und den fließenden Stoff von ihren Schultern schob. Leise raschelnd glitt die Seide an ihrem Körper herab und bauschte sich zu ihren Füßen.

Noch berührte er sie nicht, schaute auch nicht an ihr herab, sah nur in ihr Gesicht. Nervosität und Verlangen wurden von etwas anderem überlagert, das tief in ihrem Innern wuchs – Wohlbehagen. Ihre Lippen verzogen sich zu einem Lächeln, leicht nur, als sie nach dem Gürtel seines Morgenmantels griff und den Knoten löste. Ihre Hände lagen sicher und zart an seinen Schultern, als sie die Seide beiseiteschob.

Er war schlank und muskulös. Seine Leidenschaft für das Kochen hatte keine Spuren an seinem Körper hinterlassen.

Sie war schmal, aber mit köstlich weichen Rundungen. Ihre Haut schien noch heller, als er sie streichelte. Ihre Finger wirkten noch feingliedriger, als sie ihn berührte.

Sie ließen sich Zeit miteinander. Es gab keinen Grund zu Hast oder Eile.

Die Matratze gab ein wenig nach, die frischen Laken raschelten leise. Seite an Seite lagen sie und nahmen sich alle Zeit der Welt, um den Geschmack ihrer Lippen zu erkunden, um die Freuden zu entdecken, die sanfte Zärtlichkeit und grenzenlose Hingabe mit sich brachten.

Hätte sie nicht wissen müssen, dass es so sein würde? So gelöst, so unvermeidlich. Ihre Haut wurde warm, oh so warm, wo immer er sie streichelte. Sein Mund forderte und nahm, doch mit solcher Geduld. Er liebte sie sanft und behutsam, so unendlich langsam, als wäre es ihr erstes Mal. Und während sie sich tiefer in den Strudel ziehen ließ, dachte Juliet benommen, dass es vielleicht sogar wirklich das erste Mal für sie war.

Unschuld. Das war es, was er bei ihr spürte. Nicht körperlich, aber emotional. Und auf eine ihm unverständliche Weise spürte er, dass es ihm ebenso erging. Ganz gleich, wie viele es vorher gegeben hatte – hier und jetzt fanden sie in Unschuld zueinander.

Ihre Hände strichen über seinen Körper ohne Zögern, aber so, als wolle sie sich mit allen Sinnen ein Bild von ihm machen. Er duftete frisch und rein, aber er schmeckte reichhaltiger, wie ein guter Wein. Und dann sprach er zum ersten Mal – nur ihren Namen. In ihren Ohren klang er bewegender und poetischer als jedes Kosewort.

Ihr Körper bewegte sich zusammen mit seinem in perfektem Einklang, in einem Rhythmus. Sie schien immer zu wissen, wo er sie berühren würde, bevor sie seine Finger sie genau dort liebkosen, seine Hände genau dort streicheln spürte. Als seine Lippen zu einer langen, genüsslichen Reise ansetzten, hoffte sie, er möge nie aufhören.

Sie war so zierlich. Wieso war ihm das nie zuvor aufgefallen? Es war leicht, ihre innere Stärke, ihre Selbstbeherrschung, ihr Durchhaltevermögen zu vergessen. Er würde ihr Zärtlichkeit schenken und auf die Leidenschaft warten.

Die Linie ihres Halses war so zart und weiß im Mondlicht. Ihr Duft war an ihrer Halsmulde besonders intensiv und erregend. Er konnte dort verharren, während das Blut sich erhitzte. Seines und ihres.

Mit der Zunge liebkoste er die zarte Rundung ihrer Brust, bis er zu der Spitze gelangte. Als er die harte Perle zwischen seine Lippen sog, stöhnte sie seinen Namen und raubte ihm damit beinahe den Verstand.

Es gab noch so vieles zu erkunden, doch brennende Leidenschaft verspottete die Selbstbeherrschung. Laute schwebten durch das Zimmer – ein leises Nachluftschnappen, ein Seufzer, ein Stöhnen, Laute des Vergnügens. Aromen strömten in die Luft und vermischten sich zum Bouquet der Liebe. Im Licht des Mondes verschmolzen ihre beiden Körper zu einer Form. Die Laken waren heiß und zerwühlt. Als er sie mit Fingern und Zunge auf den ersten Gipfel trieb, krallte Juliet ihre Finger in die Laken und bog sich ihm entgegen. Unter der Flutwelle der Empfindungen erschauerte sie.

Und während sie noch immer matt um Luft rang, drang er in sie ein.

In seinem Kopf drehte sich alles, es war eine köstliche neue Erfahrung für ihn. Er wollte sich in ihr verlieren, aber er wollte sie dabei ansehen. Sie hielt die Augen geschlossen, ihre Lippen waren leicht geöffnet, während sie stöhnend den Atem einsog und wieder ausstieß. Sie passte sich seinem Rhythmus an, eine langsame Bewegung zuerst, dann immer schneller, bis sie ihre Nägel in seine Schultern krallte.

Als sie ihren Lustschrei in die Nacht stieß, hob sie die Lider. Carlo schaute in ihre Augen und sah dort genau das dunkle, erregte Erstaunen, das er ihr hatte schenken wollen.

Endlich konnte er sich dem drängenden Verlangen des eigenen Körpers ergeben. Er presste seinen Mund auf ihren und ließ seine Selbstbeherrschung fahren.

8. KAPITEL

Gab es auch andere, die echte Leidenschaft verstanden? In Carlos Armen, ihn in sich aufnehmend und von ihm erfüllt, erkannte Juliet, dass sie bisher nichts von Leidenschaft gewusst hatte. Sie fühlte sich schwach, aber gleichzeitig voller Lebenskraft.

Sollte sie Bedauern verspüren? Logisch betrachtet, ja. Sie hatte mehr von sich gegeben, als sie vorgehabt hatte. Mehr geteilt, als sie sich hätte vorstellen können. Mehr riskiert, als sie hatte wagen wollen. Aber Bedauern? Nein, sie bereute nichts. Vielleicht würde sie später eine Liste aufstellen, mit „Warum" und „Warum nicht". Doch jetzt wollte sie nichts anderes, als sich dem warmen Schein des Nachspiels hinzugeben.

„Du bist so still." Sein Atem strich über ihre Schläfe, seine Lippen folgten gleich darauf.

Sie lächelte leise und schloss zufrieden die Augen. „Du auch."

Sanft schmiegte er die Wange an ihr Haar und betrachtete den silbrigen Strahl, den das Mondlicht ins Zimmer schickte. Er war nicht sicher, was er sagen sollte. Noch nie hatte er so gefühlt, mit keiner anderen Frau. Er hatte auch nie erwartet, so empfinden zu können. Wie sollte er ihr das sagen und dann auch noch darauf hoffen, dass sie ihm glaubte? Ihm selbst fiel es ja schon schwer, es zu glauben. Und doch … Vermutlich war es immer schwierig, passende Worte für die Wahrheit zu finden.

„Wenn ich dich so halte, fühlst du dich so zierlich und verletzlich an", murmelte er. „Ich weiß, dass du stark bist, und doch möchte ich dich vor der Welt beschützen."

„Ich mag es, wenn du mich hältst." Das Eingeständnis kam ihr viel leichter über die Lippen, als sie gedacht hatte. Mit einem kleinen Lachen drehte sie den Kopf, sodass sie in sein Gesicht sehen konnte. „Ich mag es sogar sehr."

„Dann wirst du sicherlich nichts dagegen haben, wenn wir für die nächsten Stunden so liegen bleiben."

Zärtlich küsste sie ihn. „Die nächsten Minuten", korrigierte sie. „Ich muss wieder in mein Zimmer zurück."

„Gefällt dir mein Bett nicht?"

Sie reckte sich leicht, kuschelte sich dann wieder an ihn und dachte dabei, wie wunderbar es doch wäre, sich nie wieder von der Stelle rühren zu müssen. „Ich bin völlig verrückt danach. Aber ich muss noch etwas tun, bevor ich mich hinlegen kann, und morgen früh um halb sieben ist die Nacht zu Ende. Und dann …"

„Du arbeitest zu viel", fiel er ihr ins Wort, lehnte sich über sie und griff nach dem Telefon. „Du kannst morgen früh ebenso gut aus meinem Bett aufstehen."

Es gefiel ihr ausnehmend gut, ihn auf sich zu spüren, und so freute sie sich schon darauf, sich überreden zu lassen. „Möglicherweise schon. Was machst du da eigentlich?"

„Schsch. Ja, hier ist Franconi, Zimmer neunhundertzweiundzwanzig. Ich möchte morgen früh um sechs geweckt werden." Damit hängte er wieder ein, rollte sich auf den Rücken und zog Juliet mit sich. „Siehst du, alles erledigt. Das Klingeln des Telefons wird uns im Morgengrauen aus dem Schlaf reißen."

„Das wird es wohl." Wohlig streckte sie sich auf ihm aus und stützte das Kinn auf seine Brust. „Aber du hast den Weckanruf für sechs Uhr bestellt. Wir müssen doch erst um halb sieben aufstehen."

„Richtig." Er strich mit den Händen über ihren Rücken. „Dann haben wir noch eine halbe Stunde, um … nun, um wach zu werden."

Lachend drückte sie die Lippen auf seine Schulter. Dieses Mal, aber nur dieses eine Mal würde sie einen anderen die Planung übernehmen lassen. „Gut überlegt. Meinst du, wir könnten vielleicht auch noch eine halbe Stunde haben, bevor wir … nun, bevor wir uns schlafen legen?"

„Du nimmst mir die Worte aus dem Mund."

Als das Telefon schrillte, verkroch Juliet sich stöhnend unter der Bettdecke. Wieder fühlte sie Carlos Gewicht auf sich, als er sich über sie lehnte, um den Hörer abzuheben. Ohne einen Laut von sich zu geben, lag sie reglos da, in der vergeblichen Hoffnung, das Klingeln möge nur Teil eines Traums gewesen sein.

„Komm schon, Juliet, aufwachen.“ Er zog sich von ihr zurück, gerade weit genug, um an ihrer Schulter knabbern zu können. „Es nützt nichts, jetzt Igel zu spielen.“

Schlaftrunken murmelte sie etwas Unverständliches, als sie seine Hand über ihre Hüfte streicheln fühlte. „Igel?“

Sie war so warm und weich und anschmiegsam. Er hatte gewusst, dass sie sich genauso anfühlen würde. Der Morgen war für träge Wonnen geschaffen, und das Vergnügen, sie aufzuwecken, hatte gerade erst seinen Anfang genommen.

Juliet rekelte sich unter den zarten Liebkosungen seiner Hände. Für sie hatte der Morgen bisher immer mit einer schnellen Dusche und einer hastig hinuntergestürzten Tasse Kaffee begonnen. Sie hatte nicht gewusst, dass ein neuer Tag auch so luxuriös anfangen konnte.

„Das ist doch eine Redewendung bei euch, oder nicht?“ Die Haut über ihrem Brustkorb war weich wie Butter. Er dachte, dass sich kein besserer Moment bieten konnte als der jetzige, um davon zu kosten. „Igel spielen heißt, du stellst dich tot.“

Weil ihr Geist sich noch nicht geklärt hatte, ihr Körper aber bereits vor Leidenschaft brannte, dauerte es einen Moment, bis sie begriff. „Opossum.“

„*Prego?*“

„Es heißt, man spielt Opossum, wenn man sich tot stellt“, erklärte sie ausführlicher und drehte sich, von seinen Händen herumgezogen. „Ein Igel rollt sich zusammen und zeigt seine Stacheln. Das ist etwas anderes.“

„Das stimmt. Du zeigst deine Stacheln nur, wenn du hellwach bist.“

Sie hob nur ein Lid. Sein Haar war nicht zurückgestrichen wie sonst, auf Wangen und Kinn lagen dunkle Schatten, weil er sich noch nicht rasiert hatte. Doch wenn er lächelte, dann sah er aus, als sei er schon seit Stunden hellwach. Er sah, so gab sie in Gedanken zu, absolut hinreißend aus.

„Ich werde dir beweisen, dass ich mich absolut nicht tot stelle.“ Mit einem jähen Energieschub rollte sie sich auf ihn. Ihre

Hände arbeiteten schnell und sicher, ihr Mund war gierig. Innerhalb von Sekunden hatte sie ihm den Atem geraubt.

Nie zuvor in ihrem Leben war sie so kühn und aggressiv gewesen, doch jetzt, da sie sein erstauntes Stöhnen hörte und sein rasendes Herz fühlen konnte, stellte sie fest, dass es ihr gefiel. Ihr eigener Körper reagierte blitzschnell. Es störte sie nicht, dass seine Hände nicht zart und geduldig waren wie in der letzten Nacht. Die neue fiebrige Gier berauschte sie.

Er war Franconi, berühmt und berüchtigt für seine Expertise in Küche und Bett. Doch Juliet machte ihn verrückt – und gleichzeitig hilflos. Lachend presste sie ihre Lippen auf seinen Mund, ließ ihre Zunge all die dunklen warmen Nischen erkunden. Als er sie auf den Rücken drehen wollte, sie gleich jetzt und sofort in Besitz nehmen wollte, weil die Lust zu schnell außer Kontrolle geraten war, entzog sie sich ihm. Sein atemloser geflüsterter Fluch strich über ihre Lippen.

Er hatte noch nie seine Finesse bei einer Frau verloren. Seine Leidenschaft war immer mit Stil verfeinert gewesen. Doch jetzt, da sie ihren wilden Ritt auf ihm begann, besaß er keinen Stil mehr, nur noch Verlangen. Eigentlich war er nie ein Mann gewesen, der drängte und hastete. Wenn er kochte, dann ging er langsam, Schritt für Schritt, vor. Genießen, auskosten, experimentieren. Wenn er eine Frau liebte, hielt er es ebenso. Solche Dinge wollten bewusst erfahren und von allen fünf Sinnen ausgeschöpft werden.

Doch es war unmöglich, irgendetwas bewusst zu tun, wenn man über die Grenzen des Zivilisierten hinausgetrieben wurde. Wenn alle Sinne wirbelten und sich überschlugen und es nicht mehr möglich war, sie überhaupt auseinanderzuhalten. Dieses Getriebenwerden war eine völlig neue Erfahrung für ihn, und es war berauschend wie eine Droge. Nein, er würde nicht dagegen ankämpfen, im Gegenteil. Er würde es auskosten und Juliet mit sich in den Strudel ziehen.

Rau und fordernd fasste er sie um die Hüften. Innerhalb von Sekunden befanden sie sich beide weit jenseits jeglichen Denkens, weit jenseits der Vernunft …

Sein Atem ging noch immer unregelmäßig, aber er hielt sie fest an sich gedrückt. Was sie mit ihm gemacht hatte, oder was sie noch mit ihm machte – er wollte es nicht verlieren. Er wollte *sie* nicht verlieren. Der Gedanke blitzte in seinem Kopf auf, doch für den Moment schob Carlo ihn beiseite. Das war ein gefährlicher Gedanke. Das Jetzt gehörte ihnen. Es war wesentlich klüger, sich darauf zu konzentrieren.

„Ich muss gehen." Auch wenn sie nichts anderes wollte, als sich an seine Seite zu schmiegen, zwang Juliet sich dazu, von ihm abzurücken. „In einer Dreiviertelstunde müssen wir unten am Empfang sein."

„Um uns mit Big Bill zu treffen."

„Richtig." Juliet bückte sich nach ihrem Morgenmantel. Carlos Lippen zuckten, als sie sich mit dem Rücken zu ihm drehte, um in den Mantel zu schlüpfen und den Gürtel zu verknoten. Diese unbewusste Schamhaftigkeit von einer Frau, die soeben hemmungslos seinen Körper zu ihrem Vergnügen benutzt hatte, war wirklich bezaubernd. „Du kannst nicht ahnen, wie froh ich bin, dass Big Bill sich bereit erklärt hat, den Chauffeur zu spielen. Das Letzte, worauf ich jetzt Lust habe, ist, mich durch das Gewirr von Autobahnen in dieser Stadt zu kämpfen. Das habe ich schon einmal machen müssen. Es war ein erbarmungswürdiger Anblick."

„Ich könnte auch fahren", murmelte er und genoss viel lieber den Anblick, wie die grüne Seide um ihre Schenkel spielte.

„Ich bin Bill dankbar dafür, dass ich am Leben bleiben darf. Ich sage dem Empfang Bescheid, dass man unser Gepäck in … sagen wir fünfunddreißig Minuten? … abholen soll. Achte darauf, dass du alles …"

„… dass ich nichts vergesse, weil wir nicht mehr ins Hotel zurückkommen", beendete er den Satz für sie. „Juliet, habe ich dir inzwischen nicht bewiesen, dass ich eigentlich recht zuverlässig bin?"

„Nur eine freundliche Erinnerung." Sie schaute auf ihre Armbanduhr und stellte fest, dass sie sie nicht trug. „Die Fernsehshow sollte ein Klacks sein. Jacky Torrence moderiert. Es ist eine lässige Show, die mehr Wert auf amüsante Anekdoten und lockere Storys legt als auf trockene Fakten."

„Hmm." Er stand auf und streckte sich. Die PR-Agentin ist wieder zurück, dachte er mit einem kleinen Lächeln. Als er sich nach seinem Morgenmantel bückte, fiel ihm auf, dass sie nicht weiterredete. Er hob den Kopf und schaute zu ihr hin.

Himmel, er war schön. Das war alles, was sie denken konnte. Termine, Pläne, zusätzliche Informationen – alles war schlagartig aus ihrem Kopf verflogen. In der frühen Morgensonne schimmerte seine Haut eher golden denn braun, spannte sich glatt und fest über den Brustkorb, lief weiter über schmale Hüften und muskulöse Schenkel. Juliet atmete bebend durch und wich einen Schritt zurück.

„Ich sollte besser gehen", brachte sie hervor. „Wir können den Tagesplan für heute auch auf der Fahrt zum Studio besprechen."

Es bereitete ihm außerordentliches Vergnügen, als ihm bewusst wurde, was genau ihre Konzentration gestört hatte. Er hielt den Morgenmantel locker in einer Hand und machte einen Schritt auf sie zu. „Vielleicht setzen sie uns ja ab."

„Beschwöre es nicht herauf." Sie wollte munter klingen, brachte aber nur ein Flüstern heraus. „Das ist ... das ist ein interessanter Bademantel."

Der Ton ihrer Stimme war wie ein Sprungbrett für die Erregung, die ihn mehr und mehr erfasste. „Gefallen dir die Flamingos? Meine Mutter hat Sinn für Humor." Er trat noch näher, ohne sich den Mantel überzuziehen.

„Carlo, bleib, wo du bist. Ich meine es ernst." Mit hocherhobenen Händen wich sie rückwärts zur Tür.

Er lachte nur. Und lachte noch lauter, als er das Schlagen ihrer Zimmertür auf der anderen Korridorseite hörte.

Mit Juliet, die die Peitsche schwang, und Bill, der sie zügig durch die Stadt chauffierte, liefen alle anstehenden Termine so präzise ab wie ein Schweizer Uhrwerk. Ob Fernsehen, Radio oder Printmedien – überall war das Echo hervorragend. Die Buchsignierung am Nachmittag entwickelte sich zu einer Party im wahrsten Sinne des Wortes und war ein einschlagender Erfolg. Juliet suchte sich ein ruhiges Eckchen in einem Lagerraum, um den großen Umschlag aufzureißen, der heute Morgen noch im Hotel abgegeben worden war, geschickt von ihrem Büro in New York. Sie setzte sich und begann die Zeitungsausschnitte durchzusehen, die ihre Assistentin gesammelt und ihr per Kurier geschickt hatte.

Aus L. A. großartige Resonanz, ganz wie sie es erwartet hatte. Begeistert und enthusiastisch. San Diego hätte etwas mehr ins Detail gehen können, aber immerhin hatten sie Carlo die erste Seite im Teil „Essen + Trinken" der einen Zeitung gewidmet und einen Artikel in „Mode + Stil" einer anderen. Also kein Grund für Klagen. Portland und Seattle berichteten, druckten Rezepte und übertrafen sich gegenseitig mit Lob. Juliet hätte sich strahlend die Hände gerieben, wenn sie nicht einen Becher Kaffee in den Fingern gehalten hätte. Und dann stieß sie auf die Ausschnitte von Denver.

Der Kaffee schwappte über und spritzte über ihre Hand.

„Verdammt!" Sie kramte in ihrer Aktentasche, zog drei zerknüllte Servietten hervor und begann, den verschütteten Kaffee aufzuwischen. Ein Artikel aus einer Klatschzeitung. Wer hätte das gedacht? Sie überlegte einen Moment und beruhigte sich wieder. Publicity blieb Publicity. Und Tatsache war nun mal, dass sich um Franconi ständig der Klatsch rankte. Wenn man die Sache logisch betrachtete – je öfter sein Name in der Presse erschien, desto erfolgreicher die Tour. Nüchtern begann Juliet zu lesen.

Nach dem ersten Abschnitt nickte sie abwesend. In leichtem Plauderton gehalten, eher flach und trivial, aber auf keinen Fall hämisch. Viele Leute, die nicht in den „Essen + Trinken"-Teil hineinsahen, interessierten sich vielleicht eher für den Gesellschaftsklatsch. So gesehen war es also nur positiv, dass Franconi auch hier Erwähnung fand. Juliet las weiter.

Nach dem zweiten Abschnitt sprang sie von ihrem Klappstuhl auf. Dass sie wieder Kaffee verschüttete, bemerkte sie nicht einmal. Innerhalb von Sekunden wurde das ungläubige Erstaunen auf ihrer Miene von Wut verdrängt. Dieselben Sekunden reichten ihr, um die Zeitungsausschnitte unwirsch in den Umschlag zurückzuschieben. Es war nicht leicht, ihre Fassung wiederzufinden. Sie wartete fünf Minuten, bevor sie in die Ladenräume zurückging.

Laut Plan war eine weitere Viertelstunde für die Signierung vorgesehen, aber da standen noch immer gut zwanzig Leute, die darauf warteten, dass Carlo sein Autogramm in ihr erstandenes Buch schreiben würde. Ungefähr die gleiche Anzahl von Leuten stand plaudernd und lachend in kleinen Grüppchen zusammen. Was bedeutete, dass aus der Viertelstunde mindestens eine halbe werden würde. Die Zähne zusammengebissen, marschierte Juliet zu Bill hinüber.

„Da bist du ja." Jovial und freundlich wie immer legte er ihr den Arm um die Schultern und drückte sie an sich. „Das läuft ja einfach großartig hier. Der gute Carlo weiß, wie man die Damen bezirzt, ohne die Männer wütend zu machen. Wirklich verdammt clever, der Lump."

„Besser hätte ich es auch nicht beschreiben können." Die Fingerknöchel der Hand, mit der sie den Gurt ihrer Schultertasche hielt, traten weiß hervor. „Bill, kann ich hier irgendwo in Ruhe telefonieren? Ich muss im Verlag anrufen."

„Sicher, kein Problem. Komm mit, ich bring dich nach hinten." Bill führte sie durch die „Psychologie" vorbei an den „Western" und dann durch die „Romantik" bis hin zu einer Tür, auf der „Privat" stand. „Lass dir ruhig Zeit", lud er sie ein und schob sie leicht in den Raum, in dem ein mit Unterlagen übersäter Schreibtisch und eine Bogenlampe standen und unzählige Stapel von Büchern den Boden bedeckten. Sofort zog Juliet das Handy aus der Tasche.

„Danke, Bill." Sie wartete nicht einmal ab, bis er die Tür wieder zugezogen hatte, bevor sie die Nummer wählte. „Deborah Mortimor, bitte", verlangte sie, als sie beim Empfang landete. Juliet wippte ungeduldig mit der Fußspitze, bis die Verbindung zustande kam.

„Hier Deborah Mortimor.“

„Deb, hi, ich bin’s, Juliet.“

„Hi. Ich habe schon auf deinen Anruf gewartet. Sieht so aus, als hätten wir einen ziemlich großen Teil in der *Times* bekommen. Wenn ihr nach New York kommt, dann …“

„Darüber sprechen wir später.“ Juliet griff in ihre Tasche und holte die Kautabletten gegen Sodbrennen hervor. „Ich habe heute die Ausschnitte erhalten.“

„Sind sie nicht großartig?“

„Ja, sicher. Wirklich toll.“

„Aha.“ Deborah schaltete sofort. „Es ist diese kleine Nummer in Denver, oder?“

Juliet gab dem unschuldigen Drehstuhl einen Tritt. „Natürlich ist es das.“

„Setz dich, Juliet.“ Deborah musste es nicht sehen, um zu wissen, dass ihre Chefin erbost auf und ab marschierte.

„Ich soll mich hinsetzen? Ich habe gute Lust, nach Denver zurückzufliegen und Chatty Kathy an die Gurgel zu gehen.“

„Klatschkolumnistinnen umzubringen ist nicht gut für die PR, Juliet.“

„Es ist absoluter Müll.“

„Nein, so schlecht ist es gar nicht. Spekulation vielleicht, aber kein Müll.“

Juliet kämpfte um Selbstbeherrschung und schaffte es nur mit Mühe, ihrem Temperament nicht die Zügel schießen zu lassen. Sie steckte sich die erste Tablette in den Mund und kaute grimmig. „Komm mir nicht auf die Tour, Deb. Mir gefallen diese Anspielungen über Carlo und mich nicht. ‚Carlo Francos reizende amerikanische Reisebegleiterin‘“, zitierte sie durch zusammengebissene Zähne. „Reisebegleiterin! Das hört sich an, als hätte ich mich ihm zum Vergnügen angeschlossen. Und dann auch noch …“

„Ich hab’s gelesen“, unterbrach Deborah sie. „Hal übrigens auch“, fügte sie hinzu und bezog sich damit auf den Leiter der Werbeabteilung.

Juliet schloss für einen Moment die Augen. „Und?“

„Nun, er hat ungefähr sechs verschiedene Stadien durchlaufen. Letztendlich ist er zu dem Schluss gekommen, dass solche Kommentare wohl irgendwann auftauchen mussten und nur zu Franconis ... *Mystik* ist wohl das beste Wort dafür ... beitragen."

„Ich verstehe." Das Kinn vorgeschoben, hielt sie die Finger fest um die kleine Rolle mit den Kautabletten geklammert. „Na, dann ist ja alles in bester Ordnung, oder? Ich bin froh, dass ich die Mystik unseres Klienten noch vergrößern konnte."

„Hör zu, Juliet ..."

„Nein, schon gut. Sag dem guten Hal einfach, dass Houston absolut perfekt gelaufen ist." Sie würde mit Sicherheit zwei Tabletten brauchen. Also schob sie mit dem Daumen noch eine aus der Rolle und in ihren Mund. „Und erwähne ihm gegenüber nicht, dass ich wegen dieses ... dieses Schunds aus Denver angerufen habe."

„Gut, wie du möchtest."

Juliet machte einen Platz auf dem Schreibtisch frei, holte Kladde und Stift hervor und setzte sich. „Und jetzt gib mir durch, was bei der *Times* ansteht."

Eine halbe Stunde später – Juliet war gerade dabei, ihren letzten Anruf zu beenden – steckte Carlo den Kopf zur Tür herein. Als er sie mit dem Telefonhörer am Ohr sah, verdrehte er die Augen, schloss leise die Tür hinter sich und lehnte sich mit dem Rücken dagegen. Seine Augenbrauen ruckten in die Höhe, als er die halb aufgebrauchte Rolle Kautabletten sah.

„Ja, danke, Ed. Mr Franconi wird alle notwendigen Zutaten mitbringen und um acht Uhr im Studio sein. Ja." Sie lachte, allerdings tippte ihre Fußspitze einen gereizten Rhythmus auf den Boden. „Es ist absolut köstlich, garantiert. Wir sehen uns dann also in zwei Tagen."

Als sie den Hörer auflegte, kam Carlo wieder in das Zimmer hinein. „Warum bist du nicht gekommen, um mich zu retten?"

Sie bedachte ihn mit einem langen Blick, bevor sie sprach. „Du schienst doch auch ohne mich sehr gut zurechtzukommen."

Den Ton und den Gesichtsausdruck kannte er bereits. Jetzt musste er nur noch den Grund dafür herausfinden. Er schlenderte zum Tisch und nahm die Rolle mit den Tabletten auf. „Du bist viel zu jung, um die nötig zu haben."

„Ich habe noch nie gehört, dass Magengeschwüre sich an Altersbegrenzungen halten."

Er runzelte die Stirn und setzte sich auf die Schreibtischkante. „Juliet, wenn ich glaubte, dass du Magengeschwüre hast, würde ich dich mit nach Rom nehmen und dich in meinem Zuhause einen Monat lang mit Schonkost versorgen. Aber", er ließ die halbe Rolle in seine Jackentasche gleiten, „warum sagst du mir nicht, was das Problem ist?"

„Es gab mehrere", behauptete sie brüsk und sammelte ihre Notizen zusammen. „Doch die habe ich inzwischen ausgebügelt. In Chicago müssen wir einkaufen gehen, für das Hühnchengericht, das du zubereiten willst. Wenn du dann also hier fertig bist, können wir ..."

„Nein." Eine Hand auf ihrer Schulter, hielt er sie auf dem Stuhl fest. „Wir sind noch nicht fertig. Nur weil wir in Chicago Hühnchen einkaufen müssen, hast du nicht eine halbe Rolle Magentabletten gekaut. Weshalb also dann?"

Die beste Verteidigung war immer Distanz. Ihre Stimme wurde frostig. „Carlo, ich bin sehr beschäftigt."

„Meinst du wirklich, ich hätte das in den zwei Wochen nicht bemerkt? Meinst du, ich kenne dich nicht langsam gut genug?" Ungeduldig rüttelte er sie leicht. „Du greifst nur nach Aspirin und diesen Pillen, wenn du unter zu großem Druck stehst. Und das gefällt mir nicht."

„Das ergibt sich automatisch aus dem Job." Ohne Erfolg versuchte sie, seine Hand abzuschütteln. „Carlo, wir sollten zusehen, dass wir zum Flughafen kommen."

„Wir haben noch mehr als genug Zeit. Sag mir, was los ist."

„Na schön." Mit ruckartigen knappen Bewegungen holte sie den Zeitungsausschnitt aus ihrer Aktentasche und drückte ihn Carlo in die Hand.

„Was ist das?" Er überflog den Text nur, ohne ihn wirklich zu lesen. „Eine von diesen Klatschkolumnen, die darüber schreiben, wer mit wem zusammen gesehen wurde und was sie angehabt haben, während man sie zusammen gesehen hat?“

„So ungefähr, ja.“

„Ah.“ Er las, dann begann er zu nicken. „Und du bist also mit mir gesehen worden.“

Sie schlug ihre Kladde zu und verstaute sie sorgfältig in ihrer Aktentasche. Zweimal ermahnte sie sich, dass ein Wutausbruch nicht weiterhelfen würde. „Als deine PR-Agentin lässt sich das wohl kaum vermeiden.“

Da er ihre Logik zu schätzen wusste, nickte er nur wieder. „Aber du denkst, der Artikel spielt auf etwas anderes an.“

„Darin wird etwas anderes behauptet“, schleuderte sie ihm entgegen. „Etwas, das nicht wahr ist.“

„Du wirst hier meine Reisebegleiterin genannt.“ Ruhig schaute er auf. Er konnte sich bestens vorstellen, dass diese Beschreibung nicht besonders gut bei ihr ankam. „Es ist vielleicht nicht die ganze Wahrheit, aber gelogen ist es auch nicht. Stört es dich, wenn du als meine Begleiterin bezeichnet wirst?“

Sie wollte keine Vernunft von ihm, und sie hatte auch nicht vor, ihm nachzueifern. „Wenn ‚Begleiterin‘ mit dieser Nuance genutzt wird, ist es weder professionell noch harmlos. Ich bin nicht hier, damit mein Name mit deinem in diesen Zusammenhang gestellt wird.“

„In welchen Zusammenhang, Juliet?“

„Sie drucken meinen Namen ab, und dann schreiben sie, dass ich nie weiter als eine Armeslänge von dir entfernt bin, dass ich dich bewache, als wärst du mein persönliches Eigentum. Und dass du …“

„Dass ich deine Hand in öffentlichen Restaurants küsse, als könnte ich es gar nicht abwarten, endlich mit dir allein zu sein.“ Carlo hatte längst weitergelesen. „Na und? Ist es wichtig, was hier steht?“

Sie fuhr sich mit beiden Händen durchs Haar. „Carlo, ich bin hier mit dir zusammen, weil ich einen Job erledige. Dieser Ausschnitt kam über meinen Verlag, über meinen Chef. Ist dir nicht klar, wie sehr ein solcher Artikel meine Glaubwürdigkeit schädigen kann?"

„Nein", antwortete er schlicht. „Es ist Klatsch, mehr nicht. Dein Chef ... ist er verärgert deswegen?"

Trocken lachte sie auf, doch mit Humor hatte das nichts zu tun. „Nein. Er hat sogar entschieden, dass es in Ordnung ist. Weil es gut für dein Image ist."

„Na dann ...?"

„Ich will aber nicht gut für dein Image sein", schleuderte sie mit einer Heftigkeit zurück, die sie beide schockierte. „Ich will nicht eines von den Dutzenden von Gesichtern, einer von unzähligen Namen sein, die mit dir in Zusammenhang gebracht werden."

„Aha", murmelte er, „jetzt kommen wir der Wahrheit näher. Du bist wütend auf mich. Deswegen." Er legte den Zeitungsschnipsel ab. „Du bist wütend, weil es jetzt mehr Wahrheit enthält als zu der Zeit, als es veröffentlicht wurde."

„Ich will kein Name auf einer Liste sein, Carlo." Ihre Stimme war ruhiger, tiefer geworden. Sie steckte die geballten Fäuste in ihre Rocktaschen. „Nicht auf deiner, auf niemandes Liste. Ich bin nicht so weit im Leben gekommen, um das jetzt zuzulassen."

Er stand da und fragte sich, ob ihr überhaupt klar war, wie beleidigend ihre Worte waren. Nein, für sie waren es nur Fakten, keine Giftpfeile. „Ich habe dich auf keine Liste gesetzt, Juliet. Wenn du glaubst, in eine Reihe mit anderen Frauen gestellt zu werden, entspringt das deiner Fantasie. Mit mir hat das nichts zu tun."

„Vor ein paar Wochen war es die französische Schauspielerin, vor ein paar Monaten die verwitwete Gräfin."

Er wurde nicht laut, aber es lag nur an seiner Willenskraft, dass seine Stimme gleichmäßig und ruhig klang. „Ich habe nie vorgegeben, du seist die erste Frau in meinem Bett. Ich habe auch nie erwartet, dass ich der erste Mann in deinem Bett bin."

„Das ist etwas völlig anderes."

„Ah, jetzt also findest du diese Doppelmoral durchaus praktisch, nicht wahr?" Er nahm den Zeitungsausschnitt zur Hand, zerknüllte ihn und warf ihn in den Papierkorb. „Für so etwas habe ich keine Geduld, Juliet."

Er war schon bei der Tür, bevor sie wieder sprach. „Carlo, warte." Nur eine hauchdünne Lage Höflichkeit kaschierte die Wut, als er sich zu ihr umdrehte. „Verdammt." Die Hände noch immer in den Taschen, marschierte sie zwischen zwei Bücherstapeln hin und her. „Ich hatte nie vor, es an dir auszulassen. Es war völlig unangebracht, und es tut mir ehrlich leid. Wahrscheinlich glaubst du jetzt, dass ich mich nicht sehr vernünftig benehme."

„Ja, den Anschein hat es im Moment wohl."

Juliet seufzte. Den schneidenden Ton hatte sie verdient. „Ich weiß nicht, wie ich es erklären soll … Ich kann nur sagen, dass mir meine Karriere sehr wichtig ist."

„Das verstehe ich."

„Allerdings ist mir meine Privatsphäre ebenso wichtig. Ich will nicht, dass mein Privatleben an der Kaffeemaschine in der Verlagsküche breitgetreten wird."

„Die Leute reden, Juliet. Das ist ebenso normal wie bedeutungslos."

„Ich kann das nicht so leicht abschütteln wie du, Carlo." Sie hob den Gurt ihrer Aktentasche an, ließ ihn wieder fallen. „Ich bin daran gewöhnt, im Hintergrund zu bleiben. Ich treffe die Arrangements, kümmere mich um die Details, mache die Besorgungen und organisiere. In die Zeitung kommt dann das Bild eines anderen. So will ich es auch haben."

„Man kann nicht immer alles haben, was man will." Die Daumen in die Hosentaschen gehakt, lehnte er sich mit dem Rücken an die Tür und musterte sie. „Dein Ärger sitzt tiefer. Es liegt nicht nur an ein paar Zeilen in der Zeitung, die die Leute schon morgen wieder vergessen haben."

Sie schloss für einen Moment die Augen, drehte sich dann wieder zu ihm. „Also schön, du hast recht. Aber es ist mehr als nur Ärger. Carlo, ich … ich habe mich mit dir in eine sehr heikle Position manövriert."

In Gedanken wiederholte er ihren Satz, wägte die Worte ab, beurteilte. „Heikle Position?"

„Bitte, verstehe mich nicht falsch. Ich bin hier mit dir aufgrund meines Jobs. Es ist mir sehr wichtig, dass ich meine Arbeit nach bestem Wissen und Können professionell erledige. Was zwischen uns passiert ist …“

„Was ist denn zwischen uns passiert?“, hakte er nach, als sie nicht weitersprach.

„Mach es nicht noch schwieriger, als es schon ist.“

„Na schön, dann vereinfachen wir es doch. Wir sind ein Liebespaar.“

Bebend stieß sie den Atem aus. Sie fragte sich, ob er wirklich glaubte, dass es so einfach war. Für ihn mochte es vielleicht wie ein Spaziergang im Mondschein sein, sie jedoch befand sich mitten in einem Orkan. „Ich würde diesen Aspekt unserer Beziehung gerne komplett von der geschäftlichen Seite getrennt halten.“

Es verblüffte ihn, dass er eine solche Bemerkung auch noch liebenswert fand. Vielleicht lag ein Teil der Anziehungskraft, die sie auf ihn ausübte, darin, dass sie so wandelbar war. Wer sie im Job erlebte, sah die Karrierefrau. Er aber hatte auch die Romantikerin entdeckt. „Juliet, meine Liebe, du hörst dich an, als wolltest du einen Vertrag aushandeln.“

„Vielleicht will ich das ja auch.“ Die Nerven meldeten sich wieder, wollten mit ihr durchgehen. „Vielleicht will ich das sogar wirklich, in gewisser Hinsicht.“

Sein Ärger war längst verpufft. Ihr Blick war bei Weitem nicht so sicher, wie ihre Stimme klang. Und sie rang nervös die Hände, wie ihm auffiel. Langsam ging er auf sie zu. Es stimmte ihn zufrieden, dass sie nicht vor ihm zurückwich, aber die Achtsamkeit trat wieder in ihre Augen. „Juliet …“ Er fuhr ihr mit den Fingern durchs Haar. „Man kann Bedingungen und Fristen aushandeln, aber keine Emotionen.“

„Man kann sie jedoch zumindest … regulieren.“

Sanft nahm er ihre Hände in seine, führte sie an seine Lippen. „Nein.“

„Carlo, bitte …“

„Du magst es doch, wenn ich dich berühre“, murmelte er. „Ganz egal, ob wir allein sind, so wie jetzt hier, oder mitten in einer Gruppe Fremder stehen. Wenn ich deine Hand nehme, so wie jetzt, dann weißt du, woran ich denke. Und es ist nicht immer Leidenschaft oder Lust. Manchmal, wenn ich dich ansehe, wenn ich dich berühre, dann denke ich daran, dass ich nur mit dir zusammen sein möchte, mit dir reden oder auch schweigend mit dir zusammensitzen. Willst du jetzt mit mir aushandeln, wie oft ich deine Hand berühren darf? Wie oft am Tag es erlaubt ist?"

„Du lässt es klingen, als sei ich ein Idiot. Mach dich nicht lustig über mich."

Seine Finger klammerten sich um ihre. „Dann mach du dich nicht lustig über meine Gefühle für dich."

„Ich …" Nein, daran würde sie nicht rühren, das wagte sie nicht. „Carlo … ich möchte die Dinge nur schlicht und einfach halten."

„Unmöglich."

„Nein, ist es nicht."

„Dann sage mir – ist das schlicht?" Er legte die Finger auf ihre Schulter, ganz leicht nur, dann senkte er den Kopf und küsste sie. So flüchtig, so zart, dass man es kaum als Kuss bezeichnen konnte. Juliet fühlte, wie ihre Knie nachgeben wollten.

„Carlo, wir weichen vom Thema ab."

Er schlang die Arme um sie. „Dieses Thema gefällt mir viel besser. Wenn wir in Chicago angekommen sind …", er ließ seine Hände ihren Rücken hinauf- und hinunterwandern, während er einen Schauer kleiner Küsse über ihr Gesicht regnen ließ, „… dann möchte ich den Abend allein mit dir verbringen."

„Wir … wir haben einen Termin um zehn. Drinks mit …"

„Sag ab."

„Carlo, du weißt, dass ich das nicht kann."

„Auch gut, dann übernehme ich das." Er knabberte an ihrem Ohrläppchen. „Ich schütze Müdigkeit vor und stelle damit sicher, dass wir einen ruhigen Abend für uns allein haben. Und für den Rest des Abends und der Nacht werde ich dann kleine Dinge mit dir tun, Dinge wie das hier."

Seine Zunge schnellte hervor und liebkoste ihr Ohr, um dann die empfindliche Stelle direkt darunter an ihrem Hals zu reizen.

Der Schauer, der durch ihren Körper lief, reichte aus, um die Erregung in beiden aufflammen zu lassen. „Carlo, du verstehst nicht …“

„Ich verstehe, dass ich dich begehre.“ Seine Stimmung schlug jäh um, nüchtern hielt er sie bei den Schultern. „Wenn ich dir jetzt sagte, dass ich dich mehr begehre als je eine Frau zuvor, würdest du mir nicht glauben.“

Sie wich vor seinen Worten zurück, nur um sich sofort wieder von ihm heranziehen zu lassen. „Nein, ich würde es nicht glauben. Und es ist auch nicht nötig, dass du das sagst.“

„Du hast Angst davor, es zu hören, und du fürchtest dich davor, es zu glauben. ‚Schlicht und einfach‘ bekommst du von mir nicht, Juliet. Aber dafür bekommst du einen Liebhaber, den du nie vergessen wirst.“

Sie hatte sich wieder etwas gefasst, begegnete seinem Blick offen und direkt. „Damit habe ich mich längst abgefunden, Carlo. Ich muss keine Entschuldigungen für mich selbst suchen, und ich bereue es auch nicht, dass ich gestern Nacht zu dir gekommen bin.“

„Dann finde dich auch mit dem hier ab.“ Der Ärger war in seine Augen zurückgekehrt, glühend heiß und funkelnd, als er auf das zusammengeknüllte Papier im Müll deutete. „Mir ist gleich, was sie in der Zeitung schreiben. Mir ist egal, was sie im Verlag in New York wispern. Du, dieser Moment, das ist das Einzige, was mich wirklich interessiert.“

Etwas in ihr zerbröckelte lautlos – ein Schutzwall, den sie instinktiv über die Jahre hin aufgebaut hatte. Sie durfte seine Worte nicht zu ernst nehmen. Er war schließlich noch immer Carlo Franconi. Wenn er sich wirklich etwas aus ihr machte, dann nur in der ihm eigenen Art, innerhalb seines Zeitgefühls. Dennoch war etwas in ihr zusammengefallen, und so schnell würde es sich nicht wieder aufbauen lassen. Nur mit Direktheit konnte sie sich jetzt noch schützen.

„Carlo, ich weiß nicht, wie ich dich einschätzen und mit dir umgehen soll. Dafür habe ich nicht genügend Erfahrung.“

„Dann versuche eben nicht, mich einzuschätzen.“ Wieder fasste er sie bei den Schultern. „Vertrau mir.“

Sie legte ihre Hände auf seine, hielt einen Moment seine Finger, schob seine Hände dann fort. „Es geht zu schnell. Und es ist zu viel."

Bei seiner Arbeit gab es Zeiten, in denen er sehr viel Geduld beweisen musste. Als Mann hatte er diese Erfahrung bisher nur selten gemacht. Und doch wusste er – würde er sie jetzt drängen, so wie er es aus einem ihm unbegreiflichen Grund tun wollte, würde er den Graben zwischen ihnen nur weiter aufreißen und die Distanz vergrößern. „Dann sollten wir für den Moment einfach unsere gemeinsame Zeit genießen."

Das war es, was sie wollte, sagte Juliet sich. Es war genau das, was sie wollte, nicht mehr und nicht weniger. Trotzdem fühlte sie sich den Tränen nahe.

„Ja, kosten wir die Zeit aus, die wir miteinander haben", stimmte sie zu. Sie stieß einen Seufzer aus und nahm sein Gesicht in beide Hände, so wie er es oft bei ihr tat. „Bis zur Neige."

Als er seine Stirn an ihre legte, fragte er sich, warum ihn ihre Antwort nicht wirklich zufriedenstellte.

9. KAPITEL

Ausgelaugt von der Reise, sich auf einen ruhigen Drink mit hochgelegten Füßen freuend steuerte Juliet auf die Rezeption in dem Hotel in Chicago zu. Ein schneller Blick durch die Lobby, und sie war höchstzufrieden. Marmorne Böden, klassische Statuen und elegant wirkende große Topfpflanzen – in solchen Hotels gab es meist auch große, mit allem Komfort ausgestattete Badezimmer. Sie nahm sich fest vor, ihre erste Stunde in Chicago in einem heißen, prickelnden Schaumbad zu verbringen.

„Kann ich Ihnen helfen?"

„Sie haben eine Reservierung auf die Namen Franconi und Trent."

Mit wenigen Anschlägen auf dem Keyboard rief die Hotelangestellte die Reservierungen auf den Monitor. „Sie beide bleiben zwei Nächte, Miss Trent?"

„Ja, das ist richtig."

„Bitte begleichen Sie die Rechnung im Voraus. Die Zimmer sind vorbereitet. Wenn Sie und Mr Franconi noch die Anmeldung ausfüllen wollen …? Ich werde den Pagen rufen, damit er Ihr Gepäck nach oben bringt."

Während er das Formular ausfüllte, warf Carlo einen Seitenblick zu Juliet. Im Profil sah sie liebreizend aus, vielleicht ein wenig müde. Das Haar hatte sie im Nacken aufgesteckt, einige Strähnen umschmeichelten an den Seiten ihren Hals. Weder ihr noch der Frisur sah man die Reise an. Juliet wirkte, als könnte sie gleich im Anschluss noch eine dreistündige Geschäftskonferenz ohne einen Laut der Klage durchhalten. Aber dann drückte sie ihren Rücken durch, schloss kurz die Augen und lockerte die Schultern. Sie war tatsächlich völlig erschöpft, stellte Carlo fest, und empfand den Wunsch, sich unbedingt um sie zu kümmern.

„Juliet, es besteht keine Notwendigkeit für zwei Zimmer."

Sie schob ihre Tasche höher auf die Schulter und unterschrieb das Formular. „Carlo, fang erst gar nicht damit an. Alles ist arrangiert."

„Aber das ist doch absurd. Du schläfst so oder so in meiner Suite, also ist das zweite Zimmer völlig unnütz."

Die Hotelmitarbeiterin stand in diskreter Entfernung und verfolgte jedes Wort genauestens mit.

Juliet holte ihre Kreditkarte hervor und ließ sie mit einem leisen Laut auf den Tresen schnippen. Amüsiert stellte Carlo fest, dass plötzlich jegliches Anzeichen von Müdigkeit bei ihr verschwunden war. Er wollte sie lieben, stundenlang.

„Sie werden den Ausdruck für die weiteren Spesen brauchen", sagte sie relativ ruhig zu der Angestellten. „Setzen Sie auch bitte alle von Mr Franconis Kosten mit hinzu."

Carlo schob sein ausgefülltes Formular der Rezeptionistin zu und lehnte sich an den Tresen. „Juliet, kommst du dir nicht lächerlich dabei vor, ständig über den Flur hin- und herzurennen? Selbst für einen großen Verlag ist es albern, für ein leer stehendes Zimmer zu zahlen und für ein Bett, in dem niemand schläft."

Mit zusammengebissenen Zähnen steckte sie ihre Kreditkarte wieder ein. „Ich sage dir, was lächerlich ist", zischelte sie. „Es ist lächerlich, dass du hier stehst und mich ganz bewusst in Verlegenheit bringst."

„Sie haben die Zimmernummern 1102 und 1108." Die Angestellte reichte ihnen die Schlüssel. „Ich fürchte, die Zimmer liegen an entgegengesetzten Enden des Korridors, nicht auf gegenüberliegenden Seiten."

„Das passt sehr gut." Juliet drehte sich um und fand den Pagen hinter sich stehen, der höchstinteressiert zuhörte. Ertappt, packte er diensteifrig das Gepäck auf den Kofferwagen. Ohne ein Wort rauschte Juliet an ihm vorbei zu den Aufzügen.

Carlo fiel an ihrer Seite in ihren Schritt mit ein. Ihm war völlig gleich, dass die Empfangsdame ein bezauberndes Lächeln hatte. „Juliet, ich finde es seltsam, dass dir etwas so Simples peinlich sein sollte."

„Meiner Ansicht nach ist das keineswegs simpel." Frustriert stach sie auf den Rufknopf des Aufzugs ein.

„Entschuldige." Carlo musste seinen Ärger niederkämpfen. „Ich erinnere mich genau daran, dass du diejenige warst, die sich gewünscht hat, unsere Beziehung möge schlicht und einfach bleiben."

„Du brauchst meine Worte nicht zu wiederholen. Was ich gesagt habe, hat nichts damit zu tun."

„Selbstverständlich nicht", murmelte er und ließ ihr den Vortritt in den Fahrstuhl.

Bei dem Ausdruck auf Juliets Gesicht fing der Page an, sich Sorgen um sein Trinkgeld zu machen. Deshalb setzte er sein freundlichstes Willkommenslächeln auf. „So", setzte er an, als die Lifttüren sich schlossen. „Bleiben die Herrschaften lange in Chicago?"

„Zwei Tage." Es war Carlo, der freundlich antwortete.

„In zwei Tagen kann man eine Menge von der Stadt sehen. Sie sollten auf jeden Fall zum See rausfahren und …"

„Wir sind geschäftlich in der Stadt", unterbrach Juliet den jungen Mann. „Rein geschäftlich."

„Natürlich, Ma'am." Lächelnd schob der Page den Gepäckwagen in den Korridor, als der Lift anhielt. „1108 liegt gleich hier vorn."

„Das ist mein Zimmer." Juliet holte ihr Portemonnaie wieder hervor und zog ein paar Banknoten heraus, während der Hotelpage die Zimmertür aufschloss. „Diese beiden Teile gehören mir." Sie zeigte auf die Gepäckstücke, bevor sie sich zu Carlo umdrehte. „Um zehn treffen wir uns in der Hotelbar mit Dave Lockwell auf einen Drink. Bis dahin kannst du frei über deine Zeit verfügen."

„Ich habe auch schon eine Idee, was ich machen könnte", setzte er vielsagend an, doch Juliet war bereits an ihm vorbeigegangen. Sie drückte dem Pagen die Geldscheine in die Hand und verschloss dann ihre Tür mit einem resoluten Klicken.

Carlos fand, dreißig Minuten müssten eigentlich für jeden ausreichen, um sich wieder zu beruhigen. Juliets eigensinnige und kleinliche Einstellung mit Blick auf die Zimmersituation war nicht nur lästig, sie war auch ärgerlich. Aber eigentlich hatte er es nicht anders erwartet. Andererseits fand er ihre Reaktion schon fast niedlich, auf jeden Fall naiv. Glaubte sie wirklich, die Empfangsdame und der Page würden auch nur mit der Wimper zucken, weil sie beide ein Liebespaar waren?

Die Tatsache, dass Juliet offensichtlich überzeugt davon war, war nur ein weiterer Aspekt ihres Charakters, der ihm gefiel. Juliet Trent legte großen Wert darauf, in allem, was sie tat, immer fehlerlos zu bleiben. Brodelnde Leidenschaft unter einem strengen Geschäftskostüm – Carlo fand sie unwiderstehlich.

Er kannte die verschiedensten Frauen – die junge Unschuld voller Energie, gierig auf das Leben, die reiche Aristokratin, gelangweilt von ihrem Geld und der Tradition, die erfolgreiche Karrierefrau, die zwar an eine Ehe dachte, aber nur in der Zukunft, und ihr gleichzeitig misstrauisch gegenüberstand. Er hatte so viele getroffen – die Erfüllten und Glücklichen, die Soliden, die Verzweifelten, die stetig Suchenden, die Klammernden. Bei Juliet Trent mit den kühlen grünen Augen und der ruhigen Stimme war er sich völlig unsicher, in welche dieser Kategorien sie passte. Es schien, als besäße sie alle und gleichzeitig keine der weiblichen Qualitäten, die er verstand. Sicher wusste er nur, dass er sich wünschte, sie sollte auf irgendeine Art in sein Leben passen.

Der beste Weg, der einzige Weg, den er kannte, um dies zu erreichen, war, sie mit Charme zu betören und zu umgarnen, bis sie sich nicht mehr aus dem Geflecht lösen konnte. Und danach würden sie dann über den nächsten Schritt verhandeln.

Carlo nahm die Rose auf, die er sich aus dem Blumengeschäft des Hotels hatte hinaufschicken lassen, und schnupperte versunken an der prächtigen Blüte. Dann ging er den Flur entlang zu Juliets Zimmer.

Juliet trocknete sich gerade nach einem ausgiebigen heißen Bad ab. Hätte sie das Klopfen vor fünf Minuten gehört, wäre sie wahrscheinlich verärgert gewesen. So jedoch zog sie sich ihren Morgenmantel über und ging zur Tür, um zu öffnen.

Sie hatte ihn erwartet. Schließlich war sie nicht so dumm, zu glauben, ein Mann wie Carlo würde sich eine Tür vor der Nase zuschlagen lassen und es als endgültige Antwort akzeptieren.

Es hatte ihr Befriedigung verschafft, die Tür zu schließen, genau wie es ihr jetzt Befriedigung verschaffte, sie wieder aufzuziehen. Wenn sie so weit war.

Was sie nicht erwartet hatte, war die Rose. Zwar wusste sie, wie unklug es war, von einer einzelnen, langstieligen Rose mit einer Blüte in der Farbe des Sonnenscheins gerührt zu sein, dennoch war sie genau das: gerührt. Ihr Vorsatz, ein ruhiges, ernstes Gespräch mit ihm zu führen, begann zu wanken.

„Du siehst ausgeruht aus." Anstatt ihr die Rose zu übergeben, nahm Carlo ihre Hand. Und bevor Juliet entscheiden konnte, ob sie ihn hereinlassen sollte oder nicht, stand er auch schon in ihrem Zimmer.

Wenn sie ihren Standpunkt jetzt nicht vertrat, würde sie nie sicheren Boden unter den Füßen bekommen, rief Juliet sich in Erinnerung, während sie die Tür hinter ihm schloss. „Da du nun schon mal hier bist, können wir uns unterhalten. Wir haben eine gute Stunde Zeit."

„Ja, natürlich." Wie er es sich zur Gewohnheit gemacht hatte, schaute er sich auch dieses Mal zuerst in ihrem Zimmer um. Ihr Koffer lag auf dem dafür vorgesehenen Gestell, nicht ausgepackt, aber mit aufgeklapptem Deckel. Es war unpraktisch, immer wieder aus- und einzupacken, wenn man von einer Stadt zur nächsten jagte. Auch wenn sie jetzt die dritte Woche auf Reisen begannen, war der Inhalt ihres Koffers peinlich akkurat gefaltet und durchorganisiert. Er hatte nichts anderes von ihr erwartet. Ihr dickes Notizbuch und zwei Stifte hatte sie bereits neben das Telefon gelegt. Das Einzige, was auch nur entfernt an Unordnung in diesem unpersönlichen und aufgeräumten Hotelzimmer erinnerte, waren die italienischen Schuhe mit den hohen Absätzen, die mitten auf dem Teppich lagen, dort, wo sie sie von den Füßen gestreift hatte. Diese kleine Inkonsequenz passte perfekt zu ihr.

„Es fällt mir leichter, Dinge zu besprechen", hob sie an, „wenn du nicht im Zimmer umherwanderst."

„Wirklich?" Ganz verkörperte Bereitwilligkeit, setzte Carlo sich hin und hielt sich die Rose unter die Nase. „Möchtest du über unseren Terminplan hier in Chicago sprechen?"

„Nein … ja." Da gab es mindestens ein Dutzend Dinge, die sie mit ihm durchgehen musste. Aber ein einziges Mal stellte sie das Geschäftliche hintan. „Später." Sie würde jeden noch so kleinen Vorteil ausnutzen, der sich ihr bot. Also blieb sie stehen. „Zuerst möchte ich über die kleine Episode dort unten an der Rezeption sprechen."

„Ah."

Ein ausgesprochen europäischer Laut, noch dazu von einem milden Lächeln begleitet. Juliet wäre Carlo liebend gern an die Gurgel gegangen. „Das war unangebracht und völlig überflüssig."

„War es das?" Er hatte gelernt, dass eine Strategie umso mehr Aussicht auf Erfolg hatte, wenn sie mit freundlichem Nachfragen oder schlichtem Bejahen gespickt war. Auf diese Weise konnte man den Ausgang dann auf sein eigenes Ziel hinlenken, ohne dass allzu viel Blutvergießen nötig wurde.

„Und ob es das war." Juliet ließ sich auf die Bettkante sinken, die eigenen Vorsätze schon vergessend. „Carlo, du hattest kein Recht, über Persönliches zwischen uns in der Öffentlichkeit zu reden."

„Natürlich, du hast recht."

„Ich …" Seine schlichte Zustimmung nahm ihr den Wind aus den Segeln. Die strenge, leicht verärgerte Rede, die sie sich in der Badewanne so sorgfältig zurechtgelegt hatte, platzte wie eine Seifenblase.

„Ich muss mich bei dir entschuldigen", fuhr er fort, bevor sie sich wieder gesammelt hatte. „Das war gedankenlos von mir."

„Nun, nein …" Wie er vorausgesehen hatte, kam sie sofort zu seiner Verteidigung. „Es war nicht gedankenlos, einfach nur unangebracht."

Mit der Rose wedelte er ihren Beistand beiseite. „Du bist zu entgegenkommend, Juliet. Siehst du, ich dachte nur daran, wie praktisch veranlagt du bist. Das ist übrigens eine der Eigenschaften, die ich so sehr an dir schätze." Um zu bekommen, was er wollte, hatte er schon immer so viel Wahrheit wie möglich genutzt. „Und außer in meiner Familie habe ich nur wenige praktische Frauen kennengelernt. Es ist eine Eigenschaft an dir, die mir sehr zusagt. Genau wie auch die Farbe deiner Augen und deine samtweiche Haut."

Weil sie merkte, dass sie hier rasant an Boden verlor, setzte Juliet sich gerader auf. „Du brauchst keine Schmeicheleien zu benutzen, Carlo. Hier geht es nur darum, ein paar grundlegende Regeln aufzustellen."

„Siehst du ..." Als hätte sie nur seine Gedanken bestätigt, beugte er sich vor und berührte leicht ihre Fingerspitzen. „Natürlich bist du viel zu praktisch veranlagt, als dass Schmeicheleien dir irgendetwas bedeuten könnten ... oder um dich gar davon beeinflussen zu lassen. Ist es da ein Wunder, dass ich derart von dir bezaubert bin?"

„Carlo ..."

„Ich habe meine Erklärung noch nicht zu Ende geführt." Er zog sich gerade weit genug zurück, um Anlauf für seinen Angriff zu nehmen. „Ich meine, so wie ich dich inzwischen kenne, dachte ich, du seist ebenfalls der Ansicht, dass es unpraktisch und albern ist, zwei getrennte Zimmer zu buchen, wenn wir doch zusammen sein wollen. Du willst doch mit mir zusammen sein, Juliet, oder?"

Frustriert starrte sie ihn an. Irgendwie hatte er soeben die gesamte Situation um hundertachtzig Grad gedreht, dessen war sie sicher. Juliet suchte verzweifelt nach einem Halt. „Carlo, das hat doch nichts damit zu tun, ob ich mit dir zusammen sein will."

Er zog eine Augenbraue in die Höhe. „Nicht?"

„Nein. Es geht um die Grenze, die unsere geschäftliche und unsere persönliche Beziehung trennt."

„Eine Grenze, die sich nur sehr schwer ziehen lässt. Für mich ist sie sogar unmöglich zu ziehen." Die Wahrheit stieg wieder an die Oberfläche, dieses Mal jedoch ohne Hintergedanken. „Ich will mir dir zusammen sein, Juliet, jede Minute, die wir haben. Mich ärgert sogar die kurze Zeit, die du hier warst und ich dort. Ein paar Stunden in der Nacht reichen mir nicht. Ich wünsche mir mehr für uns, so viel mehr."

Er konnte selbst nicht fassen, dass er das gesagt hatte. Es war keiner von seinen cleveren taktischen Schritten gewesen, keine von seinen brillant-charmanten Phrasen. Dieses kleine Juwel hatte versteckt in seinem Innern geschlummert, um in diesem Moment ans Tageslicht zu kommen und ihn völlig zu überrumpeln.

Ratlos erhob er sich und ging zum Fenster, gab sich einen Moment, um sich zu sammeln. Dort unten rauschte Chicagos Verkehr vorbei. Ein steter Fluss, der jedoch hin und wieder zu einem abrupten Stopp kam, Wendungen und Biegungen nahm, um dann wieder weiterzufließen. Das Leben war ebenso, wurde Carlo klar. Man mochte so schnell wie möglich vorankommen, doch man konnte nie wissen, wann sich einem etwas jäh in den Weg stellte und zum Abbremsen zwang.

Hinter ihm saß Juliet schweigend da, zerrissen zwischen dem, was er gesagt hatte, und dem, was sie dabei fühlte. Von Anfang an hatte sie sich immer Carlos Definition einer Affäre vor Augen gehalten – nur eine einzelne Fahrt auf dem Karussell. Wenn die Musik verklang, stieg man aus und wusste, man hatte bekommen, was zu erwarten gewesen war. Doch jetzt hatte er mit wenigen Worten das Blickfeld verändert. Sie fragte sich, ob sie beide dazu überhaupt bereit waren.

„Carlo, du behauptest, ich sei praktisch. Gut, dann werde ich es dir jetzt beweisen." Mühsam klaubte sie jedes Quäntchen innerer Kraft zusammen und stand auf. „Wir sind noch eine Woche zusammen auf Tour. In dieser Zeit liegen vier Städte vor uns, Chicago nicht eingeschlossen. Um ehrlich zu sein, mir wäre es auch lieber, wenn wir uns um nichts anderes kümmern müssten als um uns selbst."

Er drehte sich zu ihr um, und auch wenn sie dachte, dass sein Lächeln seltsam war, so lächelte er doch zumindest. „Das ist das Netteste, das du in all den Tagen und in all den Städten zu mir gesagt hast, Juliet."

Sie machte einen Schritt auf ihn zu. Es schien albern, sich über Risiken zu sorgen, wenn ihnen nur so wenig Zeit blieb. „Das Zusammensein mit dir werde ich mein ganzes Leben lang nicht vergessen, auch wenn ich es mir sogar vielleicht irgendwann wünschen werde."

„Juliet …"

„Nein, lass mich weiterreden. Ich will mit dir zusammen sein. Ein Teil von mir hasst es, dass wir die Zeit mit anderen Leuten verbringen, uns in getrennten Räumen aufhalten und uns um all die Details kümmern müssen, obwohl all das uns doch überhaupt erst zusammengeführt hat. Aber der andere Teil von mir ist sich klar darüber, dass all das absolut notwendig ist. Denn das werden die Dinge sein, die wir mitnehmen, wenn wir wieder in unseren verschiedenen Welten zurück sind."

Nein, denk nicht daran, warnte sie sich in Gedanken. Denn wenn sie jetzt daran dachte, konnte sie ihre Stimme nicht fest und entschlossen halten.

„Ganz gleich, wie viel Zeit ich mit dir in deiner Suite verbringe, ich brauche ein eigenes Zimmer, und wenn aus keinem anderen Grund als dem Wissen, dass es dieses Zimmer gibt. Vielleicht ist das die praktische Seite an mir, Carlo."

Oder die verletzliche, sinnierte er. Aber hatte er nicht gerade feststellen müssen, dass auch er eine verletzliche Seite besaß? Und die hieß Juliet. „Nun gut, dann machen wir es für den Moment auf deine Art." Und vielleicht war es auch besser so. Gut möglich, dass er selbst etwas Ruhe und Zeit brauchte, um über einige Dinge genauer nachdenken zu können.

„Kein Widerspruch?"

„Nein. Haben wir uns je gestritten, *cara*?"

Ihre Lippen verzogen sich zu einem Lächeln. „Noch nie." Sie gab sich selbst genauso nach wie ihm, trat vor ihn hin und schlang die Arme um seinen Nacken. „Habe ich dir eigentlich schon mal erzählt, dass ich ganz am Anfang, als ich die Planung für diese Tour aufstellte, dein PR-Foto angesehen und gedacht habe, dass du einfach fantastisch aussiehst?"

„Nein." Er strich mit dem Mund über ihre Lippen. „Warum erzählst du es mir nicht jetzt?"

„Und sexy", murmelte sie. Während sie ihn langsam zum Bett zog. „Sogar extrem sexy."

„Ist das so, ja?“ Er erlaubte sich, von ihr auf das Bett hinuntergezogen zu werden. „Also hast du in deinem Büro in New York gesessen und beschlossen, dass wir beide ein Liebespaar werden?“

„In meinem Büro in New York habe ich beschlossen, dass aus uns beiden niemals ein Liebespaar werden würde.“ Sie begann, seine Hemdknöpfe zu öffnen, einen nach dem anderen. „Ich beschloss, dass ich mich auf gar keinen Fall von einem attraktiven italienischen Chefkoch mit enorm erotischer Ausstrahlung, der mehr Frauen gehabt hat als Nudeln in einen Topf passen, bezaubern und verführen lassen würde, aber …“

„Genau.“ Er knabberte an ihrem Hals. „Ich glaube, das Aber gefällt mir besser.“

„… ich musste einsehen, dass man nie endgültige Entscheidungen treffen sollte, bevor man nicht alle Fakten kennt.“

„Habe ich dir eigentlich schon mal gesagt, dass dein Hang zum Praktischen mich vor Erregung halb in den Wahnsinn treibt?“

Sie seufzte, als er den Knoten ihres Morgenmantels löste. „Und habe ich dir schon gesagt, dass ich keinem Mann widerstehen kann, der mir Blumen mitbringt?“

„Blumen.“ Er hob den Kopf und schaute sich um. Die mitgebrachte Rose lag auf dem Kissen neben ihnen. „Liebling, würdest du dich auch mit einer einzelnen Blume zufriedengeben?“

Lachend zog sie ihn wieder zu sich herunter.

Juliet stellte fest, dass sie beim Anflug auf den O’Hare International Airport mehr von Chicago gesehen hatte als jetzt während der anderthalb Tage, die sie sich in der Stadt aufhielten. Taxifahrten vom Hotel zum Fernsehstudio, vom Fernsehstudio zum Supermarkt, vom Supermarkt zum Buchladen und vom Buchladen wieder zurück zum Hotel waren schließlich nicht unbedingt das, was man als interessante Besichtigungsfahrten bezeichnen konnte. Hier in Chicago beschloss sie, dass sie, wenn sie Ende des Monats ihren Urlaub nahm, irgendwohin fahren würde, wo es heiß und sonnig war und wo sie zu nichts anderem Energie aufbringen musste, als von morgens bis abends am Swimmingpool zu faulenzen und zu dösen.

Die einzige Zeit, die auch nur annähernd an Spaß erinnerte, war ein weiterer Einkaufstrip mit Carlo, bei dem sie ihm zusehen konnte, wie er frische Hühnchen für sein *cacciatore* auswählte.

Er sollte sein *pollo al cacciatore* vor der laufenden Kamera in einem der landesweit bekanntesten Morgenmagazine präsentieren. Zusammen mit der Simpson Show in L. A. erachtete Juliet diesen Fernsehtermin als den größten Coup ihrer Tourneeplanung. „Let's Discuss It" war die angesagteste Show, die tagsüber im Fernsehen lief. Ein Dauerbrenner, der selbst nach fünf aufeinanderfolgenden Staffeln unerreicht hoch in der Gunst des Publikums stand und immer wieder Themen für heiße Diskussionen lieferte.

Obwohl sie Carlos routinierte Leichtigkeit vor der Kamera inzwischen kannte, waren Juliets Nerven zum Zerreißen gespannt. Die Show wurde live übertragen und auch in New York gesehen. Sie hegte nicht einen einzigen Zweifel, dass ihre gesamte Abteilung vor dem Bildschirm sitzen würde. Wenn Carlos Auftritt ein Erfolg wurde, gebührte der Triumph allein ihm. Sollte es allerdings ein Flop werden, würde man ihr die Schuld zuschieben. So viel also zu Logik und Fairness im Bereich Public Relations.

Carlo dagegen wäre nie in den Sinn gekommen, nervös zu sein. *Cacciatore* konnte er mit verbundenen Augen zubereiten und notfalls zusätzlich mit einer Hand. Nachdem Juliet jetzt den Studiovorraum zum fünften Mal im Stechschritt durchquert hatte, schüttelte er den Kopf. „Entspann dich endlich, Liebling. Es ist doch nur Hühnchen."

„Vergiss nicht, die Daten und Termine für unsere restlichen Städte zu erwähnen. Die Show wird in allen diesen Städten ausgestrahlt."

„Das sagtest du mir bereits."

„Und den Buchtitel."

„Ich werde es nicht vergessen."

„Erinnere dich auch daran, zu erwähnen, dass du dieses Gericht für den Präsidenten gekocht hast, als er letztes Jahr in Rom war."

„Ich werde es mir merken. Juliet, möchtest du vielleicht eine Tasse Kaffee?"

Sie schüttelte den Kopf und marschierte weiter.

„Ich könnte jetzt eine Tasse gebrauchen", entschied er spontan.

Sie schaute zu der Kanne auf der Warmhalteplatte. „Bedien dich ruhig."

Er wusste, wenn sie etwas zu tun hatte, war sie abgelenkt und konnte aufhören, sich unnütz Sorgen zu machen, wenigstens für ein paar Momente. „Juliet, kein Mensch, der ein Herz hat, würde von einem Mann verlangen, diese giftige Brühe zu trinken, die seit dem Morgengrauen dort köchelt."

„Oh." Ohne zu zögern, verstand sie, worum er sie bitten wollte. „Ich kümmere mich darum."

„Grazie."

An der Tür blieb sie noch einmal stehen. „Vielleicht kommt die Reporterin von der *Sun* noch vor der Show vorbei."

„Ja, das sagtest du. Sollte sie auftauchen, werde ich nett sein."

Vor sich hin murmelnd, ging Juliet, um einen der Studiohelfer zu suchen.

Carlo lehnte sich zurück und streckte die Beine aus. Den Kaffee würde er trinken müssen, wenn sie zurückkam, auch wenn er im Moment keine Lust auf Kaffee hatte. Er hatte auch keine Lust, heute Nachmittag in das Flugzeug nach Detroit zu steigen, aber manche Dinge ließen sich eben nicht vermeiden. Nun, wie auch immer – in Detroit würden Juliet und er den Abend freihaben. Detroit … in welchem amerikanischen Bundesstaat lag das eigentlich?

Sie würden nicht lange genug dortbleiben, um sich darüber Gedanken zu machen.

Aber bald würde er in Philadelphia sein. Und dann würde er Summer sehen. Er musste sich unbedingt mit ihr treffen. Carlo hatte immer Freunde um sich herum gehabt, viele davon waren gute, enge Freunde. Aber noch nie hatte er den Rat eines Freundes so sehr gebraucht wie jetzt. Mit Summer konnte er reden und sicher sein, dass sie ihm genau zuhörte und nichts von dem, was er sagte, an anderen Stellen wiederholen würde. In der Vergangenheit hatte Klatsch ihm nie etwas ausgemacht, aber wenn Juliet davon irgendwie in Mitleidenschaft gezogen werden sollte ... Wenn es um Juliet ging, war nichts mehr so, wie es einmal war.

Keine der Frauen aus seinen früheren Beziehungen war zu einer Gewohnheit geworden. Am Morgen neben einer Frau aufzuwachen war angenehm gewesen, aber nie eine Notwendigkeit. Mit jedem Tag änderte Juliet das mehr. Wenn er sich jetzt sein Schlafzimmer in Rom vorstellte, konnte er es sich nicht ohne Juliet vorstellen, dabei war sie nie dort gewesen. Und an eine andere Frau in seinem Bett mochte er nicht mehr denken.

Carlo stand auf und begann, im Zimmer auf und ab zu marschieren, genau wie vorhin Juliet.

Als die Tür aufging, drehte er sich um und erwartete, Juliet zu sehen. Doch die große schlanke Blondine, die hereinkam, war eine alte Bekannte, an die Carlo sich nur ungern erinnerte.

„Carlo! Wie schön, dich wiederzusehen."

„Lydia." Er lächelte und verfluchte sich still, dass er den Namen der Reporterin für die *Sun* nicht mit dem Gesicht der Frau verbunden hatte, mit der er vor knapp anderthalb Jahren zwei angenehme und äußerst kurzweilige Tage in Chicago verbracht hatte. „Du siehst hinreißend aus."

Natürlich sah sie ausgesprochen gut aus. Lydia Dickerson weigerte sich strikt, je anders als hinreißend auszusehen. Sie war intelligent, sexy und ohne jegliches Schamgefühl. Allerdings war sie auch, wenn er sich recht entsann, eine exzellente Köchin und zudem Restaurantkritikerin.

„Carlo, ich war begeistert, als ich hörte, dass du herkommst. Das Interview machen wir nach der Show, aber ich musste einfach schnell vorbeischauen, um Hallo zu sagen." In einer Wolke von Fliederduft kam sie auf ihn zugeeilt, ihr weit schwingender Rock raschelte leise bei jedem Schritt. „Du hast doch nichts dagegen, oder?"

„Nein, natürlich nicht." Lächelnd schüttelte er ihre ausgestreckte Hand. „Es tut immer gut, eine alte Freundin zu sehen."

Lachend legte sie die Hände auf seine Schultern. „Ich sollte böse auf dich sein, *caro*. Du hast meine Telefonnummer, aber mein Telefon hat gestern Abend nicht geklingelt."

„Ah." Er hielt sie bei den Handgelenken und fragte sich still, wie er sich am besten herauswinden sollte. „Du wirst mir vergeben müssen, Lydia. Der Terminplan ist absolut mörderisch. Und dann hat es auch noch Komplikationen gegeben." Innerlich krümmte er sich leicht. Wie Juliet es wohl aufnehmen würde, als Komplikation bezeichnet zu werden?

„Carlo." Sie rückte näher an ihn heran. „Du kannst mir doch nicht sagen, dass du nicht einmal ein paar Stunden für eine ... alte Freundin zu erübrigen hast, oder? Ich habe ein unglaubliches neues Rezept für *vitello tonnato* gefunden." Den Namen des Gerichts wisperte sie verführerisch, als könnte es nur bei Mondschein gegessen werden. „Und für wen sonst sollte ich es zubereiten, wenn nicht für den besten Chefkoch Italiens?"

„Ich fühle mich geehrt." Er legte die Hände an ihre Hüften und hoffte, dass er sie von sich wegschieben konnte, ohne dass sie es als allzu beleidigend auffasste. Erst später sollte ihm bewusst werden, dass er nicht das geringste körperliche Verlangen verspürte ... ganz gegen seine sonstige Neigung. „Ich habe nicht vergessen, welch ausgezeichnete Köchin du bist, Lydia."

Ihr Lachen klang tief und rau, angefüllt mit Erinnerungen. „Ich hoffe doch, du hast auch andere Dinge nicht vergessen."

„Nein, habe ich nicht." Er stieß den Atem aus und entschied sich, direkt zu sein. „Aber siehst du, ich bin ..."

Bevor er mit seiner Ehrlichkeit weiterkam, wurde die Tür erneut aufgeschoben. Juliet, einen Becher Kaffee in der Hand, wollte in den Raum kommen – und blieb wie vom Donner gerührt stehen. Sie starrte auf die Blondine, die sich wie eine exotische Ranke um Carlo gewunden hatte. Als sie in Carlos Gesicht schaute, zog Juliet die Augenbrauen hoch.

Ihre Stimme war ebenso kühl und trocken wie ihre Augen. „Wie ich sehe, kennt ihr beide euch bereits."

„Juliet, ich …“

„Ich lasse euch gern ein paar Minuten für das … Vorinterview“, meinte sie unverblümt. „Versuche bitte um zehn vor neun damit fertig zu sein, Carlo. Du wirst sicherlich noch den Küchenaufbau überprüfen wollen.“ Ohne ein weiteres Wort zog sie die Tür hinter sich wieder zu.

Die Arme noch immer um Carlos Hals geschlungen, schaute Lydia auf die geschlossene Tür. „Ups“, meinte sie leichthin.

Mit einem langen Seufzer zog Carlo sich von ihr zurück. „Du hättest es nicht besser ausdrücken können.“

Um neun Uhr saß Juliet in einem bequemen Sitz in der Mitte des Zuschauerraums. Als Lydia sich auf dem Sessel neben ihr niederließ, nickte sie der Reporterin knapp zu und richtete ihre Aufmerksamkeit wieder nach vorn auf die Bühne mit dem Küchenset. Soweit sie es beurteilen konnte – und sie hatte jeden Zentimeter selbst überprüft –, war alles perfekt.

Sobald Carlo mit begeistertem Applaus begrüßt wurde, begann sie sich ein wenig zu entspannen. Und als er mit den Vorbereitungen für sein Hühnchen begann, mit den sicheren Handgriffen eines Mannes, der genau wusste, was er tat, und gleichzeitig gelöst und locker mit dem Showmoderator und dem Fernsehpublikum plauderte wie ein alter Hase aus dem Showbusiness, da war ihre Entspannung vollständig.

„Er hat wirklich das besondere Etwas, nicht wahr?“, murmelte Lydia in der ersten Unterbrechung.

„Ja, auf jeden Fall“, stimmte Juliet zu.

„Carlo und ich lernten uns kennen, als er das letzte Mal in Chicago war.“

„Das dachte ich mir schon. Ich freue mich, dass Sie es noch vor der Show geschafft haben, vorbeizukommen. Haben Sie die Pressemappe erhalten, die ich Ihnen geschickt habe?“

Sie ist ziemlich cool, dachte Lydia und setzte sich in ihrem Sitz um. „Ja, danke. Der Bericht müsste Ende der Woche veröffentlicht werden. Ich lasse Ihnen eine Kopie zukommen.“

„Ja, bitte, das wäre mir sehr recht.“

„Miss Trent …"

„Sagen Sie doch bitte Juliet." Erst jetzt drehte Juliet sich zu ihr um und lächelte Lydia an. „Es besteht kein Grund für Formalitäten."

„Also dann, Juliet. Ich komme mir wie eine Närrin vor."

„Das tut mir leid, das sollten Sie nicht."

„Ich habe Carlo sehr gern, aber ich wildere nicht."

„Lydia, ich bin überzeugt, es gibt keine einzige Frau auf der Welt, die Carlo nicht gern hat." Juliet schlug die Beine übereinander, als die Aufnahmen wieder begannen. „Würde ich glauben, dass Sie darauf aus sind, zu wildern, wären Sie jetzt nicht einmal in der Lage, Ihren Bleistift zu halten."

Einen Moment lang saß Lydia verblüfft da, dann lehnte sie sich lachend zurück. Carlo würde alle Hände voll mit ihr zu tun haben. Geschah ihm recht. „Ist es erlaubt, Ihnen viel Glück zu wünschen?"

Juliet bedachte ihr Gegenüber mit einem strahlenden Lächeln. „Natürlich. Das kann ich gebrauchen."

Immer wieder glitt Carlos Blick hinüber zu den beiden Kontrahentinnen im Zuschauerraum, die sich plötzlich so gut unterhielten. Es war für ihn alles andere als einfach, sich auf seine Arbeit zu konzentrieren, wenn die beiden da so einträchtig nebeneinander im Publikumsraum saßen. Seine Episode mit Lydia hatte zwei fieberhafte, energiegeladene Tage gedauert. Er wusste nur wenig mehr von ihr, als dass sie eine Vorliebe für Erdnussöl beim Kochen und für Satinbettwäsche hatte. Was würde sie ausplaudern? Fast meinte er, das Kitzeln des Galgenstricks schon an seinem Hals zu fühlen.

Aber er war unschuldig. Gekonnt goss Carlo die Mischung aus Sud, Tomaten und Kräutern über das angebratene Hühnchen und setzte den Deckel auf die Kasserolle. Und wenn er sie fesseln und schütteln musste, Juliet würde ihn anhören.

Er bereitete sein Gericht mit dem Können eines Künstlers zu, der das Porträt eines Königs vollendete. Seinem Publikum bot er die Darbietung eines erfahrenen Bühnenschauspielers. Und während er all das tat, hegte er die düsteren Gedanken eines Mannes auf dem Weg zum Schafott.

Als die Show vorbei war, verblieb er die obligatorischen Momente mit dem Gastgeber, dann überließ er es der Fernsehcrew, eines der besten *cacciatore* zu verspeisen, die er je zubereitet hatte.

Doch als er in den Aufenthaltsraum kam, war von Juliet keine Spur zu sehen. Stattdessen wartete Lydia auf ihn. Ihm blieb nichts anderes, als sich zuerst um sie und das Interview zu kümmern.

Sie machte es ihm nicht leicht. Aber das kannte er von Frauen. Lydia plauderte, als sei nichts geschehen. Sie stellte ihre Fragen und notierte sich seine Antworten, während die ganze Zeit über ein schalkhaftes Funkeln in ihren Augen stand. Irgendwann reichte es ihm schließlich.

„Also gut, Lydia. Was hast du zu ihr gesagt?"

„Zu wem?" Ganz die verkörperte Unschuld, blinzelte Lydia. „Oh, du meinst deine PR-Agentin. Eine wirklich reizende Frau, und so hübsch. Aber wer bin ich, dass ich deinen ausgezeichneten Geschmack infrage stellen wollte?"

Er stand auf und fragte sich still fluchend, was ein verzweifelter Mann mit seinen Händen machen sollte. „Lydia, wir beide hatten ein paar kurzweilige Stunden zusammen, mehr nicht."

„Ich weiß." Etwas an ihrem Ton ließ ihn stehen bleiben und sich zu ihr umdrehen. „Ich glaube, keiner von uns könnte die genaue Anzahl unserer gemeinsamen kurzweiligen Stunden bestimmen." Mit einem leichten Schulterzucken erhob sie sich ebenfalls. Vielleicht verstand sie ihn, vielleicht beneidete sie ihn sogar um das, was sie in seinen Augen gelesen hatte. Aber das war kein Grund, ihn so leicht davonkommen zu lassen. „Deine Juliet und ich haben uns nur ein wenig unterhalten, Darling. Du weißt schon, wie Mädels sich eben unterhalten." Sie ließ Notizblock und Bleistift in ihre Handtasche gleiten. „Nur geplaudert, mehr nicht. Danke für das Interview, Carlo." An der Tür blieb sie stehen und drehte sich noch einmal um. „Solltest du irgendwann wieder in der Stadt sein ohne … ohne Komplikationen, ruf mich an. *Ciao*."

Als Lydia das Zimmer verlassen hatte, suchte Carlo nach etwas, das er an die Wand schleudern könnte. Bevor er sich entschieden hatte, was die meisten Scherben ergeben und ihn am meisten befriedigen würde, kam Juliet hereingerauscht.

„Beeilen wir uns besser, Carlo, das Taxi wartet schon. So wie es aussieht, haben wir genügend Zeit, ins Hotel zurückzufahren, zusammenzupacken und ein Flugzeug früher zu erwischen."

„Ich will mit dir reden."

„Ja, sicher. Wir können uns im Taxi unterhalten." Da sie bereits den langen Gang hinunterhastete, blieb ihm nichts anderes, als ihr zu folgen.

„Als du den Namen der Reporterin erwähntest, habe ich einfach nicht geschaltet."

„Geschaltet?" Juliet zog die schwere Tür aus Metall auf und trat in den Hinterhof hinaus. Wäre es nur noch ein wenig heißer, hätte Carlo seine Hühnchen auf dem Asphalt rösten können, dachte sie. „Oh, du meinst, dass ihr euch kennt. Nun, es ist ja auch schwer, sich jeden zu merken, den wir schon getroffen haben, nicht wahr?" Sie stieg in das Taxi ein und nannte dem Fahrer die Adresse des Hotels.

„Wir sind jetzt durchs halbe Land gereist." Verärgert stieg er zu ihr auf die Rückbank. „Die Dinge fangen an zu verschwimmen."

„Stimmt." Freundlich tätschelte sie seine Hand. „Detroit und Boston werden die Hölle sein. Da wirst du von Glück sagen können, wenn du dich an deinen eigenen Namen erinnerst." Sie holte ihren Taschenspiegel hervor und überprüfte schnell ihr Make-up. „Aber für Philadelphia kann ich dich beruhigen. Und du sagtest mir ja schon, dass du dort eine … Freundin hast."

„Summer ist anders." Er nahm ihr den Spiegel ab. „Wir kennen uns seit Jahren. Wir waren zusammen auf der Universität. Wir haben nie miteinander … Wir sind Freunde, nur Freunde", endete er murmelnd. „Ich gebe nur ungern Erklärungen ab."

„Das merke ich." Sie zog Geldscheine aus ihrem Portemonnaie und rechnete das Trinkgeld aus, als das Taxi vor dem Hotel vorfuhr. Schon halb ausgestiegen, wandte sie sich noch einmal um und schaute Carlo einen Moment lang an. „Niemand hat eine Erklärung von dir verlangt."

„Das ist lächerlich." Er hielt sie am Arm fest, bevor sie die Drehtüren erreicht hatte. „Du hast eine Erklärung verlangt. Manchmal braucht man keine Worte zu benutzen, um etwas zu verlangen."

„Das Schuldgefühl redet einem alle möglichen Dinge ein." Sie schob sich durch die Tür und in die Lobby.

„Schuldgefühl?" Aufgebracht und zornig holte er sie bei den Aufzügen ein. „Es gibt nichts, für das ich mich schuldig fühlen muss. Dafür müsste ich ein Vergehen oder eine Sünde begangen haben."

Sie hörte ruhig zu, trat in die Aufzugskabine und drückte den Knopf für ihr Stockwerk. „Das ist völlig richtig, Carlo. Auf mich machst du den Eindruck eines Mannes, der unbedingt ein Geständnis ablegen will."

Er stieß einen wütenden Schwall in Italienisch aus, bei dem die anderen beiden Fahrgäste im Lift sich unwillkürlich enger in die Ecken drückten. Juliet verschränkte die Finger und entschied, dass sie sich noch nie besser amüsiert hatte. Die anderen machten einen großen Bogen um Carlo, als der Aufzug auf ihrem Stockwerk hielt und sie ausstiegen.

„Möchtest du am Flughafen noch schnell etwas vor dem Abflug essen oder lieber warten, bis wir wieder gelandet sind?"

„Ich habe kein Interesse an Essen."

„Eine seltsame Behauptung von einem Chefkoch." Juliet eilte leichtfüßig über den Korridor. „Zehn Minuten bleiben uns fürs Packen, und dann bestelle ich einen Pagen, damit er das Gepäck nach unten bringt." Sie hielt den Zimmerschlüssel in der Hand und hatte ihn schon ins Schloss gesteckt, als Carlo die Finger um ihr Handgelenk klammerte. Als sie ihn anschaute, schoss ihr der Gedanke durch den Kopf, dass sie ihn bisher nie wirklich frustriert gesehen hatte. Gut. Es war auch höchste Zeit.

„Ich packe gar nichts, bevor das nicht geklärt ist."

„Bis was geklärt ist?", konterte sie.

„Wenn ich etwas falsch mache, dann bekenne ich mich dazu." So nahe hatte er noch nie vor einer Explosion gestanden, ahnte Juliet. Mit einer hochgezogenen Augenbraue hörte sie ihm aufmerksam zu. „Es war Lydia, die ihre Arme um mich gelegt hat."

Juliet lächelte spöttisch. „Aber ja doch, ich habe genau gesehen, wie du dich mit aller Macht gewehrt hast. Eine solche Frau sollte man einsperren. Einen Mann auf diese Art und Weise auszunutzen ..."

Seine Augen, von Natur aus schon dunkel, wurden fast schwarz. „Jetzt wirst du sarkastisch. Aber du verstehst die Zusammenhänge nicht."

„Im Gegenteil." Sie lehnte sich gegen die Tür. „Ich glaube sogar, dass ich die Zusammenhänge durch und durch verstanden habe, Carlo. Allerdings glaube ich nicht, dass ich dich gebeten hätte, irgendetwas zu erklären. Aber jetzt ... Du solltest besser mit dem Packen anfangen, wenn wir dieses frühere Flugzeug noch bekommen wollen." Und damit schlug sie ihm zum zweiten Mal die Tür vor der Nase zu.

Für einen Moment stand er da, nicht sicher, wie er weiter vorgehen sollte. Ein gewisses Maß an Eifersucht erwartete er von einer Frau, mit der er zusammen war. Ehrlich gesagt genoss er es sogar in gewisser Hinsicht. Ein gönnerhaftes Lächeln, ein Tätscheln der Hand und mildes Verständnis allerdings waren nicht die Reaktionen, die er akzeptieren konnte, wenn er soeben in den Armen einer anderen Frau ertappt worden war. Ganz gleich, wie harmlos und unschuldig diese Umarmung auch gewesen sein mochte.

Nein, damit hatte er ganz gewiss nicht gerechnet. Und er entschied, dass er es so auch nicht auf sich beruhen lassen würde.

Als das energische Klopfen an ihrer Tür ertönte, stand Juliet genau dahinter, die Hand noch immer am Türknauf. Weise wartete sie und zählte bis zehn, bevor sie öffnete. „Brauchst du noch etwas?"

Carlo suchte genauestens in ihrer Miene nach einer möglichen Falle. „Du bist nicht verärgert."

Sie hob die Augenbrauen. „Nein. Warum sollte ich?"

„Lydia ist sehr schön."

„Das ist sie, definitiv."

Zögernd trat er über die Schwelle. „Und du bist nicht eifersüchtig?"

„Sei nicht albern." Sie zupfte eine Fluse von ihrem Ärmel. „Hättest du mich mit einem anderen Mann in einer ähnlichen Situation überrascht, würdest du dir auch nichts dabei denken. Da bin ich mir ziemlich sicher."

„Falsch." Er drückte die Tür hinter sich ins Schloss. „Ich würde ihm die Nase brechen."

„Wirklich?" Sehr zufrieden wandte sie sich ab und sammelte ein paar Dinge von der Kommode ein. „Dann muss das wohl dein italienisches Temperament sein. Hier in Amerika handhabt man das anders. Gibst du mir bitte die Haarbürste?"

Carlo nahm ihre Bürste auf und reichte sie ihr. „Was meinst du damit?"

„Nun, wir sind eher gefasst und beherrscht, würde ich sagen. Obwohl … eine Ausnahme gab es da wohl schon in meiner Familie – meine Ururgroßmutter war es, glaube ich. Sie überraschte ihren Gatten dabei, wie er sich an das Stubenmädchen heranmachen wollte. Und in ihrer sehr eigenen und beherrschten Art hat sie ihm mit der gusseisernen Pfanne eins über den Schädel gezogen. Ich glaube nicht, dass er je wieder versucht hat, ein Dienstmädchen zu verführen." Sie legte die Bürste in den dafür vorgesehenen Plastikbehälter und verstaute ihn in ihrer Reisetasche. „Meine Familie behauptet, ich ähnele ihr."

Er fasste sie bei den Schultern und drehte sie zu sich herum. „Hier gibt es aber keine gusseisernen Pfannen."

„Stimmt. Aber ich bin erfinderisch, Carlo …" Noch immer lächelnd schlang sie die Arme um seinen Hals. „Hätte ich nicht genau verstanden, was da im Aufenthaltsraum abgelaufen ist, wäre der Kaffee, den ich für dich geholt hatte, wohl auf deinem Kopf gelandet. *Capisci?*"

„*Sì.*" Grinsend rieb er seine Nasenspitze an ihrer. Aber wenn er ehrlich war, verstand er lange nicht alles an ihr. Vielleicht war das ja der Grund, weshalb er so von ihr bezaubert war. Er beugte den Kopf vor, strich mit den Lippen über ihren Mund und ließ den magischen Moment ungehindert wirken. „Sagtest du nicht etwas von einem späteren Flugzeug nach Detroit?"

Sie hatte sich schon gefragt, wie lange er brauchen würde, um diese Frage zu stellen. „Ja, die nächste Maschine geht erst heute Nachmittag."

„Weißt du eigentlich, wie ungesund und schädlich diese stetige Hetze für den menschlichen Körper ist?" Noch während er sprach, schob er ihr die Jacke von den Schultern und ließ sie zu Boden gleiten.

„Ich habe schon davon gehört."

„Genau. Aus rein medizinischer Sicht ist es deshalb viel besser, wenn man sich mehr Zeit nimmt. Man sollte einen regelmäßigen Rhythmus beibehalten, aber keinen zu schnellen. Und natürlich muss man sich auch regelmäßige Ruhepausen gönnen. Das bedeutet, dass es also höchst ungesund für uns sein könnte, wenn wir uns jetzt mit dem Packen abhetzen und dann zum Flughafen hasten." Er öffnete den Verschluss ihres Rockes.

„Vermutlich hast du recht."

„Natürlich habe ich recht", murmelte er an ihrem Ohr. „Stell dir vor, einer von uns würde auf dieser Tour krank werden. Das wäre doch schlimm."

„Eine Katastrophe", stimmte sie zu. „Es wäre wahrscheinlich das Beste, wenn wir uns eine Weile hinlegten."

„Auf jeden Fall. Das absolut Beste. Man sollte immer auf seine Gesundheit achten."

„Da kann ich dir nur zustimmen", meinte sie, und sein Hemd fiel auf den Stapel zu ihrem Rock und ihrer Jacke.

Sie lachte laut, als sie sich zusammen auf das Bett fallen ließen.

So mochte er sie am liebsten. Frei, unbeschwert, voller Leben. Aber beinahe ebenso sehr mochte er ihre kühle Haltung und ihre rätselhaften Stimmungen. Er konnte sich auf hundert verschiedene Arten an ihr erfreuen, weil sie nie dieselbe Frau war. Und doch blieb sie immer sie selbst.

Weich und anschmiegsam, so wie sie jetzt war. Glühend warm, wo immer er sie berührte. Vollmundig und köstlich, an welcher Stelle er sie auch schmeckte. Im einen Moment war sie nachgiebig und biegsam, im nächsten forsch und gebieterisch. Und nie wurde er ihrer wechselnden Stimmungen müde.

Sie lachten viel bei ihrem Liebesspiel. Das war, wie er wusste, etwas sehr Kostbares und Seltenes. Selbst als die Leidenschaft das Regiment übernahm, hielt sich noch immer ein Gefühl des unbeschwerten Vergnügens, ohne das brennende Feuer zu dämpfen. Juliet gab ihm in einem kurzen Moment mehr, als er sich je erträumt hatte, in einem ganzen Leben mit einer Frau zu finden.

Sie hatte nie geahnt, dass sie das alles gleichzeitig tun und sein konnte – lachen, vor Verlangen brennen, glücklich, verzweifelt gierig. Da gab es so viele Dinge, von denen sie nichts gewusst hatte. Jedes Mal, wenn er sie berührte, war die Berührung wie eine neue Erfahrung. Gleichzeitig hatte sie dabei das Gefühl, dass seine Liebkosungen alles waren, was sie je gekannt hatte. Er konnte sie sich schön und begehrenswert fühlen lassen, stark und schwach zugleich. In wenigen Augenblicken gelang es ihm, all ihre Sinne zu befrieden, nur um sie dann wieder in frenetische Erregung zu treiben.

Je mehr er gab, desto mehr nahm er und umso leichter fiel ihr das Geben. Ihr war noch nicht bewusst, genauso wenig wie ihm, dass mit jedem Mal, das sie sich liebten, die Intimität zwischen ihnen wuchs und sich immer mehr ausweitete. Die vertraute Nähe gewann an Stärke und Tiefe, sie erhielt mehr und mehr eine Bedeutung, der man nicht mehr einfach den Rücken kehren konnte. Vielleicht, wenn sie es gewusst hätten, dann hätten sie beide dagegen angekämpft.

Doch so liebten sie sich bis zum Morgengrauen, unbeschwert und gleichzeitig voller Vertrauen.

10. KAPITEL

Juliet legte den Telefonhörer auf, fuhr sich mit einer Hand durchs Haar und fluchte. Sie stand auf, stieß noch einen Fluch aus und ging zu der breiten Fensterfront in Carlos Suite. Eine ganze Weile lang schimpfte sie leise vor sich hin, über nichts oder niemanden im Besonderen. Auf der anderen Seite des Raumes hatte Carlo es sich auf dem Sofa bequem gemacht. Klugerweise wartete er ab, bis sie endlich in Schweigen verfiel.

„Probleme?"

„Es ist zu diesig für den Start. Wir stecken fest." Sie starrte aus dem Fenster und murmelte eine weitere Verwünschung. Alles, was sie sehen konnte, war der Nebel, eine weiße, undurchdringliche Wand, die bis an das Glas gekrochen zu sein schien. Von Detroit war nichts mehr zu erkennen. „Alle Flüge wurden gestrichen. Wir kommen nur nach Boston, wenn wir den Daumen in die Luft halten."

„Den Daumen in die Luft?", wiederholte er verständnislos.

„Vergiss es." Sie wandte sich von den Fenstern ab und lief im Zimmer auf und ab.

Detroit war eine ununterbrochene Aneinanderreihung von Medienterminen und Veranstaltungen gewesen. Das Renaissance Center war sicherlich eine großartige Unterkunft, aber jetzt mussten sie weiterkommen. Boston lag praktisch nicht mehr als einen Katzensprung entfernt, der Abend hätte sich wunderbar dafür nutzen lassen, den ersten Entwurf für ihren Bericht zu erstellen und früh zu Bett zu gehen, doch jetzt war der Nebel vom See hereingezogen und hatte die gesamte Stadt in einen dichten milchigen Dunst gehüllt.

Wir sitzen fest, dachte Juliet grimmig und schaute wieder zum Fenster. Sie waren zur Untätigkeit gezwungen, und für morgen früh um acht war eine Vorführung in einem bekannten Bostoner Morgenmagazin angesetzt.

Carlo bewegte sich, aber er setzte sich nicht auf. Wäre es nicht zu mühsam, hätte er nachzählen können, wie oft er aus dem einen oder anderen Grund festgesessen hatte. Einmal, so erinnerte er sich, war es wegen einer Flamenco-Tänzerin in Madrid gewesen. Sie hatte ihn so sehr abgelenkt, dass er seinen Flug verpasst hatte. Nun, es war wohl besser, wenn er das jetzt nicht erwähnte. Dennoch, wenn so etwas geschah, blieb einem nichts anderes übrig, als sich zu entspannen und den Moment zu genießen. Nur, inzwischen kannte er Juliet besser.

„Du machst dir Sorgen wegen der Fernsehshow morgen."

„Natürlich mache ich mir Sorgen deswegen." Während sie auf und ab marschierte, ging sie die verschiedenen Möglichkeiten durch. Sie könnten ein Auto mieten und selbst fahren – nein, selbst bei gutem Wetter war es einfach zu weit. Oder sie könnten ein Flugzeug chartern und darauf hoffen, dass der Nebel sich bis zum Morgengrauen verzogen hatte. Juliet schaute wieder nach draußen. Sie saßen hier im fünfundsechzigsten Stock, aber sie hätten genauso gut fünfundsechzig Meter unter der Erde sein können, so wenig konnte man draußen erkennen. Nein, so entschied sie, kein Fernsehspot war dieses Risiko wert. Sie würden schlicht absagen müssen. Eine andere Wahl hatten sie nicht.

Sie ließ sich in einen Sessel sinken und legte ihre Füße auf das Sofa. „Es tut mir leid, Carlo, aber es lässt sich nicht vermeiden. Wir werden Boston streichen müssen."

„Boston streichen?" Träge kreuzte er die Arme hinter dem Kopf. „Juliet, Franconi streicht gar nichts. Kochen, ja, aber Streichen? Niemals."

Es dauerte einen Moment, bis ihr klar wurde, dass er todernst war. „Mit ‚streichen' meine ich ‚auslassen'."

„Du hast aber nicht *auslassen* gesagt."

Zischend stieß sie die Luft aus. „Ich sage es jetzt." Sie bewegte ihre Zehen auf und ab. Nach einem Zehnstundentag waren sie ein wenig steif. „Es gibt keinen Weg, dass wir es pünktlich zu der Fernsehshow schaffen könnten, und das ist der wichtigste Termin in Boston. Es gibt noch zwei Zeitungsinterviews und eine Buchsignierung. Davon haben wir uns von vornherein nicht allzu viel Resonanz versprochen und deshalb auf den Fernsehauftritt gezählt. Aber ohne ihn …“ Resigniert zuckte sie mit den Achseln. „Das können wir uns abschminken.“

Carlo schloss halb die Augen und befand, dass das Sofa ein ausgezeichneter Platz war, um die nächste Stunde, oder auch zwei, darauf zu verbringen. „Nun, dann machen wir es uns doch einfach gemütlich.“

Juliet bedachte ihn mit einem ausdruckslosen Blick. „Du wirst nichts anderes zu tun haben als … als auf dem Rücken zu liegen“, beschloss sie nach einem kurzen Zögern. „Für die nächsten vierundzwanzig Stunden.“

„Nichts?“

„Nichts.“

Er grinste, und dann bewegte er sich schneller, als man ihm zugetraut hätte. Er packte sie bei den Armen und zog sie mit sich auf das Sofa. „Gut, dann liegst du mit mir. Zwei Rücken, *madonna*, sind immer besser als einer.“

„Carlo.“ Dem ersten Kuss konnte sie nicht ausweichen. Oder vielleicht versuchte sie es auch nicht ernsthaft genug. Aber sie wusste, dass sie den zweiten unbedingt vermeiden musste. „Warte einen Moment.“

„Wir haben nur vierundzwanzig Stunden“, erinnerte er sie, während seine Lippen ihr Ohrläppchen suchten. „Wir sollten keine Zeit vergeuden.“

„Ich muss erst … Hör auf damit“, befahl sie, als ihre Gedanken bereits zu schwimmen begannen. „Erst müssen die Arrangements getroffen werden.“

„Welche Arrangements?“

In Gedanken überschlug sie die notwendigen Vorkehrungen. Aus ihrem Zimmer hatte sie bereits ausgecheckt. Die Suite hatten sie nur zur eigenen Bequemlichkeit noch behalten, vorerst bis um sechs Uhr. Sie konnte ein Zimmer für eine Nacht für sich buchen, aber … sie durfte ruhig zugeben, dass es in diesem speziellen Falle wirklich unsinnig wäre. Sie wehrte seine Hände ab, die überall gleichzeitig zu sein schienen, und kehrte ihre praktische Seite heraus. „Wie zum Beispiel diese Suite noch für eine weitere Nacht zu buchen.“

„Das ist wichtig, genau.“ Er hob kurz den Kopf. Ihre Wangen waren bereits erhitzt, ihre Augen schon leicht verhangen. Fast so, als hätte sie es laut ausgesprochen, konnte er ihren Gedankengang mitverfolgen. Wenn er ehrlich war, musste er zugeben, dass er sie für ihren Verstand bewunderte, der sich geradlinig von einem Punkt zum nächsten vorarbeitete.

„Ich muss im Verlag Bescheid geben. Außerdem sollten wir in Boston anrufen und absagen, dann beim Flughafen, um die Flüge umzubuchen. Und dann …“

„Ich glaube, du hast eine Affäre mit dem Telefon. Es ist bizarr für einen Mann, auf ein lebloses Objekt eifersüchtig zu sein.“

„Telefone sind mein Leben.“ Sie versuchte, sich unter ihm hervorzuwinden, kam aber nicht weit. „Carlo.“

„Ich mag es, wie du meinen Namen mit einem Hauch von Ungeduld aussprichst.“

„In einer Minute ist es mehr als nur ein Hauch.“

Er glaubte, dass auch das ihm gefallen würde. „Du hast mir noch nicht gesagt, wie fantastisch ich heute war.“

„Du warst fantastisch.“ Es war so einfach, sich zu entspannen, wenn er sie in seinen Armen hielt. Die Anrufe konnten auch noch ein wenig warten. „Du hast sie alle mit den Linguini in deinen Bann geschlagen.“

„Meine Linguini können tatsächlich hypnotisieren“, stimmte er zu. „Den Reporter von der Free Press habe ich auch mit meinem Charme verzaubert.“

„Du hast ihn völlig überwältigt. Detroit wird nie mehr so sein wie vorher.“

„Da hast du recht.“ Er setzte einen Kuss auf ihre Nasenspitze. „Die in Boston wissen gar nicht, was ihnen entgeht.“

„Erinnere mich nicht daran“, begann sie und brach jäh ab. Fast konnte Carlo die Rädchen hinter ihrer Stirn sich in Bewegung setzen sehen.

„Du hast eine Idee.“ Resigniert zog er sie auf sich und sah ihr beim Nachdenken zu.

„Es könnte funktionieren“, murmelte sie. „Wenn jeder mitmacht, könnte es sogar gut funktionieren. Um genau zu sein, es könnte geradezu bombastisch einschlagen."

„Was?"

„Du behauptest doch immer von dir, du seist sowohl ein Künstler als auch ein Magier."

„Die Bescheidenheit verbietet mir …"

„Erspar mir das jetzt." Sie rappelte sich auf und setzte sich rittlings auf ihn. „Du hast mal zu mir gesagt, du könntest auch in der Gosse kochen."

Mit gerunzelter Stirn spielte er an ihrem Ohrring. „Ja, möglicherweise habe ich das gesagt. Aber das ist nur eine Redewendung …"

„Wie sähe es aus, wenn du per Fernanleitung kochst?"

Er zog die Brauen zusammen und streichelte gedankenverloren über ihre Schenkel, die der hochgerutschte Rock freigegeben hatte. „Du hast außerordentlich schöne Beine", murmelte er abwesend, dann schenkte er ihr seine volle Aufmerksamkeit. „Wie meinst du das, per Fernanleitung?"

„Genau so, wie ich es sage." Elektrisiert von ihrer Idee, stand Juliet auf und holte ihren Notizblock und einen Bleistift. „Du nennst mir alle Zutaten … Morgen sind es doch wieder deine Linguini, richtig?"

„Ja, meine Spezialität."

„Gut, da habe ich die Zutatenliste schon in der Akte. Wir stellen eine Liveschaltung zwischen Detroit und dem Studio in Boston her. Du kannst auch von hier aus auf Sendung gehen."

„Juliet, du verlangst viel von der Magie."

„Nein, es ist alles nur eine Frage der Technik. Der Moderator der Show, Paul O'Hara, kann das Gericht vor der laufenden Kamera zubereiten, während du ihm per Liveschaltung die Anweisungen gibst. So, als würde man ein Flugzeug einweisen. Nur dass es statt ‚vierzig Grad nach links' ‚eine Tasse Mehl' ist."

„Nein."

„Carlo."

Er zog sich erst einmal in aller Ruhe die Schuhe aus. „Du willst, dass er, dieser O'Hara, der für die Kamera lächelt, meine Linguini kocht?"

„Spiel jetzt nicht den überspannten Künstler", warnte sie, während sie in Gedanken schon die Möglichkeiten durchging. „Du schreibst doch Kochbücher, damit ein ganz normaler Mensch deine Gerichte nachkochen kann, oder nicht?"

„Nachkochen, richtig." Angelegentlich studierte er seine Fingernägel. „Aber niemals wie Franconi."

Juliet öffnete den Mund, schloss ihn wieder. Mit seinem Ego musste man behutsam umgehen, rief sie sich in Erinnerung. Zumindest so lange, bis man sein Ziel erreicht hatte. „Nein, natürlich nicht, Carlo. Das erwartet auch niemand. Aber wir könnten aus diesen ärgerlichen Umständen eine sensationelle Veranstaltung machen. Mit deinem Kochbuch in der Sendung und deinen Anweisungen per Telefon kann O'Hara die Linguini zubereiten. Er ist weder ein Chefkoch noch ein Gourmet, sondern der durchschnittliche Mensch. Und daher wird er seinem Publikum auch die durchschnittliche Reaktion zeigen. Er wird die Fehler eines normalen Menschen machen, die du dann berichtigen kannst. Wenn wir das hinbekommen, werden die Verkaufszahlen für dein Buch in astronomische Höhen schnellen. Du weißt, dass du es kannst." Sie lächelte gewinnend. „Du bist ja sogar davon überzeugt, dass du mir das Kochen beibringen kannst, und ich bin ein hoffnungsloser Fall in der Küche. Dann schaffst du es ganz sicher, O'Hara Schritt für Schritt durch ein einziges Gericht zu führen."

„Selbstverständlich schaffe ich das." Er verschränkte die Arme unter dem Kopf und schaute zur Decke hinauf. Ihre Logik war unanfechtbar, ihre Idee kreativ. Um ehrlich zu sein, die Idee gefiel ihm fast so sehr wie die Vorstellung, nicht nach Boston fliegen zu müssen. Trotzdem schien es ihm nicht fair, etwas zu geben, ohne nicht etwas dafür zurückzubekommen. „Ich mache es – unter einer Bedingung."

„Und die wäre?"

„Morgen früh führe ich also diesen O'Hara durch die Zubereitung meiner Linguini. Und heute Abend ..." Er lächelte sie an. „Heute Abend haben wir die Generalprobe. Ich weise dich ein."

Juliet hörte auf, mit dem Bleistift auf den Block zu tippen. „Du willst, dass ich Linguini koche?"

„Unter meiner Leitung, *cara mia*, kannst du alles kochen."

Juliet dachte darüber nach und entschied, dass sie nichts zu verlieren hatte. Die Hotelsuite war dieses Mal nicht mit einer Kochgelegenheit ausgerüstet, was hieß, dass Carlo darauf zählte, die Hotelküche benutzen zu können. Vielleicht würden sie es ihm erlauben, vielleicht aber auch nicht. Falls das Küchenteam des Hotels es ihm zugestand und sie das Gericht nicht zustande bekam, konnten sie sich das Dinner vom Zimmerservice kommen lassen. Unter dem Strich ging es vor allem darum, von Boston zu retten, was sich noch retten ließ. „Ja, einverstanden, ich würde es sehr gern versuchen. Aber jetzt muss ich unbedingt diese Anrufe machen."

Carlo schloss die Augen. Er würde so lange ein wenig schlafen. Wenn er innerhalb von zwölf Stunden zwei Amateure in die Geheimnisse der Linguini einweihen sollte, brauchte er seine Kräfte. „Weck mich auf, wenn du alles erledigt hast", sagte er. „Wir gehen dann die Hotelküche inspizieren."

Es kostete Juliet gute zwei Stunden, und als sie dann endlich den Telefonhörer zum letzten Mal aus der Hand legte, waren ihr Nacken steif und ihre Finger taub. Aber sie hatte bekommen, was sie wollte. Hal hatte sie ein Genie genannt, und O'Hara hatte gemeint, ihr Vorschlag höre sich nach einem großen Spaß an. Ob Wind oder Wetter … oder Nebel, dachte sie, sehr zufrieden mit sich, nichts konnte Juliet Trent aufhalten.

Ihr Blick glitt zu Carlo hinüber, und etwas in ihrem Innern geriet in Schieflage. Ihre Selbstsicherheit und das Triumphgefühl erhielten einen Dämpfer. Gefühle, dachte sie. Das war etwas, das sie nicht in ihren Terminkalender eingetragen hatte.

Nun, vielleicht gab es tatsächlich eine Katastrophe, die sie nicht vorausgesehen hatte. Vielleicht war es dieses eine Desaster, das sie trotz aller kreativen Ideen und allem Bemühen nicht umschiffen konnte. Sie würde lernen müssen, mit ihren Gefühlen für Carlo umzugehen und jeden Augenblick zu nehmen, wie er kam, einen Schritt nach dem anderen.

Noch vier Tage, dachte sie, dann ist die Karussellfahrt zu Ende. Die Musik würde verklingen, und sie würde aussteigen müssen.

Der Versuch, über diese vier Tage hinaus über die Zukunft zu spekulieren, war müßig. Die Zeit, die dahinterlag, war ein unbeschriebenes Blatt. Sie würde sich an der Überzeugung festhalten müssen, dass das Leben aus einzelnen Tagen aufgebaut wurde. Carlo würde gehen, und sie würde die Scherben einsammeln und ihr Leben von dem Punkt an wieder aufnehmen.

Sie war nicht dumm genug, um sich einzureden, dass sie nicht weinen würde. Ja, sie würde seinetwegen Tränen vergießen, aber niemand sollte davon jemals erfahren. Einen Tag im Kalender für Trauer vormerken, dachte sie ironisch, dann legte sie ihre Kladde beiseite.

Es war unklug und ungesund, schon jetzt darüber nachzudenken. Ihnen blieben noch vier Tage. Juliet schaute auf ihre leeren Hände und fragte sich, ob sie den Weg gegangen wäre, wenn sie von vornherein gewusst hätte, wohin er sie führte. Dann blickte sie wieder zu Carlo und sah ihm beim Schlafen zu.

Selbst mit geschlossenen Augen, wenn diese enorme Energie, die er besaß, zur Ruhe gekommen war, übte er eine magnetische Anziehungskraft auf sie aus. Es lag nicht nur an seinem Aussehen, wurde ihr klar. Sie gehörte nicht zu den Frauen, die ihr Leben nur wegen körperlicher Attraktivität auf den Kopf stellten. Nein, es war eine Frage des Stils. Ein Lächeln auf dem Gesicht, erhob sie sich und ging zu dem Sofa hinüber, auf dem er schlief. Ganz gleich, wie praktisch veranlagt sie auch war, wie viel gesunden Menschenverstand und Nüchternheit sie besaß, seinem Stil hatte sie nie widerstehen können.

Nein, sie würde nichts bereuen, versicherte sie sich noch einmal. Nicht jetzt und nicht in fünf Tagen, wenn ein riesiger Ozean und Hunderte von verschiedenen Prioritäten sie trennten. Und wenn die Jahre vergingen und das Leben voranschritt, würde sie sich an die kurze Zeit erinnern, in der sie etwas ganz Besonderes für sich erlebt hatte.

Sie sollten keine Zeit vergeuden, hatte er gesagt. Juliet spielte mit der Zunge an ihren Zähnen. Nie war sie so sehr seiner Meinung gewesen wie in diesem Fall. Wie von allein ging ihre Hand zum Kragen ihrer Bluse und begann, die Knöpfe aufzunesteln. Aus reiner Gewohnheit hängte sie die Bluse ordentlich über die Stuhllehne, bevor sie an den Reißverschluss ihres Rockes fasste. Als der Rock raschelnd an ihren Beinen herab zu Boden glitt, hob sie ihn auf und faltete ihn akkurat zusammen. Dann zog sie sich die Haarnadeln aus dem Haar, einzeln, eine nach der anderen, und legte sie beiseite.

Nur noch mit einem überhaupt nicht praktischen Spitzenhemdchen und einem winzigen Slip bekleidet, näherte sie sich ihm.

Carlo wachte mit rasendem Puls und wirbelndem Kopf auf. Er konnte Juliets Duft riechen, leicht nur strömte er aus ihrem Haar, dann intensiver von ihrer Haut, als ihr Mund den seinen in Besitz nahm. Ihr Körper brannte bereits, als sie sich der Länge nach auf ihn legte. Bevor Carlo überhaupt seine ersten Gedanken zusammenklauben konnte, hatte sein Körper schon reagiert und folgte dem ihren nach.

Sie war ganz Seide und samtige Haut und Leidenschaft. Ihm blieb keine Zeit für Selbstbeherrschung oder etwa dafür, sie nach allen Regeln der Kunst zu verführen. Fordernd und verzweifelt fasste er nach ihr und fand Spitze und Zartheit, Stärke und Drängen, wo immer er sie auch berührte.

Sie knöpfte sein Hemd auf und schob es beiseite, damit seine nackte Haut auf ihre treffen konnte. An ihrer Brust konnte sie seinen hämmernden Herzschlag spüren. Die eigene Macht ließ sie schwindeln. Wieder presste sie ihre Lippen auf seine, beherrscht nur von dem einen Gedanken – ihn in den Wahnsinn zu treiben. Sie konnte fühlen, wie das Verlangen in ihm wuchs. Es würde sich mehr und mehr aufbauen, bis es sie beide beherrschte.

Als er sich auf sie rollte und sie mit dem Rücken auf das Sofa drückte, war sie bereit, die Kontrolle aufzugeben. Mit einem Stöhnen, tief und lang gezogen, erlaubte sie es sich, auszukosten, was sie begonnen hatte.

Keine Frau hatte das je mit ihm gemacht. Das war der Gedanke, der ihm immer wieder durch den Kopf schoss, während er alles verschlingen wollte, was sie ihm bot. Seine Finger, so geschickt, so erfahren, so sanft, zogen leicht an der Spitze, bis der dünne Träger mit einem kaum wahrnehmbaren Geräusch riss.

Er fand sie. Fand ihre kleinen festen Brüste, die so perfekt in seine Handflächen passten. Fand ihren zierlichen und doch so starken Brustkorb, fand ihre schmale Taille. Sie war die Seine. Die Vorstellung machte ihn verrückt. Jetzt war sie die Seine, wie sie es schon in seinem Traum gewesen war, bevor sie ihn geweckt hatte. Vielleicht träumte er ja noch immer.

Sie duftete nach Geheimnissen, nach den kleinen femininen Geheimnissen, die kein Mann je ergründen würde. Sie schmeckte nach Leidenschaft, nach der tiefen, bebenden Leidenschaft, nach der jeder Mann hungerte. Mit der Zunge fuhr er durch das süße Tal zwischen ihren Brüsten und fühlte ihr Zittern. Sie war stark, daran hatte er nie gezweifelt. Und stark, wie sie war, ergab sie sich ihm bedingungslos, um ihnen beiden grenzenloses Vergnügen zu ermöglichen.

Die Spitze roch nach ihr, er hätte sich in dem Duft verlieren mögen, doch ihre Haut war es, die unwiderstehlich war. Er zog das Hemdchen bis zu ihren Hüften hinunter und labte sich an ihr.

Die Finger in sein Haar geschoben, mit einem Körper, der in Flammen stand, dachte sie nur an ihn. Es gab kein Morgen und kein Gestern. In einer Stunde würde sie es vielleicht abstreiten, doch jetzt, in diesem Moment, waren sie zu einer Einheit verschmolzen. Sie brauchten einander, für das Vergnügen, für die Erregung, für die Erfüllung. Und für noch so viel mehr, an das sie nicht zu denken wagte. Sie sehnte sich mit aller Macht nach ihm, und nichts würde das je aufhalten können. Jetzt führte er sie wild und losgelöst durch Türen, die sie gemeinsam aufgestoßen hatten. Keiner von ihnen war vorher schon einmal mit einem anderen dort gewesen, keiner von ihnen würde je mit einem anderen dorthin gehen.

Juliet überließ sich der Dunkelheit, der Hitze – und Carlo.

Er zog den dünnen Streifen Stoff beiseite, der ihren Schoß bedeckte. Ihn dürstete nach der Ambrosia ihres Körpers. Er wusste augenblicklich, wann er sie über die erste Klippe getrieben hatte, und er sonnte sich in diesem Gefühl. Welle um Welle der Leidenschaft überspülte ihn, während er sie wieder zum Gipfelsturm trieb, und wieder. Sie beide zitterten. Sie schrie seinen Namen heraus, als er mit den Lippen eine heiße Spur über ihre Schenkel zog. Alles von ihr, das war der einzig vorherrschende Gedanke in seinem Kopf. Er wollte sie ganz besitzen, bis sie bereit und willig war, alles von ihm zu besitzen.

„Juliet, ich will dich." Sein Gesicht war jetzt über ihrem, sein Atem ging rasselnd. „Sieh mich an."

Sie balancierte schwankend auf dem messerscharfen Grat zwischen Vernunft und Wahnsinn. Als sie die Augen öffnete, sah sie sein Gesicht vor sich. Es war alles, was sie wollte.

„Ich will dich", wiederholte er, während das Blut in seinen Ohren rauschte. „Nur dich."

Sie schlang die Beine um ihn; den Rücken durchgedrückt, bog sie sich ihm entgegen. Für einen endlosen Augenblick hielten ihre Blicke einander fest. Für das, was in ihnen tobte, fand keiner von ihnen beiden die Worte, um es zu erklären. Es war sowohl Gefahr als auch Sicherheit.

„Nur dich", murmelte sie und nahm ihn in sich auf.

Beide waren sie erschüttert, verwundert, erfüllt. Nackt, erschöpft und warm lagen sie eng umschlungen still da. Die Worte sind ausgesprochen worden, dachte Juliet. Im Augenblick des momentanen Wahnsinns hatten sie sich einander offenbart. Sie würde darauf achten müssen, diese Worte in den Augenblicken höchster Lust nicht zu wiederholen. Sie brauchten keine Liebesbeteuerungen, ihnen blieben noch vier Tage. Und doch sehnte Juliet sich schmerzhaft danach, sie noch einmal zu hören, sie noch einmal zu sagen.

Sie konnte den Ton ihrer Beziehung bestimmen, das wusste Juliet. Sie musste nur jetzt gleich damit anfangen und den Klang beibehalten. Kein Druck. Sie hielt die Augen noch eine Weile länger geschlossen. Keine Reue. Der zusätzliche Moment, den sie genutzt hatte, um ihre Kraft zu sammeln, verging unbemerkt.

„Ich könnte eine ganze Woche lang so liegen bleiben“, murmelte sie. Sie meinte es ernst, sprach die Worte aber träge und lasziv aus. Langsam drehte sie den Kopf und lächelte ihn an. „Bist du bereit für das nächste Nickerchen?“

Es gab so vieles, das Carlo sagen wollte. Und so vieles, dachte er, das sie nicht hören will. Sie hatten die Regeln festgelegt, er brauchte nichts anderes zu tun, als sich daran zu halten.

„Nein.“ Er drückte einen Kuss auf ihre Stirn. „Obwohl ich noch nie auf schönere Art aus dem Schlaf aufgeweckt worden bin. Aber jetzt, denke ich, ist es Zeit für deine nächste Lektion.“

„Wirklich?“ Sie runzelte die Stirn. „Ich hätte gedacht, dass ich die Prüfung bestanden habe.“

„Kochen“, erklärte er und kniff sie in die Stelle, in die italienische Männer mit Vorliebe kniffen.

Juliet schüttelte ihr Haar zurück und revanchierte sich auf die gleiche Weise. „Ich hatte gehofft, du würdest es vergessen.“

„Franconi vergisst nie etwas. Schnell duschen, frische Sachen anziehen und dann ab nach unten in die Küche.“

Mit einem Schulterzucken fügte Juliet sich. Nicht eine Sekunde lang glaubte sie daran, dass die Hotelleitung ihm erlauben würde, die Hotelküche für Kochstunden zu nutzen.

Eine halbe Stunde später musste sie einsehen, wie falsch sie mit ihrer Vermutung gelegen hatte.

Carlo ging erst gar nicht zur Hotelverwaltung. Er sah keinen Grund, weshalb er sich durch irgendeine Hierarchie kämpfen sollte. Ohne viel Aufsehen steuerte er Juliet durch das elegante Hotelrestaurant und in die große Küche mit der hohen Decke. Exotische Aromen hingen in der Luft – und der Geräuschpegel einer U-Bahn-Station.

Spätestens hier würden sie ihn aufhalten, davon war Juliet überzeugt. Sie war sicher, dass sie gleich im Restaurant sitzen oder sich vom Zimmerservice etwas in die Suite bringen lassen würden. Zwar hatte sie bequeme Jeans angezogen, aber sie hatte keineswegs wirklich die Absicht, zu kochen. Und nach einem Blick durch den riesigen Raum, auf die überdimensional großen, professionellen Küchengerätschaften und die meterlangen Arbeitsflächen, war sie auch zuversichtlich, dass es dazu nicht kommen würde.

Es hätte sie nicht überraschen dürfen, dass sie sich zum zweiten Mal irrte.

„Carlo Franconi!"

Der Name hallte laut von den Wänden wider. Juliet zuckte erschrocken zusammen.

„Carlo, ich glaube, wir sollten besser ..." Während sie sprach, wandte sie den Kopf und schaute in sein Gesicht. Er grinste von einem Ohr zum anderen.

„Pierre!"

Sie sah zu, wie Carlo von einem massigen Mann mit einer weißen Schürze umarmt wurde. Der Mann hatte einen buschigen Schnurrbart in einem Gesicht, das so groß und rund war wie eine Bratpfanne. Auf seiner Stirn glitzerte ein feiner Schweißfilm, aber er roch unaufdringlich nach Tomaten.

„Du italienischer Wüstling, was tust du in meiner Küche?"

„Sie gebührend bewundern", erwiderte Carlo, als sie sich wieder voneinander lösten. „Ich dachte, du bist in Montreal und vergiftest dort die Touristen."

„Sie haben mich angefleht, die Küche hier zu übernehmen." Der große Mann mit dem schweren französischen Akzent zuckte mit den breiten Schultern. „Sie taten mir leid. Die Amerikaner besitzen so wenig Finesse in der Küche."

„Sie müssen dir angeboten haben, dich für jedes deiner Pfunde zu bezahlen", meinte Carlo trocken.

Pierre hielt sich mit beiden Händen den ausladenden Bauch und lachte. „Wir verstehen einander, alter Freund. Aber ich muss sagen, mir gefällt Amerika. Und du, warum bist du nicht in Rom und stellst den Ladies nach?"

„Ich arbeite gerade die letzten Stationen auf meiner Werbetour ab, für mein neues Buch."

„Ja, richtig, du und deine Kochbücher." Ein lautstarkes Klappern hinter ihm ließ ihn blitzschnell herumschwingen und etwas in Französisch brüllen. Juliet war sicher, dass die Wände wackelten. Dann richtete er sich die weiße Kochmütze und drehte sich lächelnd wieder zu ihnen um. „Und das läuft gut?"

„Gut genug." Carlo holte Juliet näher zu sich heran. „Das ist Juliet Trent, meine PR-Agentin."

„Ah, also läuft es sehr gut", murmelte Pierre, nahm Juliets Hand und setzte einen galanten Handkuss auf ihren Handrücken. „Vielleicht werde ich auch ein Kochbuch herausgeben. Willkommen in meiner Küche, *mademoiselle*. Stets zu Ihren Diensten."

„Wie nett von Ihnen." Entzückt lächelte Juliet. „Danke, Pierre."

„Lass dich von ihm nicht blenden", warnte Carlo sie. „Er hat eine Tochter in deinem Alter."

„Pah!" Mit zusammengezogenen Brauen bedachte Pierre Carlo mit einem strengen Blick. „Sie ist gerade mal sechzehn. Wäre sie auch nur einen Tag älter, würde ich meine Frau anrufen und ihr sagen, dass sie sie nicht aus dem Haus lassen soll, solange Franconi in der Stadt ist."

„Immer für ein Kompliment gut, Pierre." Carlo grinste. Die Hände in die Gesäßtaschen gesteckt, ließ er den Blick durch die Küche wandern. „Sehr schön hast du's hier." Er hob den Kopf und schnupperte. „Ente. Ist das Ente, was ich da rieche?"

Pierre plusterte sich auf. „Die Spezialität des Tages. *Canard à la Pierre.*"

„*Fantastico.*" Carlo legte den Arm um Juliets Schulter und führte sie näher zum Herd. „Niemand, wirklich absolut niemand bringt mit einer Ente fertig, was Pierre aus ihr macht."

Die dunklen Augen in dem runden Gesicht strahlten. „Aber nein, du schmeichelst mir, *mon ami.*"

„Die Wahrheit ist keine Schmeichelei." Carlo verfolgte mit, wie einer von Pierres Helfern das Geflügel gekonnt zerlegte und die Entenbrust in dünne Scheiben aufschnitt. Mit erfahrener Selbstverständlichkeit nahm Carlo ein kleines Stückchen Fleisch auf und schob es Juliet in den Mund. Es zerging auf der Zunge und hinterließ einen köstlichen Geschmack an ihrem Gaumen, der nach mehr verlangte. Carlo leckte sich nur mit der Zungenspitze über den Daumen. „Exquisit wie immer. Erinnerst du dich noch an das Fest für die Verlobung des Schahs, das wir ausgerichtet haben, Pierre? Wie lange ist das jetzt her? Fünf, sechs Jahre?"

„Sieben", stellte Pierre richtig und seufzte.

„Deine Ente und meine Cannelloni."

„Unübertrefflich. Nicht so viel Paprika an den Fisch", donnerte Pierre in den Raum hinein. „Wir sind hier nicht in Budapest. Das waren noch Zeiten", fuhr er dann munter fort. „Aber ..." Das Schulterzucken war auf typisch französische Weise vielsagend. „Wenn ein Mann drei Kinder hat, sollte er ruhiger werden und sich niederlassen, *oui*?"

Carlo sah sich die Küche noch einmal genau an und fällte mit dem Auge des Experten sein Urteil. „Du hast dir einen ausgezeichneten Platz gesucht, um das zu tun. Vielleicht könnest du mir für eine kurze Weile ein Eckchen davon überlassen."

„Ein Eckchen?"

„Nur ein kleiner Gefallen", sagte Carlo mit einem Lächeln, das selbst die verschlossenste Auster dazu gebracht hätte, ihre Perle freiwillig herzugeben. „Ich habe Juliet versprochen, ihr beizubringen, wie man Linguini zubereitet."

„Etwa *linguini con vongole bianche*?" Pierres Augen begannen zu glitzern.

„Natürlich. Das ist meine Spezialität."

„Du bekommst dein Eckchen in meiner Küche, *mon ami* – im Tausch gegen eine Portion."

Carlo schlug Pierre spielerisch auf den Bauch. „Für dich, *amico*, zwei Portionen."

Pierre fasste Carlo bei den Schultern und küsste ihn auf beide Wangen. „Ich fühle mich wieder richtig jung. Sage mir, was du alles brauchst."

In Windeseile fand Juliet sich in einer großen weißen Schürze wieder, das Haar unter einer hohen Kochmütze versteckt. Sie wäre sich wahrscheinlich grenzenlos albern vorgekommen, hätte sie überhaupt Zeit dazu gehabt.

„Zuerst hackst du die Muscheln klein."

Juliet sah von Carlo zu dem Häufchen glitschiger Muscheln auf dem Schneidebrett hinunter. „Klein hacken?"

„So." Carlo nahm ein Messer zur Hand. Mit wenigen flinken Handbewegungen hatte er die Hälfte der Muscheln in gleichmäßige kleine Stückchen zerschnitten. „Hier, jetzt du."

Sie kam sich wie ein Henker vor, als sie das Messer ansetzte. „Die … die leben doch nicht mehr, oder?"

„*Madonna*, jede Muschel empfindet es als Ehre, etwas zu Franconis Linguini beitragen zu können. Die Stücke etwas kleiner. Ja, genau so." Zufrieden mit ihrer Arbeit, reichte er ihr eine Zwiebel. „Würfeln, aber nicht zu fein." Wieder machte er es ihr vor, aber dieses Mal fühlte Juliet sich bereits sicherer. Sie übernahm das Messer von ihm und begann zu schneiden, bis die Zwiebel in Würfel zerfiel und ihre Augen tränten.

„Ich hasse es zu kochen", murmelte sie, doch Carlo schob ihr nur eine Knoblauchzehe zu.

„Die muss sehr fein zerhackt werden. Davon brauchen wir nur die Essenz, nicht die Masse." Über ihre Schulter hinweg sah er ihr zu, schließlich war er zufrieden. „Du hast geschickte Hände, Juliet. Und jetzt lässt du die Butter aus."

Nach seinen Anweisungen schmorte sie Zwiebeln und Knoblauch unter ständigem Rühren leicht in der Butter an, bis Carlo ihr sagte, dass es fertig sei.

„Sie sind glasig geworden, siehst du? Wir geben etwas Mehl hinzu, nur ein wenig …" Er führte ihre Hand, während sie das Mehl einrührte. „Damit es andickt. Und nun kommen die Muscheln. Vorsicht!", warnte er, als sie die Muschelstückchen einfach vom Brett hineinkippen wollte. „Sie sollen doch nicht angeschlagen werden. Ah …" Er nickte anerkennend. „Die Gewürze", sagte er dann. „Gewürze und Kräuter sind das A und O, das Geheimnis und die Stärke."

Über sie gelehnt, zeigte er ihr, wie sie eine Prise hiervon und davon nehmen musste, eine Messerspitze von diesem und einen Hauch von jenem. Wies sie in das Geheimnis ein, eine Delikatesse zu kreieren. Je köstlicher der Duft wurde, der in die Luft stieg, desto selbstsicherer wurde auch Juliet. Sie würde sich bestimmt weder an die Zutaten noch an die Mengen erinnern, aber das war unwichtig.

„Was ist damit?“, fragte sie und zeigte auf ein Bund frischer Petersilie.

„Nein, das kommt erst ganz zum Schluss. Wir wollen es doch nicht überladen. Stell die Hitze herunter, noch etwas mehr. Ja, so.“ Er nickte zufrieden. „Der Deckel muss fest sitzen, wenn du ihn auflegst. Und jetzt lässt du es köcheln, damit die Gewürze aufwachen und ihr ganzes Aroma entfalten können.“

Juliet fuhr sich mit dem Handrücken über die feuchte Stirn. „Carlo, du redest über die Soße, als wäre sie ein lebendiges, atmendes Wesen.“

„Genau das ist sie auch. Während das hier jetzt gart, reibst du den Käse.“ Er nahm ein großes Käsestück auf und schnupperte daran. *„Squisito.“*

Er ließ sie reiben und rühren, während das Küchenpersonal weiter um sie herum arbeitete. Juliet musste an die Küche ihrer Mutter denken, mit den sauber schimmernden Arbeitsplatten und den heimeligen Gerüchen. So etwas wie hier hatte sie nie zuvor gesehen. Ruhig ging es hier auf jeden Fall nicht zu. Pfannen wurden klappernd fallen gelassen, über Leute und Gerichte wurde geschimpft, „Hektik“ stand als Hauptgericht auf der Karte. Die große Herausforderung war, die Gäste nichts davon spüren zu lassen. Kellner, beladen mit vollen Tabletts, hasteten herein und hinaus, rauschten durch den Raum und verlangten lautstark nach ihren Bestellungen. Während Juliet das Schauspiel mit großen Augen verfolgte, ignorierte Carlo seine Umgebung völlig. Es war an der Zeit, seine Pasta zuzubereiten.

Wenn man ihr ein Nudelgericht nicht fertig präpariert auf einem Teller vorsetzte, so dachte Juliet bei Pasta grundsätzlich an Supermarktregale, aus denen man sich die in Pakete oder Schachteln sortierten Nudeln herausnahm und in den Einkaufskorb legte. Jetzt erfuhr sie, dass es ganz anders war. Ihre Hände waren weiß vom Mehl bis an die Handgelenke. Carlo ließ sie abmessen und walken und ausrollen, bis ihre Ellbogen knackten. Es hatte nicht das Geringste mit dem Fünfminutenunternehmen zu tun, an das sie gewöhnt war.

Und während sie knetete und walkte, wurde ihr klar, woher er seine Kondition hatte. Wenn man kochte wie Franconi und sich damit seinen Lebensunterhalt verdiente, verbrauchte man die gleiche Energie wie ein Hochleistungssportler. Bis der Pastateig Carlos Billigung erhalten hatte, schmerzten Juliets Rückenmuskeln wie nach einem anstrengenden Tennismatch.

Sie blies sich eine Strähne aus dem Auge, wischte sich den Schweiß von der Stirn und wandte sich zu ihm um. „Und jetzt?“

„Jetzt kochst du die Pasta.“

Sie füllte eine Kasserolle mit Wasser und stellte sie auf den Herd.

„Einen Löffel Salz hinzu“, instruierte Carlo.

„Ein Löffel Salz“, murmelte sie und gab das Salz in den Topf. Als sie sich wieder umdrehte, hielt er ihr ein Glas spritzigen Weißwein hin.

„Bis das Wasser anfängt zu kochen, entspannst du dich.“

„Muss ich die Hitze nicht herunterdrehen?“

Er lachte und küsste sie, entschied dann, dass es angebracht war, sie noch einmal zu küssen. Sie roch paradiesisch. „Weiß steht dir.“ Er wischte einen Mehlklecks von ihrer Nase. „Du bist ein ebenso unordentlicher wie erstaunlicher Küchenjunge, meine Liebe.“

Es fiel nicht schwer, die laute, hektische Küche zu vergessen. „Küchenjunge?“ Sie rückte die hohe weiße Mütze zurecht. „Heißt es nicht Chefkoch?“

Er küsste sie noch einmal. „Werde nicht übermütig. Einmal Linguini zubereiten macht noch keinen Chefkoch.“

Sie hatte ihren Wein kaum ausgetrunken, als er sie schon wieder an die Arbeit scheuchte.

„Jetzt dreh den Teig durch die Nudelmaschine. Genau, so ist es richtig. Wenn die Hälfte durch ist, drücke den Rest nach. Vorsichtig. Ja, so. Du hast das richtige Händchen dafür. Noch ein bisschen mehr Übung und ich stelle dich vielleicht sogar in meinem Restaurant ein.“

„Nein, danke“, lehnte sie entschieden ab, als der heiße Wasserdampf ihr ins Gesicht stieg. Sie konnte fast fühlen, wie sich jede einzelne Hautpore öffnete.

„Die Pasta ins Wasser gleiten lassen, leicht rühren und genau zweieinhalb Minuten kochen, keinen Moment länger." Er schenkte Wein in ihr Glas nach und küsste sie auf die Wange.

Sie rührte und goss dann ab, maß Petersilie ab, streute Käse. Als sie damit fertig war, hätte sie geschworen, keinen Bissen herunterzubekommen. Sie war tatsächlich nervös, stellte sie erstaunt fest. Unsicher wie eine frischgebackene Ehefrau am ersten Tag in ihrer Küche.

Die Hände verschränkt, sah sie Carlo zu, wie er eine Gabel nahm und die Nudeln aufdrehte. Mit geschlossenen Augen atmete er das Aroma ein. Juliet schluckte. Die Augen noch immer geschlossen, führte er die Gabel in den Mund und probierte. Juliet kaute an ihrer Lippe. Bis dahin war ihr nicht aufgefallen, dass es in der Küche still wie in einer Kathedrale geworden war. Ein schneller Blick in die Runde sagte ihr, dass jegliche Aktivität eingestellt worden war und aller Augen auf Carlo lagen. Sie fühlte sich, als warte sie auf das Urteil des Jüngsten Gerichts.

„Und?", fragte sie, als sie es nicht mehr aushielt.

„Geduld", mahnte Carlo leise, ohne die Lider zu heben. Ein Kellner rauschte herein und verharrte unter dem „Pst!" und „Schsch!" von allen Seiten sofort in absoluter Reglosigkeit.

Endlich öffnete Carlo die Augen und legte vorsichtig die Gabel ab. „*Fantastico!*" Er fasste Juliet bei den Schultern und küsste sie, von aufbrandendem Applaus begleitet, feierlich auf beide Wangen.

Lachend zog sie sich schwungvoll die Mütze vom Kopf. „Ich fühle mich, als hätte ich die Goldmedaille im Zehnkampf gewonnen."

„Du hast meine Hochachtung erworben. Das ist mindestens ebenso viel wert." Während Pierre donnernd nach Tellern rief, nahm Carlo ihre Hände in seine. „Wir beide sind ein gutes Team, Juliet Trent."

Sie fühlte, dass sie ihr Herz nicht vor seinen Worten verschließen konnte. In ihrem Innern geschah etwas, und es war ihr nicht möglich, es aufzuhalten. „Ja, wir beide sind ein gutes Team, Franconi."

11. KAPITEL

Um zwölf Uhr am nächsten Tag gab es absolut nichts mehr zu tun. Die Ausstrahlung der Kochshow per Carlos Fernanleitung war ein voller Erfolg gewesen und hatte Juliets Hoffnungen bei Weitem übertroffen. Gebannt hatte sie vor dem Bildschirm gesessen und auf Carlos Stimme neben sich gelauscht, die dann auch über die Lautsprecher im Studio zu hören gewesen war. Als ihr Chef persönlich anrief, um ihr zu gratulieren, wusste sie, dass sie einen Coup gelandet hatte. Gelöst und äußerst zufrieden legte sie sich auf das Bett zurück.

„Fantastisch." Sie kreuzte die Arme auf der Brust und die Beine an den Knöcheln und lächelte breit. „Absolut fantastisch."

„Hattest du etwa daran gezweifelt?"

Noch immer lächelnd warf sie Carlo einen Seitenblick zu. Er war gerade dabei, die letzten Reste des späten Frühstücks zu vertilgen, das sie sich aufs Hotelzimmer hatten kommen lassen. „Sagen wir einfach, ich bin froh, dass es vorbei ist."

„Du machst dir zu viele Sorgen, *mi amore*." Aber immerhin hatte er sie schon seit drei Tagen nicht mehr nach der Rolle mit den Kautabletten greifen sehen. Und es befriedigte ihn ungemein, zu wissen, dass er sie so locker machen konnte, dass sie die Pillen nicht mehr brauchte. „Wenn es um Franconis Linguini geht, ist der Erfolg garantiert."

„Nach gestern Abend und dem heutigen Erfolg werde ich nie wieder daran zweifeln. Jetzt haben wir fünf Stunden frei, bevor unser nächster Flug geht. Fünf volle Stunden, ohne einen einzigen Termin."

Er stand auf und kam zum Bett, ließ sich auf der Bettkante nieder und streichelte sacht ihre Fesseln. Sie sah so bezaubernd aus, wenn sie lächelte, so anmutig, wenn ihre Gedanken endlich einmal zur Ruhe kamen. „Das ist ein riesiger Bonus", murmelte er.

„Fast wie Urlaub." Seufzend genoss sie das Prickeln, das über ihre Haut lief.

„Was würdest du denn gern in unserem Urlaub von fünf terminfreien Stunden tun?"

Mit einer hochgezogenen Augenbraue sah sie ihn an. „Willst du das wirklich wissen?“

Genüsslich küsste er ihre Zehenspitzen, jede einzelne. „Aber sicher. Der Tag gehört dir.“ Er strich mit den Lippen über ihren Fußknöchel. „Ich stehe gänzlich zu deiner Verfügung.“

Sie sprang auf, schlang die Arme um seinen Hals und küsste ihn. Ihr Kuss war hart und übermütig. „Lass uns einen Einkaufsbummel machen.“

Eine Viertelstunde später schlenderten Juliet und Carlo zusammen durch den ersten Rundbau des riesigen Einkaufszentrums, das direkt an das Hotel anschloss. Die Leute sammelten sich um die Lagepläne des Komplexes, aber Juliet rauschte daran vorbei, ohne auch nur einen Blick darauf zu werfen. Keine Pläne, keine Termine, keine Richtungsanweisungen. Heute war es völlig gleich, wohin sie gingen.

„Ist dir eigentlich klar“, hob sie an, „dass ich bei all den Städten, in denen wir waren, bei all den Kaufhäusern und Einkaufszentren, an denen wir vorbeigekommen sind, keine einzige Chance zum Einkaufen hatte?“

„Du nimmst dir keine Zeit für dich.“

„Genau wie du. Oh, sieh nur.“ Sie blieb vor einem Schaufenster stehen und betrachtete ein langes Abendkleid mit unzähligen winzigen, aufgenähten silbernen Ringen.

„Schillernd“, lautete Carlos Kommentar.

„Genau, schillernd“, stimmte Juliet zu. „Wäre ich zwanzig Zentimeter größer, würde ich darin vielleicht nicht wie ein abgesägter Brückenpfeiler aussehen. Schuhe“, entschied sie und schleifte ihn zum nächsten Laden weiter.

Innerhalb kürzester Zeit hatte Carlo Juliets größte Schwäche ausgemacht. Liebe ging bei ihr nicht durch den Magen, sie schwärmte auch nicht für Pelze oder Diamanten. Der Schmuck in den Auslagen wurde von ihr nur mit einem knappen Blick bedacht. Abendgala wurde kurz begutachtet, während Kleider, Blusen und Sportkleidung immerhin mildes Interesse erweckten. Schuhe dagegen – Schuhe waren etwas ganz anderes. Innerhalb einer knappen Stunde hatte sie mindestens fünfzig Paar zur Hand genommen, genauestens studiert und eine detaillierte Kritik abgegeben. Sie fand ein Paar Turnschuhe, das dreißig Prozent heruntergesetzt war, und kaufte es, um es ihrer bereits bestehenden, nicht unerheblichen Sammlung von Turnschuhen hinzuzufügen. Danach machte sie sich methodisch daran, die infrage kommenden Damenschuhe zu sortieren und auszuschließen, bis sie die potenzielle Auswahl auf drei Paar reduziert hatte, ausnahmslos italienische Modelle mit hohen Absätzen.

„Du beweist exzellenten Geschmack.“ Mit der Geduld eines Mannes, der an Shopping-Exkursionen gewöhnt war, machte Carlo es sich auf einem Sessel bequem und beobachtete sie dabei, wie sie zwischen den drei Paaren schwankte und sich nicht entscheiden konnte. Träge hob er einen der Schuhe vom Boden auf und las den Designernamen im Fußbett. „Er macht immer elegante Schuhe. Außerdem ist er ein geradezu fanatischer Liebhaber meiner Lasagne.“

Mit weit aufgerissenen Augen schwang Juliet auf den hohen Absätzen herum. „Du kennst ihn?“

„Aber natürlich. Einmal pro Woche isst er im *Franconi's*.“

„Er ist mein absoluter Held.“ Als Carlo sie mit diesem typischen Blick mit der hochgezogenen Augenbraue ansah, lachte sie. „Bei ihm weiß ich, dass ich die Schuhe anziehen und acht Stunden darauf laufen kann, ohne hinterher eine Notoperation zu brauchen. Ich nehme alle drei“, entschied sie dann impulsiv, setzte sich und wechselte die hochhackigen Pumps gegen die neu erstandenen Turnschuhe aus.

„Du überraschst mich“, kommentierte Carlo. „So viele Paar Schuhe, wenn du doch nur zwei Füße hast. Das ist so gar nicht meine praktische Juliet.“

„Ein Laster sei mir erlaubt.“ Juliet presste den Klettverschluss zusammen. „Und dass die Italiener die besten Schuhe machen, habe ich schon immer gewusst.“ Sie lehnte sich zu ihm und drückte einen Kuss auf seine Wange. „Jetzt weiß ich auch, dass sie die beste … Pasta machen.“ Ohne über die Summe auch nur mit der Wimper zu zucken, zahlte Juliet mit ihrer Kreditkarte für die Schuhe und steckte die Quittung ein.

Die Einkaufstüte zwischen sich schwingend wanderten sie von Rundbau zu Rundbau. Eine Gruppe Frauen ging an ihnen vorbei und erntete einen bewundernden Blick von Carlo. Shopping während der Mittagspause. Carlo warf noch einen Blick über die Schulter zurück. Man musste die amerikanische Produktivität und Energie wirklich bewundern.

„Vorsicht, sonst verrenkst du dir noch den Hals“, meinte Juliet belustigt. Carlos offensichtliches Vergnügen an allem, was weiblich war, amüsierte sie.

Er lachte unbekümmert. „Man muss nur wissen, wie weit man gehen darf.“

Zufrieden genoss Juliet das Gefühl ihrer verschränkten Finger. „Ich würde es nie wagen, dem Experten zu widersprechen.“

Einmal blieb Carlo stehen, fasziniert von einer breiten Halskette mit Amethysten und Diamanten. „Die ist sehr schön“, sagte er. „Meine Schwester Teresa hat Violett schon immer geliebt.“

Juliet beugte sich näher an das Schaufenster heran. Die kleinen vortrefflichen Edelsteine blitzten – warm und kalt. „Wem würde das nicht gefallen? Das Band ist wirklich herrlich.“

„Sie bekommt in wenigen Wochen ihr Baby“, murmelte er nachdenklich vor sich hin und nickte dem diskret abwartenden Verkäufer zu. „Diese Kette würde ich mir gerne ansehen.“

„Selbstverständlich. Ein wunderschönes Stück, nicht wahr?“ Der Verkäufer schloss die Vitrine auf und legte das Halsband feierlich auf Carlos ausgestreckte Hand. „Die Diamanten sind alle lupenrein, zusammen eins Komma drei Karat. Die Amethysten …“

„Ich nehme es.“

Durch die schnelle Entscheidung in seiner Verkaufsrede unterbrochen, blinzelte der Verkäufer. „Sicher, Sir, eine ausgezeichnete Wahl.“ Bemüht, sich sein Erstaunen nicht anmerken zu lassen, nahm er die Kreditkarte, die Carlo ihm zusammen mit der Kette reichte, und ging damit ein Stückchen weiter den Tresen hinunter.

„Carlo.“ Juliet rückte näher an ihn heran und senkte die Stimme. „Du hast nicht einmal nach dem Preis gefragt.“

Er tätschelte ihre Hand, während er sich die anderen Stücke in der Vitrine ansah. „Meine Schwester macht mich ein weiteres Mal zum Onkel“, sagte er schlicht. „Die Kette passt zu ihr. Zu dir“, fuhr er nahtlos fort, „würden Smaragde am besten passen.“

Sie sah auf ein Paar Ohrringe, Steine in der Farbe von taufeuchtem Sommergras. Der sehnliche Wunsch war typisch weiblich und wurde ebenso schnell unterdrückt, wie er aufgeflammt war. Schuhe konnte sie rechtfertigen, Smaragde nicht. Lachend schüttelte sie den Kopf. „Ich beschränke mich darauf, meine Füße zu verwöhnen.“

Mit dem hübsch eingepackten Geschenk für seine Schwester in der Hand und der Quittung in der Brieftasche verließ Carlo zusammen mit Juliet den Juwelierladen wieder.

„Ich liebe es, einkaufen zu gehen“, gestand Juliet ihm. „Manchmal verbringe ich einen ganzen Samstag damit, mir alles in den Geschäften anzusehen. Das ist eines der Dinge, die ich am meisten an New York schätze.“

„Dann würdest du auch Rom lieben.“ Er wollte sie gern in Rom sehen, wurde ihm klar. Lachend über einen der unzähligen Brunnen gelehnt, über die Marktplätze schlendernd, bei der Besichtigung der Kathedralen, beim Tanzen in den Clubs, in denen es nach Wein und schönen Menschen duftete. Er wollte sie dort haben, nah bei sich. Wenn er allein zurückkehrte, wartete nur die Leere auf ihn. Er zog ihre Hand an seine Lippen, während er sich vorstellte, was ihn erwartete. Hielt ihre Hand so lange an seinen Mund, bis Juliet unsicher stehen blieb.

„Carlo?“ Passanten gingen an ihnen vorbei, und als sein Blick immer intensiver wurde, schluckte sie und sprach seinen Namen noch einmal aus. Das war nicht nur die harmlose männliche Bewunderung, mit der er die vorbeigehenden Frauen angesehen hatte, sondern es war etwas Tiefes, etwas Gefährliches. Wenn ein Mann eine Frau so ansah, dann tat sie gut daran, die Beine in die Hand zu nehmen und loszurennen. Nur wusste Juliet nicht, ob sie auf ihn zu- oder vor ihm wegrennen sollte.

Carlo schüttelte die seltsame Stimmung ab, mahnte sich, bei Juliet vorsichtig vorzugehen – und bei sich selbst ebenso. „Kämst du nach Rom", sagte er leichthin, „würde ich dich mit deinem Helden bekannt machen. Genügend Portionen von meiner Lasagne und du bekommst deine Schuhe zum Einkaufspreis."

Erleichtert hakte Juliet sich wieder bei ihm unter. „Du bringst mich in Versuchung, mit dem Sparen für das Flugticket anzufangen. Oh Carlo, sieh doch nur!" Entzückt blieb sie vor einem Schaufenster stehen und zeigte mit dem ausgestreckten Arm auf eine Skulptur. Mitten in der aufwendigen Dekoration stand ein indischer Elefant aus glänzender Keramik, mindestens einen Meter hoch. Die Decke auf seinem Rücken war ein Kaleidoskop aus Spiegeln und Gold und Farben. Den Kopf hatte er majestätisch zurückgeworfen, den prächtigen Rüssel hoch in die Luft gereckt. Juliet verliebte sich auf den ersten Blick. „Ist er nicht wunderbar? So übertrieben prunkvoll und vor allem völlig überflüssig."

Carlo konnte sich den Elefanten bestens in seinem Wohnraum vorstellen, zusammen mit den anderen übertrieben prunkvollen und völlig überflüssigen Teilen, die er über die Jahre gesammelt hatte. Nur hätte er nie erwartet, dass Juliet ebenfalls eine Schwäche für solche Stücke hatte. „Du überraschst mich immer wieder."

Leicht verlegen zuckte sie mit den Schultern. „Oh, ich weiß, es ist unsinnig, aber ich mag einfach Dinge, die eigentlich vollkommen unnütz sind."

„Dann musst du nach Rom kommen und dir mein Zuhause ansehen." Er lachte über ihren verständnislosen Blick. „Das letzte Stück, das ich gekauft habe, ist eine Eule, ungefähr so groß." Er deutete es mit der ausgestreckten flachen Hand an. „Sie hält ein kleines Beutetier in den Krallen."

„Scheußlich." Sie ließ einen Laut hören, der sehr an ein Kichern erinnerte, und küsste ihn. „Ich bin sicher, dass ich absolut hingerissen wäre."

„Vielleicht wärst du das wirklich. Zumindest davon", murmelte er. „Wie auch immer, ich denke, dieser Elefant sollte ein gutes Zuhause bekommen."

„Du kaufst ihn?" Begeistert klatschte sie in die Hände.

Zusammen betraten sie den Laden. Hier drinnen roch es nach Sandelholz, ein feines Klingeln schwebte in der Luft, weil der Ventilator das gläserne Windspiel unablässig bewegte. Während Carlo die Absprache für die Luftfracht traf, schaute Juliet sich im Laden um, spielte mit den langen Schnüren, an denen kleine Messingglöckchen befestigt waren, strich über Löwen aus Alabaster und studierte die kunstvollen Muster der Teeservice.

Alles in allem, so überlegte sie, ist das der unbeschwerteste und entspannendste Tag, den ich seit Langem gehabt habe. An diese Stunden würde sie sich erinnern, so versprach sie sich, wenn sie wieder allein war und ihr Tagesablauf von Terminen und Pflichten bestimmt wurde.

Sie drehte sich um, als Carlo etwas zu der Verkäuferin sagte und die junge Frau auflachte. Sie hätte nicht gedacht, dass es Männer wie ihn gab – selbstsicher, unglaublich männlich und dennoch mit einem enormen Feingespür für weibliche Wünsche, Bedürfnisse und Stimmungen. Arrogant war er mit Sicherheit, aber auch großzügig. Voller Leidenschaft und doch zärtlich, eitel, aber auch intelligent.

Wenn sie sich den perfekten Mann erschaffen könnte, um sich zu verlieben … Oh nein! Mit einem Gefühl, das Verzweiflung glich, riss Juliet sich zusammen. Dann wäre es ganz bestimmt nicht Carlo Franconi. Unmöglich. Er war kein Mann für nur eine einzige Frau, und sie war keine Frau für … für eine ernsthafte Bindung. Sie beide brauchten ihre Freiheit. Wenn sie das vergaß, dann würde sie auch die Pläne vergessen müssen, die sie in den letzten zehn Jahren gemacht und für die sie so hart gearbeitet hatte. Es war besser, wenn sie sich immer vor Augen hielt, dass Carlo nur eine Fahrt auf dem Karussell war und die Musik schon bald ausklingen würde.

Sie atmete tief durch und wartete darauf, dass ihr eigener guter Rat sich in ihrem Kopf festsetzte. Es dauerte länger, als es hätte dauern dürfen. Fest entschlossen setzte sie dann ein Lächeln auf und ging zu Carlo hinüber. „Alles erledigt?"

„Unser Freund wird bald zu Hause sein, gleich nach uns."

„Dann wünschen wir ihm jetzt eine gute Reise. Apropos Reise, wir sollten besser auch wieder an den Flughafen denken."

Den Arm um ihre Schultern gelegt, führte Carlo sie zum Geschäft hinaus. „Du kannst mir die Termine für Philadelphia während des Fluges aufzählen."

„Du wirst garantiert ein Bombenerfolg werden", sagte sie. „Obwohl … vielleicht solltest du vorher besser eine Dosis von meinen Tabletten einnehmen."

„Ich fasse es einfach nicht." Juliet ließ sich frustriert auf einen Stuhl in der Ankunftshalle fallen. Das Gepäckband hinter ihr stand längst still. „Unsere Koffer sind nach Atlanta geflogen."

„So unfassbar ist das eigentlich nicht", erwiderte Carlo. Er wollte sich gar nicht daran erinnern, wie oft sein Gepäck schon verloren gegangen war. Leicht klopfte er auf seinen schweren Lederkoffer. Hauptsache, seine Spatel waren in Sicherheit. „Und wann können wir nun damit rechnen, unsere Unterwäsche zurückzubekommen?"

„Frühestens morgen Vormittag um zehn." Mit einem angewiderten Blick sah Juliet an sich herab auf die Jeans und das T-Shirt, die sie für die Reise gewählt hatte. Kosmetik, Waschutensilien und noch dieses und jenes hatte sie in ihrem Bordgepäck dabei, aber nichts, was auch nur annähernd an ein geschäftsmäßiges Kostüm erinnerte. Egal, entschied sie. Sie würde sowieso im Hintergrund stehen. Dann sah sie zu Carlo.

Er trug ein Sweatshirt mit dem prominenten Namenszug der Sorbonne, ausgewaschene Jeans, die an einigen Stellen fast weiß waren, und Turnschuhe, die bei Weitem nicht so neu aussahen wie ihre. Unmöglich, dass er morgen früh um acht in diesem Aufzug auf Sendung ging.

„Carlo, wir müssen passende Garderobe für dich einkaufen."

„Ich habe passende Garderobe. In meinem Koffer", erinnerte er sie.

„Du trittst morgen früh um acht in ‚Hello, Philadelphia' auf, von dort aus gehen wir direkt weiter zum Frühstückstreffen mit den Reportern des *Herald* und des *Inquirer*. Um zehn, wenn unsere Koffer vielleicht ankommen – oder auch nicht –, bist du in ‚Midmorning Report' zu sehen. Danach ..."

„Du hast mir die Termine doch schon alle aufgezählt, meine Liebe. Was ist daran verkehrt?"

Als er an sich hinunterzeigte, stand sie auf. „Stell dich nicht dumm, Carlo. Wir machen uns sofort auf den Weg zum nächsten Kaufhaus."

„Kaufhaus?" Carlo ließ sich von ihr nach draußen ziehen. „Franconi trägt nichts aus dem Kaufhaus."

„Dieses eine Mal wirst du es tun. Wir haben jetzt nicht die Zeit, um wählerisch zu sein. Was gibt es hier in Philadelphia?", dachte sie laut nach, während sie ein Taxi heranwinkte. „Wannamaker's." Sie hielt die Tür für Carlo auf und schaute gleichzeitig auf ihre Armbanduhr. „Wir können es gerade noch schaffen."

Sie kamen eine halbe Stunde vor Ladenschluss an. Carlo brummelte zwar mürrisch vor sich hin, ließ sich aber von Juliet durch das altehrwürdige Kaufhaus ziehen, das eine Institution in Philadelphia war. Im Kampf gegen die Zeit sah Juliet hastig die Stange mit Herrenhosen durch.

„Welche Größe trägst du?"

„Einunddreißig, dreiunddreißig", antwortete er, dann zog er eine Augenbraue in die Höhe. „Kann ich meine Sachen selbst auswählen?"

„Hier, probier die an." Juliet hielt ihm eine schwarzbraune Hose hin.

„Mir gefällt die hellbraune aber besser", setzte er an.

„Vor der Kamera wirkt die hier besser. Und jetzt noch Hemden." Sie drückte ihm den Bügel mit der Hose in die Hand und ließ ihn stehen, um zielstrebig auf die nächste Stange zuzusteuern. „Welche Größe?"

„Wieso sollte ich mich mit amerikanischen Größen auskennen?", brummte er verstimmt.

„Das hier könnte passen." Sie hatte ein elegantes Hemd in dezentem Lachston gewählt, und Carlo musste zugeben, dass er selbst wahrscheinlich auch danach gegriffen hätte. „Hier, geh die Sachen anprobieren, während ich nach einem Jackett suche."

„Einkaufen wie mit einer besorgten Mutter", murrte er unter angehaltenem Atem und verschwand in der Umkleidekabine.

Derweil fand Juliet einen Gürtel, schmal und mit einer diskreten und schicken Schnalle, von dem sie wusste, dass er Carlo gefallen würde. Nachdem sie ein halbes Dutzend Jacketts angesehen und verworfen hatte, traf sie endlich auf ein Leinenjackett, lässig geschnitten und in einem Naturton zwischen Beige und Braun.

Als Carlo aus der Kabine kam, warf sie ihm die Sachen zu, dann trat sie ein Stück zurück, um das volle Bild begutachten zu können. „Ja, das sieht gut aus. Die Farbe des Hemdes bewahrt das Ganze davor, langweilig auszusehen, und das Jackett hält es lässig, ohne dass es schlampig wirkt."

„Der Tag, an dem Franconi Kleidung von der Stange trägt …"

„Nur Franconi kann Kleidung von der Stange tragen und es aussehen lassen, als wäre alles maßgeschneidert."

Er brach ab, traf auf das Lachen in ihren Augen. „Du schmeichelst mir."

„Was immer nötig ist." Sie drehte ihn bei den Schultern um und schickte ihn mit einem Schubs zurück in die Umkleidekabine. „Zieh es wieder aus, Carlo. Ich besorge dir Boxershorts."

Der Blick, den er ihr zuwarf, war kühl und nur mühsam beherrscht. „Es gibt eine Grenze, Juliet."

„Oh, mach dir deswegen keine Sorgen", gab sie unbekümmert zurück. „Der Verlag kommt für alles auf. Und beeil dich, uns bleibt gerade noch genug Zeit, um deine Schuhe auszusuchen."

Sie unterzeichnete die letzte Rechnung fünf Minuten nachdem die Durchsage durch die Lautsprecher geklungen war, dass das Haus schließen werde. „Nun bist du ausgerüstet." Bevor er es selbst übernehmen konnte, hatte sie schon alle Einkaufstüten eingesammelt. „Jetzt brauchen wir nur noch ein Taxi zum Hotel zu erwischen, und dann liegen wir wieder genau im Plan."

„Ich trage deine amerikanischen Schuhe nur unter Protest."

„Ich kann's dir nicht verübeln." Und sie meinte es völlig ernst. „Eine reine Notfallmaßnahme, *caro*."

Absolut albern, aber er war tatsächlich gerührt von dem Kosewort. Bis jetzt hatte sie ihre Diskretion noch nie so weit schleifen lassen, um ihn nicht bei seinem Namen zu nennen. Und deshalb beschloss Carlo, großzügig zu sein und ihr nachzusehen, dass sie die Peitsche geschwungen hatte. „Meine Mutter würde dich bewundern."

„So?" Juliet stand an der Bordsteinkante und wartete auf ein Taxi, das sie heranwinken konnte. „Wieso?", fragte sie abgelenkt.

„Sie ist die Einzige, die mich je durch einen Laden geschleift und Kleidung für mich ausgesucht hat. In den letzten zwanzig Jahren hat auch sie das allerdings nicht mehr geschafft."

„Alle PR-Leute sind wie Mütter." Sie wechselte den Arm. „Das müssen wir sein."

Er lehnte sich vor und biss sie leicht ins Ohrläppchen. „Ich ziehe dich als Bettgespielin vor."

Ein Taxi zog rasant an den Bürgersteig und hielt mit quietschenden Reifen vor ihnen an. Juliet fragte sich, ob ihr das vielleicht den Atem geraubt hatte. Sie nahm sich zusammen und bugsierte die Taschen in den Wagen. „In den nächsten Tagen werde ich beides für dich sein."

Es war fast schon zehn, bevor sie in Cocharan House eincheckten. Carlo ließ sich zu keinem Kommentar über die getrennten Zimmer hinreißen, hatte er doch längst beschlossen, dass Juliet keine Minute ohne ihn verbringen würde. Sie hatten noch drei Tage, und die meiste Zeit davon würde vom Geschäftlichen verschlungen werden. Deshalb sollte kein einziger Moment, der ihnen blieb, vergeudet werden.

Er sagte noch immer nichts, als sie vor dem Hotelpagen in den Aufzug stiegen. Auf der Fahrt in ihr Stockwerk summte er leise vor sich hin, während Juliet ein paar höfliche Worte mit dem Pagen wechselte. An der Tür zu seiner Suite schließlich nahm er Juliets Arm.

„Stellen Sie alle Gepäckstücke bitte hier herein", wies er den Pagen an. „Miss Trent und ich haben noch dringend etwas Geschäftliches zu besprechen. Wir sortieren dann hinterher selbst aus." Bevor Juliet irgendeinen Einwand vorbringen konnte, hatte er bereits einige Geldscheine herausgeholt und dem Hoteldiener ein Trinkgeld gegeben. Und so verhielt Juliet sich still – aber nur, bis sie wieder allein waren.

„Carlo, was sollte das? Ich hatte dir doch schon gesagt …"

„Dass du ein eigenes Zimmer haben willst. Das hast du auch, zwei Türen weiter. Trotzdem bleibst du hier, bei mir. Und jetzt lassen wir uns eine Flasche Wein kommen und entspannen uns." Er nahm ihr die Einkaufstüten, die sie noch immer trug, aus der Hand und warf sie achtlos auf das große niedrige Sofa. „Hättest du lieber einen leichten oder eher einen vollmundigen Wein?"

„Am liebsten wäre es mir, wenn man mich nicht herumkommandierte."

„Mir auch." Mit einem vielsagenden Schmunzeln sah er zu seinen neu erstandenen Sachen hinüber. „Reine Notfallmaßnahme."

Hoffnungslos, dachte sie. Der Mann war absolut hoffnungslos. „Carlo, wenn du wenigstens versuchen würdest, zu verstehen …"

Das Klopfen an der Tür unterbrach Juliet. Sie murmelte etwas, als er zur Tür ging, um zu öffnen.

„Summer!"

Sie hörte die Begeisterung in seiner Stimme und drehte sich um, nur um Carlo in enger Umarmung mit einer faszinierend attraktiven Frau zusammenstehen zu sehen.

„Carlo, du wolltest doch schon vor einer Stunde hier sein."

Eine exotische Stimme, mit einem Hauch französischer Lebenslust und dem Anflug von britischer Disziplin. Als die Frau sich von Carlo löste, erkannte Juliet Eleganz, Glamour und Stil, alles in einem. Sie sah zu, wie Carlo beide Hände an dieses schöne Gesicht legte, wie er es so oft bei ihr getan hatte, und die Frau lang und herzhaft küsste.

„Ah, mein kleiner Windbeutel, du bist so schön wie immer."

„Und du, Franconi, bist so verrü…" Summer unterbrach sich, als sie die Frau in der Mitte des Raumes stehen sah. Sie lächelte durchaus freundlich, aber ohne einen Hehl aus der genauen Musterung zu machen. „Hallo. Sie müssen Carlos PR-Agentin sein."

„Juliet Trent", übernahm Carlo die Vorstellung und fühlte sich seltsamerweise so befangen wie damals, als er als Teenager seine erste Freundin nach Hause zu seiner Mutter mitgebracht hatte. „Summer Cocharan, die beste *pâtissière* diesseits und jenseits des Atlantiks."

Mit ausgestreckter Hand ging Summer durch den Raum auf Juliet zu. „Er schmeichelt mir nur, weil er sich davon erhofft, dass ich ihm dann ein Eclair spendiere."

„Ein Dutzend", verbesserte Carlo. „Ist sie nicht einfach wunderschön, Summer?"

Während Juliet noch nach den richtigen Worten suchte, lächelte Summer wieder. Sie hatte etwas aus Carlos Stimme herausgehört, das sie bei ihm niemals zu hören erwartet hätte. „Ja, das ist sie. Die Zusammenarbeit mit ihm muss doch schrecklich aufreibend sein, oder, Juliet?"

Das Lachen kam ganz von allein. „Stimmt, und wie."

„Aber es wird nie langweilig." Mit leicht schief gelegtem Kopf musterte Summer Carlo mit einem vertrauten und wissenden Blick. Ja, da war eindeutig mehr als nur das Geschäftliche. Das wurde auch höchste Zeit. „Ich wollte dir übrigens noch danken, dass du den jungen Steven zu mir geschickt hast."

Aufhorchend stellte Carlo seinen Lederkoffer ab. „Also macht er sich gut?"

„Sehr gut, absolut."

„Der Junge, der unbedingt Chefkoch werden wollte", murmelte Juliet und war zutiefst gerührt. Carlo hatte es nicht vergessen.

„Genau. Sie haben ihn auch kennengelernt? Er ist mit solcher Hingabe bei der Sache", fuhr Summer fort, als Juliet nickte. „Ich halte es wirklich für eine gute Idee, ihn nach Paris zu schicken. Das wird sich auszahlen. Der Junge wird exzellent werden."

„Gut." Zufrieden tätschelte Carlo ihre Hand. „Ich rede mit seiner Mutter und werde alles Nötige arrangieren."

Mit zusammengezogenen Brauen schaute Juliet ihn an. „Du schickst ihn nach Paris?“

„Der einzige Ort, an dem man lernt, wie ein anständiges Cordon bleu zubereitet wird.“ Carlo zuckte mit den Schultern, als sei das alles ganz selbstverständlich. „Und wenn er dann die Ausbildung abgeschlossen hat, werde ich ihn Summer für mein eigenes Restaurant abwerben.“

„Vielleicht lässt er sich tatsächlich abwerben.“ Summer lächelte. „Vielleicht aber auch nicht.“

Er kommt für die Ausbildung eines Jungen auf, den er nur einmal gesehen hat, dachte Juliet verblüfft. Was für ein Mann war das, der zwanzig Minuten damit zubrachte, seine Krawatte zu binden, damit sie aber auch absolut perfekt saß, und dann solche Großzügigkeit gegenüber einem Fremden bewies? Wie dumm sie doch gewesen war, sich auch nur eine Minute lang einzubilden, sie würde ihn kennen.

„Das ist unglaublich nett von dir, Carlo“, sagte sie nach einem Moment.

Er warf ihr einen verständnislosen Blick zu, dann zuckte er mit den Schultern. „Versprechen müssen eingelöst und gehalten werden, Juliet. Ich war auch einmal jung und hatte nur eine Mutter, die sich um mich kümmern konnte. Da wir gerade von Müttern reden …“, wechselte er geschickt das Thema. „Wie geht es Monique?“

„Immer noch überschäumend vor Glück“, antwortete Summer und musste lächeln, als sie an ihre Mutter dachte. „Keil ist ganz offensichtlich der Mann, nach dem sie schon immer gesucht hat.“ Sie lachte auf und wandte sich zu Juliet um. „Sie müssen entschuldigen, aber Carlo und ich kennen uns schon eine Ewigkeit.“

„Nein, entschuldigen Sie sich bitte nicht. Carlo sagte mir, dass Sie zusammen studiert haben.“

„Ja, vor mindestens hundert Jahren. In Paris.“

„Und jetzt hat Summer ihren großen Amerikaner geheiratet. Wo ist Blake überhaupt, *cara*? Vertraut er dir, wenn du mit mir zusammen bist?“

„Nicht allzu lange.“ Blake kam durch die offen stehende Tür. Selbst nach einem Zwölfstundentag sah er immer noch makellos elegant aus. Er war größer als Carlo, auch stabiler gebaut, aber Juliet meinte, eine Ähnlichkeit zu erkennen – Stärke, sowohl sexuell als auch intellektuell.

„Das ist Juliet Trent“, sagte Summer. „Sie achtet darauf, dass Carlo während der Amerikatour nicht aus der Reihe tanzt.“

„Keine leichte Aufgabe.“ Ein Kellner rollte einen Servierwagen mit einer Champagnerflasche im Eiskübel und Gläsern herein. Blake entließ ihn mit einem knappen Nicken. „Summer sagte mir, dass euer Terminkalender in Philadelphia voll ausgefüllt ist.“

„Sie hält die Peitsche in der Hand“, erklärte Carlo lachend und deutete dabei auf Juliet. Als er die Hand wieder sinken ließ, strich er ihr über die Schulter. Es war eine Geste, die unmissverständlich vertraute Intimität ausdrückte.

„Ich würde eigentlich gern mit ins Studio kommen und mir deine Vorführung anschauen.“ Summer nahm den gefüllten Champagnerkelch von ihrem Mann an. „Es ist lange her, seit ich dich das letzte Mal habe kochen sehen.“

„Gut.“ Mit dem ersten Schluck des prickelnden kalten Champagners entspannte Carlo sich. „Vielleicht bleibt ja auch Zeit, dass ich deine Küche inspizieren kann. Summer kam nämlich her, um Blakes Küche um- und auszubauen“, erklärte er Juliet. „Und dann ist sie geblieben, weil sie ihr ans Herz gewachsen war.“

„So ungefähr.“ Summer warf ihrem Mann einen amüsierten Blick zu. „Um genau zu sein, ich habe mich inzwischen so sehr daran gewöhnt, dass ich beschlossen habe, noch weiter zu expandieren.“

„Wirklich?“ Interessiert hob Carlo fragend eine Augenbraue. „Noch ein Cocharan House?“

„Noch ein Cocharan“, stellte Summer richtig.

Es dauerte einen Augenblick, aber Juliet konnte den Moment genau bestimmen, als Carlo den Sinn von Summers Worten begriff. Seine Gefühle standen in seinen Augen zu lesen, als er sein Glas abstellte. „Du bekommst ein Kind.“

„Im Winter.“ Lächelnd streckte Summer ihre Hand aus. „Ich weiß gar nicht, wie mir das Weihnachtsessen gelingen soll, wenn ich dann doch gar nicht mehr bis an den Herd reichen kann.“

Er nahm ihre Hand und setzte einen Handkuss darauf, dann küsste er ihre Wangen, eine nach der anderen. „Wir haben schon einiges zusammen erlebt, *cara*.“

„Oh ja, das ist wahr.“

„Erinnerst du dich daran, was du damals über das Karussell gesagt hast?“

Nur zu gut erinnerte sie sich an ihre aufgewühlte Flucht – vor Blake und ihren eigenen Gefühlen – nach Rom. „Du warst es, der zu mir sagte, dass ich nur feige sei. Dann hast du mich überredet, die Gelegenheit beim Schopf zu fassen und festzuhalten. Du hast mir geraten, mich darauf einzulassen und es zu versuchen. Das werde ich nie vergessen.“ Tränen stiegen in Summers Augen, als Carlo etwas in Italienisch murmelte. „Du hast mir immer unglaublich viel bedeutet, und daran hat sich nichts geändert. Aber jetzt bring endlich einen Toast aus, bevor ich mich hier selbst zum Narren mache.“

„Ein Toast.“ Carlo nahm sein Glas wieder auf und legte den Arm um Juliet. „Auf das Karussell, das niemals stehen bleibt.“

Juliet hob ihr Glas, nippte und ließ den Schmerz vom Champagner wegschwemmen. Nun war es also klar. Sie war für ihn nur eine weitere Fahrt im Karussell.

Kochen vor der Kamera war etwas, mit dem Summer Erfahrung hatte. Mehrere Male im Jahr tat sie selbst genau das. Die übrige Zeit leitete sie die Küche in Cocharan House in Philadelphia und ging ein paarmal im Jahr auf Reisen, um ihre eigenen Kunden zufriedenzustellen, wenn das Entgelt und der Anlass lohnend genug waren. Vor allem aber lernte sie, ihre Ehe zu genießen.

Obwohl sie schon oft mit Carlo zusammen gekocht hatte, sei es in der Küche eines Palastes, in der weniger pompösen Umgebung ihrer Wohnung in Paris oder an anderen Orten, wurde sie es nie leid, ihm beim Kochen zuzusehen. Während man ihr nachsagte, dass sie mit der Konzentration einer Hirnchirurgin arbeite, haftete Carlo das Flair des Künstlers an. Seine schwungvolle Leichtigkeit und vor allem seine theatralischen Gesten hatte sie immer bewundert.

Als er letzte Hand anlegte und das Pastagericht präsentierte, das er, ganz und gar nicht bescheiden, nach sich selbst benannt hatte, da applaudierte sie ebenso begeistert wie der Rest des Publikums. Doch sie war noch aus einem anderen Grund mit ihm und Juliet zum Studio gefahren, als nur um dem Ego eines alten Freundes zu schmeicheln. Wenn es einen Menschen auf der Welt gab, den Summer ebenso gut kannte wie sich selbst, dann war es Carlo. Manchmal dachte sie, dass sie und er in vielerlei Hinsicht aus dem gleichen Teig gemacht waren.

„*Bravo*, Carlo." Als die Fernsehcrew damit begann, seine Pasta zum Probieren an das Publikum zu verteilen, ging sie zu ihm und küsste ihn feierlich auf die Wangen.

„Danke." Er küsste sie zurück. „Ja, ich war fantastisch."

„Wo ist Juliet?"

„Telefonieren." Carlo schlug entnervt die Augen zur Decke auf. „*Dio*, diese Frau verbringt mehr Zeit am Telefon als eine frischgebackene Braut im Bett."

Summer sah auf ihre Armbanduhr. Auch sie hatte Carlos Termine im Kopf. „Sie wird sicher nicht lange bleiben. Ich weiß, dass ihr euch gleich zu einem späten Frühstück mit einigen Reportern im Hotel trefft."

„Du hast versprochen, Crêpes zu machen", erinnerte er sie. Er war sich nicht zu schade dazu, auch auf das eigene Vergnügen zu achten.

„Das habe ich. Und als kleine Gegenleistung … meinst du, du könntest hier irgendwo ein ruhiges, privates Eckchen für uns beide finden?"

Charmant und vielsagend hob er die Augenbrauen. „Meine Liebe, bevor Franconi einer Dame nicht mit einem privaten Eckchen dienen kann, hört eher die Welt auf, sich zu drehen."

„Das sehe ich ebenso." Sie hakte sich bei ihm unter und ließ sich von ihm den Korridor entlangführen. Nachdem sie verstohlen mehrere Türen geöffnet und in die Räume geschaut hatten, landeten sie schließlich in einem Abstellraum mit einer grellen Neonlampe an der Decke. „An Stil hat es dir noch nie gemangelt, *caro*", lautete Summers trockener Kommentar.

„Also." Er machte es sich auf einem Stapel Kisten gemütlich. „Da ich weiß, dass du nicht auf meinen Körper aus bist, so superb er auch ist – was geht dir im Kopf um?"

„Du. Wer sonst, *chéri*?"

„Natürlich, wer sonst."

„Ich liebe dich, Carlo."

Ihr plötzlicher Ernst ließ ein Lächeln auf seinem Gesicht erscheinen. Er nahm ihre Hände in seine. „Und ich liebe dich. Immer."

„Weißt du noch, es ist nicht allzu lange her, dass du mit einem anderen deiner Bücher auf Tour warst und auch nach Philadelphia kamst."

„Und du quältest dich mit der Frage, wie du die Küche des Amerikaners renovieren solltest, wenn du dich zu ihm hingezogen fühltest und gleichzeitig versuchtest, deine Gefühle zu ignorieren."

„Ich fühlte mich nicht nur zu ihm hingezogen, ich hatte mich unsterblich in ihn verliebt", korrigierte sie. „Du hast mir damals einen guten Rat gegeben und später noch einmal, als ich dich in Rom besuchte. Ich möchte mich revanchieren."

„Ein Rat?"

„Fass die Gelegenheit beim Schopf, Carlo, und lass sie nicht los."

„Summer …"

„Wer kennt dich besser als ich?", fiel sie ihm sofort ins Wort.

Er lockerte die Schultern. „Niemand."

„Ich konnte sehen, wie sehr du sie liebst, gleich in der ersten Sekunde, als ich den Raum betrat. Sobald du ihren Namen aussprachst. Wir verstehen einander zu gut, als dass wir uns etwas vormachen müssten."

Einen Moment lang saß er regungslos da und schwieg. Schon seit Tagen versuchte er, dieses Wort mit all seinen Konsequenzen sorgfältig zu umschiffen. „Juliet ist etwas Besonderes", setzte er schließlich langsam an. „Ich habe schon daran gedacht, dass das, was ich für sie fühle, anders ist."

„Schon daran gedacht?"

Ein leiser Seufzer entfuhr ihm, er gab auf. „Also gut, gewusst. Aber die Art Gefühle, von denen wir hier reden, führt zu festen Versprechen. Zu Ehe und Kindern."

Instinktiv legte Summer die Hand auf ihren Leib. Carlo würde verstehen, dass es da noch immer kleine Unsicherheiten in ihr gab, sie brauchte sie nicht laut auszusprechen. „Weißt du noch, ich habe dich einmal gefragt, warum du nie geheiratet hast. Deine Antwort lautete, weil noch keine Frau dein Herz zum Beben gebracht hat. Erinnerst du dich auch noch, was du tun wolltest, wenn es jemals einer gelingen sollte?"

„Losrennen, um das Aufgebot zu bestellen und einen Pfarrer zu suchen." Er stand auf und steckte die Hände in die Tasche der Hose, die Juliet für ihn ausgesucht hatte. „Das ist leicht gesagt, wenn das Herz noch nie gebebt hat. Ich will sie nicht verlieren." Einmal ausgesprochen, seufzte er schwer. „Es war noch nie wichtig. Doch jetzt ist es viel zu wichtig, um auch nur einen falschen Schritt zu machen. Sie ist nicht fassbar, Summer. Es gibt Momente, da halte ich sie und spüre, wie ein Teil von ihr sich mir entzieht. Ich verstehe ihren Drang nach Unabhängigkeit, ihren Ehrgeiz und ihre Ambitionen nicht nur, ich bewundere diese Eigenschaften an ihr auch."

„Ich habe Blake, und noch immer habe ich meine Unabhängigkeit und meine Ambitionen."

„Stimmt." Er lächelte sie an. „Weißt du, sie ähnelt dir sehr. Sie ist stur." Er schmunzelte, als Summer pikiert die Augenbrauen in die Höhe zog. „Eigensinnig und fest entschlossen, die Beste zu sein. Das sind Eigenschaften, die mich immer an einer schönen Frau fasziniert haben."

„*Merci, mon cher ami*", erwiderte Summer trocken. „Wo also liegt dann dein Problem?"

„Du würdest mir vertrauen."

Sie wirkte erstaunt, dann bewegte sie ihre Schultern, als hätte er etwas Dummes gesagt. „Selbstverständlich."

„Sie kann es nicht – nein, sie will es nicht", verbesserte er sich. „Juliet fände es einfacher, mir ihren Körper zu schenken, vielleicht sogar einen Teil ihres Herzens, als mir zu vertrauen. Aber ich brauche ihr Vertrauen, Summer, ebenso sehr wie das, was sie mir bereits gegeben hat."

Nachdenklich lehnte Summer sich an ein Regal. „Liebt sie dich?"

„Ich weiß es nicht." Ein Eingeständnis, das einem Mann, der bisher immer geglaubt hatte, er würde die Frauen verstehen, schwerfiel. Er lächelte traurig, als ihm klar wurde, dass ein Mann die Frau, die ihm am wichtigsten war, nie ganz verstand. Bei jeder anderen Frau wäre er sich sicher gewesen, dass er Emotionen nach seinem eigenen Gutdünken lenken und formen konnte. Bei Juliet war er sich mit gar nichts sicher.

„Manchmal sind wir uns so nah, und dann wiederum scheint sie Welten entfernt. Bis gestern war ich mir nicht wirklich darüber im Klaren, was ich überhaupt von ihr will."

„Und jetzt weißt du es?"

„Ich will sie bei mir haben", sagte er schlicht. „Wenn ich als alter Mann auf dem Marktplatz sitze und mir die jungen Mädchen anschaue, die vorbeilaufen, dann will ich sie an meiner Seite haben."

Summer kam zu ihm und legte ihm die Hand auf die Schulter. „Beängstigend, nicht wahr?"

„Absolut grauenerregend." Und doch schien es ihm nicht mehr ganz so schlimm, jetzt, nachdem er es zugegeben hatte. „Ich hatte mir immer ausgemalt, wie einfach es werden würde – Liebe, Romantik, Heirat, Kinder. Wie hätte ich wissen sollen, dass ich mich in eine starrsinnige Amerikanerin verliebe?"

Summer lachte und legte ihre Stirn an seine. „Ich bin mit einem ebenso starrsinnigen Amerikaner verheiratet, mir musst du nichts erklären. Aber er ist der Richtige für mich. So wie deine Juliet die Richtige für dich ist."

„Also." Er drückte einen Kuss auf Summers Schläfe. „Und wie überzeuge ich sie jetzt davon?"

Summer runzelte einen Moment die Stirn und überlegte. Dann breitete sich ein Lächeln auf ihrem Gesicht aus. Sie ging in eine Ecke und holte einen Besen, den sie Carlo mit einem Ruck entgegenstreckte. „Fege sie einfach mit deinem Charme hinweg."

Juliet war schon einem hysterischen Anfall nahe, als sie Carlo endlich den Flur entlangkommen sah – Arm in Arm mit Summer. Die beiden wirkten gelöst und zufrieden, so als kämen sie von einem trauten Spaziergang am sonnigen Flussufer zurück. Die erste Erleichterung machte schnell Ärger Platz. „Carlo, ich habe das gesamte Studio auf den Kopf gestellt, weil ich nach dir gesucht habe."

Ungerührt lächelte er und tippte mit einer Fingerspitze an ihre Wange. „Du hast telefoniert."

Sie ermahnte sich, nicht zu fluchen, und fuhr sich stattdessen mit der Hand durchs Haar. „Das nächste Mal, wenn du einfach verschwindest, streu eine Spur Brotkrumen aus, damit ich dich finde. Inzwischen habe ich einen sehr verärgerten Taxifahrer am Hals, der draußen auf uns wartet." Während sie ihn schon am Arm mit sich zog, entsann sie sich ihrer Manieren. „Hat Ihnen die Show gefallen, Summer?"

„Ich habe immer Freude daran, Carlo beim Kochen zuzuschauen. Ich wünschte nur, ihr beide könntet länger in der Stadt bleiben. Aber im Grunde ist euer Timing sehr klug."

„Wieso klug?" Carlo hielt die Tür für die beiden Frauen auf.

„Der französische Banause kommt nächste Woche."

Entgeistert schlug Carlo die Wagentür mit einem Knall zu, laut wie ein Pistolenschuss. „LaBare?"

Juliet drehte sich um. Sie hatte ihn diesen Namen schon einmal so angewidert ausstoßen hören. „Carlo …"

Er hob die Hand, verbot sich damit jeden möglichen Einwand. „Was will diese niedere Kreatur hier?"

„Genau das Gleiche, was du hier tust." Summer schüttelte ihr Haar zurück und starrte erbost vor sich hin. „Er hat wieder ein Buch geschrieben."

„Bauer. Was er kocht, eignet sich nur dazu, um es den Hyänen zum Fraß vorzusetzen."

„Tollwütigen Hyänen.“

Da beide ihrer Begleiter auf dem besten Wege waren, sich in Rage zu reden, fasste Juliet auch beide beim Arm. „Ich denke, das solltet ihr besser im Taxi weiterbesprechen.“

„Er wird kein Wort mit dir wechseln“, verkündete Carlo entschieden. Juliet ignorierte er völlig. „Sonst werde ich ihn in kleine Würfel schneiden.“

Die Vorstellung behagte ihr zwar, dennoch schüttelte Summer den Kopf. „Mach dir keine Sorgen, ich werde schon mit ihm fertig. Blake findet die ganze Sache nur amüsant.“

Carlo zischelte wie eine Schlange. Juliets Nerven standen kurz vor dem Zerreißen. „Diese Amerikaner. Vielleicht kehre ich nach Philadelphia zurück und bringe ihn um.“

Juliet versuchte ihr Bestes, um ihn auf das Taxi zuzubewegen. „Komm schon, Carlo, du willst Blake doch gar nicht wirklich umbringen.“

„LaBare“, berichtigte er sie donnernd.

„Wer ist dieser LaBare eigentlich?“, wollte sie frustriert wissen.

„Ein Kretin“, antwortete Carlo temperamentvoll.

„Ein Barbar“, schlug Summer in die gleiche Kerbe. „Aber ich weiß schon genau, was ich mit ihm mache. Er hat sich in Cocharan House einquartiert.“ Sie spreizte die Finger vor sich und studierte angelegentlich ihre Fingernägel. „Um seine Mahlzeiten werde ich mich höchstpersönlich kümmern.“

Lachend hob Carlo Summer in die Luft und küsste sie. „Rache, meine Liebe, ist süßer als deine Baisers.“ Zufrieden stellte er sie wieder auf den Boden zurück. „Wir haben mit diesem Wurm zusammen studiert“, erklärte er Juliet dann. „Seine Verbrechen sind zu zahlreich, um sie überhaupt aufzählen zu können.“ Mit einer ruckartigen Bewegung richtete Carlo sein Jackett. „Ich weigere mich, auf demselben Kontinent zu weilen wie er.“

Juliet verlor langsam die Geduld. Sie schaute zu dem Taxifahrer, der mit grimmiger Miene zu ihnen hinsah. „Das wirst du ja auch nicht“, erinnerte sie Carlo. „Du bist längst in Italien zurück, wenn er hier ist.“

Carlos Stimmung hellte sich schlagartig auf. Er nickte. „Du hast völlig recht. Summer, wirst du mich anrufen und mir haargenau schildern, wie er sich blamiert?“

„Selbstverständlich.“

„Dann wäre ja alles geregelt.“ Mit einem munteren Lächeln nahm er das Gespräch genau an dem Punkt wieder auf, wo es nach der Erwähnung des Franzosen so abrupt aufgehört hatte. „Das nächste Mal, wenn wir nach Philadelphia kommen“, versprach er Summer, „werden du und ich ein Dinner für Blake und Juliet ausrichten. Mein Kalb, deine Eisbombe. Juliet, du hast nicht wirklich gesündigt, bis du nicht Summers Eisbombe probiert hast.“

Es würde kein nächstes Mal geben, das wusste Juliet, dennoch brachte sie irgendwie ein Lächeln zustande. „Ich freue mich schon darauf.“

Carlo blieb noch einen Moment stehen, auch als Juliet die Tür des Taxis schon offen hielt. „Aber heute Abend fliegen wir erst einmal nach New York.“

Summer lächelte, als sie einstieg. „Vergiss nicht, deinen Besen mitzunehmen.“

Juliet setzte sich auf den vorderen Sitz neben den Fahrer. „Besen?“

Carlo nahm Summers Hand in seine und lächelte. „Ist nur so eine französische Redewendung.“

12. KAPITEL

New York hatte sich nicht verändert. Vielleicht war es heißer geworden, seit Juliet es verlassen hatte, aber der Verkehr schob sich noch immer durch die Straßen, die Passanten hasteten über die Bürgersteige, und der Lärm der Stadt schwebte wie immer in der Luft. Sie stand an ihrem Fenster im Hotel und nahm das Bild in sich auf.

Nein, New York hatte sich nicht verändert. Aber sie.

Vor drei Wochen hatte sie ebenfalls aus dem Fenster geschaut, auf die gleiche Szenerie. Damals war ihr vorherrschender Gedanke der an die Büchertour gewesen, daran, dass die Tournee unbedingt ein einschlagender Erfolg werden sollte. Für sie selbst, wie sie sich eingestand. Sie hatte Wellen schlagen wollen.

Das war ihr gelungen. Im Moment saß Carlo mit einem Reporter der *Times* in seiner Suite und gab ein Interview. Sie hatte sich ein halbes Dutzend Entschuldigungen einfallen lassen, warum sie keine Zeit habe, ebenfalls dabei zu sein. Carlo hatte ihre übliche Liste von Telefonaten und noch mehr Details ohne Weiteres akzeptiert, aber die Wahrheit war – sie musste eine Weile allein sein.

Nachher würde noch ein anderer Reporter mitsamt Fotografen kommen, von einer jener ganz großen Zeitschriften, die in keiner Auslage fehlte. Das Fernsehen hatte Carlos Kochshow bei *Bloomingdale's* übertragen. ‚The Italian Way' war auf Rang fünf der Bestsellerliste geklettert. Ihr Boss war so begeistert, dass er sie für die Heiligsprechung vorschlagen wollte …

Juliet versuchte, sich zu entsinnen, wann sie sich je elender gefühlt hatte.

Die Zeit verrann immer schneller. Schon morgen Abend würde Carlo in sein Flugzeug steigen, und sie würde sich für die kurze Fahrt zurück zu ihrem Apartment ein Taxi nehmen. Während sie ihren Koffer auspackte, wäre er Tausende von Metern in der Luft über dem Atlantik. Und während sie an ihn dachte, würde er mit der Stewardess flirten oder mit seiner hübschen Sitznachbarin. Das war eben seine Art. Sie hatte es von Anfang an gewusst.

Es war ihr unmöglich, sich in ihrem beruflichen Erfolg zu sonnen oder an den Plänen für den nächsten Auftrag zu arbeiten, wenn sie nicht wusste, wie sie die nächsten vierundzwanzig Stunden überstehen sollte.

Hatte sie sich nicht geschworen, dass genau das *nicht* passieren würde? Hatte sie ihre Schritte nicht immer sorgfältig überlegt und abgewogen, damit sie alles genauestens im Blickfeld halten konnte? Sie hatte sich von ganz unten nach oben gearbeitet und Karriere gemacht, alles, was sie besaß, hatte sie sich selbst verdient. Ihrer Meinung nach war es nicht kleinlich, nicht teilen zu wollen, sondern schlicht praktisch. Denn war sie nicht mit dem besten Beispiel vor Augen aufgewachsen, was passierte, wenn man die Zügel zu lange schleifen ließ, sodass ein anderer die Gelegenheit nutzte und sie in die Hand nahm?

Ihre Mutter hatte die Kontrolle über ihr Leben blind und bedingungslos abgegeben und nie wieder zurückerlangt. Ihre vielversprechende Laufbahn als Krankenschwester war reduziert worden auf das Versorgen der aufgeschrammten Knie und Ellbogen ihrer Kinder. Sie hatte große Teile ihrer eigenen Persönlichkeit für einen Mann geopfert, der sie zwar versorgte und vielleicht sogar auf seine eigene Weise liebte, aber ihr niemals treu sein konnte.

Wie nah war sie selbst daran herangekommen, es ihrer Mutter nachzutun?

Wenn sie sich überhaupt noch irgendeiner Sache sicher war, dann der, dass sie so nicht leben konnte. Es wäre nur noch ein Existieren, aber kein Leben.

Also, ob sie wollte oder nicht, ob sie meinte, es zu können oder nicht, sie musste über die nächsten vierundzwanzig Stunden hinausdenken. Sie nahm ihre Kladde und ging zum Telefon. Es gab immer irgendwelche Anrufe zu erledigen.

Bevor sie die erste Nummer zu Ende gewählt hatte, schlenderte Carlo ins Zimmer. „Ich hatte mir deinen Schlüssel genommen“, sagte er, bevor sie fragen konnte. „Damit ich dich nicht störe, falls du eingeschlafen sein solltest. Aber ich hätte es besser wissen müssen." Mit dem Kopf deutete er zum Telefon, dann ließ er sich in einen Sessel sinken. Er sah so zufrieden mit sich aus, dass Juliet lächeln musste.

„Wie ist das Interview gelaufen?"

„Perfekt." Seufzend streckte Carlo die Beine aus. „Der Reporter hat sich gestern Abend noch meine Ravioli zubereitet. Er hält mich, völlig zu Recht, für ein Genie."

Sie sah auf ihre Armbanduhr. „Sehr gut. Der nächste Reporter muss schon unterwegs sein. Wenn du ihn auch davon überzeugen kannst, dass du ein Genie bist ..."

„Er braucht nur Augen und Ohren zu öffnen."

Sie lächelte. Impulsiv ging sie zu ihm und hockte sich vor ihn hin. „Ändere dich nie, Carlo."

Er beugte sich vor und fasste ihr Gesicht mit beiden Händen. „Was ich heute bin, werde ich auch morgen sein."

Morgen würde er weg sein, aber daran wollte sie jetzt nicht denken. Sie küsste ihn und zwang sich dann, von ihm abzurücken. „Willst du das zu dem Interview tragen?", fragte sie entsetzt.

Carlo sah an sich herab auf das lässige weite Leinenhemd und die schwarze Jeans. „Natürlich. Hast du etwas daran auszusetzen?"

„Hm." Sie musterte ihn, versuchte, mit dem Auge der Kamera zu sehen. „Ich denke, das könnte sogar genau richtig sein für diesen Artikel. Etwas Informelles und Lässiges für eine Zeitschrift, in der man normalerweise nur Anzüge und Krawatten sieht. Das bietet einen einzigartigen, ganz neuen Blickwinkel."

„*Grazie*", meinte er trocken und stand auf. „Wann reden wir endlich über etwas anderes als Reporter?"

„Wenn du es dir verdient hast."

„Du bist eine harte Frau, Juliet."

„Stahlhart." Und dann konnte sie nicht anders, als die Arme um ihn zu schlingen und ihn vom Gegenteil zu überzeugen. „Sobald du auf der anderen Seite des Korridors damit fertig bist, dich als Genie zu beweisen, müssen wir uns auf den Weg zu Bloomingdale's machen."

Zärtlich zog er sie an sich, bis ihre Körper sich eng aneinanderschmiegten. „Und danach?"

„Danach triffst du dich auf einen Drink mit deinem Redakteur."

Er fuhr mit der Zungenspitze an ihrem Hals entlang. „Und danach?"

„Dann hast du den Abend frei."

„Ein spätes Abendessen in meiner Suite." Ihre Lippen begegneten sich, hielten einander fest, lösten sich wieder.

„Das ließe sich sicher arrangieren."

„Champagner?"

„Du bist der Star. Was immer du haben willst."

„Dich?"

Sie legte ihre Wange an seine. Heute Nacht, diese letzte Nacht, würde es keine Einschränkungen geben. „Mich."

Es wurde zehn Uhr, bevor Carlo und Juliet über den Flur zu seiner Hotelsuite gingen. Juliet hatte längst den Appetit auf etwas Essbares verloren, aber ihre Begeisterung war ungebrochen.

„Es ist immer wieder faszinierend, dir bei deinen Vorführungen zuzuschauen, Carlo. Hättest du dich für das Showbusiness entschieden, stände deine Regalwand voller Oscars."

„Timing, *amore mio*. Es ist alles nur eine Frage des richtigen Zeitpunkts."

„Sie haben dir deine Pasta sozusagen aus der Hand gerissen."

„Ich muss zugeben, dieses Mal fand ich es schwierig", gestand er. Er blieb vor der Tür stehen und zog sie in seine Arme. „Weil ich an nichts anderes denken konnte als daran, heute Abend mit dir zusammen hierher zurückzukommen."

„Dann sollte man dir tatsächlich einen Oscar verleihen. Jede Frau im Publikum war überzeugt, dass deine Gedanken allein ihr galten."

„Ich habe zwei höchst interessante Angebote bekommen."

Sie zog eine Augenbraue hoch. „So, wirklich?"

Voller Hoffnung liebkoste er ihr Kinn. „Eifersüchtig?"

Sie verschränkte die Finger hinter seinem Nacken. „Nun … ich bin hier. Die anderen nicht."

„Wie arrogant von dir. Ich glaube, eine von den Telefonnummern habe ich noch in der Hosentasche."

„Versuch, sie herauszuholen, und ich breche dir die Finger."

Siegesgewiss lachte er. Ihm gefiel dieser Anflug von Gewaltbereitschaft bei einer Frau, deren Haut samtweich wie Rosenblätter war. „Dann hole ich wohl besser nur den Schlüssel heraus, oder?"

„Ja, eine viel bessere Idee." Amüsiert trat Juliet beiseite, damit er die Tür aufschließen konnte. Als sie dann in die Suite voranging, konnte sie nur starren.

Der Raum war angefüllt mit Rosen. Hunderte von ihnen, in jeder Farbe, die Juliet je gesehen hatte, ergossen sich aus Körben, standen in Vasen, schwammen in bauchigen Schalen mit Wasser. Es duftete wie in einem englischen Garten an einem warmen Sommernachmittag.

„Carlo, wo hast du die nur alle her?"

„Ich habe sie liefern lassen."

Sie beugte sich vor und schnupperte an einer Blüte. „Du hast sie bestellt? Du selbst?"

Er zog eine Rose aus einer Vase und reichte sie Juliet. „Für dich."

Überwältigt schaute sie sich im Zimmer um. „Für mich?"

„Du solltest immer Blumen um dich haben." Er setzte einen leichten Kuss auf ihr Handgelenk. „Rosen passen am besten zur Julia."

Eine einzelne Rose, hundert Rosen – ein Mittelmaß gab es nicht bei Carlo. Und wieder einmal hatte er sie zutiefst gerührt. „Ich weiß nicht, was ich sagen soll."

„Sie gefallen dir?"

„Ob sie mir gefallen? Aber ja, natürlich. Ich liebe sie. Aber …"

„Dann brauchst du nichts zu sagen. Du hast versprochen, ein spätes Dinner mit mir zu nehmen. Und Champagner." Er fasste nach ihrer Hand und führte sie durch den Raum zu dem Tisch beim Fenster. Der Tisch war bereits gedeckt, die Vorhänge waren zurückgezogen. Eine Champagnerflasche in Magnumgröße kühlte in einem silbernen Eiskübel, schlanke weiße Kerzen warteten darauf, angezündet zu werden. Carlo hob den Deckel einer Servierplatte, um die darunterliegenden Hummerschwänze zu enthüllen. Dieses Zimmer, so dachte Juliet, ist der schönste Ort der Welt.

„Wie hast du es fertiggebracht, dass das alles hier auf uns wartet?"

„Ich habe es beim Zimmerservice bestellt und gesagt, dass es um zehn Uhr arrangiert sein soll." Er zog den Stuhl für sie hervor. „Auch ich kann Termine absprechen, meine Liebe." Nachdem er ihr den Stuhl gehalten hatte, zündete Carlo die Kerzen an. Dann drehte er das Licht herunter, sodass das Silber schimmerte. Noch ein Knopfdruck und leise Musik wehte zu ihr herüber.

Juliet strich behutsam mit Daumen und Zeigefinger an der schlanken Kerze entlang, dann sah sie zu Carlo, als er sich zu ihr an den Tisch setzte. Er entkorkte den Champagner, ließ den prickelnden Wein im Flaschenhals aufsteigen und füllte zwei Gläser.

Er will unsere letzte Nacht zu etwas Besonderem machen, dachte Juliet. Das war so typisch für ihn. Empfindsam, großzügig, romantisch. Wenn sie wieder ihrer eigenen Wege gingen, würde ihnen beiden eine Erinnerung bleiben, die sie mitnehmen konnten. Keine Reue, dachte Juliet erneut und lächelte ihn an.

„Danke."

„Auf das Glück, Juliet. Auf deines und meines."

Sie stieß mit ihm an und sah ihm zu, wie er an seinem Glas nippte. „Weißt du, manche Frauen würden wahrscheinlich vermuten, dass sie mit einer solchen Szenerie, mit Champagner und Kerzenlicht, verführt werden sollen."

„Stimmt. Vermutest du es?"

Sie lachte und trank einen Schluck. „Ich hoffe darauf."

Großer Gott, wie sehr sie ihn erregte. Allein sie anzuschauen, sie lachen zu sehen, sie reden zu hören … Er fragte sich, ob so etwas sich mit der Zeit abmilderte, sich nach den Jahren des Zusammenseins abschwächte. Was für ein Gefühl es wohl sein mochte, jeden Morgen neben der Frau aufzuwachen, die man liebte?

Manchmal, so stellte er sich vor, würden sie wohl im frühen Morgengrauen in schlaftrunkener Leidenschaft zueinanderfinden, zu anderen Zeiten würden sie einander nur eng umschlungen halten, sicher und geborgen in der Wärme der Nacht. Für ihn war die Ehe immer heilig gewesen, noch dazu ein Mysterium. Jetzt dachte er an die Ehe wie an ein Abenteuer, eines, das er mit keiner anderen als Juliet erleben wollte.

„Das ist köstlich." Juliet ließ sich den butterweichen Hummer auf der Zunge zergehen. „Du verwöhnst mich."

Carlo füllte ihr Glas nach. „Verwöhnen? Wieso?"

„Dieser Champagner ist etwas ganz anderes als der Riesling, den ich mir ab und zu gönne. Und das Essen …" Sie nahm ein Stückchen Hummer in den Mund und schloss die Augen. „In den vergangenen drei Wochen hat sich meine Einstellung zum Essen komplett verändert. Ich werde noch kugelrund und ohne einen Penny enden, nur weil ich meinem neuen Laster fröne."

„Du hast also gelernt, zu entspannen und zu genießen. Ist das so schlecht?"

„Wenn ich weiter entspanne und genieße, wird mir nichts anderes übrig bleiben, als kochen zu lernen."

„Ich sagte doch schon, ich bringe es dir bei."

„Die Linguini habe ich doch schon geschafft", erinnerte sie ihn, als sie den letzten Bissen aus der Schale zog.

„Das war nur eine Lektion. Es dauert viele Jahre, bevor man wirklich kochen kann."

„Dann werde ich mich wohl wieder mit den kleinen Schachteln zufriedengeben müssen, auf denen steht: ‚Komplette Mahlzeit, fertig zubereitet'."

„Ein Sakrileg, *cara*, jetzt, da dein Gaumen so weit entwickelt ist." Er langte über den Tisch und legte seine Hand auf ihre. „Juliet, ich möchte es dir noch immer beibringen."

Sie spürte ihren Pulsschlag stolpern, und obwohl sie sich angestrengt darauf konzentrierte, konnte sie ihn nicht normalisieren. Sie versuchte sich an einem Lächeln. „Du wirst noch ein Kochbuch schreiben müssen. Dann kannst du mir auf der nächsten Tour beibringen, wie man Spaghetti macht." Weiterreden, sagte sie sich. Wenn man sinnloses Zeug plapperte, brauchte man nicht nachzudenken. „Wenn du ein Buch pro Jahr schreibst, sollte ich das wohl schaffen können. Und wenn du dann nächstes Jahr um diese Zeit zurückkommst, bin ich auch bereit für die nächste Lektion. Vielleicht habe ich dann ja schon meine eigene Agentur, dann kannst du mich anheuern. Nach drei Bestsellern solltest du in Erwägung ziehen, dir einen persönlichen PR-Agenten zu suchen."

„Ein persönlicher PR-Agent?" Seine Finger drückten ihre für einen Moment, dann gab er sie wieder frei. „Vielleicht hast du recht." Er griff in seine Tasche und zog einen Umschlag hervor. „Ich habe etwas für dich."

Juliet erkannte das Logo der Fluglinie und runzelte die Stirn. „Gibt es Probleme mit deinem Rückflug? Ich dachte, ich hätte alles …" Ihre Stimme erstarb, als sie ihren Namen auf dem Flugticket nach Rom las.

„Komm mit mir, Juliet." Er wartete, bis sie den Blick zu seinem Gesicht hob. „Komm mit mir nach Hause."

Mehr Zeit, dachte sie, als ihre Finger sich um das Ticket klammerten. Er bot ihr mehr Zeit. Und mehr Kummer. Es wurde Zeit, endlich zu akzeptieren, dass der schmerzliche Abschied irgendwann kommen würde. Sie wartete ab, bis sie sicher sein konnte, dass ihre Stimme ihr gehorchte. Und dass sie die Kontrolle über ihre Worte hatte. „Ich kann nicht, Carlo. Wir beide wussten doch, dass die Tour zu Ende gehen würde."

„Die Tour, ja. Aber nicht unsere Beziehung." Er hatte sich vorgestellt, er würde sich selbstsicher fühlen, zuversichtlich, ja sogar heiter. Mit Verzweiflung hatte er nicht gerechnet. „Ich will dich bei mir haben, Juliet."

Sehr langsam, sehr bedacht, legte sie das Ticket ab. Es tat weh, ihre Hand davon zurückzuziehen, stellte sie fest. „Es ist unmöglich."

„Nichts ist unmöglich. Wir gehören zusammen."

Irgendwie musste sie die Worte abwehren. Sie musste so tun, als wären sie nicht tief in ihr Innerstes gefahren, als hätten sie ihr Herz nicht zum Überlaufen gebracht. „Carlo, wir beide haben doch unsere Pflichten, und die liegen Tausende von Meilen voneinander entfernt. Am Montag sind wir wieder bei unserer Arbeit."

„So muss es aber nicht sein", widersprach er. „Nur du und ich – das ist das Einzige, was wirklich sein muss. Wenn du ein paar Tage brauchst, um deine Angelegenheiten hier in New York zu regeln, bleiben wir so lange. Eine Woche, zwei Wochen … und danach fliegen wir nach Rom."

„Meine Angelegenheiten regeln?" Sie stand auf, wurde sich bewusst, dass ihre Knie zitterten. „Hörst du eigentlich, was du da sagst?"

Ja, er hörte es, und er wusste nicht, wo die Worte geblieben waren, die er hatte sagen wollen. Aus seinem Mund kamen Forderungen, obwohl er ihr doch seine tiefsten Gefühle hatte gestehen wollen. Bisher war er bei Frauen immer so sicher gewesen, und jetzt stolperte er über die eigenen Worte. Doch sosehr er sich auch bemühte, er konnte keinen festen Boden unter den Füßen finden.

„Ich sage, dass ich dich bei mir haben will." Er stand ebenfalls auf und fasste sie bei den Armen. Das Kerzenlicht flackerte und ließ ihre verwirrten Mienen seltsam unwirklich erscheinen. „Termine und Arrangements haben keine Bedeutung, siehst du das nicht? Ich liebe dich."

Sie versteifte sich. Ihr wurde eiskalt, als hätte er sie geschlagen. Hundert Schmerzen und unzählige Wünsche wirbelten trudelnd durch sie hindurch. Sie brachten das Wissen mit, dass er genau diese Worte so oft zu so vielen Frauen gesagt hatte, dass er es selbst nicht mehr zählen konnte.

„Damit wirst du bei mir nicht anfangen, Carlo." Ihre Stimme bebte, aber er sah die Rage in ihren Augen blitzen. „Ich bin bis jetzt bei dir geblieben, weil du mich bisher nie damit beleidigt hast."

„Beleidigt?" Zuerst verblüfft, dann jäh wütend schüttelte er sie. „Ich beleidige dich, wenn ich dich liebe?"

„Du beleidigst mich mit einem Satz, der einem Mann wie dir viel zu leicht über die Lippen kommt und der nicht mehr bedeutet als der eine Atemzug, den es dauert, um diese Worte auszusprechen."

Wie in Zeitlupe löste er seine Finger und ließ die Arme sinken. „Nach allem, was wir zusammen erlebt, was wir miteinander geteilt haben, wirfst du mir die Vergangenheit vor? Du warst auch nicht unberührt, als du zu mir kamst, Juliet."

„Wir wissen doch beide, dass das etwas anderes ist. Ich habe meinen Erfolg als Liebhaberin schließlich nicht zu einer Karriere gemacht." Sie wusste, dass es gemein und niederträchtig war, so etwas zu sagen, aber sie konnte nur noch daran denken, sich selbst zu schützen. „Ich hatte dir gesagt, was ich von der Liebe halte, Carlo. Ich werde mir von der Liebe nicht mein Leben ruinieren und mich von allen Zielen abbringen lassen, die ich mir je gesteckt habe. Du … du drückst mir ein Flugticket in die Hand und verlangst, dass ich mit dir nach Rom komme. Du erwartest tatsächlich von mir, dass ich alles wegwerfe, meine Arbeit, mein ganzes Leben. Für eine Affäre, die so lange hält, bis wir genug voneinander haben."

Sein Blick wurde eiskalt. „Ich habe genügend Erfahrung mit Affären, Juliet. Ich weiß, wann sie anfangen und wann sie enden. Aber das hier … Ich hatte dich gebeten, meine Frau zu werden."

Fassungslos wich sie einen Schritt zurück, wiederum so, als hätte er sie geschlagen. *Seine Frau?* Panik stieg heiß in ihrer Kehle auf. „Nein." Das einzelne Wort kam als entsetztes Flüstern über ihre Lippen. Juliet rannte zur Tür und über den Korridor, ohne sich umzudrehen oder zurückzublicken.

Drei Tage dauerte es, bevor sie wieder so weit zu Kräften gekommen war, dass sie ins Büro zurückgehen und ihre Arbeit antreten konnte. Es war nicht weiter schwierig gewesen, ihren Chef davon zu überzeugen, dass sie krank sei und einen Ersatz für den letzten Tag von Carlos Büchertour brauche. So war auch das Erste, was Hal zu ihr sagte, als sie Tage später wieder in den Verlag kam, dass sie ins Bett gehöre, so wie sie aussehe.

Sie wusste selbst, wie sie aussah – blass und mit dunklen Ringen unter den Augen. Doch sie war entschlossen, sich an das Versprechen zu halten, das sie sich selbst gegeben hatte. Die Scherben einsammeln und weitermachen. Das würde sie nicht schaffen, wenn sie sich in ihrer Wohnung verbarrikadierte und die Wände anstarrte.

„Deb, ich will damit anfangen, die Termine für die Tour von Lia Barrister im August abzuklären und festzumachen."

„Du siehst bescheiden aus."

Juliet sah von ihrem Schreibtisch auf, der bereits über und über mit Unterlagen bedeckt war, die alle kopiert werden mussten. „Vielen Dank auch."

„Wenn du einen Rat von mir hören willst – zieh deinen Urlaub um ein paar Wochen vor und sieh zu, dass du aus der Stadt rauskommst. Du brauchst Sonne und Erholung, Juliet."

„Was ich brauche, ist die Liste mit den gebuchten Hotels in Albuquerque für die Barrister-Tournee."

Mit einem Achselzucken gab Deborah auf. „Bekommst du gleich. In der Zwischenzeit schau dir diese Ausschnitte über Franconi an, die gerade hereingekommen sind." Als sie aufsah, bemerkte sie, dass Juliet den Behälter mit Büroklammern umgestoßen hatte. „Die Feinmotorik setzt immer als Erstes aus, wenn man überarbeitet ist."

„Lass uns einfach die Ausschnitte durchgehen."

„Nun, einer ist dabei, bei dem ich nicht so recht weiß, was ich damit anfangen soll." Deb nahm den Ausschnitt aus der Mappe und starrte mit gerunzelter Stirn darauf hinab. „Jemand hat sich in einem Interview über Franconi geäußert. Ein französischer Chefkoch, der gerade seine Büchertour anfängt."

„LaBare?"

Beeindruckt hob Deb den Kopf. „Genau. Woher wusstest du?"

„Nur so eine ungute Ahnung."

„Wie auch immer, der Name Franconi kam während des Interviews auf, weil der Reporter vorher einen Artikel über ihn geschrieben hatte. Dieser LaBare hat wohl ein paar … ziemlich boshafte Kommentare abgegeben."

Juliet nahm ihrer Assistentin den Zeitungsausschnitt aus der Hand und überflog die Stellen, die Deb markiert hatte. „„Gerichte für Bauern von einem Bauern'", las sie murmelnd. „'Öl, Stärke und ansonsten wenig Gehalt …'" Ähnlich ging es noch weiter, Juliet hob nur eine Augenbraue. Sie hoffte wirklich, dass Summers Racheplan aufging. „Das ignorieren wir besser", entschied sie und warf den Ausschnitt in den Papierkorb. „Wenn wir das an Carlo weiterleiten, wird er LaBare wahrscheinlich zum Duell herausfordern."

„Pistolen und zehn Schritte im Morgengrauen?"

Juliet bedachte sie nur mit einem kühlen Blick. „Was gibt es noch?"

„Mit dem Dallas-Artikel könnte es Probleme geben", kam es von Deb. Sie reichte Juliet die Mappe. „Die Reporterin ist weit über das Ziel hinausgeschossen und hat zehn Rezepte wortwörtlich aus dem Buch abgedruckt."

Juliets Kopf ruckte hoch. „Sagtest du zehn?"

„Du kannst sie nachzählen. Ich kann mir gut vorstellen, dass Franconi in die Luft geht, wenn er das sieht."

Juliet blätterte die Ausschnitte durch, bis sie zu dem Artikel aus Dallas kam. Der Bericht selbst troff vor Begeisterung und war höchst schmeichelhaft. Doch die schüchterne Miss Tribly hatte ihren Artikel unter dem Blickwinkel eines vollen Menüs aufgebaut, von den Vorspeisen bis zum Dessert. Dazu hatte sie Carlos Rezepte aus ‚The Italian Way' wörtlich übernommen. „Was hat sie sich nur dabei gedacht?", murmelte Juliet. „Wenn sie eines übernommen hätte … selbst bei zweien hätte niemand etwas gesagt. Aber so …"

„Glaubst du, Franconi wird deswegen Sturm laufen?"

„Ich glaube, unsere gute Miss Tribly kann von Glück sagen, dass sie ein paar Tausend Meilen weit von ihm entfernt sitzt. Verbinde mich lieber mit der Rechtsabteilung. Wenn er klagen will, dann sollten besser alle Fakten im Vorfeld abgeklärt sein."

Nach knapp zwei Stunden am Telefon fühlte Juliet sich annähernd normal. Wenn es da eine Leere in ihrem Innern gab, dann, so sagte sie sich, lag es daran, dass sie den Lunch hatte ausfallen lassen. Das Frühstück übrigens auch. Und wenn sie ganze Sätze am Telefon nicht verstanden hatte, dann, so versuchte sie sich zu überzeugen, lag es daran, dass es generell schwierig war, diesem Rechtskauderwelsch zu folgen.

Sie konnten klagen oder die Schlinge um Miss Triblys Hals legen. Beides würde ein unschönes Durcheinander heraufbeschwören, vor allem angesichts der Tatsache, dass Juliet in diesem Sommer noch mit zwei anderen Autoren nach Dallas reisen sollte.

Man musste Carlo informieren, überlegte sie, als sie den Hörer auflegte. Es wäre unmöglich – oder zumindest höchst unmoralisch –, den Ausschnitt einfach zu zerknüllen und vorzugeben, er habe nie existiert, so wie sie es mit dem Artikel über LaBare gemacht hatte. Die Frage war jetzt, ob die Rechtsabteilung ihn anschreiben oder ein erster Kontakt über seinen Redakteur laufen sollte. Im schlimmsten Fall musste sie in den sauren Apfel beißen und ihm persönlich schreiben.

Es konnte nichts schaden, wenn sie das selbst übernahm, sagte sie sich, während sie mit ihrem Kugelschreiber spielte. Sie hatte ihre Entscheidung getroffen und gesagt, was zu sagen gewesen war. Nun war sie aus dem Karussell ausgestiegen. Sie beide waren erwachsen und professionell. Seinen Namen für einen Brief zu diktieren würde nicht wehtun.

Allein seinen Namen zu denken tat weh.

Leise vor sich hin fluchend stand Juliet auf und ging zum Fenster. Er hatte es nicht ernst gemeint. Wie schon seit Tagen ununterbrochen, ging Juliet noch einmal jedes einzelne Detail des letzten gemeinsamen Abends mit Carlo durch.

Für ihn gehörte das alles nur zur romantischen Liebelei. Blumen und Kerzenlicht. Er konnte sich vom Moment hinreißen lassen und hatte mit keinerlei Nachwirkungen zu kämpfen. „Ich liebe dich" – ein so schlichter kleiner Satz. Achtlos und kalkulierend. Er hatte nicht das gemeint, was dieser Satz ausdrückte.

Heirat? Das war ja absurd. Sein ganzes Erwachsenenleben drückte er sich schon vor der Ehe und schlingerte daran vorbei. Carlo hatte auch genau gewusst, wie sie über Hochzeit und Ehe dachte. Deshalb hatte er überhaupt nur davon gesprochen. Er hatte sicher sein können, dass es völlig ungefährlich war, weil sie niemals zustimmen würde. Eine Heirat kam für sie in den nächsten Jahren nicht infrage. Ihr Ziel war schließlich eine eigene Agentur, darauf arbeitete sie hin.

Und warum konnte sie dann nicht vergessen, wie er sie zum Lachen gebracht hatte, wie er die Flammen in ihr hatte auflodern lassen? Die Erinnerungen und Gefühle waren in all den Tagen nicht im Geringsten verblasst, im Gegenteil. Sie schienen ständig stärker, intensiver zu werden. Sie suchten sie heim und quälten sie. Manchmal – viel zu oft – sah sie sein Gesicht und seine Augen vor sich, wie er sie anschaute und dann seine Hände sanft an ihre Wangen legte …

Gedankenverloren strich sie mit den Fingern über das kleine goldene Herz mit den Diamanten. Sie hatte es nicht über sich gebracht, die Brosche in die Schmuckschatulle zu legen und wegzuschließen. Sie brauchte einfach nur mehr Zeit. Vielleicht sollte sie es doch der Rechtsabteilung überlassen, sich mit Carlo in Verbindung zu setzen.

„Juliet?"

Aufgeschreckt wandte Juliet sich vom Fenster ab und sah ihre Assistentin den Kopf zur Tür hereinstecken. „Ja?"

„Ich habe zweimal versucht, dich per Telefon zu erreichen."

„Tut mir leid, ich war in Gedanken."

„Da ist eine Lieferung für dich. Soll sie hier in deinem Büro abgestellt werden?"

Eine seltsame Frage, dachte Juliet und ging an ihren Schreibtisch zurück. „Ja, natürlich."

Deb zog die Tür weiter auf. „Das geht hier herein."

Ein Mann in Lieferantenuniform schob eine Sackkarre vor sich her. Verständnislos starrte Juliet auf die hölzerne Kiste, die fast so groß wie ihr Schreibtisch war. „Wo soll das hin, Miss?"

„Äh … einfach hierhin. Ja, das passt."

Mit einem geübten Ruck zog der Bote die Sackkarre unter der Kiste hervor. „Sie müssen noch hier unterschreiben." Er hielt ihr ein Clipboard entgegen. Juliet unterschrieb, während sie gleichzeitig noch immer auf die Kiste starrte. „Schönen Tag noch."

„Oh, ja … sicher. Ihnen auch." Als Deb mit einer kleinen Brechstange zurückkam, hatte Juliet ihren Blick noch immer nicht von der Kiste losreißen können.

„Was hast du denn bestellt?"

„Nichts."

„Komm, mach schon auf." Voller Ungeduld drückte Deb ihr die Brechstange in die Hand. „Ich sterbe vor Neugier."

„Ich kann mir nicht vorstellen, was das sein soll." Juliet setzte die schwere Eisenstange an und begann zu hebeln. „Es sei denn, meine Mutter hat mir das Geschirr meiner Großmutter geschickt, wie sie es mir schon seit Jahren androht."

„Dann müsste das Service aber für eine komplette Armee reichen."

„Bestimmt nimmt das ganze Verpackungsmaterial so viel Platz in Anspruch", murmelte Juliet und stemmte sich mit aller Kraft auf die Brechstange. Als der Deckel sich endlich gelöst hatte, begann sie sich durch die Styropor-Stückchen zu wühlen.

„Gab es bei dem Porzellan deiner Großmutter auch einen Rüssel?"

„Einen was?"

„Einen Rüssel." Deb konnte sich nicht mehr zurückhalten, sie begann, ebenfalls mit den Händen Styropor aus der Kiste zu schaufeln. „Ach du meine Güte, Juliet. Das sieht nach einem Elefanten aus."

Juliet erhaschte das erste bunte Glitzern und hörte auf zu denken. „Hilf mir, ihn herauszuholen."

Mit vereinten Kräften schafften sie es, die schwere und sperrige Skulptur aus der Verpackung und auf Juliets Schreibtisch zu hieven.

„Das ist das albernste Ding, das mir je unter die Augen gekommen ist", lautete Debs Kommentar, nachdem sie wieder zu Atem gekommen war. „Es ist hässlich, geschmacklos und absolut lächerlich."

„Ja, ich weiß", murmelte Juliet.

„Wer schickt dir denn bloß diesen Elefanten?"

„Nur ein Verrückter“, sagte Juliet mehr zu sich selbst und strich zärtlich mit einer Hand über den Rüssel.

„Mein Zweijähriger könnte glatt darauf reiten“, sagte Deb, dann erblickte sie die Karte, die aus der Kiste gefallen war. „Hier, lies. Dann weißt du wenigstens, gegen wen du Anzeige erstatten kannst.“

Nein, sie würde die Karte, die Deb ihr hinhielt, nicht annehmen. Sie wollte sie nicht öffnen, sie wollte sie auch nicht lesen. Sie würde den Elefanten wieder einpacken und dahin zurückschicken, wo er hergekommen war. Keine vernünftige Frau wurde wegen eines völlig unnützen, einen Meter großen Deko-Elefanten sentimental …

Sie riss Deb die Karte aus der Hand und den Umschlag auf.

Vergiss niemals.

Juliet begann laut zu lachen. Als die ersten Tränen rollten, stand Deb ratlos an ihrer Seite. „Juliet, ist alles in Ordnung mit dir?“

„Nein.“ Sie presste die Wange an den Kopf des Elefanten und konnte nicht aufhören zu lachen. „Ich glaube, ich habe soeben meinen Verstand verloren.“

Als sie in Rom ankam, wusste Juliet sicher, dass es längst zu spät für alle Vernunft war. Sie trug eine kleine Reisetasche bei sich, die sie in kopfloser Hektik gepackt hatte. Wäre die Tasche unterwegs verloren gegangen, hätte sie nicht einmal sagen können, was sie alles eingepackt hatte. Nüchternes Überlegen und praktisches Denken? Hatte sie beides in New York zurückgelassen. Je nachdem, was hier in Rom passierte, würde sie entscheiden, ob sie zu diesen Eigenschaften eines anderen Lebens zurückkehrte.

Juliet nannte dem Taxifahrer Carlos Adresse und lehnte sich in den Sitz zurück, gewappnet für ihre erste wild-rasante Fahrt durch Rom. Vielleicht würde sie die Stadt besichtigen, bevor sie nach Hause zurückflog. Möglicherweise aber war sie schon zu

Hause. Entscheidungen standen an, sie hoffte, dass sie sie nicht allein treffen musste.

Sie erblickte einen der vielen Brunnen, von denen Carlo gesprochen hatte. Die Wasserstrahlen stiegen in die Luft, glitzernd und funkelnd fielen die Tropfen ins Becken zurück, ein endloser Strom voller Träume. Impulsiv ließ sie den Fahrer anhalten und warten, während sie zu dem Brunnen rannte, dessen Namen sie nicht einmal kannte. Sie holte eine Münze hervor, schloss die Augen und warf die Münze mit einem stillen Wunsch in die Luft. Dann sah sie zu, wie das Geldstück ins Wasser fiel und zu den Tausenden von anderen Wünschen auf den Boden sank. Manche davon waren in Erfüllung gegangen, sagte sie sich. Das gab ihr Hoffnung.

Als der Taxifahrer um eine Ecke schleuderte und schließlich am Bordstein vor Carlos Haus auf die Bremse trat, begann Juliet, hilflos mit den fremden Geldscheinen zu hantieren. Er hatte Mitleid mit ihr und zählte seine Bezahlung schließlich selbst ab. Und weil er jung war und verliebt, nahm er sich nur ein kleines Trinkgeld dazu.

Juliet wusste, wenn sie jetzt zögerte, würden ihr ernsthafte Zweifel kommen, dass es richtig war, was sie hier tat. Also stürmte sie zur Haustür und klopfte. Die unzähligen Dinge, die sie sagen wollte, die sie sich so genau zurechtgelegt hatte, wirbelten alle in ihrem Kopf durcheinander. Sie konnte nicht garantieren, dass sie die richtige Reihenfolge einhalten würde. Aber als sich die Tür öffnete, war sie bereit.

Die Frau sah hinreißend aus, dunkel, jung, perfekte Figur. Schwung und Entschlossenheit verließen Juliet jäh, während sie die andere anstarrte. So schnell also! war alles, was sie denken konnte. Er hatte sich bereits eine andere Frau ins Haus geholt. Einen Moment lang wollte sie nur auf dem Absatz kehrtmachen und davonrennen, so schnell und so weit sie konnte. Dann reckte sie die Schultern und blickte ihrem Gegenüber direkt in die Augen.

„Ich möchte gern mit Carlo sprechen."

Die fremde Frau zögerte nur einen Moment, dann zog ein wunderschönes Lächeln auf ihre Lippen. „Sie sind Engländerin."

Juliet schüttelte den Kopf. „Amerikanerin."

„Kommen Sie herein. Ich bin Angelina Tuchina."

„Juliet Trent." Sie streckte die Hand aus, die Angelina sofort herzhaft schüttelte.

„Ah ja, Carlo hat viel von Ihnen erzählt."

Fast hätte Juliet aufgelacht. „Ja, das sieht ihm ähnlich."

„Aber er hat nie erwähnt, dass Sie zu Besuch kommen würden. Treten Sie ein, hier entlang. Wir haben gerade zusammen Tee getrunken. Er hat mir so gefehlt, als er in Amerika war, deshalb hatte ich ihn gebeten, heute nicht ins Restaurant zu gehen, sondern zu Hause zu bleiben, damit ich ihn endlich einmal wieder ganz für mich habe."

Angelinas Worte amüsierten sie, stellte Juliet mit Erstaunen fest. Vermutlich würde sie Angelina – und wahrscheinlich noch sehr viele andere Frauen – enttäuschen müssen. Denn von nun an wollte sie selbst den Anspruch darauf erheben, Carlo ganz für sich zu haben.

Als sie den Salon betrat, machte die Amüsiertheit Überraschung Platz. Carlo saß auf einem Stuhl mit hoher Lehne, in ein angeregtes Gespräch mit einem weiteren weiblichen Wesen vertieft. Dieses saß auf seinem Schoß und konnte nicht älter als fünf Jahre alt sein.

„Carlo, du hast Besuch."

Er sah auf, und das Lächeln, mit dem er das Mädchen auf seinem Schoß bezaubert hatte, verschwand. So wie sich auch jeder zusammenhängende Gedanke aus seinem Kopf verflüchtigte. „Juliet."

„Kommen Sie, ich nehme Ihnen das ab." Angelina zog Juliet die Reisetasche von der Schulter, wobei sie nachdenklich zu Carlo schaute. Sie hatte noch nie erlebt, dass eine Frau ihn sprachlos gemacht hatte. „Rosa, komm her und wünsche Signorina Trent einen guten Morgen. Rosa ist meine Tochter", meinte sie zu Juliet.

Rosa rutschte von Carlos Schoß und kam mit großen neugierigen Augen auf Juliet zu. „Guten Morgen, Signorina Trent." Stolz auf ihre englischen Sprachkenntnisse, wandte Rosa sich zu ihrer Mutter um und sagte etwas auf Italienisch.

Lachend hob Angelina die Kleine auf den Arm. „Sie sagt, Sie haben auch grüne Augen, genau wie die Prinzessin, von der Carlo ihr gerade erzählt hat. Carlo, willst du Miss Trent nicht einen Platz anbieten?“ Mit einem Seufzer deutete Angelina auf einen Sessel. „Bitte, setzen Sie sich und machen Sie es sich bequem. Sie müssen es meinem Bruder nachsehen, Miss Trent. Manchmal verliert er sich völlig in den Geschichten, die er Rosa erzählt.“

Bruder? Juliet schaute Angelina an und sah in die gleichen dunklen, warmen Augen wie Carlos. Und während Erleichterung sie ergriff, fragte sie sich gleichzeitig, auf wie viele verschiedene Arten man sich selbst zum Narren halten konnte.

„Wir müssen uns jetzt verabschieden.“ Angelina ging auf ihren Bruder zu – noch immer hatte er kein Wort gesagt, stellte sie zufrieden fest – und küsste ihn auf die Wange. Sie hatte sich bereits fest vorgenommen, im Geschäft ihrer Mutter vorbeizugehen, um ihr von der Amerikanerin zu berichten, die Carlo die Sprache geraubt hatte. „Ich hoffe, wir sehen uns noch, solange Sie hier in Rom sind, Miss Trent.“

„Ja, das wäre schön.“ Juliet schüttelte Angelinas Hand und erwiderte das Lächeln und all die wissenden Andeutungen mit einem zustimmenden Nicken. „Ich bin sicher, das werden wir.“

„Wir finden auch allein zur Tür, Carlo. *Ciao*.“

Er gab noch immer keinen Ton von sich, während Juliet durch den Raum wanderte, hier stehen blieb, um etwas zu bewundern, dann dort anhielt, um jenes zu betrachten. Kunst aus jeder Kultur der Welt war hier vertreten. Es hätte erdrückend und überwältigend wirken können, wie in einem Museum. Doch stattdessen schuf es eine heitere und interessante Atmosphäre, ein wenig überladen vielleicht, aber auf jeden Fall passend für ihn.

„Du sagtest einmal zu mir, mir würde dein Zuhause gefallen“, hob sie schließlich an. „Du hattest recht. Das tut es.“

Mit größter Willensanstrengung schaffte Carlo es, aufzustehen, aber er ging nicht zu ihr. Einen Teil seines Herzens hatte er in New York zurückgelassen, aber seinen Stolz besaß er noch immer. „Und du sagtest, dass du nicht kommen würdest.“

Sie zuckte die Schultern und beschloss, dass es besser war, sich ihm nicht zu Füßen zu werfen, wie sie es sich eigentlich ausgemalt hatte. „Du kennst doch die Frauen, Franconi. Sie ändern ständig ihre Meinung. Und du kennst mich." Erst jetzt schaffte sie es, sich umzudrehen und ihn anzusehen. „Ich lege großen Wert darauf, die geschäftlichen Angelegenheiten in Ordnung zu halten."

„Geschäftliche Angelegenheiten also?"

Sie beglückwünschte sich für ihre Umsicht, griff in ihre Handtasche und zog die Mappe mit den Zeitungsausschnitten aus Dallas hervor. „Du solltest ein Auge über das hier werfen."

Da sie nicht zu ihm kam, blieb ihm nichts anderes, als zu ihr zu gehen und die Mappe von ihr anzunehmen. Ihr typischer Duft umgab sie, wie immer. Das Parfüm brachte Erinnerungen zurück, viel zu prompt, viel zu intensiv. Carlos Stimme klang tonlos, brüsk, als er sie ansah. „Du bist nach Rom gekommen, um mir ein Stück Papier zu bringen?"

„Vielleicht solltest du dir das erst ansehen, bevor wir über irgendetwas anderes reden."

Lange sah er sie schweigend an, bevor er den Blick auf die Mappe senkte. „Noch mehr Zeitungsausschnitte, na und?" Er brach abrupt ab. „Was ist das hier?"

Ihre Lippen verzogen sich unwillkürlich bei seinem veränderten Ton. „Genau deshalb dachte ich, es sei wichtig, herzukommen."

Sie glaubte wirklich, all die Schimpfwörter verstanden zu haben, mit denen Carlo die unglückselige Miss Tribly bedachte, auch wenn sie alle in schnellem und wütendem Italienisch ausgestoßen wurden. Er sagte noch irgendetwas von einem Messer im Rücken, zerknüllte den Ausschnitt und schleuderte ihn in den offenen Kamin am anderen Ende des Raumes. Fasziniert nahm Juliet die Tatsache wahr, dass Carlo zielsicher in die Feuerstelle getroffen hatte.

„Was will sie damit erreichen?"

„Sie wollte ihren Job gut machen, vermutlich mit etwas zu viel Enthusiasmus."

„Job? Gehört es etwa zu ihren Aufgaben, meine Rezepte abzuschreiben? Und noch dazu falsch!“ Entrüstet marschierte er durch das Zimmer. „Sie gibt viel zu viel Oregano an meinen Kalbsbraten.“

„Ich fürchte, das ist mir nicht einmal aufgefallen“, murmelte Juliet. „Auf jeden Fall hast du Anspruch auf Schadenersatz.“

„Schadenersatz.“ Mit Inbrunst wiederholte er das Wort und deutete einen Kreis mit seinen Händen an. „Ich fliege nach Dallas und wringe meinen Schadenersatz aus ihrer mageren Gurgel.“

„Das wäre natürlich eine Möglichkeit.“ Juliet musste die Lippen zusammenpressen, um nicht laut zu lachen. Wie hatte sie sich je einreden können, sie könnte ohne ihn auskommen? „Eine andere Option wäre eine Klage. Ich habe jedoch gründlich darüber nachgedacht und bin zu dem Schluss gekommen, dass der beste Weg ein scharf formulierter Brief mit einer strengen Rüge wäre.“

„Eine Rüge?“ Er wirbelte zu ihr herum. „Ist das alles, was man in eurem Land als Strafe für einen Mord erhält? Sie hat meinem Kalbsbraten mit zu vielen Kräutern das Leben genommen.“

Juliet musste sich räuspern, bevor sie ihn beschwichtigen konnte. „Das verstehe ich, Carlo. Aber ich glaube, es war nur ein unabsichtlich begangener Fehler. Wenn du dich an das Interview zurückerinnern willst – sie war sehr nervös und unsicher. Du hast sie ganz offensichtlich überwältigt.“

Er murmelte etwas Unflätiges und stopfte die Hände in die Hosentaschen. „Ich schreibe ihr selbst.“

„Das wäre wahrscheinlich genau das Richtige – nur solltest du vielleicht die Rechtsabteilung einen Blick darauf werfen lassen, bevor du den Brief abschickst.“

Böse runzelte er die Stirn, dann musterte er sie von Kopf bis Fuß. Sie hatte sich nicht verändert. Auf seltsame Art befriedigte ihn diese Tatsache, so wie sie ihn gleichzeitig aufrieb. „Du bist nach Rom gekommen, um eine mögliche Klage mit mir zu besprechen?“

Es wurde Zeit, ihr Leben in die Hand zu nehmen. „Ich bin nach Rom gekommen“, antwortete sie schlicht.

Er war sich nicht sicher, ob er noch näher an sie herantreten konnte, ohne sie zu berühren. Und würde er, wenn er sie berührte, von seinem Verlangen überwältigt werden? Der Schmerz war noch nicht verflogen. Carlo zweifelte daran, dass er je verfliegen würde. „Warum?"

„Weil ich nicht vergessen habe." Sie trat jenen entscheidenden Schritt auf ihn zu, den er nicht gewagt hatte. „Weil ich nicht vergessen konnte, Carlo. Du hast mich gebeten, zu dir zu kommen, und ich hatte Angst. Du hast gesagt, du liebst mich, und ich habe dir nicht geglaubt."

Er ballte die Hände zu Fäusten, um sie still zu halten. „Und jetzt?"

„Jetzt … Ich habe noch immer Angst. In dem Moment, als ich allein war, als du gegangen warst, wusste ich, dass ich damit aufhören musste, mir etwas vorzumachen. Selbst als ich mir eingestehen musste, dass ich dich liebe, war ich immer noch überzeugt, ich könnte meine Gefühle für dich fein säuberlich aussortieren und mich irgendwie damit arrangieren. Ich dachte, ich müsste mich damit arrangieren."

„Juliet." Er wollte nach ihr greifen, doch sie wich hastig vor ihm zurück.

„Bitte, lass mich erst ausreden", sagte sie.

„Dann beeil dich, zum Ende zu kommen. Ich will nicht länger warten."

„Oh Carlo." Sie schloss die Augen und konzentrierte sich verzweifelt darauf, weiterzureden. „Ich will daran glauben, dass ich ein Leben mit dir haben kann, ohne mich selbst aufgeben zu müssen. Ohne aufgeben zu müssen, was ich sein will. Aber ehrlich gesagt liebe ich dich so sehr, dass ich befürchte, ich gebe alles sofort auf, sobald du es von mir verlangst."

„*Dio*, was für eine Frau!"

Weil sie nicht wusste, ob das nun ein Kompliment oder eine Beleidigung war, erwiderte sie nichts.

Carlo lief aufgewühlt durchs Zimmer. „Verstehst du denn nicht, dass ich dich viel zu sehr liebe, um so etwas von dir zu verlangen? Wärst du nicht die, die du bist, hätte ich mich nicht in dich verliebt. Wenn ich Juliet Trent liebe, warum sollte ich wollen, dass sie eine andere wird?“

„Ich weiß es nicht, Carlo. Es ist nur …“

„Ich habe mich linkisch benommen.“ Er fasste ihre Hände, die sie beschwichtigend erhoben hatte. „An dem Abend, als ich dich fragte, ob du mich heiraten willst, war ich ein regelrechter Tölpel. Ich wollte dir meine Gefühle beichten, und ich wollte sie dir auf eine ganz bestimmte Art sagen. Aber es war mir so unglaublich wichtig. Das, was bei allen Frauen so leichtfällt, wird nahezu unmöglich bei der einen Frau.“

„Ich glaubte nicht, dass du es ernst meintest …“

„Nein, wie auch.“ Bevor sie reagieren konnte, hatte er ihre Hände an seine Lippen gezogen. „Du glaubtest, ich würde von dir erwarten, dass du deine Arbeit und dein Heim aufgibst und nach Rom kommst, um mit mir zu leben. So viel wollte ich nie von dir verlangen, und gleichzeitig verlangte ich viel mehr. Ich hätte sagen sollen … Juliet, du bist zu meinem Leben geworden. Ohne dich bin ich nur noch die Hälfte von dem, was ich einmal war. Teile dein Leben mit mir.“

„Carlo, nichts wünsche ich mir sehnlicher.“ Sie schüttelte den Kopf und flog in seine Arme. „Ich will es, will es wirklich. Ich kann von vorn anfangen, Italienisch lernen. In Rom muss es doch irgendwo einen Verlag geben, der eine Amerikanerin gebrauchen kann.“

Erstaunt schob er sie ein wenig von sich ab und starrte sie an. „Wovon redest du da? Von vorn anfangen? Du gründest deine eigene Agentur, das hast du mir gesagt.“

„Das ist unwichtig. Ich kann …“

„Nein.“ Er fasste sie fester. „Es ist sogar sehr wichtig. Für uns beide ist es entscheidend. Eines Tages wirst du also deine eigene Public-Relations-Agentur in New York haben. Und wer könnte besser sagen als ich, welch großen Erfolg du damit haben wirst. Und ich habe dann eine Frau, mit der ich ebenso stolz angeben kann wie mit mir selbst.“

„Aber du hast doch hier dein Restaurant …“

„Richtig. Ich denke, du solltest dir ernsthaft überlegen, ob du nicht eine Zweigstelle deiner PR-Agentur in Rom eröffnen willst. Italienisch zu lernen ist übrigens eine hervorragende Idee. Ich selbst werde es dir beibringen, denn wer könnte das besser tun, nicht wahr?"

„Ich verstehe dich nicht. Wie sollen wir unser Leben miteinander teilen, wenn ich in New York sitze und du in Rom?"

Er küsste sie, weil er schon viel zu lange gewartet hatte. Gerührt hielt er sie fest und ließ ihre Worte auf sich wirken. Sie war bereit, ihm etwas zu geben, um das er nie gebeten hatte. „An jenem Abend bin ich gar nicht dazu gekommen, dir von meinen Plänen zu erzählen. Ich spiele nämlich mit dem Gedanken, ein weiteres Restaurant zu eröffnen. *Franconi's* in Rom ist natürlich das beste. Unerreicht."

Sie suchte seinen Mund, schob vorerst alle anderen Pläne beiseite außer diesem einen. „Natürlich", nahm sie den Faden nach einem langen, zärtlichen Kuss wieder auf.

„So wäre ein *Franconi's* in New York ein zweites vom Besten."

„In New York?" Sie lehnte den Kopf zurück, um ihn ansehen zu können. „Du denkst daran, ein Restaurant in New York zu eröffnen?"

„Meine Anwälte sehen sich bereits nach einer passenden Lokalität um. Du siehst also, Juliet, lange hättest du dich nicht vor mir verstecken können."

„Du wolltest zurückkommen."

„Aber erst, wenn ich mir sicher sein konnte, dass ich dich nicht ersticken würde mit meiner Nähe. Wir beide haben unsere Wurzeln in zwei verschiedenen Ländern. Wir arbeiten in zwei verschiedenen Ländern. Und wir werden in zwei verschiedenen Ländern leben."

Es war alles so einfach. Sie hatte nicht an seine unendliche Großzügigkeit gedacht. Dabei hätte es ihr klar sein müssen, dass ein Mann wie Carlo Franconi die Frau, die er liebte, zu nichts zwingen würde. Sie erinnerte sich an alles, was sie schon miteinander geteilt hatten, und malte sich aus, was die Zukunft ihnen bringen konnte. Tränen der Rührung stiegen in ihre Augen, und Juliet versuchte, sie fortzublinzeln. „Ich hätte dir vertrauen sollen."

„Und dir selbst, Juliet." Mit den Händen umrahmte er ihr Gesicht, ließ seine Finger in ihr Haar gleiten. „*Dio*, wie sehr ich dich vermisst habe. Ich wünsche mir, dass du meinen Ring an deinem Finger trägst. Und ich will deinen Ring tragen."

„Wie lange dauert es in Rom, bis man das Aufgebot bestellen kann?"

Lachend hob er sie in seine Arme und wirbelte mit ihr im Kreis. „Ich habe gute Beziehungen. Bis Ende der Woche wirst du – wie heißt es noch? – mit mir feststecken."

„Und du mit mir. Bring mich zu Bett, Carlo." Sie schmiegte sich an ihn, konnte ihm nicht nah genug sein. „Zeig mir noch einmal, wie der Rest unseres Lebens aussehen wird."

„Ich habe es mir oft vorgestellt ... du, hier, zusammen mit mir." Er drückte seine Lippen an ihre Schläfe, als er sich an die Worte erinnerte, die sie ihm an jenem letzten Abend entgegengeschleudert hatte. „Juliet." Beunruhigt zog er sich von ihr zurück, hielt nur ihre Hände fest. „Du weißt, was ich bin, weißt, wie ich gelebt habe. Ich kann das nicht ändern, ich würde es auch gar nicht ändern wollen. Es hat viele Frauen in meinem Bett gegeben."

„Carlo." Zärtlich drückte sie seine Hand. „Ich mag manchmal dumme Dinge sagen, aber ich bin nicht naiv. Ich will nicht die erste Frau in deinem Bett sein, aber ich will die letzte sein. Die Einzige."

„Juliet, *mi amore*, von jetzt an gibt es nur noch dich."

Sie zog seine Hand an ihre Wange. „Kannst du es hören?"

„Was?"

„Das Karussell." Lächelnd streckte sie die Arme aus. „Es hat nie aufgehört, sich zu drehen."

– ENDE –

Lesen Sie auch:

Ava Miles

Nora Roberts Land

Aus dem Amerikanischen von Anke Brockmeyer

Ab Oktober 2015 im Buchhandel

Band-Nr. 25872
9,99 € (D)
ISBN: 978-3-95649-229-7

Suchend musterte Meredith Hale die Auslage des Buchladens. Da war er – der neue Roman von Nora Roberts. Auf dem Cover prangte eine wilde, überwältigende Küstenlandschaft mit weitem Himmel.

Selbst ihr Superheldinnen-Alter-Ego konnte die Gänsehaut und den Knoten in ihrem Magen nicht ignorieren, die sie beim Anblick des Buchs sofort überkamen. Ganz kurz fuhr Meredith mit der Hand über ihr rotes Spitzenbustier von La Perla, das sie unter ihrem schwarzen Blazer trug. Dann machte sie zögernd einen Schritt zum Schaufenster und atmete einmal tief durch, als sie den bekannten Schriftzug der Autorin sah. Sie stellte sich vor, wie Scheidungs-Woman ihr sagen würde, sie könnte es ruhig wagen, näher zu treten. Schließlich war es nur eine Buchhandlung, und es ging nicht darum, sich in einem Kugelhagel schützend vor den Präsidenten zu werfen.

Vor einem Jahr war sie von einem Tag auf den anderen auf Nora-Roberts-Entzug gewesen. Damals hatte ihr Exmann, Rick-the-Dick – was so viel bedeutete wie ‚der schwanzgesteuerte Rick' –, „*Lockruf der Gefahr*" an die Wand gefeuert und geschrien, ihre Lieblingsautorin habe ihr eine völlig unrealistische Vorstellung von Liebe vermittelt. „Sie ist der Grund für unsere Eheprobleme", hatte er wütend hervorgebracht. „Wegen Nora Roberts denkst du, Liebende leben immer glücklich miteinander bis zu ihrem seligen Ende. Dabei weiß jeder Mensch, dass das ein Märchen ist. Werde endlich erwachsen." Danach hatte er seine maßgeschneiderten Anzüge in einen Koffer geworfen und die Tür ihres eleganten Apartments in Manhattan hinter sich zugeknallt.

Im ersten Moment hatte sie gedacht, er könnte vielleicht recht haben. Doch mit der Zeit hatte sie Nora Roberts' Bücher immer mehr vermisst. Und es hatte ihr die Scheidung keineswegs erleichtert, keine Romances mehr zu lesen. Und auch die Panikattacken waren dadurch nicht verschwunden.

Verdammt, sie wollte Nora Roberts zurück. Es war an der Zeit, sich ihr Leben wieder zurückzuholen.

Unglücklicherweise löste es schon beinahe eine Panikattacke aus, sich nur das Cover anzuschauen. Ihre Hände wurden eiskalt und feucht. Sie wischte sie an ihrem Kostüm ab und suchte in der Handtasche nach dem Telefon. Ihre Schwester würde sie ermutigen, den Schritt in die Buchhandlung zu wagen. Jill schaffte es, jeden Menschen von allem zu überzeugen.

„Hey, Mere“, meldete sich ihre Schwester. Im Hintergrund lief ihre Lieblingsband Abba, wie immer. Jill sehnte sich danach, ein Leben als Dancing Queen zu führen.

„Hey“, erwiderte sie und zwang sich, ruhiger zu klingen, als sie sich fühlte. „Wie läuft's im Café?“

„Nachdem ein Molkereivertreter stundenlang versucht hat, mich zu überzeugen, den Namen meines Ladens von *Don't Soy with Me* in *Don't Milk Me* zu ändern, will ich eigentlich nur noch meinen Kopf gegen die Espressomaschine schlagen. Er war so beschränkt. Ich habe versucht, ihm zu erklären, dass es ein Wortspiel ist. Aber er hat mich nur mit großen Kuhaugen angestarrt und gar nichts begriffen.“

Langsam beruhigten sich Merediths Nerven. Jill und ihre Geschichten taten ihr immer gut. „Ich glaube, in New York bin ich noch nie einem Milchmann begegnet. Hat er irgendeinen besonderen Arbeitsanzug?“

„Nein, Gott sei Dank nicht. Apropos Milch – hast du mein Geschenk bekommen?“

„Du meinst den Kaffeebecher mit der Aufschrift *Du bist mein Euter*?“ Meredith trat näher an die Schaufensterscheibe, um zu vermeiden, von einer Gruppe Fußgänger über den Haufen gerannt zu werden.

„Genau. Ich habe dem Milchmann sogar angeboten, diese Tassen auszustellen, dennoch ist er nicht gegangen. Stattdessen hat er mir vorgeschlagen, er könnte mir zeigen, wie man Kühe melkt. Ich hatte das Gefühl, er wollte mich anbaggern.“

Als Meredith versuchte, ein Lachen zu unterdrücken, und dabei einen seltsam dumpfen Ton von sich gab, erntete sie einen missbilligenden Blick von einem vorübereilenden Banker. Seine Schuhe, der Gürtel und die Aktentasche passten perfekt zusammen – die typische Wall-Street-Uniform. „Und ich dachte bisher immer, *mein* Liebesleben wäre erbärmlich.“

„Welches Liebesleben?"

„Witzig. Gerade jetzt stehe ich vor einem Buchladen. Heute Morgen bin ich mit dem Entschluss aufgewacht, mit dem Lesen anzufangen."

„Mir war nicht bewusst, dass du Analphabetin bist, Süße."

„Haha." Sie musterte den Ansturm von Kunden, die durch die Eingangstür des Geschäfts an der Ecke 82. Straße und Broadway kamen und gingen.

„Okay, nimm einen tiefen meditativen Atemzug. Im Ernst, Mere, du klingst wie Großtante Helen an Weihnachten, wenn sie ihre Sauerstoffmaske abgenommen und sich einen Schluck von Großvaters Scotch gemopst hat."

„Gute Idee. Einatmen." Bildete sie sich das ein, oder sah sie tatsächlich nur noch verschwommen? „Ich mache jetzt den ersten Schritt."

„Meine Kleine, ich wünschte, Mom und ich könnten das jetzt sehen."

Der schräge Humor ihrer Schwester stieß durch den Nebel in ihrem Kopf. Meredith war nicht ganz sicher, ob sie sich überhaupt noch in ihrem Körper befand, doch zumindest bewegte sie sich vorwärts, sobald sie ging. Ihre Hand schaffte es, die Tür zu öffnen. Auf Beinen so unstet wie Wackelpudding betrat sie das Geschäft.

„Bist du schon drin?"

„Ja, gerade", verkündete sie, während sie sich an ein Bücherregal presste, um andere Kunden vorbeizulassen.

„Herzlich willkommen zurück im Land des Lesens."

Gab es etwas Wohltuenderes? „Danke. Ich stehe gerade in der Abteilung *Thriller und Spannung*. Dabei muss ich an Großvater denken. Er war immer überzeugt, es gebe konspirative Kräfte an der Universität. Ganz nebenbei untersuche ich gerade den Drogenhandel auf dem Campus für ihn. Aber vielleicht sollte ich ihm stattdessen lieber ein Buch von John Grisham schenken."

„Ich weiß! Ständig quetscht er mich über die Partys aus, auf denen ich war. Jedes Mal sage ich ihm, die Leute haben zu viel getrunken und sich irgendwann übergeben. Ende der Geschichte."

„Davon musst du aber erst einmal sein höllisches journalistisches Bauchgefühl überzeugen." Nicht, dass sie mit dem Finger auf ihn zeigen könnte. Schließlich hatte sie diese Eigenart von ihm geerbt.

„Jeder in der Familie ist dankbar, dass du im Verlag eingesprungen bist nach Dads Herzinfarkt", erklärte ihre Schwester. „Doch er arbeitet noch immer viel zu viel. Die Zeitung ist sein Baby – genauso wie Großvaters."

„Das weiß ich, Jill." Plötzlich lastete das Schuldgefühl wieder schwer auf ihr, es war beinahe so stark wie die Panik. Natürlich unterstützte sie ihren Vater, aber sie wünschte, sie könnte mehr tun. Manchmal nervte es echt, so weit von ihrer Familie entfernt zu wohnen.

Ihre Schwester räusperte sich. „Ich habe keine Ahnung, wie ich es sagen soll, doch du musst es wissen. Der Zeitpunkt ist ganz sicher schlecht mit deinem einjährigen Scheidungsjubiläum, aber …" Jills Atem ging ein bisschen schneller. „Der Arzt ist überhaupt nicht zufrieden mit Dads Genesungsprozess. Er hat ihm nahegelegt, sich eine Auszeit zu nehmen. Mom hat nicht gewagt, dich zu fragen, doch irgendjemand muss Großvater unterstützen. Mir ist klar, dass er uns noch alle in die Tasche steckt, allerdings ist er schon über siebzig. Meinst du, dass du für ein paar Monate nach Hause kommen und ihm helfen könntest? Ich würde es ja selbst tun, aber ich habe leider überhaupt kein Gespür für Journalismus. Und außerdem muss ich mich um *Don't Soy with Me* kümmern."

„Nach Hause kommen?" Meredith stieß gegen einen Buchstapel, und eine ganze Reihe von Hardcover-Ausgaben von James Patterson rutschte zu Boden. Bei dem Gedanken, nach Hause zurückzukehren, stockte ihr der Atem. „Ich kriege … keine Luft mehr … und ich möchte es wirklich gerne." Hektisch schnappte sie nach Luft.

„Geh zur Leseecke mit der Kaffeebar und setz dich hin. Lass den Kopf nach unten hängen", riet ihre Schwester.

Unsicher schritt sie zu dem nächsten Sessel. Von dort entdeckte sie die *Romantik*-Abteilung. Noch immer fühlte sie sich, als ob eine Boa Constrictor sie im Würgegriff hielte. In diesem Moment war es ihr egal, was die Leute über sie dachten. Ihr wurde schwarz vor Augen, und sie ließ den Kopf zwischen den Knien baumeln.

Das Handy, das sie noch immer umklammerte, summte und signalisierte ihr einen zweiten Anruf. Doch sie ignorierte es und atmete tief durch. Sowie sie spürte, dass ihre Lebensgeister wieder erwachten, nahm sie noch ein paar tiefe Atemzüge, bis sie meinte, den Sauerstoff von ganz Manhattan inhaliert zu haben. Danach presste sie das Telefon wieder ans Ohr.

„Bist du noch da?"

„Jepp. Geht's dir besser?"

Die Frage des Jahres. „Ich bin nicht umgekippt, aber ich war nahe dran."

„Meredith, dein Mann hat dich betrogen und dann dir die Schuld an eurer Misere gegeben – und den Büchern von Nora Roberts. Du bist unendlich verletzt worden. Gönn dir eine Pause. Das rate ich Jemma auch immer."

Jills beste Freundin war gerade von ihrer Sandkastenliebe verlassen worden. „Im Erteilen von Ratschlägen bist du immer gut", entgegnete Meredith.

„Übung. Jemma ist wirklich am Boden zerstört."

„Ja, ich habe davon gehört." Ihre Augen brannten, und sie massierte mit den Fingern ihren Nasenrücken. „Ich halte es keine Nacht länger in meiner Wohnung aus. Mir fehlt Tribeca, das Essen in den Restaurants, die Ausstellungseröffnungen. Rick-the-Dick vermisse ich nicht, doch es fehlt mir, ein Teil dieser aufregenden Welt zu sein."

„Du hast den Superpärchen-Blues, Mere. Vielleicht würde dir die Arbeit bei der Zeitung eine neue Perspektive geben. Niemand von der Familie ist bei dir, und deine meisten Freundschaften haben die Scheidung auch nicht überlebt."

Das stimmte allerdings. Was der Begriff „Schönwetterfreundinnen" tatsächlich bedeutete, hatte sie in den vergangenen Monaten mehr als deutlich erfahren. „Ich vermisse euch“, gab sie zu. Aber nach Hause zurückkehren? Seit sie ihr Studium an der Columbia University begonnen hatte, lebte sie in New York. „Lass mich erst mal einen Kaffee holen.“

„Ich würde dir gern in diesem Moment deine Lieblingsmischung aufbrühen. Danach würde ich dich ganz fest umarmen und dir erzählen, wie Paige Lorton fast erstickt wäre, weil sie Schlagsahne in die Nase bekommen hat. Der alte Perkins hat sie schließlich mit dem Heimlich-Griff gerettet.“

Meredith lachte. „Oh Jillie, ich liebe dich.“

„Ich dich auch, große Schwester. Und ich vermisse dich, Mere.“

Kurz nahm Meredith das Telefon runter, ging zur Theke, um sich einen Kaffee zu bestellen – groß, ohne aufgeschäumte Milch –, anschließend ließ sie sich wieder in den Sessel sinken und hielt das Handy erneut ans Ohr. „Gib mir ein bisschen Zeit, darüber nachzudenken, nach Hause zu kommen“, bat sie.

„Karen weiß ganz sicher zu schätzen, wie sehr du dich für ihre Zeitung engagierst. Immerhin bist du jetzt schon seit einem Jahr dort. Und es spricht für den Verlag, dass es das Konkurrenzblatt von Rick-the-Dick ist. Dafür gibt's Bonuspunkte.“

Wie von Zauberhand tauchte plötzlich der Kaffee vor ihr auf. Sie schaute hoch, und vor ihr stand eine kleine Barista mit geglätteten Haaren. „Sie sahen so aus, als könnten Sie etwas Freundlichkeit gebrauchen“, meinte sie lächelnd.

Höflichkeit begegnete einem nicht oft in New York. In ihrer Heimatstadt im Dare Valley, Colorado, dagegen war es völlig normal, dass man einander gegenüber aufmerksam war. „Vielen Dank.“ Plötzlich wurde sie von Heimweh ergriffen. „Vielleicht hast du recht, Jill. Es wäre schön, wieder von Menschen umgeben zu sein, die mich kennen.“

„Wunderbar! Überleg es dir. Sprich mit Karen. So, und jetzt trinkst du deinen Kaffee und danach nichts wie rüber mit dir in die *Liebesroman*-Abteilung. Nora-Roberts-Land wartet schon.“

Ein Lächeln umspielte Merediths Mundwinkel. „Ich hatte ganz vergessen, dass Mom ihre Bücher so genannt hat. Immer hat sie mit dem Finger auf Dad gezeigt und gesagt, dass sie sich jetzt ein paar Stunden im Nora-Roberts-Land gönnen würde. Dann hat sie sich im Schlafzimmer verschanzt. Als wenn es eine Erwachsenenversion vom Disneyland wäre. Dad hat es nie wirklich verstanden."

„Stimmt. Doch zumindest hat er sich nicht wegen Nora Roberts scheiden lassen. Rick-the-Dick dagegen übernimmt nicht die Verantwortung für seine Seitensprünge, sondern gibt dir die Schuld – und den Romanen. Armselig, wenn du mich fragst. Da könnte man genauso gut *Romeo und Julia* dafür verantwortlich machen, wenn sich ein Teenager aus Liebeskummer umbringt. Total idiotisch."

„Das Thema ist durch", beschied Meredith und trank den letzten Schluck von ihrem Kaffee. Vorsichtig stand sie auf und testete ihr Gleichgewicht. „So, mir geht's wieder gut."

„Dann auf in die *Romantik*-Abteilung."

Noch immer unsicher auf den Beinen, taumelte sie zweimal. Zum Glück gab es eine Menge Regale, an denen sie sich festhalten konnte. Als sie an den Zeitschriften vorbeikam, fiel ihr Blick auf ein Titelbild, das ihren Exmann zeigte. Er schenkte der Welt jenes betörende Lächeln, mit dem er jede Frau für sich einnahm – sie selbst eingeschlossen.

„Richard ist auf dem Cover von *New York Man*", stieß sie hervor, während sie den dunkelblauen Anzug und die rote Krawatte auf sich wirken ließ.

„Was?", fragte Jill nach, da ihre Schwester plötzlich wie ein Raucher auf Sauerstoff geklungen hatte.

„Rick-the-Dick ist auf dem Cover eines Magazins", wiederholte sie überdeutlich. „*New York Man* ist so etwas wie eine wöchentliche Regionalausgabe von *GQ*."

„Und was schreiben sie über ihn? Bitte, sag mir, sie haben herausgefunden, dass er Transvestit ist und jetzt als Model die La Perla-Dessous präsentiert, die du gerade trägst."

Nach ihrer Trennung hatte Meredith ihre gesamte Baumwoll-Unterwäsche entsorgt und sich mit edlen Bustiers und dazu passenden Slips eingedeckt. Seither gab es ihr Alter Ego,

Scheidungs-Woman. Sie war so etwas wie eine weibliche Version von Superman, allerdings ohne den wehenden Umhang und die schillernden Strumpfhosen. Vielleicht war es ein bisschen seltsam, für sich selbst ein zweites Ich zu erfinden, doch ihr half es dabei, nach vorne zu schauen. So konnte sie sich vorstellen, eine junge, heiße New Yorkerin zu sein, die jeden Mann schwach werden ließ.

Allerdings war es schon eine Weile her, seit tatsächlich ein Mann bei ihr schwach geworden war. Sehr, sehr lange sogar.

Seit Rick-the-Dick, dem Bastard.

Sie las die Überschrift. *Medienmogul wirft seinen Hut in den Ring der Politik.* „Oh Mist", sagte sie und griff nach der Zeitschrift.

„Was ist?", wollte Jill wissen.

„Die Gerüchte stimmen." Sie blätterte vor bis zur Titelgeschichte. „Rick will es wirklich wagen. Er stellt eine Mannschaft für die Senatswahlen zusammen."

„Du machst Witze. Zum ersten Mal wünschte ich, New Yorkerin zu sein. Dann könnte ich ein dickes schwarzes Kreuz bei ‚Nein' neben seinem Namen machen."

Aufregt überflog Meredith den Artikel. Hatte er sich an die Vereinbarung gehalten? Ihre Unruhe wuchs, sowie sie den Teil über ihre Scheidung entdeckte. Also war er wortbrüchig geworden. Hatte ihr Herz deshalb bis zum Hals geklopft, als sie das Titelbild entdeckt hatte? „Wir hatten ausgemacht, kein Wort über die Scheidung zu verlieren, er hat unsere Abmachung gebrochen."

„Arschloch. Was schreiben sie?"

„Warte ..." Ihr Puls raste, während sie las. Am liebsten hätte sie wieder den Kopf zwischen die Beine gesteckt, aber im Stehen war das ziemlich unmöglich. „Er sagt, wir hätten unterschiedliche Vorstellungen von unserem Leben gehabt. Er strebe nach höheren Zielen, wolle die Lebensbedingungen der Bürger verbessern. Was für ein Unsinn. Oh, und er will die Beamtenlaufbahn einschlagen. Er meint, ich hätte immer die traditionelle Familie mit Kindern gewollt. Zitat: *Die Art, die es nur in Büchern gibt.*

Aber natürlich sei er nicht gegen eine Familie." Am liebsten hätte sie das Magazin in Stücke gerissen. Ganz plötzlich war der alte Schmerz wieder da, wie eine frisch blutende Wunde.

„Arsch, Idiot ..."

Während ihre Schwester Rick mit unzähligen Schimpfwörtern bedachte, wirbelten die Gedanken in Merediths Kopf herum. Sie tippte eine Mitarbeiterin an, die den Arm voller Bücher hatte. „Wann ist das erschienen?"

Die junge Frau blieb stehen. „Das ist ein Vorabdruck. Wir haben es geschafft, ein paar Exemplare vor allen anderen Buchhandlungen zu bekommen", erklärte sie mit stolzgeschwellter Brust. „Er ist toll, nicht wahr? Ich werde ihn wählen." Dann ging sie weiter.

„Wir waren uns einig, dass wir kein Wort über unsere Scheidung verlieren wollten", sagte Meredith in ihr Handy.

„Wann hat dieser Typ jemals kein Versprechen gebrochen? Ich wette, er hat eine Riesenangst davor, dass du über seine Seitensprünge plaudern könntest. Wähler mögen keine untreuen Ehemänner."

Oder Politiker, die für Sex bezahlten ... Aber das hatte ihn auch davon nicht abgehalten. Nichts hielt ihn auf. Genau deshalb nannte man ihn einen Mogul. Das Anklopf-Zeichen signalisierte ihr, dass erneut ein anderer Anrufer in der Leitung wartete. Sie schaute auf das Display. Die vertraute Nummer raubte ihr einmal mehr den Atem. Dann überfiel sie pure Wut. Rick-the-Dick. Nun, er war nicht der Einzige, der etwas zu sagen hatte.

„Jill, es ist Richard. Ich melde mich wieder."

„Warte ..."

Doch sie beendete das Gespräch und nahm den anderen Anruf an. „Was, zur Hölle, willst du?"

„Meredith", begann er in freundlichstem Plauderton. „Ich hatte schon befürchtet, dass ich dich nicht mehr erreiche, bevor du die Neuigkeiten gehört hast."

„Genauso ist es."

„Dreimal habe ich deine Assistentin heute Morgen schon angerufen. Und nachdem sie schließlich gemeint hat, dass sie dich nicht erreichen könne, habe ich beschlossen, es auf deinem Handy zu versuchen."

Sie lehnte sich an eines der Regale. Der Klang seiner charmanten, einschmeichelnden Stimme ließ ihre Knie weich werden. Zum ersten Mal seit einem Jahr sprachen sie miteinander. „Du Bastard. Du hast unsere Vereinbarung gebrochen."

„Nun, das ließ sich nicht vermeiden. Wähler wollen informiert sein. Ich habe all meinen Charme spielen lassen und dich über den grünen Klee gelobt, aber der Reporter hat sich offensichtlich entschieden, diese Zitate rauszulassen."

Selbst Meister Proper könnte den ganzen Mist, den Rick von sich gab, nicht wegwischen. „Das glaube ich dir aufs Wort", erwiderte sie spöttisch.

„Und genau deshalb rufe ich dich an. Wahrscheinlich werden sich nicht so viele Journalisten an dich wenden, nachdem ich bekannt gegeben habe, dass ich ein Wahlkampfteam zusammenstelle. Aber ich wäre dir dankbar, wenn du dich auf kurze und positive Aussagen beschränken könntest. Etwa, was für ein wunderbarer Mensch ich bin und dass ich ganz sicher ein großartiger Senator wäre, auch wenn unsere Ehe nicht gehalten hat."

Er hatte echt Nerven. Sie sah rot, und das lag nicht am Sauerstoffmangel. „Du bist ein echtes Arschloch."

„Meredith …"

„Hör sofort auf! Du hast dich nicht eher gemeldet, weil du genau wusstest, dass ich deiner Darstellung widersprechen würde. Du bist selbstgefällig bis zum Letzten."

Ein paar Kunden schauten sie stirnrunzelnd an und schoben sich an ihr vorbei.

„Verdammt, ich hatte gehofft, du würdest nicht so reagieren. Herrgott noch mal, immerhin habe ich mich ziemlich großzügig gezeigt bei unserer Scheidung."

Geld war nur eines der vielen Werkzeuge, mit denen er seine Mitmenschen manipulierte. „Es ging nie ums Geld. Meine Güte. Ich habe dich geliebt!" Sie biss die Zähne zusammen und versuchte, sich zu beruhigen. Zu diesem Spiel gehörten immer zwei, und auch sie beherrschte die Regeln. „Hast du wirklich geglaubt, du könntest dir mein Schweigen erkaufen?“

„Meredith …“

„Sei still. Du weißt, was ich weiß. Und wenn du mich nicht in Ruhe lässt und mich aus deinem … verdammten Senator-Medienrummel heraushältst, könnte es passieren, dass auch mir mal etwas rausrutscht.“

„Wag es nicht, mir zu drohen.“

„Wag es nicht, mich für dumm zu verkaufen. Du hast keinerlei Recht, mir vorzuschreiben, was ich tun soll. Solltest du das noch einmal versuchen, wirst du es bereuen, das schwöre ich dir. Bye, Richard.“

Sie drückte den Knopf, mit dem sie das Gespräch beendete, so fest, dass sie sich einen Fingernagel abbrach. In ihrem Schädel summte es wie in einem Bienenkorb. Entschlossen stolzierte sie hinüber in die *Liebesroman*-Abteilung.

Sie würde nicht zulassen, dass er noch einmal Kontrolle über ihr Leben bekam.

Wie von selbst gaben ihre Füße die Richtung an, und ehe sie sichs versah, hatte sie das aktuelle Buch von Nora Roberts in der Hand. Sie straffte sich, fuhr mit der Fingerspitze über den Namenszug und atmete tief durch, um ihr pochendes Herz zu beruhigen.

Wie hatte sie jemals Rick-the-Dicks Anschuldigung ernst nehmen können?

Er war ein Haufen Scheiße.

Ihre Scheidung hatte nichts zu tun mit einem hochtrabenden Bild von Romantik und Hochzeitsglocken. Ihre Ehe war gescheitert, weil sie ein betrügerisches, selbstverliebtes Arschloch geheiratet hatte.

Um Himmels willen, sie musste darüber – über ihn – hinwegkommen. Sie würde nicht zulassen, dass er ihr ganzes Leben ruinierte.

Sowie sie das Buch an ihre Brust presste, beruhigte sich ihr Herzschlag. Sie spürte förmlich, wie Scheidungs-Woman sie umarmte.

Diese Bücher waren Balsam für Geist und Seele und ließen den Leserinnen den Glauben an die positiven Dinge des Lebens – Romantik, heißen Sex, Liebe, Unabhängigkeit, Familie, den Sieg des Guten über das Böse. Nora-Roberts-Land. Daran wollte sie wieder glauben.

Nein, daran *musste* sie wieder glauben.

Auf der Suche nach den anderen Büchern der Autorin, die seit ihrer Scheidung erschienen waren – insbesondere nach jenen, die Nora Roberts unter dem Pseudonym J. D. Robb geschrieben hatte –, wanderte sie durch die Reihen. Sie brauchte eine große Dosis Roarke, dem Helden aus der Eve-Dallas-Serie. Vielleicht würde sie eines Tages ihre eigene Version dieses Mannes finden.

Ihr Blick fiel auf den Sammelband *Going Home*. Sofort musste sie an Jills Bitte denken, nach Hause zu kommen und der Familie beizustehen. Gab es etwas Wichtigeres als das? Wenn sie sich recht erinnerte, hatte die Heldin in dem ersten Roman „Die Sehnsucht der Pianistin" genau die gleiche Entscheidung getroffen. Und dabei hatte sie Mr Right getroffen.

Also, was würde eine Heldin bei Nora Roberts in meinem Fall tun?

Die Frage war kaum mehr als ein Flüstern in ihrem Kopf. Nachdenklich tippte sie mit dem Fingernagel auf den Buchrücken.

Eine dieser Heldinnen … würde sich ihren größten Ängsten ohne Ausflüchte stellen.

Sie konnte wieder klarer denken, und gleichzeitig kristallisierte sich eine brillante Idee aus ihrem Gedankennebel heraus. Eine neue Herausforderung.

Keine Ahnung, ob ich schon dazu bereit bin, dachte sie, doch ich werde der Liebe eine neue Chance geben. Als Erstes würde sie zurück ins Büro gehen und ihre Chefin informieren, dass sie ihre Familie im Verlag unterstützen musste. Und gleichzeitig würde sie die Zeit nutzen, um an einem Artikel für den *Daily Herald* zu schreiben – die Geschichte über eine geschiedene Frau, die in ihre kleine Heimatstadt zurückkehrt, um den Mann ihres Lebens zu finden und mit ihm glücklich zu sein bis ans Lebensende. Eine Geschichte aus dem Nora-Roberts-Land.

Während sie bei er eigenen Zeitung arbeitete, erwartete sie kein Gehalt, aber dadurch hatte sie auch eine gewisse Freiheit. Und Karen wusste, was sie an ihr hatte, deshalb würde sie ihr bestimmt den Job freihalten. Und wenn nicht, würde Meredith etwas anderes finden. Der Familienname öffnete manche Tür, und sie selbst hatte sich mittlerweile einen guten Ruf in der Stadt aufgebaut. Außerdem würde dieser Artikel großartig werden, unabhängig davon, wie die Geschichte endete. Wer würde nicht die Story einer enttäuschten Frau lesen wollen, die versucht, wieder an die Kraft der Liebe zu glauben?

Beflügelt schritt sie zur Kasse. Es war Zeit, etwas ganz Neues zu beginnen.

Sie würde über Rick-the-Dick hinwegkommen. Und wenn sie sich mit jedem Mann im Dare Valley verabreden musste.